無理

MURI

奥田英朗

文藝春秋

無理

初出誌「別冊文藝春秋」(「ゆめの」を改題)
2006年7月号〜2009年7月号(2008年1月号、9月号をのぞく)

装丁　大久保明子
カバー写真　©Mark Tomalty/Masterfile/amanaimages

1

浅い眠りの中で、相原友則《あいはらとものり》は目覚ましアラームの電子音を聞いていた。音はけたたましいが、一気に引き起こされるということはない。その前から覚醒と睡眠の間を行ったり来たりしていた。そろそろ鳴るのかなと、心の準備をしながら眠っていた。アラームは午前七時にセットしてあった。その数分前に自然と体が目覚めの準備をするのが、いつの間にか癖になってしまっている。

手を伸ばし、アラームを解除した。布団を頭から被り、大きく息をつく。部屋の空気は冷え切っていた。寝しなに見たテレビの天気予報では、予想最低気温がマイナス五度だと言っていた。屋内もそれと大差ないだろう。春はまだ遠かった。だいいち来週が大寒だ。

覚悟を決め、ベッドから降りる。真っ先に靴下を穿《は》き、パジャマの上からフリースを羽織った。小便をして、まずは台所の石油ストーブに火を入れる。しゃがみ込んで手をこすり合わせた。顔がじりじりと熱くなる。冷凍食品を解凍するように、五分ほどそのままでいた。

台所の流しで歯を磨いた。浴室の洗面所を使わなくなっておよそ一年が経つ。元妻が家を出て行ってからだ。文句を言う人間がいなくなり、そうするようになった。

朝食の支度をする。薬缶《やかん》でお湯を沸かし、鮭の切り身を焼いた。フリーズドライの味噌汁を椀にあけ、湯を注いだ。冷蔵庫から卵と白菜の漬物を取り出す。御飯はゆうべ炊いたものの残りだ。出来上がったものをテーブルに並べ、テレビを見ながら朝食を食べた。味噌汁はインスタントだが、自分で作るより旨《うま》い。その代わり一杯分で百五十円もする。鮭の切り身も高級品だ。単身だと節約する気が起きない。

離婚当初は、朝食をもっぱらコンビニのサンドウィッチで済ませていたが、売り場で毎朝のように顔を合わせる近所の独居老人に会釈をされ、いやになった。似た境遇と思われるだけで、侮辱された気がした。自炊をしてみたら、案外苦にならなかった。御飯さえ炊けば、あとはなんとでもなる。

テレビのニュースで、東京の銀座に新しい海外ブランドが進出し徹夜の行列ができたと伝えていた。東京も変わっただろうな、と心の中でつぶやく。友則は大学四年間を東京で暮らした経験があった。住んでいた頃はさして意識しなかったが、Uターンして年月が過ぎるほど、地方と中央の格差を実感するようになった。地方で暮らしていると、どこへ行っても知った顔に会う。世間から逃れられるのは東京だけだ。

生卵をかけて御飯をかき込んだ。お茶をいれ、新聞を開いた。駅前デパートの閉店のニュースが一面に載るような地元紙だ。朝日も読売も、この地で威光を放つことはない。職場で圧力のように「地元紙をとれ」と迫られるせいだ。

便意を催したのでトイレに入った。独身に戻り、ドアを開けたまま用を足すようになった。ドアを閉める生活がまた来るのだろうかと思うことがある。

寝室に戻り、身支度をした。シャツにネクタイ。カーディガンを着込み、その上から市役所の作業服に袖を通す。普段、背広はほとんど着ない。人の家に上がりこむことが多いからだ。

八時になり、スキー用のダウンをさらにその上から着て、重装備でマンションを出た。マンションといっても、三階建てで十二世帯しかないモルタル造りのアパートだ。親との同居を望まない新婚夫婦が増えたため、ゆめのにはこの手の共同住宅がたくさんある。たいてい真新しくて、安っぽい。

裏の駐車場に回り、自家用セダンに乗り込んだ。「プレミオ」という車種だ。自分の持ち物なのに関心は薄かった。職場にやって来たセールスマンに勧められ買っただけのものだ。今の車はわからない。「以前のコロナですよ」と言われ、初めてぴんときた。

エンジンをかけ、しばらく暖機運転をする。白い排気ガスが温泉場のように辺りに漂った。同じマンションの住人が次々と現れ、車に乗り込んでは出て行った。住人同士、挨拶を交わすことはない。若い夫婦などは会釈すら返さない。

友則も車を発進させる。ここから勤務先の「ゆめの市役所」まで国道を走って約二十分かかる。朝でも渋滞はない。ゆめの市は、人口十二万人の、合併して日の浅い、だだっ広い地方都市だ。

空はどんよりと曇っていた。天気予報では午前中から雪が降り出すと言っていた。

始業五分前に市役所の駐車場に車を滑り込ませ、真新しい庁舎の玄関をくぐった。同じように登庁してきた職員たちと挨拶を交わし、エレベーターホールに立つ。

「相原さん。今夜、どうですか」

他部署の同僚がうしろから現れ、声をかけてきた。白い歯を見せ、牌《パイ》をつまむ手つきをしている。

「またマージャンですか。一昨日やったばかりでしょう」

友則が呆れ顔で返事をした。ゆめの市役所は合併したばかりで混乱しているせいか、暇な部署が山ほどあった。むろん、自分たちからは口が裂けても「不要」だとは言わない。仕事がある振りをして、机でじっとしている。

「マージャンなんて言わないでよ。中国語勉強会。ゆめのには中国人が多いんだから」

「はいはい。勉強会ね」

実際、勉強会名目だった。日報にそう書くのだ。

下りてきたエレベーターの扉が開き、ぞろぞろと乗り込んだ。女子職員が数人いたので、化粧の匂いが充満した。

「早く帰ると何かいいことでもあるんですか」同僚が耳元でささやいた。

「いや、それはないけど」

「じゃあ、五時半に『大三元』で」

「また強引な」顔をしかめ、いやそうに見つめた。

「お願い。出前の寿司代もうちでもつから」眉を八の字にして手を合わせている。

友則の返事を待たず、同僚は目的の階でエレベーターから降りていった。役所内には勉強会名目のサークルがいくつもあり、活動費には町役場時代から貯められた裏金が充てられていた。雀荘代が税金から捻出されていると知れたら、市民は大騒ぎするだろう。

友則は、社会福祉事務所が入っている五階で降りた。この出張所に配属されて一年が経つ。以前は、合併前の湯田《ゆだ》町の役場に一年間出向していた。元々は県庁職員だ。妻が自分の実家がある湯田で暮らしたいと言うので志望した異動だが、今となってはもちろん後悔している。

新しくできた自治体ということで、現在は出張所扱いの県管轄だが、四月には市に福祉行政が移行する。そうなると、友則は自動的に県庁に復帰することができる。この退屈な町から、やっと脱出できる。

タイムカードを押し、ロッカーにダウンをしまい、ノートパソコンを取り出した。個人情報を守るため、パソコンは持ち出し禁止だ。ＣＤも課長が管理している。

デスクに行き、その課長に挨拶した。「おはようございます。今日は雪らしいですね」

「ああ。積もらないことを祈りたいねえ。雪掻きを手伝えとか、灯油を買ってきてくれだとか、マルチュウに振り回されちゃあかなわん」

課長の宇佐美が、新聞に目を落としたまま言った。胃潰瘍の手術経験がある宇佐美は、まだ四十代のくせに古木のようにやせ細っていた。調子が悪いときは、口臭があるのですぐにわかる。ちなみにマルチュウというのは、生活保護受給者の中で要注意マークがついた人物を指す。もちろん職場内だけの符丁だ。友則が属するのは生活保護課である。

「暮れの大雪では、朝日町のケースにひどい目に遭いましたよ。呼び出しておいて、雪が屋根に積もってテレビの映りが悪い、ですからね」

「あの癇癪《かんしゃく》持ちのジイサンだろう。民生委員も病院もお手上げだ」

生活保護受給者のことをケースと呼ぶ。友則たちはケースワーカーだ。ここに来て初めて知った世界だった。世の中には、良心も常識も持たない人間が相当数存在する。

「相原さん。飛鳥町の七十歳の申請者、昨日から電話がつながらないんですけど、どうしたもんですかねえ。今日訪問する約束だったんですけど」

向かいの机の新人職員が浮かない表情で言った。この新人が田舎の社会福祉事務所に配属されたのは、トランプでババを引いたようなものだった。とりわけ生活保護課は、役所内では誰もが敬遠したい不人気部署ナンバーワンだ。どうやら面接の際、愚かにも「なんでも経験したい」と言ってしまったらしい。

「訪問って、それは一緒に行って欲しいってことなのか？」と友則。

「できれば……」

「わかった。行ってやるよ。ただし午後だぞ」簡潔に答え、パソコンを開く。

「いよいよ、ぼくも死体とご対面ですかねえ」

「縁起でもないことを言うな」

「だって前回行ったときは、ガスが停められてたんですよ。次は電気でしょう」

「その申請者、提出書類はどうなってる」

「不備だらけですよ。期日も守らないし」

その言葉を聞いて友則は安堵した。少なくともこちらの責任は免れる。申請を拒んで餓死などされたら、社会福祉事務所は非難の嵐にさらされる。

事務担当の愛美がいれてくれたお茶をすすった。高卒で公務員六年目の愛美は、結婚だけがもっかの関心事だ。太めで愛嬌はあるが、仕事は必要最低限で済ませようとした。残業を頼むと、人生で大損をしたような顔をする。

「課長。お茶っ葉がきれそうです」

「それなら買ってこい。いちいち伺いを立てるな」

「この前、銘柄にケチつけたじゃないですかあ」

「ジャスミン茶なんか買ってくっからだ。普通の緑茶、買ってこい」

二人で漫才のような会話をしていた。愛美は遠慮がないので、その点では扱いやすかった。色気がないのも、気が散らなくていい。

始業時間から十五分ほど過ぎた頃、「おうす」とドスのきいた声を発し、相談係の稲葉が現れた。灰色の髪を短く刈り上げ、薄い眉の下には細い目が光っている。ダブルのスーツ姿は、傍目《はため》には街の金融業者に見える。

「しばれるなあ。こういう日は外に出んに限る」

湯呑みで手を温め、大きな背中を丸めている。

稲葉は現職の警官で、ゆめの警察署生活安全課の刑事だった。人材交流という名目で、この社会福祉事務所に派遣されていた。生活保護費の不正受給には暴力団関係者が多いので、それを防ぐためである。来年度から市に組み込まれるため、助役らが警察幹部にかけあい、実現した。県の監査が入る前に、生活保護の受給件数を減らしたいという思惑があるようだ。正式に人事を通しているのか、友則は知らない。「あんまりよそでは言うな」と口止めされているので、上層部は曖昧なまま進めたいのだろう。

「稲葉さん。例の障害者手帳をちらつかせるケース、なんとかなりますかね。証拠をつかんでない段階で申し訳ないんですが……」

宇佐美が丁寧な口調で言った。最年長の稲葉は職場でお客さん扱いされている。

「まあおれに任せえ。あんなチンピラに好き勝手はさせせん。診断書を書いた医者共々締め上げて、絶対に返還させる」

稲葉が自信ありげに答えた。会話の中身は不正受給者のことだ。やくざ者に辞退届を書かせ、しかも過去に支給した金を返還させようというのだから、まさに刑事の仕事である。

これまでは暴力団員のやりたい放題だった。欠けた小指をテーブルに置いて、「これだから就職もできん」と凄まれれば、職員は担当の押し付け合いをした。友則自身も何人かやくざ紛いの受給者を抱えているが、稲葉が来てくれたおかげで強く出られるようになった。保護費を取りに来て、カウンター越しに稲葉をみつけて顔を青くする元組員もいた。

ただ、稲葉という人物は、誠実な職員とは言い難かった。態度が威圧的で、自分が公僕であるという意識は薄い。市民から普通に口を利かれるだけで、「生意気な野郎だ」と気色ばんだ。長く警察にいると、腰を低くされることに慣れてしまうのかもしれない。

全員が揃ったところで、宇佐美がプリントを配った。県から回ってきたもので、各社会福祉事務所の先月の生活保護費受給状況が表になっていた。

「見ての通りだが、申請、被保護者とも、出張所ではうちがいちばん高い数字を出している。申請は食い止めるとして、各自今一度担当ケースの調査と洗い直しを図って、適正実施を目指して欲しい。したがって、マルチュウからは一件でも多くの辞退届を……」

宇佐美が真面目な顔で業務連絡をした。最初の頃は他の部署に聞こえないよう声をひそめていたが、いつの間にか訓示調が普通になった。ときには語気を強くすることもある。

「とにかく各種書類を再提出させること。扶養義務者とも連絡をつけること。それで堀を埋めていこう。ノルマまでは課さないが、数字はちゃんと出してくれ。そうでないと……」

毎週結果を求められるのだから、まるで民間企業の営業職にでもなったかのような錯覚を覚える。もっとも、これまでは職員にコスト意識がないせいで、不正受給の温床となっていた。事なかれ主義の甘い対応が議会で問題になり、初めて現状に目を向けるようになった。

ゆめの市は、三つの町が合併して一年前にできた新しい市だ。市になるなり、生活保護家庭が激増した。これまでの世間体が薄れたことが要因だと、ある議員は分析していた。案外そんなものだろう。分母が大きくなれば、個人は図々しくなるのだ。

ミーティングが終わり、友則は書類とデジタルカメラを鞄に入れて出かける支度をした。ケースの家庭訪問は毎日である。それがケースワーカーの仕事だ。

外に出ると、すでに小雪が舞い始めていた。

最初に訪れたのは、駅前商店街に近いアパートに住む二十二歳の女だった。三歳と一歳の子供がいて、それぞれ父親がちがう。現在は母子家庭で無職ということになっている。支給額は、家賃補助五万五千円を含めて月に二十三万円だ。医療費は全額ただになる。一般市民が聞いたら唖然とするだろう。申請書を通したのは、杜撰《ずさん》だった時代の課長だ。生活保護を得てすでに半年が経とうとしていた。

呼び鈴を押しても返事がなかった。「佐藤さーん」名前を呼んでドアをたたく。耳を澄ませると、子供の「ママ、ママ」という声が聞こえた。

「佐藤さん、いらっしゃいますよね。社会福祉事務所の相原です」

友則は、ドアに口をつけるようにしてささやき声で言った。隣近所に知られたくないケースが多いので、一応気は遣っていた。

中でごそごそと物音がする。しばらくしてそれが足音に変わり、ドアが開けられた。

「はい」まだ若いくせに酒焼けしたかすれ声を女が発する。寝起きなのかパジャマ姿だ。はだけた胸元から白い肌がのぞいていた。

「おはようございます。訪問に来ました」

「今日でしたっけ」女が目をこすっている。うしろには女児がくっついていた。

「そうです。約束です。上げていただけますか？」

「散らかってるんで、どこかの喫茶店で……」

「お子さんはどうするんですか。目が離せないから仕事にも就けないわけでしょう。状況を把握するためにも上げてください」

友則がドアの間に体を入れる。女は不服そうに顔を背けると、どうぞとも言わず奥に歩いていった。

靴を脱ぎ、2DKの部屋に上がる。入ってすぐの台所は床までゴミだらけで、コンビニ弁当の空き箱が散乱していた。自炊をしている様子はない。女は二人の子供を寝室に追い払うと、セーターをパジャマの上から着込み、居間のコタツに黙って入った。このケースには来訪者にお茶をいれる気遣いもない。

「どうですか？　最近は」友則はコタツの前で正座をした。

「どうって、普通ですけど」目を見ないで答える。世間話すらいやそうだ。

「早速ですが、前回お話しした養育費の件、お子さんの父親たちに要求してみましたか？　佐藤さんにはその権利があるんですよ」

「そっちから言ってください。わたし、もう口も利きたくないし」

「そういうのは、佐藤さん側でやっていただかないと。連絡ぐらいはつけられるでしょう」

「暴力振るうんですよ。殺されたらどうするんですか」このときばかりはにらみつけてきた。聞き取り調査によると、申請時、最初の夫は住所不定の元バーテンダーで、二番目の夫は無職だった。

「元のご主人たち、現在はお仕事をされてるんですよね」

「知りません」

「向こうの親御さんは、孫に会わせろとか言わないんですか」

「知りません。会ってもいないです」

沈黙が流れる。子供が子供なら、親も親だ。

実家の援助は得られないのか、という話は過去に何度もした。その都度返ってくる答えは、「親も無収入」だった。なんでも両親も離婚していて、父親とは音信不通らしい。きっと母親は陰で、娘が月に二十万円以上も保護費を得ていることに大喜びし、二度と手放すなと焚きつけているのだ。ふざけた連中は、どこまでもふざけている。

友則はそれとなく部屋を眺め回した。男が住んでいないかをチェックするためだ。もっとも、いたところで、とぼけられたらおしまいだ。

衣類が散らかっていた。埃《ほこり》もたまっている。掃除もしていないらしい。テレビの横にルイ・ヴィトンのバッグがあった。

「佐藤さん。これ、どうしたんですか？　資産申告書にはありませんでしたが」

「友だちのを借りてるだけです」

女は一瞬表情を変え、顔を赤くして答えた。うそに決まっているが、詰問しないでおいた。

女が茶色い髪をかき上げた。甘い匂いが鼻先まで漂ってきた。肌はつきたての餅のようだ。こんなだらしのない女でも、若さだけは輝いている。

「毎日、何をされてるわけですか？」

「子供の世話ですけど」

「じゃあ、実家のおかあさんを呼んで見てもらったらどうですか。そうすれば働きに出られるでしょう」

「おかあさんは別の家庭があるから無理です」

その話も以前聞いた。内縁の夫がいるらしい。男関係が複雑なのは母娘一緒だ。

「いいですか？　人が二十三万円の金を稼ぐのにどれだけ苦労すると思ってるんですか。それは税金から出ているんですよ。生活保護費は緊急のものであって、ずっと支給されると思ったら大間違いですよ」

友則が顔をのぞきこんで説諭した。女は頬をふくらませ、うつむいている。こうなると子供を叱っているようなものだった。

「とにかく職に就いてください。託児所は一緒に探しましょう。探せば夜遅くまで預かってくれるところもあるはずです。それから、扶養義務者の上申書を一週間以内に提出すること。それがない場合は辞退届を書いていただきます」

そのとき、隣の部屋で子供が泣き出した。女児のほうが走ってやってきて、「ショウタがね、ショウタがね」と母親に訴えている。

女が隣の部屋に行き、泣いている男児を引きずって戻ってきた。

「あんたがねえ、こうやって好き勝手に泣くから、おかあさんは働きにも出られねえんだよ」突然、子供に向かって怒鳴りつけた。

「いや、佐藤さん。そういう問題じゃないんですよ。子供は泣くものなんですから」友則が腰を浮かし、とりなそうとする。

「じゃあどうすればいいんですか。車だってないし、それだと会社にも行けないし」

女が態度を一変させ、友則に食ってかかった。毎回こうだった。不貞腐れ、最後には怒り出す。会話が成り立ったことは一度としてない。

真っ赤な顔で唇を震わせている二十二歳のケースを見上げながら、この女の将来には何もないのだろうなと想像し、憐れみを覚えた。彼女の人生双六《すごろく》は、すでに「あがり」なのだ。今の部署に配属されて、友則はすっかり人間嫌いになった。知的風を気取る女タレントの、「人が好き」という発言を耳にするだけで腹が立った。

議論しても埒《らち》が明かないので、履行要求を箇条書きにしたものを置いて退散することにした。

「一週間です。今回は猶予なしです」念を押す。幼児の激しい泣き声が背中に降りかかった。暴力だけは振るわないでくれと、祈るような気持ちで部屋を出た。

腋の下にびっしょりと汗をかいていた。訪問後は毎度のことだった。冷たい風が友則の体温を一気に奪い去っていった。

車で国道を走った。次の目的地はパチンコ店だ。ケースが連日パチンコ通いしていると、近隣住民から通報があったのだ。市民通報は珍しいことではなかった。隣人が生活保護費を支給されて遊び呆《ほう》けていたら、誰だって頭にくる。

今日はカメラで証拠写真を収めることを予定していた。声をかけても「今日だけ」「たまたま」と言い逃れされるだけだからだ。動かぬ証拠を押さえられれば、辞退届に持っていける。そのケースは元建設作業員で、腰が悪いと言って診断書まで提出していた。こんなのばかりだ。生活保護費という税金のおよそ半分は、弱者を主張する働きたくない者たちに支給されている。まさかと思っていた友則だが、今はそれを実感できた。人間の半分は、正直者ではない。

四車線ある国道の両脇には、原色の大きな看板が、不出来なテーマパークのように並んでいた。「靴」「酒」「本」。そこに掲げられた文字は、目立てばいいとでも言いたげだ。そして見事なまでに景観を破壊していた。子供の頃、家族とのドライブでこの辺りを通ったことがあるが、一面は美しい田園地帯だった。地元の子たちが凧揚げをしていてうらやましく思った記憶がある。今では量販店とファミリーレストランとパチンコ店の激戦区だ。おかげですべての駅前商店街がさびれ、シャッター通りと化した。

中にひとつ、「夢あるゆめの市」と大書された大きなボードがあった。今の市は、「湯田」「目《め》方《かた》」「野方《のかた》」という三つの町が合併して誕生した。それぞれの頭の文字を取って「ゆめの市」となった。これといった反対運動が起こらなかったことからして、たまたま語呂がよかった偶然が受け入れられたのだろう。「向田郡《むこうだ》」という歴史ある地名は、あっさりと葬り去られた。

ちらついていた雪がその密度を増し、本降りに変わろうとしていた。風が強いので、線を引くように横に流れていく。歩道を歩いている者は一人としていなかった。車がないと、買い物にも行けない町だ。

友則はヒーターのスイッチを最強にした。フロントガラスに映る光景は、空も道も街路樹も灰色だった。

2

午後三時、六時間目の終わりを告げるチャイムを聞きながら、久保史恵《くぼふみえ》は予備校の英語の予習をしていた。窓の外は横殴りの雪で、ガラスがゴトゴトと音を立てて揺れていた。

「じゃあ、今日はここまで」教師が抑揚のない声をあげ、教科書を閉じる。授業は数Ⅱで、白髪頭の教科担任は生徒から「仏様」と言われるほど怒ったことがないおじさんだった。公言はしないものの、受験に数学を必要としない者は内職をしていていいという態度だ。だからクラスの半分は授業を聞いていない。昨年暮れの進路相談で、史恵は私文を選択した。理系は眼中になかった。二次関数以降は、数式を見ただけで耳から煙が出る。

「起立。礼」

週番の男子がだるそうに声を発し、椅子が床をこする音がいっせいに響いた。うしろのほうの男子数人は立つこともしない。机に伏せて寝たままの生徒もいる。教師が出て行くと、途端に繁華街の雑踏のように教室がざわついた。

「おい、ゲーセン行こうぜ」

「バイトだよ、バイト」

男子たちのそんな声が飛び交っている。

高二の後期になって、生徒がはっきりと二つに分かれた。進学組と就職組だ。四月からは本格的に進路別クラスになるのだが、その前哨戦とでもいったところだ。史恵の在籍する県立向田高校は、一応進学校ということになっている。ただしランクは高くない。去年は東北大学に二人合格者が出たといって、教師たちは大喜びだった。中退者は毎年二桁を数える。その程度の進学校だ。史恵の志望校は東京の立教か青学の文学部だ。もっとも模試の成績は散々で、「さらなる努力が必要」と判定されたばかりなのだけれど。

生徒の約四割は進学をしない。だからと言ってまともな就職もしない。フリーターは職業じゃないぞ、と進路指導の教師が懸命に説いていた。もっともこの田舎町にたいした就職先はない。仲のいい先輩の一人は、学校から小さな鉄工所の事務職を紹介され、自分はそういうポジションなのかと落ち込んでいた。

ショートホームルームで、担任が注意を告げた。駅舎でしゃがみ込む本校の生徒が多数いて、JRから苦情が来ているらしい。

「床なんかばい菌だらけなんだから。誰かが犬のウンチを踏んだ靴で歩き回ってるかもしれないでしょう」

笑わせたいつもりらしいが、生徒は無反応だった。担任は三十五歳の女教師で、ブスで独身だ。とりえがあるとすればバストが大きいことぐらいだ。男子は無視を決め込み、女子は馬鹿にしていた。以前、ブラジル人の若い男と腕を組んで歩いているのを生徒が目撃し、騒然となったことがある。「男に貢いでてさあ、男はその金でブラジルの親兄弟を養ってんだよ」と大いにうけた。将来ああなりたくないという大人に対して、十代はとことん冷たい。

退屈な学校が終わり、史恵はリュックを背負って隣のクラスへ行った。親友の大塚和美と一緒に予備校に行くためだ。学校で同じ予備校に通っている生徒は百人をくだらなかった。だから放課後も同じ顔ぶれと一緒に過ごす。史恵たちは予備校の授業を「残業」と呼んでいた。

「雪降ってるし、残業かったるいなあ」和美が浮かない顔で口をとがらせた。

「うん。そうだね」同感なので史恵はうなずく。

「じゃあフケる？　ドリタンのカラオケボックス、ポイント溜まってるからただで入れるよ」

「だーめ。この前もそう言ってさぼったでしょう。そろそろ家に連絡行くよ」

「面倒臭いなあ」

「子供みたいにすねないの」

「史恵もがんばるよねえ。わたし、郡山か仙台の短大でもいいかって気になってきた。推薦枠、あるみたいだし」

「あのさあ」史恵は真顔でにらみつけた。

「うそ。言ってみただけ」

「行こうよ、東京の四年制。そもそも言い出したのは和美じゃん」

去年の夏休み、仲良しグループでディズニーランドと東京観光をしたとき、宿泊したホテルの同じ部屋で和美が提案した。高校を出たら一緒に東京の大学に入ろう、と。たちまち盛り上がり、それは二人の約束事になった。

「わたし勉強、嫌いかも」窓の外を見てため息をついている。

「誰だって一緒。うちら東京で花の女子大生になるんでしょう」

「でもうちの親、いまだにぶつぶつ言ってる。東京なんて仕送りいくらかかるんだって」

「それならうちも一緒。バイトするって説き伏せるしかないって」

「……そうだね」和美が両手を頭の上で組み、伸びをした。「うちら、こんな退屈な田舎絶対に出てやるんだよね」

「そうそう。あとちょっとの我慢だって」

連れだって校門を出た。お揃いのピーコートの襟を立て、バス停に向かう。雪がいやがらせのように正面から降りかかってきた。ミニスカートから出た生足が、凍えてたちまち痛くなる。シヨートスパッツをスカートの下に穿いている女子もいるが、可愛くないので史恵は痩せ我慢していた。

満員のバスに乗り込むと、後部座席で二年の不良グループが騒いでいた。窓を開けて得意げにたばこを吸っている。三年生がほとんど学校に来なくなったので、天下を取った気分なのだろう。田舎の不良らしく、ズボンをずり下げ、引きずっている。まるで猿だ。少しもかっこいいとは思わない。

駅に着くと、駅舎は同じ学校の生徒で溢れかえっていた。教師たちの注意も効果はなく、男子も女子も床で胡坐《あぐら》をかいている。駅員はかかわりを恐れているのか、事務室から出てこなかった。待合室の大人たちは、迷惑そうな顔をするだけで口を開くことはない。

「おーい、大塚」和美に声がかかった。同じクラスの男子だ。「そろそろいい返事、聞かせてくれよォ」甘えた口調で体をくねらせている。男子の輪がどっと沸いた。

「馬鹿みたい」和美は相手にせず、改札へと歩く。史恵もあとに続いた。以前聞かされた話なので知っていた。男子グループの中で、誰が大塚和美の最初の男になるかが賭けになっているらしい。和美は派手な顔立ちで、入学当時から男子にもてていた。

クラスの女子の半数近くはすでに性体験を済ませていたが、史恵と和美はヴァージンだった。「上京して、イケメンで金持ちの大学生と経験しよう」と誓い合ったからだ。

東京へ行ったとき、都会の女子高生のかっこよさに圧倒された。渋谷のセンター街にたむろする毒々しい化粧の女たちにではなく、有名私立の制服を着た女子高生の颯爽《さっそう》とした姿にだ。彼女たちは不良に見えないのに大人っぽかった。ピアスひとつをとっても品がよかった。盗み見たネイルはきれいに磨かれていた。史恵たちが初めて嗅いだ上流社会の香りだった。こういう世界があるのだと一度で憧れた。白いソックスはすぐさまやめた。

ゆめのみたいな田舎で彼氏をつくるわけにはいかないよね、と和美が言い、史恵もその通りだと思った。ゆめの市は、三つの町が合併して一年前にできた地方都市だった。勉強のできる子は高校卒業と同時に出て行く。残るのは不良か地味な子たちだ。

一時間に三本しかない電車に乗る。車内で商業高校の生徒たちと一緒になった。彼らは向田高校に輪をかけて柄が悪い。ほとんどが床にしゃがみ込み、荷物棚で横になっている男子もいる。不良グループ同士の小競り合いは日常茶飯で、喧嘩はもう十回以上目撃した。

「史恵。ドアのところに金髪の三人組、いるでしょう」

和美が小声で言った。見ると、正真正銘の金色に染めた頭に、目のふちを黒くメイクした怖そうな女子がしゃがみ込んでいた。

「中学ンときの同級生だけど、三人とも美園のキャバクラでバイトしてる」

「うそォ」史恵は眉をひそめた。自分の学校には、さすがにそこまでやる生徒はいない。

「時給七千円」

「信じられない」鼻に皺を寄せて言った。

「ノーブラでおさわりさせるんだって」

「げーっ。ハゲおやじに触らせるわけ？」

「きっと売春《うり》もやってるね。だってヴィトンとか平気で買ってるんだもん」

「親は何も言わないの？」

「諦めてるんじゃない」

「ふうん」あまりに世界がちがうので、史恵は適当な感想が浮かんでこなかった。

ここ半年ぐらいで同級生たちががらりと変わった。大袈裟に言えば、住む世界ごとに砦《とりで》を築いている感じがした。グループがちがうと、すべてがちがう。そして仲間内の付き合いがすべてに優先する。きっとキャバクラで働く彼女たちに罪悪感はない。友だちが始めたから。それで理由は充分なのだ。

「ねえ、あなたたち。ここに座っていると乗り降りの邪魔よ」

そのとき小さく声があがった。身なりのいい初老のおばさんだった。車内の視線が一斉に動く。金髪の三人組が顔色を変え、おばさんをにらんだ。

「女の子が足なんか開くものじゃありませんよ」

なおも穏やかに注意する。

「うっせえなあ」一人がつぶやいた。「関係ねえじゃん」ほかの一人も言い返した。

おばさんは腰をかがめ、困った顔をしている。そこへ隣の車両から中年の男が現れた。腕に校名入りの腕章を巻いているので商業高校の教師だとわかった。最近、通学電車内を見回っているのだ。

「おい、おまえら。おとなしくしてるか」明るい声で言った。媚《こ》びている感じがすぐに伝わった。見かけも気の弱そうなおじさんだ。

「してる、してる」三人組がしゃがんだまま、おどけて答える。教師に対する緊張感はない。

「あなた、この子たちの先生ですか?」おばさんが言った。「注意してくださいな。電車の床は座るところじゃないでしょう」

「ほら見ろ。おまえら。叱られるのは先生なんだぞ」教師が、芝居がかった仕草で顎を突き出す。

「椅子が足りねえんだよ。先生、JRに掛け合ってよ。椅子を増やせって」女子の一人が言った。

「そうだ。ソファも用意しろ」ほかから野次が飛んだ。笑い声が起こる。

「無茶を言うな。ほら、立って、立って」教師が手を差し出す。

「足が痺れた。先生、立たせて」

「いやー。どこ触るの。先生のエッチ」

教師は完全におもちゃにされていた。黙って見ていたおばさんは深くため息をつくと、軽蔑の視線を向け、隣の車両へと移動していった。もっとも隣も同じ状態だ。

「低級」和美が見下すように言った。和美の最近の口癖だ。「こいつら、東京の地下鉄に乗せてやりたいね」

「ほんと。小学生だってきちんとしてるのにね」史恵がうなずく。

東京の地下鉄では、制服姿の小学生の一団を見かけた。バッグの刺繍で「学習院初等科」の生徒だと知った。愛子様の通う学校だと二人で色めきたった。みんな賢そうだった。

商業高校には中学時代の知り合いが多いが、もはや親しみはない。男子たちが言うように「寺子屋」と呼んで馬鹿にしている。どうせこの町に残る落ちこぼれたちだ。


湯田駅で降りて商店街を歩いた。小さい頃は賑やかな繁華街のイメージがあったが、今は買い物にすら出かけない。国道沿いに大型スーパーができたせいで、個人商店が軒並み潰れてしまったからだ。人通りはなく、店の大半はシャッターを下ろしている。

アーケードが途切れる交差点の角に、大手予備校の分校「ゆめの校」はあった。以前は「向田校」だったが、市になると同時に名前も変えていた。「ゆめの」のほうがイメージがいいと思ったらしい。史恵も賛成だ。以前は「向田郡」と自分の住所を言うのもいやだった。

階段を上がり教室に入る。空調の効いた暖かい空気に包み込まれ、張っていた肩の力が抜けた。「やっほー」顔見知りと挨拶を交わす。やっと仲間と会えた気がした。隣の市からも生徒が来るので、同じレベルの友だちが増えるのがうれしい。

窓際で北高の男子がかたまっていた。学区内ではいちばんの進学校で、歴史ある男子校で、毎年東大合格者も出す。史恵と和美は髪を直しておしゃべりに行った。

「ねえ、何の相談？」和美がシナをつくって言う。

「悪いこと、たくらんでるんでしょう」史恵も笑顔と色気を振りまいた。

「おう。東大爆破計画よ。どうせ入れねえなら消えてもらおうって思ってな」

男子の一人が言い、史恵と和美はけらけらと笑った。偏差値の高い子は咄嗟《とっさ》のジョークも面白い。

「でもさあ、それだと東北や早慶がもっと難関になるよ」と史恵。

「いいの。おれら琉球大学に決めたから。南の島でのんびり暮らすんだよね」

史恵がいいなと思っている山本春樹が白い歯をのぞかせて言った。

「琉球大学の入試って水泳があるらしいぞ。試験は海パン持参だって」

みんなで手をたたいてよろこぶ。男子たちは全員、東京の大学が志望校だった。勉強ができるだけでなく外国の映画や音楽にも詳しく、向田高校の男子とはちがって趣味も高尚だった。

「おれたちさあ、春休みに東京へ行くんだぜ」男子が言った。

「そうなんだ。ディズニーランドにも行くの？」和美が聞く。

「ううん。東大見学ツアーっていうのがあって、うちのＯＢの東大生がキャンパスを案内してくれるわけ。一年後の受験に向けてやる気を出させようって企画らしいけどね。教師の引率付き。東大なんて無理とわかってるけど、親もそれなら金を出してくれるって言うから」

「で、そこで爆破するんだ」と和美。

「そうそう」またみんなで笑いこける。

「いいなあ北高は」史恵はため息をついた。「うちなんか東大ＯＢは一人もいないよ。いちばんよくて東北と早慶だもん」

「それで充分。こん中じゃあ、東大に入れそうなのは春樹だけだもん」

仲間にそう言われ、春樹が目を伏せ苦笑する。春樹は学生服を脱いでセーター姿だった。胸にポロのマークが刺繍されている。父親がゆめの市の市会議員で、家は昔からの大地主だった。雨の日に、母親がベンツで迎えに来た場面も見ている。品のいいグレーの温かそうなセーターだった。そこに顔を埋めている自分を想像した。

「久保も東京の大学を受験するんだろ」

春樹に聞かれ、心の中をのぞかれたようで、史恵は赤面した。

「うん。立教か青学」つい正直に志望校を答えてしまう。

「じゃあ立教にしろよ。六大学野球の応援席で会おうぜ」

「うん。そうする」

なんだかうれしくなった。目標がより明確になった気がした。

「あ、わたしを仲間外れにする気だ。どうせわたしは女子大志望ですよ」和美がすねて横から口をはさむ。

「そっちのほうがもてるって。おれたちが合コン、申し込むから」男子がすかさずフォローする。

北高の男子たちは女子に慣れていないせいか、総じてやさしかった。根が真面目だからきっと性体験もないはずだ。

そのとき窓の外でオートバイの爆音が響いた。暴走族らしい。「ご苦労なことだなあ。この雪の日に」男子たちが前の通りをのぞき込み、見下した調子で言った。

「半分は商業の連中だろう？　部活に暴走部があるって噂だぜ」

「それって部費は出るわけ？」

「強制カンパなんじゃない？」

またしても笑い声。同じ高校生でも、ここにいる春樹たちと商業の生徒とではまったくちがう日常を送っている。卒業後の進路に夢を抱く十七歳と、卒業後は地元で働くしかない十七歳が、同じ町に暮らしているのだ。もちろん自分は前者でなくてはならないと史恵は思っている。こんな町はまっぴらだ。お洒落をしても行く場所がない。

講師が現れ、みんなが席に散った。教科ごとに試験でクラス分けされていて、学校のような生ぬるさはない。授業を妨害したり、斜《しゃ》に構える生徒もいない。やる気のある者から前に座る。「外は雪だ。勉強日和《びより》だなあ。諸君は祝福されてるぞ」若い講師が甲高い声を発し、生徒を笑わせた。

塾の講師はみんな元気一杯だ。生徒からの相談にも親身になってくれる。塾はお役所仕事じゃないからな、と地元の部品メーカーに勤める父親が言っていた。父は公務員を嫌っている。ろくに仕事もせず給料ばかり高いのだそうだ。

隣の和美が真剣な面持ちでノートをとり始めた。いやがっていたのはポーズだけらしい。二人の目標は東京で女子大生になることだ。

史恵も、講師の言葉を聞き逃すまいと授業に集中した。横殴りの雪が、窓をすっかり白くしていた。

3

呼び鈴を押すと、大きな電子音が玄関の外まで鳴り響いてきた。あまりの音量に、押した自分が驚いてしまう。下調べで得た老夫婦家庭という情報は本当のようだ。音がフルボリュームなのは、耳が遠いということだ。加藤裕也《かとうゆうや》はひとつ咳払いすると、帽子を被り直し、耳にかかった髪を中に押し込んだ。

もう一度押す。空井戸に石を投げ込んだように家の中で反響していた。応答はない。居留守だと踏んだ。さっき裏通りから部屋の電気がついているのを確認していた。

「ごめんくださーい。ごめんくださーい」大声で呼んだ。その間も呼び鈴を押し続ける。

向こうはセールスとわかっていて出ないのだ。こうなると根競べだ。

一旦玄関から離れ、二階を見上げる。今朝からちらついていた雪は、十時を過ぎたあたりから本格的に降り始めていた。灰色にくすんだ空まで落ちてきそうだ。

肩についた雪を払う。裕也はベージュの地味な作業服を着ていた。ホームセンターの売り場に置いてあるようなものだ。胸には「向田電気保安センター」と刺繍してあった。社長は、新しい市の名称である「ゆめの」ではなく、堅いイメージを出したくてあえて以前の郡名「向田」にしたと言っていた。この作業服を支給されたときは憂鬱になったが、今はもう慣れた。二十三にもなって無職ではいられない。

しばらく二階を凝視していたら、窓のカーテンがちらりと揺れた。尻尾を出したとほくそ笑んだ。帰ったかどうか確認したのだ。

再び呼び鈴を押す。「ごめんくださーい。いらっしゃるんですよねー」いっそう大声を張り上げた。ノルマがあるので簡単には引き下がれない。生活がかかると人はいくらでも頑張れると最近知った。以前の自分なら、さっさとあきらめていた。

しばらくして、やっと中から応答があった。「どなたさんですか？」老婦人のか細い声だ。

「わたくし、向田電気保安センターの者です。配電盤の保守点検に参りました」

裕也は元気よく言った。背筋も伸ばした。

「何も頼んでませんけどねえ。間違いじゃないですか」

「いいえ。保守点検です。最近、漏電による火災が多いので、そのための検査です」

老婦人はまだドアを開けない。「すいません。主人が出かけてるので、またにしてもらえませんか？」警戒している様子がありありだ。

「いえ、この地区の点検日が今日なんですよ。ご近所も回らせていただいてます」

もちろんうそだが、隣家とは距離があるので、この場で確認される心配はない。

やっとのことでドアが半分だけ開いた。七十過ぎの小さな老婦人が、ノブを握ったまま不安げな表情で佇《たたず》んでいた。

裕也がすかさず身分証を提示した。と言っても単なる社員証だ。続いて新聞記事をコピーした書類を見せる。県内で漏電火災が多発しているという見出しのものだ。五年も前の記事だが、誰もそこまでは確認しない。

「ご存知とは思いますが、築二十年を超える家屋は電気の配線が旧式で事故の心配があります。こちら、建てられたのは何年ですかねえ」

裕也が聞いた。「昭和四十三年ですけど……」老婦人が答える。昭和で言われるとチンプンカンプンだが、相当古そうなのは確かだ。

「漏電遮断器はついてますか？」

「さあ、そういうのはわからないから」

「それじゃあ点検させてください。配電盤はどちらですか」裕也は自分でドアを開けると、三和《たた》土《き》に入り込み、靴を脱いだ。慌てる老婦人に、「ご安心ください。無料ですから」と笑顔で言い、強引に上がる。

「配電盤、台所ですか？」

「そうですけど……」

「早速、見せていただきます」

廊下を奥へと歩く。老婦人は戸惑いながらついてきた。

台所の勝手口の上に配電盤はあった。予想通り旧タイプのもので、埃が積もっていた。

「すいません。汚いから拭きますね」と老婦人。

「いいえ、結構です。漏電遮断器が正常かどうか調べるだけですから。一分で済みます」

裕也はバッグからハンディ型のテスターを取り出すと、配電盤のカバーを開け、二本のクリップをヒューズにつないだ。いんちきだった。裕也に電気の知識はない。

「あー、やっぱり。古い機種だからなあ」大袈裟に顔をしかめた。「奥さん。この漏電遮断器、壊れてますよ。ほら、針がぴくりとも動かないでしょう」

そう言ってテスターのメーターを見せる。老婦人は暗い顔だ。

「これだと漏電があった場合、自動的に電気が停止しないんですよね。危険なので早めの交換をお勧めします」

何食わぬ顔で言った。釣りで言うなら、かかるかどうかの瀬戸際だ。

「国道沿いの電器店か、あるいはホームセンターに行けば取り寄せてもらえると思います。取説を読めば素人でも交換できますよ」

しゃべりながら、それとなく居間に目を向けた。薄型の大型テレビ、上等そうな家具調コタツ、床の間には掛け軸が吊るしてある。悠々自適の年金暮らしをしているように見えた。いくら払わせるか、頭の中で思案した。

「それって、いくらぐらいするんですか？」老婦人が聞いた。

「グレードにもよりますが、安物なら一万円からあるでしょう。でも、安全に関わるものですから、ちゃんとしたメーカーの品がいいとは思います」

老婦人がうんうんとうなずいている。裕也は一呼吸置いて、「よかったら、うちでもできますが」とファイルのパンフレットを見せた。

「車に漏電遮断器を積んであるので、ご依頼いただければ十分で交換します。最上級機種になるので値段は……」瞬時に判断した。半分は賭けだ。「消費税込みで三万千五百円になります。今はキャンペーン中なので、工賃は無料です」

代金はその場でもらわなければならない。振り込みや後日集金だと、周囲に相談されてしまう。老人は意外と現金を自宅に置いていることを、裕也は社の営業会議で教えられていた。クレジットカードを持たないのと、キャッシュディスペンサーなどの機械を恐れるからだ。

「こんな小さなものが三万円もするの?」老婦人が眉をひそめ、パンフレットに見入っている。高過ぎたかと内心焦った。もっとも、それなら二万円の機種もあると言うだけだ。実際はすべて同じ商品で、原価など五百円だ。

「安全に関わるものですからね。先週も野方で火災がありましたけど、原因は漏電だったらしいです。いくら火の元に気をつけても、漏電だけは目に見えないから、ホント気の毒です」

裕也がたたみかける。しばし間があったのち、「あなた、信じても大丈夫?」と老婦人が言った。自分の孫を問い質《ただ》すような、真剣な面持ちだった。

「もちろんです。この地区だけでも五十件以上、取り付けをさせていただいてます」

「最近、強引なセールスが多くて、わたしビクビクしてるの。こっちは年寄りだから、むずかしい専門用語を出されると、本当かどうかもわからないし」

「そうですすねえ。悪質リフォームとか、テレビでやってますもんねえ。インチキな工事で何百万と請求するんでしょ?　ひどい連中です」

裕也が調子を合わせる。うそには慣れた。罪悪感もない。

「……じゃあ、お願いしようかしら」

老婦人がかすかに微笑んだ。諦めが混じっているようにも見えた。

「ありがとうございます」裕也は深々と頭を下げた。「ではすぐに取ってきますから」小走りに廊下を急ぐ。よしっ。玄関を出て小さく叫んだ。歩合は四割なので、一万二千円が自分の懐に入る。目標は売り上げ一日十万円だ。


次は隣町の大型団地に足を延ばした。四十年も前に山を切り開いてできた住宅地で、子供たちがみなよその土地で家庭を築いたため、住んでいるのは老人ばかりだ。雪のせいもあり、通りに人影はまったくない。死んだような地区だ。十年後にこの団地はどうなってしまうのか、他人事《ひとごと》ながら心配になる。

道の路肩に同じ会社のバンを見つけた。運転席をのぞくと、柴田という先輩社員が弁当を食べていた。すぐ横に並び、窓を開けて声をかける。

「先輩、調子はどうですか？」

セールスがかち合わないよう、担当するエリアは会社から細かく指示されていた。大きな住宅団地は、ブロックごとに振り分けられている。

御飯を口一杯にほおばった柴田が、黙って顎をしゃくった。こっちに来いということらしい。

裕也は車を停め、柴田のバンの助手席にすべり込んだ。「寒いッスね」ヒーターの噴出孔に手をかざす。

「おめえ、飯は食ったのか」と柴田。見ると、奥さんの手作り弁当を食べていた。白い飯に、おかずは玉子焼きと鶏の唐揚げだけだ。

「まだです。このあと、国道の『どさんこ』でラーメン食おうと思って」

柴田が食べる手を休め、自分の腕時計を指差す。「昼飯時は追い返す口実を与えるだけだぞ。一時まで待て」飯粒が車内に飛び散った。

柴田は昔からの先輩だった。共に地元の商業高校を中退し、同じ暴走族で走り回った仲だ。たいていの悪さはしてきた。バイクを片っ端から盗んで、ベトナム人ブローカーに売りさばいたこともある。

「裕也。おめえ、今日は何件いった？」

「まだ一件です。でも三万だったからまあまあかな」

「こっちは三件だ。全部で四万いくらかだから、しょぼいアガリだけどな」

「さすがですね」裕也が持ち上げる調子で言った。

「前から言ってんだろう。下の娘が春から幼稚園なんだよ。入園金だの制服代だの、物入りでしょうがねえんだ」

柴田は二十四歳で子供が二人いた。結婚したのは十九だ。相手は喫茶店で働く同い年の女だった。

「おめえ、翔太君とは会ってんのか」と柴田。

「いや、会ってませんけど。だいたい彩香の住所も知らないッスよ」裕也はそう答えて洟《はな》をすすった。

佐藤彩香というのが、裕也の以前の結婚相手だった。翔太は二人の間の息子だ。彩香はひとつ下だが、すでに離婚歴があって子供もいた。妊娠を告げられ籍を入れたが、結婚生活は一年と持たなかった。

「産ませたんだから、養育費ぐらい払ってやれや」

「それがね、最近聞いた噂では生活保護を受けてるらしいんですよ。月に二十三万円だって。おれ、アッタマ来ちゃって」

「月に二十三万円？」柴田が目をむいた。「それ、働くよりいいじゃねえか。おめえ、探し出して半分取ってこい。なんなんだよ、遊んでる人間に金なんか出しやがって」

二人で元妻と国の制度を非難した。ゆめのには、生活保護費で暮らしている若いシングルマザーが山ほどいる。

「そろそろ行くか」柴田が弁当箱を閉じて言った。「今月もボーナス狙わねえとな。おれ、二年以内に家を買うからな」

「マジですか？」

「おう。社長に言われた。男は家を持って一人前だって」

裕也は黙ってため息をついた。柴田ならやれそうだと思った。いつも威勢がいい。営業成績は常にベストファイブに入っていて、月収は百万に届かんとしている。

自分の車に戻り、担当エリアに向かった。雪が本降りに変わり、道が白く染め上げられていた。スリップしないように、慎重にハンドル操作した。営業車はポンコツで、タイヤはノーマルで磨り減っていた。ワイパーはキイキイと鳴いている。会社の営業経費はきびしく制限されていた。走行距離とガソリン代とが合わないと、容赦なく自腹を切らされた。

団地のいちばん奥まで行き、訪問先を物色した。門にインターホンがある家は敬遠した。ドアを開けてくれるまでが面倒だからだ。

古びた木造家屋があったので、ここから始めることにした。車を降り、玄関の呼び鈴を押す。八十を超えていそうな、腰の曲がった老婆が簡単に引き戸を開けてくれた。

「こんにちは。わたくし、向田電気保安センターの者です。本日は配電盤の保守点検に参りました」

「はあ、そうですか」老婆は間延びした声を発する。楽勝だと心がはやった。

「最近、漏電による火災が多発してます。おたくさまの家では、どのくらい前に点検なさってますか」耳が遠そうなので大声を出した。

「さあねえ、そういうの、わたしらはわからんからねえ」

「ちょっと見せていただけますか。点検は無料です」笑顔を作って距離を詰める。

「はあ、そうですか」

難なく台所まで上がり込むことができた。マニュアル通りに点検する振りをし、テスターのメーターを見せる。そして漏電遮断器の交換を提案した。さて、ここはいくらにするか。質素な暮らしに見えるので、三万円というわけにはいかない。二万か、一万か。

「村田さーん」そのとき、玄関から女の声がした。「お客さんですかー」

老婆の顔がほころぶ。「ああ、民生委員さんだ」と、玄関へと歩いていった。

裕也はその場で息を潜めた。邪魔が入ったと舌打ちする。耳を澄ませると、何かの点検に来てるの、と老婆が事情を説明していた。

廊下を歩く足音がした。しかも二人分だ。裕也は身を硬くした。

「あなた、どちらの人？」

現れたのは、ナマハゲを連想させる鼻の穴の大きな中年の女だった。裕也を見て胡散《うさん》臭げな表情をしている。

「わたくし、向田電気保安センターから参りました」と裕也。目を合わせずに答えた。

「それって市の委託業者なの？」

「ですから、保安センターです」

裕也が答える。言質《げんち》をとられるとまずいのでイエスともノーとも言うな、と会社から言われていた。

「それじゃあ東北電力とは関係あるの?」

「ですから、保安センターです」

「答えになってない」女が胸を反らせた。「あなたたちでしょう。漏電チェック器とやらを売りつけてる会社は。おばさん、知ってるのよ。この先の小林さんってお年寄りも買わされたって。あとで担当の民生委員が東北電力に問い合わせたら、全然関係ないって言ってたわよ」

裕也は顔が熱くなった。老婆は不安げに佇んでいた。

「名刺、あったらもらえる?」と女。

「あ、今は持ってないんですよ」汗が出た。「ええと、それじゃあ今日は点検だけで失礼しますから」腰をかがめ、道具を鞄に仕舞う。

「この団地、最近はあなたたちみたいなセールスがいっぱい来るの」背中に女の声が降りかかった。「消火器だとか、プロパンガスの警報装置だとか、お年寄りに売りつけて。あとで調べてみると全部インチキ」

「うちはちがいますよ」苛立つ気持ちを抑えて言い返す。

「じゃあ、どうちがうの。おばさんに説明して」

「だから、まだ何も売ってねえだろう」つい声を荒らげてしまった。

女と老婆が青い顔でたじろぎ、二、三歩あとずさる。「何よ。警察呼ぶわよ」と甲高い声を上げた。

裕也は奥歯を嚙み締めると、鞄を手に玄関へと歩いた。住民とトラブルを起こすな、というのも会社の命令だ。警察に目を付けられると、商売がしづらくなる。

「あなた、恥ずかしくないの」女があとを追ってきた。「お年寄りを騙して、物を売りつけて、そういうの、恥ずかしくないの」

無視して靴を履く。

「あなたにも、おじいちゃんやおばあちゃんがいるでしょう。こうやって騙されたらどんな気がする？」

感情を堪《こら》え、玄関を出た。

「若いんだから、ちゃんとした仕事に就きなさい。狭い町だから、どこの誰かすぐにわかるよ。親が泣いてるでしょう」

「うるせえ！」

裕也は思わず大声を上げた。その声が、しんしんと雪の降る住宅街に響く。

足早に車に向かった。乗り込み、エンジンをかけ、発進する。まだ温まってないので、ノッキングを繰り返した。「くそったれがァ」声に出してハンドルをたたいた。

頭に血が昇って、すぐには仕事になりそうになかった。

大きく息をつく。頭をかきむしる。飯でも食うかと自分に語りかけた。

ワイパーのノイズだけが規則的に鳴っていた。


営業を終え、五時に会社に戻ると、幹部から臨時ミーティングがあると告げられた。「おい、全員残れよ」小声で耳打ちされた。裕也は暗い気持ちになった。急なミーティングは、たいてい社長の機嫌の悪いときだ。

二十八歳のオーナー社長は亀山といい、空手の有段者で、恐喝と傷害の前科があった。社員はほとんどが元暴走族で気が荒かったが、亀山ににらまれると身をすくめた。その代わり町ではいい顔ができた。「亀山のところの若い者」と言えば、地元やくざも一目置いてくれるからだ。

全員が事務所に整列したところで、スーツ姿の社長が奥の部屋から現れた。取り巻きより頭ひとつ飛び出ていた。亀山は、中学のとき相撲部屋からスカウトが来たというくらい体格がよかった。三十数人の社員を前によく透る声を響かせた。

「みんな、聞いてくれ。今日、森田が辞表を提出してきた。知ってのとおり、森田の営業成績はDランクだ。入社半年で、一度もそこから抜け出たことがねえ。ちなみに、入れてくださいって言ってきたのは森田のほうだ」

亀山が顎をしゃくる。壁際で二十歳の森田が小さくなっていた。

「おまえらどう思う？」眉間《みけん》に皺を寄せ、声を一段低くした。「おい、柴田。なんか意見があったら言ってみろ」

指名された柴田が、首を横に曲げ「甘いんじゃないですかねえ」とドスを利かせて答えた。

「ほう、どこが甘い？」

「だいいち営業で茶髪っていうのがふざけてますよ」

「ああ、そうだな」亀山がにやりと口の端を持ち上げる。

柴田が、青い顔の森田に向かって言った。

「おめえ、本気でやるなら髪をなんとかしろよ。芸能人じゃねえんだからよォ。もみ上げだってマントヒヒみてえに伸ばしやがって。辞める辞めねえって話は、そういう態度を改めてからじゃねえのか」

森田は黙ってうつむいている。すでに社長室で散々脅されたのか、唇が震えていた。

「ほかは？　誰か意見はあるか」と亀山。別の先輩社員が挙手をして口を開いた。

「森田に質問があるんだけど。おめえ、辞めて何するんだ。時給八百円のフリーターか？」

森田は答えない。全員の冷たい視線を浴びていた。

「フリーターじゃなくてもいいや。仮に就職口があったとして、勤めたとするわな。おめえ、そこでいくら稼げんだ？　高校中退じゃあ、手取り十五万かそこらだぞ。それでいいのか？　くやしくねえのか？」

ほかの社員も口々に発言した。甘えてんじゃねえぞ、初心を忘れるな、そんな根性で生きていけると思ってんのか——。何か言ったほうがいいと思い、裕也も加わった。

「いつまで暴走族気分でいるんだよ」言いながら、自分の声のような気がしなかった。

吊るし上げのようなミーティングの中で、ふと窓の外に目をやる。降りしきる雪の中、通りをはさんだ向かいのビルで予備校の授業が行われていた。高校生たちが、真剣な面持ちで黒板を見つめている。講師が何か冗談を言ったのか、音もなく教室が沸いた。心なしか、向こうの部屋のほうが照明が明るいように見えた。

向田高か北高の生徒だろう。高校時代は、優等生面《づら》が気に入らなくて、何度かカツアゲをしたことがあった。今はずいぶん昔の出来事のように思える。

「よし、みんなの気持ちはわかった」亀山が社員の声を制して言った。首の骨を鳴らし、ひとつ咳払いする。「要するにおれたちはファミリーだってことだ。全員でのし上がっていこうって誓い合った間柄だってことだ。やくざじゃねえんだからよォ、別に組抜けは許さねえとか、そういうことを言うつもりはねえんだ。だけどよォ、仕事がきついから辞めさせてくださいっていうんじゃ、こっちも仲間として情けねえだろう。ちがうか？」

ここぞとばかりに大きな声を張り上げた。全員が弾かれたように背筋を伸ばす。かつては県内の暴走族をまとめていただけあって、迫力は充分だった。やくざにならなかったのが不思議なくらいだ。

「おめえら、自分の稼いでる金を考えてみろよ。金村。てめえの先月の給料、いくらだ」

「八十万です」Aランクの幹部社員が直立不動で言った。

「うちに来る前はゲーセンの店員だろう。そんときゃあいくらだ」

「手取り十五万円でした」

「前は中古のシルビアに乗ってたよなァ。今は何だ」

「出たばっかのレクサスです」

「そうだ。金村はたいしたやつだ。高校中退で、普通ならチンケな会社で下働きさせられてるところが、今や年収一千万に届かんとしている男だ。二十五で、今度家も建てるって話だ。おれはなあ、みんなにそういう生活をしてもらいてえわけだ」

亀山が唾を飛ばし、熱のこもった演説をした。浅黒い顔がいっそう濃く映る。

「みんな目標を持てよ、目標を。車でも腕時計でもブランド物のスーツでも、なんでもいいよ。目標を持って、それを実現させろよ。そうすりゃあ、誰だって頑張れるんだよ」

壁を拳でたたいた。その力の込め方は、到底演技には見えない。

社員の中には、亀山に心酔している男たちが相当数いた。柴田もその一人だ。飲みに誘われると、子犬のようによろこぶ。きっと世間で言うところの「カリスマ」とは、こういう人物のことだ。裕也は声さえかけてもらえない。営業成績はまだCランクだ。

ミーティングは三十分以上続いた。辞表を出した森田は全員から責められ、最後は目を赤くしていた。前にもあったように、この男も辞表を撤回し、明日からまた訪問セールスに奔走するのだろう。上前をはねる会社としては、兵隊は多いほどいい。簡単に辞めさせるわけにはいかないのだ。

裕也の腹がガマガエルのように鳴った。仲間を誘って焼肉でも食べに行こうと思った。スタミナをつけて、勇気をつけて、明日からも頑張ろう。目標はフェアレディZだ。今決めた。外はすっかり陽が落ちている。寂れた商店街にネオンはない。窓の明かりが空から落下する雪を銀色に浮き上がらせていた。

4

店内放送で午後三時を告げる鐘の音が鳴った。カランコロン——。軽やかで丸みを帯びた電子音だ。

堀部《ほりべ》妙子《たえこ》は腕時計を見やり、二分ほど進んでいたので、竜頭をつまんで長針を十二の位置に戻した。もう十年以上使っている自動巻きなので、毎日のように時刻合わせをしなければならない。今の世の中、腕時計など一万円も出せばクオーツ式の正確なものに買い換えられることは、四十八歳の妙子でも知っているが、その一万円を惜しんでいた。たぶん壊れて動かなくなるまで使うのだろう。ブランド物の腕時計を身につける自分など、人生で一度も想像したことはない。

鐘の音のあとは『白銀の恋人たち』のメロディが流れた。雪はまだ降っているらしい。外の天候を店内の従業員に知らせる合図だ。雨が降り出すと、『雨に唄えば』が流される。映画音楽などまるで無知だった妙子だが、ここで働くようになっていろいろなテーマ曲を覚えるようになった。降雪となれば、夕方の混雑も少しは緩和してくれそうだ。

買い物カゴを提げ、地下一階の食料品売り場を歩き回る。ユニクロの赤茶色のフリースに、ベージュのストレッチパンツを穿いていた。足元はスニーカーだ。化粧は最低限しかしていない。目立たない服装がこの仕事の基本だからだ。妙子は、一年前から地元の警備保安会社に私服保安員として雇われ、先月よりここ「ドリームタウン」の地下一階スーパーに派遣されていた。ドリームタウンとは国道沿いに店舗を構えるゆめので唯一の複合商業施設だ。市民は縮めて「ドリタン」と呼ぶ。両隣の市にあるジャスコやイトーヨーカドーと、熾烈な客の奪い合いをしている。

商品の品定めをするふりをしながら、横目で挙動不審な客はいないか監視した。約二千平米の食料品フロアに、常時二名の保安員が配置についている。もう一人は、確か製菓コーナーの棚付近にいるはずだ。

早速、初老の男が目についた。バッグもカゴも持たず、ジャンパー姿できょろきょろと周囲を見回している。こいつ、やるな――。ぴんときた。ファスナーを閉めた上着の中に商品を突っ込んで隠すパターンである。保安員の間では「カンガルー」と呼ばれていた。

男は背が低く、痩せていて、姿全体が貧相だった。恰好をつけた服装だが、いかにも安物だ。似合いもしない薄い色眼鏡をかけている。屈強な体格の男でないことに、妙子は安堵した。捕捉の際に抵抗されて怖い目に遭った経験は何度もある。

男は鮮魚売り場を物色していた。「へい、らっしゃい」威勢のいい店員のかけ声が響く中、主婦たちに紛れて、冷蔵の陳列棚の前に張り付いている。恐らく周りに人がいなくなったとき、その場で隠す気だ。

妙子は右側に五メートルほど離れたところで様子をうかがった。もちろん正視はしない。目が合ったらお仕舞いである。身をかがめ、商品を選ぶふりをして、横目で全神経を男に集中した。

次の瞬間、男の右手が動いた。棚の刺身の入ったパックをつかむと、前を見たまま、自然な動作で、ゆっくりと胸元からジャンパーの中に入れたのである。このリピーターめ。妙子は口の中で毒づいた。今の動作は絶対に初心者ではない。

急いでポケットの中のＰＨＳを取り出す。同じフロアにいる保安員に連絡を送った。バイブ機能でポケットを震わせるだけだ。それが「着手現認」の連絡である。

万引きをした人間はすぐさまその場を立ち去ろうとする。この男も例外ではなかった。外周をそそくさと歩くと、レジを通らず、食品売り場の外に出た。そのままエスカレーターに乗る。スーパーからの出口は一階正面がいちばん近い。そこを出たところで声をかけるのが通常の捕捉手順だ。

妙子があとをつける。先回りしていた同僚の大島淑子がエントランスに立っていた。この男だよ、と目で合図した。

男は何食わぬ顔でスーパーを出た。腕時計を見る。十五時二十五分、対象者の店外退出を現認。頭の中にメモを取る。雪の中、傘もささず、駐輪場に向かって男はいっそう早足になっていた。二人で小走りで追いつき、両脇から挟み込んだ。

「お客さん、すいません。レジを通してない品物をお持ちですよねえ」妙子が声をかけた。緊張の一瞬だ。駆け出す万引き犯は決して少なくない。

体重七十キロの淑子が前に回り込んだ。「お客さん、わたしたち、このスーパーの保安員です。ちょっと事務所まで来てもらえませんか」淑子も腰を低くしている。

「何のことよ。おれは知らねえぞ」男が目をむいた。避けて前に進もうとする。二人で立ちはだかり、行く手を塞いだ。雪の中で、三人で右に左にとカニ歩きする。

「ほんとに知らないんですか？　見てましたよ。ジャンパーの中に商品、ありますよねえ」

妙子が言うと、男は弾かれたように立ち止まり、「いっけねえ。うっかりしてた。お金払うの忘れてた」と臭い芝居をした。笑おうとするが顔はひきつっている。動揺しているのがありありとわかった。

「何を言ってるんですか。とにかく事務所へ来てください」

「だから払うって」

「それは事務所で話を聞いてからです」

「いや、だからさ……」

「とにかく事務所へ来てもらいます」

ぶつぶつ言う男に回れ右をさせる。淑子がうしろから男のベルトをつかんだが、男は「なんだ、なんだ」と言うだけで、大きな抵抗はしなかった。捕捉がうまくいったことに妙子はほっとした。


バックヤードの事務所に男を連れて行くと、椅子に座らせ、副店長の橋本に連絡した。万引き犯の対応はどの売り場も副店長格の役目になっていた。「この忙しい中、なんでおれが」と、三十代後半の橋本はいつも文句をたれている。

「さあ、おとうさん。ジャンパーの中の物、このテーブルに出して」妙子が命じた。

「だからさ、さっきから言ってるじゃないの。払うの忘れたって」男が足を大きく開き、パイプ椅子にもたれかかっている。口調はあくまでも明るい。

「さっさと商品を出しなさい」妙子が見下ろして語気強く言った。淑子もうしろ側に回って威圧する。

二人にはさまれた男が、気まずそうにジャンパーの中からパックを取り出した。それはマグロの中トロのさくだった。値札に目をやる。一九八〇円の品だった。これで万引きの現行犯が成立した。もはや遠慮する理由はなにもない。

「おとうさん。ポケットの中のもの、全部出して」と淑子。

「なによ、そういうこともするわけ？」男が二人の保安員を見比べている。女相手だからまだ言い逃れができると思っているのか、反省の色はない。

「はやく。時間の無駄でしょう」

「おっかねえなあ」男がおどけてポケットをまさぐる。すると、たばこと、財布と、鍵の束と、チューブ入りワサビが出てきた。

「あんたさあ、ワサビも取ってたの？」妙子は呆れた。「刺身とワサビじゃあ、魔が差したは通用しないよ」言いながら腹が立った。

「だから何度も言ってるでしょう。払うの忘れてたって。おれ、考え事してたのよ。そういう癖があるの」

「ふざけるな！　どこの世界にジャンパーの中に商品を入れて買い物をする人間がいるの。これは犯罪なんだからね。おとうさん、わかってるの！」

妙子が一喝する。その剣幕に男がたじろいだ。続いて財布を開かせると、千円札が一枚と小銭しかなかった。

「あんた、これでどうやって払うのよ！」

「あれ？　おっかしいなあ……」なおもとぼけようとする。

そこへ副店長の橋本がやってきた。不機嫌そうな顔で頭をかいている。淑子の報告を聞くと、男の前に座り、腕組みをして、「じゃあ、あなた、言い訳なら警察でしてくれる？」と投げやりに言った。

「いや、おれはね、万引きしようなんて気はさらさらなくて――」警察という言葉を聞き、男が顔色を変える。

「そういうのも全部、警察で言ってちょうだい。うちはね、あんたたちの言い分を聞いてるほど暇じゃないの。一ヶ月の万引きによる商品ロス、いくらか知ってる？　百万円ですよ、百万円。ドリタンの各フロアの中で最高額。毎日毎日、あんたらみたいなのが来て、金も払わず商品をくすねていくわけ。こっちはもうハラワタが煮えくり返ってんだよね」

橋本はテーブルの上の商品を手に取り、ふんと鼻で笑った。「万引き犯が中トロかよ。おれだって食えねえよ」口をゆがめ、肩を揺すっている。

橋本は普段、客相手に頭を下げているせいか、万引き犯に対しては情けをかけなかった。一段低い人間と見なし、馬鹿にしきっている。それは妙子にとっても都合がよかった。気のやさしいタイプだと、捕まえても張り合いがない。

「警察に電話しましょう」妙子が電話機を取り上げ、橋本に手渡す。

「いや、それは待ってよ」男が顔をゆがめ、腰を浮かして懇願した。

「だったら、まずは認めなさい！　わたしは万引きしましたって白状しなさい！」妙子が再び声を荒らげた。

橋本を含む三人の間では、もはや阿吽《あうん》の呼吸が出来上がっていた。素直に認めない万引き犯には警察を持ち出すのがいちばんだ。

「すいません」男がやっと頭を下げた。口調も改めた。

「やったのね！」

「やりました」男はうなだれた。

「じゃあ、ここに住所と名前を書いて」

妙子が用意した始末書を差し出す。男は「いや、これは……」としばらく口ごもり、「これから金を取ってきて払いますから」と青い顔で訴えた。

「あのね、払えばいいってものじゃないわけ。家族いる？　いるのなら引き取りに来てもらうし、いなかったら警察行き。それ以外の道はないの」

橋本がそう言い、だるそうに椅子にもたれかかり、たばこに火をつけた。紫煙が天井にゆらゆらと昇っていく。

「実は女房が病気で寝たきりなもので、せめてマグロで精をつけさせようと……」

「はいはい。そういうの、聞き飽きてるんだよね。うそでしょ。時間の無駄はやめましょう。さっさと住所と名前を書いて」

橋本は相手にならなかった。男はもはや顔色をなくしている。

「その……女房に知られたら、おれ、離縁されちゃうんです」男が立ち上がり、椅子を横にどけた。その場で膝をつく。「何卒お許しください。お金は払います。二度としません」床に頭をこすりつけた。

「立ちなさい。うちは土下座禁止」妙子がすかさず言った。「最後の手段と思ってるのかもしれないけど、そういうの通用しないからね」

仕事を始めた当初は戸惑ったが、こういう場面にはもう慣れた。憐れに感じるだけで、信じようとは思わない。ほぼ全員が、常習犯なのだ。

男はなおも懇願を続けた。六十を過ぎて仕事に就けないでいる、年金がまだもらえない、後生ですから勘弁してください――。同情を買うのに懸命になっていた。もちろん妙子たちは取り合わない。泣いたって許すことはない。

結局、二十分ほどじたばたしたあげく、男は観念し、始末書に必要事項を書いた。六十二歳の、近くに住む元トラック運転手だった。現在は無職で、妻がビル清掃の仕事をして細々と生計を立てているらしい。

妙子が家に電話をした。橋本がいやがるので、いつの間にか妙子の役割になっていた。妻は家にいた。ひたすら恐縮し、受話器の向こうで頭を下げている姿が容易に想像できた。

約十五分後に、夫に似て小柄な六十がらみの女が現れた。「あんた、何してんのよ」と男の顔を見るなり泣き出した。雪が舞う中、自転車で駆けつけたのか、青白い顔の頬だけが赤かった。

「こういうの、初めてじゃないんですよね」妙子が聞くと、女は否定せず、ハンカチを目に当ててひたすら謝罪を繰り返した。

妻の態度を評価したのか、橋本が口調をやわらげた。「それじゃあ、今回に限り買い取りということで処理します。もう二度としないでくださいね」薄い笑みを浮かべ、不問に付した。もっとも楽屋裏を明かせば、たいていは始末書で済ませる。通報しても警察が面倒臭がるからだ。そっちでやってよ、と邪険にされたことも一度や二度ではない。

「申し訳ありません」初老の夫婦が、二人揃って深々と頭を下げる。

「おとうさん。奥さんを泣かせちゃいけないね」淑子が言った。

「おとうさんも大変だろうけど、六十二ならまだ働き口があるかもしれないから、ハローワークで探してごらん。人間はね、額に汗して働くものなの。奥さんだけに働かせないで、夫婦で頑張らなきゃ」妙子も言った。自然と胸が反り返った。鼻の穴が開いた。

人に頭を下げさせ、説教する。妙子が、この歳になるまで味わったことのない快感だった。どうりで警官や教師が威張るはずだと思った。この特権を、自分は思わぬきっかけで手に入れた。

「雪が降ってるから、足元に気をつけてね」やさしい声もかけてやる。

「ありがとうございます」夫婦に感謝され、妙子は満足した。

自分が優位に立てる場所がある。恐れられ、口答えも許さない時間がある。保安員の仕事を始めて、気が大きくなった。人を見下すのは、気分がいい。

老夫婦は何度も頭を下げ、背中を丸めて帰っていった。


この日はもう一件、万引きを捕捉した。女子高生四人組で、三人が取り囲み、一人がその陰で菓子類を鞄に詰めるという集団犯だった。見覚えのあるグループだった。着手を現認できず、見逃したことが何度もあったので、今度こそはと淑子と両方から見張った結果の捕捉だった。悪質なので遠慮はなかった。店を出たところでショルダーバッグをつかみ、両足を踏ん張った。警備員にも応援を頼み、逃がさないよう取り囲んだ。

事務所に連れて行くと女子高生たちは、万引きは認めたものの、一言の謝罪もなかった。不貞腐れた態度で足を組んでいる。うんともすんとも言わない。これにはまず橋本がきれた。携帯電話と学生証を取り上げ、「親が迎えに来るまで絶対に返さん」と顔を赤くして怒った。妙子も叱りつけた。

「あんたら、将来母親になったら絶対に子供も万引きするよ。そのときどうやって言い聞かせる？　それとも『おかあさんもやってた』って褒めてやる？　これは犯罪なんだからね。あんたらは犯罪者なんだよ」

これまでコケにされた恨みもあり、大声を浴びせてやった。

約三十分後、四人の親が事務所に揃ったところで、本人たちに始末書を書かせた。母親たちは普通の四十代の主婦だった。常識はあるらしく、買い取りを承諾し、平謝りしていた。ただし娘たちは依然として反省の言葉を発しない。

「ちょっと、おかあさんたち。あんたらの娘さん、さっきから一言も謝らないんですよ。ちゃんと躾《しつけ》してるんですか？」

妙子は母親たちに矛先を向けた。中に一人、高そうな服を着た女がいて癇に障った。

「本来なら警察にも学校にも連絡するところを、情けをかけてやってるんですよ。謝罪がないなら、今からでも電話しましょうか」

きっと裕福な家庭だ。広い庭があって、犬を飼っていて、夫はホワイトカラーで——。不意に跪《ひざまず》かせてやりたい衝動に駆られる。

「エミちゃん。お願いだから謝って。もう二度としませんって約束して」泣き顔で懇願した。ほかの母親たちも自分の娘に命じている。

「すいませんでした」「もうしません」やっとのことで女子高生たちが謝罪の言葉を発した。うつむいたまま、消え入りそうな声で。

「椅子に座って言うか。立って頭を下げろ！」横から淑子が怒鳴りつけた。淑子も溜まっていたらしい。

もはや拗ねた態度は通用しないと悟ったのか、女子高生四人が一列に並んで頭を下げた。たぶん、心からの反省はないだろう。内心はひどい目に遭ったと思っているのだ。この連中は犬猫と変わりがない。

女子高生に時間をとられたせいで、夕方以降は二件だけの捕捉だった。会社に提出する日報には、「かねてより懸案だった高校生の集団万引きをついに摘発」と多少大袈裟に書いた。実績を積めば、給料も上がる。現在の妙子の手取りは月に十六万円ほどだ。

午後八時まで仕事をして、いつものように職場でもあるスーパーで買い物をした。この時間になると安売りが始まるので、生鮮食品はかなりお値打ちだ。この日は半額になった刺身の盛り合わせを買った。バックヤードでは、あまったコロッケを顔見知りの従業員にただでもらった。

外に出ると、雪が五センチほど積もっていた。自転車は無理そうなので、市営バスを使うことにした。十分遅れでやって来たバスに、ほとんど乗客はいなかった。この町では、老人と子供以外は、その大半が自家用車で移動する。本屋も居酒屋も駐車場なしではやっていけない。

量販店が建ち並ぶ国道から脇道に入ると、辺りは急に暗くなった。明かりは、外灯と点在する民家の窓しかない。

古びた市営アパートに帰り、早速夕食の支度をした。といっても、惣菜を皿に移し変えるだけの作業だ。お湯を沸かし、アサリの味噌汁を作った。御飯は朝炊いたものだ。

居間のコタツに入り、テレビを見ながら夕食をとる。部屋の蛍光灯が一本、不安定にチカチカとちらつき、しばらくしたら切れた。買うのを忘れたと一人舌打ちした。

妙子は三年前に離婚していた。子供が二人とも独立して町を出たのを機に、話し合って別れることになった。理由は、もう一緒に暮らしたくないという妙子からの申し出だ。前の夫は性格のおとなしい、安月給のサラリーマンだった。どうして結婚したのか、今となっては不思議でならない。

ふと横を見ると、部屋の窓に自分が映っていた。老け顔のおばさんがそこにいる。見たくないので、立ち上がってカーテンを閉めた。髪に手をやり、もう二ヶ月も美容院に行っていないことを思い出す。新しい服など、一年以上買っていない。

食事を済ませると、コタツの上を片付け、線香を焚いた。茶簞笥《ちゃだんす》から大理石でできた三十センチほどの仏像を取り出し、目の前に置いた。テレビを消す。妙子は正座をすると、目を閉じて掌を合わせ、経を唱えた。

「ナンマイダー、ナンマイダー、ナンマイダー、ナンマイダー」

低い声が静かな居間に響く。二年前から始めた毎晩のお祈りだ。

幼馴染みに誘われ、「沙修会《さしゅう》」という仏教系の宗教団体の会員になった。新興宗教は怖いと最初は構えていたが、一度説教会に連れられていったら考えが変わった。不幸には総量があり、現世ですべてを出し尽くせば来世はらくになれるという教えに妙子は共感したのだ。

毎月二万円の会費を納めているが、少しも惜しくない。地区のリーダーはやさしく、頻繁に会いに来ては相談に乗ってくれる。

「ナンマイダー、ナンマイダー、ナンマイダー、ナンマイダー」

妙子は無心に経を唱えた。窓の外からは、タイヤにチェーンを巻いた車の走る音が聞こえていた。

5

電話が鳴っていた。若い秘書が買ってきた最新式のデジタル電話機は、着信すると、SF映画に出てくる宇宙船の計器のようにプッシュボタンに光が走った。洒落たつもりかもしれないが、まるで玩具だ。その秘書は出かけていない。隣の部屋で誰も電話に出ないところを見ると、アルバイトの中年主婦も席を外しているようだ。壁の時計を見ると、正午だった。一階の定食屋で昼飯でも食べているのだろう。

山本順一《やまもとじゅんいち》は、ナンバーディスプレイに映し出された発信元をのぞき込み、一人顔をしかめた。あまり頻繁にかけてくるので番号を登録しておいた市民グループのものだった。

順一は無視を決め込み、安手の事務椅子をリクライニングさせ、スチール製の机に足を乗せた。背もたれのスプリングがギイギイと音を立てている。

「山本順一事務所」でわざわざ安物の椅子や机を使っているのは、訪れた有権者の反感を買いたくないからだった。車も人前に出るときは国産のワゴンだ。自家用のベンツはすっかり妻のものになった。その代わり、本業である「山本土地開発」の社長室は贅を尽くしてある。デスクはオーク材で、応接セットはイタリア製だ。

電話は二十回ほど鳴って、やんだ。暇人どもめ――。口の中で毒づき、椅子を回転させる。窓の外に目をやると、朝方からちらつき始めた雪が本降りになっていた。風が強く、電柱は片側だけに雪が積もっている。

窓には内側からB全の選挙ポスターが張ってあった。《自民党公認　ゆめの市議会議員　山本順一　夢あるゆめの市を作ります》——。合併前から数えると、順一は議員になって二期目を迎えていた。町会議員だった父親が引退したのを機に、地盤を引き継ぎ、三十七歳で初当選した。あれから八年が経ち、春には三期目の選挙が控えている。

順一はあと一期務めたのち、県議会に打って出るつもりでいた。昨年死んだ父は「県政、国政に出るのはくたびれ儲け」と言っていたが、それは目先の利権を得られるかどうかの話だ。ドブさらいのような案件にはそろそろ飽きた。もっと大きな仕事をしてみたい。

しばらく郵便物の整理をしていたら、秘書の中村が外出から帰ってきた。自動車ディーラーから引き抜いた腰だけは低い三十二歳の妻子持ちだ。不動産会社にも籍を置かせ、それなりの給料を与えている。

「先生。湯田町の商工会ですが、駅前ロータリーの整備のほかに、市民ホールの誘致も条件に付け加えたいそうです」

中村が机の前まで来て報告した。

「馬鹿も休み休み言え。あの会長、気は確かか。市民ホールっていったら誰もが狙ってる重要事業だろう」

順一は目を丸くし、甲高い声をあげた。

「だめもとで言ってみただけとは思いますが……」

「それにしたって図々しい。二十年前は向田でいちばんの駅前商店街だったかもしれんが、今じゃ犬も歩かんシャッター通りだろう。だいいちどこに建てるっていうんだ」

「公園を潰してもいいそうです」

「話にならん。新しい市民ホールはドリタン横の国道沿いに建つ。そうしないと議会も大型店舗に顔が立たないだろう。おれ一人の力ではどうにもならん」

「動くふりだけでもいいとは思うんですが」

「できん。そんなことしたら、敵が増えるばっかりだ」

順一は机の引き出しからのど飴を取り出し、口に放り込んだ。気晴らしでなめ始めた飴がすっかり癖になってしまった。

選挙に備え、票集め作業の真っ最中だった。地元商工会は、ここぞとばかりに無理難題を吹っかけてくる。

「……もう一回頭下げるか。街路樹ぐらいなら手土産にできるだろう」順一が深くため息をつく。

「ああそうだ。さっき例の市民グループから電話があったぞ」

「『ゆめの市民連絡会』ですか？　今度は何を言ってきたんですか？」

「出るか、そんなもん。ナンバーディスプレイを見て居留守だ。どうせ飛鳥山の産廃処理施設建設への言いがかりだろう」

「ここのところ、あちこちでビラを配ってるようです」中村が心配顔で言った。

「春の選挙までは頬っかむりだ。押しかけてきても何も答えるな」

「わかりました」

「それから腹が減った。出前を取ってくれ。中華がいいな。冷えるから広東麺だ」

中村を退室させ、パソコンで自身のホームページを開いた。ここ最近ブログをさぼっていたのでそろそろ更新しなければならない。

「先生。雪だから出前は勘弁して欲しいそうです」中村がドアから顔だけ出して言った。

「じゃあ隣の蕎麦屋へ行って親子丼を運んでこい」順一は舌打ちし、ぞんざいに答えた。

まったく個人商店は甘えている。そういう態度だから、チェーン店や大型スーパーのテナント食堂にあっさり客を取られてしまうのだ。

古くからの商店は、市会議員をつかまえては生活の窮状を訴えてきた。その多くは経営努力もせず、企業の横暴だと泣き言を言うばかりだった。味やサービスで勝負する気はないのかと、有権者でなければ怒鳴りつけたいところである。

市民からのメールが何通か届いていたので開いた。家の前をバスが通るようにして欲しい、ゴミ収集の時間を遅らせて欲しい、近所に市営の託児所が欲しい、そんなものばかりだ。中に一通、「図書館の映画ＤＶＤを充実させるべし。納税者として要求する」という老人の意見があり、順一は人間の自己中心ぶりに嫌気がさした。「欲しけりゃ買えよ」つい声に出して言ってしまう。

市民は切り札のように「納税者」という言葉を口にするが、その大半は納税額より受けている行政サービスのほうが大きかった。平均的所得層ですら、コストに見合った税金を負担していない。

順一はメールを読むのをやめた。やはり市会議員はあと一期限りだと思った。そのあとは県政に出よう。住民エゴの相手はもううんざりだ。

午後からは会社に戻り、社長室で産廃処理業者と会合を持った。藪田敬太という五十がらみの社長は元やくざで、左手の小指が欠けていた。弟の幸次は専務で、同時に右翼団体を主宰している。地元の土建業界からは強面《こわもて》の兄弟として恐れられていた。

敬太が組を抜ける際、順一の父親が間に入ったことから山本土地開発に出入りするようになった。死んだ先代のことを今でも「大旦那」と真顔で呼ぶ。順一のことは長らく「若旦那」と呼んでいたが、やめてくれと頼んだら、最近やっと「先生」に変わった。

「今年の冬は降ってばかりだなあ」敬太が窓から外の雪を眺め、冷えた手をこすり合わせて言った。「燃費も悪くなるし、トラックの燃料代がかかってかなわん」肩を揺らしてソファへと歩く。小柄で痩せているが、鋭い目つきはやくざ時代のままだ。パンチパーマ以外の髪形を見たことはない。

「市も除雪費用が大変みたいですね。一降り三百万。それも市街地だけで」と順一。

「暇な職員にスコップ渡して動員したらいいんじゃねえの。この前市庁舎に行ったら、てっぺんの〝憩いの場〟で何人も昼寝してたぞ」

弟の幸次がソファで伸びをして言った。こちらは大柄で太っている。黒いタートルネックのセーターの上に金のネックレスを光らせていた。腕時計も金むくだ。

「先生。飛鳥山の一件だけど、測量ぐらいはさせてもらえねえか。そろそろ始めねえと図面も引けん」

敬太が一口お茶をすすって、テーブルに白地図を広げた。赤ペンでいろいろな書き込みがなされている。

「まあ社長、選挙が済むまで待ってください」順一は微苦笑して答えた。「市議会の椅子取りが決してしまえば、あとはこっちのものですから。飛鳥町は公民館を建てることで抱き込んであるし、主だった関係筋にも根回しはしてあるし、なにより市長が知事に話を通すと言っているし。これはもう鉄板です」

一定規模以上の産廃処理施設の建設は知事の許可を必要とした。申請を出してからは一気に話を進める算段だ。

「市長にはまだ会えねえの？　いつでも一席設ける気でいるけどな」

「それも選挙後。献金ならいつでもできます」

「わしら、県外の同業からもせっつかれてなあ。いいニュースは早く聞きてえわけよ」

敬太が金歯を見せて笑う。

「それより、ゆめの市民連絡会っていうの、社長たちは聞いてますか？　駅前で産廃処理施設建設反対のビラを配ってるようですが」

「ああ見た」幸次が首のうしろをかいて言った。「どっから嗅ぎつけたか知らねえが、土地取引も済んでねえ段階で始めるんだからたいした早耳だ」

飛鳥山の建設予定地は、元はといえば順一の会社が所有する山林だった。それを一年前に隣の市の不動産業者に売りさばいていた。もちろん、産廃処理施設の建設を当て込んでの売買である。一度迂回させることによって、山本土地開発の名は表に出にくくなる。利鞘は転売した業者と折半することで話はついていた。

「どうせうしろには議員がいるんだろう」と敬太。

「おそらくそうです。その連絡会の代表は、共産党の市議と懇意にしているようです」

「先生、そいつらの名前を教えてくれ。わしらが押さえ込んでやる。保養所建設のときもいろんな連中が言いがかりをつけてきたけど、大旦那の指示で追い払ってやった」

「社長、だめですよ。時代がちがうんだから」順一は苦笑してなだめた。

三つの町が合併してゆめの市になってからは、あちこちに市民団体ができていた。地域が発展しようとすると、必ず出てくるのが反対勢力だった。彼らは環境保護を持ち出し、公共事業を阻止しようとした。死んだ父が、「金でなびかねえ輩《やから》はわけがわからねえ」と言っていたことを思い出す。要するに金と成功者が憎いのだろう。順一はそう理解していた。

「社長。申請の書類はちゃんと揃えてあるんですか？」順一が聞いた。「事前協議は短期間勝負ですからね」

「ぬかりはねえ。最初は保管施設を申請して、二年間様子を見てから焼却炉建設に持ってく手筈だ。それより検討委員会のほうは、先生がなんとかしてくれねえと」

「大丈夫です。だいたい、ゆめの市にはすでに十二基も焼却炉があるんだから。県もいまさらごたごた言わんでしょう」

そのとき、社長秘書の今日子が新しいお茶をいれて持ってきた。藪田兄弟が若い女の体を中年男の視線で眺め回す。タイトスカートからは肉付きのいい尻の形が容易に想像できた。おいおい、見物料を取るぞ。順一は心の中でほくそ笑んだ。短大出で二十三歳の今日子は、順一と愛人関係にあった。毎月二十万円を給料とは別に手渡している。太めで絶世の美女とは言い難いが、若い肉体は順一に活力を与えてくれた。先代も妾を囲い、隠し子がいた。色を好むのは遺伝だ。

「ところで先生。別件で頼みごとがあるんだけどな」敬太が内ポケットからメモを取り出し、テーブルに差し出す。「知り合いのトラック運転手で、免許が取り消されて仕事ができねえ男がいるんだけど、生活保護を受けさせてやってもらえねえか」

順一がメモを見ると、男の名前と住所が記されていた。

「社会福祉事務所には行ったんですか？」

「行ったが追い返された。知った顔の刑事が窓口にいたって、目を丸くして驚いてた」

「刑事が？」

「わしも冗談かと思った。なんでも生活保護の不正受給者を減らすために警察から出向してるって話だわ」

敬太が声を上げて笑っている。ありそうな話なので、順一も噴き出してしまった。そういえば市議会で同じ自民党の議員が、生活保護受給者が多過ぎることを問題にしていた。企業がバック地縁についた議員は、貧乏人の票など怖くもない。

「わかりました。適当な人間をつかまえて話をつけましょう」

この程度の頼まれごとは日常茶飯事だった。秘書を使いにやれば、たいていカタはつく。地縁血縁が強く、身内に警官がいるだけで交通違反が見逃される土地柄だ。

藪田兄弟が帰ったあとは、社長としての業務をこなした。社員の営業報告を受け、指示を出し、書類に目を通した。途中、十分ほど今日子を膝の上に乗せ、若い女の匂いを楽しみ、体をまさぐった。

「社長のエッチ」今日子が順一の首に手を回し、耳元で色っぽい声を出す。

「雪の日は人肌が恋しいんだよ。今夜、一緒に飯食おうな」

人目を避けるため、今日子は隣の市に住まわせていた。マンションの家賃は会社持ちだ。週に一、二度、食事がてら送り届け、ベッドを共にするのがいつものパターンである。ただし泊まることはなかった。妻の顔は立てなくてはならない。

窓の外では雪がしんしんと降り続いていた。


帰宅したのは午後十一時過ぎだった。高台にある敷地五百坪の古い日本家屋で、庭には竹林も桜の木もあった。祖父が戦後すぐに建てた家は、すでに築六十年を超えている。風格はあるが、現代の暮らしにはさすがに不便も多かった。

風呂から上がると、寝室の布団の上で、パジャマ姿の妻の友代がインテリア雑誌を広げていた。酒の臭いがした。妻はまた酒を飲んでいるようだ。「ねえ、やっぱりリビングには暖炉が欲しいんだけど」順一に向かってそんなことを言う。

父が死んだので家の建て替えをすることにした。友代にせがまれ、今年になって順一が承諾した。それ以来、友代は新築計画に夢中だ。雑誌やパンフレットを眺めては、あれこれアイデアを練っている。建築士は毎日のように呼び出されていた。

「好きにしていいさ。ただし、おれの書斎だけは確保してくれよ」順一は気のない返事をして、隣の布団にもぐり込んだ。

「キッチンは南側にしたいんだけど」

「ああ、いいよ」仰向けで目を閉じた。

友代が家の設計に心弾ませているのは、順一にとってありがたいことだった。議員は選挙のとき、どうしても妻の協力を得なければならない。そのときのためにも、機嫌よくいて欲しい。順一は妻の飲酒や浪費にも目をつむっていた。これは暗黙の取引のようなものだ。夫婦のセックスはすでに五年ほどなかった。外に女がいることを、妻はたぶん気づいている。

「あ、そうだ。春樹ねえ、模試の成績、学年で二番だって」と友代。

「なんだ、一番じゃないのか」

「褒めてあげてよ。順位を上げたんだから」

「わかった。何か買ってやるか」

長男の春樹は高校二年生で、来年が大学受験だった。毎日市内の予備校に通っている。どうやら東大が狙えそうだと聞いたときは、自分自身が興奮してしまった。息子が東大に入れば、山本家にとっては最高のステイタスである。

ただし春樹は思春期のせいか、父親には素っ気なかった。顔を合わせても口を利こうとはしない。自分もそうだった。十代の頃は専制的な父を憎んでいた。

「理加は新しい部屋にウォーク・イン・クローゼットが欲しいって」友代が笑って言う。

「中三でそんなに洋服持っててどうする」吐息混じりに答えた。

長女の理加は明るく無邪気だが、母親の影響で身を飾ることに夢中だった。順一が裏から手を回し、隣の市の私立女子高に進学することが内定している。きっと高校生になったら、ブランド物のバッグを買ってくれとか言い出すのだ。

庭の木の枝から積もった雪の落ちる音がした。

疲れていたせいで、すぐに寝つくことができた。

6

この日は午前中に市庁舎内の会議室でセミナーがあった。県庁の福祉部から部長補佐という役職の人物がやってきて、生活保護受給の適正実施に関してのレクチャーをした。現場職員の意識を高めるのが目的と言うが、実際は、正式な監査がある前にプレッシャーをかけておこうという腹積もりだろう。慣れた口ぶりから、この部長補佐が、県内の社会福祉事務所を回っては訓示していることが容易に想像できた。相原友則はノートをとる振りをしてあくびをかみ殺していた。


「いいですか。わたしたちがするべきは自立支援なのです。受給者が抱える、社会からの疎外要因をひとつひとつ取り除き、パジャマを脱がせて服を着せて家から外に出す。額に汗して働いて、感謝される、そういう社会体験をしてもらう。静かな池に石を投げ込み、漣《さざなみ》を立たせる。黙っているとなにも起きません」

部長補佐が熱っぽく語った。首を振るごとに薄い髪が額に垂れ、その都度手で直している。

「正式な数値はまだ算出されていませんが、ゆめの市の今年度の被生活保護世帯は四千を超えています。およそ二十世帯に一世帯が生活保護家庭です。そして扶助費は市の予算の十三パーセントに達しています。これは何かと批判の多い大阪市と同レベルであります。歳出の十パーセント超が生活保護に充てられるというのは、到底市民の賛同は得られません。そこで、なんとしても生活保護実施を適正化し、申請窓口においては水際で不正を見破り……」

部長補佐は地域的問題についても遠慮のない指摘をした。ゆめの市の中卒者と母子世帯の多さ、低所得層と高齢単身世帯増加の著しさ。離婚率は三パーセントを突破し、全国平均の一・五倍に達してしまったらしい。友則はそれを聞き、自分も後押ししたのかと胸の中で苦笑した。地方の離婚の多さは、少ない出逢いの中で結婚してしまうせいだ。さして惚れ合ってもいないから、いとも簡単に浮気をする。

「生活保護世帯で育った子供が、やがて成人して生活保護受給者になるという悪循環を、なんとしても断ち切らなくてはなりません。要するに、これ以上貧困層を増やさないことです」

その言葉に、友則は一瞬はっとした。高度経済成長以降の日本では、「貧困層」は建前上ないことになっている。いつの間にか中流神話は過去のものになった。

セミナーはその後、地元企業の協力を仰いで雇用促進助成事業を推し進める計画の討議に入った。助成金を出すから生活保護者を雇ってくれという要請だが、その助成金が上限月十八万円という話を聞くと、それは支出の名目を変えただけだろうと、内輪のことなのに茶々を入れたくなってくる。部長補佐が何か質問はあるかと聞き、場の空気が読めない職員が「使い物にならないケースにも助成金は出るんですか」と発言し、失笑を買った。使い物にならないから、持参金を持たせるのだ。

会の最後に、課長の宇佐美がマイクを手にした。

「いいか、みんな。とにかく監査までに実績をつくろう。これ以上問題ケースに甘い汁を吸わせてはならない。我々は毅然とした態度で適正実施を目指す。市議会も地元新聞も後押ししてくれる。怯《ひる》まず強気で行ってくれ」

県庁の人間の手前ということもあり、いつもより強い口調だった。ここ最近の宇佐美の言動からは、昇進を意識していることがありありとわかった。新しい市の要職に就きたいと、平凡だった男が初めて欲を持ったようだ。

デスクに戻り書類仕事をしていると、担当地区の民生委員から電話がかかってきた。

「栄団地に、高齢のおばあさんと息子さんの二人家族がいてね……」

水野房子という快活で世話好きのおばさんだ。話の内容は、膝を悪くして歩行困難な七十二歳の老婆と、介護のために仕事を辞めた四十五歳独身の息子の母子がいて、日々の食事にも困っている、親戚とは疎遠で近所付き合いもなく、生活保護を受けられないかとの問い合わせだった。

もちろん阻止しなければならないケースである。

「相原さん。一度、一緒に訪問してちょうだい。手遅れにならないうちに」水野房子が図々しいことを言うので、友則は「まずは窓口まで本人に来させてください。それが順序でしょう」と答えた。

「それがね、息子さんのほうはノイローゼ気味らしくて、表に出るのも一苦労なのよ」

「診断書はあるんですか？」

「ううん。医者には行ってないみたい」

「水野さん。わたしら一一九番じゃないんだから、電話一本で出動というわけにはいきませんよ」

「それはそうだけど、昨日、訪問してみたら冷蔵庫も米櫃《こめびつ》も空っぽでねえ。青い顔の息子さんに聞いたら、所持金も底を尽きそうだって言うから……」

友則は受話器を持ったまま、鼻息を漏らした。民生委員の中には生きがい欲しさでその仕事に就く者がいる。そういう委員は実に熱心かつおせっかいだ。

「わたし、あんまり可哀想だから、コンビニでおにぎりを買ってあげたの。そしたら何度も頭下げてねえ。いい人なのよ」

「水野さん、そういうことはしないほうがいいですよ。安易な情けは自立の妨げになるだけです」友則はできるだけ穏やかに言った。

「そんなこと言っても……」水野房子は不服そうだ。

「とにかく、自分の足で窓口まで来るのが第一条件です。重度の疾病者でもない限り、こちらからファーストコンタクトを取ることはありません」

「ファースト、コン……？」

「過保護は禁物ということです。研修会でもお話ししたと思いますが、一度生活保護費を支給すると、味を占めちゃう人が相当な割合でいるんです。ですから、まずは働き口を見つけてもらうということで、ハローワークへ行くのが先だろうとわたしは思うんですよ」

友則は丁寧に説明し、訪問を断った。この先窓口に来ることがあったとしても、そのときは申請書を受理しないまでだ。世間で四十五歳健常者が無職というのは通用しない。

事務所の一角では現職刑事の稲葉が窓口相談をしていた。申請者はいかにも頭の悪そうな、二十歳そこそこの女だ。聞き耳を立てなくても、どすの利いた声が飛び込んできた。

「おねえさん。子供を産んだのはそっちの自己責任だから、ちゃんと面倒見ないといかんだろう。親に援助を頼むとか、別れた亭主に養育費を払わせるとか。福祉事務所は保護者代わりにはなれねえぞ」

チンピラの情婦でも諭しているような調子だった。

「あんた、正直に言い。友だちに母子家庭がいて、そこが生活保護費をもらってるから、だったらうちもって来たのとちがうか？　それは通らねえぞ。子供から目が離せないって言うが、今やってるホステスの仕事を辞めたいばっかだろうが。なんなら調べるぞ。交友関係から保護家庭が出てきたら、そっちも再調査かけるぞ」

聞いていていてはらはらするような応対だったが、女の方は図星らしく、顔を赤くしてうつむくばかりだった。

「ホステスも立派な仕事でねえの。堂々としてればいいって。おねえさん、別嬪さんだから、キャバクラでナンバーワンになればいいんだよ」

稲葉がいきなり馴れ馴れしく言い、笑顔で女の腕をぽんとたたいた。女は地が出たのか、白い歯を見せ、「えー、だってえ」と甘えた声を出した。

なるほど刑事と一般公務員はちがうと友則は感心した。稲葉は、人を見てどう出ればいいかを的確につかんでいる。自分なら杓子定規に応対し、本音を聞き出すこともできない。

「ところであんた、ちょっと前まではここらを暴走してた口だろう？　どのグループにいたんだ。なあに、おじさん。少しはそっちに詳しくてな。ジョーカー、ホワイトスネーク、東北連合、ここ五年のアタマならみんな知ってるぞ」

「えー、そうなんですかァ。役所の人じゃないみたい」女が目を輝かせた。

「ちょっと聞くけど、あんたのママさん仲間、何人ぐらい生活保護をもらってるのよ」

たちまち女と打ち解け、情報まで探っていた。これで元暴走族の受給者を一掃できたら、稲葉は大手柄だ。

若い母子家庭の女を追い返すと、デスクで聞き耳を立てていた宇佐美が、握手でも求めそうな勢いで稲葉に駆け寄った。

「さすがは稲葉さん。脱帽しました。我々とは経験がちがうって感じです。いやあ素晴らしい」

大袈裟に持ち上げ、何度もうなずく。そして声を低くし、「今の申請者の感じだと、どうやら生活保護を得た連中に口コミのネットワークがあるように思うんですよ。それ、芋づる式に引っ張り出して適正化できないですかね」と相談を始めた。

友則は担当ケースの佐藤彩香を思い出した。父親がちがう二人の子供を持ち、月に二十三万円もの扶助費を得ている若い女だ。きっと裏では、ああいうだらしのない女たちが情報交換し合って、生活保護を受ける算段を練っているのだろう。

福祉予算の何割かは、不届き者に食い荒らされている。友則は毎日それを実感していた。


午後からはデジタルカメラを持って、国道沿いのパチンコ店に自家用車で出かけた。ケースのパチンコ通いの証拠をつかむための張り込みで、すでに三日目だった。黒い雲が低く垂れ込め、ここ数日のゆめのは最高気温が五度を超えたことがない。先週積もった雪が、駐車場の隅で硬い山になっていた。エンジンをかけたまま運転席で毛布に包まり、出入りする客をチェックした。

これまでちゃんとした不正摘発を役所はしてこなかった。成果が上がれば、宇佐美は大喜びで県に報告することだろう。友則自身も溜飲が下がる。不正受給者に動かぬ証拠を突きつけ、怒鳴りつけてやりたい。ターゲットのケースは、近所から得た情報通り毎日パチンコに通っていた。今日も写真が撮れれば三日連続で、もはや相手に言い逃れはできない。

平日の昼間だというのに、パチンコ店は五割方の入りだった。定職に就いていなさそうな男と、暇な主婦たちがその大半だ。学生と年寄りは意外に少なかった。もはや遊戯として垢抜けないのと、時間つぶしにはリスクが大き過ぎるのがその理由である。先日冷やかしでやってみて、たちどころに二万円すって思い知った。現代のパチンコは、毎日通わなければ勝てない仕組みだ。

駐車場の同じ列に赤い軽自動車が停まった。何気なく見ると、三十前後の女だった。印象からして主婦らしい。遠目だが可愛いなと思った。誰かと携帯電話で話をしている。話し終えると、車を降り、パチンコ店の中へと小走りに駆けていった。ピンクのマフラーがふわふわと揺れている。

亭主が外で働いているとき、自分はパチンコとはいい身分だと、友則は皮肉めかして笑った。別れた妻も、昼間はああして遊んでいたのだろうか。不意に感情が込み上げ、何かを飲み込むようにして耐えた。離婚の件は思い出すだけで敗北感に襲われる。

十分と経たずさっきの女が出てきた。パチンコをやりに入ったのではないのか。店内には喫茶コーナーもあるので、安くコーヒーを飲めたりもするのだが。

女は駐車場に出て、あたりをきょろきょろ見渡すと、一台の白いバンを見つけて駆け寄った。中にはネクタイ姿の男がいる。女がぺこりと頭を下げ、白い歯を見せた。ドアを開け、助手席にもぐり込む。勘で逢引きだと思った。

男の顔がほころぶ。人目がないと思ったのか、体をねじった姿勢で二人が抱擁した。当たった。それも不倫だ。

股間が温もりを持った。くそったれが。仕事さぼって浮気かよ。友則は思わずつぶやいていた。女を乗せた白いバンが発進した。目の前を横切っていく。変装のつもりか、女は野球帽を目深《まぶか》に被った。横顔はどこにでもいそうな可愛い感じの若妻だった。男は三十代後半の気障《きざ》なセールスマンといった印象だ。二人とも顔を上気させている。

友則はイグニッションキーを回した。尾行したいという欲求が、沼に浮き出る気泡のように湧いてきた。ギアを入れ、アクセルを踏んだ。少し距離を空けて白いバンを追った。張り込みなどどうでもよくなった。

車は片側二車線の国道を流れに乗って走った。それなりに交通量があるので、うしろにつける友則のセダンを気に留める様子はない。赤信号で停まると、男は身を乗り出し、盛りのついた猿のように女の体をまさぐった。女は上体をかわしながらもよろこんでいる。
どういう関係だろうかと友則は詮無い想像をした。女が結婚前に勤めていた会社の同僚か。あるいは近所の顔馴染みか。それとも出逢い系サイトとやらで知り合ったセックスだけの間柄か。いずれにせよ楽しそうだった。横顔の影だけでわかった。これから時を置かず、あの二人は全裸で抱き合う。配偶者以外の異性と肌を合わせるのだ。

しばらく走って国道を外れると、たんぼの真ん中に延びる一本道を走った。少し距離を空ける。この先の山の麓に何軒かのモーテルがあることを友則は知っていた。

予想した通り、白いバンは「パリジェンヌ」という看板が掲げられた、出来損ないのデコレーションケーキのような建物に入っていった。速度を落とし、ビニールの大きな暖簾《のれん》をくぐるのを車内から眺める。

友則の中で、切ないような、焦《じ》れるような、名状しがたい息苦しさが込み上げてきた。離婚した妻も、ああやってほかの男と会っていたのだろうか。亭主が働いている平日の午後に――。

元妻の紀子は、三年にもわたってかつての勤務先の同僚と逢瀬を重ねていた。その間に第一子を産むという器用さで続けた不倫関係だった。それが発覚したとき、友則は目もくらむほどの怒りを覚え、紀子をなじった。子供の頃から喧嘩ひとつしたことのない友則にとって、生まれて初めて人を憎いと思った瞬間だった。

申し開きができないと悟ったのか、紀子は泣きもせず、他人行儀に形だけの謝罪をし、離婚に同意した。一歳の娘、優菜の親権は紀子に渡した。我が子への愛情はあったが、それ以上にダメージのほうが大きかった。娘が元妻に似てきたら、自分は冷静でいられないのではないかと、先のことまで心配した。

いやなことを思い出し、顔が熱くなった。車を走らせながら、大きく息を吐いた。

あのとき以来、自分はどこか投げやりだ。心から笑ったことは一度としてない。それどころか、不意に思い出しては、惨めさと悔しさに打ち震えている。

パチンコ店の駐車場に戻り、憂鬱な気持ちで張り込みを続けた。すると三十分と経たないうちに、対象のケースは昨日同様、自転車で悠然と現れた。腰が悪くて働けないと主張する元建設作業員が、たばこを吹かしながら、のんびりとペダルをこいでいる。駐輪場に停めると、ポケットに手を入れ、体を揺すりながら店内に入っていった。

友則はその姿をデジタルカメラに収めた。すぐさまディスプレイで画像を確認する。顔までちゃんと撮れていた。ふんと鼻で笑う。明日、男の自宅に乗り込んで生活保護の辞退届を書かせることに決めた。証拠の写真を突きつけ、即刻扶助を打ち切るのだ。四の五の言うようなら、これまで支給した生活保護費の全額返還を求めると脅すまでだ。

一度車を降りて缶コーヒーを買い、車内で一息入れた。窓を小さく開け、たばこを吸った。

張り込みの目的は果たしたが、友則はその場を動かなかった。さっき尾行した不倫カップルが戻るのを、無性に見たくなったからだ。おそらく二時間ほどでこの駐車場に帰ってくるはずだ。平日のモーテルは夕方まで均一料金だが、主婦とサラリーマンがそこまで暇ではあるまい。

車を移動し、女の乗ってきた赤い軽自動車の斜め後方につけた。膝の上にカメラを置き、いつでも隠し撮りできる態勢をとった。撮影に目的はない。ただ撮ってみたいだけだ。

することがないので、パチンコ店に出入りする人間を眺めた。たいていはセンスのかけらもない服を着た、教養も収入も低そうな、垢抜けない連中だ。むろんその見方は友則の偏見だが、蔑んでいるつもりもない。どうせゆめの市には、富裕層も知識層も存在しない。自分もその一員だと知っている。

派手な化粧をした年増の女が、ピンヒールをカンカンと鳴らして歩いていく。きっと美園町あたりのスナックのホステスだ。低所得層の客から一万二万の金を吸い取って生計を立てている女だ。フリーターといった感じの若い男が、痩せた不健康そうな女を引き連れて入っていった。パチンコで儲かればそれで生活し、だめならバイトでしのいでいるのだ。彼らの若さは何の役にも立っていない。客には主婦も多かった。一度五万円とかを稼いでしまうと、パート仕事が馬鹿らしくなるだろう。いずれにせよ人はすることがないと、一人でできる遊びに走るのだ。

パチンコ屋が儲かるはずだな、と友則は妙な感心をした。もしもパチンコがなかったら、無為に時間を過ごすしかない人間は居場所がない。たとえ時間潰しでも、行くところがあるというのは、彼らにとっての救いなのだ。

小さな町なので知った顔もいた。市役所の清掃課の職員たちだ。午後はさぼりと決め込んだのか、私服に着替え、談笑しながら闊歩していた。これで同じ給料かと腹が立った。

二時間ほど行き交う人を眺めていると、安っぽいエンジン音を響かせ、白いバンが戻ってきた。二人が何食わぬ顔で乗っている。お楽しみは済んだのかい。心の中でからかった。改めて見ると、女は人並み以上の容姿を持つ若妻だった。助手席の男はプレイボーイ気取りでヘアスタイルを直している。この二人がついさっきまで肌を合わせていたかと思うと、友則は腋の下に汗をかくほどの興奮を覚えてしまった。

車は駐車スペースには入らず、通路で女だけが降りた。じゃあね、と女が言うのが口の動きでわかった。少女のような仕草で小さく手を振っている。友則はその様子をカメラに収めた。

男の白いバンはそのまま駐車場を出て行った。女は自分の車に戻ると、エンジンをかけ、ろくに暖機運転もせずにこの場を去っていった。

一瞬だけ考え、友則は車を発進させた。張り込みで成果もあったことだし、これくらいのお遊びは許されるだろうと自分に言い訳した。

女をもう少し尾行することにした。ただの好奇心で、特別な意図はない。どこの誰だろう。それだけの興味だ。男よりは女に関心がある。

女の車は側道に入り、たんぼ道を進んだ。赤くて目立つ車なので、百メートル離れても見失うことはなかった。そして十分ほど走り、住宅団地のはずれにある保育園の前で車を停めた。この女、子持ちか。意味なく吐息をついた。友則は保育園には近寄らず、空き地をはさんだ一本隣の道で様子をうかがった。

一分と経たないうちに、男の子の手を引いて女が現れた。「先生さようなら」男児の元気な声が冬空に響く。なるほど、保育園に子供を預けて浮気か。可愛い顔をして女は狸《たぬき》だ。友則は亭主に同情した。

女は携帯電話でどこかに連絡すると、子供を車に乗せ、再び走らせた。行き先は住宅団地の中の一軒家だった。門の前で停車し、クラクションを二回鳴らす。すると家の中から同年代と思われる主婦が二歳ぐらいの幼児を抱いて出てきて、女の胸に託した。

「ごめんねー」「ううん、いいよ」

女学生のように親しげに声をかけ合う。リアのドアを開け、後部席のチャイルドシートに幼児を座らせた。友則はその光景を、三十メートルほど離れた四辻から首を伸ばして眺めていた。そうか、上の子が保育園に行っている間に、下の子は女友だちに預けて浮気というわけか。となると女友だちはグルだ。ますます亭主が気の毒になった。

乗りかかった船と思い、最後まで尾行した。女は隣町の、川沿いの造成地の新築一軒家に帰っていった。新聞の折り込みチラシで値段を知っていた。二千八百万円で昨年売り出された物件だ。大方亭主は自分と同年代で、年収五百万円程度の会社員だろう。ゆめの市では、中の上に位置する家庭だ。

前を通り過ぎるとき表札を見た。木のボードに「ＷＡＤＡ」という文字が貼り付けてあった。ホームセンターで売っているＤＩＹ雑貨の類《たぐい》だ。この家の若妻は、ままごとのように家事をし、育児をし、浮気をしているのだ。

紀子はどこにでもいるんだな――。かつて妻だった女も、浮気に罪悪感はまったくない様子だった。むしろ、性的欲望を遠慮なくぶつけ合えるパートナーとして相手の男を必要としていた。紀子は「体が合うのよォ」と離婚後女友だちに言い、その発言は回りまわって友則の耳に届いた。聞いたときは、ドブ川に突き落とされた野良犬の気分だった。きっと夜は夫、昼間は浮気相手と二度セックスをした日もあったにちがいない。そんな想像をしたら胸をかきむしりたくなった。

住宅街を離れ、市役所へと車を向けた。今日はもう仕事をする気がなくなった。定時まで何かしている振りをして、五時からはマージャンでもしよう。暇な部署の同僚に声をかければ、すぐに面子《メンツ》を揃えてくれる。そのあとは美園町のスナックに行こう。たまには女の匂いを嗅ぎたい。離婚して一年になるが、一度も女の肌には触れていない。

厚い雲が空一面を覆っていた。午後四時前だというのに、すぐそこまで夜が迫っている。町にろくに明かりがないので、無抵抗で闇に呑まれてしまいそうだ。友則は大人のくせに無性に心細かった。

張り込みで隠し撮りをしたパチンコ通いの問題ケースについては、あくる日、早速自宅を訪問した。

とぼける元建設作業員に証拠を突きつけ、顔色をなくさせ、その場で辞退届を書かせた。強硬姿勢でケースを屈服させた初めての経験だった。

「あんた、汚ねえよ」ぶつぶつと恨みごとを言う男に、「汚いのはどっちだ」と友則は警官のように言い返した。稲葉の影響か、怯むことはなかった。自分には権力があるということを、今さらのように思い知る出来事だった。

課長の宇佐美は大喜びだった。不正受給の打ち切り例として県に報告するとはしゃぎ、ストックしてあったビール券を褒美としてくれた。

単純にうれしかった。あと十人はやってやろうと思った。公僕だからといって、市民になめられてばかりはいられない。

7

ここのところ寒い日ばかりだ。気温も昼過ぎにやっと零度を超えるくらいで、ときには真冬日になることもある。北国なんて本当にいやだ。久保史恵は、東北の地方都市に生まれたことをとんだ不運だと思っている。お洒落をしたところで、出かける先は大型スーパーが入ったショッピンググモールしかなく、お茶をするのはスターバックスのようなコーヒーチェーンだけだ。路地裏の洒落たブティックも、隠れ家風のカフェも、この町にはない。きっと永遠にない。

この日は日曜日だったが予備校の模擬試験があり、朝からペーパーとにらめっこしていた。英語と国語はまあまあだったが、選択科目の日本史はまるでカルトクイズで、史恵は気が滅入ってしまった。会津藩の白虎隊が学んだ藩校なんて、知っているとと何かいいことでもあるのかと文科省に詰め寄りたくなる。

試験後は気晴らしに、ゆめの市でいちばんの複合商業施設「ドリームタウン」でランチをとることにした。ダサい名前なので、みんな「ドリタン」と略して呼んでいる。和美と北高の男子たちも一緒だ。和美は初めて見るスエードのブーツを履いていた。ミニスカートも同色で、やけに大人っぽく見える。ずるい、と史恵は少し腹を立てた。北高の山本春樹に制服以外の自分を見せたくてお洒落をしてきたのは一目瞭然だった。こっちは普段着のジーンズとスニーカーだ。なにやら抜け駆けされた気分だった。

男女五人で讃岐うどん屋に入った。五百円玉でおつりがくるエコノミーな店だ。もっともドリタンの中に高級レストランなどない。ステーキのフォルクスが最上級だ。寿司屋だって当然のように回っている。

体が冷えていたので温かいうどんをすすった。男子たちはおにぎりを追加して食べていた。

「今日の日本史の問題、マジでむかついたね」和美が憎々しげに言う。

「ほんと。考えたやつ、蹴飛ばしたいよ」史恵も同調して顔をしかめた。

「しょうがないよ。社会なんて元々が暗記力だもん。要はコツコツやらない人間を振り落とす試験だろう？　おれは世界史だけど、似たようなものだったぜ」

春樹が悟ったようなことを言った。そうか、今の自分たちは選別されようとしているのか。史恵は癪だが納得がいった。

「君たち三教科で贅沢言わないの。おれらは五教科だから、昨日もヒーヒー言わされてたんだぜ」

春樹はバーバリーのセーターを着ていた。もちろん彼が袖を通すなら本物だろう。

「大学なんて、入っちゃえばこっちのもんさ。東大生のＯＢが言ってたもん。尻尾についていくだけで一流企業に入れるって」

「うん。きっとそうだろうね」

史恵はうなずいた。自分たちはこの時期を、学歴という一生のブランドを手にするために走らされているのだ。

食事を終えると、みんなでモール内をぶらぶらと歩いた。外が寒いせいもあり、日曜のドリタンは雑多な客で込み合っていた。通りが交差する噴水広場では、小さな子供たちが走り回っている。

ベンチを確保してソフトクリームを食べた。試験を終えた解放感もあり、なんだか心が軽い。

「あ、アユミ先輩だ」

和美が自分たちの高校の卒業生を見つけた。ファッション雑誌から抜け出たようなお洒落をして、彼氏と手をつないで歩いている。男の方もモード系の服をスマートに着こなしていた。二人ともスタイルがいいので、周囲から憧れの目で見られている。この日もみんなの視線を浴びていた。

「センスいいよね」と和美。

「うん、いいね」と史恵。

ただし、そう答えたものの、心の隅には別の感想もあった。所詮は〝町でいちばんのカップル〟なのだ。この程度の男女は、原宿へ行けば二軍以下だし、誰も見向きもしない。そもそも二人は高卒の労働者だ。

去年の夏に東京旅行をしてからというもの、この町の〝いちばん〟がすべて色褪せて見えるようになった。観覧車なんて恥ずかしいだけだ。夜景もないくせに。

広場の隅の喫煙コーナーに地元の不良グループが溜まっていた。商業高校の男子が大半だが、向田高校の生徒も何人か見えた。床にしゃがみ込んで行き交う女の子をからかっている。

春樹たち男子はそちらを見ないようにしていた。目が合えば、「ガンをつけた」とか因縁をつけてくるに決まっている。北高の男子は喧嘩が強いとは思えない。

そこへダブダブのズボンを引きずりながら、十人ほどの男の一団が現れた。ブラジル人の若者たちだ。歳はばらばらで、十三歳くらいから二十歳までいるように見える。

「おい、ジーニョが来たぜ」男子の一人が小声で言う。

この町のブラジル人のことを、周りの男子たちは「ジーニョ」と呼んでいた。ブラジルのサッカー選手にそういう名前が多いかららしい。ゆめの市には大手部品メーカーの工場があり、ここ数年、ブラジルから多くの労働者が出稼ぎにきていた。中には、家族を呼び寄せて住み着く日系ブラジル人もいて、その子供たちが徒党を組み、悪さをすると問題になっていた。野方町の古い町営団地はもはやブラジル村で、中学校にもたくさんの転校生がいるようだ。史恵の父親の勤務先がその部品メーカーなので、ブラジル人の話はたまに聞かされていた。「気のいい連中だけど遠慮がない」というのが父の評価だった。

ブラジル人の男たちは、噴水の池の縁に並んで腰掛け、にやにやしながら、不良グループに視線を送っていた。ラテンの血が混ざっているせいか、みんな目鼻立ちが日本人とはちがう。モデル並みの小顔で、はっとするような美形の男子もいた。

しばらくして、中学生ぐらいの小柄な男子が一人、火のついていないたばこをくわえ、肩を揺すって喫煙コーナーへと歩いていった。うしろで仲間が笑っている。なにやら焚きつけている様子だ。

地元の不良たちが身構えた。ブラジル人の少年をにらみつける。

少年は不良たちの輪に入り込むと、灰皿の横に立ち、たばこに火をつけ、悠々と吸った。これが挑発行為だということは史恵にもわかった。

不良たちが少年を囲んだ。顔を寄せ、何か言葉を投げつける。「このガキが」そのひとことだけ、漏れて聞こえた。するとそこへ、背の高い日系ブラジル人の若者が、くちゃくちゃとガムを嚙みながら、大股で近づいていった。革ジャンの襟を立て、エンジニアブーツを履いている。ボスの登場といった感じだ。

「こりゃあ喧嘩だね。地元不良チーム対ジーニョ」春樹が顔をしかめてささやいた。

「ジーニョはナイフ持ってるって話だぜ」

「ナイフならましじゃん。リオなら拳銃で撃ち合いだろう」

「あいつら工員だから、改造銃ぐらい造るんじゃねえの」

「馬鹿同士、いくらでもやればいいって」

男子の一人がひひひと笑った。騒ぎが大きくなるのを望んでいるかのようだ。

革ジャンの男が胸を反らし、険しい目をして何か言った。表へ出ろとか、金を出せとか、そんなことを言っていそうだ。双方のグループ全員が立ち上がった。にらみ合いが始まった。

ただならぬ空気に、周囲の買い物客が移動した。そそくさと広場を立ち去っていく。

史恵たちは怖いもの見たさでその場にとどまった。始まれば大乱闘になりそうだ。

そのとき、制服の警備員が数人で駆けてきた。防犯カメラで監視していたようだ。以前、ロリコンの痴漢が防犯カメラの映像で逮捕されたことがあり、その存在が知れ渡った。全通路が監視されていると知って、史恵は気味が悪かった。警備員は不良たちの間に入り、双方を押し返した。

「てめえら、この中でふざけたことやってやがると警察に突き出すぞ」

屈強な上に柄が悪いので驚いた。警備員にはもっとソフトなイメージを抱いていた。

「あれ、中田のにいちゃんじゃねえのか」北高の男子が若い警備員を指して言った。

「ああ、そうだ。東北体育大のラグビー部。そういやあ、中田、兄貴がここでガードマンのバイトしてるって言ってた」

「体育大が用心棒か。適材適所だねえ」春樹が皮肉めかして言い、みなが笑う。

二つの不良グループは罵声をとばし合いながら、別々の方角へ別れていった。きっと中には喧嘩にならずにほっとしている少年たちもいる。みんな意気がりたい年頃だ。

「なんでえ、終わりかよ」

「特等席だったのによォ」

北高の男子が強がりを言った。巻き込まれたら逃げ出すに決まっている。

「ブラジルの子たちって、高校には行ってるの？」史恵が聞いた。

「さあ、北高には一人もいないけど」

そういえば、向田高校にもブラジル人生徒はいない。自分たちの知らない世界がこの町にはありそうだ。

その後、館内のボウリング場へ行ったら満員だったので、シネマコンプレックスで季節はずれのホラー映画を観た。続いてゲームセンターで遊び、みんなでプリクラも撮った。本当は春樹とツーショットで撮りたかったが、言い出す勇気がなかった。午後五時まで半日だけの休日を楽しんだ。十七歳だから、勉強だけでは生きていけない。


一人だけ帰る方角がちがうので、史恵はみんなと別れ、北口ゲートのバス乗り場に向かった。空はすっかり暗く、雲のせいで星は出ていない。アスファルトの下から寒さがしんしんと伝わり、スニーカーのゴム底ではたちまち足の裏が冷たくなった。

バス乗り場にいるのは中高生と老人ばかりだった。家族連れや若者はみんな自家用車で来る。史恵の家も、車ならここから十分とかからないのに、バスだと迂回して二十分以上かかった。しかもこの時間帯で一時間に四本の運行だ。駅前商店街が寂れてから、ゆめの市は車がないと買い物にもいけない町になった。我が家には、母の買い物用に二台目の軽自動車がある。

マフラーに顎を埋めてバスを待った。北風が正面から吹いてきて、史恵の髪をうしろに引っ張った。敷地の向こうはたんぼなので、遮るものが何もない。

すぐ近くに観覧車の乗り場があり、そこにはカップルが列を作っていた。順番通りに乗って、ピンクのゴンドラに当たるとその二人は破局するとか、緑のゴンドラだと結ばれるとか、そんな乙女チックな噂が広まっている。ろくな娯楽がないから、こんなものにまで群がるのだ。

うしろから若い男のグループがやってきた。振り向くと、昼間館内の広場にいた地元の不良たちだった。三人いた。大声で馬鹿話をしている。史恵は関わりたくないので隅に移動した。そして前を見ると、これまで気づかなかったが、バス乗り場の端に、さっき小競り合いがあったブラジル人少年が一人でいた。グループから離れると一気に目立たなくなるようだ。

早速、地元の不良たちが見つけ、人数で優位に立っていることもあって、狼が舌なめずりするように近づいていった。

「よお、ジーニョじゃあねえか。それともロナウドか。カルロス。ジルベルト。サントス。お前らの名前なんかなんでもいいんだけどよォ」

地元の不良たちが取り囲み、声を上げて笑った。ブラジル人少年は顔をこわばらせている。見たところ、まだ中学を出たばかりといったあどけなさだ。

「さっきはコケにしてくれたよなあ。中坊だろう？　最初に来たガキは。おれ、あのままナメられたら、頭丸めて出家しようかと思ったよ」

「おい、ジーニョ。出家ってわかるか？　日本語勉強してるか？」

一人がブラジル人少年のニット帽を取り上げ、頭を乱暴に撫でた。少年は気色ばみ、ニット帽を取り返す。三対一のにらみ合いになった。老人たちは眉をひそめ、よたよたと避難していく。史恵もあとに続いた。

「おら、ここでリフティングやってみろ。おまえらサッカー得意なんだろ？　サッカーだけはよ」

「よその国に来てでけえ面するんじゃねえよ。いい加減にしねえとサンバ踊らせるぞ」

地元の不良たちが口々にからかい、わははと笑う。

「うるさい。あっちに行け」

ブラジル人少年が怒鳴った。顔立ちは完全なハーフで、日本語の発音もぎこちない。不良たちがまたその発音に笑い声を浴びせた。

なんて残酷なのかと、史恵は見ているだけで胸が痛んだ。この男たちに他人を労《いた》わる気持ちはない。仲間以外はすべて敵だ。

もっともブラジルの少年たちにも非はあった。徒党を組んで、あちこちで喧嘩をする。バイクを盗んで売りさばいている。自販機荒らしの大半は、彼らの仕業だともっぱらの噂だ。

予想通りブラジル人少年が三人から小突き回された。バス乗り場の客はみんな見て見ぬ振りをしている。観覧車を待つカップルからは「かわいそー」というささやき声が聞こえた。ケータイで写真を撮っている男女もいる。

次の瞬間、薄闇の中で、何かが白くきらりと光った。地元の不良の一人が輪から離れ、体を折り曲げて地面にくずおれた。残りの二人は弾かれたように、数歩その場から離れる。ブラジル人少年が両足を踏ん張り、必死の形相でナイフを構えていた。

「おい、キー坊。大丈夫か」一人が倒れた仲間に駆け寄った。

「信じらんねえ」もう一人は声が震えていた。

刺された少年は顔をゆがめ、脚の付け根を押さえていた。指の間から真っ赤な血が流れている。

史恵は衝撃を受けた。流血シーンに遭遇するのは生まれて初めてだ。

「この野郎」刺された少年が立ち上がった。「てめえ、ぶっ殺してやる」興奮しきった表情で前に進んだ。

「キー坊、じっとしてろ。動くと血が止まらねえぞ」

「おう、横になってろ」

ほかの二人は腰が引けている。

ブラジル人少年は、ナイフを持ったまま後退りすると、踵《きびす》を返し、無言でその場を立ち去った。滑るような早足で進み、ゲートを出てからは全力で駆け出した。そのうしろ姿を史恵は見ていた。ハーフコートの裾が風に舞う。少年は頭が小さくて手足が長かったので、映画のワンシーンのように絵になっていた。

老人たちが集まってきて、刺された少年に声をかけた。「動くでねえ」「救急車、呼んでやる」アスファルトに血溜りができていたのでびっくりした。外灯に照らされ、鮮烈な赤が際立った。これは目に焼きつきそうだなと、史恵はこの場に居合わせた不運を呪った。

そこへバスが来た。少し迷って、史恵は乗ることにした。たくさん目撃者がいるし、自分は用がなさそうだ。刺された男の子も、命に別状はないように見える。ここにも防犯カメラがあるのか警備員が集まってきた。

老人たちも半分はバスに乗った。「物騒な世の中だ」「子供が刃物を出すとはねえ」車内で知らない者同士が語り合っていた。

この老人たちがまだ若かった頃、この町にはスーパーもシネコンもなかった。外国人労働者もおらず、農業だけの地域だった。近くに住んでいる母方の祖父母は、「便利になった」と言いつつ、地域の変貌を恐れている。繰り返される悪質な電話セールスと訪問セールスのせいで、チャイムの音にも飛び上がるようになった。

老人たちは話し相手が欲しいのか、いつまでも話し込んでいた。それを聞きながら、史恵は和美にメールを打った。衝撃の場面に出くわして友人にメールで知らせない高校生はいない。すぐに返信があった。驚いてくれたので満足した。ただし「低級」といつものフレーズ付きだ。バスは空いている国道を突き進んだ。遠くで暴走族のメロディ・クラクションが鳴っていた。

家に帰ると、家族にドリームタウンでの出来事を話した。父は地元の治安の悪さを嘆き、母は子供たちの安全を心配し、中学生の弟・達郎は身を乗り出して詳細を知りたがった。達郎によると、学校にはすでに二十人程度のブラジル人生徒がいて、ちょっとした勢力になっているらしい。喧嘩をするのは四、五人でも、仲間がやられると徹底した報復があるので、不良たちにも恐れられているのだそうだ。

「あいつら絶対にマイッタって言わねえの」達郎が忌々《いまいま》しそうに言った。

「そういやあ、工場でもそうだなあ」父が話に加わった。「人は悪くないけど、ミスが発生すると、絶対に非を認めないし謝らない。もうちっと日本のやり方に合わせてくれねえとな」そう言って肩をすくめる。「でもな、達郎。学校でいじめるなよ。みんな、異国で心細いんだから」

「いじめてねえって。だいいちそんな真似したら刺されちゃうじゃん」

「そういう偏見もよくないんだ。太陽政策でいけ」

「何よ、それ」

「北風と太陽の童話を知らんのか」

親子で珍妙なやりとりをしていた。

史恵は逃げていくブラジル人少年のうしろ姿を思い出した。ひゅんひゅんと子鹿のように走り、闇に消えていった。防犯ビデオを見れば、身元などすぐに判明してしまう。今頃警察に逮捕されているのだろうか。歳はきっと自分と同じくらいだ。高校には通っていなさそうだ。

彼が抱えるトラブルに同情した。結果としては加害者だが、抵抗しなければ相当な怪我を負わされていたはずだ。

一家で地球の裏側へ出稼ぎに行くとはどんな感じだろう。人種差別を受けるのはどんな気持ちだろう。人を刺したときってどんな感触だろう——。

夕方の出来事が頭から離れないので、明日の予習はあきらめた。茶の間でテレビを眺めていたら、父が「勉強はいいのか」と言い出し、進路について釘を刺された。それなりのレベルの大学でなければ東京へは行かせない、というものだった。

行かせない、という言い草が癇に障ったので、「わたしの将来はわたしのものです」と口をとがらせて二階の勉強部屋に逃げた。

この町に縛る理由を聞きたいものだ。地元に魅力がないのは、大人たちが無能なせいだ。観覧車なんて馬鹿も馬鹿の思いつきだ。

史恵はベッドで布団にくるまり、ずっと夕方のことを思っていた。

8

団地内の公園の横に車を停め、加藤裕也はコンビニで買った焼肉弁当を食べていた。レンジで温めてもらったが、一軒訪問セールスをしている間にすっかり冷めてしまっていた。牛肉の脂が白く凝固して、器に張り付いている。白米は割り箸を折りそうなほど固い。これというのも、十数年ぶりとかいう寒波のせいだ。ここ数日のゆめの市は、丸ごと冷蔵庫の中かというほど冷え切っていた。

自販機で買った温かいお茶で胃袋を温め、大口で食べ進んだ。付近に食堂がないので、贅沢は言っていられない。ちゃんとしたランチがとりたければ国道まで出なければならず、そうなると往復三十分は時間のロスだ。できるだけ無駄を省き、セールスに集中したかった。

裕也が張り切るのには理由があった。先週、営業成績で初めてベストテンにはいり、ホワイトボードの名前の順番がBランクの位置に上がったのだ。社長の亀山から直接言葉はなかったが、専務が褒めてくれた。

「加藤、やるじゃねえか。おれな、おまえはできるやつだと思ってたよ。この調子でAを目指そうぜ」

握手を求められ、その気になった。人に褒められたのは、ちょっと記憶にないくらい遠い昔だ。中学からはひたすら教師の罵声を浴びてきた。「学校に来なくていい」とまで言われた。自分は落ちこぼれだと思い込んでいた。それが今、自分は会社の役に立っている。三十数人いる社員の中で、営業成績が上位に食い込んでいる。来月の給料は五十万円を超えるはずだ。

生まれて初めて競争が楽しいと感じた。身を粉にして働きたいと思った。もしかすると家が建てられるのではないかと、そんな空想もした。家を建てたらもう一度結婚したい。ちゃんとした一家の主になりたい。

食事中、携帯電話が鳴った。画面を見ると、元妻と仲のよかった千春という女からだ。話したくもないが、無視もできないので出た。千春は「今、電話いい？」とも聞かず、いきなり用件を話し始めた。

「あのさあ、彩香のことなんだけどさあ。今彼女、生活保護もらってんじゃん。それがどうも雲行きが怪しくなってきてさあ。社会福祉事務所が、別れた旦那から養育費はもらえないのかって、せっついてるんだって」

「ああ？　そんなことおれには関係ないね。だいたい出てったのは彩香の方だろう。子供だって、実家に預けるからいいって、そう言って引き取ったんだぞ」

「それがさあ、おかあさんにまた恋人ができて、面倒見られなくなったんだって」

「あのヤリマンババアか。おれのツレにも色目遣ってたぞ」

裕也は思い出した。以前の義母というのが、とんだ色魔だった。新聞の集金人とやっている場面に出くわしたこともある。

「それでね、どうも社会福祉事務所は彩香の生活保護を打ち切ろうとしてるんだって」

「それがどうした。おれ、知ってるぞ。彩香のやつ、月に二十何万かももらってんだってな。少しは働け。おれなんか休日出勤だってしてるのによォ」

「そんなこと言わないの。打ち切られたら、加藤君、養育費払わなくちゃなんないのよ」

「誰が払うかそんなもん。おれの前の亭主に請求しろ」

かっとなった。彩香は母親らしいことを何ひとつせず、遊び歩いてばかりいた。

「前の旦那は住所不定なんだって。それは実家に確認したからオーケーなの。だからさ、用件を言うとね、加藤君に上申書を書いてもらいたいわけ」

「ジョウシンショ?」

「そう。社会福祉事務所に提出する書類。わたくしはこういう事情で子供の養育費を払うことができません、つきましては元妻佐藤彩香の生活保護を継続していただきたいって——。理由は失業中ってことにしようか。お願い、彩香困ってるの」

千春は馴れ馴れしかった。高校時代からキャバクラで働いていたあばずれだ。当然のように早婚で、子供を産んで、離婚している。

「ふざけるな。昔のおれと思うなよ。おれは今、働くことにプライド持ってんだよ。亀山さんが興した会社で期待されて働いてんだよ」

「うそ。加藤君、亀山さんの下にいるんだ。やばくない？」

「あの人はやくざじゃねえよ。おまえら、勝手に怖がるなって言うの」

「うん。わかった。だから上申書」

話がなかなか進まない。女子商中退の千春にもう一度説明を求めると、生活保護が欲しければ、元夫から養育費を払えない旨の作文を提出させろと、社会福祉事務所が彩香に求めていることがやっとのことでわかった。

「馬鹿野郎。なんでおれがそんなもの書かなきゃなんねんだよ」

さすがに腹が立った。要するにうその上申書を書いて、元妻の生活保護費不正受給のお先棒を担げと言っているのである。

「お願い。彩香、ピンチなのよ。小さい子供を二人も抱えて働けないじゃない」

「やけに友だち想いだな。おまえ、グルになって何か企んでんだろう」

「そりゃあ、手間賃ぐらいはもらう約束になってるけど」

「おれに上申書を書かせたらいくらもらえるんだ」

「いいじゃない、そんなこと。ねえ加藤君、意地悪言わないで」

「じゃあおれにも見返りよこせ。二十万だ」

「むちゃくちゃ」千春が吐き捨てた。「翔太君、あんたの息子なんだよ。少しは責任感じなさいよ」

息子の名前を出され、言葉に詰まった。離婚して一年になるが、一度も顔は見ていない。別れたときは乳飲み子で、猿みたいなものだった。

「もう立ち上がって歩いてるよ。そうなると片時も目を離せないんだから」

「だからどうした。月に二十何万円ももらって、何を贅沢言ってやがる」

それでも、別れた妻が甘い汁を吸うことには腹立たしさがある。

「わかった。じゃあお金のことは彩香と相談するから、夜にでも会おうか。うちに来てよ。子供がいて外には出られないから。いいでしょ」

「ああ、いいけど」半ば強引に約束させられた。

電話を切り、ため息をつく。窓の外を見ると、寒い中、公園で遊んでいる子供たちがいた。ボールを蹴って駆け回っている。近所の老人が一斗缶で廃材を燃やしていて、母親たちはそこで火にあたり、世間話をしていた。黒い煙が灰色の空に散っていく。

自分の子供のことはとくに考えてこなかった。たまに浮かんでくることもあったが、会いたいとか、抱き上げたいとか、そういう感情は湧いてこなかった。裕也の両親も同様だった。内孫になるので、少しは親権に口を出すのかと思いきや、あっさりと引いた。彩香の最初の亭主も、自分が産ませた子に会いに来なかった。

自分とその周辺は、肉親の情が薄いのだろうか。若くして子供を作ると、わからないことだらけだ。

裕也は弁当の残りを胃袋にかき込んだ。お茶を飲み、大きなゲップをする。午後は、三件は漏電遮断器を売りつけようと思った。


夕方、会社に戻って伝票整理をしていると、暴走族時代の後輩から相談を受けた。その男の可愛がっている高校の後輩が、一昨日、ブラジル人の不良にナイフで刺されて重傷を負ったので仕返しをしなければならない、その加勢を頼まれたのだがどうしよう、という内容だった。

「馬鹿かおめえ、歳はいくつだ。もう二十歳だろう」裕也は持っていた定規で後輩の頭をたたいた。「ガキ同士の喧嘩に、なんで大人が首を突っ込まなきゃならねえんだ」

聞くだけで立腹した。真面目に働けと、全員を集めて説教したいくらいである。

「でもね、ジーニョの連中は上から下まで団結してやっかいなんですよ。今度のことも、二十歳のボスってのがすぐに出てきて、今度ちょっかいをかけたら次は二人刺すって逆に脅してきたんですよ。だから、せめて大人はこっちが受け持ってやろうって……」

「じゃあ、おめえの判断で殴り込みでもなんでもやれ。でもって警察に捕まって会社も首になれ」

「加藤さん、ホワイトスネークがなめられてるんですよ。OBが放ってはおけないでしょう」

ホワイトスネークというのが、裕也のかつて所属していた暴走族だった。この会社のメンバーの半分はOBにあたる。社長の亀山にいたっては総長だった。

「じゃあ社長に言えよ。おめえ、ぶっ飛ばされるぞ」

後輩は不服そうに口をとがらせると、ほかの人間に相談に行った。勝手にやれ。裕也は背中に向かって毒づいた。

そういえば近年、ゆめの市ではやたらとブラジル人を見かけるようになった。部品メーカーが大量に雇い始め、その労働者が家族を呼び寄せ、いつしかブラジル人ばかりが住む団地が出現してしまった。付近にはブラジル料理の食材店まである。

自分たちが現役だった頃、敵といえば対立する暴走族しかなかった。今は肌の色のちがう連中が相手なのだ。田舎町がとんだ国際化だ。自分が今十八歳だったら、目の色を変えて戦っていただろう。よそ者にでかい面をされたのでは、地元不良の顔が立たない。

机に向かっていると、今度は柴田に肩をつつかれた。

「よお、今日の成績はどうだった」

柴田は、いかにもおれは好調だぞと言いたげな顔をしていた。

「十万超えたから、まあまあです」

「おれ、初めて三十、行ったぞ」

「すげえじゃないですか」

「おう。半分ボケちゃってる一人暮らしのジジイがいてな。そこ一軒だけで二十万よ」

「現金、家に持ってたんですか？」

「それが持ってんだよ、ボケてっから」柴田が身をかがめてククと笑う。「信用金庫に預けても、もう暗証番号が憶えられねえから、年金が振り込まれると、毎月通帳で全額下ろすんだとよ。おれはその翌日を狙ったわけ」

「なんでわかったんですか」

「その信用金庫の窓口の女が中学ンときの後輩でよォ。この前飲みに誘ってイッパツやって――」

柴田は言葉の途中で笑い転げ、机をバンバンとたたいた。

「ひっでえ。それって鬼畜じゃないッスか」

裕也も一緒になって笑った。世の中は、面白いことだらけだ。

「おれ、今夜、社長たちにキャバクラ連れてってもらうから、その話しようと思ってな」

柴田は得意そうだった。すっかり亀山に気に入られている。それがいちばんうらやましい。

「裕也もそのうち誘われるぞ。なんたってベストテン入りだからな。おめでとう」

柴田からこんな台詞《せりふ》が出てくるとは思わなかったので、裕也は驚いた。毎日仕事をしていると、元不良でも人を労《ねぎら》う気持ちが生まれるのだろうか。

なんだかみんなで一人前に近づいている気がした。仲間がいるのは心強い。

夜、千春の住んでいる市営アパートに行った。まだ真新しい七階建ての鉄筋コンクリート造りで、間取りは五十平米以上の２ＤＫだった。母子二人の家庭には充分な広さだ。天井も高かった。

「千春、なんでこんないい部屋に住めんだ」

裕也は部屋の中を眺め回し、眉をひそめた。自分が住んでいるのは狭い１ＤＫのアパートだ。

「母子家庭だから優先的に入れて、しかも家賃はただ」

千春が赤ん坊を抱きかかえ、ほくそ笑んで言った。

「ゆめのはいい町だな。まさか、おめえまで生活保護を受けてるなんて言うなよな」

「受けてるよ。月に十五万円」

千春が勝ち誇ったように目を細める。裕也は言葉を失い、顔をゆがめた。

「だから、彩香だけ打ち切られると友情にひびが入るわけ。加藤君、協力してね」

勧められ、上着を脱いで、和室のコタツに入った。新しいテレビがあって、家具があって、結構な暮らしぶりだ。

「どうして世の中、こうなっちゃうわけよ」

「ほんと。自分でもおかしいと思う。わたしや彩香が申請したときは、簡単に認められたのに、今、離婚した友だちとかが窓口に行くと、怖いおっさんが出てきて追い返されるっていうもん。なんか、役所も気分次第って感じ」

「おめえと彩香はついていたんだな」

「そう。でも、ほら、ここ最近は再審査が入って、元の亭主から養育費はもらえないのかとか、親の援助は受けられないのかとか、結構うるさくなってる。今は液晶テレビが置いてあるけど、ケースワーカーが来るときなんかは押入れに隠すし、化粧品なんかも全部しまっちゃう。たぶん、あと少しで切られるかもしれないけど、彩香と二人で、できるだけ長くもらおうねって――」

「ふうん」裕也はため息をついた。「もしかして日本って、でたらめに運営されてんじゃねえのか」

「そう、そう。だって国民年金なんか満額納めても、支給されるのは月六万円程度なのね。でも、一人暮らしの老人が生活保護を受ければ最低でも八万円だって。真面目に納めてるやつ、馬鹿。やくざなんか、ホームレス集めて、生活保護を申請させて、通ったら半額ピンハネしてるって言うもん」

裕也は脱力して畳に転がった。金は手にした者勝ちだ。お上に正義が通用しないから、自分たちみたいな詐欺グループが出てくるのだ。インチキも正当防衛だ。

座布団に横にされ、男の子がすやすやと寝ていた。産む気はなかったが、千春は高校時代に中絶したことがあり、二度はまずいだろうと産んだ子だと、以前彩香から聞かされたことがあった。

「おめえ、毎日何やってんだ」

「子供の世話」

「うそつけ」

「やってるよ。友だちに預けてパチンコに行くこともあるけど」

「週に何日行ってる」

「……三日ぐらいかな」

「一日おきじゃねえか。社会福祉事務所にチクッてやる」

「ちょっとォ。そんなことしたら一生恨むからね」

千春がコーヒーをいれてくれた。台所と居間を往復する間、寝転がりながら、女の尻と胸を眺めていた。昔からぽっちゃり型だった。別れた亭主も、その前の彼氏も、高校時代の男関係も、全部知っている。

「おめえ、男はいるんか」裕也が聞いた。

「ううん。空き家」

「うそだ。押入れ開けると、若いのが頭掻いて出てくるんだろう」

「あはは」千春が八重歯を見せて屈託なく笑った。

裕也は体を起こすと、千春の腕を取った。

「ちょっと、だめ」千春がびっくりして言った。ただし怒ってはいない。

「いいじゃん。上申書、書いてやっから」裕也が目尻を下げ、くだけた調子で言う。

「だめだって、彩香に言いつけるよ」千春は体をうしろに引いた。

「あいつとはもう他人。お互い一人身だし、なんも疚しいことはねえ。な、な」

裕也は這いながら千春に近づくと、そのまま上にのしかかった。

「きゃあー。だめ。子供が起きる」

「だから静かにやろうや」裕也は千春の首筋に吸い付いた。「おれ、まえから千春が気になってたんだ」

「うそばっかり」

「うそじゃねえって。彩香のツレだから遠慮してた。仲良くしようぜ」

裕也は千春を仰向きにさせると、胸を合わせ、キスをした。

「いやん、もう」そう言いながら、裕也の舌を受け入れる。きっと、まるで予想しないことではなかったのだ。男を家に上げるなら、少しはその可能性を考える。

「ちゃんと、上申書、書いてね」

「わかってるって」

一度起き上がり、服を脱ごうとすると、千春に「ねえ、隣の部屋で」顎をしゃくられ、二人で移動した。そこは場違いな婚礼家具が壁を占拠し、万年床が敷かれた四畳半だった。

「おい、寒いぞ」

「すぐに暖まるって」

電気ファンヒーターをオンにして首を振らせた。油が足りないのか、ガーガーと異音がした。千春がセーターを脱ぎ捨てる。白い肌が薄闇にぽっかりと浮かび、ヒーターの明かりを浴びて赤く染まった。裕也は豊かな乳房に我慢がきかなくなり、強引に押し倒してむしゃぶりついた。「あーん」千春が甘い声を出す。全裸になり、互いに体をまさぐり合った。部屋より先に自分たちが温まった。

前戯もそこそこに挿入する。動き始めると千春は自らも腰を振り、リズムを合わせた。そうか、千春はこうやってセックスをするのかと裕也は興奮した。昔から知っている女を初めて抱くというのは、別種の昂ぶりがあった。

「なあ、千春。おれも頼みがあるんだよ」体を密着させ、ゆっくりと動きながら耳元で言った。

「こんなときにずるい」千春があえぎながら答える。

「漏電遮断器、売りつけるのに協力してくれ」

「なによそれ」

「おれ、成績上げたいんだよ。Aランクに入って社長に褒められたいんだよ」

「何それ」

「あとで説明するから。な、な」

フィニッシュに向かおうとすると、千春は驚くほどの大きな声を上げた。それに合わせるかのように、隣の部屋で子供が泣き出した。

「おい、泣いてるぞ」

裕也が言っても、千春はキャンキャンと小型犬のような声を発するだけで、聞こえていない様子だ。ファンヒーターが首を振る機械音も重なった。

裕也が懸命に動く。鼻の頭から汗が滴り、千春の波打つ腹の上にぽとぽとと落ちた。

9

バックヤードの事務室で捕捉した万引き犯の取調べをしていたら、副店長の橋本がブルゾンの襟を立て、不機嫌そうな顔で外出先から戻ってきた。堀部妙子は「お帰りなさい」と挨拶し、現況を報告した。捕捉したのは若い主婦で、被害は高級な有精卵六個入りワンパックだ。悪質なのは、子連れで、その幼子が背負うリュックに隠して持ち出そうとしたことだ。

「卵ワンパック？　買えよそれくらい」

橋本はつくづく厭そうに言い、ファイルで机をバンとたたいた。

「それで？　一個七十円もする卵を一度味わってみたかっただって？　ふざけるな。それがどうして万引きにつながるんだ。あんた難民か？　それとも馬鹿か？」

子供の前で頭ごなしに叱りつけるのは可哀想と思い、妙子は少し手加減していたが、橋本はお構いなしだった。機嫌の悪さはいつもの数倍である。

万引き犯の女は、見るからに情緒不安定といった感じだった。さっきから悲しそうな目で、一個七十円の卵がどういうものか知りたかったと言い、あとは謝るばかりだ。母子家庭で実家は市内にあるが、電話をかけさせると両親とも留守だった。そうなると、警察を呼ぶしかない。

「あーあ、くそったれが」橋本は荒れていた。どうやら別件で憤っているらしい。クライアントなので仕方なく機嫌を伺うと、ドリームタウン店は本社から営業時間の一時間延長を命じられていて、それに伴う労使交渉を押し付けられたとのことだった。

「ドリタンの各店舗が夜九時まで営業してやがるから、国道沿いの量販店が全部右にならえをして、中に夜十時まで延長する店が出て、それを追いかける店が出て……。こんな田舎で夜遅くまで開けけんなよ。従業員なんて大半が主婦のパートだろうが。どうやって人員確保しろっていうのよ」

万引き犯などどうでもいいといった様子で頭を抱えている。

「そうですねえ」曖昧にうなずき、調子を合わせた。大型量販店は営業時間を競っていて、従業員の勤務シフトは複雑になるばかりだった。定休日はないに等しく、妙子も正月の二日から出勤を命じられたものだ。

「こういう競争をして、いったい誰がしあわせになるのよ。わけがわかんねえ。向こうが夜の十一時までやるって言い出したらどうなるの。エスカレートするばっかりだろうが」

橋本はファイルをいくつか抱えると、「ちょっと店長室へ行ってくる。任せるからあとは適当に処理して」と言い残し、事務室を出て行った。

同僚の大島淑子が肩をすくめている。ここ数年、市内の大型量販店は軒並み、ほぼ年中無休で夜遅くまで営業するようになった。ほんの十年前までは、週に一日は定休日があり、午後六時には店を閉めていた。一度始めた競争は止まらないのだ。

ともあれ、万引き犯を処理しなければならない。妙子は自分の判断で、買い取りと始末書で済ませることにした。とくに生意気な態度はないので、怒声を浴びせるほどのこともない。少し説教して帰せばいいと思った。

バッグの中の持ち物を全部出させ、ほかに商品がないか点検した。安物の化粧品と、古いタイプの携帯電話と、各種カードと自動車免許証が入っている財布などがテーブルに並んだ。中になぜかヒスイ製と思われる菩薩像のキーホルダーがある。おやっと思い聞いてみた。

「これは何？　あなたのもの？」

「はい。ご利益があるって聞いて、持ち歩いてるんです」

「どういうご利益？」

「まあ、その、いろいろですけど……」

「ないじゃない。ご利益なんて。万引きして捕まっちゃうくらいだから」軽く笑って言う。

「ええ、そうですね……」

女は暗い顔でうつむいていた。妙子の頭の中で、ある考えが浮かんだ。

「ねえ、大島さん。悪いんだけど、少しの間、お嬢ちゃんの相手しててくれない？」

妙子が言った。四十代半ばで孫までいる淑子は相好《そうごう》をくずすと、五歳だという女児を呼び寄せ、「おばちゃんと遊ぼうか」と手をつなぎ、隣の倉庫へと移っていった。

聞き取り調査によると、女は名前を三木由香里といった。年齢は三十一歳で近くのアパートに娘と暮らしている。職業はビルの清掃と宛名書きの内職が主で、ときおり知り合いのスナックで接客を手伝っているとのことだった。

「ねえ三木さん」妙子は苗字で呼んだ。口調もやわらげた。「離婚した旦那さんから養育費はもらってないの」

「もらってます。月に三万円です」

由香里という女は従順に答えた。根は純朴で、警戒心は薄いようだ。

「それは少ないね。家賃だって払わなきゃならないし、最低十万円はもらわなきゃ」

同情してそう言うと、由香里は微苦笑してうなずいた。

「弁護士立てて今から請求したら？　女ばっかりが苦労を背負い込むことはないよ」

「ええ、そうですね」

「ところで、この菩薩のキーホルダーなんだけど」妙子は指でつまみ上げ、小さく振って聞いた。

「もしかして万心教《まんしん》じゃないの？」

由香里が弾かれたように顔を上げた。「知ってるんですか？」戸惑いの表情をしていた。

「知ってるわよ、それくらい。野方町の外れに寺院がある宗教団体でしょ？　変な帽子を被って、団扇《うちわ》みたいな太鼓をたたきながらお経を唱える集団」

「ええと……どうして知ってるんですか？」

「有名じゃない。駅前でビラ配ったりしてるし。新聞の折込にも入ってくるし」

妙子がキーホルダーを返すと、由香里はそれを胸に押しあて、大きく呼吸をした。

「三木さんって、そこの信者なんだ」

「信者ってほどでは……。まだ勉強会に何回か出席しただけなんです」

「万心教ってどういう教えなの？」

由香里は五秒ほど考え込み、口を開いた。「功徳《くどく》をなした者に幸福が訪れる、という教えです」

妙子はふんと鼻を鳴らした。「じゃあどうして万引きするのよ」

「それは関係ないんです。功徳というのは、仏様に対してなすものなんです」

「ちっともわからない」今度は肩を揺すって笑った。「でも、所詮は現世ご利益なんでしょ？その万心教っていうのは」

由香里が返答に詰まっている。

「あのさあ、今回の窃盗、なかったことにしてあげようか」

ゆっくりと背筋を伸ばし、妙子を見つめた。

「あんた、悪人じゃあなさそうだものね。わたしが思うに、現世ご利益にすがろうとする信仰に問題があるのよ。万心教なんて信じちゃいけない」

「はい……」由香里が聞き入っている。

「見逃してあげる代わりに、今度の日曜、別の宗教の説教会があるから聞きに行かない？　沙修会っていうんだけど、本部はゴルフ場に行く途中にあるの。万心教よりは質素な寺院だけど、それは、ほら、お金集めの宗教じゃない証拠。みんないい人ばかりだよ」

「でも……」由香里が唇をかんだ。

「平気よ。別に行ったからって、無理に勧誘なんかしないから。一度先生の話を聞いてみてって言ってるの。そうすれば、今日は見逃してあげるし」

「そういうこと、できるんですか？」

「できるわよ。わたしだって、それくらいの裁量はあるんだから。反省の色顕著にて再犯の可能性低し。よって訓戒にて捕捉を解除。そういう報告書、書いてあげる」

「そうしていただけると、わたし、とてもうれしいです」

由香里が膝に手をついて深々と頭を下げた。涙ぐんでいた。

「じゃあ決まり。日曜日、一緒に行きましょう。沙修会の地区リーダーが近所にいるから、その人の車で迎えに行くね。娘さんはできたら実家で預かってもらって」

「はい……」

断れない性格なのか、由香里は弱々しい態度でうなずいた。よく見れば美人に属する女だった。スタイルも悪くない。幸が薄いのは不幸をやり過ごす術《すべ》を知らないからだと、妙子は確信した。

きっと沙修会に賛同し、会員になってくれるはずだ。

「三木さん、きっと目から鱗が落ちると思う。だってわたしがそうだったんだもの」

隣の倉庫から女の子のはしゃぐ声が聞こえた。その無邪気さと、目の前のやつれた母親との落差が痛々しかった。母子家庭なら、なおのことしあわせになってもらいたい——。


日曜日は、朝から地区リーダーの安田芳江と二人で由香里を迎えにいった。保安員の仕事が入っていたが、シフトを変えてもらい、無理を言って休んだ。代わって出勤することになった同僚が「休日が潰れるんだから、何かイロつけてもらわなきゃ」と、見返りを要求するようなことを言うので妙子はかっとなった。程度の低い人間は親切心すら持たない。渋々千円の菓子折りを手渡した。

由香里の住むアパートは、いかにも安い建材を使ったぺらぺらの新築二階建てだった。名前だけは「メゾン」だ。大方、銀行に焚きつけられて家主がアパート経営に乗り出した口だ。結婚しても親と同居しない若者が増えたので、人口は減っているくせに、ゆめの市にはこの手の物件がたくさん建っている。

子供をすでに実家に預けてきたという由香里は、ミニスカートのスーツ姿で待っていた。部屋に上がり込み、それとなく暮らしぶりを観察する。芳江が窓から外を眺め、「うん、ここならい」と大きくうなずいた。

「ほら、三木さん。見て。あの山の麓に沙修会の本部があるの。だから沙羅様の祈禱堂から一直線。それだけ気が伝わりやすいってことなの」

「はあ、そうですか……」由香里が怪訝そうに答える。

寒空の下、女三人で車に乗り込み、本部に向かった。芳江の車というのは、錆びかけたボディに「安田商会」と書かれた古い軽ワゴンで、普段は家業の廃品回収に使われているものだ。サスペンションが馬鹿になっているのか、ちょっとした段差で難破船のように揺れる。エンジンもヒーターもうるさい。「わたしは毎日これに乗って世の中を見てるからね」芳江はいつもそう言っていた。「きれいな服を着てマークⅡに乗っていたのでは人の本性は見えてこないのよ」とのことだった。なぜマークⅡなのかはわからない。きっと彼女が唯一知っている車の名前で、それが中流家庭の象徴なのだろう。

車中では、二人で由香里にあれこれ質問した。

「万心教からは何を言われたの？」

「水子供養をしないと、先祖様が苦しみから解放されないって……」

「ほらきた」

妙子と芳江は声をあげて笑った。インチキ宗教の常套手段だ。

「沙修会はそんなこと言って脅したりしないから安心してね」と妙子。

「そう。沙羅様っていう五十代半ばの女の先生がいるんだけど、ちゃんと仏教の修行を積んだ人で、とっても親身になってくれるのよ」芳江が教祖を持ち上げた。

「結局、信仰は教義に納得できるかどうかだものねえ。人の不幸をつついて、脅したり不安を煽ったりして引き込むなんて、わたしらには考えられないことだもの。それはそうと、万心教にはどれくらいお布施を納めたの？」

「……なんだかんだで五十万円ぐらいです」由香里が言った。そして後部座席から身を乗り出し、切なげな顔で訴えかけた。「わたし、変だとは思ってたんです。菩薩像のキーホルダーにしても、わたしが買ったのは五万円だったんですけど、指導員の方からは、あなたの場合、十万円ぐらいのものを買わないと水子供養にはならないって叱られて。それで、今はお金がありませんって言ったら、とりあえず五万円のを買って様子を見て、そのあとでグレードアップしましょうって

「……」

「そんなの買っちゃだめ。断る勇気を持たなくちゃ」

妙子は由香里の手を握った。すがるように握り返してくる。この女は二年前の自分と同じだと思った。将来に不安を抱え、相談する相手もなく、孤独に苛《さいな》まれているのだ。三十一歳の女が子供に見えた。救ってあげなければと思った。


説教会には百人を超える会員が集まっていた。かつては農家だった古民家を改築して本部としたもので、襖を取り払った四つの和室が大広間として使われている。この日は入りきらないので縁側にまで人があふれた。芳江が連絡員に「新規さん、お連れしたの」と耳打ちし、中央のいい場所を開けてもらった。

外が冷え込む中、暖房は土間に置いてあるダルマストーブひとつきりなのに、窓が曇るほどの人いきれだった。

会員はほとんどが中高年の女たちだった。たまに二十代も混ざっているが、母親に連れられてきた娘の場合が多い。若い由香里がみんなの視線を浴びた。好奇ではなく慈しみの視線だった。ここにいる誰もが、若い女のしあわせを願っているのだ。来世での、しあわせを。

離れの祈禱堂から渡り廊下を歩いて、教祖が登場した。会員はみな「沙羅様」と呼んでいる。釈迦が涅槃《ねはん》に入ったとき、その四方に二本ずつ生えていたという木の名前が沙羅だ。芳江に聞いたところ、仏様が教祖に憑依《ひょうい》したときそう名乗るように告げたらしい。

教祖は純白の法衣に身を包んでいた。太っていて、鼻が上を向いていて、狸に似ている。化粧が濃くて、蛍光灯の下では顔が真っ白に映る。最初に見たときは、押しの強さで人気がある関西の女司会者を連想したものだ。

「みなさん、おはようございます」教祖が節をつけるように、強い調子で第一声を発した。会員から返る挨拶を聞きながら、床の間を背に、あたりを睥睨《へいげい》して歩き回る。

「今年の冬は寒いですね。今朝も水溜りに氷が張っていました。灯油が値上がりしているご時勢に、この寒さは家計を直撃することでしょう」

演劇を想わせる独特のしゃべり方だった。ときに舞台を観ているような錯覚に囚われることがある。

「でもね、冬が寒いのは当たり前。ここ三十年、日本という国は、現世でらくをすることばかり考えて、辛いこと、面倒なことを先送りして生きてきたの。はっきり言って暖かくなってるわけでしょう、日本列島の冬が。昔はそうじゃなかったよねえ。わたしが子供の頃は、一月にはちゃんと雪が積もって、雪合戦をしたり雪だるまを作ったりしたし、軒には氷柱《つらら》だって生えてた。こんな太いのが生えてた」

教祖が両手で宙に氷柱の大きさをなぞった。柱を立てるように、全身を使ってジェスチャーを繰り返す。

「ここまで太くないか」

腰まで振る。

会員たちから笑い声があがった。教祖はしばし昨今の異常気象に触れ、今年の寒さが普通なのであって、それはすなわち天上のお釈迦様が、そろそろ人間本来の生き方に立ち返るよう示唆してくれているのだと、身振り手振りをまじえて説いた。

妙子の隣では、由香里が神妙な面持ちで聞き入っていた。「どう、いい話でしょう?」小声で聞くと、頬を紅潮させ、お辞儀をするようにうなずいた。

「さてと、スピーチタイムですね。スピーチ、ターイム。おっ、今日は英語だね。深い意味はないよ。深刻にしたくないだけ。いつものおしゃべり。あのね、自分の不幸に酔う人っているでしょ。ああわたしは悲劇のヒロインなのって、悲しんでるんだか、よろこんでるんだか、わからない人。言っておくけど、そういう人は不幸を捌《さば》いたことにはならないからね。不幸を捌くっているのは、ちゃんと仏様の視点で見て、全体像をとらえ、納得することなんだから。何度も言ってるよね。それが捌きなの」

沙修会の教義のキーワードとも言えるのが、この「捌き」だった。降りかかった不幸を、浴びることなく、逃げることもせず、正面から捌こうという考えである。教祖はそれを野球のバッティングにたとえた。「要するに、いやな球はファウルにしちゃえってことなのよ」と。女たちはみなスポーツに無知だったが、それくらいなら理解できた。聞いたとき、妙子は目から鱗が落ちた気がした。そして不幸には総量があり、現世で出し切ったほうが得なのだという「総量法」には心底励まされ、オセロで大逆転したようなよろこびを味わった。現世の不幸は、今のうちに払っておく利子だと思えばいい。

「さてと、それでは本日おしゃべりしていただくのは……」教祖が手を眼の上にかざして会場を見渡した。「渡辺久美子さん。いたいた。あなたのお手紙、ちゃんと読みましたよ。大変ですねえ。お舅さんの介護で借金までさせられて、いざ亡くなったら旦那さんの兄妹がぞろぞろ出てきて、遺産を分配しろとか言ってるんですって？　そのストレスで胃まで壊して、先週まで入院していて……。さあ、ここで吐き出しちゃいなさい。みんな家族みたいなものだから。欲張りな親戚なんかより、ここにいる会員の方がよっぽど身内」

促されて、渡辺という五十ぐらいの女がおずおずと立ち上がった。最近、入会した主婦だ。教祖の凄いところは、一度紹介を受けただけの人間の名前を憶えてしまうことだ。この女もフルネームで呼ばれて頬をぽっと赤くしていた。

「あのう、わたし、渡辺といいます。うまく話せるかどうかわかりませんが……」

「大丈夫。みんな身内」教祖が力強く言った。

「だいたいは、沙羅様がお話ししてくださったとおりなんですが、舅の残したその財産というのが、たったの二百万円なんですね。入院費用とか葬儀にかかったお金を差し引くと、百万円を切るくらいの金額なんですけど、それに対してまで分けろって言うのは、どうしても納得ができなくて……。いちばん下の弟なんてのは、貸し駐車場にしている土地まで分けろと言い出すんです。その弟というのが、貧乏人ならまだしも市役所に勤める公務員だから、わたしはなんだか人間が信じられなくなって……」

女の不幸話が長々と続いた。夫が気弱で妹の言いなりになっているとか、家業は乾物屋だったがスーパーに圧《お》されて簡単に倒産し、現在は駐車場経営で生計を立てているとか、妙子には身につまされるものばかりだった。結婚生活が続いていれば、きっと自分も同類だ。

話の間、会員からは「そうだ」「それはひどい」と合いの手が上がった。黙っているのが申し訳ないような気がして、妙子も「負けるな」と声を発した。胸のつかえが一気に下りる。いつものように場は徐々に盛り上がっていく。

「わたしは、義理の兄妹たちに言いました。これ以上、わたしを苦しめるのなら主人と離縁します、それで慰謝料として財産を半分いただきますって——」

女が声に詰まり、嗚咽《おえつ》を漏らした。

「泣くな、泣くな。それじゃあ捌きにならん！」

教祖が怒鳴りつけた。「泣くな」「泣くな」会員があとに続く。妙子も芳江も腰を浮かせて声を合わせた。

「でも、本当は、わたしお金なんかいりません。贅沢な暮らしは次にとっておきます」

「ほら捌いたーっ」教祖が手を横に振り、柔道の審判の技ありの判定に似たポーズをとった。

「今回はいいと思えるようになりました」

「また揃いたーっ」

「来世があると知ったおかげで、現世がすごくらくになりました。くだらない諍いはもうたくさんです。わたしは強欲な親戚に一矢報いる意味で、舅の残したお金を全部沙修会にお布施として寄付することにしました」

女が声を振り絞る。一瞬の間があいて、拍手が湧き起こった。

「ちょっと待った。渡辺さん。あんた、そんなことしてもいいの？」教祖が眉をひそめて言った。会場が一瞬静まる。「わたしもあなたと同様、お金はいらない人間なのよ」

「知ってます。でも寄付させてください！」また女が泣き出した。「沙修会の一員として、この先の人生を送りたいんです！」教祖を見つめ、わなわなと肩を震わせた。

「揃きーっ」

教祖が閃光のような声を響かせる。拍手が鳴り止まなかった。妙子も懸命に手をたたく。横を見ると、由香里が感極まった様子で涙を流していた。

よかった——。妙子は自分のことのようにうれしかった。これで新たに一人、現世のしあわせにこだわらない自由な人間が増えた。彼女は自分たちの身内だ。

説教会が終わったら早速幹部に会わせようと思った。できることなら教祖とも話をさせてあげたい。

「沙羅様……」

堂々たる教祖の姿を見ていたら、つい名前を呼んでいた。感動が体の底から湧き出て、妙子はしばらく震えが止まらなかった。

10

ゆめの市民連絡会のメンバー数人が事務所に押しかけてきたのは、町内の防災放送の正午を知らせるチャイムが鳴り響いている最中だった。

山本順一は、秘書の中村に出前の献立表を持ってこさせ、昼に何を食べるか思案していた。ゆうべは商工会を相手に深酒したことだしうどんで軽めに済ませるか、そう思って中村に告げかけたところで、隣の部屋が騒がしくなった。

「勝手に入られては困ります」

「何言ってるのよ。ホームページには、いつでも気軽にお訪ねくださいって書いてあるでしょう」

事務所のスタッフとの尖った声のやりとりが聞こえ、そののち執務室のドアがノックもなく開けられた。

「いたいた。山本さん。今日こそは逃がしませんからね」

リーダー格の女が言った。以前、市議会で野次を飛ばされ、守銭奴と罵られたことがあった。いい歳をしておかっぱ頭だったので一度で顔を憶えていた。坂上郁子とかいう名前の市民運動家だ。前回市会議員に立候補して、お話にならない票で落選している。

「なんですか、あなた方は。アポイントもなしに。乱暴じゃないですか」

順一は焦って抗議した。緩めていたネクタイを締め直し、手で髪を整えた。

「だって山本さんはちっとも会ってくれないでしょう。電話をしても居留守を使うし、約束を取り付けようとしても逃げて回るし」

「別に逃げてなんかいません。ただ、こっちは忙しいんです」

「じゃあここで話しましょう。どうせ昼ごはんは食べるわけでしょうから、その間お付き合い願います」

「そんな強引な」

「政治家なんだから堪えましょうよ、それくらい。市民の代表たる謙虚さを見せてください」

坂上郁子は勧めてもいないのにソファに腰を下ろすと、メンバーに向かって「ほら、みんなも座って」と腕を振り回した。メンバーは全員が三十代から四十代の主婦で、仕事は持っていないようだ。勇ましいのは坂上郁子一人で、あとは感化されているように見えた。田舎の市民運動は往々にして、たった一人の活動好きによって牽引されるものだ。

順一は出前を諦め、渋々相手をすることにした。席に着く。女たちの化粧の匂いにむせ返る。

「じゃあご意見を伺います。ただし時間もないので二十分でお引き取りください」付け入られないよう、気を引き締めた。

「飛鳥山の産廃処理施設建設計画。山本さんが一枚嚙んでいらっしゃること、わたしたちはわかってるんですよ」

坂上郁子が背筋を伸ばして言った。痩せぎすで、皺がいっそう目立つ。自分と同年代らしいが、色香というものがまったく感じられない女だった。リサイクルショップを経営していて、夫は普通の会社員と聞いていた。この女に亭主がいるというのが順一には信じられない。よく抱けるな。一度そう聞いてみたい気分である。

「一枚嚙んでるって――。まるで端《はな》から悪だくみ扱いですね。ゆめの市にはすでに十を超える産廃施設があるんですよ」

「だからもういらない。飛鳥町だって大迷惑なんです」

「反対運動は起きてませんがねえ」

「これから起きるんですよォ」坂上郁子が唄うように言い、不敵に微笑んだ。「新しい公民館なんかで黙らせられるなんて思ったら大間違い。反対派だって当然いるんです」

順一は鼻から息を吐いた。大方、暇に飽かせて署名を集めているのだろう。近隣住民でもないのに反対する、この情熱は何なのか。

「坂上さん。そりゃあ全員が賛成するなんてことはないでしょう。橋を架けるにしても、道を通すにしても、必ず反対の声は出てきます。でもね、ちゃんと事前協議もあって、検討委員会もあって、そうやって手順を踏んで民主的に決定されるんです。ですから、もしも坂上さんのグループが反対なさるんであれば、そのときに意見を聞きますから――」

「いいえ。騙されません」身を乗り出し、話を遮った。「だいいち住民説明会の予定はないそうじゃない。調べましたよ。町会を接待して、それで終わりにしようとしてるでしょう。通用しませんよ、そんなの」

「接待ですか？　知りませんねえ。わたしが聞いている話では、業者が他地区の産廃施設の見学に招待して勉強会を開いたってことだけですけど」

「おとぼけー」坂上郁子が口をすぼめ、馴れ馴れしく笑った。「その晩、市内のクラブで接待して、山本さんも顔を出したそうじゃないですか。若いホステスをたくさん用意して、中にはフィリピン人の店外デートオーケーの女の子まで入れて……」

順一は眉をひそめ、顔色を取り繕った。なぜ知っているのか。内部に密告者でもいるのだろうか。いいや、そんなはずはない。要するに、田舎はみんなおしゃべりなのだ。

「ほらほら、山本さん、焦ってるゥ」

年増のブスのくせに、シナを作った。馴れ馴れしい態度にかちんときた。

「身に憶えがありませんね。どこで聞いた話か知りませんが、そういう噂が流布されるのは大変迷惑です」

順一は否定することにした。第一、認めたら大変なことになる。

「そうですか。山本さん、否定なさるわけですね」

坂上郁子が顔をのぞき込み、意味ありげに微笑んだ。

証拠などない。又聞きの噂に決まっている。これはブラフだ。順一は自分に言い聞かせた。

「とにかく、わたしの名誉に関わることですから、発言は慎重に願いたいですね。また産廃処理施設建設に関しては、地域の活性化につながる事業でもありますので、ぜひその点をご理解いただいて――」

「山本さん、脇が甘い。議員さんなら、もう少し身辺はちゃんとしないと」

「どういうことですか?」

「あのね、建設予定地の登記簿を見ればすぐにわかっちゃうことでしょう。山本土地開発の会社名、ちゃんと出てますよ」

顔が熱くなった。焦っているのを悟られまいと、腕時計を見る。「おい、中村。そろそろ次の打ち合わせの時間だろう」なんとかこの場を逃げようとした。

「答えてください。ご自分の会社の所有地を転売して、そこに産廃処理施設を建設する。しかも業者は古くから付き合いのある藪田興業。あのね、こういうの、世間では癒着って呼ぶの。政治献金、もらってるんでしょう? あちこちの産廃業者から」

「お帰り願えますか。わたしも忙しい身なので」順一は席を立ち、中村に顎をしゃくった。

「逃げないの」坂上郁子のとがった声が飛ぶ。「卑怯よ」「ちゃんと答えなさい」ほかの女たちも声を上げた。

「とにかく、お約束の二十分が過ぎました。どうかお引き取りください。この先は書面でご質問くだされば、ちゃんと回答します」

順一は机に戻り、ノートパソコンを開いて画面に見入る振りをした。中村が前に立ちはだかり、女たちを外に出そうとする。

「ふん。少し調べればわかることなのに。そんなんで押し通そうなんて、市民をなめてる証拠。選挙前の市議会で絶対に追及しますからね」

坂上郁子が腰に手をあて、挑むような態度で言った。

「さあ、みなさん、引き上げましょう。おなか空いちゃった。市役所の食堂で日替わりランチ、食べよう。五百円でデザートまで付いてくるやつ。税金払ってるんだもん、利用しなきゃ損よ」

津波が引くように、女たちが去っていく。年増女たちのきつい匂いが部屋に充満していた。中村に窓を開けて空気を入れ替えさせた。

「おい。何なんだ、あいつらは。共産党の手先か」

「わかりません」

「無関係ってことはないだろう」

「すいません。それもわかりません」童顔の三十男が恐縮している。

「すぐに調べろ。興信所を使ってもいいから、洗いざらい調べろ。インターネットの時代だ。放置すると何されるかわからないぞ。あの市民グループはおまえに任せた。わたしが窓口になりますって言って、食い込んで、懐柔でもなんでもして来い」

「わたしがですか？」中村が不安そうな目で言った。

「おまえは人当たりがいいし、主婦にもてるから大丈夫だ。要求があるならそれも引き出して来い」

「わかりました」暗い顔で肩を落としていた。

順一は憂鬱になった。市民の反対運動ぐらいで計画はひっくり返せはしないが、許可を出す市長や知事はイメージダウンをいやがる。小さな汚職が露呈したとしても自分の選挙区は磐石だが、悪い噂は残る。

「ああ、それから昼飯だ。食欲がないからざる蕎麦だ」

椅子に深くもたれ、のど飴を一粒、口に放り込んだ。

以前の向田には、市民運動などまったく存在しなかった。選挙民は従順で、表立って異議を唱えるということはなかった。そもそも生まれ育った町や勤務先に利害を共にするグループがあり、全員がいずれかに属していた。個人などというものはなかったのだ。

だから政治と行政はらくな仕事だった。多少の袖の下は潤滑油として黙認され、公共事業は甘い汁だった。山本家が財を成したのは、代々が地元政治家だったからだ。

もっともそのぶん、情はあった。金に困っている人間には仕事を回し、助け合ってきた。一人勝ちは許されず、金持ちには施しの義務があった。治安がよかったのもそのおかげだ。全員がどこかでつながっていて、安心して暮らせた。それが、今では――。

要するに、田舎のくせに、都会のドラスティックな部分だけ導入されてしまったのである。ゆめの市民連絡会という団体がその象徴だ。あの女たちは目先の正義に夢中になるだけで、大局を見ようとしない。理屈が先に立つと、余計に落ちこぼれが生まれる。それがわかっていない。

議会に根回ししないとな――。順一は目を閉じて計画を練った。ばら撒く金が増えてしまうが、それが安全策だ。どうせ共産党など一議席でしかない。彼らに実効力はない。

念のため、産廃業者の藪田敬太に電話を入れ、しばらくは目立った真似をしないで欲しいと要請した。元やくざの敬太は受話器の向こうで憤慨し、「ダンプで突っ込んでやる」と息巻いた。

「いや、だから、何もしないように……」順一は焦ってなだめた。藪田兄弟は身内だが、常識が通じないので気を緩めることができない。

電話を切ると、再び秘書を呼びつけた。

「おい、中村。ホームページの『いつでもお気軽にお訪ねください』って文言は削っておいてくれ。アポなしであんな連中に来られちゃあかなわん」

「はい、わかりました」

換気したせいで部屋の温度が下がったので、カーディガンを出させた。クラブのママにプレゼントされたもので、家には持ち帰れない品だ。そういえば、ここのところ夜の街に繰り出していない。秘書兼愛人の今日子ばかり可愛がってホステスたちとはご無沙汰だ。

何人かの裸体を思い浮かべ、ズボンの上から股間をさすった。今の自分は、複数の女を自由に出来る。男の器量とは、いい女をものにすることだ。

それと比べて、さっきの女どもは——。とくに坂上郁子というリーダーは、女で得をした経験がないにちがいない。誰もがちやほやされる娘時代にも、男たちから欲望のこもった視線ひとつ向けられたことがなかったのだろう。だから被害者意識に凝り固まるのだ。

無性に亭主の顔を見たくなった。あんた、ほかに女はいなかったのか。そう言ってせせら笑ってやりたい。

今夜は後援会の幹部を誘って夜の街に繰り出すことにした。順一はすでに四十五歳だが、下半身は衰えを知らなかった。それがひそかな自慢だ。

家では妻の友代が新築計画に熱中していた。

昨夜はクラブのママのマンションに上がり込み、三十女の肉体をたっぷりと楽しんだあと、未明に帰宅して午前十時過ぎまで寝ていた。起きて一階に降りていくと、応接間に男の来客がいて、テーブルに写真を広げていた。妻から紹介され、建築家だと知った。長髪をうしろで束ねたアーティスト風で、変わった形の眼鏡をかけていた。ゆめのではあまり見かけない都会的なタイプだった。

「初めまして。アトリエ黒木の代表で、黒木卓と申します」

立ち上がって丁寧に頭を下げてきた。見たところまだ三十代だ。その物腰は柔らかく、全体が垢抜けていた。友代が気に入っている様子もすぐに伝わった。胸の開いたブラウスを着ているのだ。

「ああ、こちらこそ初めまして。こんな恰好で失礼します」

順一も挨拶をした。まだ顔も洗っておらず、パジャマにガウンという出で立ちだ。

「ねえ、パパ。いろいろ検討した結果、黒木さんに一度見積もりを出してもらうことにしたの。これまで建てた作品を写真で見せてもらったけど、すっごくいいのよ。ほら、中央公園の横にあるイタリアンレストラン、黒木さんの設計だって」

友代がはしゃいだ様子で口を開いた。そしてついでといった感じで、「ああ、朝御飯は食堂ね。横山さんに温めてもらって」と、通いの家政婦の名前を言った。「それともお風呂にする？　ゆうべ入らなかったでしょう。入るならお湯を張ってもらって」

「ああ、わかった」

順一はボサボサ頭を掻いて返事をした。立ったまま、何気なくテーブル上のサンプルと思われる写真群をのぞき込む。コンクリート打ちっぱなしの無機質な外壁の家ばかりである。小さく顔がひきつった。

どうしようか三秒ほど考え、ちゃんと言っておくべきだと判断した。曖昧なままにしておくと、あとが面倒になる。

「こういうの、どうかなあ。田舎には向かないんじゃないの」設計した本人がいる手前、なるべく穏やかに言った。「ぼくとしては、周囲と調和のとれた木造建築がいいと思うんだけど」

「平気よ。高台の一軒家だし、樹木に囲まれてるし」

「それにしたって、立場上、あんまりハイカラなのは……」

「ハイカラって、パパいくつ？」友代が口に手を当ててけらけらと笑った。

「一応、うちは本家だから。親戚も集まるし、後援会も集まるし、今あるような畳の大広間はちゃんと作ってもらわないと困るんだけどね」

「大丈夫。地下室を作ってパーティールームにするから」

「地下室？　パーティールーム？」順一が目を丸くする。

「地下って言っても半地下。明かり取りがあるから大丈夫」

反論する言葉を探していたら、視界に赤い色が飛び込んだ。自分の左の手の甲に口紅がついていることを発見した。あわててガウンのポケットに手を突っ込む。

風呂に入らず寝てしまったので、消すのを忘れていた。ゆうべ、酔った浮気相手に女性器のマークをいたずら書きされたのだ。どっと汗が出てきた。

友代が夫をじっと見つめ、「早くお風呂入ったら？　会社、遅刻でしょう」と微笑んで言った。妻は見たのだろうか。表情が読み取れない。疑心暗鬼にかられ、ますます動揺した。

「じゃあ、よろしくお願いします」建築家に会釈して、風呂場に向かった。

檜《ひのき》造りの湯船に浸かり、あらためて手の甲を見ると、隠しようのないペインティングだった。赤だから否応なく目立つ。友代が気づかなかったはずはない。順一は顔をしかめ、大きくため息をついた。これで当分、友代は高飛車に出る。

浮気は今に始まったことではないが、発覚しそうになると、友代は追及せず、買い物で復讐した。毛皮のコート、ダイヤのネックレス、高価なものはその大半が順一の浮気中に勝手に買ったものだ。自分に疚しいことがあるせいで、強くは非難できず、ずるずると認める形となった。きっと今回のターゲットは、新しく建てる家だ。

様子を見るしかないか——。順一は手でお湯をすくって顔を洗った。少し時間を空け、こちらの要望を言おう。予算だってある。

廊下を隔てて、友代の笑い声が風呂場まで聞こえてきた。すっかり躁状態になっているようだ。あるいは、また朝からシャンパンでも開けたのだろうか。

窓から庭を見ると、灰色の空の下、竹林が北風に大きく揺れていた。今日も冷えそうだ。今年に入ってからのゆめのは、太陽から見放されたかのように曇り空ばかりだ。

11

問題ケースの一人、母子家庭の佐藤彩香が、元夫の書いた上申書を提出しに社会福祉事務所の窓口まで来た。小学生並みの幼い文字で、便箋一枚に誤字が三箇所もあるような、知能程度がうかがい知れる上申書だった。

相原友則はその上申書を読み、苛立つ気持ちを、奥歯を噛み締めて抑えた。

内容は、当方失業中につき養育費を払うのは困難である、よって生活保護費支給を継続してほしい、というものだ。署名のあとの捺印は母印だった。おそらくその場で書かせ、印鑑がないなら母印でいいと、勝手に判断したのだろう。加藤裕也という二十三歳の元夫は、よほど勉強ができなかったのか、「書」の字も横棒が一本足りなかった。

佐藤彩香は二人の子供を連れてやって来た。一歳の息子は膝の上に乗せ、三歳の娘は隣に座らせている。同情を引こうという意図が見え見えだった。あるいは、子供がいれば厳しく追及されないとでも考えたのかもしれない。フロアに相談コーナーはあるが、友則はカウンターで応対することにした。晒《さら》しものにするためだ。

「で、この加藤さんという人は毎日何をなさってるんですか」友則の質問に、「さあ、知りません」と女が仏頂面で答えた。膝の上の息子が早速動き出した。隣の娘はスツールを回転させて遊んでいる。

「失業中ということですが、ハローワーク等で就職活動はしてるのですか」

「それも知りません」

「失業中は事実であると」

「はい」女は目を合わせなかった。

「じゃあ、これは調べさせてもらいます」友則は女の顔色をうかがいながら言った。「この加藤さんという方が毎日何をしているか、近所に聞いて調べればすぐにわかります。それでもし仕事をしているようなら、この上申書は偽証ということになり、打ち切りは当然のこと、それ以外にも法的処置をとらせていただきます」

「ショウちゃん、じっとしてて」

女は息子をあやして平静を装っていたが、表情の小さな動きから焦っているのが見て取れた。

「ちなみに、この上申書は、佐藤さんが直接もらってきたものですか」

「いいえ。友だちに頼んで書いてもらいました」

「わかりました。とりあえずお預かりします」

「あのう」女が身を乗り出して小声で言った。「わたしの前の夫、すぐに暴力を振るうところがあるので、行くときは気をつけてください」

「……そうですか」

脅しのつもりかと、友則はますます感情を害した。来るなら来いと思った。こっちには出向中の刑事がいる。それに、つい先日、パチンコ通いの元建設作業員に辞退届を書かせたことが自信になっていた。もう低姿勢には出ない。

「ところで佐藤さん、携帯電話は持ってますか」

「はい……」

「携帯の料金を生活保護費から払うことは認められませんので、ただちに契約解除していただくか、もしくは過去にさかのぼって料金分を返納してください」

腹が立ったので反撃に出ることにした。これまで見逃してきたのは、温情が半分と指摘するのが面倒だったからだ。

「そんな……」女が口をとがらせた。「アパートに電話を引いてないから、ケータイがその代わりなんです。ケータイがなくなったら、親とも連絡が取れないじゃないですか」

「規則です。自家用車やエアコン同様、現在の規則では携帯電話も認められていません」

女は納得がいかない様子で、鼻の穴を広げていた。無邪気な娘が椅子から降り、床ででんぐり返りをして遊んでいる。

「どうします。解約しますか？　料金分を返納しますか？」

「あのう、ケータイを使うなってことは、就職活動もできないんですけど」

「そのときは当事務所のものを貸し出します。それより、これまで自宅に電話を引かなかったというのは、社会的常識に合わないんじゃないですかね」

厭味も言った。だいたい若い母子家庭ケースの大半は、固定電話すら持たない横着さで世の中を渡ろうとしている。

女に向かって十分ほど説教をした。就職する気を見せて欲しい、保育先を自分でも探して欲しい、親族に援助を求めて欲しい——。地方交付税の減額により自治体はどこも財政難で、もはや母子家庭といえども過大な援助はできないと内実も付け加えた。

「一週間後、また話し合いましょう。その間、少なくともハローワークに行くぐらいの実績は作っておいてください」

「はい……」

女は不貞腐れた様子で顔を背けると、下の子をベビーカーに乗せ、上の子の手を引いて帰っていった。

毎週、出頭させてやるぞ。友則は女の背中に向けて腹の中で吐き捨てた。問題ケースとは根競べだ。

「あんた、なかなかやるな」うしろから声がかかった。振り返ると、稲葉が椅子の上で膝を立て、犬のように笑っていた。

「あの小娘は元暴走族だ。別れた旦那もな。あいつらは生活保護に味を占めて、仲間とつるんで福祉にたかってんだ。まったく誰が知恵をつけたことやら」

「今のケースはなんとしても適正化してくれ。毎月二十三万円はあんまりだ」

課長の宇佐美もファイルに目を通しながら口をはさんだ。女の申請書を検討もせず通したのは、半年前の自分だというのに。

しばらく書類整理をしていると、民生委員の水野房子が現れた。見るからに覇気のない中年男を一人従えていた。昨日、面談の申し込みがあり、午前中ならいつでもいいと返事をしていた。

「相原さん。この前電話で話した栄団地の人。西田肇さん」

水野房子が手を向けて紹介した。膝を悪くした母親が寝たきりで、自身はノイローゼで働けないとかいう男だ。生活保護申請をしたいと言うので、とりあえず窓口まで来させるようにと答えてあった。

カウンターに座らせると、水野房子が「相川さん、相談コーナーを使わせてよ」と当然のように要求してきた。仕方がないので衝立の奥に移動し、テーブルで向かい合った。

「昨日市民病院へ行ってね、うつ病の診断書をもらってきたの。診てくれた先生の話では、不眠と摂食障害もあるので、投薬治療と同時に点滴を打つ必要もあるんだって」

水野房子が診断書を机に広げ、くるりと天地を回し、友則の方へ滑らせた。

「それでね、治療費が払えないから、とりあえず支払いは先延ばしにしてもらったの。生活保護の認定が下りたら、自動的に医療費全額免除になるから、そのあとで市に請求してもらえばいいし」

西田という男は隣でしきりに目を瞬《しばたた》かせていた。うつ病という割には衰弱した様子は見えず、摂食障害の気があるというのに痩せこけてはいなかった。むしろ太っている。えらの張った顎は大陸系の血筋を思わせ、強情そうな印象を与えた。友則は重度のうつ病患者と何人も接してきたが、彼らはみな一様に、肌は鈍色《にびいろ》で、目は落ち窪み、自殺を心配させた。目の前の男は、それを感じさせない。

「以前のお仕事は何をなさってたんですか」友則が聞いた。

「会社員。現場仕事もあったらしいけど」水野房子が答えた。

「あなたじゃなくて、本人に答えさせてください」

西田がひとつ咳払いをし、静かに口を開く。「じじ、自分は産廃処理場で重機を扱ってました」顔に似合わず声は甲高く、ハスキーだった。

「じゃあ、特殊車両の運転免許等、資格はあるわけですね」

「ああ……」

「それじゃあ我々の就労支援は必要ない」友則はあてつけの意味で明るく言った。「四十五歳と若いし、ハローワークへ行けば必ず職は見つかります」

「だからね、膝が悪くて介護が必要なおかあさんがいて、西田さん本人はうつ病で外に出るのも大変なの」水野房子がすかさず横から口をはさんだ。「今日だってね、おかあさんに介護オムツを穿かせて——」

「い、いや……」

「水野さん。西田さんと話をさせてくださいよ。ハローワークへ行かれたことはありますか」

「明日、一度行ってみてください。重機が扱えるとなれば、絶対に求人はあります。それも好条件で。おかあさんが心配なのはわかりますが、仕事をしてお金を得れば介護サービスが頼めます。市の福祉課も何かしらのサポートをしてくれるはずです。そうしましょう。まずは就職活動です」

「いや、あの……」

「なんでしょう」

「おおお、おれは働けなくなって、かかか、会社を辞めさせられたんだ」

西田が中空に視線を泳がせ、声をふり絞った。ひどい吃音だった。

「辞めさせられた？　ということは解雇ですか」

「いいい、いや、じじ、辞表出したのはこっちだけんど、出すように言われて、しし、仕方なく……」

トランペットでも吹いたかのように顔を真っ赤にしている。

「そうですか。でも自主退社にせよ、勤めていたのなら失業保険が出ます。そちらは当たってみたのですか」

「いや、おれは、そそ、その……」

「普通の会社であるなら、失業保険には必ず入ってます」

「だから、おお、おれは、臨時雇いだから、そそ、そういう保険とかは一切なかった」

西田の言葉に、友則はここもかと思った。正社員を極力少なくして臨時雇いで労力を調整するやり方が、もはや末端の産廃業者にまで広まっているのだ。経営者たちはリスクを負いたがらない。

「あのね、西田さんの吃音は最近なの。働いているときは、そんなことなかったの。医者によると、吃音も心理的プレッシャーからきたものだって。これだと、ますます人に会うのがいやになるって。相原さんでもわかるでしょう」

水野房子は心から同情している様子だった。きっと近所でも面倒見のいいおばさんなのだろう。彼女によると、西田には兄と姉がいるが、二人ともよその土地で暮らしていて、もう何年も音信がないそうだ。家族がそこまで疎遠というのは、普通の感覚ではありえないが、生活保護家庭は概ね親兄弟から見放されていたので、友則はとくに驚かなかった。前科者、アルコール依存症、家庭内暴力。それだけで充分過ぎる理由になる。

なぜ兄弟の援助が得られないのかと聞くと、「ああ、兄貴は暴力団。姉貴はそそ、それを嫌って、むむ、娘のときに出て行った」との答えが返ってきた。どうやら貧乏くじを引かされた末っ子のようだ。また母親は、当然のように年金の受給資格を有しておらず、父親は二十年も前に失踪したとのこと。ついでに本人の離婚歴は二度。詳しくは聞かなかったが、容易に想像はついた。相手は似たような家庭環境の女だ。

「ねえ、相原さん。早く生活保護の申請をさせてくれない？　電気代がもう三ヶ月も未払いだから、明日にも止められそうなの。それに灯油が切れそうで、買うお金がないの。この冬は冷え込むでしょう。わたし、心配で、心配で」

水野房子が手を合わせて懇願した。西田は落ち着きなく目をパチパチさせ、同時に唇を小刻みに痙攣させていた。チック症状だ。精神病患者はすっかり見慣れた。

「あのですね、うつ病の診断が下ったからといって、すぐに生活保護が支給されるわけではないんですよ。そんなことをしたら、みんな病院へ行きますよ。精神疾患は大半が自己申告ですから」

「そんな、西田さんは……」

「わかってます。確かにうつ病なのでしょう。でも見たところ重度というわけではなさそうです。出歩ける。口が利ける。体が使える。要するに稼働能力があるわけです。だから、まずハローワークに行ってみる。話はそれからです。だいたい西田さんの資産はどうなってるんですか。エアコンがあるだけで却下されますよ」

「それがね、言いにくいんだけど、自家用車があるの」

「それはお話にならない」友則は両手を挙げ、天井を仰ぎ見た。「水野さん。民生委員をやっているのならおわかりでしょう。まずは自家用車を売却してください」

「車っていっても、車体にサビが浮いて、動かすのがやっとっていうオンボロなのよ。あ、西田さん、ごめんね。でも、事実だから。あの車、絶対に売れない。逆に廃車料金を取られるくらいだと思う」

「とにかく、自家用車があっては申請できません」

「くくく」西田が顔中に汗をかいて声を絞り出した。「車がないと、まま、町にも行けねえ」

「バスがあるでしょう」

「ない、ない」水野房子が隣でかぶりを振った。「栄団地は去年の秋に路線が廃止になった。住民はリタイアした年寄りばかりだから、みんな困って、困って。市営なんだから、もうちょっと融通利かせてくれてもいいのにねえ。頼りは一日に五本回って来る、ドリタンの無料巡回バスだけ。それに乗ってドリタンへ行って、スーパーで買い物して、広場で時間潰して、帰ってくる。毎日それの繰り返し」

そう言われて思い出した。市議会で市営バスの赤字経営が取沙汰され、不採算路線が順次見直されることになっていた。栄団地はそのあおりをいちばんに食ったのだ。

友則は、老人たちがドリームタウンの巡回バスを待っている姿を想像した。寒空の下、白い息を吐き、背中を丸め、手をこすり合わせながら——。大資本にとって、地方都市を制することはたやすい。既存の個人商店を吸収し、自然と一人勝ちの構図が出来上がる。そして駅前はシャッター通りとなる。

「ねえ、相原さん。一回家庭訪問して」

「わかりました。おかあさんの様子も見てみましょう。ただし、明日ハローワークへ行くのと、自家用車を処分するのが先決です。それが果たされたら、医師と相談し、必要とあれば社会福祉事務所が指定する病院で再検査をして、家庭訪問はその次です」

「そんな……」

水野房子が不満げに頰をふくらませた。西田は何かに耐えるように歯を食いしばり、横を向いていた。

「就労の道を探りましょう。フルタイムじゃなくて短時間労働でもいいし、簡単な軽作業でもいいわけでしょう。初めから生活保護を頼る人は、抜け出すのも大変です」

「でもね——」

「それでは、今日のところは……」

友則は立ち上がると、会釈し、二人に退室を促した。「灯油代が困ったねえ」水野房子がため息をつき、思案に暮れている。相手にならず、自分のデスクに戻った。

西田が、がに股でひょこひょこと歩いていくうしろ姿を見送った。柔道でもやっていそうなほど背中が大きく、尻もでかい。あんた働けるだろう、と口の中で語りかけた。吃音とうつは同情するが、それほど重症とは思えない。建設現場で働くのなら、口を利く必要もない。

やはり認めるわけにはいかないと、あらためて決心した。生活保護は弱者に供されるもので、いちばんに障害者、次に独居老人と母子家庭だ。あの男に稼働能力はある。

宇佐美が報告を催促するので、出向いてあらましを話すと、「問題外」と一蹴された。以前は斜め読みで判を押すだけの人物が、たいした変化である。

窓の外は木枯らしが吹いていた。この冬の日照時間の少なさはどういうことか。今年に入って晴れた日など、とんと記憶にない。


面談のあとは家庭訪問に回り、ケースたちの相談に乗った。上からは不正受給の根絶を命じられているが、一方で、実際に現場を歩くと福祉の必要性を実感することは多かった。母子家庭はパートだけでは暮らしていけない。いい大人の時給が七百円と聞かされると、他人事ながら気が滅入った。福祉行政は、資本主義の尻拭いをさせられているようなものだ。

昼食を吉野家で済ませた帰り道、前を通りかかったので、ふと思い立ち、先日張り込んだドリームタウンの並びにある大型パチンコ店駐車場に車を入れた。食後の休憩だと自分に言い訳し、自販機で缶コーヒーを買って車中で飲む。

エンジンをかけたまま、付近に目を配っていた。小さな期待があった。この前の不倫カップルをまた見られるのではないかという期待だ。あのときは自分でも驚くほど興奮してしまった。他人のプライバシーをのぞき見る快楽を思い知った。

たばこに火をつけ、紫煙をくゆらす。窓を開けると寒いので、エアコンの環流にまかせた。もちろん安い車なので、充満する一方だ。

平日のパチンコ店は、いつものように繁盛していた。人口十二万人のゆめの市のどこに、昼間から遊んでいられる層が棲んでいるのか。国道沿いだけで十軒はくだらない。そのすべてがよそから進出してきた業者だ。

赤い小型車が入ってくると、つい身を乗り出し、凝視してしまった。いつの間にか心待ちにしている。もちろん、あの若い主婦がそう簡単に現れるとは思っていないのだが。

鞄からデジタルカメラを取り出し、あのとき盗み撮りした画像をモニターに映し出した。駐車場で浮気相手の男に向かって手を振っている画像だ。童顔で、首が細く、全体が華奢に見えた。派手さはなく、守ってあげたくなるタイプだ。

女の、平凡なこれまでの半生が容易に想像できた。高校を出て、市内の中小企業に勤め、友人に紹介された男と恋仲になり、二十三歳で結婚した。新婚旅行はハワイ。親の気前がよければオーストラリア。仕事を辞めて専業主婦となり、二十五歳で一人目の子供を産む。二人目を妊娠したところで一戸建てを買い、今の団地に移り住む——。

馬鹿か、おれは。友則は自分自身を嘲笑《あざわら》った。アカの他人に何の空想を働かせているのか。ちゃっかり不倫だけは楽しむ、いまどきの女に過ぎない。

目の前の駐車スペースに白い軽自動車が停まった。三十代に見える女が一人で乗っていた。なかなか降りてこない。携帯を手になにやら話し込んでいる。今日はこの女の不倫現場でも目撃するのかな、と冗談半分に思って見ていたら、本当に男が登場し、唖然とした。

男は四十くらいの会社員風だった。車の陰から現れ、女に向かって親しげに手を振る。女は相好をくずし、自分の車から降りると、男に向かって駆けていった。二人で駐車場内を移動する。一旦姿が見えなくなったが、しばらくしてグレーの乗用車が姿を現すと、乗っていたのはその二人だった。

「マジかよ」友則はひとりごとをつぶやいていた。ゆめの市の主婦はこんなに浮気しているのか。たった二件の目撃だとしても、二分の二だ。

何の意図もないが、何枚か写真を撮った。なにやらコレクションが増えたような気分はあるのだが。

車が駐車場を出て行く。ドリタンとは逆方向だ。馬鹿なことをしているなと思いながら、自分もあとを追った。国道に出て走り、すぐに山が見えたところで、うっすらと合点がいった。

あの山の麓のラブホテル街に行くには、今のパチンコ店の駐車場で待ち合わせるのがもっとも近くて便利だ。要するに、不倫逢引きのメッカなのだ。そして子供が幼稚園や学校から帰ってくるまでの午後の二時間こそが、女の自由時間である。

また元妻の顔が浮かんだ。紀子もああやってどこかの駐車場で待ち合わせ、ラブホテルにしけ込んだのだろうか。紀子は軽自動車を持っていた。この町は車がないと買い物にも行けないと、親が買って与えた嫁入り道具だった。それがどう使われたか、友則はこれまで考えたこともなかった。車での移動は、人目を忘れさせる。軽自動車が女を解放した。地方は軽自動車だらけだ。

車はあっけらかんとラブホテルの建物に吸い込まれていった。友則は徐行運転しながら、それを眺めていた。前回ほどの興奮はなかった。女が好みのタイプではなかったからだ。太っていて、顔の造作も並以下だった。ストーカーまがいのことをしておいて、勝手なことを言う。

気が済んだので役所に戻ることにした。ただし、少しだけ寄り道して、前回目撃した若い主婦の家の前を通って行くことにした。ＷＡＤＡという表札は憶えている。

川沿いの造成地に車を乗り入れ、女の家を目指した。あらためて周囲を見渡すと、レゴを積み上げたような四角い家ばかりだった。白い壁と赤い屋根、二階には決まって出窓がある。一戸あたりの土地は四十坪もない。だからぎっしり詰まっている。どうせ一世代限りの建売住宅だ。代々住み継がれるような家は、ゆめの市では売られていない。

女の家を見つけた。赤い軽自動車はカーポートに停められていた。窓にはレースのカーテンが引かれていて、人がいる気配はない。そのまま通過した。自分はまったく馬鹿なことをしている。

住宅街を抜け、土手に上がった。河川敷で主婦たちが子供を遊ばせていた。そこにあの女がいた。一目見ただけでわかった。視線が吸い寄せられていく。

小雪でも舞ってきそうな灰色の空の下、元気に走り回る着ぶくれした子供たちを、立ち話しながら見守っている。前回同様ピンクのマフラーを首に巻き、白いダウンジャケットを着ている。

通り過ぎるとき、全員がこちらを見た。怪しまれない程度にこちらも見返し、女の顔を正面から見た。いいと思った。完全な好みのタイプである。ただし自分のものにはならない。結婚していて、しかも浮気相手がいる。フルネームを知りたくなった。和田、なんていうのだろう。

しかし三十二の男が何をやっているのか。離婚した男やもめはまるで尻尾のない凧だ。横風に吹かれただけでくるくると回ってしまう。自分自身が痛々しい。

携帯電話が鳴る。いつもマージャンをする同僚だったので、路肩に停めて出た。今夜、フィリピンパブに行かないかという誘いだった。

「店外デート、二万円。土木課の連中と行くんだけど、相原さんもどう？」

同僚が電話の向こうで「いひひ」と下品に笑っている。

「そうですねえ……」友則はつい苦笑した。

若いフィリピン人ホステスが体を売る店があることは、この町の男なら誰でも知っていた。地方は売春もあっけらかんとしている。公務員が客になるのだ。

「いいですねえ。ぱーっと行きますか」

友則は調子を合わせた。無理にも明るく振る舞いたかった。この鬱屈をつかの間発散したい。もう一年以上、心から笑ったことはない。自分こそうつ病だ。

「今夜は県内から若い子、どっさり仕入れてあるって」

同僚がおどけて「くーっ」と唸る。友則は噴き出し、少し気持ちが晴れた。

一人で憂鬱がっていても始まらない。単調な毎日に、少しは風を吹かしたい。

役所に戻ろうとアクセルを踏み込んだ。あの女に似たホステスがいたらいいな、と、そんなことを考えた。

12

商業高校の男子生徒がブラジル人の十七歳の工員にナイフで刺されたというニュースは、たちまちのうちに町の十代の間に広まった。ただし話にはいくつかパターンがあって、犯人はいまだ逃走中であるとか、被害者は出血多量で一時危篤状態になったとか、不良グループが仕返しにブラジル人狩りを始めたとか、いろんな噂が飛び交っている。日本刀で斬り合ったとか、本当は死人が出たとか。でたらめな話もあった。

目撃者となった久保史恵は、学校や塾でそのときの話をせがまれ、時には無責任な風説を否定する役割を担うことになった。不良の男子から、「おまえ、ジーニョに襲われたのか」と聞かれたときは、憤り、脱力し、寒々しい気持ちになった。小さな町で起きた事件は、暇な人たちの娯楽である。

いい加減な話ばかりが出回っている理由は、事件が新聞に載らなかったからだ。せめて地元紙にはベタ記事ぐらい出ているのではないかと図書館でチェックしたが、まるでなかったことのように無視されていた。

これについては北高の山本春樹が、興味深い情報を持っていた。

「刺したジーニョはエイシン部品工業で働く派遣社員でさあ、研修生とかいう名目で日本に来てる労働者なわけよ。それでエイシンが、この事件が記事になると、ブラジル人のイメージが悪くなって地域での差別につながるから公表しないでくれって、市会議員を使って警察に頼んだんだってさ。まあ、自分の会社の名前が出るほうがいやだったんだろうけどな」

実に合点がいく説明だった。エイシン部品工業は史恵の父が勤務する会社だ。ゆめの市では唯一といえる大きな工場で、市から随分優遇されていると聞いたことがある。税収と雇用を考えたら、むげにはできない。

「ちなみにその市会議員というのは、おれの親父なんだけどね」

春樹はそう言い、皮肉めかして笑った。

「すごいなあ。警察に顔が利くんだ」

史恵が感心すると、春樹は、「所詮は田舎の政治家じゃん」と蔑むようなことを言った。

地元の不良たちは、仲間が刺されたのがショックらしく、みな護身用のナイフを携帯するようになったという話だ。この噂には信憑性があった。ドリームタウンの中にあるアウトドアショップで、折りたたみ式ナイフが一日で売り切れたからだ。史恵は、《現在入荷待ち》の札を実際に見た。未成年に売るほうもどうかしている。

その日、二年生は全クラスが五時限で授業を終了した。放課後、進路説明会を開くためだ。ただし、今日は大学進学コースの生徒のみで、就職組は後日別日程で行われることになっていた。だから、無試験の専門学校組も含めて約半分の生徒は、部活もやらずに帰っていった。

学校側が気を遣っているのが史恵にもわかった。同じ日に分かれてやれば、なんとなく溝ができる。これから大学生になる者と、高卒で職に就く者とでは、この先の青春がまったくちがう。たぶん人生も。

三年生の先輩に聞いたら、就職組は、とにかくフリーターにはならないでくれと説得されるのだそうだ。なんでもゆめの市は、県内でもワーストに数えられる就職率の低さで、教育委員会は頭を抱えているらしい。フリーターになると、十年後、二十年後、収入にどれだけの差が出るのかをグラフを持って説明され、その先輩は渋々就職を決めていた。

ただ、それでも百名に届かんとするフリーターが今年も出そうだという。史恵は当たり前だと思った。地元で就職したところで、退屈で平凡な人生が待っているだけだ。これは一流か二流かの選択ではない。二流か三流かを迫られて、誰が真面目に考えるというのか。

武道場に約二百人が集まり、各自自由に畳の上に座った。なんとなくレクリエーションの趣があり、早速男子がふざけてプロレスごっこを始めた。女子は仲良しグループ同士で集まり、おしゃべりをしている。ゆうべのドラマのこととか、人気俳優のこととかだ。受験生でも、テレビはやめられない。

教師たちが武道場に入ってきた。立ち上がって挨拶をし、再び腰を下ろす。

「おまえたち、センター試験までいよいよあと一年だぞ。わかってるのか。ずいぶんのんびりしているように見えるが大丈夫か」

学年主任がマイクを握った。膝の出たズボンを穿いた太ったおじさんだ。早稲田の教育学部を出たのが自慢らしく、「おまえらおれを超えてみろ」が口癖だ。史恵は馬鹿かと思った。早稲田を出てもこんなものかと、生徒が希望をなくすだけだ。

「いいか。これからの一年が正念場だ。人生を左右すると言っても大袈裟ではない。おまえらが遊びたい盛りだというのはわかっている。しかし、それを堪えろ。大学へ行けば楽しい四年間が待っている。彼氏や彼女が欲しければ、一年先にしてくれ。一年経ったら、先生がいくらでも紹介してやる」

生徒がどっと沸く。一応笑いはとっておきたいようだ。

「去年の暮れ、三者面談のときに君らの志望校を聞いた。まだ現状認識が足りないだろうし、高望みするのはかまわない。しかし大学優先でどの学部学科でもいいというような志望は感心できないぞ。同じ大学の商学部と社会科学部、経済学部と法学部、というのならまだわかる。でもな、薬学部と情報工学部とか、英文科と心理学科とかというのは、関係がなさ過ぎる。食堂に行って鰻丼とポタージュスープを注文するようなものだぞ」

また笑いが起こる。半分は冷笑だ。

「憧れの大学に入れればそれでいいというわけではない。こういう話は塾の講師はしない。だからここで先生がはっきり言っておくぞ。興味のない学問を四年間も学ぶというのは苦痛以外の何ものでもない。女子だからなんとなく文学部、男子だからなんとなく経済学部というのではなく、今一度自分のやりたいことを考えてくれ」

そう言われて史恵はどきりとした。まさに自分がそうだからだ。文学なんて好きでもなんでもない。村上春樹だって三ページで挫折する。けれど、経済だとか法律だとか言われると、もっとわからない。

「先生、そんなのわからねえって」男子の一人が抗議した。みなの視線が向かう。「やりたいこと、十七で決めなきゃならないってのは、ちょっと無理なんじゃないッスか」

その発言に多くの生徒が同意し、うなずいた。「そう、そう」という声があちこちから聞こえる。

「おまえたちの気持ちはわかる。でもな……」学年主任がぎょろ目をむいた。「それは甘えだ。その証拠にだな、今年になって進学相談室の個人面談に申し込んだ生徒はゼロだ。相談室にある各大学のパンフレットを閲覧したものも十名足らずしかいない。つまり、おまえらの側に決定的に当事者意識がない。知ろうとする意欲がない」

学年主任が拳を振り上げ、熱弁をふるった。緊張感がない、集中力がない、たったのあと一年が我慢できないのか、アルバイトはもうやめろ、ゲームは卒業しろ、家に帰ったらケータイの電源を切れ、眉毛を抜いてる暇があったら英単語のひとつも暗記しろ――。どうやらこの説明会は、進学組の気を引き締めようという趣旨らしい。芝居じみた身振りを交え、「自分の将来を考えろ」と繰り返し檄《げき》を飛ばすのだった。

史恵は教師の言葉を聞きながら、少なからず反省した。立教か青学クラスの大学に合格しなければ、きっと親は上京を許してはくれないだろう。そうなると、県内か仙台の私大に進むことになる。自分にとっては天国か地獄かだ。

学部に関しては、やはりどうでもいい。よほどの秀才でもない限り、勉強がしたくて大学に行く若者はいないのだ。だいいち、偏差値四十以下でも入れる大学が存在することを、大人たちはどう説明するのか。

その後、進路指導の教師にマイクが渡り、センター試験の仕組みから一般入試の出願方法、近隣大学の推薦枠までが説明され、ホワイトボードには来年三月までの入試スケジュールがぎっしりと書き込まれた。

「ところで、おまえたち。ノートは取らなくて大丈夫なのか」学年主任が横から割り込んで言った。「さっきから見てれば、この中に筆記用具持参で来たのは一割もいないな。あとは暗記か？　おまえら頭がいいなあ。あとでプリントが配られるなんて思うなよ。終わったらホワイトボードは当番に即消させる」

生徒から「えーっ」という声が上がる。

「その態度が緊張感のなさだ。おまえらの甘えだ」声をいっそう大きくし、鼻に皺を寄せた。

最後に、真面目な顔になり、「これはデリケートな問題だ」と前置きをして、友だち付き合いのことに触れた。

「進路がちがうと、これまで通りに付き合うということはなかなかできない。大学受験をしない仲間から遊びに誘われ、断ると、付き合いが悪いと責められることもあるかもしれない。しかし、だ。勉学の邪魔をする人間が本当の友と言えるか？　相手の立場になれば、そっと見守ってくれるはずだ。それが親友だ。君らは強い気持ちで誘いを断って欲しい。他校生との付き合いも同様だ。仲間外れを恐れるな。進学クラスに新しい仲間はできる。本校は三年生になると進学クラスと就職クラスに二分される。知っての通り、君らは五つのクラスに編成され、校舎の四階にまとめられる。それ以外の教室は、実験室や電算室だ。要するに、その階にいるのは君らだけだ。一部からは差別だとか隔離政策だとか、批判する声もあるが、先生たちはこれがいちばんいい方法だと思っている。先生は、君たちが夢をかなえてくれることを願っている。それが先生の夢だ」

聞きながら、史恵は小さく感動した。案外いい先生かもしれないと思った。この進学説明会が、受験生としての気構えを持たせるための集会だとしたら、それは成功だ。いつもは悪ぶっている男子たちも、神妙な顔つきで聞き入っている。この先しばらくは、みなが勉学に勤しみそうな雰囲気があった。

解散すると、ホワイトボードの前に人垣ができた。てのひらにボールペンでメモしている生徒もいる。

「しょうがねえな。おまえら、明日特別にプリントを配ってやる」

それを見た学年主任がうれしそうに言い、生徒たちから歓声が上がった。女子に囲まれ、「先生のイジワル」とつつかれている。

史恵はやる気になった。なんとしても東京の大学に合格しなくてはならない。お洒落をして、表参道や銀座を歩きたい。その舞台がドリタンに代わるなんてことになったら、悔やんでも悔やみきれない。


放課後は、予備校に向かった。説明会に出た生徒のおよそ半数がそのまま移動する形だ。電車では例によって商業高校の生徒たちと一緒になった。床に座り込む彼らが、いつも以上に馬鹿に見えた。

予備校では、どこから情報を仕入れたのか、若い講師が「向田高では進学説明会があったんだって」と授業の前に言い出した。

「学部学科選びについて何か注意を受けたと思うけど、それは文科省からの通達で、早い話が建前だ。自分が何に向いているかなんて、高校生にはわからない。先生だってこの仕事の前は食品会社の営業職だ。入社して二年して、ああ自分には向かないってわかって転職した。人生、三十まではそういうことの繰り返しだと思う。だから、進路が決められないのなら、名のある大学に入れ。偏差値の高い大学に入るということは、選択肢が広がるということだ」

早口でまくしたてた。そのスピード感が小気味いい。「じゃあ授業に入る。みんな、がんばろう」講師がテキストを手に、ボードに英語の構文を書き連ねていった。史恵たちはあわててノートをとる。なにやら一日に二度背中を押された感じだ。

普段よりずっと授業に集中できた。和美までが手を挙げて質問をしていた。応援されるというのはいい。一人だとここまで頑張れない。

午後六時半になって授業は終わった。自販機で買った缶コーヒーを飲みながら、しばしおしゃべりを楽しむ。北高の男子たちも一緒だ。春樹は新しいコートを肩にかけていた。丁度バーゲンシーズンで、母親が東京まで行って買ってきてくれたものらしい。

「ブルジョアだなあ、春樹お坊ちゃまは。下着までラルフローレンだってさ」

男子たちにからかわれている。

「うるせえな。おふくろが買い物に狂っちまったんだよ。妹なんか中学生でエルメスのリュックだぞ。でもって自分は毛皮のコート。この田舎でどこに着ていくんだ」

春樹は顔をしかめ、あけすけに家の内情を明かしていた。

そろそろ帰ろうと教室を出たところで、講師に呼び止められた。「おい、久保。おまえだけ自己診断シートが出てないぞ」怖い顔でにらまれた。

忘れていた。科目ごとに得手不得手を自己分析してチェックするシートを、用紙を紛失したせいで、自分だけ提出していなかった。

「今ここで書け。これから先生たちでまとめるところだから。一人でも欠けると集計できないんだぞ」

「わかりました」

史恵は首をすくめ、返事した。和美が「はい久保史恵さん居残りー」とからかい、男子たちが笑う。仕方なく事務室に出向き、片隅のテーブルで書き込んだ。

窓の外はすっかり暗くなり、闇の中に小雪が舞っていた。駅から自転車で帰ることを考え、顔をしかめた。そうだ、トイレでスパッツを穿こう。北高の男子たちはもう帰ったので、恰好を気にする必要もない。

午後七時になって、一人で塾のビルを出た。携帯電話を握り締め、駅に向かって早足で歩く。商店街は半分以上が閉店しているので、吹き抜ける風にシャッターがガタガタと音を立てて揺れた。人通りはまったくない。雪が舞っているせいもあろうが、この光景は尋常ではなかった。開けている店もあったが、店番の姿はなかった。客が来ないので、奥で晩御飯を食べているのだろう。

通りは寂れているくせに、真新しい街灯が十メートルおきに立っていた。エンジ色の洒落た鉄柱だ。場違いな明るさが、余計にわびしさを醸し出していた。しかもスピーカーが内蔵されていて、四六時中音楽が流れている。こんな無駄なもの、いったい誰が立てることを決めたのか、さっぱり理解できない。

駅の手前で、道にシルバーの真新しい車が停まっているのが目に留まった。トランクを開けて、若い男が立っていた。こちらをじっと見ていた。中肉中背で、外見にこれといった特徴はない。オリーブ色のジャンパーを着ていた。アメリカの空軍風のやつだ。

ナンパでもされるのだろうかと警戒し、目をそらせた。すると男はくるりと背中を向け、身を乗り出し、トランクの中を整理し始めた。

勘違いか。史恵は安堵した。一人だと、どうしても警戒心が先に立つ。

車の横を通り過ぎた。カーステレオを派手に鳴らしていた。横目でちらりと見る。男の姿が消えていた。えっと思った次の瞬間、うしろから口を塞がれた。軍手のざらついた布の感触が顔を締め付ける。心臓が止まりそうになった。

左の腋の下から男の腕が回り込み、史恵はひょいと抱え上げられた。視線の先には車のトランクがある。頭の中が真っ白になった。さらわれる？　でもどうして――。

男の鼻息が耳にかかった。体が真横になった。携帯を落とした。右肘と腰に衝撃を覚える。トランクに投げ込まれたのだ。口は自由になったが、パニックで声が出ない。

バタンという音と同時に真っ暗になった。車が急発進した。タイヤの悲鳴が耳に突き刺さった。闇の中、頭を前後にぶつけた。史恵は戦慄した。自分は、どこかに連れ去られようとしている――。

息を呑んだ。トランクを内側から蹴飛ばした。うそ、うそ。全身に悪寒が駆け抜けた。叫ばなければと思うのに、喉に栓でもされたかのように声が出なかった。鼓膜を震わすのは、カーステレオの重低音ばかりだ。

膝がガクガクと震えた。顎がカスタネットのように鳴っている。どうして、どうして。誰か助けて。きっと殺される。死という文字が頭の中に浮かび、気が遠のきかけた。

頭がくらくらした。生まれていちばんの恐怖は、それを感じる前に、史恵の頭を制御不能にしていた。

13

朝、会社に行こうとアパートを出て駐車場に回ると、通いの管理人が竹箒《たけぼうき》で掃除をしていた。「おはようございます」加藤裕也は、自分から愛想よく声をかけた。元暴走族でも挨拶ぐらいはする。セールスの仕事をしているせいで、如才なく立ち回る習慣がすっかり身についた。

枯れ木のような老いた管理人は、耳が遠いらしくていつも大声で挨拶を返す。「しばれるねえ」白い息を吐いて、顔を皺くちゃにした。続けて、「ああ、そうだ。昨日の昼過ぎ、社会福祉事務所の人が来てねえ。加藤さんのこと聞いていったよ」と言い、裕也は思わず立ち止まった。

「社会福祉事務所ですか？」

「そう。心当たり、ある？」

「……いいえ」考えるふりをして首をかしげた。もちろん心当たりはある。千春に頼まれて上申書を書いたからだ。

「その男の人、二〇四号室の加藤さんはお仕事をお持ちですかって聞くから、わたしは、もちろん、毎朝ネクタイ締めて出かけていきますよって答えておいたからね」

管理人は目を細めてうなずいていた。どうやらよいことをしたと思っているようだ。

「勤務先までは知らないけど、挨拶はきちっとするし、そりゃあ礼儀正しい若者だって――」

「ああ、そうッスか。ありがとうございます」

裕也は調子を合わせ、頭を下げた。

「ああいうの、本当は興信所かもしれないから。結婚とか、就職とかの」

「はは、そうかもしれませんね」

適当に相槌を打って車に乗り込んだ。エンジンを始動し、しばらく暖機運転をする。早くもばれたか。手をこすり合わせ、ひとりごとを言った。もっともばれたからといって、自分にはなんの損害もない。元妻が生活保護を打ち切られるだけのことだ。月に二十三万円なんてふざけ過ぎている。いい気味だ。

ギアを入れ、発進した。住宅街をゆっくり走りながら、ふと思いがよぎる。もしかすると、子供の親として養育費を払うことを迫られるのだろうか。

裕也は舌打ちした。最初の夫が住所不定で遊び呆けているというのに、どうして自分だけ扶養義務を負わされるのか。そもそも自分は子供など欲しくなかった。一人産むのも二人産むのも一緒と彩香が言い出し、勝手に産んだのだ。あの手の女は何も考えていない。結婚したら、やっぱりもう少し遊びたいと、家事を放棄して実家に帰っていった。

どうでもいい——。胸の中で吐き捨てた。元妻など知ったことではない。自分は自分のことで精一杯だ。

会社では問題が起こっていた。二十歳の社員がセールス先で問題を起こし、警察に通報されたのだ。なんでも一人暮らしの老人宅に上がり込み、いつもの調子で漏電遮断器を売りつけようとしたら、間の悪いことに娘夫婦が訪ねてきて詰問され、昔取った杵柄《きねづか》で恫喝してしまったらしい。「家に火ィつけたる」という捨て台詞を吐いたようだ。

恐怖心を抱いた被害者が、車のナンバーをメモし、ゆめの警察署の生活安全課に相談した。そして向田電気保安センターがすぐに割り出され、昨日出頭を命じられたのだ。

問題はかっとなった社長の亀山が、くだんの社員に殴る蹴るの暴行を加え、大怪我をさせてしまったことだ。同席していた幹部社員によると、「殺すかと思った」そうである。当然、顔の造作が変わった社員を警察に行かせるわけにはいかない。

早速全社員が集められ、社長の説教を浴びることとなった。顔を赤くした亀山はまさしく鬼の形相である。

「おまえらいい加減にしねえと連帯責任とらせるぞ。ふざけるんじゃねえ。ちょっとつつかれたぐらいで堅気相手に脅しかよ。それじゃあ、暴走族時代から何も変わっちゃいねえってことだろう。会社に迷惑かけて、マッポに目ェつけられて、それで『ごめんなさい』で済むのか？　これで商売がしにくくなれば、全員が迷惑を被るんだよ。一人じゃねえんだ。チームワークだろう。少しは頭使えよ。おまえらぶっ殺すぞ」

机をバンとたたく。元つっぱりの男たちがみな首を縮めた。

隣には、顔がスイカほどに膨れ上がった石井という問題の社員が正座させられていた。リンチには慣れっこだが、これほどひどい顔の変わりようは初めてだった。裕也は正視できなかった。よく殺されなかったと安堵したほどだ。

「さあ、どうする。脅迫の文言《もんごん》を吐いたとかで、渡辺に任意の出頭通告が来ちまったよ。でもこの顔で行かせられるか？」

そうしたのは社長でしょうと、おそらく全社員が思っただろう。もちろん全員、深刻な表情を保ったままだ。

「シカトするか？　知りませんでとぼけるか？　どうする。警察は面子を潰されると本気で来るぞ。こんなちっぽけな会社、あっという間に潰れちまうぞ。そうなったら全員失業だ。高校中退に仕事なんかそうそうあると思うなよ。ゆめのの部品工場でブラジル人と一緒になって働くか。油まみれになってよォ。もうネクタイもスーツも用なしだ。せっかく買い揃えたのによ。おまえら、どうする」

オフィスが静まり返る。亀山はいつも問題を社員に振った。責任は自分たちにあると社員に思わせ、問題解決に奔走した人間に褒美《ほうび》を与えるのだ。

「社長、質問してもいいですか」柴田が挙手をした。みなの視線が集まる。「石井は結局、その家に商品を販売したんですか」

胸を反らせて言った。ここ最近の柴田は、裕也の目にも自信にあふれて見えた。

「いいや。セールス中に娘夫婦に怪しまれてキレたらしい。なあ、そうだよな」

亀山が正座する石井の肩に足を乗せ、前後に揺すった。

「それじゃあ被害届は出てないはずですから、警察の顔を立てれば収められると思います。なんなら自分が被害者宅に行って謝ってきます。それでその足で警察に出頭して、そっちにも頭下げてきます」

「柴田、おまえがやってくれるのか」亀山が声を弾ませて言った。

「自分にやらせてください。土下座でもなんでもしてきますよ」柴田は、矢沢永吉が乗り移ったような口調で言葉を発した。

「よし、よく言ってくれた。ただし謝りに行くならもう一人連れて行け。知ってるか、謝罪はペアが基本だ。二人で頭下げれば効果も二倍なんだ。それから真心。演技でも謝罪は真心だ。で、もう一人、誰が行く」

「おれが行きます」間髪入れず裕也が手を挙げた。亀山に自分を印象付けるチャンスだと思った。それに柴田は仲のいい先輩だ。

「そうか。加藤、おまえが行ってくれるか」と亀山。

名前を呼ばれてうれしくなった。社長は自分の顔と名前を知っている。

「菓子折り、持って行けよ。煎餅なんかだめだぞ。年寄りだからな。饅頭とか、羊羹とか、そういうやつだ。相手は怖がってるから、とにかくスマイルだ。この前のセールスマンは即刻解雇したって言え。警察でも一緒だ。業務内容について聞かれたら、パンフレットに書いてある通りのことを答えろ。あくまでも保守点検の会社で、漏電遮断器は注文があったときのみ定価で売ってるって言えよ。どうせ生活安全課の市民窓口だから、会社まで調べる気はねえ。刑事課が出てきたら要注意だ。知らないで通せ」

亀山が早口で指示を出した。その的確さに裕也はあらためて感心した。勉強はできなくても頭の回転が速いのだ。世の中でのしていくのは、要領のいい人間だ。

ミーティングが終わると、柴田が笑みを浮かべて近づいてきた。「二人で収めようぜ」肩をたたかれ、裕也はうなずいた。互いに認め合う関係は、男心をくすぐった。

石井という若手社員は、一ヶ月の電話番と洗車当番が言いつけられ、解放された。辞めさせてもらえないのか、と彼の顔には書いてあった。もっとも、亀山を怒らせてこの町にはいられない。蛇ににらまれた蛙とはこのことだ。


謝罪に向かう車の中で、柴田は威勢がよかった。「今週、売り上げ百万はいくかもしれねえぞ」鼻の穴を広げ、助手席でたばこを吹かしている。

「今週だけでですか？」

「おう、新規開拓よ。土日、カミさんが実家に帰って暇だったから、隣の川田町へセールスに行ったのよ。営業区域外だから、担当エリアもくそもねえだろう。そこは年寄りばっかの過疎の町でな。二日かけて一気に回ったら、みんな人がいいジジババで、五十万売り上げた」

「すっげー」裕也は心から感心した。高校中退でパチンコ三昧だった柴田が、自主的に休日出勤しているとは。

「おれな、社長と約束したんだ。月間セールスで一位になったら、ロレックスくれるって」

「ロレックスですか。いいなあ」裕也はため息をついた。

「どうせこの商売、あと半年がいいところだろう。一巡したら売りつける先はなくなる。儲けるなら今のうちよ」柴田は冷静なことも言った。

「それじゃあ、うちの会社もあと半年ってことですか？」

「早とちりすんな。それは向田電気保安センターだけの話。次は看板変えて、羽根布団でも健康器具でも売れればいいだけのことだろう。社長は頭いいから、先のことまで考えてるって。おれな、社長から、三年後は中古車販売チェーンを始めるって聞いてんだ。そうなりゃあ、こっちは目指せ支店長よ」

そうか、亀山についていけばいいことがありそうだ。裕也は心強く感じた。田舎で勝ち上がろうと思ったら、商売しかない。

柴田が腕を頭のうしろで組み、目を閉じた。「また雪でも降りそうですね」裕也が話しかけたら、「少し黙ってろ。謝罪の台詞を考えてんだから」と低い声でつぶやいた。ゆめの空は、このところ色がまったくない。

被害者の家に到着し、ネクタイと髪を直し、門のインターホンを押した。恐る恐る出たと思われる老婆に、柴田がマイクに向かってささやき声を発する。

「向田電気保安センターです。昨日はうちの社員が大変失礼を申し上げました。本日は、そのお詫びに参りました。まことに申し訳ありませんでした。あの社員はすでに解雇いたしました。社員教育も行き届かないままにセールスをさせたことを、私どもは深く反省しております。ああいう人物を雇った当社の責任です」

澱みなく言葉を連ねた。ただし老婆は「もう結構です」の一点張りだ。玄関をなかなか開けようとしないので、柴田は警察の名前を持ち出した。

「実は、ゆめの警察署からもお叱りを受けまして……。行き過ぎたセールスを被害者にちゃんと詫びて、許しを得て来いとの命令です。ですから、何卒お目にかかって謝罪をさせてください」

裕也は尊敬の眼差しで柴田を見ていた。こんなに弁の立つ男だとは思わなかった。自分は足元にも及ばない。

しばらくして、玄関が半分だけ開き、老婆が顔を見せた。

「このたびは本当に申し訳ありません」

一度背筋を伸ばしてから、二人揃って九十度に頭を下げた。そのままゆっくり五つ数える。道中打ち合わせをしてあった。

顔を上げると、老婆はこちらの低姿勢ぶりに戸惑ったのか、ぽかんと口を開けていた。「おい」と柴田に肘でつつかれ、手土産の饅頭を差し出した。

「つまらないものでございますが、お詫びのしるしです。どうかお納めください」

この台詞は裕也が言った。「お納め」などという言葉が咄嗟に出たことに満足している。

「あらー、そんなことまでしてくれなくていいのにねえ」老婆の顔に安堵の色が広がる。じゃあ遠慮なく、と受け取ってくれた。「いえね。なんか怖い人だったから、娘が警察に電話して。それでこういうことになっちゃって……」

「申し訳ございません」また頭を下げる。「うん、いいの。もう気にしていない」老婆が言い、「わざわざありがとうねえ」と相好をくずした。柴田も裕也も孫のような年齢なので、許す気になったのかもしれない。

最後まで腰を低くして辞去した。これで第一関門をクリアだと、肩の荷が半分下りた。柴田がどんなもんだと胸を張った。車に戻ると、どちらからともなく笑い出した。

「今日の先輩の姿、昔の仲間に見せたかったなあ」

「裕也こそ。謝罪係が向いてんじゃねえのか」

二人で肩をつつき合った
警察では生活安全課総務係に出向き、私服の刑事に頭を下げた。問題の社員は首にしたので、もう問題は起きないと説明した。刑事は椅子にふんぞり返り、「おめえら、警察の仕事を増やすんじゃねえぞ」と、やくざのように凄んだ。腹が立ったが、ひたすらおとなしく頭を下げた。

「ふざけたことしやがると、どっからでも被害届を取ってきて、おまえらパクるからな」こちらを元暴走族と知ってか、言葉遣いに遠慮がない。

すぐ隣に少年係があり、年配の刑事が「おい、おまえら、亀山ンところの若い衆か」と馴れ馴れしく声をかけてきた。どう返事をしていいかわからず、二人で顔を見合わせる。

「元ホワイトスネークだろう？　隠さなくていい。亀山にな、何を始めたか知らねえけど、あんまり派手な真似はしてくれるなって、そう伝えといてくれ。十年前、あいつを鑑別所に入れたのはおれだ」

懐かしそうに目を細める。柴田が「わかりました……」と神妙に答え、会釈した。

裕也は暴走族時代から、警察は気まぐれで捜査をするのではないかと疑っていた。悪さをしても半分はお目こぼしされていることが、実感としてわかるのだ。手柄にならない仕事は避けたいのだろうか。

警察署を出ると足取りが軽くなった。これで社内の評価は一気に上がる。社長や幹部たちが一目置いてくれることは確実だ。

「なあ、昼は寿司食いに行くか。ちゃんとした寿司屋に。おれが奢ってやる」

今度は柴田がハンドルを握り、車を発進させた。

「やった。ゴチになります」

裕也は腹をさすり、足を前に投げ出した。

「なあ、裕也」柴田がぽつりと言った。「おれら、勝ち組だと思わねえか」

「そう……スかね」予期せぬ問いかけに少し戸惑った。

「だって同年代の連中よりずっと稼いでんだろう」

「うん、そうッスね」

「元スネークのメンツで鉄雄って憶えてるか。バイクいじるのが大好きで、自動車修理工場に就職したやつ」

「ああ、柴田さんと一緒に親衛隊やってたクズ鉄さんですね」

「あいつ、工場が倒産して、パチンコで食いつないでるってよ」

「そうですか」

「腕はよくても資格がねえから、再就職もできやしねえ」

「あの人、資格持ってないんだ」

「それから、昔ジョーカーで走ってた村田。あいつは親に金出してもらって喫茶店始めたけど、近所にデニーズができて半年で閉店だとよ」

「そりゃあ、ファミレス相手じゃあ勝ち目ないッスよ。向こうはコーヒーおかわり自由だし」

「だからよ、おれなんか、暴走族の同窓会やったらかなり上のわけ。だってそうだろう。女房子供ちゃんと養って、二十四で近々家を買おうと思ってるなんてよ。ほかのやつらなんて、安月給でこき使われてるか、定職に就かずにぶらぶらしてんだぞ」

柴田は、ハンドルに顎を乗せるように身を乗り出して運転していた。車のヒーターが粗末なので、フロントガラスの上半分が曇って視界を妨げてしまうせいだ。

「おれ、思うんだけど、男はやっぱり稼ぎだな。女房だってここ最近はやけにやさしくて、遅く帰って『メシ』って言っても、ちゃんとした料理が出てくるしな。前だったら、お茶漬けでも勝手に食べてろってものさ。先月、真珠のネックレス買ってやったら、こっちがびっくりするくらいよろこんでよ。女はゲンキンだ。愛より金だ」

「そうッスね。いい服着て、いい車に乗ってると、ナンパし放題だし」

「結局おれたちみたいに、学校を落ちこぼれた人間はよォ、稼ぎで自分を証明するしかないわけよ。一流企業に入れるわけでもなし、いまさら芸能人だのレーサーだのになれるわけでもなし。だったら、どんな家に住んでるかとか、どんな車に乗ってるかとか、子供にどんな服着せてるかとか、そういうので上を目指さないと、誰からも相手にされねえだろう。ビッグにならねえとよ、ビッグに」

柴田の言葉には、川の流れのような力強さがあった。男が自信をつけるとは、こういうことなのだろう。今の柴田なら、やくざと揉めても話をつけてしまいそうだ。

「ビッグになろうぜ、ビッグに」

柴田が繰り返す。本当に、矢沢永吉が乗り移ったような言いようだった。

車は寒風が吹きすさぶ国道を走っていった。沿道には量販店ののぼりが数メートル間隔で立っていて、横風に激しくはためいている。裕也のような若者の目にも、その色彩は気分を悪くするものだった。ゆめのにいい景色はひとつもない。

その夜は柴田と一緒に亀山社長を囲む食事会に呼ばれた。裕也には初めてのことだった。会社の近くの焼肉屋で、幹部たちに混ざって卓についた。

「おい、加藤。ご苦労さん。おまえ、なかなかやるんだってな」

亀山から直々にビールを注がれ、裕也は感激で体が火照《ほて》った。

「膝、くずせよ。無礼講でいこうぜ」

「ありがとうございます」恐縮して何度も頭を下げる。

「営業成績も右肩上がりだそうじゃねえか。おれはな、自分のところの社員が一皮むけて成長する姿を見るのが大好きでな。うれしくてしょうがねえんだ」

亀山が人懐《ひとなつ》っこい目をして言った。大きな口からは白い歯がこぼれる。二十四時間前、一人の社員を血祭りに上げた人物とは思えないやさしさだった。

「社長。こいつの謝り方、なかなか堂に入ってましたよ」

横から柴田が持ち上げてくれた。

「いいえ、とんでもないッス。自分は柴田先輩のうしろにくっついて頭を下げてただけですから」

裕也が手を振り、謙遜する。亀山はそのやりとりに目を細め、「よし、食おうぜ」と自らタン塩を網に並べた。ジュッという音がして、白い煙が上がる。

「加藤の目標は何だ?」亀山に聞かれた。

「一応、フェアレディZでも買おうかと思ってるんですが」裕也が答える。

「なんでポルシェじゃねえんだよ」

「なんでベンツじゃねえんだよ」

「あ、はい……」

「いえ、その……」

「Zなんかすぐに買えちまうぞ。もうちっと高いもん狙えよ」

亀山はひとりごとのように言いながら、箸でタン塩をつまんでのぞき込み、焼け具合をチェックしていた。

「家は建てねえのか、家は」

「今は一人なので……」

「よし、焼けた。食え」

その合図でみなが一斉に箸を伸ばした。裕也も倣《なら》う。肉厚のタンの上質さに驚いた。

「うめえなあ、焼肉は。週に二回は食わねえと調子が狂っちまう」亀山が上機嫌で言った。「おい、そこ。まだカルビは載せるな。網が汚れるだろうが。何度も言わせるなよ」隣のコンロを囲む社員に注意した。この強面の社長には細かい一面があるようだ。

「男はな、家を建てて一人前だぞ。門に自分の表札でも掲げてみろ。ああ、おれもとうとう一国一城の主になったかってな。そのためには積立預金だ。月五万でもいいから定期預金しろ。そうやって銀行の信用を得ていくんだよ」

「はい……」裕也がうなずく。

「おまえら、カルビはサンチュで包んで食えよ。そのために頼んだんだからよ」

亀山は人の話を聞かず、ほとんど一人でしゃべっていた。

男ばかり八人で、ホルモン、ハラミ、ロースと、幾皿もの肉をたいらげた。亀山の食べっぷりは際立っていて、肉二切れを一緒に口に入れ、咀嚼《そしゃく》していた。酒も強く、韓国式どぶろくをビールのように流し込む。元々血色のいい顔がさらに赤くなり、秋田のナマハゲを連想させた。体が普段の倍以上の大きさに見える。

食べ終えると、亀山が現金で支払った。「女将、会計」分厚い財布から、手の切れるような一万円札を無造作に取り出し、テーブルに置く。「領収書、頼むわ」松の実の浮いたお茶を一息で飲む。裕也にはすべての仕草が恰好よく見えた。

「じゃあ、いつものように、美園のキャバクラへ行くか」亀山が言うと、幹部たちが「待ってました」と合いの手をいれ、拍手をした。

「加藤は今夜が初めてだな。じゃあホステス、選ばせてやる。これで加藤の女の趣味がわかるな」

幹部たちから冷やかされ、頭をたたかれた。一介の社員から、準幹部ぐらいに昇格した気分だ。

店を出て、めいめいが自分の車に乗り込んだとき、裕也の携帯電話が鳴った。見ると、千春からである。舌打ちした。用件は想像がつく。

「ねえ加藤君。例の上申書、まずいことになったみたい」千春が暗い声で言った。

「わかってる。おれが働いてること、ばれたんだろう？　社会福祉事務所の役人が聞き込みに来て、アパートの管理人がしゃべっちまったさ」

エンジンをかけ、片手で車を発進させた。先輩たちのあとをついて走る。携帯は耳に当てたまま。飲酒運転で携帯電話だからひどい交通違反だ。

「そうなの？　なんで口止めしてくれないのよ」

「知るか。地球はおめえたちの都合で回ってるわけじゃねえぞ」

勝手な言い草に腹が立ったので、ぞんざいに言い返した。

「ばれた以上、加藤君には扶養義務が生じるからね」

「あ、そう。裁判でもなんでも勝手に起こしてくれ。おれはびた一文払わねえ。だいいち勝手に出て行ったのは彩香だ」

「あのね、翔太君は加藤君に引き取ってもらうことになったから。明日うちに取りに来て」

すぐには言っている意味がわからず、裕也は返事に詰まった。

「上の子の父親は行方不明だから問題ないの。問題は翔太君。父親に収入があるとなると、あれこれ面倒なの。だから引き取ってね」

「うそだろう？」異議を唱えたが、尻すぼみだった。それより信号が変わり、あわててブレーキを踏んだ。

「彩香の場合、子供が一人いなくなるぶん、生活保護費は減らされるけど、それでも十五万円は行くはずだから」

「おい、冗談だろう？」

「明日うちに来てね。彩香とは顔を合わせたくないでしょ？」

「ちょっと待てよ。おれ、子供なんか育てられねえって」

「とにかく、明日」

電話を切られた。半分痺れた頭で考えようとした。子供を引き取れって――？

急なことにうまく頭が回転しなかった。とりあえず、先輩たちのあとをついていく。翔太ってどんな顔だっけ。思い出そうとしたが、面影すら浮かばなかった。

14

保安員の仕事が休みなので、堀部妙子は一週間ぶりにアパートの部屋の掃除をした。建前上は週休二日だが、実際は週に一日しか休めないシフトを会社側に組まれている。休暇届を出せばいつでも追加できるのだが、それには会社まで出向いて管理部の判子をもらわなくてはならない。休み難いように仕組まれているのだ。

絨毯《じゅうたん》に掃除機をかけ、テーブルや茶簞笥を雑巾で拭いた。窓は内側だけにした。どうせまた雪が降って汚れるだろうし、だいいち寒くてベランダに出る気にもなれない。今年の寒さは尋常ではなかった。生まれてずっとこの土地で暮らしているが、野良猫が凍死したという話を初めて聞いた。近所の神社の軒下で三匹まとめて死んでいて、神主は裏の竹藪に捨てたのだそうだ。ストーブをたいても部屋が暖まるのに三十分もかかる。もっともそれは、隙間風が入り込むような古アパートだからなのだが。

洗濯をして、部屋の中に吊るした。一週間分なので、狭い居間はジャングルの様相を呈している。今日は妹が訪ねて来るのだが、恰好をつける余裕はなかった。乾燥機は五年前に故障して、そのままベランダに放置してある。

テレビでは、原油価格の値上がりで物価が高騰していると伝えていた。妙子にとっても灯油の値上がりは家計を直撃した。どこかの農家から火鉢をもらってこようかと、本気で考えている。

二歳違いの妹、治子は正午近くになって車でやってきた。ドリームタウンで惣菜弁当を買ってきてくれたので、レンジで温め、コタツに入って二人で食べた。

治子には、会社員の夫と短大生と高校生の子供がいる。ゆめの市内に住んでいて、家計を助けるため近所の小さなスーパーでパートをしていた。自分が勤める先の弁当を買わないのは、経営者がケチなので、感情として一円たりとも払いたくないからだった。時給は三年間据え置きで、余った惣菜は半額で買うことを求められるそうだ。

「しかし寒いね。おねえちゃん、よく自転車でドリタンまで通えるよね」

治子がおこわ飯を頬張りながら言った。近くで見ると、目尻の皺が目立った。頬もたるんでいる。可愛かった妹も今は完全なおばさんだ。

「ホカロンを腰に差し込んで、頭からフードを被って、気合を入れて行くの。わたしは強いからね」

妙子は胸を張って言った。肉親の前では自然と強がってしまう。

「保安員の仕事を始めてから、なんか堂々としてるもんねえ」

「そう？」

「うん。自信がみなぎってる感じ」

「それは沙修会のおかげよ」

妙子が沙修会の名前を出すと、治子は返答に詰まり、小さく口をすぼめた。

「まだあの宗教、続けてるんだ」顔色を窺うようにして言う。

「まだとは何よ。これから指導員になって、ゆくゆくは理事になりたいと思ってるのに」

「お布施とか、たくさん払ってるわけ？」

「そんな余裕はありません。今のところは月会費の二万円だけ」

「今のところってことは、この先もっと必要になるの？」

「上を目指すなら、修行会とか、インド研修とかもあるけどね」

「おねえちゃん。やめようよ、そういうの」

「いいじゃない。わたしのお金なんだから」

治子は、何か言いたそうな顔で残りの弁当を食べた。

以前は妹にも入会を勧めたが、教義に興味を示すどころか、「おねえちゃんは騙されている」の一点張りだったので、腹が立って勧誘するのをやめた。もっとも、子供の頃から得をすることが好きだった妹に、沙修会は理解できないだろう。

治子が立ち上がり、台所へ行き、自分でお茶をいれた。「あのさあ、お金の話が出たついでに言うんだけどさあ……」と、顔を向けないで切り出した。

「おかあさん、いよいよ弱ってきて、病院に入れることになって、おにいちゃんのところ、お金の工面に大変なんだって。それで、おねえちゃんにも見舞金を出してもらえないかって。要するに、入院費を一部負担してくれってことなんだけど……」

妙子はそれを聞き、憂鬱になった。八十歳になる母が、そろそろ天に召されそうだというのは、正月に訪ねたときに察していた。髪が一気に総白髪になり、ミイラのように痩せ細っていたからだ。あのときすでに、階段を上がれなかった。義姉に対しては、面倒を見るのは大変だろうなと、労いの気持ちを抱いていた。

しかし、入院費用となると話は別だ。自分と妹は、父親が死んだとき相続を放棄していた。本当は欲しかったが、預貯金はたいしてなく、家の土地だけだったので諦めた。長男たる兄は、その土地に新しい家を建て、母と同居していた。

「おかあさんは家にいたいんじゃないの？」妙子が言った。

「でも、歩くのも一苦労なんだからどうしようもないんじゃない。寝たきりになるのは時間の問題。そうなったとき、まさかお義姉《ねえ》さんに下の世話をさせるわけにはいかないでしょう」

「それにしたって、入院費用を出せっていうのは……」

「わたしだって納得いかないって。土地を相続したんだし、おかあさんの年金だって管理してるわけだから、おにいちゃん、最期まで面倒見てよって——」

「言ったの？」

「言えるわけないでしょう」

治子が顔をしかめて言った。

「お義姉さんは何て言ってるの？」

「知らない。でも、まさかうちで全部負担しますとは言わないと思うよ、嫁入り前の娘が二人もいたら」

妙子はため息をついた。兄が、上の妹の暮らし向きを知らないわけはない。ただ、それ以上に、自分だけ割を食っているという思い込みが強いのだろう。

工業高校を出て地元の機械工場に就職した兄は、昔から、あてつけのように「都会で暮らしてみたかった」と家族の前で言っていた。それを言うと両親が黙ることを知っていて、車を買わせたり、新婚旅行の費用を出させたりしていた。兄にこそ沙修会の教祖の説教を聞かせたいものだ。

「それで、いくら払えって言ってるの？」

「わたしとおねえちゃんとで、十万円ずつだって」

「十万円も？　無理だって、そんなの」

妙子は顔をゆがめた。手取りが十六万円しかない自分には、痛すぎる出費だ。

「わたしだって。パートで働く一ヶ月分が飛ぶって感じ」

「老人の医療費ってどうなってるの？」

「よくは知らない。三割負担とかだっけ」

「どういう病室に入れるのよ」

「それも知らない。おねえちゃん、聞いてよ」

「……いやだ。気が重い」

二人でため息をついた。肩を落とし、憂鬱な気分で、お茶をすする。兄のことだから、かかる負担を三等分し、振り分けたつもりだろう。兄の中ではこれが平等なのだ。

「不謹慎だけど、見舞金は一度で済むと思う」治子がぽつりと言った。「医者に言わせると理想的な老衰だって。だから三ヶ月かそこらで……」

妙子はそれには答えなかったが、内心ほっとしていた。そしてふと違和感を覚えた。母がもうすぐ逝こうとしているのに、他人事のように感じている。とくに仲がよいというわけではなかった。世間体ばかり気にする親だと、客観的に見ていた。自分は肉親の情が薄いのだろうか。

沙羅様に今度相談しようと思った。お布施を用意しなければならないが。

「良彦君と麻子ちゃんは元気でやってるの」

治子が、妙子の子供たちのことに話題を変えた。

「うん。元気でやってるよ。昨日も麻子のほうが電話をくれた」

妙子はうそをついた。実際は、二人の子供はほとんど連絡を寄こさない。息子は東京でフリーター生活を送り、娘は仙台で洋服屋の店員をしているが、詳しい内容までは知らない。正月に帰っては来たものの、一泊しただけで逃げるように都会に戻っていった。若者は自分のことで精一杯なのだと理解はできるが、彼らの頭の中に、母親の存在はない。

「真美ちゃんは、今年就職なんじゃないの」

今度は妙子が妹の娘のことを聞いた。

「そう。全然就職先がなくてね、たぶん契約か派遣でどこかにもぐり込むんだと思う」

治子が暗い顔で鼻息を漏らした。企業が正社員を採りたがらないことは妙子も知っていた。だいいち自分自身も契約の身分だ。失職しても、失業保険すら出ない。

「女の子だからまだいいけど、息子は心配だなあ。生半可な大学出たって、屁の役にも立たないみたいだし、どうなることやら。世の中って、いつからこんなに厳しくなったのかねえ。わたしらが若い頃は、もう少し呑気《のんき》でいられたんじゃない」

まったくそうだ。昔は、大人でアルバイトなんてまずいなかった。ホームレスだって都会に行かないと見られなかった。

治子は一通り世間話を終えると、膝に手を当て、「よっこらしょ」と中年丸出しの動作で立ち上がった。「じゃあ、そっちの見舞金はおねえちゃんから渡してね」力なく言葉を吐き出す。どうやら愚痴をこぼしただけで、自分は払う気らしい。帰り際、心配そうな顔で「おねえちゃん。宗教の方、あんまりのめりこまないでね」と付け加えた。

「ハルちゃん、誤解してる。沙修会はそこらのインチキ宗教とはちがうの。いっぺん説教会に出てみればわかるって」

「そうね。じゃあ、おにいちゃんから見舞金を追加しろって言われたら考える」

治子が苦笑いする。ピンクのダウンジャケットを着た妹は、すっかり太ったせいで巨大なハムのように見えた。年月は否応なく若さを奪う。

妹を見送り、玄関の鏡を見ると、ここにもおばさんがいた。全体に顔の肉がたるみ、顎の輪郭はないに等しい。もう男から好色な目を向けられることもないだろう。とくに無念でもないのだが。

湯呑み茶碗を片付けると、出かける用意をした。今日は沙修会の地区メンバーたちと、チラシをポストに配布する作業をすることになっていた。

髪をとかし、化粧をした。風にさらされるので、ファンデーションを塗りたくった。テレビの天気予報では、最高気温が二度だと予想している。厚手のタイツを穿き、ナイロン製のパンツに足を通した。いずれも安売り店で、千円以下で買ったものだ。安いのに温かいのでびっくりした。使い捨てカイロを腰にはさみ込む。上はフリースを着て、フード付きのコートを羽織った。足元は防寒ブーツ。踵の低い、歩き易いやつだ。

手袋をはめ、マスクをしてアパートを出た。自転車に跨り、ペダルを漕いだ。油が足りないのか、キイキイと鉄の擦れる音がした。

路地を抜け、大通りに出ると、寒風が正面からドーンとぶつかってきた。目も開けていられない。フードを被り、前傾姿勢をとった。なにくそと自分に気合を入れた。負けてなるものか。来世にらくが待っている。それを思えば、寒さなど苦にもならない。

夫婦で廃品回収業をしている安田芳江の家に行った。平屋建ての古びた木造家屋で、プレハブの倉庫が隣接している。その中にメンバーがすでに集まっていた。ガラクタが山と積まれた室内の一角で、一斗缶に木材を放り込み、火が焚かれている。全員で輪になり、熱いお茶を飲んでいた。

「しかし寒いね。ここら一帯、どうなっちゃったの」芳江が快活に言う。

「ほんと。丸ごと冷蔵庫に入ったみたい」誰かが答える。

みんな笑顔だった。仲間がいる心強さに、妙子の気持ちがしんなりとほぐれた。

人の輪の中に、この前の説教会に出席した三木由香里がいた。「来られたら来て」と誘ってあったが、半分は来ないだろうと思っていた。

「三木さん。来てくれたの」妙子が声を弾ませると、由香里は少女のようにはにかみ、ぺこりと頭を下げた。

「清掃の仕事は午前中だけだったので……。スナックは夜だし……」

「そう。ありがとう」思わず手を取っていた。

「三木さんは沙修会で昇っていくと見たね」芳江が目を細めて言った。「だって美人だもん。美人は幸が薄いから、不幸を現世で出し切りやすいの。そうなりゃあ、来世はバラ色だ」

「ねえ、美人は来世でも得をするわけ？」

女の一人が言い、みんなで笑った。由香里は遠慮がちに微笑み、下を向いている。

「三木さん、無理には誘わないから、自分で決めてね。万心教とちがって、うちらは無理な勧誘なんかしないの。それと、お金のことなら心配しなくていいよ。一応、入会金が一万円で、月々の会費が二万円ってことになってるけど、あるとき払いでいいから。沙羅様はお金に無頓着なの。うるさい理事もいるけど、全体的には適当だし」

妙子が言った。由香里はなんとしても会員にしなければならない。若くて美人の信者は、それだけで宣伝効果が高い。それに、勧誘した自分に得点がつく。

体が温まったところで、芳江が作業台に地図を広げた。「それじゃあ、担当を決めるよ」赤ペンで線を引いていった。

「堀部さんは栄町の一丁目から四丁目まで、岸本さんは五丁目から八丁目まで、片山さんは……」

てきぱきと指示を出した。こういうときの芳江は、勉強ができるクラス委員のようだ。若い頃、覚醒剤に溺れて何度も逮捕されたという過去など微塵も感じさせない。

続いて、薄いブルーの紙に印刷されたチラシの束が手渡された。説教会開催の知らせで、会場でこれを出せば、お香がもらえることになっている。

チラシは地区ごとに色分けされていた。説教会に現れた新規参加者が、どの地区から来たのか判別するためだ。ブルーのチラシがたくさん集まると、妙子たちは誇らしい気持ちになった。教祖からも「頑張ったわねえ」と褒められた。

「それじゃあ、みんな、頑張ろうね」芳江が明るく声を発した。

「うん」みんなでうなずく。

大理石の仏像を作業台の真ん中に置き、全員で輪を作った。掌を合わせて経を唱える。「ナンマイダー、ナンマイダー」女たちの声が幾重にも重なり、倉庫の中にこだました。窓の外では芳江の夫が鉄屑の分別作業をしていた。もはや慣れっこなのか、こちらを見ることもなかった。カンカンとハンマーを打ち付ける金属音が響き、どこかの犬が抗議をするかのように吠えている。


空は灰色だった。空だけでなく、道もたんぼも家々もすべてが薄暗く澱み、まるで水墨画の世界に放り込まれたような錯覚を覚えた。山から吹き下ろす風は、冷え切った大地を撫で、寒気の塊となってあらゆるものの温度を奪っていく。

チラシの入ったトートバッグを荷台のカゴに入れ、妙子は自転車を漕いだ。芳江の家で油を差したので、金属の摩擦音は消えてくれた。スクーターが欲しいところだが、お金が惜しかった。それに普通免許はあるものの、三十年間ペーパードライバーだ。ポツンと何かが額に当たる。小雪が舞い始めたのだとわかった。走りながらフードを被った。風が吹き込んで、耳元でガサガサと鳴る。聞こえるのは茫々とした風の音だけだ。

通りの角に自転車を停め、一ブロックごとに片付けることにした。三十枚ほどのチラシを手に取り、一軒一軒ポストに差し込んでいく。それぞれの家を見上げ、なんとなく暮らしぶりを想像した。玄関に花が飾ってあったりすると、ここは無理かと諦めの気持ちになる。荒れた感じがあると、早くこっち側に来ればいいのにと、そんなことを思った。

団地はポストが一箇所に並んでいるのでらくだった。ゆめの市に高級マンションはないので、集合住宅はすべて一戸建てを買えない人たちの住居だ。それだけに願いを込めて配布した。沙修会の仕事をしていると、いろいろな感情が平坦になった。来世が見えれば、現世で起きていることなど取るに足りない。

栄団地のポストにチラシを差し込んでいるとき、階段通路から一人の大きな男がぬっと現れた。妙子は驚いて二、三歩あとずさった。この団地の住人らしい。太っていて、青白い顔をしている。歳は四十半ばくらいか。

「こんにちは」妙子は笑顔で挨拶をした。疚しいことをしているわけではないので、引き続き作業に戻る。

「すすす」背中で男が声を発した。思わず振り返る。

「すいません」一転して顔が赤らんでいた。せわしなく目を瞬かせている。なにやら、ただならぬ様子があった。「はい」妙子が恐る恐る返事をする。

「おお、おれの、おお、おふくろが……」

「ええ。どうかしましたか」ひどい吃音に妙子はたじろいだ。

「うう、動かなくなって……」

「動かない?」意味がわからず眉をひそめる。

「みみ、民生委員の、水野さんに、でで、電話をしないと」

「水野さん?」

「じゃあ、きき、救急車を……」

「救急車?」

その言葉を聞き、妙子は身を硬くした。詳しい事情はわからないが、この男が助けを必要としていることは確かなようだ。

「一一九番、しましたか?」

男がかぶりを振る。

「どうしてしないの」

「でで、電話が、とと、止められてるから」

「おかあさんはどこにいるの?」

「へへ、部屋。布団の中で、しし、死んでる」

「死んでる?」

思わず声が裏返る。一瞬にして血の気がひいた。

「たた、たぶん。ゆゆ、揺すっても、おお、起きないし……」

男は、言葉を発するだけのことが難事業であるかのように、苦しげに胸を掻き毟《むし》っていた。中年なのに、子供のように見える。

どうするべきか。面倒に巻き込まれたくはないが、頼られて逃げるわけにもいかない。「とりあえず、見せてもらえますか」妙子は顎で階段の上を指した。

男のうしろをついて階段を上がる。大きな背中を見て、襲われたら自分などイチコロだな、と警戒心が頭をよぎった。廊下を歩き、二階の突き当たりの部屋に招き入れられた。

「ねえ、暗いんだけど、電気つけてよ」

「とと、止められてる……」

ブーツを脱いで上がると、刺すような冷気が体を包んだ。室内なのに、この寒さはどういうことか。薄闇の中に白い息が浮かび上がる。

部屋の中に荒れた印象はなかった。むしろ片付いている方だ。異臭もない。台所を抜けて、和室に足を踏み入れる。布団に誰かがくるまっていた。これか？　背筋を悪寒が駆け抜けた。

そっと身を乗り出し、のぞき込む。老婆が目を閉じて横になっていた。頬は痩せこけ、ミイラのようだ。なぜか母の顔が浮かんだ。正月に会ったとき、その生気のなさに驚いた。この世といよいよ別れを告げる人間の姿だった。

「死んでるの？」小声で聞いた。

「たた、たぶん」男がうなずく。

「じゃあ、携帯で救急車呼ぶからね。ここは何号室だっけ。それからあんたの名前」

「にに、西田肇。にに、二〇一号室」

妙子はその場で一一九番に救急車を要請した。オペレーターに「死んでいるかもしれない」と言ったら、脈はあるのか、瞳孔は開いているかと聞かれ、触るのがいやなので、「わたしは通りがかりの人間だから」と確認は拒んだ。救急車がすぐに向かうとのことだった。警察の方がよかったのかなとも思う。いいや、別に事件ではなさそうだ。

男は和室で立ち尽くしていた。あらためて見ると、まともな大人とは思えない行動だった。何かの障害でもあるのかもしれない。ふと沙修会に勧誘することを考えたが、こんな男など得点にもならないので、打ち消した。

寒さに震えながら、もう一度老婆の姿を確認することにした。単なる怖いもの見たさだ。「おかあさん、いくつなの？」そう聞いて、死体をのぞき込んだ。男からの返事はない。顔を近づけると黴《かび》に似た臭いがした。これが死臭というものなのか。

再び母の顔が浮かんだ。母も、こうやって痩せ衰えて死ぬのだろう。急に胃がしくしくと痛み、吐き気を催した。いいや、こうやって死ぬのは、母ではなく自分だ。今に身寄りがなくなり、お金もなくなり、孤独死するのだ。

そう思ったら、体中の関節が震えた。両手で胸を抱え込む。冷たい汗がどっと噴き出た。突然のパニックだった。頭蓋骨の中で、脳味噌が揺れている。「ナンマイダー、ナンマイダー」小声で経を唱えた。落ち着け、落ち着け。自分に言い聞かせている。男は無反応で立っていた。

妙子はよろよろと歩き出した。平衡感覚がなくなり、部屋から外に出るまで二度も転んでしまった。誰か救って欲しかった。叫びだしそうになる恐怖心を懸命に抑え、妙子は団地の廊下でうずくまった。

15

妻の浪費衝動に火がついた。友代が、妹と一緒に東京へ買い物に行きたいと言うので、気安く許可を与えたら、帝国ホテルに一泊し、ブランド品を山と買ってきたのである。

帰宅したときは、小箱をいくつか携えていたので、今回はアクセサリー類だけで済んだかと胸を撫で下ろした。しかし日が明けると、次々と東京から宅配便が届き、玄関脇の客間は洋服や靴や鞄が入った箱で一杯になった。山本順一はその光景を見ながら、妻はどこかが壊れていると薄ら寒いものを感じた。まるでアラブの金持ちの買い物だ。倹約という概念がない。

恐る恐る使った金額を訊ねると、友代からは「わからない」という答えが返ってきた。

「わからないってことはないだろう」さすがに腹が立ち、声を荒らげた。

「請求書が来ればわかるんじゃない？」友代に悪びれた様子はない。「それに、パパの洋服だって買ってきたのよ」

その洋服というのは、エルメスのシルクシャツと、ミッソーニのセーターだった。

「あんな派手なもの、人前で着られるか。浮ついてるって思われるだけだ」

「あのね、みんなでちゃんとお洒落をしないと、ゆめのなんていつまで経ってもジャージとスニーカーでどこでも行ける町のままなの。知ってる？　ドリタンの裏手に出来たフレンチレストラン。早くもメニューを変えて、客単価を落とすんだって。お洒落をして出かける大人の夫婦がゆめのにはいないから、若いカップル向けにするしか生き残れないんだって。可哀想よねえ。そこのシェフ、フランスで修業を積んだ人なのに。ここはいい野菜が手に入るから、思う存分腕をふるえるって店を構えたのに。猫に小判ってまさにこのことよね。要するに、地方には知識層も富裕層も存在しないってことなのね。あなた、市会議員ならなんとかしてよ。市の主催でオペラコンサートを開くとか、映画祭を誘致するとか。クオリティ・オブ・ライフって言葉、知ってる？」

友代が冷ややかな目で言った。反論ならいくらでもあるといった態度だ。

確かに妻の言い分には一理あった。都会と地方の最大の格差は文化だ。着飾って行ける機会は結婚式だけである。

しかしそれと浪費とは関係がない。インターネットで利用履歴を調べたら、二日間で三百万円に届こうかという金額だった。普段にも増してひどい。しかも帝国ホテルは一泊で二十万円だ。スイートルームにでも泊まったのか。順一は深くため息をつき、胃のあたりで蠢《うごめ》く苛立ちに耐えていた。

ただ、友代が東京に出かけた夜は、このときとばかり愛人宅で過ごしていた。妻だけを責められないのが、歯痒いところである。

順一は、とりあえず税理士に相談することにした。妻は「山本土地開発」の役員なので、出張と贈答品扱いで、少しは経費で落とせるかもしれない。

会社は順調だ。先祖代々の山林持ちで、無借金経営を続けている。分をわきまえていれば、山本家は安泰だ。


その日は事務所で産廃業者の藪田兄弟と面談をした。産廃処理施設の建設予定地前に、反対の立て看板が立ったというのである。兄弟が、デジタルカメラでそれを撮影し、血相を変えて駆け込んできた。

「先生、これは放っておけねえぞ。県道から山へ入っていく側道の入り口にも立ててある。そのたんぼの持ち主調べたら、野方町のかつての町会議員でねえか。これはいったいどういうことだ」

兄の敬太が目をむいて言う。順一は耳を疑った。

「かつての町会議員って、藤原のジイサンのこと？」

「そうだ。これを見てみろ」

カメラのディスプレイをのぞき込むと、確かにたんぼの中に、畳二帖分はありそうな看板が立っていて、そこには《ゆめのにもう産廃処理施設はいらない》と太い文字で大書してあった。

「これが、藤原のところの土地に？」

「ああ、そうだ。建設予定地の正面の草っ原も藤原の土地だ」

順一は眉をひそめた。にわかには信じられなかった。もし本当だとしたら、藤原は反対運動に賛同していることになる。

三つの町が合併してゆめの市になったとき、藤原は高齢を理由に政治から身を引いていた。新市長と折り合いが悪いという話は聞いたことがない。ましてや革新勢力と関係があるとは思えない。どちらかといえば、生臭い男だった。だいいち実弟にラブホテルをやらせているほどだ。

「ちょっと、電話で聞いてみましょうか。どういうことか。町はちがっても、うちの親父とは付き合いがあったはずだし……」

「大旦那を裏切るなら、おれが許さねえ」

敬太が鼻の穴を広げて言った。隣では、弟の幸次がしかめっ面でたばこを吹かしている。

「たぶん、何かの間違いですよ。無断で看板を立てたとか、藤原のジイサンが呆けたとか」

順一は中村に命じて電話をかけさせた。お茶に口をつけ、貧乏揺すりをする。藤原は在宅ですぐにつかまった。

「藤原先生。ご無沙汰しております。山本嘉一の息子の順一です」

できるだけ低姿勢で言った。藤原は、「いやいや、嘉一先生の息子さんか」と声を弾ませ、近年の順一の活動ぶりを大袈裟に褒めた。

「聞いてるよ。権現山の山道、あんたが舗装してくれたんだってねえ」

「いえいえ、地域住民の声を聞いたまででして……」

受話器を持ちながら、つい頭を下げてしまう。藤原は元が狸なので、笑っても怒っても、すべてが芝居に思えた。

「実はですね、ちょっと確認させていただきたいことがありまして……」

順一が切り出す。市民運動の立て看板が藤原の土地に立っていることを、もって回った言い方で指摘し、何かの間違いでないかと質問した。

「ああ、あれな。あれは、どうせ田植えまでは遊んでる土地だから、市民からちょっと春まで貸してくれって頼まれて、『ああ、それくらいなら』って許可しただけのことだ」

藤原が、牛が草を食べるような間延びした口調で答える。

「いや、しかしですね、看板の内容が……」

「ああ、それな。わしもびっくりこいた。まさか反対運動の看板とは思いもしなかった。いやいや。最近の主婦は活動的だねえ。わっはっは」

受話器の向こうで高笑いしていた。

順一は心の中で舌打ちした。藤原は確信犯だ。誰かから、産廃処理施設を巡る土地取引の裏を知らされ、山本土地開発を牽制しようとしている。もちろん、建設反対に同調するわけはない。自分にも甘い汁を吸わせろと要求しているのだ。

「先生、ご存知とは思いますが、地方交付税の削減により、各自治体は地場産業の活性化に努めている最中でございます。税収を増やすためには何としても……」

「そう、そう。そんなことはとっくにわかっておる。山本先生の言うとおりだ。ただ、市民の声を無視するっちゅうのも、政治家としてはね……。わしはな、議員は引退したが、なんちゅうか、政治家の血が流れておるんだろうね。それに、根が判官贔屓《ほうがんびいき》だから。わっはっは」

藤原の言葉に、順一は脱力した。ソファの縁に頭を乗せ、天井を見る。金を握らせるしかないかとため息をついた。相手の気分を害さないように、顧問料のような名目で。

「先生。それにつきましては、ぜひご意見を賜りたいと思っております。一席設けますので、今週中にもお時間いただけませんか」

「ああ、いいよ。ただし、わしはもう脂っこいものは好かねえから、刺身かなんかにしてくれ」

最後にもう一度「わっはっは」と笑う。八十になる老人の、見事なとぼけっぷりだった。

電話を切り、藪田兄弟に今のやりとりを説明した。敬太は目を吊り上げて藤原を罵った。

「あの腐れジジイ。どこまで強欲だ。ドリタンに農地売って、三代先まで遊んで暮らせるほど金を儲けて、お城みたいな屋敷を建てて、その上でラブホテルを造ったり、駐車場経営をして……」

「まあ、まあ。強欲なのは昔からだから」順一がなだめる。

「それにしても、大旦那が生きていたら絶対にこんなことはせん。要するに、若旦那に代わって、向こうはナメてかかってるっていうことだ」

敬太は、今にも殴り込みをかけそうな怒りようだった。藪田兄弟の会社は、すでに建設会社と約束を交わしていて、凍結すると顔が立たないという事情があった。彼らの関連会社の大半は暴力団が絡んでいる。

「なあ、兄貴。問題は、藤原のジイサンより市民連絡会とやらだろう」幸次が貧乏揺すりして言った。「藤原は金で済む。だが連中は金では片付かん」

「ああ、そうだ。ゆめの市民連絡会とやらのリーダーの素性はわかったんか」

敬太が順一に聞いた。坂上郁子というおかっぱ頭の中年女のことは中村に調査を言いつけてあった。順一はファイルを持ってこさせ、書類を一枚引き抜いた。

「現時点でわかっていることを言いますと……。戸部町の新しい住宅団地に住んでいる四十四歳の専業主婦で、中学校の代用教員だった経歴あり。夫はエイシン部品の社員で――」

「どうせ組合の専従とかだろう。その亭主のほうは」敬太が忌々しそうに言った。

「いや、そんなことはないようです。秘書に調べさせたところ、亭主はノンポリのおとなしい人物で、どちらかと言えば、妻の市民運動には辟易してるそうです。前の市議選に出馬したときも、選挙にはノータッチでした」

「じゃあ欲求不満だ。構ってやらねえからだ」幸次がそう言い、下卑た笑いを浮かべた。

「子供は二人いて、いずれも高校生。商業と私立だから、出来はよくないみたいですね」

言ってすぐしまったと思った。目の前の兄弟は、その商業の中退組と聞いたことがある。ただ、敬太は気にした様子もなく、「ふん。家庭がぱっとしねえから、市民運動なんかに走るんだ」と、坂上郁子を罵り続けていた。

「なあ、先生。その女、住所がわかるんなら教えてくれ」幸次が五分刈りの頭を掻きながら低い声で言った。

「幸次さん、穏便に頼みます。選挙も控えてることだし、運動潰しまではこっちも考えてませんから。それに幸次さんも、今度何かあったら、簡単には済まないですよ」

順一は機嫌をとるように微笑み、行動に注文をつけた。幸次は恐喝やら傷害やらで三度ほど刑務所に入っていた。若い頃から粗暴で、言葉より先に手が出ていた。兄が言うには、「幸次は口下手だから、言い負かされる前にやっちまう」のだそうだ。

「手は出さねえ。知り合いの興信所に頼んで、なんか取引のネタがねえか探るだけだ。前に無所属の市議にあれこれ探られたときは、そいつのせがれが女子高生を孕《はら》ませたネタをつかんで、あっという間に追い払った」

「じゃあ、そういうことなら……」順一は少し思案してから、住所のメモを手渡した。「わたしはその件に関知しないということで、ひとつ」

「わかってる。こっちで勝手にやる」

藪田兄弟はその後、産廃処理施設が建つ飛鳥町の地図を広げ、施設へつながる道路の舗装並びに拡幅工事のリクエストを出してきた。

「社長。これは県道だから、簡単にはいきませんよ」順一が言う。

「なんの。先生ならやってくれる。早いとこ県議会にも食い込んで、大型公共工事を引っ張ってきてくれ」

「そうそう。先生には大きな仕事をやってもらって、面倒事は全部おれたちが引き受ける」

兄弟におだてられ、順一は苦笑した。先代の嘉一も、企業誘致と公共事業で町のボスになった。談合と選挙違反で二度逮捕されたが、それでも毎回トップ当選した。地方の政治家は、どれだけ地元に利益を誘導するかで評価される。その構造が変わることはない。


藪田兄弟を見送り、一息入れた。お茶を飲みながら、窓から外を眺める。相変わらずの曇り空で、太陽の姿はない。遠くに見えるドリームタウンの観覧車も、全体が灰色で、工場の重機か何かのように映った。息子や娘が東京に憧れる気持ちは充分に理解できた。自分だって、長男でなければ大学卒業後も東京で暮らしただろう。妻が嘆くように、人工のショッピングモールには、文化など芽生えようがない。

すぐ前の通りを、県警のパトカーがゆっくりと通過していった。そういえば、朝から何台もパトカーを見ている。何か起きたのだろうか。

ふと思い立ち、中村に言いつけた。

「おい、ゆめの署の木村副署長に電話しろ。山本順一事務所って言えばつながる。副署長はおれの元クラスメートだ」

小さな町は何かと便利だ。警察も、新聞社も、地元企業も、幹部はすべて顔見知りだ。

電話に出た副署長は、忙しいのか早口でしゃべった。「何か用か」愛想も何もない。

「ご挨拶だな。たまには飯でも食わないかと思って電話しただけだ」

「しばらくは無理だ」

「どうした。事件か。そういえば今日はやけにパトカーを見かけるな。あれ、県警本部から来てるパトカーだろう」

「おまえ、中学生の娘がいたな」

「ああ、いるさ。理加だよ。おまえ、何度も会ってるじゃないか」

「当分外出は控えさせろ。まだ発表できないが、市内の女子高生が一人、行方不明になっている」

「家出じゃなくて？」

「塾帰りの制服姿で、所持金も千円程度だ。それより何より、車のトランクに押し込まれたのを目撃した老婆がいる。もっとも半分呆けてるから、話を聞くのに一苦労なんだがな」

「それ、いつの話だ」

「昨日。まだ営利目的誘拐の可能性があるので、報道協定をしいてある。いいか、他言無用だぞ」

「ちなみにどこの娘だ」

「言えるか。じゃあ、切るぞ」

乱暴に電話を切られた。元同級生の切迫した声が耳の中で響いていた。

物騒な世の中だと、口の中でつぶやく。ゆめの市の犯罪発生率はここ十年で倍増していた。警察は地方での犯罪増加をとっくに予測していた。郊外大型店の進出で商店街がつぶれ、コミュニティの崩壊は目に見えていた。バイパスが市の中央を貫くことで、他県から犯罪者がやってくるのも予見できた。さらには外国人労働者が流入し、新たなマイノリティ・グループが形成されつつあった。もはや危険なのは、都会ではなく地方なのだ。

順一は、娘の理加に携帯メールを打つことにした。今は授業中だろうか。以前は携帯電話の持ち込みを禁止していた中学校だが、保護者会の強い要望で、認めざるをえなくなった。緊急事態が生じたらどうするのか、という問いには教育委員会も答えられなかった。

《ケーキを買っておくから今日は真っ直ぐ帰るように》

そう打つと、授業を聞いていないのか、すぐに娘から返事があった。

《なんだか知らないけど、今日は集団下校。中学生にもなって馬鹿みたい》

順一は安堵した。ゆめの市も、危機管理ぐらいはできているようだ。

いつの間にか外は小雪が舞っていた。ドリームタウンの観覧車は、客がいないらしく止まっていた。

16

相原友則が、民生委員の水野房子から、西田肇の母親が死んだと知らされたのは、登庁してすぐのことだった。午前九時になるのを待っていたかのように、デスクの直通電話が鳴り、朝一番の電話などどうせろくなものではないだろうと、いやな予感を抱えて出ると、案の定、受話器の向こうから低くくぐもった声が聞こえた。

「西田肇さんのおかあさん、昨日、亡くなったんですよ」

すぐには何のことだかわからなかった。「西田さん?」友則が聞き返すと、「この前連れて行った男の人じゃない。栄団地の」と、憶えていないことを非難するような声色になり、昨日からの事情を説明しだした。

「夕方、市民病院から電話がかかってきて、それで西田さんのおかあさんが死んだって知らされたの。救急車を呼んだのは、チラシ配りをしていた主婦だって。だって、ほら、西田さん、電話を止められてるから。それで、たまたまいたチラシ配りの人をつかまえて、一一九番してもらったらしいの。で、とりあえず救急車を呼んで、病院に搬送して、死亡確認を取ってもらって、夕方になってやっとわたしのところに連絡が来たの」

友則は聞きながら、暗い気持ちになった。申請者の家族が死んだことより、問題化を恐れた。生活保護を拒否し、申請者に餓死され、マスコミに叩かれた例は全国でいくつもある。

「西田さん、ショックが大きかったのか、ずっと押し黙ったままなの。だからうちにかかってきた電話も婦長さんから。いったい何事かと思っちゃった」

「すいません。それで、死因は何ですか」友則が聞いた。

「凍死だって。丁度あの日に電気を止められて、灯油が買えなくて、おまけにこの寒さでしょう。あの団地、古くて隙間風だらけだし」

友則は餓死でないことに安堵した。もちろん凍死というのもただ事ではなく、体の衰弱が大きく影響しているのだろうが、他人に与える印象として、言葉のちがいは大きい。

「それでね、相原さん。葬式のこともあるから、ちょっと病院まで来てもらえない？」

水野房子が、せめてそれくらいはしなさいよ、とでも言いたげに語気を強めた。

「それは役所の福祉課にでも……」

「そんな薄情なこと言わないで。だったら、相原さんの方から福祉課に話してよ」

まるで母親の説教を受けているようだった。

友則は憂鬱な気持ちを抑え、数秒、思案した。正式な申請が出ているわけではないので、いくらでも言い逃れはできるが、万が一マスコミが興味を示したときの用意もしておいたほうがいい。病院にも行かなかったというのは、マイナス要因だ。

「わかりました。これからうかがいます」

電話を切り、宇佐美に相談すると、途端に表情を曇らせ、「親族が来ても言質は取られるな」と小声で言った。

「どうせ親族なんか来ませんよ。だいたい援助も頼めないような家族関係ですよ」

「それじゃあ、その男だ。会っても迂闊《うかつ》に頭は下げるな」

「わかりました。お悔やみを述べて、火葬等の手続きは福祉課に預けます」

「母親の凍死までは予測できん。不可抗力だ」

「わたしもそう思います」

「とにかく、こっちに落ち度はなかった」

「もちろんです。だいいち事務所に来たのは一度きりで、しかもつい三日前です」

二人で、自分に言い聞かせるように言葉を交わし、うなずき合った。互いの意思を確認すると、宇佐美は緊張が解けたのか、「餓死じゃなくてよかったな」と本音を漏らし、薄い笑みを浮かべた。その姿は保身に汲々とする小役人そのもので、今の自分もきっと同じ人相だろうと、友則は冷ややかに思った。

席に戻り、出かける用意をした。これから死体を見せられるのかと吐息をつく。自然と肩が落ちた。もう少しの辛抱だ。春になれば、県庁に復帰できる。無理にも自分を励ました。

出がけに、高齢者の問題ケースから電話があり、風でテレビの映りが悪いからなんとかしてくれと言ってきた。感情を抑え、「電器店に相談してください」と告げたら、「金がねえ者を店は相手にはしてくれねえ。そうだろう?」と、悪びれるでもなく言い返された。

友則は深呼吸をし、「今日は行けません」と言い、向こうが口を開く前に電話を切った。春までの辛抱だ――。今度は口の中でつぶやいてみた。

市役所庁舎から車で県道に出て、坂を下った。この先には「ドリームタウン下交差点」があり、すり鉢状の谷底になっている。坂の上の四方には、ドリームタウン、大型量販店、市役所や警察署といった大きな建物が並び、坂を下るにつれて土地の値段が下がるのか、中古車屋とガソリンスタンドが原色ののぼりを競う光景が展開されていた。風が吹くと、数百本ものそれが一斉にはためき、まるで滑走路のランプウェイのように見える。

交差点の四隅の土地はまだ売れ残っているらしく、すべて広告ボードが占拠していた。結婚式場、葬儀屋、病院、貸衣装屋——。巨大な看板が塀のように道路に向かって立っている。人生で避けられない業種が並ぶ様は、地方がいかに彩りに乏しいかを物語っているかのようだ。

この交差点を通過するとき、友則はいつも憂鬱になった。ゆめのには冠婚葬祭しかないのかと、嘲りたくなる。

病院に到着すると、ロビーで水野房子が待ち構えていた。「相原さん。こっち、こっち」辺りはばかることなく大声を出す。奥に広がる待合室は通院患者で溢れかえっていた。その大半が老人だ。

連れ立ってナースステーションに行った。そこには痩せた初老の医師がいて、副院長だと紹介された。

「今年はやけに寒いね。冬を越せない年寄りが何人出ることやら。こっちも他人事じゃないよ」

副院長はひとつしわぶくと、眼鏡を取り出し、鷲鼻の上に載せた。若い看護師がすかさずバインダーを手渡す。カルテを遠くにかざし、その場で身体所見というものの説明を受けた。

「あー、膝蓋部等に死斑とは無関係な鮮赤色斑あり、と。それ以外に肺うっ血、尿の充満、水腫も認められ、よって凍死と診断する」

「あのう。室内でも凍死というのはあるのでしょうか」友則が聞いた。

「あるよ。人間が生命を維持できるのは体温三十五度以上。室温が低ければ、だんだん体温の低下が始まり、三十五度を下回れば死に至る。ま、珍しいことではないね」

副院長は椅子の背もたれをきしませ、大儀そうに言った。

「栄養失調とか、そういうのが原因ですかねえ」

横から水野房子が聞く。友則は、自分へのあてつけかと内心気分を害した。

「それはわからんね。膝が悪くて寝たきりだったって言うから、体力も衰えていたんじゃないのかね。これ以上詳しく知りたければ、警察に連絡して、大学病院へ持っていって、行政解剖してよ。うちは知らん」

眼鏡を外し、洟をすすり、瞼を重そうにして友則と水野房子を見比べる。「以上」退室を促すように椅子をくるりと回し、机に向いた。

廊下に出ると、水野房子は「なんという薄情な医者だ」と顔をしかめた。

「死亡診断書を書きながら、『葬儀屋はどうするの』だからねえ。西田さんはお金がないって言ったら、ふんと鼻を鳴らして、『じゃあ、役所を呼んで』なのよ。どうせ出入りの業者がいて、リベートをもらってるんだ。市民病院のくせに」

友則は、ありそうな話に肩をすくめた。この町の病院は、大半の医師が入院患者から謝礼金を受け取っていた。誰も逆らう勇気がないせいで、一向に改まる気配はない。

階段を使って地下へ降りた。消毒薬の臭いが鼻をつく。蛍光灯がチカチカと切れかかっている廊下のベンチに、西田肇が、憮然とした表情で奥歯を噛み締め、腕組みし、座っていた。その前には霊安室がある。

友則が正面に立ち、「このたびはお悔やみ申し上げます」と弔辞を述べた。西田肇は「あ、あ……」と言葉を詰まらせ、顔を真っ赤にしてうなずいた。

「ご兄弟には連絡をなさいましたか」

「い、い、いや……」

「そうですか。ご苦労とは思いますが、死亡届は病院から出ますので、それに必要事項を書き込んで七日以内に市役所の戸籍課に提出してください。それから市民斎場は野方にあります。火葬費用は六万五千円ですが、役所の生活福祉課相談係に言えば、たぶん免除されると思います」

「ねえ、相原さん。それなんだけどね……」水野房子が間に顔を突っ込んだ。「さっき、その生活福祉課に電話をしたら、それは高齢者福祉課に相談してくれって言われて、それで高齢者福祉課に電話をかけ直したら、身寄りがあるなら生活福祉課だって受け付けてくれなくて……」頰をふくらませ、非難する目で見る。

「そうですか」友則は自嘲の笑いを漏らした。市に昇格して日が浅いせいか、内部では申請のたらい回しがいまだ行われている。

「わかりました。こっちからも聞いてみます」

そのとき携帯電話が鳴った。福祉事務所からだ。通りがかった看護師に「院内は携帯の使用をご遠慮ください」と言われ、頭を下げる。大急ぎで階段を駆け上がり、裏庭に出た。寒風にさらされ、思わず体を縮める。通話ボタンを押すと、事務の愛美のうんざりした声が耳に飛び込んだ。

「ねえ、相原さん。佐々木っていう例のアンテナじいさん、朝からずっと事務所に電話かけてくるんですけど」

「ほんとに？」

「本当です。十分に一回。相原は外出中ですって言っても、携帯でつかまるだろうって聞かないんです。課長も稲葉さんも出かけていて、わたし一人じゃどうすることもできないんで、そっちから対応してもらえませんか」

「わかった。ご苦労様」友則は愛美に労いの言葉をかけ、電話を切った。風があまりにも強いので、焼却炉の陰に避難する。悪寒が背中を走った。こんなところで風邪などひいていられない。

かじかむ手で手帳を広げ、番号を調べ、佐々木という問題のケースに電話を入れた。

「ああ、やっと連絡が取れた。早く来てくれ。アンテナが傾いてテレビの映りが悪くてかなわねえ。画面がゆらゆら揺れて、船酔いしてるみたいだ」

佐々木が、まるでホテルのフロントに命じるような口調で言う。友則はさすがに腹が立ち、

「それは社会福祉事務所の仕事ではないんですよ」と、拒否の返答をした。

「年寄りに屋根に上がれって言うのか？　落ちたらどうする」

「ご近所のどなたかに頼めないんですか？」

「この時間、市営住宅に若いのはいねえ。いても付き合いはないし、みんな薄情なものだ。一人暮らしの年寄りなど相手にしてくれねえ」

「それじゃあ風がやむのを待ちましょう。それでテレビの映りも直るかもしれないし」

「だからアンテナが傾いてるんだって。さっき外に出て見た。あれは針金を張り直さないとどうにもならん」

「じゃあ、電器店に頼んでください。テレビを買ったお店があるでしょう」

「そんなものとっくにつぶれた。この町の電器屋は、国道沿いの、安売り量販店に全部やられた。そういう店は、保証書がなければ、出張費だけで五千円も取る。この前もそうだった。コタツがつかんようになって、修理を頼んだら、買ったほうが早いって相手にされんかった」

友則は返答に詰まった。確かに個人経営の電器店は大半が消えた。高齢者には、威勢のよすぎる量販店は足を踏み入れにくい場所だろう。しかし、その尻拭いを自分がしなければならない理

由はない。

「すいませんが、今日は行けません」

「じゃあ、代わりの人間をよこしてくれ」

「代わりもいません」

「テレビが観られなきゃ、七十五の年寄りに何をして過ごせって言うんだ。あ？」

読書でもなさったらどうですか、そう言おうとして、やめにした。本を買う金はない、図書館に行くにも外は寒い、そんな埒の明かないやりとりが続くだけなのだ。

「……わかりました。それじゃあ、昼休みに行きます」

友則は根負けして折れた。この老人は年金の受給資格がなく、月に八万円ほどの生活保護費を支給されていた。築四十年の平屋建て市営住宅は家賃全額免除だ。

顔に何かが当たり、見上げると、小雪がちらつき始めていた。通用口の軒下に移動し、ついでに市役所の生活福祉課相談係に電話した。応対に出た男の職員は、事情を説明すると、身内という気安さからか「うちは葬儀屋じゃないんだけどね」と、ため息交じりに声を発した。

「それだったら、うちもそうです」友則が言い返す。

「でもケースなんでしょ？」

「いいえ。一度、申請のため窓口に来ただけの市民です」

「だったら、独居老人ということにしたら？　それだと市で処理できるけど」

「それは無理です。息子さんが現にいるわけですから」

「じゃあなおさらうちは無関係。ホームレスでもないのに、葬儀代がないからって、市が面倒見たら、みんなたかりにくるでしょう。最近、そんなのばっかりなんだよね。健康保険証を持たない人間の治療費まで、こっちに回されたりしてさ。もう立て替えだらけ。そういうの、回収するのも一苦労で、かかる手間と経費を考えると、いっそ失踪してくれって思うくらいだからね。まあ、打ち明け話をするとさ……」ここから急に小声になった。「今度、課長が代わって引き締めることになったわけ。もうすぐ県の監査も入るから、甘いことやってると、考査に響くのよ。死んだ人に金を出すより、生きてて困ってる人に出すほうが先決でしょ？　悪いけど、そっちで対応してよ」

「いや、監査が入るのはこっちも同じですよ」

「とにかく、うちは対応できない」

「お願いしますよ」

「こっちこそお願い。うちをいじめないで」大の大人に懇願された。

「何をおっしゃるんですか」

言い終わらないうちに電話を切られた。建物の中に入り、凍えた腕をこする。吐息をついた。高齢者福祉課には、電話をする気力が失せた。すでに死んだ老女に対して、何かしてくれるとは到底思えない。

福祉行政が、揺り戻しの時期にきていることは、友則自身もわかっていた。いつの間にか職員の間でも、市民の〝自己責任〟を問うのが当たり前の風潮になってきた。

さて、どうするか——。と言って、自分にはなんの義務も責任もないのだが。

地下の霊安室前に戻ると、背広姿の若い男がいて、水野房子と看護師と三人でなにやら問答をしていた。表情からして、あまりいい話ではなさそうだ。

「葬儀は不要なんですか？　そういう話は電話でしてもらわないと」

男が言う。腕章の社名で葬儀業者だと知れた。それにしては眉を細く整え、髪を草のように立たせたいまどきの若者だ。

「ごめん、ごめん。わたしも詳しくは知らなかったから」

師長らしい恰幅のいい看護師が、腰に手を当てて詫びている。どうやら、死人が出ると出入りの葬儀屋に連絡が行く手筈があり、事情を知らない病院職員がそれに則ってしまったらしい。ベンチでは、西田肇が硬い表情で宙を見つめていた。

その輪に入っていくと、水野房子に社会福祉事務所のケースワーカーだと紹介され、「あ、そう。だったらあとはお願いします」と看護師が軽く言った。

「いや、うちはこの件については――」

「ご遺体は今日中に引き取ってくださいね」

それだけ言い、小走りに去っていく。友則は憮然とした。どうして無関係の自分が押し付けられるのか。

葬儀業者も立ち去ろうとするところを水野房子が引き止めた。

「ねえ、おにいさん。どっちにしろお棺に納めて火葬しなきゃならないんだから、そこまでやって。請求先はあとで考えるから」

「いやあ、勘弁してください。課長に叱られちゃいます」男が腰を引き、手を左右に振っている。

「法律はどうなってるの？」今度は友則に向かって聞いた。

「身寄りがない人の死体なら、市町村に火葬埋葬をする義務があります。その場合の費用は事務管理費として処理が可能です」

「じゃあ、それに準じた扱いにして。親戚を探して連絡をしても、引き取りを拒む人たちだっているわけでしょう？」

「無理です」友則はきっぱりと言い、静かにかぶりを振った。「役所はそこまで寛大ではありません」続いて西田肇のほうを向く。「西田さん。あなたはどうなさりたいのですか。唯一の家族ですから、あなたが引き取って埋葬するのが筋ですが」

鈍色の顔色をした中年男が、ゆっくりと顔を上げた。「うう、うちに、つつ、連れて帰る」絞り出すように声を発した。

「じゃあ、あとは任せていいわけですね」

「だめだって。電気もガスも止まったアパートで、どうするのよ」水野房子が口をはさむ。「だいたいお墓もないんでしょ。本家とは縁が切れてるっていうし」

友則は、処置なしだと両手を上げるゼスチャーをした。いい大人が、どうしてここまで社会性をなくせるのか。

「じゃあ、こうしましょう。とりあえず、葬儀社に頼んで火葬してもらって、お骨は西田さんが保管する。お墓は落ち着いたらゆっくり探してください。そして火葬にかかる費用はご自身が工面して支払っていただく」

「ねえ、相原さん。工面できないの。できたら電気は止められないじゃない」

「だから、自家用車でもなんでも処分なさればいいでしょう」

つい語気がぞんざいになった。西田肇は、押し黙ったまま腕組みしている。

「勘弁してよ。なんでうちが……」葬儀社の男が顔をゆがめた。

「人助けだと思って。ね」友則が男の肩に手を置く。「こういうときに引き受けると、会社の信用も上がるんじゃない」

「そうそう。お願い。人が亡くなってるの。せめて会社に相談してみて」水野房子がたたみかけた。

「知らねえよ、おれは派遣なんだよ。ノルマもあるのに、こんなホトケさん持ち込んだら、会社に何を言われるか――」

男が急に態度を変えた。目を吊り上げ、チンピラさながらに睨んできた。

そのとき、友則の携帯電話が鳴った。記憶にない番号だ。外まで出るのが面倒なので、看護師がいないのを確認してその場で出た。さっき話したばかりの佐々木だった。

「ああ、相原さん？　番号が通話記録に残ってたからかけたの。最近の電話はほんとにすごいねえ」

「何でしょうか。取り込み中なんですが」

「こっち来るとき、ついでにほっかほっか亭でのり弁当買ってきて。雪が降ってきたから外にも出られねえ」

佐々木の呑気な声だった。友則は感情が破裂しそうになるのをこらえ、「わかりました」と返事をした。少しでも異議を唱えようものなら、勢いで怒鳴りつけてしまいそうだった。

「では、わたしはこれで」手を挙げ、踵を返す。

「うそ。相原さん、帰っちゃうの？」水野房子が目を丸くする。

「忙しいんです。担当しているケースが三十人以上いるんです」

「じゃあ、おれも帰ろ。しーらない」

男が不貞腐れて言った。若者の地が出たという感じだった。ズボンのポケットに手を突っ込み、背中を丸めて早足で歩きだす。呼び止める間もなく、男はひょいひょいと階段を二段飛ばしで上がり、消えていった。

「何よ、あの葬儀屋」水野房子が憤慨した。友則は言葉もない。

「お願い、相原さん。福祉事務所でなんとかして」

母親に近い歳の、水野房子の真剣な表情を見たら、さすがに放置しては帰れなくなった。

「……わかりました。火葬にかかる費用はうちの事務管理費から立て替えます。返済期限は一月としますね。いいですね」

ベンチに腰掛けている唯一の遺族である西田に向かって言うと、はいと返事をするでも、うなずくでもなく、鼻息を荒くし、上目遣いに一瞥《いちべつ》をくれた。どういう感情なのか、計りかねた。

「聞いてますか。約束ですからね」念を押す。

「か、か……」西田肇が口を開いた。「金を置いてけ。は、腹が減った」

耳を疑った。「あなた、何を言ってるんですか」友則は思わず声を荒らげた。「おかあさんを亡くされて、同情して来てみれば、『腹が減った』だって？」

「ちょっと、相原さん。ごめんなさい。この人、こういう口の利き方しかできないの」水野房子は間に割って入り、友則の胸を押し返した。「工事現場しかいたことがないから、丁寧な言葉遣いができないのよ」

「言葉遣いの問題ですか。金を置いてけ？ ふざけちゃいけないよ」水野房子を脇へどけた。「あんた。生活保護は絶対に下りないからね。健常者が仕事もせずに、母親を凍死させて、そのうえ行政から金を取ろうなんて、そんな甘いこと、おれは意地でも許さないからね」

西田肇が、拳を握り締めて立ち上がった。あらためて見ると柔道選手のようだ。

「暴力ふるうわけ？ ああどうぞ」友則が胸を反らす。

「か、か、金を置いてけ。な。少しでいいから、置いてけ」本当に手を伸ばしてきたので慌てて振り払った。この男は頭がおかしいと思った。

「あんた。これじゃあまるでチンピラでしょう。四十いくつにもなって、馬鹿じゃないの」

友則はかなりの大声を上げていた。何人かの看護師が廊下に顔を出した。

「ねえ、やめて。相原さん、お願い」

「水野さん。この人は同情の余地なしです。自業自得です。悪いけどこれで帰ります。さっきの話もなしにします。うちからお金は出しません。市役所の生活福祉課と相談してください」

今度こそ踵を返した。水野房子が名前を呼ぶが無視した。階段を駆け足で昇る。動悸が治まらない。感情を露にしたことなど、ここ数年はなかったので、自分でも驚くほど興奮していた。

まったく、なんという人間の貧しさか。人類の半分は劣った生物なのではないか。

佐々木の弁当とアンテナは無視することにした。もう付き合いきれない。電話がかかってきたら、怒鳴りつけてやろうと決意した。

玄関を出て駐車場に行くと、一台の薄汚れた古いセルシオが停まっていた。いかにも土建屋が好んで乗るような、威圧的な馬鹿でかい車だ。直感で西田肇の車だと思った。ボディに錆が浮いている。水野房子が、ポンコツで売却できないと言っていた。確かにそうかもしれないが、困窮する以前に、どうして生活のレベルを落とさなかったのか。羽振りがよかったときがあったのなら、どうして蓄えをしなかったのか。セルシオを乗り回して生活保護を申請するなど、聞いたことがない。

ますます腹が立った。雪が舞う中、車に駆け込む。

腕時計を見る。まだ昼前だ。事務所には戻らず、パチンコにでも行こうと思った。今日はもう仕事をする気になれない。どす黒い空が気持ちをいっそう暗くした。

暖機運転をしているうちに、フロントガラスが雪でふさがれた。カーラジオからニュースが流れてきて、ゆめので三日前から高校二年生の女子が一人行方不明になっていると伝えていた。

ふん。友則はせせら笑った。ひどい町にはひどい事件がお似合いだ。

くだんの女子高生は塾を一人で出たあと、制服姿で行方を絶ったらしい。家出の可能性は低く、家族への連絡もないため警察が公開捜査に踏み切ったと、アナウンサーが淡々と読み上げていた。

殺されたなと無責任に思った。可哀想に。若いみそらで。どこかの山に埋められているかもしれない。犯人はきっと変質者だ。

ワイパーを動かした。ギアを入れ、アクセルを踏む。スピードを出してスカッとしたいところだが、ノーマルのタイヤなので、ぐっと気持ちを呑み込み、慎重に車を発進させた。

17

一歳と二ヶ月の赤ん坊は、果たして人間と呼んでいいものなのだろうか。感情表現は泣くことだけで、ところかまわず糞尿をする。加藤裕也は、慣れない手つきで紙オムツを替え、ウンチで汚れた尻をティッシュで拭いてやった。翔太は顔をくしゃくしゃにして、サイレンのように泣き叫んでいる。

時計を見ると、午前一時を回っていた。まったく、なんて時間にお漏らしをしてくれるのか。けたたましい泣き声に起こされ、オムツを触ってみると、人肌ほどの温かさがあった。舌打ちして外してみれば、カレースープのような黄色い汚物が染み渡っていた。

説明書きを読んで、なんとかオムツ交換を済ませ、服を着せてやっても、息子は泣き止んでくれない。それどころか、立ち上がって、部屋の中を右往左往している。

「いったい何だっていうんだ」「泣くなよ」

通じないことがわかっていても、声に出して言っていた。

ベッドに腰を下ろし、ため息をつき、たばこをくわえる。火をつけかけたところで、赤ん坊がいるかと思いとどまり、箱に戻した。

エアコンの暖房スイッチを入れた。風邪でもひかれたら、たまったものではない。

数時間前、千春のアパートで息子の翔太を受け取った。元妻の彩香が「引き取ってくれ」と一方的に通告してきて、友人の千春経由で渡されたのだ。ついでに大きな風呂敷包みも差し出され、中には着替えとオムツ、粉ミルクに哺乳瓶などが入っていた。

「うそだろう?」裕也が眉をひそめると、千春は「育てられないっていうのなら、彩香が削られる生活保護費の不足分を毎月払うこと」と、口角をひょいと持ち上げて言った。

「いくらよ」

「八万円」

「ふざけるな」

頭に血が昇り、取引をその場で蹴った。必死の思いで稼いだ金を、どうして毎日ぶらぶらしている別れた女に渡さなければならないのか。

怒りに任せて赤ん坊を連れて帰ったところで、裕也は我に返った。自分は育児のことを何も知らない。翔太は、よたよたと歩き回ることはできるが、まだ言葉を発することはない。何を求めているのかわからない。そもそも何を食べさせればいいのか。歯は生えてきているようだが、まさか自分と同じものでいいわけはない。と言って、ミルクだけを与えていればいいとも思えない。おまけに、すぐさま狂ったように泣き叫びだした。母親から引き離され、知らない家に連れてこられたのだから、無理もない話なのだが。

とりあえず、車で二十分の実家に電話をしたが留守だった。父はタクシー運転手で、母は知り合いのスナックで手伝いをしている。子供が独立してから、両親は家を空けることが多くなった。次に、隣の市に住む兄夫婦の家にかけようかと思ったが、少し考えてやめにした。二つ上の兄は、何かというと弟に説教をしたがる。会うと必ず、「ちゃんとやってるのか」と半人前扱いをした。

一人で悩んでいても埒が明かないので、先輩の柴田に電話をした。事情を話すと、声を上げて笑い、「ちょっと待ってろ」と、二児の母である自分の妻に代わった。

「一歳と二ヶ月なの？　じゃあ離乳食の後期だから、軟らかめに炊けば御飯でいいんじゃない。オムライスなんかでもいいし。ただし卵はちゃんと火を通すこと。半熟なんか食べさせたらすぐに下痢するからね。あとは豆腐とか、白身の魚とか、とにかく軟らかくて栄養価の高いもの」

漢字もろくに書けない馬鹿女のくせに、指示は的確だった。

「ミルクはあげなくていいわけ？」

「ミルクは別。一日にだいたい二、三回。夜中の授乳は栄養過多になるからやめたほうがいいって言うお医者さんもいるけど、うちはあげた。おっぱいに吸いついてくるから止められないしねえ。ああ、市販の牛乳はまだだめだよ。胃腸が弱いから。喉が渇いた様子なら、豆乳か蜂蜜ヨーグルトなんかがいいと思う」

「オムツはどうなのよ。いつ外せるものなわけ？」

「うちは下の子が二歳半でまだしてる。今はオマルの訓練中。三歳までに外せたら上出来だと思うけど……。あのね、裕也君。赤ちゃんはみんな個人差があるから、よその子と比べちゃだめだよ。成長は人それぞれなんだから」

「泣いてるときはどうすんの？」

「お漏らしとか、熱があるとかじゃなかったら、抱っこしてあやすしかない。揺らしてればなんとか泣き止むはず」

裕也はメモを取りながら、先輩の奥さんの変貌に感心した。つい数年前まで、髪を金色に染め、シンナーを吸っていた女である。

「困ったことがあったら、うちへ連れておいで。一人で抱えると育児ノイローゼになるからね」

やさしい言葉もかけられた。裕也は仲間がいる心強さに気持ちが温かくなった。

柴田に代わってもらい、明日は実家に子供を預けに行くので、午後出社になることを会社に伝えてくれるよう頼んだ。

「ああ、専務に言っておく。なんなら休め。おまえ、成績上げてるから、会社だってうるさいことは言わねえと思う」

仕事は頑張ってみるものだ。裕也は、自分の地位が社内で上がっていくのを、実感として味わうことができた。

電話を切ると、パッケージの「作り方」に沿って早速ミルクを作ってみた。ところが口に運んでも、泣くだけで飲もうとしない。自分で味見をしてみると、やけに水っぽい。これでいいのかどうか、考えてもわからない。仕方がないので、抱き上げてあやした。翔太は体を反らせていやがったが、無理にでも抱きしめた。背中をさすりながら部屋の中を行ったり来たりする。そうしながら、一年前を思い出した。

翔太が生まれてから離婚するまでの数ヶ月、自分はこうやって何度も息子をあやしたのだ。あの頃はまだ首が据わっていなくて、壊れ物を扱うように抱いていた。父親になったうれしさとか、責任感とか、そういうものはなかった。前夫の子供がすでにいたので、これで少しは対等になれた気がしたが、それ以外は、よくわからなかった。一年前の自分は、何も考えていなかったのだ。彼氏や彼女がいないと仲間内で顔が立たず、たまたま空き家同士がくっついたのが、自分と彩香だった。ろくに避妊をしなかったので、当たり前のように妊娠した。彩香が産むと言うので、なんとなく結婚した。友人たちも結婚が早かったので、とくに迷うこともなかった。自分の周りはそんなのばかりだ。将来のことなど、誰も考えていない。

泣き疲れたのか、十分ほどで翔太が寝てくれた。これが数時間前までの出来事だ。

午前一時に起きた翔太は、依然として、顔を真っ赤にして泣き喚いている。それはほとんど絶叫と言ってもよかった。小さな手を握り締め、東京湾に上陸したゴジラが口から炎を吐き出すように、全力で声を振り絞っている。しかも、いきなり壁に向かって突進したり、カーテンを引っ張ったりと、その行動は予測がつかない。

「うるせー」「泣くな」

裕也は、ひとりごとを我が息子にぶつけた。寝顔は天使のように可愛いのに、泣き出すと壊れたサイレンである。真夜中にこの騒音はさすがにまずいだろうなと思っていたら、案の定、壁をドンドンと叩かれた。確か隣は若い男が一人で住んでいたはずだ。

かっとなって、反射的に叩き返す。それでも腹の虫が収まらず、翔太を置いたまま、ジャンパーを肩にかけ、サンダル履きで廊下に飛び出し、隣室のドアのチャイムを乱暴に押した。

少しの間があって、ドアの向こうから「なんですか」という緊張した声がした。

「隣の者だけどよ、ちょっと出て来い」裕也が凄んだ。

「今、何時だと思ってるんですか」

「何時でもいいから出て来い!」アパート中に響く声で怒鳴りつけた。

恐らく住人の何人かは起きていて、この諍《いさか》いに耳を澄ませているにちがいない。けれど知ったことではない。なめられたら終わりという環境で中学生の頃から生きてきた。その習性が骨まで染みついている。

チェーンが外される音がして、ドアが開いた。同年代とおぼしきおとなしそうな男が、頬をひきつらせて立っていた。

「アパートなんだからよォ、音はお互い様じゃねえか。ちがうか? しかも相手は赤ん坊だぞ。てめえは赤ん坊の頃、泣かなかったのかよ。ああ? 文句があんなら、てめえが泣き止ませろ」

男をにらみつけ、無茶を言った。どれだけ無茶を通すかが不良の腕前のようなものだ。

「このアパート、確か子供のいる人は入れないはずですけど……」

男が青い顔で言う。この間にも、翔太の泣き声が廊下まで響いていた。

「別れた女房が捨てていったんだからしょうがねえだろう。保健所に持っていけってか？　ペットじゃねえんだぞ。てめえには人情ってもんはねえのか」

裕也が一歩前に出ると、男は弾かれたように上体を引き、目に恐怖の色を滲ませた。

「まあ、いい。水に流してやっから、ひとこと、すいませんって言いな」

「こっちが謝るんですか？……」顔をゆがめている。

「言えよ。言わねえと、こっちも引けねえんだよ。朝まで遣り合うか？」

「わかりました。謝ります。すいません」卑屈にぺこぺこと頭を下げた。

「わかりゃあいいんだよ。これでチャラにしてやる」

もう一度にらみつけ、廊下に唾を吐く。久し振りに人を脅し、妙な快感があった。

自分の部屋に戻ると、依然として翔太はドンドンと足を踏み鳴らして泣いていた。今度は下の階から苦情が来そうである。

「いい加減にしろよ、この野郎」

さすがにうんざりした。冷蔵庫を開けて、ペットボトルのスポーツドリンクを取り出す。ベッドに腰掛け、喉を潤した。たばこに火をつける。寝転がり、天井を見た。

ふと考えがよぎった。翔太は喉が渇いたのではないか。連れ帰ってから、何も口にしていない。すぐに起き上がってたばこをもみ消した。

泣いている翔太を抱きかかえ、お湯を沸かし、再びミルクを作った。よく振ってから味見をした。気のせいか、前に作ったときよりはちゃんと味がした。

泣き叫ぶ翔太の口元に持っていってやると、翔太が哺乳瓶の先をパクリとくわえ、ミルクを吸い始めた。当たった。裕也の胸の中でひとつ扉が開く。車の故障箇所を探り当てた感じに似ていた。翔太が泣き止むといきなり静寂が訪れた。冬の夜はこんなに静かなのかと、柄に合わない詩的なことを思った。

安堵したら、肩の力が抜けた。同時に疲労感を覚え、翔太を抱きかかえたまま、一緒にベッドに横たわった。

そっと布団を被る。無心にミルクを吸い続ける翔太を、二十センチほどの距離で眺める。目元が自分に似ていた。アルバムに貼ってある、赤ん坊だった頃の自分とそっくりだ。

そうか、おれの子供か——。今更のように見入った。感慨というより、生命の神秘に惑わされていた。自分の分身のようなものが、この世に出てきた不思議さだ。

翔太の瞼がだんだん重くなる。哺乳瓶を口にくわえたまま、眠りに落ちていった。

そっと哺乳瓶を離し、ベッドの下に置いた。自分にも睡魔が襲ってきた。目を閉じたら、たちまち意識が遠のいた。

翌朝は起きてすぐ実家に電話をした。母親に、翔太を引き取るはめになったことを話し、これから連れて行くと告げた。母は憤慨した様子で、「どうして自分のおなかを痛めた子を手放せるのよ」と、いちばんに息子の元嫁を非難していた。

起きるなり泣き始めた翔太に服を着せ、身支度をしてマンションを出た。裏の駐車場に行くと、管理人が掃除をしていて、子供を抱いている裕也にぎょっとした。「知り合いの子を一晩預かったんですよ」投げやりにうそをつく。「ああ、そう」管理人はぎこちない笑みを浮かべるものの、その顔には面倒を起こすなよと書いてあった。

ベビーシートがないので、そのまま助手席に放り込む。すぐさま泣いて立ち上がるので、しかたなくシートベルトで、縛るように固定した。

実家はたんぼの中の造成地に立つ平均的な木造家屋で、裕也がまだ物心もつかない頃に建てられたものだ。当時、父は小さな運送会社に勤めていて、その後どういう経緯があったか知らないが、タクシーの運転手に転職していた。裕也が自分で稼ぐようになった今、親たちの収入がたいしたことがないことは容易に想像できた。テレビは古いブラウン管式で、冷蔵庫も洗濯機も子供の頃からあるものだ。パソコンなどというものは当然ないし、使い方も知らないだろう。

実家に着くと、パジャマ姿の父が居間のコタツにあたっていて、「まったくなんちゅう女だ。子供を捨ててよく平気でいるな」と呆れた声を出し、それでもすぐにうれしそうな顔に変わり、孫を抱かせろと両手を伸ばした。台所にいた母も駆け寄ってきて、孫の顔をのぞきこむ。翔太は見知らぬ大人に囲まれて、不安げに半べそをかいている。

「ほれほれ、バアバだぞ」母が翔太を抱き上げ、揺らした。男と女は腕の柔らかさでもちがうのだろうか、翔太は抵抗することなく身を任せた。母が、「ショウちゃん、ショウちゃん」と声を発しながらスキンシップを図ると、昨日から一度も笑ったことがない翔太が、ぎこちないながらも小さく微笑んだ。

「なんか食べさせたか」

「いいや。起きてそのまま連れてきた。ミルクとかは持ってきたけどな」

「御飯とゆうべのけんちん汁があるから、それをおじやにして食べさせようか」母がそう言って翔太の口の中をのぞきこむ。「可愛い歯が生えてきてるわあ」相好をくずし、抱いたまま台所へ行った。

「おかあちゃん、おれにも何か食わして」と裕也。コタツに入り、背中を丸めてテレビを眺めた。

「裕也。仕事、ちゃんとやってるか」父親が聞いた。「ああ」と生返事をする。先月の給料を自慢したい衝動に駆られたが、詐欺まがいのセールス仕事なので思いとどまった。

「おとうちゃんは、何時から仕事なのよ」

「とうちゃんは昼からだ。午前中なんか、営業所にいても、客からの電話なんかちっとも来ねえ。夕方になって、やっと駅前で拾えるぐらいだ。そのあとは飲み屋街で客待ち。ロングはほとんどねえな。みんな市内か、せいぜい山をひとつ越えるぐらいだ」

「景気、悪いんか」

「ええわけねえ。警察にもっと飲酒運転を取り締まってもらわねえと、タクシーなんかちっとも使われん」

母が食事を運んできた。「あんたも食べなさい」と小ぶりの丼を乱暴に置く。いい匂いの雑炊が盛られていた。里芋や鶏肉の具も混ざっている。

「おかあちゃん。おれ、卵入れて」

「自分でやれ」

仕方なく、自分で冷蔵庫まで歩いた。母は目を細め、翔太に息で冷ました雑炊を食べさせている。

「翔太、いくつだっけ?」母が聞く。

「一歳と二ヶ月」

「じゃあ自分で食べられるな」

母はバスタオルを持ってくると、それをテーブルと翔太の間に垂らした。レンゲを持たせ、「ほれ、自分で食べ」と促す。

翔太が順手でレンゲを握り、お椀の雑炊をすくう。口に運ぶまでに半分ほどこぼし、口に入れるやレンゲを手放し、膝元に落とした。

「あれあれ」母が拾い上げる。持たせようとしても、今度はそれを払いのけ、手を雑炊につっこんだ。

「手づかみか。どういう育て方をしたんだか。大方ほったらかしにしてあったんだろう。なあ、裕也」と父。

「知らねえよ、おれに聞いても」

「ほんと、結納返せって言うの。向こうは子連れで二度目のくせに」と母。

「おれに言うなって。払ったのはおかあちゃんたちだろう」

「元町議とかいう人を寄こして、めでたいことだから三十万包んでくれって言ってきたの。一年ともたずに出て行って。ほんと、こっちは詐欺に遭ったようなものだって」

母が元の結婚相手を罵りながら、孫に根気よく食事をさせていた。翔太は泣くことなく、「うーうー」と声を上げて、咀嚼している。

「そういうわけで、しばらく翔太を預かってくれ」裕也が言った。

「何よ。そういうつもりだったの。しばらくって、いつまで」母が目を丸くした。

「そんなもん、わかんねえ。一年になるか、二年になるか……」

「そうはいかんよ。おかあちゃんだって仕事があるでね。今日だって夕方までならいいけど、五時には家を出るからね。お店の開店準備、ママさんと一緒にしなければならねえし」

「五時？　せめて六時半とかにはならねえか。おれ、仕事が終わってどんなに早く帰ってもそれくらいにはなっちゃうよ」

「あんたの都合ばかりには合わせられねえ。午後は保育所に預けるとか、そういうことしてもらわねえと」

「そんなこと言わねえでくれよ。孫が可愛くねえのか」

裕也は落胆した。親はよろこんで孫を引き取ってくれるものと思い込んでいた。

「そりゃあ可愛いに決まってる。だけど、育児となったら話は別だ」

「そうそう」父も首を突っ込んだ。「土日に連れてくるなら、いくらでも可愛がる。でも毎日となったら、そこまでのことはできん。急に熱が出たら病院へ連れて行かなければなんねえし、ずっと一人で遊ばせるわけにもいかねえから、近所のおかあさん仲間とも仲良くしていかねばならねえ。そういうの、おれたちではもううまくやれん。……どうだ、裕也。おめえ、いっそ帰ってくるか。そうしたら、みんなで交代で翔太の面倒を見てやれるぞ」

「いやだね。どうしていまさら家に帰らんといけねえんだ」

「あのな、裕也」母が向き直り、裕也を正面から見た。「うちはな、実はお金に困ってる。おとうちゃんの給料が昔の半分以下に減って、おかあちゃんがスナックに働きに出てるけど、学生のバイトみたいな時給だし。家のローンがまだ二十年も残ってて、生活が苦しいのよ。そのローン、あんたが払ってくれると助かるんだけどねえ」

「うそだろう？　そういう話なら兄貴にするべきだろう」

裕也は耳を疑った。こういう展開になるとは思ってもみなかった。

「おにいちゃんは薄情よ。今度、仙台へ異動願いを出したとかで、ゆめのを出ていく腹積もりだもの。あの子はあてにならん」

「じゃあ、おれもあてにしないでくれ」

「そういうこと言わねえの。あんた、最近羽振りがいいそうじゃねえの。少しは家を助けて」

「助けて欲しいのはおれだって」

裕也が顔をゆがめ、卓に伏した。人の気も知らない翔太が、すっくと立ち上がり、「あーあー」と声を発しながら歩き始めた。

「一歳と二ヶ月でこんだけ歩くのは早いねえ」

「ああ。裕也はこの頃、まだはいはいしてただけだ」

「話逸らすなよ。そっちが預かってくれねえなら、翔太をどうすればいいんだよ」

「彩香さんに頭下げて、引き取ってもらえ。それで、週末だけ預かってうちに連れて来い」

父がお茶をすすり、テレビに顔を向けて言う。

「死んでもいやだ。誰があんな女に頭を下げるか」

「じゃあ、ここで一緒に暮らせ」

「それもいやだ」

「おとうさん、サラ金に借金こさえてね」母が非難がましく父を一瞥した。「もうすぐ車を取られそう」

「余計なこと言わんでええ」父が気色ばむ。

「余計なことか？　車がなくなったら、買い物にも行けないよ」

「だからちゃんと来週までに工面する」

「どうやって。入るあてでもあるの」

「また競輪で当てる」

「冗談じゃない。競輪なんかにつぎ込んだら、この家から出てってもらうからね」

「ここで夫婦喧嘩するなよ」裕也は嫌気が差し、仰向けに寝転がった。親がこうだと、インチキ商売でも仕事にいそしんでいる自分が真っ当に思えてくる。

「おとうちゃん。借金っていくらよ」

「ああ？　……二十万くらいかな」

「うそばっかり。ほかからも借りてるくせに。全部合わせると五十はいくはず」母がなじった。

「わかった。おれが五十万、立て替えてやる」裕也が体を起こして言った。「その代わり、翔太を日中預かってくれ」

「ほんとか」父が、花でも咲いたかのような顔をした。「やっぱり裕也は頼りになる」

「悪いねえ」母が眉を八の字にして言った。「あんたがこんな孝行息子になるとは、おかあさん、思ってもみなかった。昔は何度も警察のお世話になって、近所からもうしろ指さされてたけど、大人になるとちゃんとするものだねえ」

「古い話をするなって。その代わり、ちゃんと翔太を頼むぞ」

「ああ、わかった。あんたが仕事から帰ってくるまでな」

翔太が近寄ってきたので膝に乗せた。少しは慣れたのか、むずかることはなかった。どうせ彩香もろくに可愛がりはしなかったのだ。すぐに父親になついてくれることだろう。

そのとき、テレビのローカルニュースで、ゆめの市の女子高生が一人、三日前から行方不明になっていることをアナウンサーが報じた。家出の可能性は低く、手がかりもないので、警察が公開捜査に踏み切ったらしい。

「ああ、向田高校の二年生だってね、いなくなった女の子」母が言った。

「おかあちゃん、知ってるのかよ」

「昨日あたりから町で噂になってた。湯田の駅前でさらわれたらしいって」

「湯田駅？　うちの会社のそばじゃねえの」

裕也は身を乗り出し、テレビ画面に見入った。さびれた駅前商店街が映し出されていて、塾からこの道を駅に向かったのが最後の足取りだと伝えていた。

「ブラジル人らしいね」と母。

「ほんとかよ」

「そうらしいよ。このへん、すっかりブラジル人だらけだもの。ドリタンで万引きはするし、喧嘩はするし、改造バイクで騒音を撒き散らしてるし」

「それはおれらもやったぞ」

「ううん。ブラジル人は警察の言うことも聞かねえから怖いのよ。ギャングと一緒」

どうやら根拠のある話ではなさそうだ。

「可哀想に。殺されたな」と父。

「ああ、とっくに埋められてる」母も同調した。

翔太が笑いながら、裕也の顔をいじり始めた。脇をくすぐってやると声を上げてよろこぶ。

「あれ、もうなついた。やっぱ親子だ」母が言った。

甘いミルクの匂いが鼻をくすぐる。この匂いは悪くないと、裕也はなんだか懐かしい思いがした。

18

堀部妙子は、沙修会の活動がにわかに忙しくなった。自ら志願して「奉仕組」に入ったからだ。奉仕組とは、平の会員の中から会の雑務をこなす人間を募った集まりで、主に専業主婦たちがその役目を担っていた。報酬はなく、交通費も出ない。みんなと作って食べる夕食がただになるくらいだ。

朝は出勤前に本堂の清掃を行い、夜は保安員の仕事を終えた後で、年老いた出家会員たちの世話をした。

沙修会本部は駅もバス停もない山の麓にあるので、車を持っていない妙子は自転車で通った。自宅アパートからは軽く三十分かかった。真冬なのでその行程はほとんど苦行と言ってよかった。顔の皮膚が固まって、到着してもしばらくは笑えないほどだ。体が芯から冷えるとはこのことかと思った。夜、風呂に入って初めて蘇生する感じがした。

「あんた、大丈夫なの?」と地区リーダーの安田芳江に心配された。よほど辛そうに見えたのか、廃品の中から電池式のライトを見つけてきて、自転車のカゴの前に取り付けてくれた。「これで、夜、電気をつけて走ってもペダルが重くならないでしょ」芳江がやさしく笑うので、妙子は目頭が熱くなってしまった。

妙子が奉仕組に名乗りを上げたのは、一人でいる時間を一分でも減らしたかったからだ。古びた市営アパートの一室で凍死していた老婆の姿は、鮮烈な記憶として脳裏に焼きついていた。あの日は身も心もうわずって、一日中綱渡りをさせられているような不安定感を味わった。たまらない心細さに襲われ、体の震えが止まらなかった。

あの老婆は三十年後の自分だと思った。そんな先でなくても、明日にでもその日が来る可能性はある。アパートの一室での孤独死。それは自分にとってもっとも惨めな死に方で、避けられるものなら奴隷になるほうがましだという思いがあった。誰かのそばにいたい。妙子は、このときほど沙修会の会員でよかったと感じたことはなかった。

バケツの水に手を突っ込み、雑巾をすすぎ、固く絞った。皮膚が切れそうな冷たさだ。靴下が汚れると困るので、本堂の床拭きのときは素足になっている。だから、手と足の先から感覚が逃げていき、代わりに痺れが侵食してくる。

長い廊下を、膝をついて雑巾掛けした。最初は手をついて走ったが、四十八歳の自分にはその運動がもう無理だと悟った。一往復しただけで息が切れ、腰が痛くなる。

「堀部さん、一人暮らしなんだってね。旦那さん、どうしたの?」六十歳くらいの女が話しかけてきた。

「離婚したんです」床を磨きながら答える。

「そう。いいわねえ、安気で。うちなんか、無職の亭主がいて、もう歳だから再就職もむずかしくて、家でごろごろしてるだけ。邪魔でしょうがないわ。おまけに夫婦揃って年金に入ってなかったから、この先どうしていいかわからないのよ」

女は粗末な身なりで、髪はろくにといてなかった。ただし表情は明るい。

「子供は二人いるけど、もう地元にはいないしねえ。帰ってくるつもりもなさそうだし」

「うちもそうです」

「そういうの、しょうがないよねえ」

「ほんと」

「家のローンが残ってるけど、もう払えないから、売ろうと思ってね。それでお金がなくなったら、あとは生活保護を受けるつもり」

「そうですか」

「申請を通すの、大変らしいけどね。子供の所にまで連絡が行って、扶養義務があるって脅すんだって」

妙子は自分の息子と娘のことを思った。もしもそういう事態になったら、子供たちはどういう反応を見せるだろう。きっと露骨に迷惑がるにちがいない。

「亭主がいなきゃねえ。わたし一人だったら、ローンを清算して、残った金を全部寄付して、さっさと出家するんだけど」

女が悪戯《いたずら》っぽく舌を出した。そうか。出家という手があるか。もっとも、持参金がないと受け入れてもらえないという話なので、自分には無理なのだが。

「でもね、こういうのも現世だけの災いだと思えばいくらでも捌けるよね」

「そうそう」近くにいた指導員が会話に加わった。そして「うちもね……」と、張り合うように自分の不幸話をした。彼女の夫は酒乱で、やっとのことで精神病院に入れたらしい。

ここにいるのは、人生がうまくいかなかった者ばかりだ。この先逆転する可能性は低い。だから来世があると信じ、励ましあって生きていくしかない。

奥の間から読経が聞こえてきた。沙羅様が朝のお祈りを始めたのだ。奉仕組の会員たちはみな黙り、耳を傾けながら、雑巾を持つ手に力をこめた。毎日教祖のそばにいられるから、つらい労働にも耐えられる。

無心で手を動かしたら、だんだんと体が温まってきた。功徳を積んでいるという充実感があった。なにより一人じゃないという安心感がある。


朝の奉仕を終えると、ドリームタウン内のスーパーに向かった。今度も自転車で三十分の道程だ。自宅と勤務先と沙修会本部がちょうど三角形の位置関係にあるので、朝と夜で計二時間は自転車を漕ぐことになる。

この日も太陽は分厚い雲に覆い隠され、暗い色ばかりの景色だった。ニュースでは記録的な日照時間の少なさだと報じていた。妙子が思い返しても、年が明けてから晴天だった日は一日としてない。毎日が寒気との戦いだ。

途中、「ドリームタウン下交差点」に差しかかった。全体が大きな谷になっているので、自転車には難関だ。下りはらくでも、その後には長い上り坂が待っている。風の通り道にでもなっているのか、いつも強い向かい風が吹いていた。腰を浮かせ、下を見て、懸命にペダルを漕ぐ。いつも中腹で自転車から降りて押すことになった。丁度そのあたりに大きな自転車店があり、そんな妙子を嘲笑うかのように、電動アシスト付自転車を店先に展示していた。馬鹿にするなと息を切らしながら、いつも腹の中でつぶやいた。

開店の十五分前に到着し、事務室で暖《だん》をとった。ヒーターの前にしゃがみ込み、手をこすり合わせる。同僚の大島淑子がお茶をいれてくれた。

「最近、成果が上がんないね」

「寒いからね。万引きだって家に閉じこもってるのよ」

そんな会話を交わす。ここ最近、保安員の仕事は暇だった。寒さのせいでスーパーの客足が鈍っているせいだ。ただし万引き犯はちゃんといて、在庫を数えればどれだけ被害にあったかがすぐにわかった。ドリームタウンにはフロア別に複数の保安会社が入っていて、常に競争させられていた。妙子たちも会社からいつも「成績を上げろ」と急《せ》き立てられている。

出動準備をしていると副店長の橋本が現れた。不機嫌そうにガムを噛んでいる。妙子に一瞥をくれると、「堀部さん、ちょっといい?」と顎をしゃくった。

なんだろうと立ち上がり、事務机の前に行く。橋本はガムを紙に包んでゴミ箱に捨てると、ひとつため息をつき、小声で言った。

「あのさあ、実は匿名の苦情電話が店にあったんだけどね。ここの保安員が、食品売り場で万引きを捕まえては、見逃してやるから沙修会っていう新興宗教に入れって脅してるって」

妙子はその言葉に血の気が引いた。「うそです。そんなのうそです」むきになって即答した。少なくとも、脅しているというのはうそだ。

「とにかく、そういう電話があったの。向こうは堀部さんの名前まで出してきたわけじゃないけど、五十前後で中肉中背の女の人っていえば、堀部さんしかいないから」

五十前後と言われ、かっとなった。四十八歳は確かに五十前後に入るが、突きつけられると腹が立つ。

「で、どうなの？　堀部さんは、その沙修会とかいう新興宗教の信者なわけ？」

「……ええ、まあ、そうです」

妙子はうなずいて認めた。ここでうそはつけない。

「ふうん、そうなんだ。まあ、いいけどね。信教の自由だから」橋本は椅子の背もたれを軋ませると、妙子の顔色をうかがうように目を細くした。「で、どうなんです。心当たりはないんですか？　また電話がかかってくることも考えられるので、本当のことを言ってください。事実無根なら強い態度に出られますけど、少しでもそれに近いことがあったのなら、対応も変わってきます」

妙子は返事に詰まった。詰まったこと自体が、事実無根ではないと認めているようなものだ。

「あったんですね」橋本が冷徹に言った。

「いいえ。あったと言っても、それはちがうんです」

「何がどうちがうんですか」

「万引きをした若い女の人が、万心教のキーホルダーを持っていたから、そんなのを信じるくらいなら、沙修会にしたらどうですかって勧めただけです」

「何ですか。その万心教というのは」

「あるんです。そういうインチキな宗教が」

妙子が鼻息荒く言うと、橋本は顔をしかめ、不愉快そうに首を振って見せた。

「とにかく、堀部さんは誤解を招くようなことをした。おたくの会社には報告します」

「申し訳ありませんでした」

妙子はしおらしく頭を下げた。憂鬱な気持ちが胸の中でふくらむ。会社からも何かありそうだ。ことによるとペナルティを科せられるかもしれない。

開店のチャイムが鳴り、売り場に向かった。淑子が「何かあったの」と聞いてきたが、「なんでもない」と言葉を濁した。そして歩きながら、はたと思った。この件はどうして伝わったのだろう。そもそも電話をしてきたのは誰なのか。

普通に考えるならば、万引きをした張本人の三木由香里が発信元だろう。万心教に脱会を申し入れ、どうして辞めるのかと問い詰められ、スーパーの保安員に万引きを見逃してやるからと沙修会に誘われたことや、実際に説教会に参加したこともしゃべったのだ。となれば、電話の主も想像がつく。万心教の幹部の誰かだ。

妙子はあとで由香里に電話をしようと思った。きっと強く引き止められているはずだ。なんとしてもこちらの会員にしなくてはならない。これは本人のためだ。

バックヤードから食料品売り場に入ると、卵の時限セールをやっていて、その一角だけ客が群がっていた。いかにも低所得層といった中高年の女たちだ。たかだか普段より五十円安いというだけで、この寒空の下、集まってきたのだ。

男子社員が、卵のパックを山積みにしたワゴンから商品を手に取り、客に渡していく。餌に群がる池の鯉のように、人が殺到した。「お一人様、ワンパックでーす」社員の威勢のいい声が、がらんとした店内の空気をかえって寒々しいものにしていた。

買い物カゴを提げて店内を回ったが、妙子の頭の中にはさっきの橋本の言葉が残っていて、仕事に集中できなかった。宗教の勧誘がばれたことにも動揺したが、五十前後という言われ方に、それ以上に反応してしまった。それはつまり、五十二歳にも見えるということだ。

加齢についてはどこか楽観的だった。沙修会に年上の女たちが多いせいで、自分はまだ若いと思っていた。しかし四十八という年齢は、立派な中高年だ。

店内の鏡の前に立ち、自分の全身を映した。逃げずに直視し、たちまち暗い気持ちになった。艶のない肌、たるんだ頬、さえない服装。どれをとってもそこに女の魅力はない。

一度深くため息をつき、気持ちを切り替えようと腹に力をこめた。現実は考えたくない。将来も想像したくない。この世がしあわせな人間ばかりなら、きっと自分は気が狂ってしまうだろう。

しばらく店内を見回っていると、中央通路で、うしろから来た女の客にカートを腰にぶつけられた。「きゃっ」と声を上げ、振り返るが、女のほうは謝るどころか、こちらを見向きもしない。客なので文句を言うわけにもいかず、うしろ姿をにらみつけた。すると女は、すぐ先の商品棚の前で立ち止まり、急にきょろきょろと辺りを見回し始めた。

おっと――。口の中でつぶやき、その場を移動する。挙動不審者だ。まずは目を合わせないようにしなくてはならない。

妙子は、柱の陰からそっと様子をうかがった。女は蟹の缶詰を手にしていた。ゆったりしたコートを身にまとい、肩からはトートバッグを下げている。カートには何も入っていない。やるなと思った。目当ての品があってやってくる、一本釣りの万引きだ。こういう犯人は行動が速い。斜めうしろから凝視した。見逃すまいと神経を集中した。

女は左手で缶詰を持つと、トートバッグの中にストンと落とした。やった――。毎度のことだが、目撃の瞬間は脈が速くなる。女はすぐさま歩き出し、いちばん奥の鮮魚売り場に沿って進み、外周路に入った。そして一度も立ち止まることなく、カートをレジ横に戻すと、そのままエスカレーターを上っていった。

妙子は急いであとを追った。淑子と連絡を取る暇はない。一人で捕捉しようと心の中で気合を入れた。エスカレーターを駆け上る。女の背中を十メートル先に捕らえた。

女は小走りに進むと、エントランス横の薬局に入った。ここでも何かくすねるつもりだろうか。棚の上を女の頭だけが移動するのを眺めていた。視線は前を向いたままだ。何かを手にした様子はない。女は薬局を素通りすると、出口に向かった。二重の自動ドアが、それぞれ開いて閉じる。

妙子は駆け足であとに続くと、自転車置き場の前で女を呼び止めた。

「お客さん、すいません。この店の保安員をしている者です」いつものように低姿勢で声をかける。「お客さん、何かお忘れになってることがありますよね」

女の顔が強張った。自分と同年代だろうか。年増のくせに濃い化粧をしている。

「なんですか」女がとがった声を発した。

「そのバッグの中、レジを通してない商品がおありですよね」

「そんなの知りません。変な言いがかりをつけないでください」

強い香水の匂いが鼻をついた。コートの下には上等そうなタートルネックのセーターを着込んでいる。胸元で真珠のネックレスが揺れた。金持ちの有閑マダムなのか。そうとなれば遠慮はしない。

「とにかく、事務所のほうにご同行願えますか」

「信じられない。わたしが万引きしたと言ってるわけ?」

「ですから、一度事務所のほうへ……」

妙子が手を伸ばし、コートの袖をつかんだ。女がそれを振りほどく。

「ちょっと。触らないでよ」目を吊り上げてヒステリックに叫んだ。

妙子は、取調べで怒鳴りつけることに決めた。亭主を呼びつけて、夫婦揃って土下座させてやる。

エントランスにいた警備員に応援を頼み、両側からはさんだ。背中を押して、連行する。観念したのか、途中から女は押し黙り、抵抗することをやめた。

事務所では、橋本がパソコンに向かってデスクワークをしていた。こちらを見ると、鼻で嘲笑い、また仕事に戻った。せこい窃盗犯とそれを取り締まる保安員を、まとめて小馬鹿にしたような態度だった。

「ほら、そこに座って。バッグの中のものを全部出しなさい」

妙子が前に立ち、低い声で命令した。喉の奥では怒鳴りつける準備をしている。

女は顔色を失い、頬をひきつらせていた。いい気味だ。お高くとまりやがって。心の中で罵る。どうせ生理でイライラしてやったとか、その程度の理由だろう。家族に電話をすると言えば、めそめそ泣いて謝るパターンだ。

女がバッグの中のものを取り出し、テーブルに並べた。化粧ポーチに、ハンドタオルに、財布に、手帳に、文庫本……。もうこれ以上ないと、バッグを逆さにして振った。

女を見ると、薄笑いをしていた。妙子は血の気が引いた。

「ポケットの中の物も出して」

女はコートのポケットから、鍵の束とケータイを取り出し、静かに置いた。

「ほかにポケットは?」妙子の声がうわずった。

「ありません。ボディチェック、する?」

妙子はめまいを覚えた。誤認捕捉か。見間違いか。いや、そんなはずはない。缶詰をひとつトートバッグに放り込む瞬間を、自分は見ている。

「すいませーん。そこの人、このお店の従業員ですか。店長を呼んでください。わたし、万引きと間違えられました」

女が首を伸ばし、橋本に向かってよく透る声で言った。

橋本は弾かれたように立ち上がると、驚愕の面持ちで近づいてきた。

「ちょっと、堀部さん。どういうこと?」

「いえ、あの……」

何が起きたのかわからず、呆然と立ち尽くす。膝が震えた。誤認捕捉は初めての経験だ。

「あんたねえ、あれほど誤認は勘弁してくれって言ってるでしょう」橋本が声を荒らげた。「どうしてくれるのよ。お客様に濡れ衣を着せて。これ、ごめんなさいじゃ済まないよ」苦しげに顔をゆがめ、妙子の腕を揺すった。

「ちょっと。店長を呼んでって言ってるでしょう」女が椅子にもたれ、足を組んだ。

「申し訳ありません。わたしは副店長の橋本と申します。わたくしがこの場の責任者です。保安員の手違いを、どうかお許しください」

テーブルに手をつき、額を擦り付けんばかりに頭を下げた。

「ほら、堀部さんも謝って」橋本に言われて、妙子も無言で腰を折った。

「ねえ、どうしてくれるわけ? おたくが言ってる通り、ごめんなさいじゃ済みませんよ。だいたい自転車置き場の前で、いろんな人に見られてるんですからね。これ、物凄い名誉毀損なんじゃない? わたし、恥ずかしくて出歩けないでしょう」

「まことに申し訳ありません」

「だから、どうしてくれるの?」

女は顔を強張らせて抗議した。謝ったぐらいでは引き下がりそうにない。

それにしても、どうしてこうなったのか。自分は確かに万引きを現認している。あの缶詰はどこに消えたのか。

ふと脳裏に、女が薬局を横切る光景が浮かんだ。妙子は離れた場所から、顔の動きだけを見ていた。あそこで棚に置いたのか。だとすれば、いったいどういうつもりなのか。

テーブルの上の、女の携帯電話に目が行った。ストラップに、小さな菩薩像がぶら下がっている。やられた――。一瞬にして血が逆流した。

「あんた、万心教でしょう」妙子は思わず大きな声を上げていた。

「はあ？　あなた、何を言ってるの？」女が胸を反らし、にらんできた。

「ちょっと、堀部さん。お、お、お客様になんてことを――」橋本は舌をもつれさせ、妙子に向かって言った。

「あんた、わたしを引っ掛けるためにやったんでしょう。缶詰は薬局の棚だな。信者を引き抜かれそうになった仕返しか？　卑怯なことするな！」

妙子は確信があったので躊躇なく怒鳴りつけた。

「おい。気でもちがったか」橋本が妙子を肘で押しのけ、女に向き直る。「申し訳ありません。非は全面的にこちらにあります」

「当たり前でしょう。なんなのよ、この店」女が唇を震わせて言った。「ちゃんと処分するんでしょうね、その女の人は」

「ほら、来た。やっぱりそれが目当てだ」と妙子。

「ちょっと。あっちへ行ってろ！」橋本が怒鳴った。

「どうして買い物に来て、何も買わずにさっさと出て行く。あんたの行動は怪しいことだらけだ」

「用事を思い出しただけ。そんなの勝手でしょう」

「カートをわざとぶつけて、わたしの注意を引いて……。手の込んだ罠を……」

「いい加減にしろよ。このオバサン。おれの首を飛ばす気かよ」橋本が感情をむき出しにして言った。腕をつかまれ、ドアのところまで引っ張られていく。「あんたには辞めてもらう。会社に抗議してやる。出て行け！」乱暴に背中を突き飛ばされた。

廊下の壁にしたたか体をぶつけ、痛みに顔をゆがめた。沸騰した気持ちは収まらない。妙子は流れるような動作で階段を上り、一階の薬局へと急いだ。棚に捨て置かれた缶詰を探すためだ。自分は絶対に見間違えていない。

通用口から売り場に出た。一目散に目当ての棚に行き、缶詰を探す。よほど険しい顔つきだったのか、レジの若い女子店員が異常を感じて、奥へ人を呼びに行った。

「怪しい者じゃないからね。わたし、保安員」その背中に声をかける。

缶詰はすぐに見つかった。化粧品が陳列された棚の奥に、コロンと横に置かれていた。ほら見ろ。思ったとおりだ。ひくひくと頬が痙攣した。

妙子は興奮に体を震わせ、缶詰を手に事務所へと戻った。これで言い逃れは許さない。万心教のいやがらせだということを認めさせてやる。

こんなに感情が昂ぶったのは生まれて初めてだった。妙子は自分の血の沸騰ぶりに驚いていた。

ところが、事務所に戻り、缶詰を突きつけてみたものの、妙子の立場が好転することはなかった。橋本はすでに謝罪文を書き始めていて、そこには間違えた保安員を解雇することが盛り込まれていた。缶詰については、女が「それが証拠なんですか？」と、さも異常者を見るような目で被害者になりきり、橋本は怒りを嚙み殺して「出て行きなさい」と命じるだけだった。

妙子が我に返ったのはしばらく経ってからだ。薬局で缶詰を見つけたとしても、女にとぼけられたら証拠にもならない。万引きは、店外に出て初めて成立する。妙子は自分の迂闊《うかつ》さを呪い、同時に万心教の報復に恐怖を覚えた。やつらは戦いを厭《いと》わない集団だ。

せめて事実関係だけは明らかにしたいと、橋本に一から説明を試みたが、「あのね、それが仮に事実だとしても、あなたのしたことは誤認捕捉なの」と、とり合ってもらえなかった。

「宗教対立に巻き込まないでくれるかなあ」

軽蔑の眼差しで言い放つと、終業時刻を待たずして帰ることを求められた。

帰りしな、警備会社から携帯に電話がかかった。ただちに出頭せよとの命令だった。首を切られるのだろうなと割と冷静に思った。自分はこれで職なしになる。

「気を落とさないで。仕事ならほかにもあるから」

淑子が同情して、慰めを言ってくれた。

この町で、何の資格もない中年の女に、それほど求人があるとは思えない。

19

ゆめのでいちばん豪華なホテルの日本料理屋の座敷で、山本順一は元町議の藤原平助を待っていた。

豪華といっても格は知れていて、客室はビジネスホテルと大差がない。地方都市のホテルは、収益の大半を結婚式等の宴会や会合に頼るせいで、宴会設備だけがきらびやかという、いびつな空間だった。かつては地元に花街も料亭もあったが、三十年も前に消滅していた。バイパスが通ったので、どこにでも出かけられるからだ。

妻の友代が嘆く、地方には富裕層向けのインフラがないというのは、日本中の自治体の悩みだと順一は実感した。成功者はいとも簡単に町を出て行く。

藤原は和服姿で現れた。大物ぶった態度で羽織を従業員に預けると、秘書に「おまえはカウンターで寿司でもつまんどれ」と命じ、一人で畳に上がってきた。

「おや、山本センセ。いけませんぞ、わたしが上座というのは。隠居の身で、現役の議員先生を下座に座らせるなんてことはできん。センセ、どうぞ場所を代わってくだされ」

順一に向かって、大袈裟な身振り手振りで言う。臭い芝居だとわかっていても、その迫力に圧されてしまった。

「とんでもない。わたくしのような若輩者が、三十年も町議を務められ、瑞宝章《ずいほう》まで受勲した大先生を前に、どうして上座に腰を下ろせましょうか」

つられて順一まで大仰な台詞を発し、時代劇よろしく手をついて頭を下げる。

「そうか。ならお言葉に甘えるか」

藤原が相好をくずし、よっこらしょと床柱を背に腰を下ろした。「ひゃひゃひゃひゃ」意味もなく奇怪な声で笑う。順一は別の生き物を見ているような気になった。

まずはビールを注文し、足労を願った礼を言う。面と向かって顔を眺めるのは数年ぶりだった。頭髪はきれいに抜け落ち、老人斑が飛び散った墨汁のように顔を汚している。死んだ父より五歳上だったはずだから、今年で八十になる町の大老だ。

「野方の健康ランドな、さっきまでそこにおった。年寄りにはいい施設だ。温泉があって、マッサージ器があって、カラオケも揃ってる。町のご隠居たちの憩いの場だ。それがな、春から補助金が打ち切られて、その煽りでシルバー割引が廃止されるちゅう話だ。なあセンセ。これはどういうことじゃろうな」

藤原が困った顔を作り、いきなり関係ない話を仕掛けてきた。

「そうですか。わたしには初耳でした。市役所の中のことですから」

「いけませんぞ、それは。議員たるもの、役場内の動きに疎いようでは」

「申し訳ありません。早速確認いたしますが、ご存知のとおり、ゆめのは市政発足以降、締めるべきところは締めようという動きになっておりまして……」

「それはわかるが、年寄りをいじめるのは感心できん」

「いや、しかし、健康ランドは民間企業でありまして……」

「民間でも市の財産だ。雇用もあるし、税収もある。そういう地元企業をないがしろにして……」

藤原が一方的に自説を述べた。おそらく健康ランドの経営者に陳情でもされたのだろう。町議は辞めても当人はフィクサーのつもりでいる。

「わかりました。おそらく厚生課だと思うので、話をしてみます」

「ああ、そう。やっぱり山本嘉一先生の息子は頼りになる。ひゃひゃひゃ」

もはや地の顔はどれなのかもわからないほど、藤原の表情は仮面じみていた。

料理が運ばれた。事前に注文を出し、宮城の塩釜からヒラメやウニを仕入れてもらっていた。特別に注文しない限り、ゆめので売っている食材は安物ばかりだ。

「で、わしんとこのたんぼの立て看板じゃったな」

お造りに箸をつけ、藤原のほうから切り出した。

「そうなんで。看板を立てたゆめの市民連絡会というのは、どうやら共産党の系列で、もしも関わるようなことがあると、先生のお名前にも傷がつくのではないかと……」

「あれま、そうか。そいつはたまげた」鯛を頬張り、白々しく驚いてみせる。

「それに、飛鳥町の産廃処理施設の建設は地元経済の活性化に欠かせない事業であります」

「あのな」皿に目を落としたまま言った。「飛鳥山に向かう道路、どうせ拡幅するんじゃろう。

その工事、どこが入札するかは知らんが、孫請けについてはうちの娘婿がやっておる土木会社に一口乗らせてはもらえんかのう」

早速これか、と順一は心の中で嘆息した。それは藪田兄弟も求めてきた公共事業だ。

「先生。拡幅の予定はないんです。それに、あれは県道でありまして」

「センセならなんとかなる。県議の鈴木、紹介するから、今度会ってくれ」

「はあ……」

「センセ、いよいよ県議会に打って出るそうで」

「いえ。そのようなことは……」

順一は、藤原がなぜ知っているのかと驚いた。この件はごく一部の支援者にしか相談していない。

「蛇の道は蛇っちゅうて、情報はいろいろ回ってくるものだ」

藤原は依然として目を合わせなかった。煮物を箸でつついている。

「いや、その、仮に出るとしても、先の話で。次の市議選にはもちろん立候補させていただきます」

「ほう、そうか」ここで顔を上げた。わざとらしく眉をひそめる。「それは困った。実はわしの三男、ほら、銀行に勤めておる泰三だ。その三男が市議選に三区の自民党公認で出馬するという話があってな」

「三区で？　泰三さんがですか？」順一は思わず腰を浮かした。「いや、それは……」絶句し、顔が熱くなった。

「野方の二区は子飼いの佐藤に任せた手前、いまさら譲れとは言えんし、センセの選挙区が空くのなら丁度いいと思ってな」

「あの、自民党公認というのは……」

「本当じゃよ。党の県連のほうにもちゃんと話は通しとる」

そんな馬鹿な話はないと思った。だいいち順一に報告がないということは、内部で相手にされていないか、揉めている証拠だ。そして横車を押そうとしているのは藤原だ。

「先生。何卒、泰三さんの三区でのご出馬はご容赦を……」

「いやあ、議席数が三つあるから、わしは楽観しておるのじゃがな」

「党が困ります。票が割れます」

「そりゃあそうかもしれんが……」

藤原が、運ばれてきた土瓶蒸しの蓋を取った。「ほう、松茸か。これはいい香りだ」顔を近づけ、目を細めた。

「親が言うのもなんじゃが、泰三は優秀だ。早稲田の商学部を出て、第一勧銀に十年おって、ヘッドハンティングで地銀に入った人間じゃからね。ひゃひゃひゃ」

うそをつけ。全部裏口ではないか。地元の人間ならみんな知っていることだ。順一は、藤原のとぼけた態度に苛立った。

「とりあえず、道路の拡幅の件、動いてはもらえんじゃろか」

「ええ、まあ、打診はしてみますが……」

「そうか。よかった、よかった」松茸を箸でつまみ、口に入れる。

「それで、泰三さんの出馬のほうは……」

「こっちも打診してみる」

この狸が。全部自分で描いた絵のくせに。どこまでも強欲な老人に、はらわたが煮えくり返った。

せっかくの料理なのに、味がまったくしなかった。この先、藤原はことあるごとに息子の出馬をちらつかせ、いろいろな要求をしてくるのだろう。もしも長生きされたらと考え、尻のあたりが寒くなった。

「ところで、この店の女将は挨拶にも来ねえな」藤原が廊下のほうを顎でしゃくって言った。

「ホテルの料理屋に女将なんてものはいませんよ。マネージャーは会社員で、飲食部の課長とか、そういう立場なんじゃないでしょうか。いずれにせよ、地元の人間ではないようです」

「ふうん。味気ねえもんだ。昔は湯田の駅裏辺りには料亭があって、芸者も呼べたものだがな」

「時代が変わりました、湯田駅周辺はいわばゴーストタウンです。県外から風俗店が二軒進出してきて、地元住民の反対にあってます」

「そういうのは助けてやるべきだろう」

「住民のほうをですか？」

「当たり前だ」

藤原が語気を強くする。身内にラブホテルを経営させている男が、自分は棚に上げていた。

「しかしまあ、三つの町がゆめの市になって、発展したのやら、住みにくくなったのやら……」

「まったくです。失業率も、犯罪件数も、右肩上がりです」

「そういえば、女子高生はどうなった？」

「依然行方不明です」

「ああいうのは外人だ。そうに決まっておる。物騒な世の中になったもんだ。うちの近所でも外国語が飛び交っとる」

それには答えなかった。ブラジル人をはじめとして、多くの出稼ぎ外国人がゆめのには住み着いているが、低賃金の労働力が得られなければ、企業は早々に撤退してしまう。

しばし老人の嘆きに付き合った。近頃は長男が親の面倒を見ない、家すら継がない、女は外で働きたがる――。順一はいい加減に相槌を打った。愚痴をこぼしたところで、もはや後戻りできないことばかりだ。

さすがに歳なのか、藤原は肉とデザートには手をつけず、最後に水をもらって薬を飲んでいた。帰りがけ、さも思い出したように就職の口利きを求めてきた。

「ああ、そうだ。清掃局の現業採用に議員枠がいくつかあったな。あれを一人分融通つけてもらえねえか。知り合いの孫が今度高校を卒業するものでな」

議員枠というのは、市役所と暗黙の了解で取り決められた裏の利権だ。順一はすっかり敵のペースにはまったことに嫌気が差し、さりとて抵抗もできず、渋々了承した。

勘定は、秘書の寿司代も順一が支払った。どこまでも抜け目のない藤原に、順一は敬服めいた念すら抱いた。田舎の政治家は、きっとこうでなくてはならない。父も生前、裏では同じようなことをしていただろう。自分はまだまだ青二才だ。

藤原を見送ると、順一は最上階の客室へと向かった。愛人の今日子を部屋に待たせていたからだ。どうせ胸糞の悪い時間を過ごすことを想定して、会談後の気晴らしのために呼んだのだ。

つかの間、若い肌に耽溺しようと思った。地方の冬は、これくらいしか楽しみがない。

翌日、警察署の副署長の木村から気になる電話があった。ゆめの市民連絡会の代表宅に鶏の死骸が投げ込まれる事件があり、心当たりはないかという問い合わせだった。

「悪いな。変なことを聞いて。一一〇番通報があって、まずは交番の警官が出向いたんだが、向こうは興奮して、これは産廃処理施設建設に反対している自分たちへのいやがらせだ、市会議員の山本順一が裏で糸を引いているんだってわめき散らすわけだ。まさか、現場の刑事がいきなりおまえさんの所へ行くわけにはいかないから、上司に伺いを立てて、巡り巡っておれのところまで来たわけだ」

ゆめの市民連絡会の代表といえば、坂上郁子のことである。心当たりは大いにあった。藪田兄弟だ。

「なんだそりゃあ、おれに聞いても知るわけがないだろう」

順一は何食わぬ態度で否定した。まさか本当のことを言うわけにはいかない。

「すまん。その通りだと思うが、念のためにな。どこかの跳ね返りがやったとしても、それがおまえさんとつながりでもあったら、議会の反対勢力が飛びつくだろう。世の中には防犯カメラなんてのもあるわけだから、気をつけろってことだ」

「防犯カメラに犯人が映ってたのか」

「いいや。そんなものはない。この先設置したらの話だ」

一瞬肝を冷やした。大柄な藪田の弟幸次が、のそのそと闇の中を歩いている姿が脳裏をよぎる。

「わかった。馬鹿がいるかもしれないから、調べてはみる」

「ところでおまえ、次は県議選に出るんだってな」木村が、囃すような口調で言った。

「いったい誰から聞いた」受話器を手に顔をしかめる。「そんなの、ただの噂だ。おれは春の選挙で三選を目指すんだぞ」

「怒るな。藤原の三男が次の市議選に出るとか、いろんな情報が飛び交っててな」

元同級生が軽く笑うのを聞き、順一は憂鬱になった。なんて小さな町なのか。このぶんでいけば、議会の連中の耳にも入っていそうだ。

「ああ、そうだ。女子高生の失踪事件、その後どうなった」

町中の話題なので、ついでに聞いてみた。

「うん？　鋭意捜査中だ」木村が言葉を濁した。その先は小声になった。「署長が頭に血を昇らせてな。四月の異動で県警本部に局長として栄転することが決まってるから、汚点を残したくないんだろう。どうしても解決しろって連日檄を飛ばして、署内はピリピリムードだ」

「事件なら早く犯人を捕まえてくれ。娘がいる身としては、気が気じゃないぞ」

「わかってるさ。おれだって娘がいるんだ」

木村はやや怒気を含んだ声で言い、電話を切った。

窓の外に目をやる。相変わらずの曇り空で、ドリームタウンの観覧車は今日も止まったままだった。最後に太陽を見た日はいつか忘れてしまいそうだ。

順一は早速、藪田兄弟に確認をとることにした。無関係ならこれほどありがたいことはないが、いやな予感のほうが大きい。いかにも短気な藪田の弟がやりそうなことだ。

秘書の中村に電話をさせると、藪田兄弟は、飛鳥山の建設予定地に測量に出かけているとのことだった。順一は直接出向くことにした。ついでに藤原のたんぼの立て看板が撤去されたかどうかも確かめたい。

ダウンのハーフコートを着込み、一人で事務所を出た。外の寒さに思わず身震いする。天気予報では、今日は真冬日になりそうだとのことだ。ワゴン車に乗り込み、暖機運転もそこそこに車を発進させた。市街地は交通量がほとんどなかった。平日の昼間でこうだから、我が町ながら心配になる。インフラはすべて国道沿いに移ってしまった。

擦れ違った路線バスは、乗客が一人しかいなかった。窓から見えた老婆の顔が、いかにも心細げだった。

途中、藤原の土地の横を通ると、産廃処理施設建設反対の立て看板が、杭を抜かれ、伏せて寝かせてあった。約束は守られたようだ。もっとも連絡会のほうは、別の土地を探すだけなのだろうが。

藤原にお礼の電話を入れようかと思ったが、どうせ恩に着せるようなことを言うに決まっているので、やめにした。自分から連絡を取れば、待ってましたとばかりにいろいろな要求を突きつけてくるに決まっている。

人家のない山道を二キロほど走り、建設予定地にたどり着いた。そこにはいつの間にか粗末なプレハブ小屋が建てられていて、その前で藪田興業の若い衆が、ドラム缶に角材をくべて焚き火をしていた。

いかにも人相の悪い男たちが、警戒心を露にして鋭い視線を投げかけてくる。順一が車から降り、「市議の山本だけど、社長はいる?」と聞いたら、途端に態度を変え、「はい、中におります」と背筋を伸ばした。

霜柱が溶けていない日陰の土を踏みしめて小屋に入ると、藪田兄弟は机に図面を広げていた。

「ああ、先生。看板の件、ありがとうさん。さすがは大旦那の息子さんだ。藤原といえども、言うことを聞かざるを得ん」

兄の敬太がたばこを灰皿にもみ消し、相好をくずして言った。

「それほど話は単純じゃないですよ。藤原のジイサン、ちゃんと交換条件は出してきてるんですから」

「なんだ、それは」

「ここに通じる県道の拡幅工事、自分の娘婿の会社を一枚嚙ませろって言ってきてます」

順一はコートを着たままパイプ椅子に腰を下ろし、ストーブにあたった。

「どういうことだ。拡幅するなら、それはこっちの仕事だ」

敬太が色めき立った。弟の幸次も顔をしかめている。

「わかってます。でもね、呑まないと次の選挙で三男坊を三区に出馬させるって」

「三男坊を？　ふざけたことを……。あのジジイ、いつまで殿様気取りでいるつもりだ」

「社長、そんなに興奮しないで。どうせ脅しですよ」

若い衆がいれてくれたお茶を飲んだ。冷えていた臓腑に染み渡る。一息ついたところで用件を切り出した。

「それはそうと、気になることがあって確かめに来たんですが、例の連絡会の代表の家に、鶏の死骸が投げ込まれたそうです。社長たち、心当たりはありませんか」

「ああ、それはおれだ」

幸次があっさりと認めた。まるで落し物に名乗りを上げるような軽い口調だった。

順一は思わず顔をゆがめた。「頼みますよ、幸次さん。あれほど軽率な真似はしないで欲しいとお願いしたじゃないですか」語気を強めて抗議した。

「たかが鶏だ。犬や猫の死骸ならともかく……」

「おい、幸次。おめえ、ほんとにやったのか」敬太が顔を赤くして言った。

「なんだよ、兄貴まで怒るのかよ」

「当たり前だ。見られたらどうする」

「そんなドジは踏まねえ。夜中に行って、こそっと玄関前に置いてきた」幸次に反省の色はなかった。むしろ心外そうだ。「これで向こうも少しはびびっただろう」と、手柄を自慢するように言う。

「でもね、幸次さん。あの代表、警察をつかまえて、産廃処理施設の反対運動に絡んだ嫌がらせだって訴えてるんですよ」順一は一旦口調を和らげた。「簡単に引くような玉ではないんですから」

「そりゃあ、坂上とかいう代表は強気かもしれねえけど、ほかの女どもは金魚の糞だ。ちょっと脅せば震え上がって運動から手を引くに決まってる」

順一は深くため息をつき、敬太に向かって、この粗暴な弟をなんとかしてくれと目で訴えた。

「幸次。おめえ、この先は行動を慎め。先生は選挙前の大事なときなんだから。万が一のことがあったらどうする。おれたちと先生は一蓮托生だぞ」

「なんだ、イチレンなんとかって」

「先生が議員でなくなったら、おれたちの商売も上がったりってことだ」

「ああ、そうか。そういうことならわかった……」

やっとのことで幸次が納得した。渋い顔で頭をかいている。

「鶏の死骸程度のことなら、警察も動かないと思います。だからくれぐれも口外しないように」

順一が言った。

「ああ、わかった」幸次がうなずく。

「それから、今日、わたしがここに来たことも内密に。わたしが幸次さんの仕業だと知っていたとなると、何かあったときに困ります」

「それは任しとけ。絶対に言わん」

これには敬太が答えた。

いつの間にか、窓の外では小雪がちらつき始めていた。若い衆たちが火を囲み、背中を丸めて足踏みしている。

「また雪か。いったいどういうことだ、この冬の寒さは」

敬太がうんざりした表情でつぶやいた。そして、外にいるのは可哀想だろうと、従業員を中に招き入れた。プレハブ小屋の窓がみるみる曇っていく。

「おい、昼はストーブでうどんでも作って食うか。誰か、車飛ばして材料買ってこい」

「じゃあ、わたしがカンパしましょう」

順一は財布から一万円札を取り出し、使いの者に渡した。

「ああ、先生、すまねえ。ほれ、おめえたちも礼を言って」

「ありがとうございます」

いかつい男たちが揃って頭を下げる。ちょっとした任侠の気分だった。

「それじゃあ、これで」

手を挙げて辞去する。外に出ると、ほんの数分の間に雪は本降りに変わっていた。

20

また小雪が舞い始めていた。白い粒が、車のフロントガラスに当たっては、風ですぐ宙に戻っていく。

会う人会う人が口々に、いったい今年の冬はどうなっているのかと不安そうにささやいた。天気の神様は、暖冬だった去年を反省してでもいるかのように、二年分の寒さをこの地方に撒き散らしている。地元ニュースでは異常気象が毎日報じられている。山間部では雪が降り過ぎてスキー客が来ないらしい。ゆめの市でも毎朝路面が凍結し、自動車事故が多発している。

相原友則は国道沿いのラーメン屋で昼食を済ませ、いつものパチンコ店の駐車場にやってきた。午後の仕事はさぼることにした。西田肇の一件ですっかり感情を害し、投げやりな気分になっていた。弱者であることを訴える人々の身勝手さに、ほとほと嫌気がさしていた。今日の午前中も、アンテナを直してくれという老人の家を仕方なく訪問し、粗大ゴミを片付ける手伝いまでさせられた。老人は感謝するどころか、昨日駆けつけなかったことをなじった。友則は、腹が立つというより厭世《えんせい》感を覚えた。相手にするだけ時間の無駄だと思った。

この駐車場に来たのは、主婦たちの浮気をのぞき見するためだ。いつぞやの、若い主婦の逢引きを目撃してラブホテルまで尾行した経験は、思い出すだけで体が熱くなるほどだった。名前は和田真希。職権を乱用して、住所と姓から割り出した。歳は二十九歳。どこにでもいそうな、小柄で愛らしい女だった。亭主は、自分の妻が昼間ほかの男と肌を合わせているとは想像もしていないだろう。それを思うと余計に興奮した。あの日は、そのまま家に帰ってマスターベーションしたいほどだった。あの女の逢引きをもう一度見たい。そして最後まで尾行したい。

エンジンをかけたまま、ヒーターを強にして出入りする車に注意を払った。ラジオでは主婦からの投稿が読み上げられていた。近所のトラブルとか、姑との関係とか、そういう瑣末な日常についてだ。女たちは、しあわせを求めて結婚していく。しかし、待っているのは変化のない退屈な日常だ。高給取りの男と結婚しない限り、金の苦労もついて回る。ゆめのの女たちはとくにそうだ。この先楽しいこともないとなれば、今現在の刺激や快楽を求める。別れた妻もきっと退屈だったのだ。だから職場の元同僚と、いとも簡単に肉体関係を結んだ。

窓がノックされた。考え事をしていたので、びくりと体が反応した。横を向くと、五十前後とおぼしき男が腰をかがめ、友則をのぞき込んでいた。心当たりのない顔だが、お辞儀を繰り返すので文句をつけられるのではなさそうだ。

友則は訝《いぶか》りながら、電動式のウインドウを下げた。すると、「すいません。山田ですが、お電話をいただいた方ですか？」と男が聞いてきた。

「いいえ。ちがいますけど」

「パチンコですか？」

「ええと、まあ、そうですが……」曖昧に返事をした。

「旦那さん、さっきからずっとここにいらっしゃいますよね」

「あ、はい」

パチンコ店の人間なのか。それにしては普通のスーツを着ているが。

「立ち入ったことを聞いてなんですが、誰かを待ってるわけですか」男の物腰は柔らかだった。

「すいません。すぐに出て行きます。外回りの仕事中、ちょっと休ませてもらってました」

「いえ、そうじゃありません。わたしはこの店のものではありません。どうですかねえ、もし時間と興味がおありなら、女の子とデートしてみませんか」

「デート？」予期せぬ言葉に二の句が継げなかった。

「女の子って言っても、若い子じゃないんですけどね。うちは人妻専門。あのう、よかったらちょっと助手席で説明させてもらえませんか」そう言って顎をしゃくる。

友則は困惑した。この男、要するにポン引きなのか。

「怪しい者ではありませんから、ご安心ください」眉を八の字にして、猫撫で声を出す。

「いや、充分怪しいでしょう」つい苦笑した。

「暴力団関係者とか、そういうのじゃないということです。ね、いいでしょ？　窓開けなくて済むし。外、むちゃくちゃ寒いじゃないですか」

中年男が背中を丸め、てのひらを合わせてこすった。

「じゃあ……どうぞ」

友則は車内に招き入れることにした。男が車を半周し、助手席にもぐり込む。「いやあ、寒い、寒い」両手で太ももをこすった。

「旦那さん、セールスのお仕事ですか」男が聞く。

「ええ、まあ」本当のことは言えないので曖昧に返事をした。

「実は、そこにワゴン車が停まっていて、その中にもういるんですよね、デートOKの人妻が。歳は二十八で、オッパイ大きいです」

友則は思わず眉をひそめ、男の顔をのぞき込んだ。

「それから、パチンコ店内にも遊びながら待機してる子がいます。そちらは三十二で、ちょっとぽっちゃり型です」

「ええと、何の話だか……」

「ぶっちゃけた話、主婦の援助交際です。わたしは仲介っていうか、マネージャーみたいなものです。二時間のデートで二万円。ホテル代は別。二万六千円ほどあれば楽しめます。持ち合わせがあるなら、旦那さん、一度試してみませんか」

友則は呆気《あっけ》にとられていた。世間に人妻の援助交際があるだろうとは想像していたが、まさかこんなに身近に存在し、また自分に降りかかってくるとは思ってもみなかった。

「本当は電話で予約をいただいて、それで待ち合わせ場所を決めるんですけど、今日は連絡ミスがあったみたいで、あぶれちゃったんです。旦那さん、ラッキーですよ。今待機している人妻、ちょっといい女ですから」

男の明るい態度に、友則は少しだけ警戒心を解いた。怪しいことは怪しいが、危険な感じはなさそうだ。

「こういうの、初めてなんで、ちょっと戸惑っちゃうね」友則が苦笑交じりに言うと、男は「大丈夫です。お客さんはみんなこの町の一般人で、大半が常連さんですから」とたたみかけた。

「結局、ソープとちがって素人だからよろこんでいただけるんですよね。恋人気分っていうんですか、いいじゃないですか、そういうの。ああ、もちろん、気に入らなければチェンジは可能です。一度見てみてくださいよ」男が調子よく焚きつける。

友則の中で淫靡な欲望が首をもたげた。先日、同僚に連れて行かれ、フィリピンパブで女を買った。欲望は満たしたが、あっけらかんとしたセックスに味気なさも覚えていた。文化がちがうと、セックスもちがう。

「じゃあ、いいですね。顔だけ見てください」

この客は釣れると踏んだのか、男がいっそう愛想よく声を弾ませた。続けて上着のポケットから携帯電話を取り出す。開いて手に構え、レンズをこちらに向けた。

「すいません。お写真を一枚」片手拝みをする。

「ちょっと待って。どうしてわたしの顔を撮るんですか」友則はあわてて手で遮った。

「女の子に見せたらすぐに消去します。なにせ小さな町なんで、知り合いとバッタリ出くわすなんてこともあるんですよ」

「それ、ほんとに消してくれるんでしょうね」

「もちろんです。旦那さんの目の前で消します」

男はあくまでも低姿勢のまま、携帯のカメラを操作した。ぎこちない表情のまま、顔写真を撮られる。「じゃあ、一分だけ待っててください」男はそう言うと、車を降り、駐車場の隅へと走っていった。

すっかり相手のペースに乗せられ、友則は戸惑うばかりだった。自分は人妻の売春行為に付き合うつもりなのか。自問してみるものの、頭がうまく回らない。

本当に一分足らずで男が戻ってきた。息を切らして携帯の画面を見せ、「大丈夫でした。赤の他人です。いいですか、旦那さんの写真、消しますよ」と言って、目の前で消去の操作をした。

なるほどこういうやり方があるのか、と友則は妙な感心をした。

「それから、これが相手の写真です」

男が切り替えた画面を突きつける。そこには若い普通の女が写っていた。水商売風でもない、どちらかというと清楚な感じの女だ。特別に美人というわけではない。十人並みだ。買ってみるかと思った。何事も経験だと、自分に言い訳している。

「どうです。いい子でしょう。二十八歳。Ｆカップ」

「ああ、そうね……いいよ」

友則は恰好をつけて、どっちでもいいけど、という態度をとった。いい大人が、盛りのついた猫のような真似はしたくない。

「すいません。じゃあここで一万円だけ頂戴できますか。あとの一万円はホテルに入ったとき、女の子に払ってください」

男に言われ、友則は従った。たとえ詐欺だとしても、たいした金額ではない。

「それから、これはわたしの携帯の番号です。電話には『麗人サークルです』って出ます。麗人というのは麗しい人という字です。わたしはマネージャーの山田です。よかったら次回もご利用ください。うちはいい人妻をたくさん揃えてます」

男から番号の書かれたカードを手渡された。男は再びワゴン車に戻っていく。

そのうしろ姿を見ながら、年甲斐もなくどきどきした。素人の援助交際など生まれて初めての経験である。それも人妻だ。

エンジ色の帽子を目深に被った小柄な女が小走りにやってきた。ドアを開けて助手席にもぐりこむと、友則を向き、「お願いします」と笑顔で頭を下げた。

「あ、はい。こちらこそ」友則も会釈を返す。本当にどこにでもいそうな主婦だった。二十八というのは眉唾だが、三十二の自分と同じくらいに見える。ショートヘアで、丸顔で、化粧は薄い。つい胸に目が行った。コートの上からでも豊かなそれが想像できた。

「じゃあ、出ましょうか。権現山の麓のホテル、知ってます？　そこがいちばん近くなんですけど」

「ええ。わかります」

友則は車を発進させた。狭い車内に女の甘い匂いが充満する。にわかに体が火照ってきた。

「わたしのことはミホって呼んでください。もちろん本名じゃないけど、ありふれた名前のほうがいいと思って」ミホと名乗る女が屈託なく笑う。「ああ、お客さんの名前はいいですよ。お互い、身分は明かさないほうがいいし」

「ああ、そうだね」友則の声がうわずった。咳払いをして、空唾を呑み込む。「なんか、突然こういうことになって、こっちはちょっと驚いているっていうか……」

「すいません。あのマネージャー、予約客が現れないものだから、『じゃあ新規開拓でもしてくるか』って車から出て行って……。軽いノリの人だから。でもよかった。お客さん、よさそうな人で。いくら援助交際って言っても、こっちだって好みはあるし。不潔な人とか、怖い感じの人だといやだし」

女は明るく話した。元々愛嬌のある性格のようだ。女が緊張していたら、こっちはもっと硬くなってしまいそうだ。

「あそこのパチンコ屋の駐車場って、いつも待ち合わせに使ってるの？」

「だいたいそうですねえ。だだっ広いから、勝手に停めておいても、文句がこないし。隣がドリタンだから買い物のついでに寄れるでしょう。でもって、ホテルに直行するのにも便利。そもそもマネージャーが、パチンコで儲けた人を狙って始めた商売らしいから」

「そう。でも、ほんと、驚いた。週刊誌とかで読むことはあっても、実際、身近にあるとは思ってもみなかった」

「うふふ。わたしも、まさか自分がこういうことするとは思ってもみなかった」

女が口を手で隠し、愛らしく笑った。

「どうしてやろうと思ったの」

沈黙を避けたいばかりに馬鹿な質問をした。

「友だちがやってたから。話を聞いたら、マネージャーは普通の人だし、面倒臭くなさそうだし、いつでもやめられるし。それにお金もいいでしょう。わたしら、スーパーでレジ打っても、時給七百円とかの世界だもの。生活するの大変」

「ばれたらどうしようとか思わないの」

「だから短期間だけ。いざというときのヘソクリ作って。それでやめる」

女は警戒心がないらしく、あけすけに自分のことを語った。自宅は少し離れた場所にあるので、知った顔にはまず会わないだろうと、楽天的なことを言っている。

その間にも、友則は助手席の女を盗み見た。ミニスカートからは、黒いタイツに包まれた肉感的な太ももが伸びている。手は華奢で、少女のように白かった。午前中は家事をこなしていたであろう女が、見知らぬ男に抱かれようとしている。それを思うだけで股間が激しく充血した。

女は話し好きなのか、初対面の友則に警戒心を抱くことなくしゃべり続けた。気持ちがだんだんほぐれていく。住宅地を離れ、山の麓のラブホテル群が見えると、「あ、そこの『パリジェンヌ』ってとこにお願いします」と、タクシーの運転手に対するような気安さで言った。十日ほど前、尾行した和田真希が男の白いバンで入ったラブホテルだ。奇妙な偶然がおかしかった。

「あそこがいちばんきれい。休憩が五千円でワンドリンクサービスなのよォ」

女の口から甘い声が漏れた。友則はこの女を抱きたくてたまらなくなった。アクセルを踏み込む。仕事をさぼっている罪悪感などどこを探してもなかった。

ホテルの部屋に入ると、先に残りの一万円を払い、まずは友則からシャワーを浴びた。想像が先走り、性器はとっくに上を向いていた。熱い湯を局部に当て、歯を磨き、五分で済ませる。

女と入れ替わり、バスローブ姿で、ままごとの宮殿のようなインテリアのソファに腰を下ろした。冷蔵庫の缶ビールを飲んだら、少しだけ落ち着いた。鏡に自分を映し、髪を整えてみたりする。

ベッドに寝転がり、照明を暗くした。女も五分ほどで出てきた。ドアを半分だけ開け、「もっと暗くして」と可愛い声を出す。天井の明かりを消し、足元のライトだけにした。

女はベッドの横まで来て、バスローブを落とした。下からの反射照明に、大人の女の豊かな肉体が浮かび上がる。下腹部に妊娠線が見えた。その跡が妙に生々しくて、欲情をかきたてられた。

「恥ずかしい」小さくささやいて、ベッドにもぐり込む。友則は女を下に組み敷き、キスをした。嫌がるどころか積極的に舌を絡めてくる。乳房にしゃぶりつく。女が体をのけぞらせ、甲高いあえぎ声を上げる。ふくよかな肉体と香ばしい女の匂いに、早くも興奮が最高潮に達した。もはや前戯ももどかしくなった。右手を下に伸ばし、女の股を開かせる。

「ゴムはちゃんと着けてね」

女が、友則の昂ぶりを察したのか、しがみつきながら耳元で言った。

「二回すると割り増し？」友則が聞く。女は友則の鼻息の荒さがおかしいのかクスクスと笑い、

「そう。延長扱い。延長は一万円増し」とささやいた。

「ねえ、延長してよ。それだとピンハネされなくて済むの」

「わかった」

「わあ、うれしい」女がここぞとばかりに甘い声を発した。

サイドテーブルの上のトレイに手を伸ばし、コンドームを取った。一旦体を離し、そそり立った性器に装着した。

「わたしね、本当はね、エッチ好きなの」女が目を潤ませて言った。「そうじゃなきゃ、こんなバイトしない。旦那、ちっとも構ってくれないし」

商売の方便だとしても、友則は愛おしく思った。この女にはやさしさがある。

再び覆いかぶさり、強く抱きしめた。顔や首を犬のように舐めた。忘れかけていた興奮を、友則は久し振りに思い出した。普通の商売女なら、こんなに熱くなることはない。愛の冷めた妻なら尚更だ。元妻とのセックスがよかったのは新婚当初だけだった。

挿入してからは二十歳の若者のように腰を動かした。息が切れる。女は本気で感じているのか、大きな声を天井に響かせた。抑制が利かず、五分で果ててしまった。

延長料金が少しも惜しくなくなった。どうせ給料など、自分のこと以外に使い道はない。去年の暮れのボーナスは手付かずだ。

二回目を始めると、「次回は指名してね」と女が友則を愛撫しながら甘えた。

「指名料三千円だけど、それはわたしの取り分になるから、うれしいの」

うれしいの、という言い方が泣けた。たったの三千円が、この主婦には貴重な収入なのだ。

気持ちに余裕が生まれ、友則の体の力が抜けた。腕を頭のうしろで組み、女の愛撫を眺めながら笑う。

「なんか、おかしい?」

「ううん。楽しいから」

あった。


「そう、よかった」

体を入れ替え、上になった。今度はもっと時間をかけて楽しもうと思った。女が切なそうにあえぐ。ここ数日の憂鬱が吹き飛んだ。この瞬間、友則には生きている実感があった。

その日は社会福祉事務所に戻ったあと、適当な日報をつけ、定時に仕事を終えた。疚しさはまったくなかった。それどころか事務作業をしながら無意識に鼻歌を奏で、愛美から「何かいいことでもあったんですか」とからかわれる始末だった。心が軽いのは事実だ。

事務所を出て、駐車場で自分の車に乗り込んだ。雪は何度も舞っていたが、北風に煽られて積もらずじまいだった。ただし地面は濡れている。真冬日だったせいで、日陰は凍結していた。

エンジンをかけ、暖機運転する。助手席に目をやった。ここに昼間、ミホという人妻がいた。その女を自分は抱いた。そう思っただけで甘酸っぱい気持ちがこみ上げた。人生には潤いが必要だなと、自分に都合のいいことを思う。

車を発進させた。国道を自宅に向けて走った。帰宅時間なので、赤いテールランプが山の切通しまでつながっている。ラジオからは最新のＪポップが流れていた。部活を終えた中学生たちが、歩道を自転車で駆けていく。みんなアルマジロのように背中を丸めていた。

脇道に入り、速度を落とす。外灯がなく、町に個人商店もなくなったので、明かりといえば白く光る自販機ばかりだ。田舎は夜になると、途端に心細くなる。通行人はおらず、対向車もいない。

両側をたんぼに囲まれた一本道を走った。夕食はどうしようかと考えた。御飯を炊いて、買い置きの冷凍食品でも温めて食べようか。確か鶏の唐揚げとひじきの煮物があったはずだ。

気がついたら、バックミラーに後続車のライトがまぶしく反射していた。ライトの高さからしてダンプカーのようだ。乱暴に車間距離を詰めてくる。獰猛なエンジン音が後方から押し寄せてきた。ゆめのは造成地だらけなので、ダンプカーは珍しいことではない。

友則は舌打ちをして、左の路肩いっぱいに車を寄せた。「さっさと抜けよ」声に出してつぶやく。

ところが、それでもダンプは車間距離を詰めてきた。こうなると明らかな嫌がらせである。

「なんだよ。どうしておれに突っかかってくるの。乗用車いじめかよ」

アクセルを踏み込むかどうか躊躇した。スピードならダンプに負けないはずだが、レースの真似はしたくなかった。だいいちそんな腕前もない。

ライトがバックミラーいっぱいに広がった。もはやまぶしくて見ることもできない。

こうなると怒りより恐怖が先に立った。「こいつ、いかれてんのか」一人で声を上げる。悪寒が背中を駆け抜けた。

百メートルほど煽られ、竹林の脇でダンプカーが対向車線にはみ出て、爆音と共に友則の車を抜いていった。それも接触しそうな距離だ。

声を出す間もなく、次の瞬間、ダンプが前方に被さった。ぶつかる。心の中で叫んだ。咄嗟にブレーキを踏む。右足を力いっぱい踏ん張る。車のリアが右に流れ出した。竹林の陰で道が凍結していたのだ。車が横になって滑る。竹林の先に溜池があった。木の柵があるが、車が突っ込めばたちどころに砕けるだろう。反射的にハンドルを逆に切り、カウンターをあてた。凍結した箇所を渡りきったのか、タイヤがグリップを取り戻す。柵にぶつかる直前で車は停止した。

助かった――。いきなり緊張が解け、体の力が抜ける。心臓が早鐘を打った。全身にびっしょりと汗をかいている。

「なんなんだよ、あのダンプ」口にしたその声が震えていた。

事故にならなかった——。今の思いはそれのみだ。

車のライトを浴びて、池の水が静かに横たわっている。ここに落ちたらと思うと、あらためて怖くなった。

その場で何度も息をついた。足が震え、しばらくは車の操作をすることもできなかった。

21

電子レンジで温めた、半端に生温かい御飯を口に入れたら、醤油の染みたおかかの味が頬の内壁を刺激した。やっと味覚が戻ったようだ。昨日までは何を口に入れても、どこか舌に麻痺したような感覚があり、味がしなかった。

食欲も、コンビニのしゃけ弁当に箸をつけるほどに回復していた。拉致されて以来、水ばかり飲んでいたので、さすがに体が求めたのだろう。

久保史恵は、塩辛いだけのしゃけには手をつけず、アズキの煮豆をおかずに御飯を食べた。甘いものならもっと食べられるかもしれない。箸を休め、ノブヒコに向かって言ってみた。

「すいません。甘いものが欲しいんですけど」

ノブヒコとは、史恵を拉致監禁している犯人の名前だ。どうして知っているかというと、自己紹介を受けたのではなく、ここへ連れ込まれたとき、この男の母親だか祖母だかが母屋からそう声をかけたからだ。「ノブヒコちゃん、帰ってきたの」と。

「わかった。今度買ってくるね。どういうのがいい？　チョコレート？　ケーキ？」

ノブヒコがトンカツ弁当を食べながら言った。

「なんでもいいですけど、プリンも入れてください」

「うん、わかった。任しておいて」

今日は精神状態が落ち着いているらしく、ナイトのような口調で返事をした。見たところ二十二、三歳のこの男は、ひどく情緒が不安定で不意に暴れだす。と言っても、その暴力が向かう先は、母屋に住む肉親だ。監禁されて三日経つが、その間に二度、ノブヒコは大暴れしていた。物が壊れる音と一緒に、「このジジイ」「このババア」という怒声が届いたのだ。呼び方がジジイとババアだから、親なのか祖父母なのかはわからない。わかったところで、史恵には意味のないことなのだけれど。

監禁されている六畳間の離れは、感覚として、母屋から十メートルほど離れていそうだった。窓がないから、外が見られないのである。壁はすべて本棚で占められ、そのせいで窓も塞がれている。中は饐《す》えたような臭いが充満していた。若い男の汗の臭いだ。きっと布団は数年間干していない。青白い蛍光灯の明かりが、この部屋をいっそう陰気臭くしている。

隣接してトイレと簡単な流しがあり、こちらはリフォームしたのか真新しかった。トイレが清潔なのだけがせめてもの救いだ。これで肥溜めのような場所で用を足すことを余儀なくされたら、自分はもっと衰弱していることだろう。

隣家からは遠いようだ。人の声はまったく聞こえず、車の音もしない。鳥の鳴き声がやたらと響くので、山あいの一軒家なのかもしれない。連れてこられたときは、パニックに陥っていたのと夜だったせいで、周囲がどうなっているのかまるでわからなかった。

「メイリン、なんでしゃけを食べないの」ノブヒコが、史恵の弁当をのぞいて言った。「肉と魚とどっちがいいって聞いたら、メイリンが魚って答えたから、しゃけ弁当を買ってきたのに」なにやら不服そうだ。

「これ、ちょっと辛《から》いんです」史恵が恐る恐る答える。

ノブヒコは悲しそうに眉を寄せると、「わかった。じゃあ、次はコンビニじゃなくてドリタンに行って買ってくる」と言って、再び自分の弁当に向かった。

ノブヒコの首にはスタンガンがぶら下げられている。二十四時間、それを身体から離すことはない。

メイリン、というのがここでの史恵の呼び名だ。ここに連れ込まれた直後、いきなり謎の言葉を投げつけられた。「メイリン。もう大丈夫だ。ダイナソー機動隊の襲撃から身をかわすためにはここがいちばん安全なんだ」——と。恐怖で口も利けなかったが、ジグソーパズルをぶちまけたような頭の中で、薄ぼんやりとひとつのことを認識できた。この男は何かになりきっている。男の興奮しきった顔は、何かの使命を成し遂げた達成感にあふれていた。

「弁当、もう食べないのなら、捨てていいよ」ノブヒコが言った。

「はい」史恵は力なく返事をすると、プラスチック容器のふたを閉じ、ペットボトルのお茶を飲んだ。

「膝、くずしたら？　誰も見てないから胡坐を組んだっていいし」

史恵は曖昧にうなずき、お尻の位置だけをずらした。

今身につけているのは、ピンクのラインが入った白いジャージの上下だ。ここで着替えさせられた。あらかじめ新品が用意してあったので、計画的犯行だったのだろう。一緒にピンクのリストバンドも着けさせられた。それを手首にはめないとサタンのブラックホールに落ちてしまうのだそうだ。精神異常者の考えることはわけがわからない。

昼食を終えると、ノブヒコはスタンガンを手にした。その行為が、史恵に押入れに入れという無言の合図になっていた。

史恵は体を起こし、のそのそとかび臭い押入れに入った。中には布団が敷いてあり、電気スタンドも備えられている。戸は合板製で、鍵がつけられている。

ノブヒコが机に向かった。パソコンのネットゲームをするためだ。どうやらこの男は架空の世界の住人らしい。メイリンというのも、男が創り出したお姫様の名前だ。

あの夜、史恵は人生で最大の恐怖を体験した。予備校の帰り、駅前の商店街でさらわれた。たんぼの一本道ならともかく、子供の頃は多少なりとも賑やかだった通りでさらわれたことが、衝撃を倍増させていた。まさかこんなことが我が身に降りかかるとは、小指の先ほども思っていなかった。

車のトランクに放り込まれ、乾いた音と共に蓋を閉められた瞬間、史恵の体の全細胞が一斉に痙攣を始めた。足がすくみ、声を失い、色彩が遠のき、心臓が爆発した。史恵は簡単に抵抗をあきらめた。恐怖が大きいと、縮み上がることしかできないと知った。

真っ先に思ったのは、殺される、ということだった。見知らぬ男に誘拐され、どこかの山道で強姦され、殺され、粗大ゴミを捨てるように林の中に遺棄されるのだ。

なんということだ。まだ十七年しか生きていないのに。ちゃんとした恋もしていないのに——。

車は猛スピードで走っていた。カーステレオが大音量で鳴っていた。それに混じってタイヤがスリップする音が響く。ときおりバウンドし、左右に振られ、頭や膝に衝撃が走った。史恵はうずくまって喉を激しく震わせた。熱くてぬるぬるした胃液が、喉元に押し寄せてきた。

落ち着け、落ち着け。自分に言い聞かせた。助けを求めるのだ。大声を上げて。しかし声の発し方を忘れてしまったかのように、首の辺りが麻痺していた。そもそも自分の状態を知る感覚が消えていた。どこにもスイッチが見つからない。

トランクの蓋を蹴飛ばすにも、足が持ち上がらなかった。全身が震えるばかりで、筋肉も関節も言うことを聞かない。

何も見えなかった。瞼を開いても閉じても何も見えない。目を開いていることすらわからなくなってきた。携帯電話はと思い、両手に何もないので落としたことに気づいた。大波のような絶望が襲ってきた。

歯を食いしばり、自分に出来そうなことを考えてみた。手足を縛られたわけではない。車はどこかで止まるはずだ。そして一旦外に出される。逃げるならそのときだ。いや、男は一人とは限らない。山あいに連れて行かれ、そこに大勢の仲間が待ち構えていたら。そこで順番に犯される――。史恵は気が遠のきそうになった。

時間の経過がわからなかった。どのくらいトランクの中にいるのか。まだ三分なのか、十分なのか。悪い夢であって欲しい。目が覚めたら、家のベッドで寝汗をかいていたとか。そんなはずもなかった。トランクの中で洗濯機のように攪拌《かくはん》され、痛みだけは感じているのだ。

頭が大混乱しているうちにとうとう車が停止した。心臓が口から飛び出しそうになった。いよいよ自分は殺される。その前に犯される。一人か、二人か、もっと大勢か。男に襲われて女が戦えるわけがない。どうして神様はこんな不公平を放置するのか。

エンジン音と一緒にカーステレオの音楽が消え、ふいに静寂が訪れた、玉砂利を踏みしめる音がした。トランクが開いた。夜空が見えた。ずっと闇の中にいたので、一瞬昼間の空かと錯覚した。若い男の影が目の前にそびえていた。男が何か言っている。聞き取れないというより、内容がわからない。「メイリン、メイリン」そう呼びかけられた。

史恵は悲鳴を上げようと息を吸った。次の瞬間、太ももに何か冷たくて硬いものを当てられた。反射的に引いたが、トランクの端に膝を強打することとなった。苦痛に顔をゆがめる間もなく、別の衝撃が全身を貫いた。パンパンとストロボを焚くような音がした。一瞬火傷したかと思ったが、それより早く意識が落ちかけた。

「ノブヒコちゃん、帰ってきたの？」そんな女の声がかすかに聞こえた。

「うるせえ！　いちいち出てくるな！」男が怒声を浴びせる。

失神への境界線を行きつ戻りつしながら、家の中に担ぎ込まれた。そこからしばらくは、記憶が定かではない。気がついたら、自分は白いジャージの上下に着替えていて、部屋の隅で丸まって震えていた。そして、ノブヒコの謎の言葉だ。

「メイリン。ダイナソー機動隊から君を護るためにぼくは派遣されたんだ」

「今日、処刑ミッションが発動された。バリヤー耐久度の上限が百を超えると、このバレットゾーンまで危険区域になってしまうんだ」

「当分はバグ情報に注意を払い、二台以上のビーグルスペースがある場所を渡りながら探査する必要がある」

熱弁をふるう若い男を見て、まともな精神の持ち主でないことがすぐにわかった。史恵を凝視しているが、その目の輝き方が尋常ではない。生まれて初めて見た狂気の瞳だった。

「人違いです」史恵がやっとのことで声を振り絞る。

「いいんだよ、怖がらなくて。メイリン、君をきっと護ってみせる」

「すいません、わたし、ただの高校生です」

「わかってるさ。メイリンが人間界に降臨したメシアだってことは」

「なんなんですか、それ」涙声で訴えた。

「うるせえんだよ。ちったあ調子合わせろよ」

男がいきなり素になり、凄んだ。史恵は絶句した。

ノブヒコは近寄って腰を下ろすと、首に下げた電気シェーバーのようなものを手にして突き出した。スイッチを押す。青白い稲妻が先端の二つの金属棒の間を走った。

スタンガンだ。知識として知っていた。さらわれたときの、火傷をしたような痛みはこれだったのか。

背中に悪寒が走り、涙が溢れ出た。母の顔が浮かんだ。父も、弟も。史恵は声を上げて泣いた。

「ちっ。女はコレだからよォ」

ノブヒコは立ち上がり、ステレオ装置の電源を入れた。何かのアニメの主題歌が大音量でかかる。続いて電話機を取り上げ、廊下へ出た。

「ババアか。おれだ。友だちが来てっからよ、晩飯二人分用意しろよな。ああ、友だちだよ。うるせえ。文句あんのかよ。十分で取りに行くからな」

家族に向かって怒鳴りつけている。その姿からは想像もつかない、やくざのような物言いだった。ノブヒコは、黒髪を額に垂らした普通の外見をしていた。それなりに整った顔立ちにはどこか幼さが残っている。不良には見えない。恰好をつけた気取り屋にも見えない。日曜日のドリタンを歩いたところで、誰も振り返らず注意も払わない、おとなしそうな大学生風の若者だ。もっとも、そんなことどうだっていい。「助けてください」「帰してください」史恵は泣いて懇願した。

「メイリン。悪いけど押入れに入っててくれないか。君のために布団を敷いておいたから、横になっててていいんだよ」

一転して猫撫で声になった。目尻も下げている。史恵の頭に分裂症とか二重人格という言葉が浮かんだ。もっとも、そうだとして講じる手立てはない。狂気は狂気だ。

押入れを見ると、戸板に昔風のツマミ式鍵が取り付けられていた。一方は釘で打ちつけてある。すべて計画的犯行のようだ。絶望感がこみ上げる。

逆らうのが怖くて、這って押入れに入った。すると奥の柱に手錠の片方が固定されていて、もう片方が布団の上に転がっていた。

「自分ではめて」ノブヒコに言われ、従った。スタンガンといい、手錠といい、こんなものを売っている社会に腹が立った。

戸を閉められ、鍵がかけられる。丸くなって泣いた。体のどこにも力が入らない。どうして自分がこんな目に遭うのか。この先はどうなるのか。アニメの声優の勇ましい歌声が押入れの中まで響いている。

ノブヒコは十五分ほどして、お盆に二人分の食事を載せて戻ってきた。手錠を外され、再び押入れから出される。豚の生姜焼きと、野菜の煮物と、味噌汁と御飯がコタツの上に並べられた。

「さあメイリン。食べて。たいしたご馳走じゃなくて悪いけど」ノブヒコがやさしく言う。もちろん食欲などあるわけがない。史恵は箸も手にせず、ずっと泣きじゃくっていた。

ノブヒコは、目の前の怯えきっている女に構うことなく、むしゃむしゃと夕食を口に運んでいた。箸を持つ手が子供のように白くて柔らかそうだった。史恵は、こんなにひどい状況なのに、男が凶暴な人相風体でないことに救いを覚えていた。デブで不潔だったらもっと耐えられない。とっくに気が変になっている。

食事にはまったく手をつけなかった。ノブヒコは意に介さない様子で、お膳を部屋の外に出した。腕時計を見る。そろそろ午後九時になろうとしていた。親は絶対に心配している。携帯に連絡が入っているはずだ。

「すいません。わたしの携帯、知りませんか？　もしかして落としたんですか？」史恵が泣きながら聞いた。

「知らない。だいいちバレット界に携帯はないの。交信はＰＣのみ。そんなの常識じゃん」素の顔でわけのわからない言葉を返す。「ま、いきなりのことで戸惑うのはわかるけどね。そのうち慣れるよ」そう言って目を細めた。「あ、それから、腕時計貸して。そういうのがあると、気が乱れるから」

拒否する勇気もなく、従った。ミッキーマウスの絵が入った文字盤を見て「へー、可愛いじゃん」とノブヒコが笑っている。

また涙がとめどなく流れた。今頃家族は慌てているだろう。予備校がいくら遅くなっても、帰りが九時を過ぎることはなかった。遅くなるときは事前に連絡を入れていた。母はまず予備校に問い合わせ、続いて和美の家に電話をしたはずだ。どちらも心当たりがないことを聞いて落ち着かない時間を過ごしているにちがいない。それを思うと胸が締めつけられた。

「帰してください。家に帰してください」史恵が声を震わせて言う。ひくひくとしゃくりあげた。

「落ち着いて、メイリン。もう下界とはお別れなんだ」

「何のことかわかりません。わたしメイリンって人じゃないし」

「白けるなあ」ノブヒコが眉を寄せた。「まあいい。ちょっと押入れに入ってな。大丈夫だって。トイレも行かせてあげるし、飯も食わせてあげるし。問題ないじゃん」

命じられるまま、這って押入れに入った。自分で手錠をはめた。惨めな気持ちでいっぱいになる。横になったら、涙が目尻からこぼれ、こめかみを伝わった。落ち着こう、落ち着こう。何度も自分の胸に言い聞かせる。最悪の事態は免れているではないか。犯人は一人で、自分はまだ殺されていないし、犯されてもいない。

いいや、そんな保証はどこにもない。夜が更けたら、あのスタンガンを使って服を脱ぐことを強要されるのかもしれない。若い男が女を襲って、何もしないわけがない。

母は警察に捜索願を出しただろうか。携帯がつながらないのだから、異常事態だとすぐにわかってくれるはずだ。父と相談してゆめの署に電話をする公算が高い。そうなると警察の出動だ。果たして警察はこの場所を探し出してくれるのか。

手足が自由なのに、その体は自分のものではなかった。指一本動かすのにぶるぶる震える始末だ。元々自分が強い人間だなどとは思っていなかったが、これほどまで無力なことにショックを受けた。

しばらくして、カタカタとキーをたたく音がした。どうやらパソコンを操っているらしい。電子音と共に、「くそっ」「あー」「よし」という声が聞こえた。何かのゲームに興じているようだ。

史恵は丸くなるしかなかった。誰か助けて、助けて、助けて。目を閉じて呪文のように唱えていた。

夢であって欲しいと、これほど願ったことはなかった。

二日目になると、パニックは収まったものの、恐怖心が払拭されるわけもなく、間欠泉のように涙が溢れ出ては、体を震わせていた。

じっとしている以外にないので、いろいろな考えを巡らせ、込み上げる焦燥感と不安感に苛まれていた。

まず思うのは家族のことだ。もはや父と母は何も手につかない状態だろう。弟だって学校を休んでいるはずだ。家にいてじっと連絡を待っている。それを考えるとたまらない気持ちになった。

学校も緊急事態に職員会を開いていることだろう。生徒には知らされたのだろうか。和美はどうしているのだろう。

自分の行方不明は果たしてニュースになっているのか、それも気になった。身代金目的の誘拐である場合を考え、しばらくは伏せて捜査すると聞いたことがある。できることならば、大きな騒ぎになる前に救出して欲しい。

幸いなのは、自分がさらわれたのは営利目的でも強姦目的でもないらしいことだ。今のところ、ノブヒコは指一本触れてこない。メイリンというお姫様を、史恵に重ね合わせているからだ。めそめそ泣いていると、「メイリン、泣かないで」と慰めてくれる。その代わり、「帰りたい」「許してください」と懇願すると、ノブヒコは素に戻り、苛立った様子で脅迫の言葉を投げつける。

わからないのは、この男と家族との関係だ。母屋にいる「ジジイ」と「ババア」は、まるでノブヒコの召使いのようだった。「飯を用意しろ。二人分だぞ」とノブヒコが電話で命じ、しばらくすると母屋から食事の支度が出来たと電話が入る。それでノブヒコが取りに行くのである。「離れには半径五メートル以内には近寄るなって言ってあるんだよね」とノブヒコが言っていた。史恵にはまるで理解できなかった。

そして二日目の夜、ノブヒコが母屋で暴れた。何があったのか知らないが、「ぶっ殺したろか!」という怒声が響き、物が壊れる音がしたのだ。史恵の頭の中に、家庭内暴力という言葉が浮かんだ。この地味そうな男は、空想の世界と自宅のみで王様として君臨している——。いずれにせよ、ノブヒコの家族もまともとは思えなかった。離れに誰か来ていることを知っていて、それを確かめようともしない。

史恵は、過去にニュースで報じられた監禁事件をいくつか思い出した。現実と仮想の区別のつかなくなった男が、たまたま通りかかった少女や若い女を誘い込んだり拉致したりして、自分の部屋に囲い込むというパターンだ。殺されたケースはないように記憶しているが、もちろん安心などできるわけがない。何年も監禁された事件だってあったのだ。

体調は最悪だった。ときおり呼吸が苦しくなり、無理におくびを吐いては、胸をさすっていた。対決しようという勇気はなかった。ノブヒコが胸に下げたスタンガンが怖いのと、寝た子を起こしたくないからだ。狂気は予測がつかない。いつ何時、襲いかかってくるかわからない。

「メイリン。サタンのアドレスを知ってる?」

ノブヒコがパソコン画面に目をやったまま聞いてきた。

「いいえ。知りません」

史恵が答える。もちろん何のことだかわからない。

「新手のサタンが出現して、第三ステージで発動されるミッションのネタをバラしてやんの。おれ、ネタバレ行為だけは許せないんだよね。ゲーマーの風上にも置けないじゃん」

「はあ……」ため息を漏らした。

「よし。応答あり。同志がいるぞ。みんなでニューサタンの大捜索だ。こいつは面白くなってきた。捕らえて裁判所送りにしてやる」

ノブヒコの口調は、まるでアニメの声優のようだった。芝居がかっていて、トーンが高い。身を乗り出し、せわしなくキーをたたいていた。

壁のラックにはヒーロー物や美少女物のフィギュアが並んでいた。ひたすら不気味だった。いったいこの男は、どういう目的を持っているのか。

拉致されて三日目になっていた。風呂に入りたかった。髪をブラシでとかしたかった。なにより早く家に帰りたかった。

また息苦しくなった。ペットボトルのお茶を飲んで、胸をさする。

警察はちゃんと捜索してくれているのだろうか。外の景色を見たくても、窓がすべてラックで塞がれている。

カラスの鳴き声が聞こえた。鳥でもいいから、自分を発見して欲しかった。

22

子供を引き取り、加藤裕也の生活は一変した。朝は六時に起きた。翔太が起き出して、馬乗りになって遊ぶせいだ。はじめはむっとするものの、無邪気な笑顔を見ると、怒る気がうせた。泣いてばかりだった息子が、たった二日で父親に懐いたことに感慨が湧いた。やはり血は濃いのだと、当たり前のことに感心した。

今のところ、翔太が母親に会いたがって泣くことはない。それについては「ざまあみろ」という気持ちがあった。彩香は、裕也が育児に音を上げて引き取りを求めることを期待している。そして養育費八万円を要求する腹積もりなのだ。

裕也は意地でも払いたくなかった。毎日仕事に追われていると、怠け者がらくをして生きようとする態度に我慢がならなくなった。今は何にも負けたくない気分だった。

お粥を作り、ふりかけをかけて翔太に食べさせた。自分は梅干でかき込んだ。テレビのローカルニュースでは、依然として女子高生は行方不明のままであることを報じている。インターネットでは、本名と住所と顔写真が当然のように流出していた。好奇心からのぞいたら、割と可愛い女の子だったので同情心が増した。掲示板には犯人を名指しする書き込みもあり、ブラジル人の住所氏名がずらりと並んでいる。裕也は他人事ながら気分が悪かった。

身支度をし、オムツを紙袋に詰め、翔太を抱いて部屋を出る。管理人が玄関前を掃き掃除していたので、裏口から駐車場に回り、後部座席の昨日買ったばかりのチャイルドシートに座らせ、実家に向かった。道が凍結しているのと、子供がいるせいで、いつもより安全運転を心がける。普段ならたばこに火をつけるところも我慢した。そんな殊勝な自分がおかしくもあった。

実家では父も母もまだ寝ていた。タクシー運転手とスナックの手伝いがそれぞれの仕事なので、夜が遅いのだ。居間のコタツでL字になって寝ているだらしのない両親に、「よお、翔太を置いてくからな」と声をかける。母が寝ぼけ眼《まなこ》で首だけ起こし、「わかった」と簡潔に返事をした。翔太をコタツにもぐり込ませる。息子はぐずることなく父親の出勤を見送った。

この生活がいつまで続くのかわからないが、裕也には新たな充実感があった。社長の亀山がいつも口にする「男は家族を養って一人前だ」という言葉が、近頃妙に納得がいく。ハンドルを駆っていて、自然と鼻歌が出た。

その日の朝礼で、亀山はひどく機嫌がよかった。前の週の売り上げが過去最高を記録したことと、社員の一人が倒産した会社の漏電遮断器を二束三文で買い叩くという手柄を上げたのがその理由らしい。亀山は安藤というお手柄の社員をみなの前で持ち上げると、特別ボーナスとして三十万円を現金で手渡した。

「ほら。みんなで安藤に拍手だ」

社員全員で拍手をする。

「ああ、それから、特別ボーナスを出す社員はもう一人いる。柴田だ」

亀山に名前を呼ばれ、柴田が鼻をふくらませた。みなの視線が集まる。

「柴田は南台や瀬田方面にまで足を延ばして新規開拓をしてきた。それも土日にだ。おれはな、ちゃんと見てんだよ。売上伝票の日付やら、納品先の住所やらを。そういうの、経理任せにしねえでちゃんと見てんだよ。柴田、よくやったな」

亀山は柴田を前に呼び寄せると、十万円の現金が入った封筒を手渡し、固い握手を交わした。柴田は誇らしげに胸を張っている。

「おまえらもひとつ気合の入ってるところを見せてくれ。何度も言うが、この会社は信賞必罰だ。成績を残せば、おれは必ず報いる。それは金と地位だ。ゆめのなんて何もねえ町だ。自慢できるものっていやあ、ドリタンの観覧車ぐれえのものだ。仕事もねえ。遊ぶところもねえ。若いのはどんどん町を出て行く。でもな、それでやる気をなくしてたら町も人もどんどん腐っていくんだよ。おれたちで地元を盛り上げようぜ。おれたちが金をつかんで、いい暮らしをすることで、周りもだんだん変わっていくわけだ。地域経済っていうのはな、金持ちが出なきゃしょうがねえんだよ。金儲けは正義だ。そこんところ、おまえらも肝に銘じておけよ」

亀山は得意の演説をぶった。この男の話を聞いていると、インチキ商売でも正しいことをしている気になるから不思議だ。

朝礼が終わり、それぞれがセールスに出かける支度を始めた。裕也が作業服に袖を通していると、柴田がうしろから肩をつつき、「コーヒーでも飲まねえか」と喫茶店に誘ってきた。

「もちろん先輩の奢りでしょう？」

「奢ってやるさ。コーヒーぐらい」目を細めて笑っている。

連れだって会社を出て、はす向かいの喫茶店に入った。いつもはスポーツ新聞を手にする柴田が、この日は奥のテーブルへ一直線に進み、乱暴に腰を下ろして伸びをした。「あーあ」と、なにやら不満そうにため息をついている。

「どうかしたんですか」

「おれ、納得がいかねえなあ」腕を頭のうしろで組んで、言葉を吐き出した。「どうして安藤が三十万で、おれは十万なのよ」

「なんだ。そんなことですか」それを聞いて裕也は苦笑した。

「そんなこととは何だ。そりゃあ、安藤がブツをタダ同然で仕入れたのは手柄かもしれねえけど、あんなもん、たまたま倒産の情報が飛び込んできただけで、汗ひとつかいたわけでもねえだろう」

「まあ、それはそうですけど……」

「そういうのなあ、うちの社長はバランスに欠けるんでねえのか。安藤みたいなのにいちばんのボーナスを弾んだら、みんなならくするほうに走っちゃうと思うわけよ」

柴田は、同い年の安藤に差をつけられたことがよほど面白くないらしく、顔をしかめて異議を唱えた。

「だいたい三倍の差はねえな。だったら営業はなんだって言うの」

「先輩、贅沢。奥さんに内緒にできる金を十万ももらっておいて」裕也がなだめる。

「今朝、出社したとき社長室に呼ばれてな。みんなの前でボーナス渡してやるって言われたときは、さすが社長はわかってるって思ったけど、向こうは三十万、こっちは十万っていうの聞いて、顔がひきつりそうになるの、一生懸命こらえたよ」

「へえー。胸張ってたの、演技だったんだ」

「おれも大人だからよ、人前で子供が拗ねるような真似はしねえよ。でもなあ、電話一本でおいしい話が転がり込んできたやつが、土日を潰してセールスしたおれより上っていうのは、腹が立つっていうか、情けねえっていうか……」

柴田は心から落胆している様子であった。運ばれたコーヒーに砂糖を三杯も入れ、いつまでもかき混ぜている。

「でも先輩。それでもおれらからすると羨ましい話ですよ。このままいけば先輩、絶対に幹部でしょう」

「幹部になるぐらい」鼻をふんと鳴らす。「そんなもん、とっくになれてなきゃおかしいんだよ。檄を飛ばすだけの専務だとか、金勘定だけの部長だとか、上がつかえてるだけのことじゃねえか……おっと」急に我に返り、誰かに聞かれていないか周囲を見回した。

それを見て裕也は、意外なところで人間味を見せるこの先輩があらためて好きになった。

「裕也。今のこと、会社の人間には言うな」と柴田。

「もちろん」真顔でうなずいた。

「不思議なもんでよ、上を目指そうと思うと、ちょっとしたことでプライドが傷ついたり、嫉妬したりするんだよ。あいつに負けたとか、自分の仕事が正当に評価されなかったとか――。遊ぶことばっかり考えてた昔が懐かしいわ」

最後はしみじみと言い、裕也も同調した。

「おれも、そういう心境になってみたいです」

「おめえも早く上に来い。呑気に構えてたら、うちの社長、さっさと商売替えするぞ。そうなったら全員、また一からの競争だ」

柴田の言葉に、社長のリーダーシップの一端を垣間見た気がした。亀山という元暴走族のアタマは、手下同士を競争させることで勢力を拡大してきた。これは計画的というより、本能だろう。亀山は、生まれつき人を操ることに長《た》けているのだ。

「ところで、スネークの後輩連中、いよいよブラジル人狩りを始めたらしいな」

柴田がコーヒーをすすりながら話題を変えた。

「ああ、そういえば酒井から相談受けたことがありましたよ。商業の後輩がジーニョに刺されたから、仕返しの加勢を頼まれてるけどどうしようって。ガキじゃあるめえし相手にするなって言っておきましたけどね」

「それがな、今度は例の女子高生の行方不明事件絡みだってよ」

「え、そうなんですか?」

「おれらの地元で、オンナまでさらわれて黙ってられねえだろう」

「あれって、やっぱりそうなんですかね」

「だってそのオンナ、ドリタンであったナイフ事件の当事者なんだろう？」

「へえー。おれ、初耳」

「噂は早いんだよ。インターネットじゃとうに駆け巡ってるぞ。喧嘩の原因は女の取り合いだって」

「なんだ。可愛い顔してヤリマンかよ」

「おめえ、なんで顔知ってる」

「そこだけはインターネットで見たんスよ」

二人で声を上げて笑った。

後輩相手に愚痴をこぼしたせいか、柴田は、脂を洗い流したようなすっきりした顔になっていた。


小雪が舞い散る中、裕也は担当地区へと車を走らせた。そろそろ自分もボーナスをもらえるほどのセールスを上げてみたくなった。柴田の話に刺激を受け、Aランクの仲間入りを果たしたかった。仕事のプレッシャーは、仕事の出来る男でないと味わえない。そのためには売り上げの単価を上げる必要がある。すなわち、漏電遮断器をより高く売りつけるということだ。

住宅街の外れの丘の上に、大きな民家が見えた。土塀で囲まれたクラシックなお屋敷だ。黒光りした重厚な瓦が、この家の主が昔からの金持ちであることを示していた。

「いくらなんでもこの家はないか」徐行しながらひとりごちる。門の前まで来ると《山本》という、石を彫った立派な表札がかかっていた。裕也は思い切って車を停止させた。セールスはだめで元々だ。どういう人間が住んでいるのか知らないが、警戒心が強そうなら点検作業だけで退散してもいい。呆け老人が一人で留守番でもしていれば儲けものだ。

車を降りて、門のインターホンを押した。当然のようにカメラ付きで、見上げると防犯カメラも設置されていた。いったいどんな金持ちが住んでんだ——。眉をひそめてつぶやいた。

聞こえてきたのは中年の女の声だった。ただし家政婦らしい。漏電遮断器の点検に参りましたと告げると、「奥様に聞くからちょっと待って」とぞんざいに言葉を返された。

寒さをこらえ、足踏みしながら待つ。横風が吹いて、屋敷内から伸びる木の枝がガサガサと音を立てて揺れた。小雪が頬をたたく。こりゃだめか。奥様なんてのがいては。裕也はそう思い、引き返そうとした。

「点検って何の点検?」そのときインターホンから、さっきとはちがう甲高い声が響いた。これが奥様らしい。

「わたくし、向田電気保安センターの加藤と申します。配電盤の保守点検に参りました。ご存知とは思いますが、築二十年を超える家屋は電気の配線が旧式で、漏電による火災が多発しております。本日はこの地区を回らせていただいてます」

裕也がマニュアルどおりのトークを言い、カメラレンズに向かって頭を下げた。

「あら、そう。じゃあ横の勝手口に回って」

女がやけに親しげな口調で言う。裕也は拍子抜けした。もっと警戒されると思っていた。

車から用具一式を取り出し、担いで横手に回る。そこには小太りの家政婦が戸を開けて待っていて、胡散臭げな目で裕也を上から下まで見ると、「どうぞ」と無愛想に顎をしゃくった。

敷地内に入って目を見張った。いったい何坪なのか。普通の建売住宅なら二十軒ぶんはありそうだ。庭には芝が敷き詰められ、奥には日本庭園もある。ゆめのにもこんな金持ちがいたのかと、裕也は生まれた町を見直した。もっとも、今度は自分のほうが警戒心を抱いた。恐らく主は昔からの地元の名士だ。警察沙汰になったら勝ち目はない。

裏口から台所に上がると、中は時代劇に出てきそうな旧い造りだった。天井の梁など大木がそのまま橋のように跨いでいる。そこへ赤いガウンを身にまとった派手な女が現れた。

「どういう点検なの。そんなの、来たことないわよね」場違いに大きな声を発する。一目見て様子が変だと気づいた。

裕也はいつも使う新聞記事のコピーを取り出して見せた。

「漏電による火災事故が増えてまして、行政から保守点検の指導が出ております。わたくしどもはそれに則って……」

「そう。じゃあいいわ。早くやって」

女が大儀そうに椅子に腰掛け、足を組む。白い太ももが露《あらわ》になった。一瞬どきりとする。とろんと潤んだ目を見て、裕也は状況を理解した。この女は朝っぱらから酒を飲んでいる。

「横山さん。二階のお掃除、どうなってるの」

「はい。かしこまりました」

家政婦が裕也を一瞥し、心配そうな顔で台所を出て行った。

裕也は椅子を一脚借り、それを踏み台にして、もう設置後三十年は経っているであろう配電盤のカバーを取った。テスターのクリップをヒューズにつなぎ、いつもの手で「あー、やっぱり壊れてますね」と声を上げる。

「壊れてるとどうなるのよ」女が、ホステスのような蓮っ葉な口調で言った。

「漏電があった場合、自動的に電気が停止しないので、火災の原因になります」

「あら、怖いわ」

「もしよろしければこの場で交換いたしますが」

裕也がそう言って振り返ると、女はいつの間にかワイングラスを手に持っていた。

「あのね、この家、もうすぐ建て替えるのよ。建築家と相談中でね、もっとモダンな家に生まれ変わる予定なの」

女は呂律《ろれつ》が怪しかった。胸元もはだけ、下に着ているネグリジェがのぞいている。

裕也は戸惑った。まさか自分を誘惑しているのかと、あらぬ方向に想像がいく。女は四十過ぎに見えた。色気はあるにはあるが、二十三歳の裕也から見れば立派な年増だ。

どうするべきか数秒思案し、「でも漏電は明日あるかもしれないし、もし火事になったら貴重な家財道具が全部焼けることになると思います」と言った。

「そう。それもそうね。交換っていくらかかるの」女がグラスのワインを乱暴に飲み干した。

「配電盤はここだけですか」裕也は言いながら、女の様子をうかがった。

「さあ、どうかしら。離れにもきっとあるんじゃないかしら」女が首をかき、気だるそうに言う。

「じゃあ二箇所で二十万円になります。消費税分はサービスです」

裕也は賭けに出た。顔色を変えられたらさっさと退散するまでだ。

「ふうん。結構するのね」

女は手酌でワインを注ぐと、またグラスを傾けた。赤黒いその液体が口からこぼれ、ガウンの襟に染みをつくる。

「わかったわ。やってちょうだい」

女の返事に、裕也は、自分で言っておきながら耳を疑った。なんという幸運か。セールスはまさに当たって砕けろだ。表情を悟られまいと、懸命に平静を装った。

家政婦が戻ってこないうちにと、手早く交換作業をする。続いて渡り廊下を案内され、裏手にある離れでも同様の作業をした。

「ねえ、あなた、歳はいくつなの」女が、仕事をする裕也を見上げながら聞いた。

「二十三です」

「ふうん。若いのにしっかりしてるのね」

「いいえ、自分なんかまだ駆け出しです」

「ふふ。結婚してるの？」

「いいえ、まだです」面倒なので適当に答える。

ふと部屋の中を見たら、和室に服が散乱していた。それも高級そうなセーターやジャケットが山積みされている。この家はどうなっているのか。そしてこの女はいったいどういう主婦なのか。金持ちの内情は外からはうかがい知れないものだと、裕也は世の中の別の面を見た気がした。

鴨居の上にはいくつも額が掲げてあった。表彰状の類らしい。「山本嘉一殿」という名前が見えた。内閣総理大臣からの感謝状もあった。偶然とはいえ、とんだ家に上がりこんでしまったようだ。こうなるとさっさと引き揚げたい。

再び台所に戻り、テーブルで伝票に記入した。女は財布を持ってきて、手が切れそうなピン札であっさりと二十万円を払った。裕也は財布の分厚さと、まるで用心する様子のない女に改めて驚いた。

「ねえ、あなたも少し飲んでいかない」女が色目を使って言う。

裕也はその目に病んだものを感じ、口ごもった。女は、すべてが投げやりに見えた。これが詐欺だとしても、二十万円を騙し取られたとしても、目の前の男が強盗に転じたとしても、どうでもいいような――。

「ワイン、どう？」

「いえ。仕事中ですから。それに車の運転もあります」

「真面目なのね。うふふ」年増の女がシナを作る。

一瞬、セックスの相手でもしてやろうかと思った。ことによるともっと金を引き出せるかもしれない。

でもすぐに考え直した。うまく行き過ぎたことに不気味さを覚えている。

収入印紙を貼って領収書を発行した。宛名は「山本土地開発」にしてくれと言われ、従った。どうやら会社を経営しているらしい。裕也は少しだけ納得した。新品の一万円札を二十枚、セカンドバッグに仕舞い込む。女は未練でもありそうに首をくねくねと曲げ、ガウンの襟に手を突っ込み、乳房をいじっていた。

「ありがとうございました。それでは失礼します」深々とお辞儀をした。

女は三和土までついてきて、靴を履く裕也に「故障したらちゃんと修理に来てよね」と甘えた声で言った。

「もちろんです。お電話ください」立ち上がり、微笑んでお辞儀をした。

裏木戸から外に出る。車へと早足で進んだ。この快挙を柴田にどうやって自慢しようかと考えた。一回で二十万円は、きっと営業での新記録だ。

やったぜ——。思わずガッツポーズをしていた。やった、やった。口に出していっていた。頬がゆるむ。顔が熱くなる。雪混じりの向かい風が少しも苦にならなかった。

23

銀行のＡＴＭで記帳をしたら、普通預金の残高が八十万円ほどだった。堀部妙子は自転車を漕ぎながら、沙修会までの道々、頭の中で計算を繰り返した。

市営アパートの家賃が四万八千円で、国民健康保険料が一万二千円で、国民年金は免除の申請をするとして、あとは光熱費が合わせて一万五千円ほどかかり、これだけで月に七万五千円が消えていく。それ以外には、携帯と固定電話の料金が約一万円で、沙修会の会費が二万円で、つまりじっとしていても自動的に十万五千円が消えていくことになる。食費は切り詰める自信があるから、一日五百円として一月で一万五千円。すべて合計して十二万円だ。八十万円を十二万円で割ると……。半年で自分はアウトである。背中を悪寒が走り、軽いめまいを覚えた。

昨日、派遣先のスーパーで誤認捕捉というミスを犯し、いとも簡単に警備会社を解雇された。元々契約社員だったので、手続きも何もなく、口頭で契約の解除を伝えられ、その場で用なしとなった。弁解を試みても、必死に謝っても、無駄だった。単純な仕事ゆえ、代わりはいくらでもいるのだろう。もちろん退職金も失業手当もなかった。

フルタイムで働いても年収二百万円ほどの低賃金労働だったが、失ってみて、それがゆめのでは貴重な仕事であることに気づいた。すぐに求人誌を買って読んだところ、女は時給七百円のパートしかなかった。そういえば、妹もスーパーのパートは月十万にも満たないとこぼしていた。この国の平均所得は四百何十万円だそうだが、いったいどうすれば四百万円も稼げるのか、妙子には見当もつかない。マスコミがよく言う「下流」という言葉が、実感として降りかかってきた。もはや逆転の可能性はない。職があればいいほうだ。ぎりぎりの生活を、死ぬまで強いられるのである。

収入のあてはなかった。二人の成人した子供がいるものの、援助を頼む勇気はない。生活保護は受けられるのだろうか。貯金をなんとか増やす方法はないだろうか。そんなことを考えるたびに、不安が大波のように押し寄せてくる。

ため息をつこうにも、暴力的な向かい風にさらされて、がたがたと鳴りそうな奥歯を噛み締めるのに精一杯だった。寒さが身に沁み、この震えが気温によるものか恐怖によるものか、判断がつかない。一瞬、沙修会の会費を猶予してもらうことを考えるが、すぐさま打ち消した。もはや心のよりどころは沙修会だけだ。仲間の前で肩身の狭い思いはしたくない。

なにくそ、負けるものか。妙子は自分を励まして自転車を漕いだ。防寒具を着ていても、容赦なく冷気が体温を奪っていった。ペダルがキイキイ鳴いている。この先は洋服を買う余裕もない。美容院にも行けない。温泉旅行など、夢のまた夢だ。でもいい。来世がちゃんと待っている。神様だけは公平だ。


沙修会の道場に到着すると、早速掃除を始めた。無心になれるのは、今やここでの時間だけだ。仲間の存在がありがたかった。家に一人でいたら、きっと自分はうつ病になってしまう。

近くに安田芳江がいたので、失職したことを告げた。

「実はさあ、保安員の仕事、首になっちゃってね……」明るく言うつもりが、小さく顔がひきつった。

「どういうことよ」芳江が作業の手を止め、詳しい説明を求めてきた。

妙子は昨日の出来事を詳しく話した。万引き現場を目撃して捕捉したら誤認だったこと、しかし商品は店内の薬局の棚に隠され、罠にはめられたらしいこと、その女は万心教の菩薩のキーホルダーを持っていたこと。話しだしたら、溜まっていた感情が溢れ出て、唯一の親友と言っていい相手に、すがるようにして訴えかけていた。万心教の名が出たところで、芳江の表情は見る見るこわばった。

「万心教って、それは確かなの？」

「うん。きっと三木さんを引き抜こうとした仕返しだと思う」

「それはひどい話だね。許せない」

芳江が顔を赤くし、自分のことのように怒りを露にした。「ちょっと、みんな、聞いてよ」清掃中の会員に向かってパンパンと手をたたき、体育教師のように手際よく人を集める。妙子の身に降りかかった災難を、本人が話すよりわかりやすく説明してくれた。

「許せない」「なんて邪悪な連中なの」みなが口々に憤る。心から同情した様子で、妙子に慰めを言ってくれた。「くじけちゃだめよ」各人が体を寄せ、肩を抱いてくれた。ここにいる全員は家族だと胸が熱くなった。

「堀部さん、泣き寝入りしちゃいけないよ」そんな中、上級指導員の植村という女が、強い口調で言った。「災難を受け入れて捌くのも大事だけど、こういうのは逃げちゃだめ。だって向こうはインチキ宗教でしょう。信者はみんな被害者なんだから、泣き寝入りはその人たちを見捨てるってことなのよ。三木さんだっけ、あなたが連れてきた若い女の人、その人だけは絶対に渡しちゃだめ」

みなが植村の意見にうなずく。

「でも、どうすればいいんですか」妙子が聞いた。

「なんならここで預かってもいいんじゃない。三木さんって、子供がいるんでしょ」

「ええ。離婚して、五歳の娘さんがいます」

「未就学の子供なら問題ない。連れてきちゃいなさいよ、部屋なら空いてるし。それに子供がいたほうが都合がいい」

何を言いたいのか、妙子にはわかった。子供を預かれば、どこに出かけても道場に帰ってくるしかない。

芳江が横から「なんなら車出してあげるよ」と、焚きつけるようなことを言った。

「うん、そうだね。とりあえず連絡を取ってみる」と妙子。

話が一段落すると、植村が妙子の袖を引っ張り、本堂の隅へと連れて行った。

「堀部さん、失業して、お金のほうは大丈夫？」小声で聞く。

「ええ、まあ、なんとか」妙子は強がりを言った。

「職探しはするの？」

「いいえ。当分は奉仕組に専念しようかと……」

「あ、そう。うれしいわあ。実は会費の滞納者が結構いてね、そっちの徴収の手伝いも頼もうと思ってたの。大変だとは思うけどよろしくね」

「わかりました」

妙子は内心焦りつつ、引き受けてしまった。本音を言えば、妙子が金に困っていることは植村も知っているだろうから、ちゃんと心配して欲しかった。さらに甘いことを言えば、助けて欲しかった。でも仕方がない。ここにいれば食費だけでも浮く。そう思って耐えるだけだ。

作業に戻り、庭の掃き掃除をした。竹箒で落ち葉をかき集めても、風が吹いてすぐに散っていってしまう。灰色の空は、ところどころシミのようにどす黒く澱んでいた。いつもは飛んでいるトンビも見かけない。地球温暖化はどうしたのかと言いたくなる天候だ。

忙しく働いていても体が温まることはなかった。地面からは痛いほどの冷気が、靴底を簡単に突き抜けて侵食してくる。時折、手をこすり合わせては寒さに耐えた。腰には使い捨てカイロを挟み込んでいるが、気休めにしかならない。

隣の離れでは、縁側の戸が開け放たれ、住み込みの人たちが沙羅様の部屋の掃除をしていた。ここに入ることが許されるのは、私有財産をすべて会に寄付した出家会員だけだ。その全員が女で、家族との関係を絶った者たちである。

彼女たちはみな一様に、柔和な表情をしていた。中には、借金苦や夫の暴力から逃れてきた者もいる。沙修会は、やっと見つけた安息の地なのだ。その代わり、外界の出来事に対してはいつも過敏に反応していた。どこかで殺人事件が起きたというだけで青ざめ、震えだす者までいた。だから、住み込みの道場にはテレビもラジオもない。

庭から首を伸ばして、沙羅様の部屋をのぞいた。外観は古民家だが、中は最新のリフォームがなされていて、フローリングの床に豪華な応接セットが鎮座していた。大型の液晶テレビもあった。奥の寝室にはベッドも見える。棚には骨董品の類が並んでいた。名のある品物にちがいない。

沙羅様は留守だった。月に二度ほど幹部を引き連れて仙台や東京に出かけ、数日間滞在する。何の用事かは知らない。会員同士、話題に上ることもない。

「堀部さん。何してるの」ぼんやり眺めていたら、植村に注意された。あわてて竹箒を動かす。どれだけ働いても、なかなか体は温まらなかった。


午後、本当に三木由香里を迎えに行くことになった。芳江は廃品回収の仕事を休むと言う。「いいのよ、旦那にやらせておけば」と、堂々としたものだった。

芳江の運転で軽ワゴンに乗り込み、由香里の自宅アパートへと向かった。事前に電話連絡を入れると万心教に伝わる恐れもあるので、直接行くことにした。以前聞いた話によると、午前中はビルの清掃業をしていて、夕方からはスナックに出勤するとのことだ。

「堀部さん、この際だから指導員を目指しなさいよ」道中、芳江が言った。「時間、あるんでしょ。だったら教義の勉強をして、人の上に立つといいよ」

「そんなあ、安田さんを差し置いて……」

「ううん。会の序列にこだわってる場合じゃないって。だいいち奉仕組なんて、いいように使われるだけじゃない」

「うん。まあ、そうだけど」

「出家するにしても、平会員のまま入っちゃだめ。去年暮れに出家した人たち、見てごらんよ。まるで召使い。理事たちからもいいように使われて……。ああいうの、どうかと思うね」

芳江がハンドルを握り、前を見たままで言う。組織批判とも取れる発言が意外だった。

「会に上下関係があるのは仕方がないとしても、上は下を思いやらないとね。最近の幹部連中は、沙羅様に取り入ることばかり考えて、なんかわたしたちと隔たりがある気がする」

「うん、そうかもしれないね……」

「堀部さん、指導員になって少しは改革してよ」

「無理よ、わたしなんか」妙子が慌ててかぶりを振る
「できる、できる。ついでにうちらの地区も盛り上げて」

おだてられ、悪い気はしなかった。そうか、自分には時間があるのか。教義をちゃんと勉強するのもいいかもしれない。妙子は失業を前向きに考えることにした。

一度訪ねたことのある由香里のアパートに着くと、玄関前に幼児用シートが取り付けられた自転車が停めてあった。自宅にいるようだ。チャイムを押す。甲高い電子音がドアの向こうに響き、「誰ですか」という女児の声が聞こえた。

「ママはいますか」妙子がドアに顔を近づけて言う。

「ママは寝てます」女児が精一杯声を張り上げる。その健気さが切なかった。

「おばさんたち、ママのお友だち。ちょっと起こしてくれる」と芳江。バタバタと板の間を走る音がして、しばらくののち、「どなたですか」という由香里のくぐもった声がした。

「わたし。堀部です。安田さんと二人で来たの」

妙子が声を発すると、ドアの向こうで息を呑むような間があった。

「ちょっと開けてくれる?」

「すいません。仮眠をとってたからパジャマ姿なんです」

由香里が返事をする。来訪が迷惑そうに聞こえた。

「いいじゃない、そんなの。女同士だし」

「はい……」

チェーンが外され、ドアが開く。由香里の顔を見て、今度は妙子と芳江が言葉を失った。先週会ったばかりだというのに、目の前の若い女はしぼんだ茄子のようにしょぼくれて見えた。目は落ち窪み、周囲はどす黒く変色している。まるで海を数日間漂流してきたかのような憔悴ぶりだった。

「どうしたの。病気?」

「いいえ、そうじゃなくて……」

「病気じゃなきゃなんなのよ」

「すいません。なんでもないんです」由香里はうつむき、目を合わせようとしない。

「なんでもないってことはないでしょう」芳江が進み出て、由香里の顔を下からのぞいた。五歳の一人娘は、不安そうな顔で母親の足にまとわりついている。

「とにかくちょっと上がらせて」二人で半ば強引に上がり込んだ。慌てて部屋を片付けようとする由香里を制し、二部屋あるうちの洋間のほうで、ホットカーペットの上に置かれたコタツで向かい合った。

「三木さん、教えて。何があったの」芳江が聞く。

「あの、お茶をいれます」由香里が腰を浮かしかける。

「いいから座って。わたしがやる」妙子が立ち上がり、台所に行った。薬缶を火にかけ、勝手に湯呑みを探し、お茶の用意をする。その間に芳江が詰問した。

「だいたい想像はつく。万心教に責め立てられたんでしょう」

由香里は返事をせず、下を向いている。

「万心教のやり口は聞いたことある。退会を申し出た信者は道場に監禁されて、三日三晩、睡眠もとらせないで講義攻めに遭うって。三木さんもやられたの」

芳江の問いに由香里が小さくうなずいた。

「幹部が入れ替わり立ち替わりやってきては、なんでやめたのか、仲間を裏切るのかって、延々と怒鳴りつけられるんでしょう」

「怒鳴りつけられるってことはないんですけど……」

「じゃあ何をされるのよ」

「数人のトレーナーに囲まれて、個別セミナーというのを受けて、いったいあなたはいつからそんなふうになったんですか、いったい何が起こったんですかって次々と質問をされて、そうこうしているうちに頭の中が真っ白になって、おまけに寝かせてもらえないから、何も考えられなくなって……」

「何時間続いたのよ」

「丸二日間は続いたと思います」

「むちゃくちゃ。どうせ最後は興奮状態になって泣くんでしょう。あのね、そういうの、洗脳って言うの。最後は解放されたい一心で退会を翻すわけでしょう」

「すいません……」由香里が力なく言った。女児は母親にしがみつき、離れようとしない。妙子も茶をいれて話に加わった。

「わたしね、保安員の仕事、首になったの。どうしてかわかる？　万心教の人が店にやってきて、万引きをするふりをして、わたし、それに引っかかっちゃったの。あいつら、そういうことを平気でする集団なのよ。三木さん、それでも平気なの？」

「すいません」由香里が深々と頭を下げた。「退会を申し入れたとき、訳を聞かれて、正直に全部話したら、上の人たちが色めき立って、『これから沙修会と戦争だ』なんてことを言い出して……」

「あれま、戦争だって」芳江が目を丸くした。「いよいよ正体を見せたよね。そのうちドリタンでサリンでも撒くんじゃないの。いい、三木さん。あいつらはね、カルトなんだよ」

「すいません……」

由香里は自分の意見を言わず、暗い顔でうつむくばかりだ。

「それで、どういうことになったわけ。やめないことにしたの」妙子が聞いた。

「あの、わたし、どうしたらいいんでしょうか」

「抜けるとどんな不都合があるわけ」

「不都合なことはないんですが、その、紅茶の販売を任せられたので、それを売り切らないうちは……」

「何それ。どんな紅茶なの」

妙子の問いに、由香里が立ち上がる。押入れから段ボール箱を取り出し、「これなんですけど」とテーブルに載せた。中には紙のパッケージが詰まっている。日本語が見当たらないのでどうやら輸入品らしい。

「万心教って、信者に訪問販売までやらせるところなの？　これは呆れた。ちなみにいくらするのよ」

「一個三千円です」

「これが？　信じられない」芳江が素っ頓狂な声を上げた。「紅茶なんかデパートで買ったって数百円じゃないの」

「すいません。でも、これって募金活動なんです。万心教の名前は出さないで、パキスタン難民を救うためのＮＧＯ団体ってことで売るんです」

芳江が大きくため息をつき、呆れた様子でかぶりを振った。

「そういえば前にうちにも来た。買わなくてよかった。そうだったの。まったくひどい連中だ。とんだ詐欺集団じゃない」

「完全な詐欺だよ。信者に犯罪のお先棒を担がせて、どうしてそれが宗教なのよ。わたしなら絶対にできないね」

二人で目を吊り上げ、交互に非難した。

「トレーナーに言わせると、できないと言う人は、思い込みや固定観念によるもので、心の持ち方を変えればできるようになるんだそうです」由香里が内気な女子中学生のようにぼそぼそと話す。「わたしも、最初は無理ですって断ってたんですが、『壁を乗り越えなさい』って何度も説得されているうちに、そういうものかと思うようになって……。すいません」

この女は自分の意思というものがほとんどない人間に思えた。口を開けば「すいません」を繰り返す。だから万心教などというインチキ宗教に付け入られるのだ。

「ねえ、三木さん。沙修会の道場に来なさいよ。家族ごと住み込みで暮らしてる人も何人かいるから、とっても心強いのよ」妙子が言った。

「ええ、でも……」

「迷うことなんかない。わたしたちがかくまってあげる」芳江が身を乗り出した。「こんな安物の紅茶なんか、わたしらが万心教にゆうパックで送り返してやる。それでいいでしょう。道場に来ればとりあえず御飯の心配はしなくていいから、お金も助かるじゃない」

「でも、仕事もあるし……」

「清掃員とホステスのバイトでしょう。続けたければ道場から通えばいい。その間は、みんなで子供の面倒は見るし、保育費だって助かる」

「そうそう。言うことを聞いてたら、今に壺だとか仏像とか売らされるようになるに決まってる。そうなったら警察に捕まるよ」

「はあ……」

由香里は鈍い返事を繰り返すばかりで、依然態度をはっきりさせない。焦れた芳江が立ち上がった。

「よし。じゃあ行こう。通帳や貴重品と、当面の着替えだけ鞄に詰めて。娘さんは幼稚園に通ってるんだっけ」

「すいません、お金がなくて……。せめてこの春からは一年保育で預けようかと……」

「わかった、わかった。もう『すいません』は言うな。手伝うから、早く荷造りして」

由香里が隣の部屋に行き、箪笥から衣類を取り出し、バッグに詰め始めた。お金がない割にルイ・ヴィトンというのが、なにやら物悲しかった。みんなに合わせたくて買ったのだろう。芳江は紅茶の詰まった段ボールを「よっこらしょ」と声を発して担ぎ、表に停めてある軽ワゴンに積み込んだ。妙子は女児を抱き上げ、「ほらー、これからいいところに行きましょうね」とあやした。女児は人見知りが激しいのか、体をひねり、拒絶した。「ママー、ママー」幾度も呼び続けた。

十分ほどで荷造りを済ませ、三人の女と女児とで軽ワゴンに乗り込んだ。エンジンを始動する。びりびりと車内が振動した。横から嵐のような風が吹いてきて、四角い車体が左右にと揺れた。このまま走り出すのが不安なような揺れ方だ。

「雨戸、閉めてきたほうがいいですよね」由香里が言った。

「わかった。わたしが閉めてきてやる」妙子がすぐさま車を降りた。動作がのろい由香里に任せると苛々しそうだ。

裏手に回り、外側から雨戸を閉めた。薄いスチール製のそれは、吹きつける強風に叩かれ、いとも簡単に波打った。身の回りの何もかもが安手であることに、妙子はえもいわれぬ侘しさを覚えた。ゆめのには、その場しのぎの粗悪品しかないのではと思えてくる。

たんぼの向こうの県道を、小学生たちが集団下校していた。全員がコートのフードを頭に被り、とことこと小さな歩幅で歩いていた。子供らしい賑やかな声は聞こえてこない。吹きすさぶ冷たい風の中、まるでペンギンの行進のようだった。

24

ゆめの市民連絡会が街頭で、産廃処理施設建設反対の署名活動を始めた。主要駅前やドリームタウンの駐車場で、タスキがけをした女たちが声をからしているらしい。山本順一はそれを秘書の中村の報告で知った。お揃いの白い防寒コートに身を包んだ運動員が、お面のような笑顔を作り、通行人をつかまえては署名を集めているとの事だった。ビラも配られていて、そこには順一が名指しされていた。飛鳥山の建設予定地は元々順一の会社の土地で、転売により私腹を肥やしていると、その通りのことが書かれてあった。

順一はそれを見て激しく動揺した。インターネットでの悪口はどこか地中の出来事めいたところがあり、さして気にならなかったが、紙の印刷物になると、いきなり芽が出て人目にさらされた感があった。町で市民の口に上っているであろうことは容易に想像がついた。田舎の娯楽は人の噂だ。

「おまえは何をしてたんだ」苛立ちを抑えられず、中村にあたった。

「すいません……」童顔の秘書が唇をかんで頭を下げる。

「前に言っただろう。ババア連中に食い込んで、懐柔でも何でもしてこいって」

「しかし、そうはおっしゃられても、なかなか取り合ってもらえなくて……」

「それをするのが秘書じゃないのか。秘書の仕事は一にも二にもネゴシエーションだろう」

「わかりました……。とりあえず抗議はしておきます」

「馬鹿。それこそ向こうの思う壺だ。こっちはあくまでも泰然自若と構えてなくてはならないんだ。山本順一が慌ててるってわかったら、連中、笠に着てかかってくるだろう。ちがうか。おまえは政治を知らないな。こういう場合は、善意の第三者が乗り出して事を収めるものなんだよ」

「はい……」

「言っとくが藪田兄弟なんかに知らせるな。とくに弟のほうは何をしでかすかわからんぞ。ああ、それから藤原のジイサンもだめだぞ。あのクソジジイ、今度はどんな要求をしてくるか知れたものじゃないからな」

「じゃあ、後援会に相談してみます」

「そうだよ。それだよ、おれが言いたかったのは」

順一は勘所の悪い秘書にため息をついた。

もっとも頼りになりそうな人間となると、容易には思い浮かばなかった。先代から引き継いだ後援会は、いずれも公共事業に群がる土建業者ばかりだ。藪田兄弟と大差がない。無教養で、モラルが低く、金にしか関心がない輩たちだ。

「ああそうだ。ところで、連中の活動資金はどこから出てるんだ。専業主婦の集まりで、すべて手弁当ってわけにはいかんだろう」

「わかりません」

「調べてもわからないのか、調べてないからわからないのか、どっちだ」

「調べてありません」

「じゃあ調べろ」語気を強めて命令した。「いいか、中村。おまえもこのへんで一皮むけろ。腹をくくれ。おれが県政に進出したら、今以上に魑魅魍魎《ちみもうりょう》の巣窟だぞ。国会ともなれば伏魔殿だ。秘書だってきれいごとでは通用しないんだ。寝技でも腹芸でもなんでも身につけろ」

「わかりました」

「言っとくが、おれを矢面に立たせるんじゃないぞ」

「はい」

中村が神妙な顔でうなずいた。背中を丸めて部屋を出て行く。順一は机に足を乗せ、椅子に深くもたれかかり、目を閉じた。頭に浮かぶのは憂鬱なことばかりだ。どうして当てが外れることばかり続くのか。これというのも、ゆめのという町の卑小さが悪いのだ。大局がないから、些細なことで人の足を引っ張り合う。

胸ポケットで携帯電話が鳴った。自宅からだった。出ると妻の友代が、鳥がさえずるような声で「ねえねえ、広いウッドデッキを南側に造ることにしたんだけど、いいでしょ」と、何の前振りもなく言った。

「ウッドデッキ？　何の話だ」

「家よ。新しく造る家。黒木さんが今いらしててね、ラフスケッチをいくつか見せてもらってるの」

「黒木？　ああ、例の建築士さんか」

「それでね、リヴィングとの段差を設けないで、内と外に一体感を持たせようっていうプランなのよ。いいでしょう」

妻は異様にはしゃいでいた。呂律も回っていない。いやな予感がした。

「おまえ、もしかして酒を飲んでるのか」

「ううん。ワイン」

「ワインだって酒だ。昼間から何だ」順一は声を低くしてたしなめた。

「黒木さんをランチに招待したの。お茶だけじゃ味気ないでしょう」

「それにしたって、酔うほど飲むやつがあるか」

「何をお出ししようかって、午前中から試飲してたら、ついグラスが進んだの。何よ、怖い声出して。そんなこと言うと、わたし悲しくて、もっと飲んじゃう」友代が、ホステスのような甘えた口調で言う。

「馬鹿言ってるな。客がそばにいるんだろう」ささやき声で言い返した。

黒木という建築士は面食らっているにちがいない。建築主の妻がキッチンドランカーだと知れたのは、いったいどの段階であったのか。

それより順一は、これが町の噂にならないか、気が気ではなかった。選挙区外の建築事務所とはいえ、ゆめので商売をしている業者だ。

「あ、そう。午前中に漏電遮断器の検査の人が来て、新しいのに交換してもらったからね」

友代は、夫の心配などまったく意に介さない様子でおしゃべりを続けた。

「何だそれは」

「さあ、よく知らないけど二十万円だった」

「二十万円？　払ったのか」

「うん、払った」

「おまえ、それはきっと詐欺だぞ。ゆめので怪しげな訪問販売が増えてるって聞いたことないのか」

順一は頭に血が昇った。地元の名士として知られる山本家が、よもやターゲットにされるとは。いったいどこのチンピラどもだ――。屈辱の思いが腹の底から湧き起こった。

「えー、そうなの。若くてはきはきしたセールスマンだったけどね」妻はあくまでも呑気だ。

「この馬鹿。常識で考えろ」反省のない態度に腹が立ち、つい声を荒らげた。

「馬鹿とは何よ」

「馬鹿は馬鹿だ」

「あ、そう。そんなこと言うなら今夜帰ってこなくていい」

「どういうことだ。亭主を追い出すのか」

「お好きなところに泊まりなさいってこと。そのほうがいいんでしょ」

友代が挑発するように言う。「おまえ、ふざけるな……」怒鳴りつけるところが、トーンダウンしてしまった。浮気を追及されたら、すべてが壊れてしまう。

「とにかく、酒だけは控えてくれ」感情を抑え、ひとつ咳払いをした。「おまえのためなんだ。体を壊したら新しい家も台無しだろう。春樹は受験生だし、おれだって春には選挙だ。頼りにしてるんだから、もう少し自分を大事にしてくれ」

友代が黙る。説得の効果があったというより、不貞腐れている様子だ。

「新しい家のことは任せる。ウッドデッキだっけ。造っていいよ。そういうの」

「暖炉はイタリアから取り寄せますからね」

「ああ、いい。思い通りにしていい」

なんとか夫婦喧嘩を回避し、電話を切った。天井を仰ぎ、てのひらで顔をこする。懸案事項が頭の中でごちゃ混ぜになり、自分の抱えている問題がしばしわからなくなった。

そうだ、市民連絡会の署名活動だ――。地盤は磐石なのでまさか選挙戦を左右するとは思わないが、浮動票は確実に失うだろう。何かの拍子で投票率が上がった場合は、父の代から続いたトップ当選が危うい。そうなると後援者たちに恰好がつかない。

椅子を回転させ、窓の外に目をやる。灰色の空をバックにまた雪がちらついていた。年が明けてからは連日こうだ。降るならちゃんと降れ、と文句を言いたくなる。ドリームタウンの観覧車は依然止まったままだ。

25

ひょんなことで性欲に火がついた。昨日、主婦相手の援助交際で二回セックスをしたばかりだというのに、朝目覚めてみれば、性器がブリーフからはみ出すほど隆起していて、甘酸っぱい気持ちが喉元にこみ上げてきた。相原友則は、布団を頭から被り、体を丸くし、性器を右手で握り締め、しばし淫靡な空想にふけった。

今日もセックスがしたい。温かな女の体に溺れたい。そう思うと、もう仕事などどうだってよくなり、どうせ春になれば県庁への復帰が待っているのだから、お義理程度に実務をこなし後任に引き継げばいいだろうと、どんどん緊張がほどけていくのだった。公務員は、やる気のある人間には底なしの激務だが、一旦割り切る術を持つと、いくらでもらくをすることができる。おまけに仕事をしなければ失点もなく、昇進に響くことはない。

遅刻だけはまずいので、のそのそと布団から抜け出て、出勤準備をした。ゆうべの残りの御飯を温め、フリーズドライの味噌汁を湯で溶き、目玉焼きと海苔の佃煮で御飯を口に押し込む。テレビニュースでは、ゆめので行方不明の女子高生が依然として見つかっていないことを報じていたが、とくに関心も湧かないので聞き流していた。それよりも女子アナウンサーの胸元に目が行った。

鏡の前に立ち、ふだんはつけないムースを使って髪を整えた。離婚して以来、身なりにはまるで気を払わなかった。何かのレースから脱落した気分でいた。たまには美容院に行って流行の髪形でも真似てみるのもいいかもしれないと、自分を見つめながら思った。考えてみればまだ三十二だ。シャツは薄いピンクのボタンダウンを選んだ。いつもはカーディガンにダウンを羽織るだけだが、この日はツイードのジャケットを着ることにした。

マンションを出て、駐車場で車に乗り込む。ボディの側面にこびりついた泥のはねを見て、昨日ダンプカーにあおられて冷や汗をかいたことを思い出した。どうせ暴走族紛いの運転手が面白がってやったのだろうが、そういう反社会的な輩が普通に生きていること自体に腹が立った。友則は公務員になってからというもの、「不良市民」という言葉が出来ないかとずっと願っている。年金未納者や不正受給者たちは、呼び名がつかないから放置されているのだ。

登庁すると愛美から、「相原さん。今日はお洒落じゃないですか」と、からかう調子で言われた。

「少しは気分を変えないとね」曖昧に答え、席に着く。

「わかった。今日はデートなんだ」

「ジャケットを着たぐらいで……。なんなら愛美とデートしてやろうか」

友則が切り返すと、愛美は柄にもなく照れ、「おいしいものをご馳走してくれるのならいいですけど」と妙に可愛らしく言った。お茶をいれるために立ち上がった愛美の尻を眺めながら、ふと、この女の裸を想像する。太めだが、若いから肌はすべすべしているのだろう。机の下で股間をさすった。まったく朝からどうかしている。

いつもの仕事に取りかかった。労力は最小限にと決めたら、山積みされた書類が苦ではなくなった。要するに精査しなければいいのである。生活保護に関しては新たに受給件数を増やさない方針が決まっているので、機械的にはねていけばいい。

確認業務はなるべく電話で済ませることにした。ケース宅にいちいち出向くと、相談を受けたりして新たな仕事が生じてしまう。面談をするから、つけ入られてしまうのだ。

つい先日、上申書に不正が見つかった母子家庭に電話を入れた。離婚した元夫に収入があることを聞き込み調査で突き止め、支給の減額を告げてあったのだ。

「今週中に、こちらに来て訂正書類に判を押していただきます。いいですね」

友則が突き放した口調で告げると、佐藤彩香という若い女のケースは、暗い声で「はあ、わかりました」と短く返事した。これで月々八万円が減額できる。なんでも女は、下の子供を元夫に引き取らせたらしい。これで母親なのだから、一公務員ながら国の将来に不安を覚える。

そんなふうにして仕事をこなすと、もう午前中にはデスクワークが完了し、あとは自由の身となった。そうなると友則の中で、いろいろな邪念が首をもたげる。

携帯を手にして、画面で電話帳を見た。昨日登録した「麗人サークル」の番号が入っている。パチンコ店の駐車場に行って、また援助交際の主婦を買うか。いいや、昨日の今日というのはあまりにもきまりが悪い。続いてバッグからデジタルカメラを取り出した。以前、駐車場で盗み撮りした若い主婦の浮気現場の画像に見入る。和田真希という二児の母だ。この女の尾行をしようか。また浮気でもしてくれたら、自分にとってはいちばんの暇つぶしだ。

とにかく役場を出ることにした。デスクにいると民生委員やケースから電話がかかってきて、新たな仕事が増える可能性がある。

ホワイトボードに「ケース訪問三件」とうそを書き込み、フロアを後にした。入り口横の相談窓口では、稲葉が申請に来た母子家庭の女の相手をしていた。

「あんたねえ、実家が同じ町内にあってどうして生活保護を受けられると思うの。こっちは調べるよ。親に収入があったら、虚偽申告で訴えるからね」

稲葉のどすの利いた声に、髪を金色に染めた女は不良高校生のように不貞腐れていた。その様子を見たら、仕事をさぼる罪悪感が薄らいだ。本当に困っている市民など、そうはいないのだ。だいいちこの国には飢餓がない。

公用車ではなく自分の車に乗り込んだ。役所の車は装備が貧弱で、エアコンもうるさい。そしてエンジンをかけたところで、友則は和田真希の自宅を目指すことに決めた。時間はあるのだから無駄足でもいい。不在ならパチンコ店の駐車場に行けばいい。この行動が病的であることは充分承知していた。まるでストーカーだ。

途中、国道沿いの食堂で昼食を済ませ、ＡＴＭで現金を引き出した。何かあったときのために十万円下ろした。目に付いた雑貨店で安手のオペラグラスも買った。ちゃんと女の顔を見たい。異常だとわかっていても、欲望が先に立つ。

相変わらずの曇天の下、和田真希の住む住宅団地に向かった。心の奥に、夏休みに突入した学生のような解放感があった。宮仕えなどというものは、金を得る手段と割り切ってしまえば、案外気楽な稼業なのかもしれない。少なくとも自営業者のようなプレッシャーはない。

団地に到着し、和田真希の家の前を通った。赤い軽自動車がカーポートに納まっている。どうやら家にいるらしい。そのまま通過して、裏の土手へと回った。以前来たときは河川敷で近所の主婦と子供を遊ばせていた。

かすかな期待を抱いて探したが、北風が強く、小雪が舞いそうな天気のせいか、そこに人影はなかった。徐行しながら団地を見下ろす。和田真希の家を探すと、こちら側から二列目の中ほどに見つけることができた。同じような造りの家ばかりだが、カーポートの軽自動車でわかった。路肩に停車し、その家を凝視した。ベランダには洗濯物が干してあり、窓ガラスには花のシールが貼ってあった。側面の出窓には観葉植物。そこかしこに若い主婦の生活感がある。

そのときレースのカーテンがふわりと動き、窓が開いた。友則はどきりとした。あの女だ。和田真希が身を縮めながらベランダに出てきて、寒さの中、一時でも早く済ませたいとばかりに急いで洗濯物を取り込み始めた。

あわてて頭を低くし、周囲を見渡した。誰にも見られてはいない。友則はオペラグラスを構え、ベランダの女を見た。アップで見る和田真希は、やはり自分好みの可愛い女だった。頬がぽっちゃりして、どこか幼さを残している。清楚な感じがたまらなく欲望をかきたてた。

女は洗濯物を取り込み、窓とカーテンを閉めた。どこかに出かけるのだろうか。そうだとしたら尾行の開始だ。別に何も起きなくてもいい。買い物でもいい。今はただ他人のプライバシーをのぞき見したい。

しばらく様子をうかがっていると、カーポートに人影が映った。友則の気がはやる。エンジンがかかる。やったと心の中で快哉を叫んだ。

急いで車を発進し、団地の入り口に向かった。赤い軽自動車はすぐに見つかった。丸っこい女性的な車が、とことことアスファルトの上を走っている。その姿にはどこかテーマパークの遊具の風情があった。車は県道に出ると東に方向を変え、ゆるい速度で突き進んでいく。

友則は慎重に距離をとり、追跡した。ときおり後部座席を振り返るような仕草をするので、チャイルドシートに幼児を座らせているのだろう。最初に追尾したとき、女は浮気の最中、隣町の団地の主婦に子供を預けていた。その再現だとしたら、和田真希は今日も男と会う可能性が高い。

果たして赤い軽自動車は前回と同じ団地に吸い込まれ、主婦仲間に子供が預けられ、和田真希は一人で車を走らせることとなった。しばらく行って国道に乗り入れる。向かう方角には例のパチンコ店がある。友則は興奮した。指先がかすかに震えるほどだった。

十分ほど国道を走り、車はパチンコ店の駐車場に入っていった。もう疑う余地はない。和田真希はこれから浮気をしようとしている。亭主のいぬ間に、子供を預けて――。心臓が早鐘を打った。喉が鳴った。快感が背筋を突き抜けていく。

友則は女の車が駐車するのを待ち、少し離れた場所を選んで自分も停めた。今日はオペラグラスがあるので、無理に近づく必要はない。

女が車から降りた。周囲を見回し、何かを探している。男の車だろうか。

じっと観察していると、女はハンドバッグを抱えながら小走りに敷地内を進み、奥まったところに停まっていたワゴン車に駆け寄った。

友則は「えっ」と声を上げていた。オペラグラスを持つ手が固まった。

あのワゴンは見覚えがある。昨日、自分に声をかけてきた麗人サークルのマネージャーの車だ。確か山田と名乗っていた。

女が窓をノックした。扉がスライドして開く。女は親しげに微笑み、ステップに足をかけ、背中を丸めて乗車した。

友則はその光景を呆然として見守った。あのワゴンに乗り込んだということは、和田真希は主婦の援助交際グループの一員なのか。となると、先日目撃した逢引きも、実は援助交際なのか……。

状況がつかめず、オペラグラスをのぞき続けていた。頭が混乱した。はっきりしているのは、和田真希という女が、あのポン引きと知り合いの関係にあるということだ。世の主婦たちは、亭主の知らないところでいったい何をしているのか。

ふと麗人サークルに電話をかけてみるかと思った。そしてそう思った瞬間、もしかすると和田真希は客を取るためワゴンに待機しているのではないかと推察し、全身が熱く火照った。

携帯を取り出し、画面を凝視した。かけてみるか。かけて「今近くにいるんですが、女の子いますか?」と聞くのだ。例のマネージャーから「いますよ」という言葉が返ってくれば、自分はこれから和田真希を抱くことができる。

友則はまるでアダルトビデオを手にした高校生のように鼻息を荒くした。性器はとっくに固くなっている。ただ一方では体裁のことも考えた。二日続けてとなると、さぞや好き者と思われかねない。誰が気に留めるでもない無名の輩のくせに、自尊心だけは人並みにある。

どうするか。このチャンスを逃すのはあまりにも惜しい。あの女とセックスをしたい。二万円なら少しも惜しくない。狂おしいほどの感情が溢れ出て、友則の心は千々《ちぢ》に乱れた。

そして携帯の通話ボタンに親指を乗せたそのとき、ワゴンの扉が開き、昨日のマネージャーが降りてきた。友則がはっとして身をかがめた。マネージャーはジャンパーの襟を立て、背伸びして周囲を見渡した。誰かを待っているようだ。そこへ一台の車が走ってきて、視界をさえぎるように停車した。マネージャーは運転席をのぞき込み、相好をくずすと、素早く助手席に乗り込んだ。

そうか。あれは客か。予約があったのか。くそったれ。赤の他人の行状なのに罵っている。車内でマネージャーが何かを受け取った。きっと前払い金だ。十秒と経たず降りると、今度はワゴン車から和田真希が降りてきて、入れ替わりに客の車に乗った。恋人に相対するような笑顔を見せる。一連の出来事を、映画のスクリーンを見つめるように眺めながら、友則は胸が締め付けられた。

和田真希は援助交際をしていた。前回一緒だった男も、不倫相手ではなく、馴染み客だったのだろう。あの自然な微笑み方は、女がこの仕事に慣れている証拠だ。

友則の気持ちが、重心を失った独楽《こま》のように揺れた。その理由は自分でもよくわからない。可愛い顔をして金で男に抱かれるのかという失望と、ならば自分も客になりたいという欲望と、何も知らない亭主はなんて哀れなのかという同情と、それらが幾層にも重なり、不安定に回り続けている。

和田真希を乗せた車が走り去っていった。尾行するつもりでいたが、ショックで気力が失せた。どうせ行き先はわかっている。それに二時間と少しここで待っていれば、また戻ってくる。

どうしても確かめたくなり、友則は麗人サークルに電話を入れることにした。ひとつ深呼吸したあと、携帯で番号を呼び出す。すぐにマネージャーが出て、「もしもし」と低く声を発した。

「そちらは麗人サークルさんですか」友則が聞いた。

「ええと、おたくさまは……」

「わたしは昨日、パチンコ屋の駐車場で声をかけられたものです」

「ああ、昨日のお客さんですね」いきなり口調が変わった。「山田です。その節はありがとうございました」車のセールスマンのように愛想がいい。

「実は今、パチンコ屋の近くに友人といてですね、その、もし女の子がいたら、これから行ってもいいですか」

「何分後ですか。三十分待っていただければ、なんとか二人、調達しますが」

やっぱり予約が必要なのか。和田真希は予約があったのだ。

「いや、いないのなら結構です」

「旦那さん。そんなことおっしゃらずに。すぐにいい子、手配しますから。気に入らなきゃチェンジしてもいいんですよ」

「いやあ、そこまでは……。今回はいいです」

口ごもりながら、本当のことを言おうかと思った。実はさっきから同じ駐車場にいて、一部始終を見ていた。今客と出て行った女と、自分も遊べないかと——。

「ご予約を入れていただくとありがたいんですけどね」

「ああ、そうですね。これからはそうします」

言う勇気がなかった。どうしても恰好をつけてしまう。

「昨日の子、どうでした？　ミホちゃん」

「うん。よかったです」

「うちはみんな恋人気分でしょ？　性格のいい女性をちゃんと面接して選んでるんですよ」

「そうですか。あ、いや、そうですね」

「ちなみに、ミホちゃんだと火曜と木曜が出になります。ただし、午前十時から午後四時までの間ですけどね」

「わかりました。考えておきます」

曖昧に返事した。この手に抱きたいのは、和田真希だ。

「旦那さんのこの番号、メモリーに入れてもいいですか」マネージャーが聞いた。

「ええ、いいですよ」友則は了承した。携帯だから、さして抵抗感もない。

「ありがとうございます。よろしければお友だちもご紹介ください」

マネージャーは終始低姿勢だった。案外前職は堅気の営業マンだったのかもしれない。

「それではまたのお電話をお待ちしております」

「ああ、ええと……」切られそうになったので、ついという感じで口走ってしまった。「好みのタイプを言うとね、歳は三十くらいで、華奢な感じで、ショートヘアで、清楚な感じで……」和田真希の特徴を並べていた。

「はい。わかりました。お客様のご要望にぴったりの女の子がいます。ぜひ次の機会に」

マネージャーが調子を合わせる。友則は顔が熱くなった。なんて恥ずかしいことを言ったのか。リクエストを出したとしても、手すきの女を派遣するのがこの商売の常套手段だ。素人でもそれくらいのことはわかる。

そっと車を動かした。駐車場のいちばん端まで移動し、オペラグラスでワゴン車を注視した。午後はさぼると決めた。時間ならいくらでもある。

観察していると、麗人サークルとやらはなかなか繁盛している様子だった。二十分間隔といった感じで、マネージャーがワゴン車から降り、やってきた客の車へと走っていく。そして初めての顔合わせのときは携帯で写真を撮り、女と知り合いでないかと確認する。客は窓からマネージャーに金を手渡し、女を待つ。女はマネージャーのワゴン車か、パチンコ店内で待機する仕組みだ。

好みの女が現れると、あのサークルを利用していればいつか巡り合うかもしれないと思い、激しく欲情した。

客となる男に対しては、人相風体から仕事や地位を想像し、堅そうな男には「好き者が」と口の中でからかった。

それぞれの男女の表情にうしろめたさは微塵もなかった。男はパチンコ同様の遊びで、女はちょっとした小遣い稼ぎといった感じだ。

友則は、あらためて世間のタガの外れっぷりに驚いた。これは特殊なケースではない。市井の人々が、塊になって、セックスの売り買いという波を起こしているのだ。

そして二時間を過ぎた頃、和田真希は駐車場に戻ってきた。恋人のように客の男を見送ると、ワゴン車には寄ることなく、自分の車に乗り込み、さっさと帰っていった。軽自動車の安っぽいエンジン音が辺りに響く。

ふと黒い気持ちが湧いてきて、友則は尾行することにした。ただし女ではなく、客となった男のほうだ。まったくもって、小人閑居して不善をなす、だ。自分で自分に茶々を入れる。

尾行を始めたら、隣の市まで行く羽目になり、午後のすべてをのぞき見に費やすこととなった。男は焼肉レストランのオーナーだった。店の前に車を停め、シャッターを開けたのでそう推察した。平凡な家庭があって、小金があって、邪心もたっぷりあるのだろう。何かのきっかけで隣の市の援助交際サークルを知るに至り、若い主婦と遊ぶことにはまったのだ。

他人の秘密を知るのは楽しい。いい暇つぶしができたと、皮肉めかして笑った。

時間が経つのが早く、すっかり日が暮れていた。

役場に戻ってタイムカードを押し、家路に就いた。民生委員からの連絡がいくつか入っていたが、全部明日にまわすことにした。今日済ませてしまうと、明日やることがなくなる。

半日仕事をさぼってすっかり開き直った。もっと早くそうしていればよかったと思ったほどだ。昇進レースに参戦するのは県庁に戻ってからでいい。

途中、スーパーマーケットで惣菜を買い、この先は残業もしないと決めたので、レンタルビデオ店に寄って映画の新作DVDを何本か借りた。

その後はいつもの帰宅コースをたどった。カーステレオから流れるJポップをぼんやり聞きながらハンドルを駆る。そして周囲をたんぼに囲まれた一本道に入ろうとしたとき、雑木林の横にダンプカーが停まっているのが視界の端に映った。ライトがついていないので、黒い影を見ただけのことなのだが……。一瞬、恥骨の辺りがひんやりする。気のせいか。そうであって欲しい。

恐る恐るバックミラーを見ると、そのダンプカーが動き出した。道に躍り出て、無灯火であとをついてくる。周囲にほかの車は走っていない。

昨日の記憶が甦り、血の気が引いた。自分は待ち伏せされたのだろうか。ひょっとして誰かに狙われているのだろうか。

馬鹿な。自分に言い聞かせる。ただの公務員がどうして狙われるというのか。

アクセルを踏み込んだ。それに合わせるようにダンプカーも加速し、後方から野太いエンジン音が迫ってきた。またバックミラーを見る。車間距離は十メートルとなかった。大きな影がぐんぐんと迫ってくる。おいおい。口の中でつぶやいた。車高が高いせいで運転席はミラーに映らない。次の瞬間、ハイビームで照らされ、クジラの鳴き声のようなホーンが鳴った。友則は戦慄した。

全身が震えた。恐怖で顎が鳴った。どこかで横道に入りたいが、スピードが出ているので不可能に近い。メーターは時速八十キロを指していた。腕に覚えはない。ただの通勤ドライバーだ。

くっつかんばかりに追走された。ハンドルを取られかけ、焦って握る手に力を込める。叫びそうになった。誰か助けてくれ――。

アクセルペダルを床まで踏んだ。こうなったら振り切るしかない。スピードなら乗用車のほうが速い。次の四つ辻まで引き離し、民家のある方角に逃げるのだ。

バックミラーをうかがいながら、道の真ん中を走行した。少しの段差で車が大きく跳ねる。生きた心地がしなかった。

四つ辻の手前で少しだけ車間距離ができた。三十メートルぐらいだろうか。このまま走り続けても埒が明かないので、思い切って左折することにした。左に行けば集落がある。

急ブレーキを踏んだ。上体が前につんのめる。ハンドルを切った。遠心力で車体が外に引っ張られた。リアタイヤが横に滑る。ハンドルが制御を失った。呆気なくスピンした。車は舗装路から外れ、側溝を飛び越え、後ろからたんぼに突っ込んだ。鎖骨に衝撃が走る。シートベルトが右肩に食い込む。ガリガリと車体の底をこする音が響いた。車体が右に大きく傾き、友則は横転を覚悟した。ハンドルにしがみついたまま、思わず目を閉じる。

車は九十度近くまで傾いたところで踏みとどまり、元に戻った。二度三度バウンドし、やっとのことで停止した。

フロントガラス越しに夜空が見えた。後方から落ちたのでエアバッグは作動しなかった。ところでダンプカーは――。眩暈《めまい》をこらえながら体をひねって道路を見ると、ダンプカーは左折をあきらめ、直進していた。百メートルぐらい通過した先で停止している。エンジンはかけたままだ。

運転手は降りてくるか。血が凍るほどの恐怖の中、緊張しながら見守っていると、今来た道の方角から車のヘッドライトが近づいてきた。心から安堵した。助けを求められる。

ダンプカーが発進した。今度はライトを点灯させ、そのまま真っ直ぐ走り去っていく。

逃げたか。そのほうがありがたいのだが。対峙する勇気はない。

友則は車から降りようと、シートベルトをはずした。そのとき上半身に激痛が走った。あばら骨にひびでも入ったか。そうでなくても打ち身と捻挫ぐらいはしていそうだ。

よろよろと外に出て、向かってくる車に手を振った。

近づいてくる車のライトをこれほど心強いと感じたことはなかった。

26

涙は三日で涸れた。恐怖に駆られて泣くというのは、肉親を失うとか、失恋とかとちがって、案外期間が限られているのかもしれない。拉致されて四日目に入った今日は、朝から一度も泣いていない。ただ底なしの憂鬱を抱えているだけだ。

久保史恵は、全身に疲労感を覚え、押入れの布団で横になっていた。熱があるようだ。額に手を乗せたら、温《ぬる》めの湯呑み程度に熱かった。風邪かもしれないし、精神的なものかもしれないけれど原因などどうでもよかった。頼んだところで病院に行けるわけでもない。

ノブヒコは、一日中ネットのゲームに熱中していた。史恵の存在などないかのように、画面に向かって言葉を投げつけている。

「よし、第三の暗黒面はこれでクリアしたぞ。次はシャンバラの丘を奪取だ」

「くそう。見破られたか。シジフォスの時空回廊はどうしてこんなに敵だらけなんだ」

「やはり仲間が必要だ。こちらK2、こちらK2、誰か連帯しないか」

声色は完全にアニメのそれで、この若い男の頭の中には、何かのヒーローが棲んでいるようだった。

そして相変わらず、史恵はメイリンだ。

「メイリン。おなかはすいてないかい」

「メイリン。もう少しの間、ビーグルから降りないでくれ」

「メイリン！　恐竜モケーレをやっつけたよ！」

王女を救う騎士のつもりなのか、名前を呼ぶときはいつも潑剌とした声だった。目まで潤ませるから、まともに接しようがない。

このサイコパスが自分のしでかした拉致監禁をどう認識しているのか、史恵には微塵も想像がつかなかった。一日に何度か素に戻ることがあり、そのときは「おい、頼むから逃げようなんて思わないでくれよな」と普通の口調になるのだが、果たしてその際に犯罪者としての自覚があるのかは定かでない。メイリンではないときの史恵に向かって、「友だち感覚で接してくれてもいいんだからさ」などと言い出したことがあった。要するに、一から十まで理解不能なのである。もっとも、なかなか時間が過ぎてくれなかった。ことあるごとにラックの置時計を見ている。もっとも、早く過ぎたからといって、どうなるものでもない。

部屋にテレビはあるが、点けてもらえなかった。うっかりニュースにチャンネルを合わせると、女子高生の行方不明事件を見る羽目になるからだろうか、ノブヒコはリモコンを机の引き出しにしまっていた。

史恵は何も考えたくなかった。両親や弟のことを思うと胸が張り裂けそうになり、和美や学校のことを思うと悲しみに襲われ、この先のことを思うと目の前が真っ暗になった。

犯されたり殺されたりする可能性がある——。その事実はいかにも重く、十七歳の自分には到底対峙できるものではなかった。史恵はいっそのこと冬眠したかった。丸くなって、目を閉じて、春が来るのを待つ。日本の警察は優秀なので、その間に救い出してくれるのではないか。湧いてくるのはそんな逃避的思考ばかりだ。

ゲームが一段落したノブヒコが電話を手に取り、母屋に昼食の注文をした。

「寒いからよ、ラーメン二つだ。この前食った豚骨醤油味のがあっただろう。あれだ。いいか、麺を茹で過ぎんじゃねえぞ。それから具はチャーシューとモヤシと半熟卵だ。海苔も忘れんなよ。わかったか、ババア」

脅し口調でかけている。ノブヒコが言う「ババア」や「ジジイ」は、祖父母ではなく両親だということがゆうべ判明した。電話で因縁をつけているとき、「てめえ、それでも親か」と怒鳴ったのだ。となるとこの一家はますます謎だ。親ならば、自分の息子にどうしてここまでかしずかなければならないのか。とくに父親なら、まだ腕力だってあるはずだ。

「チャーシューが切れてる？　どうして買い置いておかねえんだよ。日持ちしない？　冷凍にしておけばいいじゃねえか。気がきかねえババアめ。ああいいよ、ベーコンで。今日のところはそれで我慢してやる。ちゃんとカリカリに焼けよ。二十分後に取りに行くからな。ほら、ヨーイドンだ。さっさと作れ」

ノブヒコは目を吊り上げて命令すると、興奮が収まらないといった様子で貧乏ゆすりをした。史恵がもっとも緊張するときだ。なるべく目を合わせないようにして、時間をやり過ごす。

「ボイド時間って知ってる？」ノブヒコが聞いた。どっちの人格で言っているのか判断できない。

「知りません」史恵は小声で答えた。

「世の中にはボイドタイムっていうのがあって、その間はボイドの掟《おきて》に従わないと、すべてが裏目に出ちゃうわけ。掟というのは、計画を立てない、方針を変えない、結論を出さない、大事なことを決めない、というもので、要するに何もしないのが一番なわけ。メイリンは何座？」

「……蠍《さそり》座です」

ノブヒコが手にしたカレンダーをのぞき込む。「先週、ボイドタイムがあったね。水曜日の午後七時四十六分から十時七分まで。この間は何してた？」

「さあ、家にいたと思います」

「ちがうよ。ダイナソーの居留区に軟禁されてたんだろう」目つきが一変する。

史恵は首を縮めてうなずいた。

「リモートビューイングはしてた？」

怖くて返事が出来ない。

「メイリンって、遠隔透視はできたんだっけ」

歯を食いしばり、目を閉じて小さくかぶりを振る。

「そうだよね。グルの指導は受けてないもんね。女の子だし、それは当然だよ」

なんだか知らないが怒らせずに済んだようだ。サイコの相手をするのは、強制的に綱渡りをさせられるようなものだ。

昼食が出来た頃、ノブヒコが母屋へ取りに行った。その間は押入れに入り、手錠をかけられる。自分が部屋から出るときは、たとえトイレでもそうされた。

ラーメンは味が濃く表面に脂が浮いていた。ノブヒコはどうやら脂っこい食事が好みらしい。一日部屋にいて、よく胃が受け付けるものだ。

ときどき凶暴な一面を見せるくせに、食事をするときのノブヒコは変に行儀がよかった。正座をして、無駄口を利かず、適度な速度で咀嚼する。スープもレンゲを使って静かに飲んだ。ここだけ人が見れば礼儀正しい青年だ。

そういえば、朝夕に二度歯を磨いたり、用を足したあとはしっかり手を洗うなど、子供の頃に普通の躾を受けたと思われる形跡はあった。だから余計に、親に対する暴力性との辻褄が合わない。

史恵はラーメンを半分残した。食欲などあるわけがないし、食べられるとしても淡白なものだけだ。できればサンドウィッチがいい。

そっとため息をつき、髪をかき上げた。汗が絡んで指の通りが悪い。恐る恐る口を開いた。

「すいません。お風呂に入れてもらえませんか」

ノブヒコが顔を上げ、しばし黙った。「何日、入ってなかったっけ」

「四日です」

「そうか。でも、この離れには風呂がないし、困ったね」

「じゃあ、この先ずっとお風呂には入れないんですか」

「うーん」ノブヒコが腕組みをし、考え込んだ。そしてひとりごとをぶつぶつ言う。「メイリンがお風呂か……。どうなるのかね、この場合。考えたことなかったけど、メシアといえども女の子だし、シャンプーぐらいはするのかな……」

パズルを解く子供のように首をひねり、考え込んでいる。

「わかった。じゃあ、ババアが買い物に行ったときに沸かして入れてあげる。午後は出かけるって言ってたから」

「あのう、着替えもしたいんですけど……」

「えー、勘弁してよ。おれ、女物の下着なんて買えないよ」

「でも、そろそろ気持ちが悪くて……」

「そうか。そうだよね。……わかった。なんとかする」ノブヒコは洟をひとつすすり、「生きてるメイリンはいろいろ面倒だなあ」とつぶやいた。

そのとき、表で自動車の音がした。ノブヒコが顔色を変え、立ち上がる。玄関窓から外の様子をうかがい、どすどすと足音を立てて戻ってきた。

「なんかのセールスだ。入ってて」

首に下げたスタンガンを手にし、顎をしゃくった。

史恵は一瞬、大声を上げようかと思った。悲鳴を上げ、助けを求めるのだ。しかし声が届くだろうか。もしだめだったら、どんな仕打ちが待っているかわからない。

そんな思いが顔に出たのか、ノブヒコがスタンガンを素早く史恵の首に当てた。

「妙な考えを起こすなよ。母屋とは距離があるんだからな」

史恵は顔をひきつらせてうなずき、押入れに入った。戸が閉まり、施錠された。耳を澄ませると、「ごめんくださーい」という男の声が遠くに聞こえた。距離は、十メートルは離れていそうだ。この部屋の外がどうなっているのか、史恵にはまったくわからない。

しばらく押入れでうずくまっていると、母親の声がした。「ノブヒコちゃん、ちょっとお願い」玉砂利を踏みしめる音がする。

「来るんじゃねえ！」

ノブヒコが、一気にメーターが振り切れたという感じで猛り狂った。

「だから中には入らないって。五メートル以内にも近寄らない」

母親が外から訴えかける。

「何の用だ！」

ノブヒコが玄関まで走り、立て籠もり犯の説得に来た警官に怒鳴りつけるように、ヒステリックに叫んだ。

「なんとか保安センターってところの人が来てね、漏電遮断器が壊れてるから交換しなきゃならないって言うの」

「そんなもの、いちいちおれに聞くな！」

「おかあさん、機械のことまるでわからないから。あなたは詳しいでしょ」

「うるせえ、ババア！」

ノブヒコの苛立ち方は尋常ではなかった。母親が自分のテリトリーに現れるのがそんなに許せないことなのか、本気で怒っている。

一度部屋に戻り、ステレオを大音量で鳴らした。アニメのテーマ曲がガンガンと低音を響かせて流れる。史恵が助けを呼ぶのを防ぐためだ。

再びサンダルを履いて外に出て行った。「来るな！ 帰れ！」音楽の合間に怒鳴り声が聞こえた。

「あれ、ヒノ君？」別の声がした。「おれ、加藤。憶えてる？ 中学で同じクラスだっただろう。なんだ、ここ、おまえの家かよ」

訪問者はどうやらノブヒコの知り合いらしい。そこからノブヒコの声は聞こえなくなった。母親も含めてみなが母屋に移動したようだ。

残ったのは、ひたすらうるさいアニメソングだけである。

無駄とは思いつつ、手錠が固定された金具を揺すってみた。びくともしなかった。

アニメソングが地球を救えと唄っている。

三十分ほどしてノブヒコは離れに戻ってきた。すぐには押入れを開けてくれず、五分ほど間があって、開けられた。手錠を外されたが史恵は出て行く気になれないので、そのまま中で寝そべっていた。

ノブヒコは頬をひきつらせ、「まったく世の中は、どうしてこうなんだよ」と一人でいらついていた。冷蔵庫からコーラを取り出し、一息で飲む。荒い息を吐いていた。母屋で何があったのか。

「ふざけんじゃねえよ。なんでおれが、あんな落ちこぼれにコケにされなきゃならねえんだよ。

よお、久しぶり、元同級生のよしみで買ってくれ、だとよ。あんなのインチキ商売に決まってるだろう。それをこっちがおとなしくしてりゃあ、六万円以上もふんだくりやがって——」

拳をてのひらに打ちつけ、ぶつぶつとひとりごとを言っている。

「ああ、気分が悪い。あんなやつ、バビロン時空なら真っ先にブラックホールに叩き落としてやる」

怒りが収まらないのか、また貧乏ゆすりを始めた。

「ネットで個人情報を流してやる手もあるんだけどなあ、あの低脳、どうせ掲示板なんかのぞかないだろうし、パソコンを持ってるかも怪しいし……。ああ、インターネットって、ネット住人以外には暖簾に腕押しなんだよなあ」

コタツに伏せ、何度もため息をついている。よくはわからないが、やってきたセールスマンが元同級生で、何かを売りつけられたようだ。きっとノブヒコはいじめられっ子だったにちがいない。だから大人になって引きこもるのだ。

三十分ほどして、気を取り直したのか、机のパソコンに向かった。再びゲームの世界に戻る。

「ようし、今日はダイナソー機動隊と正面衝突してやる。どうせ戦闘回避すると高をくくってるだろうから、やつらびっくりするぞ。メイリン、君にも戦ってもらうからね。大丈夫。ぼくがついている。絶対に護ってみせるから」

ノブヒコが振り返り、史恵に言った。さっきまでの落ち着かない目がすっかり据わり、騎士のそれに変わっていた。

銃撃の音がパソコンのスピーカーから流れる。史恵はそれを聞きながら、目を閉じ、虚しく過ぎる時間に身を委ねた。

27

その日は出社するなり、加藤裕也は後輩の酒井から相談を持ちかけられた。二十歳の酒井はつい半年前まで暴走族ホワイトスネークのメンバーだった男で、まだ現役の癖が抜けきっていないのか、粗暴な言動が垣間見えたりする。相談の内容とは、ブラジル人グループと地元暴走族との抗争が本格化し、その助太刀を求められているということだった。

「またその話か。馬鹿か、おめえは」

裕也は聞くなり顔をしかめ、酒井の頰を軽く張った。数日前にも同様の相談を受けたことがあり、たしなめたばかりだった。

「でもね、先輩。あいつら地元の女子高生を拉致して埋めてるんですよ。これで黙ってたら、おれらいったい何なんですか」

酒井が顔を紅潮させて言う。その目には、なにやら決意めいたものがあった。

「ジーニョの仕業だって決まったのかよ。ニュースではそんなのひとことも言ってねえぞ」

「それがどうやら決まりらしいんですよ。ジーニョが強姦目的で女を車に押し込んで、廃屋に連れていって仲間を呼んで回したら、中の一人が、女子高生の父親が勤める工場の工員で、顔を見られたから殺したそうです」

「そこまでわかってんなら、どうして警察が逮捕しねえんだ」

裕也はまともに取り合わなかった。ゆめのは今、この手の噂で溢れかえっている。

「証拠が挙がってこないからでしょう。とにかく、町ではみんなジーニョがやったって言ってますよ」

「それで？　ブラジル対日本で戦争するのか」

「だからとっくに始まってるんですよ。ゆうべだってファミレスの駐車場で小競り合いがあったし、土曜の夜なんか、ゲーセンでシンジたちが殴られてるし……」

「向こうから仕掛けてきたのかよ」

「何言ってるんですか。裕也さんだって、ドリタンで商業の後輩が刺された話は知ってるでしょう。事の発端はそれなんですよ」

「あのな、報復合戦はきりがねえんだぞ。これまでスネークもさんざんジーニョ狩りをしてきたわけだし、そろそろ手打ちしねえと、死人が出るんじゃねえのか」

「先輩、変わりましたね」

酒井が軽蔑するような目を向けた。裕也は後輩の態度にかちんときた。

「変わらねえでどうする。こっちは家族養ってんだよ。柴田さんだって、社長だって、みんなそうだ。おめえだって、迂闊に手を出せば会社に迷惑かけることになるんだぞ」

語気を強めて説教した。ついでに机もバンとたたく。

「いや、実はそれなんですけどね」

酒井が神妙な顔になった。身を乗り出し、小声で言う。

「おれ、スネークの後輩は見捨てられないし、と言ってこのまま暴れたんじゃ、パクられたとき会社まで警察に調べられそうだし……。一度会社を辞めようかと思ってるんです」

「マジかよ、おまえ」裕也は眉を寄せた。「社長にそう言うのか」

「ええ。だから裕也先輩、一緒に話してもらえませんか」

「なんでおれが……」思わず顔をしかめた。

「先輩、最近社長に気に入られてるじゃないですか」

「そんなこと言ったって……」

「この話に大義はあると思うんですよ」

「何だよ、タイギって」

「正当な理由ですよ。スネークは護る。会社には迷惑をかけない。だったら一度辞めるしかないでしょう」

裕也は返事に詰まった。この後輩の行動は、男らしいと言えば男らしい。

「わかった。一日待て。それとなく幹部連中に相談してみっから」

「一日だけですよ」

「ああ」たばこを取り出し、火をつけた。「ところでジーニョは手強いのか」

「半端じゃないですよ。あいつら平気で人を刺すし、殺し合いの気で来るし」

「喧嘩のやり方も変わったな。昔はゾク同士の抗争が大半で、せいぜい木刀で殴り合うぐらいだったのにな」

「喧嘩もグローバル化したんですよ」

「おめえ、勉強してるじゃねえか。難しい言葉いっぱい使いやがって」

冗談めかして酒井の腕を小突く。酒井は「じゃあ明日」と会釈すると、鼻の穴を広げて去っていった。

裕也は椅子にもたれ、紫煙をくゆらせた。確かに外国人が増えてからは、喧嘩が人種対立の様相を呈してきた。すっかり足を洗ったつもりの裕也でも、ドリタンでブラジル人や中国人の若者たちが我が物顔で歩いているのを見ると、自分たち日本人が築いた繁栄と安全にただ乗りするなと因縁をつけたくなる。

きっとこの流れは止まらないのだろう。ゆめのも身内だけの町ではなくなった。

朝礼のあとは、赤い目をした柴田に喫茶店に誘われた。「どうしたんですか、その目は」裕也が聞くと、柴田は「ゆうべ、ちょっと深酒してな」と答え、なにやら不機嫌そうに口の端を持ち上げた。

いつもの喫茶店でモーニングセットを注文する。柴田は椅子に深くもたれかかり、おしぼりを顔に載せたまま天井を向くと、大きなため息を漏らした。

「先輩、なんかあったんですか」

「ああ、あった。またおれは軽く見られた」柴田が自嘲するように言う。「社長に飲み会に誘われたところまではよかったけど、行ってみれば安藤よりも下座だ」

「またそれですか」裕也は苦笑した。

「またとはなんだ」柴田が体を起こし、テーブルに身を乗り出した。「おれには大事なことなんだよ。おまけに来月の慰安旅行、幹事を任されたのも安藤だ」

「慰安旅行なんてあるんですか」

「あるんだよ。幹部会だけで磐梯温泉一泊。コンパニオンをあげてドンちゃん騒ぎ」

「いいなあ、おれら下っ端は毎日働くだけですよ」

「だからよ、おれは行けるかどうかわかんねえ。安藤が幹事をやるっていうことは、当然、あいつはお供をするってことだろう。でもな、おれに関しては、連れてってやるとも、行こうぜとも言われなかった。なんか、飲み会の間、おれは数に入ってないって感じでな」

「そんなことはないでしょう。その場にいたってことは、柴田さんも幹部会のメンバーのうちですよ」

「いいや」柴田がしかめ面でかぶりを振った。「社長、その間ずっとおれを見なかった。おれはシカトされた」

「気のせいですよ」

「気のせいじゃねえ。安藤には話を振っても、おれには振ってこねえ」

「そうかなあ、飲み会に誘ったんだから、シカトするはずないでしょう」

「だからわからねえんだよ。社長が何考えてんだか」

柴田は苛立った様子で髪をかきむしり、何度も深いため息をついた。

「幹部の誰かに聞いてみたらどうですか。自分も行くんですかって」

「聞いても無駄だ。社長以外、知るわけがねえんだから」

トーストが運ばれてきたので、しばらく黙って食べた。柴田はその間も拗ねた子供のように憮然としている。裕也にはまったくの他人事だが、その心情はなんとなく理解はできた。柴田は認められたくてしかたがないのだ。そして社長の亀山は、部下たちのそういう気持ちを知ってわざと焦らしている。

「社長、絶対に柴田さんのことは認めてますよ」裕也が慰めを言った。

「そうか？」

「そうですよ。幹部会の会合に誘うこと自体、幹部扱いってことじゃないですか」

「じゃあそういうの、形で示してくれねえかなあ。おれ、主任でも課長でもいいから、なんか役職が欲しいんだよ」

「今にもらえますよ。だって営業成績、ここんところずっと上位でしょう」

「ああそうだ。ヒラの中じゃトップだ」

「すぐに肩書きがつきますよ」

「そうだといいけど……」柴田が柄にもなく気弱なことを言った。虚勢ばかり張っていた暴走族時代からは想像もつかない率直さだ。「今度な……」テーブルの下でひざを揺すりながら言葉を続けた。「組織編成の見直しがあって、幹部はバッジをつけるんだってよ。取締役が金バッジで、管理職が銀バッジだ。上の連中が言ってた」

「そうですか」

「おれ、銀バッジもらえるかな」

「そりゃあ、もらえますよ」裕也は励ましたくてお世辞を言った。

「安藤がもらえて、おれが見送られたら、マジでショックだ」

「そんなことにはなりませんよ」

「気休め言うな」

柴田の貧乏揺すりがいっそう激しくなる。まるで片想いに胸を焦がす高校生のように見えた。

「でも、柴田さんがそういうことで悩む人だとは思ってもみなかったッスよ」

「おめえ、馬鹿にしてんのか」

「まさか。そんなわけないでしょう。尊敬してるんですよ」

「ほんとかよ」

「ほんとッスよ」

柴田の純情さが滑稽でもあった。人はここまで変われるものなのだろうか。

「おれ、誰にも文句を言わせない成績を上げて、バッジをゲットしてやる。おめえも頑張れ。おれが幹部になったら引き上げてやる」

柴田が真顔で言った。

「頼んます」裕也は頭を下げた。今の柴田なら、本当にのし上がっていきそうだ。「ああ、そうだ。話は変わるけど、酒井のやつ、スネークの後輩連中に頼られてジーニョと出入りを起こすから、いっぺん会社を辞めたいって」

「なんだそりゃあ」

「パクられたとき会社に迷惑がかかるからだそうです」

「やらせとけ」気のない返事をした。

「社長はなんて言いますかねえ」

「案外簡単に認めるんでねえのか。うちの社長、任俠かぶれのところがあっから」

柴田が手帳を広げ、今日の営業エリアをチェックする。この男のもっぱらの関心は、自分が幹部として認められるかどうかだけだ。


午前中はノルマを課せられた地区のセールスに回り、午後からは山間の一軒家をしらみつぶしにあたることにした。まだ手付かずのエリアなので、成功する確率は高い。裕也は柴田の話に刺激を受けていた。自分もあと少ししたら、同じような心境になるのだろうか。どうせ仕事をするなら、兵隊のまま終わりたくはない。指揮官になって人を使いたい。

もう何年も補修工事をしていないであろう山の舗装路を、穴を避けながら車を走らせた。産廃場の裏側は、古い農家が点在し、パラボラアンテナがなければ昭和の頃から少しも景色が変わっていなかった。小学生の頃、自転車で遠征に来た記憶がある。昔からバスが通っておらず、商店もなく、自家用車がなければ駄菓子すら買えない集落だ。

山の陰には雪が残っていた。この寒さでは当分消えないだろう。人は誰も出歩いていない。音もない。養鶏場の隣を通ったときだけ、けたたましい鶏の鳴き声が響いていた。農閑期、働き手は勤めに出ている。年寄りが一人で留守番をしているのなら、裕也には好都合だ。

どんどん狭くなる道を運転しながら、集落のいちばん奥まで進んだ。全戸訪問するつもりなので、選り好みはしていられない。道の突き当たりが神社で、そこから脇にそれた山の棚地に一軒の民家があった。裕也はここからスタートすることにした。

車を敷地に入れ、エンジンを切った。ルームミラーで作業着の襟を直し、髪を整え、自分に気合を入れる。車から降り、玉砂利を踏みしめて玄関まで歩いた。ベルを鳴らし、引き戸に手をやると鍵がかかっていなかったので迷わず開けた。土間に入ってしまえば、簡単には追い返されない。

「ごめんください。向田電気保安センターです」一オクターブ高い声を上げた。

中から出てきたのは暗い顔をした五十がらみの主婦だった。「はい、なんでしょか」裕也をセールスマンと判断したのか、警戒した様子で襖から半身だけのぞかせる。

「配電盤の保守点検に参りました。ご存知かと思いますが、築二十年を超える家屋は電気の配線が旧式になってましてて……」いつものセールストークをまくしたてた。「漏電遮断器が付いていたら点検させてください。無料ですからご安心ください」

「東北電力の方ですか」主婦が聞く。

「保安センターです。委託業者です」裕也がうそをつく。

主婦はそれでも警戒を解かず、「主人がいるときにお願いできますか」とか細い声を出した。農家の主婦らしく、化粧気がなく、全体が垢抜けない風貌だ。家の中が薄暗いので、いっそう陰気臭く映った。

「今日がこの地区の点検日なんですよ。配電盤はどちらですか。五分で済みますから」裕也は構わず靴を脱ぎ、上がり框《かまち》に足を乗せた。

「はあ、それじゃあ……」押し切られた形で、主婦が襖を大きく開ける。初めて全身が露になり、視線を上げると目のふちに黒い痣《あざ》があった。この女は、顔を見られるのがいやで追い返そうとしたのだろうか。

家の中に入って裕也はさらにぎょっとした。襖という襖には穴が開いていて、壁にもへこんだ箇所があった。家具類は一応整頓されているものの、ここで乱闘でもあったかのようだ。これは一万円がいいところだな、と裕也は心の中で思った。事情はわからないが、荒れた家であることは確かなようだ。

台所に行き、早速配電盤を開けた。いつものようにインチキの測定をし、漏電遮断器の交換が必要だと切り出す。「車の中にあるのでこの場で交換できますが」と装置のパンフレットを見せた。

「わたしでは決められないから」主婦は困惑顔でかぶりを振った。

「消費税込みで一万五百円になります。今交換しておかないと危険ですよ。電気に詳しい人がいるのなら、買ってきて自分で換えられますが、そういう人、いらっしゃいます?」

裕也は構わず売り込みをかけた。一万円なら手元にないわけがない。目の前の主婦もどちらかといえば気弱そうだ。さっさと終わらせて次に移りたい。

「すいません。離れに息子がいるのでちょっと聞いてみます」主婦が言った。

「あ、そうですか」その言葉に、裕也は一瞬構えた。この女の息子ということは、若い男ということだ。あれこれ聞かれたら退散するしかない。

主婦は勝手口から外に出ると、裏手にある離れに向かって声を発した。

「ノブヒコちゃん、ちょっとお願い」

すると次の瞬間、ヒステリックな声が響いた。

「来るんじゃねえ!」

その声色はまるで人質を連れて立て籠もった銀行強盗のような激しさだった。裕也は思わずスリッパのまま勝手口の三和土に降り、外の様子をうかがった。

主婦が懇願する口調で事情を説明する。男が離れの中から「うるせえ、ババア!」と罵倒した。姿は見せず、玄関のガラス戸に人影だけが映っている。まともな親子関係には見えなかった。よほど粗暴な息子がいるのだろうか。

二、三分そんなやりとりがあったのち、いきなり離れから大音量のステレオ音楽が流れ、男がサンダルを履いて玄関から出てきた。「来るな! 帰れ!」顔を真っ赤にして怒鳴っている。

中肉中背の、色白の若者だった。地味な上下のジャージを身にまとっている。とりあえず屈強な男でなかったことに安堵した。喧嘩になっても勝てそうだ。そして顔を改めて凝視したとき、裕也の中で記憶の糸が反応した。中学のときの同級生だった。確か名前は信彦だ。日野信彦。真面目で目立たない生徒だったので付き合いはなかったが、小さな町なので卒業後も何度か見かけていた。

「あれ、日野君?」裕也が声をかけた。この家の草履を勝手に拝借して外に出る。「おれ、加藤。憶えてる? 中学で同じクラスだっただろう。なんだ、ここ、おまえの家かよ」口調を変えた。知り合いなら営業言葉を遣うこともない。

裕也を見て、日野信彦の顔が一瞬にして青ざめた。息を呑み、一歩後ずさりする。ああ、そうだった。鮮やかに記憶が甦った。おどおどした態度は、中学時代の面影そのままだ。この男は気が弱くて、いつもクラスの誰かからいじめられていた。裕也自身も、面白半分で金をたかったことがあった。

「そうか、そうか。日野君の家か。飛鳥山の裏だってのは聞いたことがあったけど、この集落だとは知らんかったわ」

裕也は笑みを浮かべて、歩み寄った。こいつから代金をいただこうともう決めていた。

弾かれたように日野が駆けてくる。「ちょっと、こっちへ来ないでくれよ」あわてた様子で裕也の前に立ちはだかった。

「なんだよ、久し振りに会った友だちに。ここ、おまえの部屋なんだろう。ちょっと上がらせてくれよ。配電盤の点検してやっから」

顎で目の前の離れをしゃくる。母屋と合わせて最低三万円は払わせようと頭の中で算盤をはじいた。

「いいよ、そんなことしてくれなくて」日野は両手で裕也を押し返した。思いがけない抵抗に、裕也がバランスを崩しよろける。「何するんだよ」にらみつけると、ますます日野はむきになり、「来ないでくれ、来ないでくれ」と必死の形相で迫ってきた。その間も、離れからは大音量で音楽が流れてくる。それも何かのアニメ主題歌だ。何から何まで変な状況だった。

「信彦、お友だちなの？」横から主婦が言った。

「うるせえ、ババア！　てめえは家の中に入ってろ！」真っ赤な顔をして日野が怒鳴り散らす。

裕也はここに来て事情を呑み込んだ。日野は家の中で暴力を振るう人間なのだ。さっき見た襖の破れや壁のへこみは、日野が暴れてつけた傷にちがいない。女の顔の痣も。その証拠に、母親はおろおろとうろたえるばかりで、息子をたしなめようともしない。

「おい日野、おふくろさんにそういう口を利くのか。ちょっとひどいんじゃねえのか」

裕也が日野を見据えて言った。面白いことになったと思った。この男が相手なら、いくらでも要求を通せそうだ。

「あんたには関係ないだろう」日野が言い返す。ただし唇は震え、うつむいたままだった。

「元クラスメートに〝あんた〟ってことはねえだろう。ま、立ち話もなんだし、ちょっと車まで来てくれよ。漏電遮断器、どうせ付け替えるんならいいやつにしねえとな」

裕也は日野の肩に手を回すと、引っ張るようにして、表に停めてある営業車のところまで連れていった。バンのハッチを開け、カゴから遮断器を取り出す。

「これが三万千五百円の機種、取り付けの工賃はサービス。さあ注文してくれ」

日野は黙りこくり、青白い顔にびっしょり汗をかいていた。

「ほら、黙ってちゃわかんねえだろう。注文するのかしねえのか」

裕也が低い声で凄む。脅しながら奇妙な懐かしさを覚えた。中学時代、いつもこうやって小遣い稼ぎをしていた。弱い奴をつかまえては餌食にしていた。

「なあ日野、注文してくれよ。こっちはノルマがきつくてよォ、毎日ヒーヒー言ってんだ。おめえは平日の昼間っから何やってる。もしかしてまだ学生か。それともフリーターってやつか？どっちにしろいい身分じゃねえか。昼間から家にいるんだからな」

日野は落ち着きなく爪を嚙み、貧乏揺すりをしていた。

「おめえ、引きこもりか」

聞いても返事が返ってこない。

「注文してくれるまでおれは毎日来るぞ」

「……わかった。買う」日野がぽつりと言った。

「うれしいなあ。やっぱり持つべきものは友だなあ」裕也は大袈裟に相好をくずし、日野の肩を強くたたいた。「そうかあ、注文してくれるか。離れの分も合わせて二個で六万三千円な」

「いや、それは……。そんなお金ないし……」

「後払い可にしてやる。明日あらためて集金に来てもいいしな」裕也が日野の肩をつかみ、前後に揺すった。「なあ、いいだろう。日野君よ。おれの売り上げに貢献してくれよ」

日野はますます顔色をなくし、落ち着きなく目をしばたたかせた。

「頼むよ。な、な」

日野が力なくうなずく。

「よっしゃあ。早速取り付けるか」

「いや、いい。ぼくが自分でやるから」

日野が漏電遮断器の箱を二つ抱え、母屋に逃げようとした。

「何言ってる。取り付けるのはおれの仕事だ」

「いいから、もう帰っていい。お金は今取ってくる」

日野は、裕也に一刻も早く帰って欲しいといった様子だった。

「あんのかよ、六万三千円」

「わかんない。なかったら振り込む」

「まあ、持ち合わせがなかったら、それでもいいけどよ」

日野が駆けて行く。その背中を眺めながら、裕也はたばこに火をつけ、一息入れた。まったく気味の悪い男だ。きっと日野には友だちもいないだろう。毎日離れに籠って、ＤＶＤを観たりゲームをしたりして時間を過ごしているのだ。

奥のカーポートには新車のスカイラインが停まっていた。日野の車のようだ。いい車に乗りやがって。もっと搾り取ってやろうかと考える。

日野は三分ほどで戻ってきた。一万円札を二枚持っている。「残りの四万三千円は銀行振り込みにする」震える手で差し出した。

「おめえもおかしなやつだなあ」裕也は鼻で笑い、二万円と書き込んだ領収書と一緒に自分の口座番号をメモして渡した。残りの金額はネコババすることに決めた。「いいか。明日振り込んでくれよ。入ってねえと即集金にくるからな」

「わかった。必ず振り込む」目が血走っていた。

なんとなくこのまま立ち去るのがもったいないような気がして、裕也は「なあ、もう一個買わねえか」と持ちかけた。

「予備のがあったほうがいいだろう」

「そんな……」日野が絶句する。

ふと母屋に目をやると、日野の母親が心配そうな顔でガラス戸からのぞいていた。親子揃ってなにやら哀れを催した。

裕也は立て続けにくしゃみをした。背筋に悪寒が走る。屋外にいるせいで、すっかり体が冷えた。

「ふん。まあ、今日はこれくらいにしておくか。また気が向いたら来るからよ、現金、用意しておいてくれや」

日野の肩をポンとたたき、車に乗った。離れからは依然としてアニメ主題歌のような音楽が流れてくる。

エンジンを始動し、車を発進させた。ルームミラーを見ると、日野が、中学生のときそのままの暗い表情で立ちすくんでいた。このあと、母親に八つ当たりして暴力を振るうのだろうか。

北風が山にぶつかり、渦巻きながら周囲の樹木をかき鳴らした。こんな家、自分なら三日でいやになると思った。もっとも引きこもりの男には、恰好の避難場所なのかもしれないが。

小雪が舞い始めていた。

28

朝、堀部妙子が目覚めて布団の中で最初に思うのは、外は雪が降っていませんようにということだった。寒風にならば耐えられても、雪が積もると車を持たない妙子にはまったくのお手上げとなる。天気予報では連日降雪確率が五十パーセントだ。だから布団から起きると、いつも祈るような気持ちでカーテンを開ける。夜が明けきっていない空はどす黒かったが、雪は降っていなかった。まずは安堵する。

妙子は簡単な身支度をして、午前七時前には家を出た。沙修会で朝食をとるためだ。どうせ〝奉仕組〟に入ったのだから、食事付きの権利だけは行使しようと思った。そうすれば食費と光熱費が節約できる。今の自分には百円だって貴重だ。

自転車を漕いで道場に着くと、笑顔を作れないほど全身が寒さで固まっていた。出家会員たちから、ちゃっかり朝食まで食べに来て、という視線を向けられたが、妙子は堂々と食卓に着いた。「わたし失業したから、今回は沙修会に助けてもらう。今まで会に尽くしてきたし、こういうの、持ちつ持たれつだと思うの」と、宣言めいたことも言った。どこか心の底で開き直るようなところがあった。ここにいる女たちは、どうせ助け合わないと生きていけない。

昨日から住み込みとなった三木由香里とその娘は、卓の隅で静かに朝食を食べていた。「三木さんたち、もっとストーブの近くに来たらどう。そっちじゃ寒いでしょう」炊事当番の女が声をかけたが、由香里は「いえ」とはにかみ、遠慮していた。周囲は温かく迎え入れているようだ。美人は得だと思った。女同士でも贔屓したくなる。

「清掃の仕事、これから行くの？」妙子が聞いた。

「あのう、それなんですが、辞めようかと思って……」由香里が消え入りそうな声で答えた。

「どうして」

「ここで暮らすなら、お金そんなにいらないだろうし……。この子が慣れるまではできるだけそばにいてやりたいし……」

「そう。好きにすればいいよ」

「スナック勤めは続けます。だから夜だけ、娘をお願いします」

「実家はいいの？　ちゃんと話した？」

「実を言うと、親からは、子供の面倒見させるなら金を入れろって言われてて、ちょっと気まずくなってるんです」

「あ、そう。どこにでも事情はあるわよね」

「すいません」由香里が頭を下げている。

妙子は隣に行くと、耳元でささやいた。

「だけどね、あんた、ここにいると掃除だとかＤＭの宛名書きだとか、あれこれさせられるよ。どうせ働くんならお金をもらえる清掃のほうがいいんじゃないの」

「そうなんですか？」

「仕事があるのにもったいない。なんなら清掃、わたしが替わってもいいよ。ビルでしょ。契約？　派遣？　業者教えて」

由香里はしばらく黙ると、神妙な顔で「少し考えます」と言い、ぼそぼそと御飯を口に運んだ。五歳の女児はいきなりの環境変化に戸惑った様子で、母親にぴったりとくっついている。握り箸でサトイモを刺し、犬食いをした。ちゃんとした躾を受けていないといった感じだ。

「そういえば、お嬢ちゃんの名前聞いてなかったね。なんて名前？」妙子が笑顔を作って聞くと、女児は箸を卓に投げ捨て、由香里の背中にさっと隠れた。由香里はたしなめようともせず、「マリナです」と答えた。万引きをするような女だ。常識を期待してはいけないのかもしれない。

「すいません。ここ、テレビはないんですか」由香里が上目遣いに聞いた。

「それはないなあ。修行する場所だから。沙羅様の部屋にはあるみたいだけど、そこはわたししたちじゃ入れないの」

「テレビがないと、娘がじっとしてないんですよね」

妙子は返事に詰まり、そっと鼻息を漏らした。

「慣れるわよ、そのうち」

「はあ……」なにやら不服そうだった。

由香里は食事を済ませると、自分で食器を洗った。ジャージの上下という身なりなのに、モデルのように絵になっている。女児が足にまとわりつき、相手にされないと見るや、自分の母をたたき始めた。由香里は子供を少しも叱ろうとはしなかった。

本堂に顔を出すと、指導員たちが火鉢を囲んで輪になっていた。植村が妙子を見つけ、「ちょっと」と手招きする。指導員の大半は妙子と同年代で、活動が熱心ということで指名を受けた女たちだ。

「いつか三木さんに説教会で相談者になってもらうからね。堀部さん、言い含めておいて」植村がお茶をすすって言った。

「あの人、見栄えがいいから訴求効果が高いと思うのよ。だからそのときの説教会にはたくさん人を集めること。目標は非会員だけで百人」ほかの指導員が鼻息荒く付け加える。

「広告塔って言ったら言葉が悪いけど、美人が会員だと、ほかの人たちも『じゃあわたしも』って気になるのよ。時間を作って三木さんの身の上話を聞いておいて。本番であたふたしないために下準備は必要だから」

植村は元教師というだけあって、何かと居丈高だった。職場不倫で家族と職を失い信仰に入ったという噂だ。

「早速シナリオ作りをしないとね」

「理事の了解を得ないでやって大丈夫なんですか」

「いいんじゃないの。出張で忙しいだろうから」

植村が言い、みなが皮肉めかして笑った。

「今頃は東京のホテルで豪華な朝食をとってるんじゃないの」

「昼間は銀座で買い物かねえ。いったいいつ帰ってくるの」

指導員たちが口々に陰口をたたいた。妙子は意味がわからず、黙って聞いているだけだ。理事は三人いて、一人は実の妹で、ほかの二人は発足時からの側近だった。派手好きで金遣いが荒いと聞いたことはあるが、内実は何も知らない。

「あのね、堀部さん」植村が肩をすくめて言った。「沙羅様、ときどき出張するでしょう？　あれは全部理事たち自身が遊びたいからなのよ。地元じゃ人の目があって贅沢できないから、東京や仙台に行っては豪遊してるの」

「そうなんですか」妙子は驚いた。そんな生臭い話があるとは考えもしなかった。

「沙羅様は別よ。沙羅様はとっくに解脱《げだつ》したお方だから、現世の快楽なんか少しも関心がないの。でもね、理事たちがすっかり贅沢好きになっちゃってね。昔はそんなことなかったのに、最近ではブランド物の服を隠し持ってたりして……」

「妹さんなんかベンツ乗り回してるじゃないの。公用車とか言ってるけど、実際は自分のための車でしょう」

「そうそう。腕時計なんか何個持ってるかわからないでしょう。それも全部舶来品」

ほかの指導員も不満を口にした。

「わたしたち、近々、沙羅様に組織改革を提案しようと思ってるの。そのときは堀部さんも仲間になってもらえるかしら」

植村に懇願され、つい曖昧にうなずいてしまった。

「今の話、ほかの会員には内緒にしてね」

「はい、わかりました……」

一枚岩だと思っていた沙修会だが、中に入ってみるといろいろありそうだ。会員といえども生身の人間だということだろう。

しばらくして全員が本堂に集まり、読経をした。このときだけはみなの心がひとつになった。現世での捌きと来世での幸福を願い、無心に経を唱える。部屋の中なのに白い息が吐き出た。風がガラス戸をガタガタと揺らす。庭では由香里の娘が一人で石を蹴って遊んでいた。


午後になると小雪が舞い始めた。ここのところ天候の神様は容赦がない。目に映るものはすべて色彩が奪われ、白濁色の世界が広がっている。隙間風が建てつけの悪い窓から侵入し、いくらストーブを焚いても、だだっ広い本堂全体が暖まることはなかった。

板の間に並べたテーブルで、妙子は出家会員たちに混じって造花を作っていた。三本の赤い花を束ね、針金で結わえ、白いテープで巻いていく。子供用の帽子のアクセサリーになるらしい。もちろん修行や布教とは無関係で、業者から斡旋された内職だ。出家会員は自分たちの生活費を捻出するために、施設内で各種の内職をしていた。得られる賃金はまるまる沙修会の運営費に充てられ、個人には一円も入らない。通いの奉仕組である妙子にその義務はなかったが、植村から「手伝って」と言われると、断る勇気はなかった。それに自分には何もすることがない。

由香里も作業に加わっていた。娘は隣で昼寝をしている。由香里は案外不器用で、仕事が雑だった。見かねて妙子が手伝った。この女は、美貌以外には取り柄がなさそうだ。

しばらくして、門の前に車が停車した。誰か来たのかとみなが首を伸ばす。灰色のセダンだ。

中から男が二人降りてきて、「すいませーん」と声を張り上げた。

植村が縁側から応対した。「はい、なんでしょうか」

ガラス戸を開けると、冷気が洪水のように侵入してきた。弾かれたように全員が身を縮める。

「警察の者です。ちょっとおうかがいしたいことがあって来ました」

その声に再びみなの視線が向かった。中年の男二人が愛想笑いを浮かべている。私服だから刑事のようだ。

「ええ、はい。ちょっと待ってください」

植村は一旦ガラス戸を閉めると、玄関に回っていった。

「何よ、警察って」「何かあったの」

会員が口々に言うが、わかるわけがない。

すると今度は新たに制服警官が二名、敷地に入ってきた。垣根の向こうに赤色灯が見える。パトカーだ。男たちは庭から中をのぞき、微笑みながら会釈をした。妙子たちもつられてお辞儀をする。男たちは勝手に歩を進め、敷地内がどうなっているかを探るようにきょろきょろと見回した。

玄関では刑事たちとのやりとりが聞こえる。「うそです。そんな人、ここにはいません」突如として植村のとがった声が響き、妙子たちは思わず聞き耳を立てた。

「そんなインチキな通報、警察は真に受けるんですか」

「いや、だからね、わたしはあくまでも確認に……」

刑事の声も聞こえた。ただしあちらは低姿勢のようだ。

ほかの指導員たちが何事かと玄関に向かった。襖を開けたままだったので、声がすべて筒抜けになった。

「無茶苦茶です。人の家の中を調べる権利がどうして警察にあるんですか」

「だから、我々はお願いに上がっているわけですよ。施設の中を一通り見させてもらえませんかねえ」

どうやら刑事たちは何かを調べたくて来たらしい。

「疑われていること自体が心外です。どうして行方不明になった女子高生がうちの施設内にいるというんですか」

植村の言葉に、会員全員が顔を見合わせた。なんという荒唐無稽な。冗談にしても性質《たち》が悪過ぎる。妙子は腰を上げると、襖の陰に身を隠し、そっと玄関の様子をうかがった。

「お願いします。一度見せてくれんものかねえ。何もなければそれで結構。これ以上のご迷惑はおかけしません」刑事が手を合わせ懇願していた。

「そもそも、いったい誰が通報をしたんですか」植村は顔を強張らせている。ほかの指導員たちも同様だ。

「匿名です。わたしらもわかりません」

「ただのイタズラじゃないですか」

「だから、イタズラならそれでいいんです。行方不明になった女子高生を見つけるためにも、我々はいかなる情報も無視するわけにはいかないんですよ。どうか地元のため、ご理解いただけませんか」

妙子の肩に手がかかる。振り返ると、会員仲間の顔があった。いつの間にかみんなが廊下側に場所を移動し、刑事たちとのやり取りを聞いていた。

「それから、近所でも話を聞いたんですが、おたくの施設にはたくさんの女の人が出入りしているそうで……」

「宗教団体だから当たり前です。わたしたちは、県にちゃんと届出をした宗教法人です」

「そんな、怒らないで。宗教法人だからこそ、わたしらもそれなりに気を遣ってるんですよ。町の者でもない人たちが、毎日出たり入ったりするのを見ると、地域住民は不安に思うわけ。そういうの、わかって」

「とにかく、代表が東京に出張中で、わたしには判断できません」植村が毅然とした態度で言った。

「困ったなあ。わたしら、手ぶらで帰ったら上司に叱られちゃいますよ。ね、ね、ちょっとだけ」

刑事の一人が甘えるような声を出し、懸命に懐柔した。

「ちょっと、そこで何をしてるんですか！」

そのとき台所の方角で、女が声を張り上げた。妙子たちが塊になって駆けつける。勝手口に先程の制服警官二名が入り込んでいた。

「奥さんたち、そんな大きな声を上げないで。ノックしたけど誰も返事してくれないから……」

年配の警官が両手を挙げ、わざとらしく笑みを浮かべて言った。

「だからって勝手に入っていいわけないでしょう」妙子が代表して抗議した。

「入ってない、入ってない。戸を開けただけ」

「とにかく、人の家を調べるようなことをしないでください。玄関の刑事さんに注意を引きつけておいて、あんたらは敷地内を勝手に調べて……。何を疑ってるかしらないけど、行方不明の女子高生がここにいるわけないでしょう」

「奥さんたち、何か疚しいことでもある？」

「ありません。何を言ってるんですか」警官の言い草に頭に血が昇った。

「疚しいことがないのなら、見せてくれていいんでないの」

「プライバシーってものがあるでしょう。訴えますよ」

「訴えるって、そんな大袈裟な……」警官が芝居がかったジェスチャーをする。

「おーい、ヤマさんたち、こっちに来い」玄関から刑事が大声で言った。「誤解されてもかなわん。四人で頭下げてお願いしよう」

制服警官が肩をすくめ、玄関へと回っていく。

「万心教。インチキな通報したの。絶対に万心教のいやがらせよ」

妙子が言った。確信があった。先日保安員を解雇されたのも、万心教の工作によるものだ。やつらはどんな手だって使う。戦争が始まっているのだ。

妙子の言葉にみながうなずいた。由香里は青い顔でうつむいている。

「三木さん、あんたに責任はないのよ。わたしたち、必ずあなたたち親子を護るから、安心してここにいて」

「そうそう。わたしら、沙羅様の下に集まった仲間じゃない。家族と一緒」

みんなで由香里に慰めを言い、体を寄せ合った。

「じゃあさ、まずはここに住んでる人全員の名前を教えてよ」

玄関では刑事がしつこく食い下がっていた。

「そんな義務はありません」

「あるある。国民は住んでいる町に住民登録しなければならないんですよ。常識でしょう」

「代表と理事たちが帰ってくるまで待ってください。そのあと対応します」

「いつ帰ってくるの。今日？　明日？」

「わかりません」

「わかりませんって、そんな……。連絡してみてよ。ね」

植村がしばし思案したのち、指導員の一人に連絡を取るよう指示した。電話をかけに奥に引っ込む。

「さっきから言ってるけど、わたしら、通報があった以上、調べもせずに引き揚げられないのよ。もしも拒否すると、登記簿だとか住民票の記載事項とかいろいろ調べて、ちょっとでも違反があったら家宅捜索することになるけど、それでもいい？　オウム事件のときの反省から、わたしら、宗教法人相手でも簡単には引かなくなったからね。そこんとこ、教祖様にも言っておいて」

刑事が強い視線を向けて言う。万引き犯を突き出したときの、やる気のない対応とは大違いだった。上司の命令だからここまで熱心になれるのだろう。

五分ほどして、電話機の子機を手にした指導員が戻ってきた。「理事と話してください」と刑事に手渡し、直接交渉となった。警察と理事の長いやり取りののち、植村が代わって電話に出、「沙羅様のお部屋以外ならお見せしていいそうです」と硬い表情で告げた。

「すいませんねえ、形だけの調査ですから」

片手拝みをして四人の警官が玄関から上がり込んだ。

「手分けしてやりますから、案内に一人ずついてください。あとの奥さん方は一箇所に集まって移動しないでください。すぐに済みますから。ほんと、すいません」

警官に言われ、妙子たちは本堂に残った。

「この部屋も見せてくれますか」

「押入れも開けてくれると助かるんですけど」

警官たちの声があちこちから聞こえる。低姿勢は崩さないが、要求は絶対に曲げないといった様子だ。

「だめです。そこは沙羅様のお部屋ですから。最初に言ったでしょう」

そのとき、庭を挟んだ離れの方角から、植村の悲痛な声が聞こえた。続いてドタドタと渡り廊下を走る音が響く。

「入らない。ここから見るだけ。だから開けて」と刑事。

「約束がちがいます。だいいち離れには誰もいません」と植村。

「いないならいいでしょう。お願い。ね、ね」

「だめです。ここは私邸なんですよ」

じっとしていられず、妙子は本堂を出て、渡り廊下の端から離れをのぞいた。降り続く雪の向こうで、沙羅様の部屋の前には警官が四人全員集まり、指導員たちと押し問答をしていた。

「開けてくれれば帰ります。お願いします」刑事が土下座までする。真っ白な息が立ち昇る。妙子は警察の手口に圧倒された。開けて部屋を見せなければ何時間でも土下座をしていそうだ。


結局、根負けした形で、刑事の要求を呑むこととなった。沙羅様の部屋の襖が左右に開くと、警官たちは「ちょっとだけ」と入り込み、最後は押入れまで開けさせられた。

植村は顔を真っ赤にし、唇を震えさせていた。みんな同じ気持ちだった。ここにいる女全員が、陵辱されたような気分を味わい、怒りと悲しみに打ちひしがれていた。

健気に肩を寄せ合い、励まし合って生きている女たちの土地に、ミサイルが撃ち込まれた。その犯人は万心教だ。

警察が帰ったあと、会員たちはすっかり落ち込み、しばらくは誰も口を利かなかった。空気さえ止まったような沈黙の中で、内職の手作業を続けている。

妙子は自分の無力さを呪った。今日、沙羅様のために何もすることができなかった。

柱時計が鳴った。外では雪はしんしんと降り積もっている。

29

ゆめの市民連絡会の活動は、日ごと勢いを増していた。メンバーの大半が専業主婦という縛りのなさから、朝な夕な、駅前で署名と募金を集めているのである。おかげで山本順一の名前は新興住民の間でも有名になった。産廃処理施設建設に絡んで私腹を肥やす悪徳市議として、名前を連呼されているのだ。

順一はさすがに危機感を抱いた。一日二日の運動なら相手にしないつもりでいたが、放置しておけばこの先も続きそうだ。なにより腹に据えかねたのは、会のメンバーが塾帰りの高校生にまでビラを配ったことだ。息子の春樹がそれを手渡された。春樹は帰宅するなり、母親に「駅前でこんなの配ってたよ」とひらひら振って見せ、嘲り笑ったらしい。クールを装いたがる十代らしい反応だが、内心はショックだったろうと順一は推察した。いくら親に反発していても、悪口を言われて愉快なはずはない。仲間内でも肩身が狭い。

妻の友代は心底うんざりした様子で、ゆめのを出たいと言い出した。住民票だけ置いて、あとは大きな街で暮らしたいと訴えるのだ。もちろん順一は即答で却下した。国会議員ならまだしも、市会議員でそんなことが許されるわけがない。

そんな中、秘書の中村が連絡会の資金源に関して有力な情報を持ち帰ってきた。ドリームタウン内の施設で連絡会が主催する主婦向けのエコロジー講座に、当のドリームタウン側が多額の後援費を出しているというのである。その報告に順一は耳を疑った。

「どういうことだ。ドリタンといえばゆめので一番の商業施設だろう。建設には地元政財界が大きく関わってるんだぞ。なんで主婦の市民団体ごときが金を引き出せるんだ」

「それなんですが、食品売り場の偽装表示等で弱みを握られ、口止めとして講座を後援しているようです」

中村が順一の剣幕に首をすくめて説明した。

「どこから得た情報だ」

「ドリタンに同級生が何人も勤めていて、彼らに調べてもらいました。一席設けたので、その費用は……」

「ああ、わかった。領収書を持ってこい」順一は深くため息をつき、床を蹴飛ばした。「ちなみに、食品売り場でどういう弱みを握られたんだ」

「内部の人間によると、消費期限、産地表示等、昔からでたらめで、それが現場の常識だそうです。うちだけじゃない、他店もそうだって言ってました。で、ばれるとたちどころに客を失うので、そのときになってあわててるそうです」

「ふん。スーパーの危機管理なんて、どうせそんなもんだ。パートを雇えばそこから情報が洩れて、たちまち主婦の間に広まるに決まってるだろう。組織体制もなんにもねえ。目先の金儲け優先で、ばれたときのことを考えてねえんだ。馬鹿だから」

順一は語気強く吐き捨て、田舎の経営者たちを心から軽蔑した。いつまで経っても昭和の親方意識なのだ。

「ドリタンの経営幹部に面会を求めろ。最低でも専務クラスだ。どうせ上の連中は知らされてないだろう。部長あたりが青くなって金を工面したに決まってる」

中村に命じ、たばこに手を伸ばした。四十になってから五年間ずっと禁煙していたが、ゆうべ、ふとしたはずみで昔馴染んだマイルドセブンを買ってしまった。まさにはずみだった。ホステスが紫煙をくゆらすのを見て、「一本くれ」ともらったら、それがストローを吸っているようなメンソールたばこで、「ちゃんとしたのを買って来い」と八つ当たり気味に命じたら、マイルドセブンが手元に届いたのだ。一箱吸ったらまた禁煙するつもりだが、先行きに自信はない。

火をつけて煙を鼻から吐き出すと、中村が何か言いたげな顔をした。

「なんだ。おれがたばこ吸うの、そんなに珍しいか」

「いえ。ただ、初めて見たものですから」

「ストレスが溜まるんだよ。おまえが連絡会を抑えられねえから」

中村が顔をひきつらせて退室した。ゆっくりと煙を吸い込む。ゆうべとちがって素面《しらふ》のせいか、ニコチンが毛細血管の隅々まで行き渡る感覚がはっきりとあり、頭がくらくらした。まったくもって人間は体に悪いものが好きだ。

根本まで吸って揉み消したところに、藪田兄弟がどやどやと入ってきた。事前のアポイントはない。

「やあ先生。ちょっとだけ時間をもらえねえか。まずいことになった。電話じゃ話せんことだから直接来させてもらった」

防寒用ジャンパーを着たままソファにどっかと腰を下ろし、アルバイトが運んできたお茶をずるずると音を立てて飲んでいる。

「何ですか。あんまり脅かさないでくださいよ。こっちは最近ナーヴァスになってるんですから」

「産廃施設の建設予定地のすぐ前の土地、藤原のジイサンが転売しよった。その相手というのが佐竹組傘下の不動産会社だ」

兄の敬太が顔をこわばらせて言った。

「佐竹組？」

「昨日、立て札が設置されてな、名前は佐山不動産だが、どうも気になって知り合いに問い合わせたら、実体は佐竹組だというのがわかったわけだ。佐竹組というのは県内で最近のしてきた暴力団で、とうとうゆめのに進出してきよった。それを手引きしたのは藤原平助だ。いったいどういうつもりだ。地元に抗争の火種を持ち込むつもりか」

「ちょっと、もう少し詳しく教えてください」

順一は机を離れ、ソファで兄弟と向き合った。弟の幸次は憮然とした表情で腕組みしている。

「先生も知っての通り、予定地前の土地は整地もなんにもしてねえただの荒地だ。藤原にとっては、先祖から受け継いだ使い道のない山林の一部だ。それが目の前の土地に、先生が一枚嚙んだ産廃施設が建つものだから、ひとつ嫌がらせでもしてやろうってことになったんでねえのか」

「いや、そんなことはないでしょう。ひとつ産廃処理施設の実績を作れば、あとは近隣の土地も同様の施設が建てやすくなるから、藤原は歓迎しているはずなんですよ」

「じゃあ、それを見越して佐竹組に高く売ったんだ。とにかく藤原のやってることは、おれたちに対する嫌がらせだ。何を考えてる、八十にもなるジイサンが」

敬太が忌々しそうに拳をてのひらに打ちつけた。

「その佐山不動産は、具体的に何か言ってきたんですか」

「いいや、まだだ。でも暴力団の手口はわかってる。最初に下請け仕事を要求してきて、それを断ると道路にダンプを置いて通行の邪魔をする。それでもって土地を買い取れとか、掘っ立て小屋を建てて人を常駐させて騒音の迷惑料を払えとか、そういうことを言い出すわけだ」

「まったく理解できないなあ。藤原はそんなことをして自分にどんな得があるっていうんですか。

金なら腐るほど持ってるでしょう。いまさら山林を少し高めの金額で売りさばいたところで……」

「なんか裏があるだろう。佐竹組に貸しを作って、自分のせがれの選挙に絡んで票を集めさせるとか……」

その言葉に、順一の胸はざわざわと騒いだ。ただの牽制だと思ってはいるが、藤原の三男坊が市議選に立候補する可能性はゼロではない。自分が呑気に構えているだけで、裏でいろいろな動きがあるのではないか。

「藤原の一番下の息子が立候補する話、そちらで何か情報はありますか」

「いいや、とくにねえ。だけどほかの選挙区ならまだしも、三区だったらおれらは絶対に許さん。先生と同じ選挙区で出るということは、大旦那の墓に砂をかけるっちゅうことだ」

「そうだ。それだけは意地でも阻止する」幸次が低く唸るように言った。

「とにかく先生、藤原と会ってどういうつもりか聞いてもらえねえか」

「それはどうかなあ……。すでに土地を売り払ってしまったわけだから、こちらへの要求はもうないでしょう」

「じゃあ、おれらは戦争を仕掛けられたってことだな」幸次が険しい表情で腕組みする。

「いや、そんなに先走らないで。とにかく情報を集めてみます。話はそれからで……」

「まったく向田もゆめの市になって商売がしづらくなった。昔は大旦那が全部仕切って、みんなで不公平がないよう分け合ったものだが、最近はハゲタカがよそから入り込んで、他人の土地で甘い汁を吸おうとする」

敬太がため息混じりに言い、足を前に投げ出した。

「そういう時代なんですよ。市民運動なんてものも昔はなかった」

「ああ、そうだ。例のオバサン連中、どうなった?」

「駅前で派手にやってますよ。わたしを中傷するビラまで撒いて」

順一が言うと、幸次が目をぎらつかせた。「それはいけねえな」

「いや、だから、滅多なことはしないでくださいね」

「だけど、放ってはおけねえだろう」

「こっちで何とかします」

「先生。選挙のほうは大丈夫だろうね」敬太が聞いた。

「大丈夫だと思います。藤原が邪魔をしなければ、ですが」

「先生、頼むよ。そんな弱気なこと言わないで」

「別に弱気になってませんよ」

「今、そういう顔をした」

敬太が不安がるので、順一は自棄《やけ》で白い歯を見せた。

「わしらは一蓮托生だ。先生が選挙に落ちたらうちの会社も倒産する。だからなんでもする。先生、遠慮しねえで何でも言ってくれ」

「もちろんです。遠慮なんかしてません」

「万が一もあってはならねえ。そのためには、小さな障害も全部取り除かねば」

「わかってます」

敬太が力を込めて言うので、順一も神妙な顔でうなずいた。


二人が引き揚げるのを待ち、すぐさま自民党の県連本部に電話をかけた。父の代から顔馴染みの選挙対策委員を電話口に呼んでもらい、藤原の息子が出馬する話は本当なのか問い合わせた。

「ああ、あれね。順一先生はどっから聞いたの」

県連幹部の委員は、いかにもうんざりした様子の口調だった。

「どっからも何も藤原平助氏本人です」

「あ、そう。ちょっと待って。机では受けられん。会議室に行くからちょっとの間保留にさせてくれ」

三十秒ほど「エリーゼのために」が流れ、再び電話がつながった。

「あのな、実はこっちも頭を痛めてるのよ。藤原先生、引退したというのに現役意識がまったく抜けてなくてな。それどころか本人は院政でも布いたつもりで、あれこれ口を出してきて、うるさいのなんのって」

委員が声をひそめて言った。

「そうなんですか」

「先週も県連本部にやってきて、応接間に半日いた。そいでもって、飛鳥山の産廃施設に通じる県道はうちの身内に舗装させろって――」

「どうしてそんなことを党の事務所で」

「昔のままなのよ。公共事業は全部自分たちで自由に出来ると思ってるわけ」

「それで、藤原さんの三男が出馬するという噂は」

「もちろんわたしらは反対だ。自分の選挙区を子飼いに譲って、そのうえで今は亡き山本嘉一先生の地盤まで自分のものにしようなんて、そんなことを許したら党に示しがつかんだろう」

「それはそうです」

「ただな、近頃は別の意見もある」委員がもって回った言い方をした。

「別の意見？」

「順一先生が県議選に出るなら、その前に藤原先生のせがれに一期、経験を積ませてもええんでないのかっちゅう意見だ」

「どういうことですか」順一が詰問する。

「次の県議選までの間、順一先生には在野で勉強してもらったらどうかという、そういう意見が……」

「冗談でしょう」耳を疑った。同時に猛然と怒りが込み上げた。「もしそういうことになるのなら、わたしは自民党から離れます。無所属でも戦ってみせます」

「いや、だから、そんなことにはならんようにな――」

「若造だと思ってなめてもらっては困ります。三区には山本嘉一が築いた信用があるんです。支援者だって黙ってませんよ」

「そう怒らないで。仮の話で、現実性は薄いんだ。だいいち委員長だって最初は一笑に付した話だから」

「最初は？　じゃあ今はちがうんですか？」

「いや、もとい。今もそう」

委員との問答を続けながら、順一の中で怒りの感情がどんどんふくらんでいった。どうして自分がここまで安く見られなくてはならないのか。先代が死んでしまえば、息子は軽く扱ってもいいということなのか。

「この件は一週間以内にはっきりさせてください。わたしにだって意地はあります」

「うん、わかった。順一先生の怒りはもっともだ。藤原先生もなあ、近頃は幼児返りしたみたいにわがままになられて……。わしらではどうにもならん」

「政界を引退した年寄りじゃないですか」

「うん、うん。そうだ、そうだ」

委員が懸命に順一をなだめる。最後はさらに声をひそめ、「あのセンセ、ちょっとボケが入ってるみたいだ」とも言った。

電話を切り、机に足を乗せた。まったくもって腹立たしい。これだから田舎の政治は進歩がないのだ。一度権力の座に就いた者は、身を引くということを知らない。お家の繁栄がなによりも優先されるのだ。

またたばこに手が伸びた。火をつけ、深く吸い込む。だんだん慣れてきたのか違和感がほとんどなかった。赤い火種を眺め、このまま喫煙者に戻るのかな、と不吉なことを思う。いいや、そんなことになってはならない。自分は政治家だ。強い意志を持つ人間なのだ。

三口だけ吸って灰皿に揉み消した。自分に気合を入れ、机に向かう。内線で中村を呼び出し、ドリームタウン側とアポイントメントが取れたかを聞いた。

「総務部長が会うそうです」

中村の報告に、順一はついかっとなった。

「ふざけるな。何様のつもりだ。取締役を出せ。でないと保健所と消防署の抜き打ち検査を入れるぞって脅してやれ」

声を荒らげ、受話器をたたき置いた。

どいつもこいつも――。いろいろな怒りが混ざり合い、腹の中がマグマのように熱くなっていた。指先が震えている。何てことだ、現職の市議がここまでなめられるとは――。

しばらく感情の揺れが収まらなかった。窓の外では、いやがらせのように北風が吹き荒れている。

30

二日続けてのダンプカーの襲撃に、相原友則は大きなショックを受けていた。

あれは明らかに殺意のある所業だった。見知らぬ誰かに命を狙われている――。そう思うだけで膝が震え、食事も喉を通らなかった。夜も眠れなかった。当然、仕事など手につくはずもなく、友則は登庁するなり上司の宇佐美に相談した。デスクの横に椅子を持ってきて座り、昨日と一昨日の出来事を出来るだけ詳しく話す。宇佐美の顔が見る見る曇った。

「ダンプの運ちゃんにからかわれたんじゃないの？」

「ちがいます。二日続けてですよ。しかも昨日は明らかな待ち伏せです」

「心当たりはあるのか」

「それなんですが、ゆうべつらつらと考えてみたところ、生活保護を求めてきた男の中に、ちょっと変なやつがいまして……」

友則は西田肇の名前を挙げた。証拠はないが、ほかに心当たりはない。昨夜は布団の中で、考えれば考えるほど、西田しかいないと確信を抱くようになった。元産廃業ならダンプカーの都合もつくだろうし、あの男は大型免許も所有している。

「そういうの、市民相手に滅多なことは言わないほうがいいんじゃないのか。だいいち証拠がないだろう」

「でもその男しか思い当たらないですよ。半分やくざのような男だし、うつ病のせいなのか言動も普通じゃないし……。とにかく、わたしは昨日の午後六時頃、ダンプカーに煽られてたんぼに車ごと落ちました。稲葉さんを通じて警察に頼めませんか」

「それはどうかなあ。だいいちぶつかってないんじゃ、被害届は出せないぞ」宇佐美が迷惑そうに言って眉をひそめた。面倒なことは職場に持ち込むなと顔に書いてある。「とにかく、警察に通報するとなると何か証拠がいる。次に現れたとき、ちゃんとナンバーを控えるとか、運転手の顔を確認するとかして、それで相談したらどうだ」

「そんな悠長な。わたしは殺されかけたんですよ」友則は顔をゆがめて訴えた。

「殺されかけたって、そんな大袈裟な……」

「ちっとも大袈裟じゃありません。課長、部下を守ってくれないんですか」

友則の言葉に宇佐美が気色ばんだ。

「何を言うか。職務上で発生した事態なら、当然組織として守る。ただしおまえの場合は、現時点で相手が誰かもわかってないだろう。個人的な怨恨の可能性だってあるんだ。怪しいだけで、社会福祉事務所が警察に何を届けられるって言うんだ」

「それはそうかもしれませんが……」

「やるなら個人で被害届を出せ。でもな、車で煽られたぐらいでは、受け付けてもらえないと思うぞ」

宇佐美が前を向き、話を打ち切るようにパソコンのマウスを手にした。友則は小さく吐息を漏らして席を立った。今度は稲葉を目で探す。遅刻が当たり前の出向警察官は、珍しく定時登庁していたが、隣の部署のソファでスポーツ新聞を広げてコーヒーをすすっていた。

「稲葉さん、ちょっといいですか。相談したいことがあって」

「うん？　なんだ？」

新聞をよけ、顔を出すと目が赤かった。二日酔いのようだ。

友則は正面に腰掛け、宇佐美にしたのと同じ話を一からした。稲葉の顔がだんだん険しくなっていく。

「それで、あんた、車のナンバーは見たのかい」稲葉が静かに言った。

「いいえ。それどころじゃなくて」

「車体の色は？　なんか特徴があれば、それでもいい。車体に番号やマークが入ってたとか、古かったとか、新しかったとか」

「わかりません。もう日が暮れてたし、そもそもうしろから煽られたわけですから」

「じゃあ車種なんかもわからないか」

「ええ」

友則は神妙にうなずいた。とりあえず稲葉が話を聞いてくれてほっとしている。

「で、心当たりはその西田っていう男しかないわけだな」

「はい。そうです」

「よし、わかった。とりあえず男の前科を照会するか。生活安全課の後輩に調べさせる。話はそれからだな」

再び新聞を広げる。友則はいきなり目の前でシャッターを下ろされた気がした。警察官に現場で目撃情報を聞き込ませるとか、直接西田の家を訪れさせるとか、甘い期待を自分は抱いていた。そんな思いが表情に表れたのか、稲葉が友則を一瞥し、「悪いが怪しいだけでは警察は動けん」と、宇佐美と同じことを言った。

「ええ。そうでしょうね」

「おまけに被害も出てない」

「いや、それは……。こっちはたんぼに車ごと落ちました」

「追突されてなきゃ、あんたの速度超過とハンドル操作ミスだ」

「そんな無茶な……。あの場合は誰だって……」

「相原君。もしも今度追いかけられたら、スピードを出す前にブレーキを踏むこっちゃ。勇気がいるかもしれんが、故意にぶつけられたら器物破損と傷害未遂が成立する。そうなりゃあ即逮捕だ」

友則は力なく「はい」と答え、その場から辞去した。失望感を味わうと同時に、心細さに胸が痛くなった。今日も襲われる可能性は高い。それは帰宅時間とは限らない。自宅をつきとめられていれば、夜中に襲撃されることだってありうる。

歩きながら背筋に悪寒が走った。特別臆病な人間ではないつもりだったが、暴力の前にさらされると肝が縮みあがる。

机には戻らず、会議室へ行った。暖房の入ってない寒い部屋で携帯電話を取り出す。かけた先は民生委員の水野房子だ。

「朝早くからすいません。ちょっとお聞きしたいことがあるのですが、先日おかあさんが亡くなられた西田肇さん、あのあとどうなったのでしょうか」

自分でも不自然なくらい丁寧な口調で言った。

「あん。もう、相原さん。あんたがさっさと帰っちゃうもんだから、あのあと大変だったのよ」

水野房子は明るいものの怒った調子で言い返してきた。「タウンページで調べてあちこちの葬儀屋に電話して、火葬だけ頼めないかって聞いたら全部断られて、しょうがないから伝《つて》を頼って市会議員さんの口利きで、渋る葬儀屋を一軒だけ説得してもらって、それでやっと火葬できたんだから」

「そうでしたか。あのときは、わたしもちょっと感情的になってしまって……」

「何言ってるの。ほんと薄情なんだから。それでね、話には続きがあるの。葬儀屋にどう話が伝わったか、坊さんまで連れてきてね、読経をしてもらったのはいいけれど、お布施を渡せってわたしに言うわけ。これってどういうこと？　親戚と勘違いしたんだろうけど、もう話がめちゃめちゃ。結局お坊さんがいい人で、そういうことならお布施は結構ですって、ただでお経を上げてくれて、その場は済んだんだけど、葬儀屋はただじゃ済まないから、宛名を空欄にした請求書を起こしてもらったの。それ、相原さんのところに送ってもいい？　火葬費と手数料で八万四千円、この前、社会福祉事務所のナントカ費で立て替えてもいいって、一度は言ってたよね」

「わかりました。送ってください」

答えながら、宇佐美が認めるわけはないだろうと思った。その場合は自分で捻出するしかない。

「それにしても気の毒だったわあ。もうちょっと早く周りが気づいていたら、あのおかあさん、凍死なんかしなくても済んだのよ」

「そうですね」

「地域の助け合いがないっていうのは、ほんと怖いと思う」

「まったくです」

「何よ、相原さん。今日はやけにやさしいじゃない」

「いや、あの……」

返事に詰まったところで、ひとつ考えが浮かんだ。西田肇に生活保護を認めたら、逆恨みの襲撃をやめてくれるのではないか——。

診断書を出させて自家用車を処分させれば、あとはなんとでもなる。水際作戦は続行中だが、すべての申請をはねるわけではない。自分のさじ加減で、西田肇の生活保護費支給は可能だ。

「西田さんは、その後どうしてるんですか」友則が聞いた。

「どうしてるのかねえ。職には就いてないと思うけど」

「もし水野さんの都合がつくなら、今日にでも家庭訪問してみませんか」

「あれま。ほんとにやさしいこと」

「やっぱり人の死に直面すると、福祉の重要性を思い知るというか、救う方法があったのではないかと……。いや、もう亡くなったあとで手遅れかもしれませんが、あの場合は、申請を通しても手遅れだったわけで……」

友則はもっともらしいことを言った。切羽詰まっているのですらすらと言葉が出る。

「うん、わかってる。あれは誰のせいでもない。運がなかったのよ」

水野房子が心から同情していた。友則の豹変ぶりを疑うこともない。

善は急げということで、午後にでも訪問することになった。恐怖心はまだ抜けていないが、このまま夜を迎えることのほうが怖かった。顔を合わせれば、まだ出方がわかる。

飛んで火に入る夏の虫とばかりに、水野房子から近所の独居老人の窮状をいくつか訴えられた。友則は低姿勢で「はいはい」と聞いていた。

暖房のない会議室は冷蔵庫のように冷えていた。口から吐く息は白く、貧乏揺すりしていないと顎が震えそうだった。


午後、小雪が舞う中、水野房子を自宅まで迎えに行き、栄団地の西田宅を訪ねた。かつてここに住むケースが何人かいたため、幾度となく訪れた団地だが、少し来ないだけで荒れ方が増していたので、友則は驚きでしばし立ち尽くした。建物の老朽化は仕方がないとしても、道端は枯れた草がそのまま放置され、手入れをした様子がない。おまけに外周道路には捨てられた車やスクーターが何台も連なっていて、全体が廃墟の様相を呈していた。ひとつの瑕を放置すると、ウイルスのごとくたちまち伝播するものなのだ。そして活気のない地域には抵抗力がない。

駐車場を見て回ると、西田肇の古びたセルシオが巨大な蛙のように鎮座していた。近づいて中をのぞく。後部座席に毛布や長靴が散乱していた。

「まさか、この中で暮らしてるわけじゃないですよね」友則が聞く。

「灯油がなくなったとき、車の暖房で一晩過ごしたって話は聞いたことはあるけど」水野房子が寒そうに両腕を抱え、暗い顔で言った。

二人で連れ立って建物に入り、コンクリートが欠けた階段を昇る。ここにも捨てられた物干し竿や枯れた植木鉢が放置してあった。団地の町内会はあるのだろうか。あったとしてももう機能していない様子だ。

二階の突き当たりの西田宅に行き、チャイムを押す。同時に水野房子がドアをたたき、「西田さーん。民生委員の水野です」と声を発した。返事はなかったが、少し間を置いてミシミシと床を踏みしめる音が聞こえ、ドアのロックが外された。

目を赤くした西田肇が、ぬうっと顔を出した。友則の心臓が鼓動を速くする。改めて見ると西田肇は屈強な男だった。戦うとなったら勝つ自信はない。

西田肇は、友則を見ても顔色ひとつ変えなかった。死んだような目で、二人の訪問者を眺めている。

「西田さん、どうしてる？　ちゃんと食べてるのかどうか心配になって見に来たの。今日は社会福祉事務所の相原さんも来てくれてね。相原さん、自分から訪問するって言ってくれたのよ」

水野房子の言葉に、西田肇は答えなかった。鼻の穴を大きく開き、だから何だと言いたげに、玄関の三和土に立ちはだかっている。中に招き入れるつもりはなさそうだ。

「おかあさんのお骨、まだあるんでしょ」

「あ、ああ……」やっと声を出す。

「早くお墓が決まるといいんだけどねえ。でも、まあ、その前に西田さんの生活を安定させることが先決だから、職に就けるのがいちばんいいんだけど……。体調のほうはその後どう？　病院へは行ってる？」

「い、いや、行ってねえ」

「どうして行かないの？」

西田肇がもぐもぐと口を動かし、言葉を探している。けれどたいした理由がないのか、語ることはなかった。

「行かないとだめじゃない。病気なんだから」

「あの、その件なんですけどね、西田さん、一度生活保護の申請をしてみてはいかがですか」ここで友則が会話に加わった。「認定されれば医療費は全額免除されますから、心置きなく治療に当たれると思います。それに市営団地の家賃も免除されますし、滞納した電気代ガス代は一時凍結扱いで再び使うことができます」

水野房子が意外そうな顔で友則を見た。西田肇は一瞬だけ眉を動かしたが、あとは無表情のままだ。

「診断書があるわけですよね。それを提出して、あとは自家用車を処分していただければ、何とか通せると思います。そりゃあ、ずっと生活保護費支給を期待されると困りますが、たとえば一年で就労復帰するという目標を立ててやっていただけるなら、こっちも支援します」

「うん、うん」水野房子が目を輝かせてうなずいた。「西田さん、よかったじゃない。そうしたら？　おかあさんが亡くなっちゃって、ちょっと手遅れのところもあるけれど、このままだと西田さんが凍死する可能性だってあるわけだからねえ……。ああ、ごめんね。縁起でもないこと言って。でも、やっぱり命が大事だから……」

「い、い、いらねえ」西田肇が目をいっそう赤くして言った。

「いらない？　うそ。どうしてよ？」水野房子が驚いて聞き返した。

「い、いらねえもんは、いらねえ」

「そんな。どうしていらないの。ちゃんと答えてちょうだい」

西田肇は足元に視線を落とすと、「し、し、仕事ならある」と吐き出すように言った。

「仕事してるの？　どんな仕事？」

「む、む、昔の仲間が解体屋をやってて、や、や、雇ってもらうことになった」

「ほんとに？　じゃあ今日はどうして家にいるの？」

「き、き、今日は仕事がねえ。でも昨日はあったし、あ、あ、明日もある」

「それ、ほんと？　うそ言ってない？」

「う、う、うそじゃねえ」

「ねえ、西田さん。あなたは病気なんだし、無理をすることはないのよ」

「む、む、無理なんかしてねえ」

西田肇はドアノブに手を伸ばすと、強引に閉じようとした。

「あ、あの……」友則が体を入れて閉まるのを阻止する。「病院では失礼しました。お母様を亡くされたときに、こっちも配慮が足りませんでした。わたしはそのことがずっと気になってたものですから……」目を見て訴えた。ただし向こうは合わせようとしない。

「う、う、うるせえ」

西田肇が声を荒らげる。力任せにドアを閉めた。大きな音が廊下に響き渡る。

「ねえ、西田さん。それでいいの？　せっかくなんだから申請したほうがいいんじゃないの。だってあなた、まだ病気が治ってないんだから」

水野房子がドアに向かってささやき声で言った。友則が背後を振り返る。すべてのドアの向こうで高齢者の住人たちが聞き耳を立てている気がした。

「どうする？」水野房子が困惑顔でつぶやく。「ようやく申請が出来るってときに、どうしてこういう意地を張るのかねえ。電気だってまだ止められたままなのに」

「とりあえず引き揚げましょう」

友則は水野房子を促し外に出た。胃の辺りがむかむかして吐き気をもよおした。剝き出しの人間と接し、気分が悪くなった。まったく他人はわからない。理解しようとすればするほど途方に暮れる。

とりあえず手は打った。友則はその一点で自分を励まし、事務所に戻ることにした。病院での一件について一応謝罪したのだ。これで西田肇の思い込みに少しでもブレーキがかかってくれるとありがたい。

もう襲ってこないでくれよ。友則は祈るような気持ちで団地をあとにした。

小雪が風に乗り、責め立てるようにコートにぶつかってきた。

31

何度も懇願して、やっと風呂に入れてもらえることになった。久保史恵は拉致されてからの日数を指折り数えてみた。五日ぶりの入浴だ。こんなに長く髪を洗わなかったのは、中学時代、風疹で寝込んだときしかない。

母屋に住む母親が、午後、出かけることになっていて、その間に風呂を沸かすとノブヒコは言った。ただし問題は着替えだ。暖房の効きすぎた部屋に閉じ込められたせいで、ブラジャーもパンツも汗で湿っている。それが肌に不快で、痒くて、我慢の限界だった。史恵は、どうしても下着を替えたい、女の子なのだからわかってほしいと、涙目で訴えた。拒否されたら本格的に泣こうと思っていた。涙ぐらいなら簡単に出せる。するとノブヒコは、「困ったなあ、ぼくに女物の下着は買えないし……」と暗い顔で思案した末、こんな提案をした。

「とりあえず、ぼくの新品のブリーフとシャツがあるから、それで我慢してよ。その間にメイリンの下着を洗濯するから。乾燥機を回せば一時間以内で乾くよ。いいだろう？」

この男の手が自分の下着に触れる、それだけで身震いするほどの嫌悪感を覚えたが、とはいえほかに手段は思い浮かばず、史恵はその提案を呑むことにした。今はとにかく、体と髪を洗いたい。

午後二時になって、軽自動車のエンジン音を響かせ、ノブヒコの母親が外出した。内線電話で外出を知らせてきたとき、ノブヒコが「風呂はちゃんと沸かしたか。夕方まで帰ってくるんじゃねえぞ」と怒鳴りつけていた。そして史恵はタオルで目隠しをされた。妄想狂のサイコパスのくせに、こういうところは用意周到だ。

ジャージの袖を引っ張られ、五日ぶりに外に出た。「さあ、真っ直ぐ進んで」ノブヒコの誘導で玉砂利を踏みながら、恐る恐る前に進む。太陽の光が、タオル地を通して、史恵の瞼を赤く染めた。もしかすると晴れてはいないのかもしれないが、外光の明るさは格別だった。同時に、ひんやりとした空気が体を刺す。寒いことは寒いのだが、それ以前に清められる感じがした。

感覚として二十メートルほど歩き、勝手口らしい敷居をまたいだ。勝手口だと思ったのは、入ってすぐに油の臭いがしたからだ。全体に古い家の印象を受けた。少なくとも新しい家の匂いはない。ミシミシと音のする板の間を歩く。そして引き戸を開けたところで、史恵は背中を押された。

「ここが風呂。ぼくが戸を閉めたら、目隠しを取っていいよ。下着は脱衣場にある洗濯機に放り込んでおいて。入っている間に、ブリーフとシャツを置いておく。入浴時間は二十分。いいね」

ノブヒコが言った。

「三十分かかります。髪を洗うと、トリートメントも必要だし……」

史恵がすぐさま反論した。

「しょうがないなあ、女の子は。ま、いいか。今はボイド時間の枠外だから」

どうやら機嫌がいいらしく、穏やかに言うことを聞いてくれた。

目隠しを取る。まず足元のタオル地のラグが目に飛び込んだ。続いて顔を上げる。目の前に洗面台と鏡があった。鏡を見るのも五日ぶりだ。なんてひどい顔なのか。史恵はショックで思わず目を逸らした。

何度か深呼吸する。気持ちを落ち着かせ、もう一度鏡を見た。髪は頭に張りつき、目の下には隈がある。唇は紫色で、なにより肌に艶がまったくない。泣きたくなった。十七歳で、どうしてこんな目に遭わなくてはならないのか。

衣服を脱ぐ前に風呂場をのぞいた。最近リフォームされたのか、浴槽が新しかった。床もタイルではなく樹脂製だ。その点だけほっと胸を撫で下ろす。耳を澄まし、廊下の様子をうかがった。ノブヒコは、すぐ前に立って見張りをするわけではなさそうだ。

拉致された先で服を脱ぐのは抵抗があったが、これまでの経緯から考えて、のぞいたり、入ってきたりすることはないだろうと思い、全裸になった。風呂場に入り、まずはシャンプーや石鹼があることを確認する。そして肩からお湯を浴び、ゆっくりと湯船に浸かった。お湯が溢れる。吐息をついた。皮膚細胞のひとつひとつが蠢くような感じがあり、しばらくは痛みを覚えた。それが過ぎると、肌が落ち着き、体が温まり始めた。

「メイリン、下着を置いておくね」

ノブヒコが脱衣場のドアを少しだけ開け、着替えを投げ入れた。史恵は思わず身を硬くする。

「ああ、そうだ。窓は開けないようにね。開けたら、おれ怒るから」

ノブヒコの低い声が響いた。「はい」とか細い返事をする。どっちの世界の住人で言っているのか判断がつかなかった。

風呂場の窓ガラスは模様の入った磨りガラスで、遠くに緑があるのがぼんやりとわかった。裏は山だろうか、林だろうか。鳥の鳴き声が幾種類も聞こえるので、いずれにしろ住宅街ということはなさそうだ。人の声もなければ、車が走る音もない。

五分ほど湯船に浸かったのち、浴槽を出て体と髪を洗った。シャンプーしながら、目を閉じていたら、不意に弟の顔が浮かんだ。弟は今頃学校に行っているのだろうか、姉が行方不明で授業など受けられるはずがない。ということは家で悶々としているのだろうか。父だってきっと会社には行っていない。行っても仕事になるわけがない。母は家事も手につかない。三度の食事だって、食べないと体に悪いからと義務的に摂っているだけだ。

学校のクラスはどうか。まさか授業を取りやめるわけにはいかないので、型どおりに進めてはいるのだろうが、きっと笑い声はないはずだ。クラスメートが安否さえもわからない状態で、誰が冗談を言えるというのか。中でも和美は沈み込んでいるにちがいない。逆の立場なら、自分は食事も喉を通らない。

糸を手繰り寄せるように想像が連なり、史恵の胸はきりきりと痛んだ。なんとしても生きて帰りたい。もう一度、学校に戻りたい。みんなと遊びたい。

泣くかなと思ったが、なんとか堪えられた。心の奥底に、塀のようなものができつつあった。その中に逃げ込めば、少なくとも涙だけは止められる。

椅子に座りながら、オシッコをした。温かいものが腿の内側を伝っていく。トイレの回数を一回でも減らしたかった。いちいち申し出るのは、苦痛以外の何物でもない。

念入りにリンスを髪にもみ込み、タオルで巻いて蒸し、再び湯船に浸かった。次に風呂に入れるのはいつだろう。また五日後なのだろうか。そもそもそんな先までここにいたくない。

肌がピンク色に染まった頃、史恵は風呂を出た。ノブヒコが用意した男物の下着を身に着け、その上にジャージを着込む。

「メイリン、もう着替えた?」廊下からノブヒコが聞いた。

「あ、はい」史恵が返事をし終わらないうちにドアを開けられる。手にはタオルとスタンガンを持っていた。

「そこに洗剤があるから、洗濯機の中に入れて、自分の下着を洗って」

ノブヒコが顎をしゃくるので従った。スイッチを押すと、水が勢いよく洗濯槽に注がれる。続いてタオルを手渡された。「自分で目隠ししなよ」口調からして、どうやら素の状態らしい。これも従った。ただし緩く縛り、目の下に小さな隙間を作った。角度を変えれば、少しだけ視界が得られる。

袖を引っ張られ、廊下を歩く。ノブヒコが前を歩いているので、顔を上げてタオルの隙間からのぞいてみた。ちらりと見えた和室は襖に大きな穴が開き、壁にはへこみ傷があり、まるでゴリラが暴れた後みたいな荒れ様だった。史恵は恐怖を覚えた。家庭内暴力はとっくにわかっていたが、ここまでひどいとは思わなかった。

いっそう気が重くなった。その暴力は、いつ自分に向かってくるとも限らない。

勝手口でサンダルを履き、また離れへと戻った。髪が濡れたままなので、ドライヤーを貸してほしいと言ったら、人質の入浴という難事業を成し遂げた満足感からか、ノブヒコは機嫌よく自分のものを貸し与えてくれた。

指で髪をすきながら、ドライヤーを当てた。その間に、ノブヒコはもうゲームを始めている。長湯をして汗が止まらないので、ドライヤーを冷気に替えて、ジャージの胸元を開いて風を当てた。不意にノブヒコが振り返り、一瞬その視線が史恵の胸に降りかかった。咄嗟に両手で隠す。ノブヒコは赤面して目を逸らすと、「ええと、ダイナソー居留区はA地点のままだから……」とわけのわからないことを言い、パソコンに向き直った。危ないところだったのだろうか。理解できないことだらけなので、感想の抱き方もわからない。

絶望的状況の中で、唯一の救いといえるのは、ノブヒコが性的欲求を史恵に向けてこないことだった。きっとリアルな世界から心を遮断しているのだ。この若者のすべては空想の中にあり、よろこびも慰めも、頭の中で処理されるものなのだ。

もっとも、いつ現実社会に目覚めるかわからないので油断はできない。ひょんなことで別のスイッチが入り、体を求められる可能性だってあるのだ。もしそうなったら、自分は舌を噛み切って死ぬ。

一時間後、押入れの中で、洗濯した自分の下着に着替えた。洗いたての肌着のありがたさを実感した。ジャージに袖を通し、また何もしない時間を過ごすことになった。ゲームの電子音はすっかり慣れた。逆に静寂が怖いほどだ。

その夜、夕食は天丼だった。衣がもっさりと分厚くて、全然からっと揚がっていない天ぷらを見て、史恵はなんとなくノブヒコの家庭が想像できた。

拉致されてからの食事はソースやタレでごまかせるものばかりだった。おまけにハンバーグならハンバーグだけで、ポテトサラダや温野菜といった一品が添えられることはない。母親は料理を好まず、父親はそれについて意見を言わない。息子も貧しい食生活に慣れきっている。家族の食卓というものがないのだ。そもそも、息子の部屋に近寄ることも出来ない親とはどういうものなのか。気弱な母親はともかく、父親は何をしているのか。感じからすると、毎日どこかへ出勤しているようだ。夜は早くに帰ってくる。つまり世間と交わる会社員だ。それでいてどうして、何かをしていそうな息子に不干渉でいられるのか。

史恵にはまるで理解できなかった。世の中には常識を逸脱した人間がいる。家に引きこもり、暴力を振るう息子に、何もしないどころか見て見ぬ振りをする親がいる。今思い返しても、この離れに連れてこられたとき、ノブヒコの母親は異常に気づいているのだ。おまけにその後は、毎回二人分の食事を作らされている。それなのに、闇への扉を開けたくないばかりに、息子の離れに近寄ろうとしない。

「メイリン、少しは食欲が戻ったね」ノブヒコが史恵の丼をのぞいて言った。

気がつくと、おいしくもない天丼を史恵はあらかた食べていた。拉致されて初めてのことだ。つい昨日までは、ラーメンを半分も食べられなかった。

「うれしいなあ、元気のないメイリンは魅力がないよ」

どの面下げてそういうことを言うのか、と腹が立ったが、返事をするのが怖くて黙っていた。

「食べたいものなんかリクエストしてもいいんだよ。ぼくが召使いに何でも作らせるから」

召使いときたか。母親に聞かせてあげたいものだ。

「今度すき焼きでもしてみる？　テーブルコンロを用意して」

「あの、それじゃあ……野菜サラダを」

史恵が言った。黙っていると本当にここですき焼きをやらされそうだ。

「何よ。サラダなんかでいいの？」

「はい」

「どんなサラダ？」

「シーザーサラダとか、そういう、粉チーズのかかっているサラダ」

「オッケー。わかった。そうか、メイリンの好きなものはチーズなんだ」ノブヒコが表情を緩めた。「ほかには何かある？」

「できれば果物も」

「どんなやつ？」

「イチゴとか、リンゴとか」

「メロンは？」

「好きですけど……」

「よし、明日はメロンを買ってこさせよう。なんだ。メイリン、遠慮してたんだ」ノブヒコが、なにやらはしゃいだ様子で言った。史恵から反応を得られたのがよほどうれしいらしい。「ほかは？　ほかは？」子供のようにせがむ。

「じゃあヨーグルトも」

「うん。ちょっと待って。メモするから」ノブヒコがボールペンを手にして、チラシの裏面に書きつけた。「イチゴ、リンゴ、メロンにヨーグルト……。それから？」

「コアラのマーチ」

「ああ、チョコレートのお菓子ね」

ノブヒコの顔色をうかがいながら、史恵は今欲しいものを考えた。

「ニベアと、リップスティックと、それから乳液も」

「乳液ってどういうの？」

「赤い容器のラブリーっていうシリーズ化粧品があるはずだから……」

「うん、わかった」

ノブヒコはか細い指でペンを走らせていた。体のどこにも力が入らず、無防備な状態に見えた。表情も、穏やかさを通り越して無垢だ。この瞬間ノブヒコは、メイリン姫の願いを聞く戦士の幸福を味わっているのかもしれない。

「あのう……」史恵は不意に聞いてみたくなった。「あなたの名前はなんですか」

ノブヒコが弾かれたように顔を上げた。史恵を真正面から見つめながら、反応に手間取っている。数秒の沈黙の後、ノブヒコがぽつりと言った。

「ルーク」

「ルーク?」

「そう。ルーク大佐。いや、元大佐だな。防衛軍からはすでに追放された。ルビコン銀河の決戦のとき、ぼくは軍の命令に背いて爆撃をしなかったからね。あのとき、教会には宇宙難民がいたんだよ。それも大勢の子供たちがね。ぼくはどうしてもミサイル発射のスイッチを押せなかった。それで軍法会議にかけられて追放処分になったわけさ。でも知ってのとおり、直属の上官だったゴア司令官は今でもぼくの味方でね。こうして義勇軍を結成してゲリラ活動をしているぼくらに、見て見ぬ振りをしてくれているわけなんだ」

ノブヒコがアニメの声優のような声色で、朗々としゃべりだした。頬は紅潮し、口元にはよろこびがあふれ出ている。

「おまけに時空を越えるごとに同志も増えている。先週、月の渓谷でダイナソー機動隊と一戦交えたときは、第七惑星のユイ隊長が駆けつけて援護してくれた。ユイは美少女戦士で、かつてはぼくと戦った間柄だけど、アイルの決戦で引き分けたのをきっかけに和解したんだ。彼女はまったく男勝りのウォリアーさ。もっとも気が強くて、ぼくの言うことなんかちっとも聞かないんだけどね」

ますます声のトーンが上がる。史恵はどういう顔をしていいのかわからず、とりあえず口元に薄い笑みを作った。怒らせるのだけは避けたい。

「問題はジェイドの復讐だ。いったいいつジェイドが目覚め、我々に攻撃を仕掛けてくるか。こいつだけはやっかいだ。グルに向かって剣を振るった宇宙のならず者さ。三つ巴《どもえ》の戦いになればまだいいけど、ジェイドはダイナソー側につく可能性が高い。なんたってメイリンがいるのは、ぼくの宇宙船のゲストルームだからね。向こうにしてみれば、ぼくは共通の敵さ」

史恵は思い切って聞いてみた。「この戦いはいつまで続くの」つられてつい芝居じみた口調になった。

ノブヒコがまた一呼吸置いた。いっそう瞳が輝く。「平和の王剣を手にするまでさ」自らの興奮を抑えるように、声を低くして言った。

「ウィル星のタルカスの丘に眠る平和の王剣。それを手にした者が戦いの勝利者となって、民衆を解放し、銀河系を平和に導くんだ」

「それって、いつ頃終わりそうですか」史恵が恐る恐る聞く。

「まだわからないさ。誰にもね」

「わたしは、いつ帰れるんですか」

ノブヒコの表情が曇った。「何よ、メイリン。護って欲しくないわけ」頬がするすると強張り、素に戻る兆候を示した。

「ううん。そんなことない」焦って調子を合わせた。どうせ何を言ったところで、道理は通じないのだ。

「そう。よかった。きっと平和の王剣を手にしてメイリンを自由にしてあげる」

自分が拉致監禁しておいて――。史恵は事の理不尽さにめまいを覚えた。

「だからメイリン、それまでは待ってて。このスカイヤー3号は旧式で内部が狭いけど、装備だけは改造して最新式なんだ。実のところ、敵はいつも外見の古さに油断して痛い目に遭うんだけどね。ふふふ」

どうやらスカイヤー3号というのがノブヒコの宇宙船で、この部屋らしい。

「よし。なんだか今日は勇気が湧いてきた。予定ではカレイドの岬まで攻略するつもりだったけど、その先のステージまで進められそうだ。敵はきっとびっくりするだろうな。なにしろ、夜間攻撃はエナジーを消耗するから襲ってこないだろうと高をくくってるんだから。ねえ、メイリン」

同意を求められ、思わずうなずいた。

「早速出発だ。メイリン、準備はいいかい」

なんとなく立場を理解し、自分からのそのそと押入れに入った。恐怖は解けないが、小さな突破口を見つけた気もした。こちらから空想の世界に飛び込めば、とりあえずはメイリンというお姫様として扱ってもらえる。

押入れの中の布団に横になり、枕に顔を埋めた。ため息をつく。史恵は、今日一度も泣いていないことに気づいた。拉致されて以来、初めてのことだ。真っ暗闇だった心の中に、漁火《いさりび》がひとつ灯ったような気がした。

明日も涙を堪えようと、奥歯をかみ締めた。ノブヒコはルークとやらになっていて、今夜もゲームに狂っている。

32

一歳の息子、翔太が本格的に懐き始めた。仕事を終えて実家に迎えに行くと、この男が父親だともう見分けがつくらしく、顔をクシャクシャにし、「バー、バー」と両手を広げて向かって来るのだ。

加藤裕也はコタツで息子を膝に乗せながら、自分の子はなんとまあ可愛いものかと、人間の仕組みそのものに感心した。父親という役回りに慣れていないせいか、まだ多少の戸惑いと照れはあるのだが、それでもこの幸福感は綿菓子のようにふくらむことをやめない。これで案外自分は常識的な男なのではないかと、裕也はおのれを見直した。少なくとも元妻のように、金の都合で子供を手放すような真似はできない。

「あれあれ、ショウちゃん。そんなにパパがいいのか」

息子に抱っこされて上機嫌の孫を見て、母が目を細めた。

「やっぱ血は争えん。笑ったときの目元なんか、裕也が赤ん坊の頃にそっくりだ」

父は煮物をおかずに御飯を食べていた。ワイシャツにネクタイ姿なのは、これからタクシーの仕事に出かけるためだ。

「裕也も早く食べて。おかあちゃんもすぐに出ないといけないから」

母がお膳を目の前に置いた。裕也のために生姜焼きが盛られている。

「おれにも一切れくれ」父が箸を伸ばす。

「おとうさん。血糖値が上がる。もう、口卑しいんだから」母が非難した。

「いいだろう。一切れぐらい」

「おとうさんはそうやって自分を甘やかすから、ギャンブルもやめられないの」

「どうしてそっちに話が行く」

「今日もパチンコ行ったくせに。負けるとわかっててどうしてやるの」

「負けるとわかってたらやらねえ。勝つときもあるから行くの」

「うるさい。少しは静かにして」

裕也が顔をしかめてたしなめると、二人は口をすぼめ、言い争いをやめた。

父親の借金五十万円を裕也が清算してからというもの、両親はすっかり低姿勢になった。今日も帰るなり、「お帰り」「疲れただろう」とやさしく労われた。頼む前からビールも出てきた。裕也は家長にでもなった気分である。

「おかあちゃん、店は忙しいのか」裕也が御飯をいっぱいに頬張り、むしゃむしゃと咀嚼しながら聞いた。

「ううん。暇。こんだけ寒いと人も出歩かん」母がポリポリと音を立てて沢庵を食べ、諦めたような調子で言う。

「こっちも暇だ」父が残りの御飯にお茶を注いで言った。「午後九時頃から駅前に並んで、三件取れればいいほうだ。昨日の売り上げなんて七千円だかんな。高校生のアルバイトより実入りが悪い」

「ゆうべは美園のスナック街で商工会の大きな宴会があったじゃない。おとうさん、そういうのをつかまえないと」

「おまえ、それはほんとか」お茶漬けをかき込む手が止まった。「なんで今頃言う。ケータイで知らせてくれれば急いで駆けつけたのに」

「とっくに知ってると思ってた」

「運転しててどうやって知る。おれは超能力者か」

「そういうの、タクシー会社が無線で知らせてくれるものなんじゃないの。連絡不備はそっちの責任」

「おまえは薄情な女だ。自分の亭主の利益になりそうなことなら、何を差し置いても連絡よこすもんだろう」

「前に教えてあげたとき、おとうさん、なんて言った？　亭主の仕事に口を挟むなって——」

「あんときは市民会館で歌謡ショーがあって、そっちの帰り客を狙ってたんだよ。それをおまえが、命令口調で言うから……」

「うるさい。喧嘩するな。みっともない」

裕也がとがった声を発し、間に割って入った。息子の翔太が驚いて動きを止め、三人を見回す。しばしの沈黙。テレビのローカルニュースでは、すっかり定例となった女子高生の行方不明事件を報じていた。依然手がかりも進展もないようだ。

「うちはもう裕也が頼りだ」母がぽつりと言った。

「ああ、そうだな。感謝してる」父が上目遣いで同意する。

「まったく、親のくせして」

ぼやいて見せたものの、裕也は満更でもなかった。どこへ行っても金を稼ぐ人間が一目置かれる。それは家族においても同様だ。社長の亀山がいつも口にする、男は稼いでナンボという言葉は本当だと思った。

「それはそうとこのコタツ、あんまり温かくならねえな」裕也が言った。

「あんたが小学生のときに買ったやつだもの。脚もぐらついてる」と母。

「新しいのに買い換えたら。ベスト電器に行けば今の時期、暖房器具は一斉値引で投げ売りして裕也は、自分のやっている仕事が心から正しく思えてきた。

「ほんと。ありがたや、ありがたや」母が念仏を唱えるように言う。

「ありがてえことだ。孝行息子がいて」父がお茶をすすりながらつぶやく。

生から、臨時収入を得たばかりだ。

裕也は鷹揚な気持ちになり、つい余計なことを言ってしまった。まあいい。中学時代の元同級
「出してやるって。そのつもりで言ったさ」

「そんなお金ない」

るんじゃないの」


夕食を終え、翔太を連れて実家をあとにした。そのまま実家に泊まってもいいのだが、そうすると親から同居を求められ、最後は家のローンまで負担させられそうな気がするので、線引きだけはちゃんとしておきたかった。

チャイルドシートに翔太を乗せ、車を発進させる。走り出して一分と経たないうちに携帯電話が鳴った。画面を見ると後輩の酒井だった。この男の用件といえば、ブラジル人との抗争がらみに決まっている。

「なんか用か」ハンドルを握ったままぞんざいに答えた。

「先輩。例の件、社長に言ってくれましたか」と酒井。

「例の件って?」

「一時的に会社を辞めるって話ですよ」なにやら逼迫《ひっぱく》した様子だった。

「いや、言ってねえけど。だいいち昨日の今日だろう」

「実は、これからジーニョと出入りすることになりそうなんスよ。今、ドリタンの第三駐車場に

いるんですけど、引退したとはいえ、スネークの後輩に頼られて、おれだけここから帰ることはできないし。おれ、行きます」

「出入り？　おまえ、何言ってんだ。もっとわかりやすく説明しろ」

裕也はあわてて車を路肩に停めた。サイドブレーキを引き、ラジオも消す。酒井が事の成り行きを説明した。

「昨日の夜、親衛隊のコウヘイがゲーセンでジーニョのグループに捕まってドンブリ喰らったんスよ。それで、早速後輩たちも仕返しにジーニョの工員を二人拉致って、河原でつい今しがたまでボコッてたら、それを知ったジーニョが、駅で商業の若いのを二人さらって、人質交換だって言ってきたんですよ」

「賑やかなことだ。ギャング映画だな」

「いいじゃないですか。裕也先輩は関係ないんだから」

「関係ないってことはねえだろう」後輩の突き放すような言い方に、裕也はかちんときた。「おれはおまえらのことを心配して言ってんだぞ」

「とにかく、もうすぐ奴らが来ます。後輩たちはやる気満々だから、おれも助太刀します」

「誰か仲裁に入れる奴はいねえのか。おまえら、死人が出るぞ」

「前にも言ったでしょう。あいつらに話し合いは通用しません。手打ちはないんです。やるかやられるか。だから、今からでも会社の幹部をつかまえて、おれが辞めることを言っておいてください。そうしないと会社に迷惑がかかるし、おれ、亀山社長だけは怒らせたくないし」

「わかった。すぐに連絡を取ってみる。だから早まった真似はするな。連絡したら、おれもそっちに向かう」

「来てくれるんですか」酒井の声がいきなり弾んだ。

「ああ、行く。おれだってスネークのＯＢだぞ」

後輩が態度を変えるので、いい顔をしたいばかりに、加勢するようなことを言ってしまった。

両親に頼られ、気が大きくなっていたこともある。

「じゃあ先輩、待ってます」

「おう」

裕也は電話を切り、すぐに相談できそうな専務の携帯にかけた。後部のチャイルドシートでは翔太が「バブバブ」と手足を動かしている。「なんだ、加藤」専務はすぐに出た。電話の向こうは居酒屋らしくて騒々しい。

「今電話いいですか」

「ちょっと待ってろ」席を外す物音があった。うしろの喧騒が少し小さくなる。「よし、いいぞ」

「実はですね、営業の酒井のことなんですが……」

裕也は手短に酒井の置かれた状況を説明した。

「ああ、わかった。ふうん。そういうことになってんのか。よし。酒井のことは社長に伝えておく。今ちょうど一緒だ。社長の性格からして、怒りはしねえと思う。それどころか酒井の男気を褒め称えて社長賞もあるかもしれねえな。ただし酒井には念を押しておけ。パクられたときは無職で通せって」

専務は、末端の社員のことなど勘定に入ってないのか、どうでもいいという口調だった。

「わかりました。念を押しておきます」

「ところで、おまえ、柴田とは仲がよかったな」専務が言った。

「ええ。高校の先輩です」

「今夜、幹部会があったんだけど、柴田の奴、バッジをもらえなかったわ」

裕也は返事に詰まった。そういえば、柴田が昨日言っていた。近々組織編成の見直しがあって、取締役には金バッジ、管理職には銀バッジが配られる、と。そうか、柴田は役職が付かなかったのか。

「おれもちょっと可哀想に思ってな。柴田の奴、相当落ち込んでんだ」

「そうですか……」気になるのでついでに聞いた。「ちなみに、安藤さんはバッジをもらえたんですか」

「ああ、安藤は銀バッジ。新任課長だ。だから余計に柴田が気の毒なんだよ。仕事はまったく互角なのになあ」受話器の向こうでパチンとライターの音が鳴った。たばこを吸い込む間があったのち、ぽつりと言った。「うちの社長、人の心を弄ぶところがあるからなあ。会社を作った頃、おれも仲間同士競争させられて、ボーナスに差をつけられて納得がいかなかったことがあった。それと一緒。発奮させようって腹積もりだろうけど、おれはどうかと思うねえ」

「柴田さん、そこにいるんですか」

「ああ、いる。一生懸命顔色を取り繕ってるが、ありゃあ、一人になったら爆発するぞ。加藤、後輩なら慰めてやれ」

「わかりました」

「おれも明日は我が身だ。金バッジの中でも日々競争だ」暴走族時代は総長補佐まで務めた専務が、深々とため息をついた。「おい、今のこと、人には言うなよ」

「もちろん、わかってます」

電話を切った。柴田の気持ちを思うと自分まで肩が落ちた。柴田は亀山社長に心酔していた。それなのに冷たくされた。もはや落胆どころではないだろう。自暴自棄になって暴れだすかもしれない。その怒りの矛先が安藤に向かう可能性もある。

たばこを取り出し、口にくわえる。火をつけようとしたところで、うしろに翔太がいることを思い出し、箱に戻した。

さてと、酒井たちのところへ行かなくては――。気は進まないが、口にしてしまった以上、反故《ほご》にはできない。

再び車を発進させた。国道までの田舎道に対向車はなく、街灯だけがむなしくアスファルトを照らしている。


ドリームタウンの第三駐車場は、ゆめの唯一の観光スポットである観覧車乗り場に直結していて、事実上、観覧車目当ての利用客用の駐車場と言えた。寒さで客が来ないため、平日の観覧車はいつも止まっている。だから駐車場も土日以外はがら空きだ。

到着すると、すでにスネークのメンバーが二十人以上いて、全員、木刀を手に待ち構えていた。エンジンをかけたままの車のマフラーからは、白い排気ガスが温泉場のように立ち昇っている。一般客の車は一台もなかった。

酒井が目を凝らし、裕也の車を確認する。「先輩。来てくれたんですね」顔をほころばせ、運転席まで駆けてきた。「えっ、子連れなんスか」後部座席の子供を見て、目を丸くしている。

「事情があんだよ、事情が」

万が一に備え、車は少し離れた場所に駐車した。幸いなことに、翔太は眠りこけている。エンジンをかけたままにして後輩たちのところへ行くと、みなが「チィース！」と声を張り上げた。現役だった頃を思い出し、無意識に気が引き締まった。自分も二十歳までは、地元一の暴走族ホワイトスネークの幹部だったのだ。常に喧嘩を覚悟していた。

「どいつだ。人質は」裕也が貫禄をつけて聞くと、人の輪が開き、その真ん中に若い男が二人正座させられていた。唇は切れ、目の周りに殴られた痕があった。吐く息は真っ白で、薄着のため全身を震わせていた。

「また派手にやったな」

「何言ってるんですか。昨日のコウヘイなんか鉄パイプで腕を折られたんですよ。おまけに車もウインドウを割られて。こんなの手加減してるほうですよ」

酒井が抗弁する。

「ああ、わかった。興奮するな」

裕也はブラジル人二人の前に進み、腰をかがめて聞いた。「おまえらの仲間が、女子高生をさらって埋めたってえのは本当か」

「知らない。何のことか、知らない」

見た目は少々色黒の日本人といったところだが、発せられる日本語はたどたどしかった。

「昨日はなんでコウヘイを襲った」

「コウヘイ、知らない。おれたち、何もしてない」

「先輩、信じちゃだめですよ。こいつら、自販機荒らしはするし、車のホイールは盗むし、とんでもないワルなんですから」酒井が横から言った。「前にスネークと抗争があったときも、しっかり参加してたし、ツラは憶えてます」

「センパイ、それより寒い。何か着るもの」とブラジル人。

「ほら、こういう図々しい奴らなんスよ。てめえの立場がわかってねえんだから」

酒井が木刀で小突こうとする。「わかったから、やめろ」裕也が止めた。

そこへ、車が数台連なって駐車場に入ってきた。スネークのメンバー全員に緊張が走る。車は拾ってきたような粗末な中古車が五台で、改造はなされていない。それぞれ中に四人は乗っていた。

そのうちの一台が、するすると裕也たちの間近まで来る。車内からこちらの顔を確認すると、また隊列に戻っていった。そして二十メートルほどの距離を開けて停車し、車のすべてのドアが開いた。降りてきたのは日系を中心とするブラジル人グループだ。それぞれが鉄パイプなどの武器を手にしている。車のヘッドライトが幾重にも重なる中で、総勢四十名の男たちが向かい合うことになった。

一人の男が一歩前に出る。「あいつがアタマです」と、横で酒井が耳打ちした。百八十センチを軽く超える大男で、顔立ちから察するに混血と思われた。

「ロベルト、ケン、そこにいるか!」リーダーの男が大声を発する。

「ヤアーッ!」二人の人質が声を上げた。まるで西部劇のような光景だ。

「おい、おまえら。ここはおれに任せろ。悪いようにはしないから。な」

裕也は酒井をはじめとする後輩たちに言った。後輩たちは顔を見合わせ、黙ってうなずいた。

「おい、今二人を返すから、そっちもうちの若いのを返してくれ」

裕也はそう声を張り上げ、一人で進み出た。両手を頭の上で開き、丸腰であることを示す。

今夜のところは手打ちに持ち込もうと思った。現役のメンバーは喧嘩をしないと外にも内にも顔が立たないが、OBの裕也にはその点で余裕がある。本心は誰も痛い思いなどしたくはない。ブラジル人だってそれは同じだ。それに仲裁の役目を果たせば、今後ブラジル人グループにも顔が利き、地元での株が上がる。

「おれはスネークのOBで加藤って者だ。おまえら、まずは手に持っているその物騒なものを仕舞ってくれや」

五メートルの距離まで近づいた。そのとき、ブラジル人の人垣がばらけ、間から血まみれの二人の男が引きずり出された。顔は知らないが、スネークの後輩だと思われた。つまり、こちら側が取られた人質だ。

「おまえら……」裕也は絶句した。二人の若者は、殴られすぎて顔が変形していた。目はふさがり、人相すら見分けがつかない。自力では立っていられないのか、アスファルトに横たわっている。

「おい。まだ高校生だぞ。殺す気か」

血の気が引いた。こいつらは別の生き物だと思った。

次の瞬間、リーダーの右手に刃物が光った。ナイフだと確認したとき、すでにその刃先が鼻先を掠めていた。

裕也は思わず尻餅をついた。そのまま転がり、這うようにして駆け出す。

リーダーが声を上げた。今度は日本語ではない言葉だ。ブラジル人たちが一斉に鉄パイプを振り上げ、追いかけてきた。前を見ると、酒井たちも木刀を手に駆けてきた。「うおーっ」それぞれが雄叫びを上げる。二十人同士が激突した。いきなりの大乱戦だ。

こんな喧嘩は初めてだった。日本の暴走族同士の抗争は、始まる前ににらみ合いがある。威嚇が大半だが駆け引きもある。武力衝突は最後の手段だ。それがブラジル人は、いきなり命の取り合いだ。

後頭部に衝撃を受ける。激痛に気が遠のきかけた。振り返ると、十五歳にしか見えないブラジル人少年が、必死の形相で鉄パイプを振り回していた。その目は、生き残りをかけて戦う民族の目だった。

おぼつかない足取りで乱闘の輪から逃れ、地面にうずくまった。手を見ると、鮮血に染まっていた。頭が割れたらしい。視界がぐるぐると回る。これは脳震盪なのか。

今の暴走族は大変だなと、こんな事態なのに客観的なことを思った。喧嘩すら異文化対決だ。命がいくつあっても足りない。

怒声があちこちから聞こえる。乱闘が続いていた。

首から下の感覚がなくなり、やがて意識が薄れた。

裕也は暗闇の世界に落ちていった。

33

敵が出来ると集団は結束力を増すものなのか、万心教からの妨害行為がはっきりした今、沙修会道場は多数の会員で溢れ、活況を呈していた。会員の女たちは自発的に馳せ参じ、自ら仕事はないかと指導員に訴えた。一人で家にいると不安なのも、理由としてあるかもしれない。堀部妙子自身、集うことがありがたかった。肩を寄せ合っていないと、心細さで押しつぶされてしまいそうだ。

教祖と幹部たちも急遽出張から戻り、会員を集めて動揺しないようにと説いた。「いやがらせをするなんて余裕がない証拠。インチキ宗教だから、信者をつなぎとめるのに必死なのよ」と、理事の一人が興奮気味にまくしたてた。

沙羅様はさすがにリーダーだけあって、穏やかな表情を崩すことなく、「これも仏様の与えた試練。みんな、これを捌けば来世はもっと明るいんだよ」と会員を励ました。ただ、顔にリフトアップの手術痕があるのにはぎょっとした。東京へ出かけた理由は美容整形だったのかと、妙子は激しく困惑した。

とりあえず妙子がするべきことは、次の説教会にどれだけの一般参加者を集めるかである。ここで功績を上げ、幹部に認められたい。望みはお布施免除で出家会員になることだ。

ビラ配りはやり尽くしたので、幹部からの指示で訪問勧誘をすることになった。寒風吹きすさぶ中、自転車にまたがり、田舎の集落を回る。歯を食いしばっていないと、すぐに顎がカスタネットのように鳴った。手袋をしていても、指先はたちまち感覚をなくす。

行った先は山を切り開いた団地だった。二十年ほど前に造成され、似通った二階建て木造住宅が将棋の駒のように並んでいる。築年数からするともっと清潔でいいはずなのに、家々がなんとなくうらぶれて見えるのは、独立した子供たちが出て行ったのと、団地内のスーパーマーケットが撤退したせいだ。ゆめのの住宅地はこんなのばかりである。

端から一軒一軒回った。平日の昼間、ほとんどは留守で、いても「沙修会という仏教の会です」と告げるだけで、たちまち表情を強張らせ、「間に合ってます」と玄関先で追い返された。閉じられた玄関扉を見つめながら、妙子はそのつど自分に気合を入れた。現世でのしあわせなど望むまいと覚悟を決めれば、大抵のことには耐えられる。

今度は通りを移し、「加藤」という表札がかかった家を訪ねた。チャイムを押すと、家の中から「だれーっ」と男の叫び声が聞こえる。同時に、奥から赤ん坊のけたたましい泣き声が響いた。

「すいません。沙修会の堀部と申します」

「はあ？　何？　聞こえないよ」

「沙修会の堀部です」つられて大声を出す。

どすどすと廊下を歩く音がして、五十がらみの男がドアから顔をのぞかせた。ぼさぼさの頭にパジャマ姿だ。

「どちらさん？」いかにも警戒した様子で言った。

「沙修会という仏教を研究する会の者です。わたしは堀部といいます」

「何だ、年金の徴収かと思ったよ」男が硬い表情を解き、肩を落とした。「で、何?」

「今度、仏教の勉強会があるので、そのお知らせです。加藤さん、少しだけお時間よろしいでしょうか」

「宗教かあ。うちは間に合ってるなあ」

「勧誘じゃないんです。何かを買ってもらおうって話でもありません」

「だめ、だめ。聞こえるだろう。赤ん坊が泣いてるの。こっちはそれどころじゃねえって」首を左右に振ってドアを閉めかけた。その手がはたと止まる。男が振り返った。「あんた。おしめ替えられる?」

「ええ。替えられます」

「悪いけど、ちょっとやってくれる? いやね、せがれの子供を預かってるんだけど、そのせがれがゆうべ頭に怪我をして病院に担ぎ込まれて、女房はその看病で出かけてしまって、困り果ててるのよ。おしめの替え方、聞くには聞いたが、実際やってみるとうまくいかなくて、孫が泣きやまねえの」

「じゃあ、ちょっと失礼します」

いいきっかけだと思い、妙子は家に上がりこんだ。居間にはコタツがあり、その横で一歳くらいの男児が、下半身裸のまま座り込んで泣いている。「あらあら、どうちたんでちゅか」自然と幼児言葉になった。座布団に寝かせ、紙オムツを替えてやる。そして抱き上げ、背中を叩いてあやした。ミルクの匂いが鼻をくすぐり、いきなり景色が変わったかのように過去の記憶が甦った。

自分もかつては子供を育てていた――。

「ああ、泣きやんだ。やっぱ女の人がええんだね」

「このお孫さん、いくつなんですか」

「一歳二ヶ月」

「初孫ですか」

「そうそう」

「お若いおじいちゃんなんですね」

「そんなことはねえけど……」

　男が照れて苦笑する。知らない女を家に上げるくらいだから、開けっ広げで人がいいのだろう。パジャマ姿なのに取り繕うこともなく、どっかと胡坐をかいている。妙子は素早く家の中を見回した。古い型のテレビ、安手のカラーボックス、擦り切れた畳。あまり裕福ではなさそうだ。勧誘してもメリットは少ないタイプだが、贅沢は言っていられない。

「さきほどの話では、息子さんが入院なさってるとか……」

「いやあ、入院たって検査入院だ。ゆうべ、ドリタンの駐車場でブラジル人のギャング団に襲われたとかで、後頭部を鉄パイプで殴られて脳震盪を起こしたらしい。その後意識は戻ったけど、なんせ馬鹿でも頭は大事だからね」

「そうでしたか。それは大変でしたね」

「なんでも後輩に頼まれて喧嘩の仲裁に入ってやられたらしいけど、二十三にもなって何をやってんだか」

「もう独立して家庭を築かれてるんですね」

「いやあ、子供は出来たけどすぐに離婚して、その別れた女の方がひどい娘で、自分じゃ育てられないからってせがれに押し付けて、せがれも仕事があるから、昼間はこうして預かってるってわけ」

男が孫を顎でしゃくった。

「ご主人は何をなさってるんですか」

「おれはタクシーの運転手。仕事はいつも夕方からだ」

「あのう、立ち入ったことをおうかがいしますが、今しあわせですか」

男は何を言い出すのかという顔をし、口をへの字に結んだ。呆気にとられているだけで、怒った様子はない。「人生は充実してますか」妙子がたたみかけた。

「そんなこと急に聞かれてもねえ……」男が妙子から赤ん坊を取り上げ、自分で抱いた。「なあ、ショウちゃん、ジイジはしあわせか？」顔をのぞき込み、話しかけている。

「わたくしどもは、みんなが日常の悩みを持ち寄って、話し合おうって会なんですよ」

「ぱっとした人生ではねえな」男がぽつりと言った。「目覚ましいことはなんにもなかった」

「そうですか」

「若い頃は、いつか運送業で独立して社長になろう、なんて甘い夢も抱いていたが、そういうの、元手がないとだめだってことがすぐにわかってね。いや、コツコツ資金を貯めて独立する人間もいるにはいるんだよ。でもおれはだめだった。根気がねえし、遊ぶのも好きだし。それだからずっと貧乏人だ。海外旅行に行ったことはねえし、高級店で寿司を食ったこともねえ」

男は話し好きのようだった。質素な暮らしぶりを朗々と打ち明ける。最近、借金返済を息子に助けてもらったことまで、恥ずかしがることなくあけすけにしゃべった。

「こうやって五十を過ぎると、自分の人生は何だったのかって思うことはあるね。地道に働いたって収入は知れてるし、年金も未払いでもらえそうにないし、お先真っ暗だもん。うちら集まると、どうやったら生活保護を受けられるとか、そういう話ばっかだもんね。だから、ついついギャンブルに向かっちゃう。いや、言い訳してるんじゃないのよ。これが現実なの。だから、底辺を這いつくばってる人間に、地道に生きろって説教するのは、あまりに冷たいんでねえかと、おれなんかは思うわけ。救いがないもん」

「あのう、加藤さん。それ、うちの勉強会で話してみませんか。みんな耳を傾けると思うんです」

妙子はうれしくなった。この単純な男は、すぐに会員になってくれそうだ。

「勉強会ってどういうの。むずかしいこと、おれは苦手なんだけど」

「わたしたちの間では説教会と呼んでいるんですが、沙羅様という沙修会の代表による訓話と、会員のお悩み相談です」

「ふうん。どういう人が集まるのよ」

「大半が女性です」

「バアサンばっかじゃいやだなあ」男が冗談めかして言った。

「いちばん多いのは四十代で、二十代や三十代もいます」

「ただなの?」

「もちろん無料です」

「じゃあ、いっぺんぐらいなら行ってもいいかな」

男が左右の肩を、凝りをほぐすようにひょいと持ち上げ、にんまりと笑う。その視線に、妙子はふと性的なものを感じ、思わず正座の姿勢で膝を閉じた。不快も警戒もない、単に虚を衝かれただけだ。この男の愛想がいいのは、女が相手だからなのか。

男から好色な視線を向けられるなんて、もう十年近くなかったことだった。べつに肌を露出しているわけではない。体型もわからない厚手のズボンに安物のフリースを着ているだけだ。化粧気もない。それなのに、目の前の男は自分に性的関心を抱いている。

「チラシを置いていきます。ぜひいらしてください」

急にどぎまぎして、妙子も愛想笑いをした。寒風を受けて固まっていた頬がいきなり緩んだ。

「あんた、仕事は何をしてるの」

「失業中です」

「ご主人は？」

「とうの昔に離婚しました」

「あ、そう。いいねえ、そういうの。なんか勇気付けられる」

失礼なことを言われているのに、男と一緒になって笑った。警戒心がすっかり解け、妙子は携帯電話の番号まで交換した。「加藤さん、来てくれなかったら電話します」と悪戯っぽく笑い、ホステスのような台詞まで吐いてしまった。

ここ数年でいちばん浮いた気分になった。日々の憂鬱を束の間忘れた。


その夜、風呂上がりに鏡を見た。肌に艶はなく、小皺が目立つ四十八歳の顔そのものだった。もっとも、それは自分の頭の中に若かった頃のイメージがあり、どうしてもそれと比較してしまうからだろう。今日の加藤という中年は五十代だった。その年代の男から見れば、自分はまだまだ範囲内なのかもしれない。男っ気のない淋しさなど、すっかり忘れていた。勝手に自分で線を引いて、この先は縁がないものと諦めていた。それというのも貧乏が悪いのだ。どんどん人間が卑屈になり、人前に出ることすら避けていた。

乳液を念入りに塗り込み、両手で頬を叩いた。心なしか、それだけで二つ三つ若返ったような気になった。ブラシで髪をとかす。久し振りに美容院に行ってみようかと考える。もっとも食べるに事欠く経済状況なのだが。

電話が鳴った。出ると妹の治子だった。「ねえ、おねえちゃん。例の十万円、おにいちゃんに払ってくれた？」無理に明るく振舞う声が耳に飛び込んだ。例の十万円とは、いよいよ寝たきりになった母を入院させるための見舞金というか、援助金だ。妹を通じ、兄から求められていた。妙子はいきなり気持ちが沈みこんだ。

「ううん、まだだけど。あんたは払ったの」

「うん、払った。先週、おかあさんの様子を見に行って、そのときに手渡した」

「なんて言ってた」

「隣で君江さんが、どうもすいませんって頭下げてた」妹が義姉の名を挙げる。

「おにいちゃんは？」

「『おお』って。それだけ。少しむっとした」

「ふん。おにいちゃんは昔から金に意地汚いからね」

「それでね、さっきおにいちゃんから電話があって、妙子はいつ払うんだって」

「うそ。そんなこと言ってきたの」

妙子は聞いていて腹が立った。胃の辺りがぽっと熱くなる。

「だから、わたし、自分で電話すればいいじゃないって言ったの。そうしたら、おにいちゃん、『そういうのは女同士のほうが話しやすいだろう』って。卑怯だよ。言いにくいことはなんでもわたしに言わせて」

「入院したら払う。だって見舞金でしょ」

「そんなこと、わたしに言ったって」

「わたしたちからお金を取る以上、病院は個室に入れるんだろうね」

「知らない」

「いやだよ。もう最期になりそうなおかあさんを八人部屋なんかに押し込むのは」

「じゃあ、そういうの、全部おねえちゃんから直接言って。わたし、もう間に立つのいやだから」

「そうね……わかった」

「仕事は順調？」妹が聞いた。

「うん、順調だよ」うそをついた。妙子なりの自尊心だ。

「宗教はまだやってるの」

「まだとは何よ」

「ごめん、ごめん。わたしも入ってらくになろうかなあ」

妹が大きくため息をついた。

「沙修会は現世ご利益を求める教えじゃないの。らくになろうなんて考えだと、治子には理解できないかもしれない」

「そうね。理解できないと思う」

最後は姉妹でとげとげしい感じになり、電話は切れた。

電話の子機を卓に置き、妙子はコタツで丸くなった。テレビはついているが、何も耳には入ってこない。若いタレントたちがふざけあっているのが、視界の端に映っている。

兄に電話をするのは気が重かった。溜まっているものが大きいので、ちょっとした言葉の行き違いで爆発してしまいそうだ。

十万円は今の自分には大金だ。通帳残高は八十万円しかない。失業したことを素直に打ち明けて、免除してもらおうか。

いいや。妙子は一人かぶりを振った。たった今、妹に仕事は順調だと言ったばかりだ。それを翻し、兄に窮状を訴えるのは、屈辱以外の何物でもない。

以前実家に帰ったとき、保安員の仕事は給料がいいのかと兄に聞かれたことがある。つい正直に答えたら、そんなに安いのかと鼻で笑われた。笑っていないのかもしれないが、そう見えた。ときどき思い出しては腹を立てているのだから、ある種心の傷なのだろう。

今度は胃が痛くなった。健康診断など受けたことはなく、不安が込み上げる。

避けては通れないことなので、兄に電話をすることにした。テレビの音声を消し、映像だけにする。窓の外に目をやると、暗闇の中また小雪がちらついていた。

十回ほど呼び出し音が鳴って、やっとつながった。電話に出たのは兄だった。ナンバーディスプレイを見て、妙子からだとわかった義姉が夫を呼んで出させたのだと、すぐに想像がついた。

「ああ、妙子か。悪いな。助けてもらって」兄はいきなり見舞金のことを言い出した。「君江も二十四時間態勢で看護はできねえから、おふくろを病院に入れるのはしょうがないんだ。先生もそっちのほうがいいって言うし」

「病室は個室に入れてくれるんだよね」妙子が聞く。

「それは無理だろう。個室なんていくらかかると思ってる」いかにも感情を害したというふうに、声のトーンを上げた。

「でも大部屋だと、なんだかおかあさんが可哀想で」

「だったら妙子が入れてやれ。どんなに安い病院でも、一日一万円はするぞ」

「三ヶ月入ったとして、百万円ぐらいのものじゃない。おかあさんの貯金、それくらいはあると思うけど」

「そんなもの……」

兄が口ごもった。顔色が変わったであろうことが電話でもわかった。

「おとうさんが残したお金だってまだあるんじゃないの」

「ない、ない。おふくろの毎月の食費とか、医療費とか、そういうのに全部消えた」

兄がむきになって抗弁した。

「年寄りにどうしてそんなにお金がかかるのよ。外食するわけでもないし、旅行にだって行ってないし」

「何を言うか。おふくろをハワイに連れて行ったの、おれだろう」

「それって、自分たち家族の分までおかあさんにお金出させた旅行でしょう。ちゃんと知ってるよ。おかあさん、言ってたもん。五十万円もかかったって」

避けようと思っていたことなのに、兄妹喧嘩の様相を呈してきた。

「なんだ。要するに妙子は見舞金を払いたくねえのか。そんなら払わんでもええぞ」

「それより、おにいちゃん、おかあさんを個室に入れてあげて。わたし、いやだもん。おかあさんがカーテンで仕切っただけの大部屋で息を引き取るなんて」

「自分は一円も払わねえで勝手なこと言うな。だったらおまえが引き取れ」

「いいよ。そうしようか」

勢いで言ってしまった。生活に余裕さえあればそうしてもいい。

「もういい。切るぞ」

兄が声を荒らげ、言い捨てた。兄はいつもこうだ。自分に都合が悪くなると、一方的に話を打ち切ってしまう。

電話を切ったら、憤怒のマグマが喉の奥から込み上げてきた。首から上が熱くなり、額には汗をかいていた。卓に突っ伏し、いやだいやだとひとりごちた。ここ数年、心から笑ったことなど一度もない。いったい何のための人生か。

胃がしくしくと痛んだ。病院へ行くべきか。そのときは金がいる。立て続けにため息をついた。顔を上げ、コタツから出た。這って茶簞笥まで行き、引き出しから仏像を取り出した。卓の上に置く。

そうだ、こういうときこそ、沙修会の教えに従うべきなのだ。現世の苦痛を捌けば、来世にはしあわせが待っている。

「ナンマイダー、ナンマイダー」

妙子は仏像に手を合わせ、経を唱えた。沙羅様の顔を思い浮かべ、無心になろうと自分に言い聞かせた。

舞い散る小雪が窓をコトコトと叩いている。

34

ドリームタウンの専務と面会できたのは、午前九時半という早い時間だった。場所は先方の応接室、しかも三十分だけと事前に申し渡されている。山本順一は、自分が蔑ろにされていると腹が立った。もしこれが議長クラスの政治家なら、向こうは揉み手をして訪ねてくるはずだ。地元経済を支える優良企業としては、一介の市会議員など屁とも思っていないのだろう。

秘書を通じて用件は伝えてあったので、いきなり本題に入った。まだ四十代とおぼしき専務は、席に着くなり、微笑をたたえながら、「連絡会のエコロジー講座を後援しているのは企業メセナの一環で、かかる費用も適正範囲内であると認識しています」と、役人のような回答をしたのだ。

「専務さん。あなた、あの会が共産党と裏でつながっていることぐらい知ってるでしょう」

順一は眉を寄せて詰問した。

「いえ。存じませんが……」

「うそをつきなさい」

「いえ、うそじゃありませんよ」笑みをくずさないままかぶりを振った。

「じゃあ言いますが、ゆめの市民連絡会は危険分子です。そういう団体を支援しているとなると、ドリームタウンのイメージが悪くなるんじゃないですか」

「危険分子とは、穏やかではありませんね。うちで開いている講座は、あくまでも日常生活におけるエコロジー推進に関するもので、内容はもちろん事前にチェックしています。これが政治活動の様相を呈してきたらこちらも考えますが、今のところは、何の問題もないものですから……」

「問題は大ありです。おたくが拠出した賛助金が、彼らの活動資金になっているんですよ。具体的に言えば、産廃処理施設建設の反対運動に使われています。これは立派な政治活動でしょう」

「そうですか。それは存じませんでした。わたくしども小売業は、どこにも敵を作りたくないせいで、どうしても全方位外交を取ってしまいがちです。市民運動のみなさんも、活動を離れればお客様なわけですから、むげにすることはできないんですよ」

「あのねえ、そんな悠長なことを言ってられるのは今のうちだけで、やがてパートを扇動して組合を作って待遇改善とか、そういうことも言い出しますよ、連中は」

「ご心配していただいてありがとうございます。ただ当社は、以前より労働基準法を遵守しております」

専務が木で鼻をくくった対応を続ける。その笑い仮面のような顔を見ながら、順一はなんとなく裏が読めた。連絡会とは、雇用問題も含めてすでに取引済みなのだ。

「左翼団体に多額の活動資金が渡っているようでしたら、警察が関心を示しますよ。それでもいいんですか。ちなみにゆめの署の副署長は木村っていって、わたしの元同級生ですがね」

順一は攻め方を変えることにした。父の代から、町の幹部は全員つながっている。

「そんな。先生、脅かさないでくださいよ」

「こんなことは言いたくないが、税務署にも消防署にも、わたしはパイプを持っている」

「左様でございますか」

「調査に入られたくはないでしょう」

「いいえ。当方に疚しい点はありません」

専務は一向に怯まない。それどころか、退室を促すように、わざとらしく腕時計に目をやった。

かっと頭に血が昇る。「もういい。不愉快だ」とがった声を発し、席を立った。

「あんたは山本順一を追い返した。そのことだけは憶えておきなさい」

「追い返すだなんて……」

腰を浮かし、手を伸ばすが本気ではない。専務の目には軽い侮蔑の色が滲んでいた。

部屋を出てエレベーターに乗る。降下するのとは逆に、猛然と怒りが込み上げてきた。同年代の、役員とはいえ単なる宮仕えの男に、いいようにあしらわれたのだ。何らかの報復をしないと気がすまなかった。この町ではどちらが主人なのか、思い知らせてやりたい。

駐車場で車に乗り込み、エンジンをかけた。暖機運転をしながら、その場でゆめの署の副署長に携帯で電話を入れた。

「おい木村。ちょっと相談があるんだがな」

「急ぎの用事か。知っての通り、女子高生行方不明の捜査で今は手一杯だ」

「じゃあ手短に概略だけ言う。ドリームタウンが左翼団体に資金提供をしているって話だ」

順一は知っている情報を伝えた。ドリームタウンが食品売り場の偽装表示で弱みを握られ、市民グループに賛助金を払っていること。それが共産党とつながりのある団体であること。そして、警察から資金提供を取りやめるよう圧力をかけてほしいと訴えた。

「ドリタンかあ……」副署長が嘆息する。「あそこはな、今の地域課長が退官後に役員待遇で入ることが決まってるんだ」

「なんだと。天下りか」順一は顔をしかめた。

「おまけに毎年二人ずつ、定年退職者を受け入れてくれてるしな」

「ひでえ癒着だ」

「そう言うな。公務員にとってドリタンは今やゆめので一番の再就職先だ。税務署ＯＢも保健所ＯＢも、毎年受け入れてる」

「じゃあいいのか。連中に金を渡しても」

「大勢に影響なしと判断しているんだろう。過激派なら問題だが、ただの主婦の集まりだ」

順一は言い返す言葉に詰まった。小さな町は、役人を抱き込めばすべて思い通りになる。あの専務の自信はそういうことだったのか。

「用はそれだけか。じゃあ切るぞ」あっさり切られた。

なんということだ。こんな屈辱があっていいものか。順一の中で、えもいわれぬ焦燥感が込み上げた。

先代が築いた牙城が、自分の代になってどんどん崩れている。それというのも、合理主義が地方でも幅を利かせるようになり、地縁血縁が用をなさなくなったからだ。

怒りの感情を奥歯で嚙み殺し、車を発進させた。今日はもうひとつの、頭の痛い懸案事項がある。産廃処理施設と選挙の件で、藤原平助に直談判するのだ。

元々気が重かったところへ、さらに影を落とす形となった。あまりの憂鬱さに、自分が地元の有力者であることを忘れてしまいそうだ。

藤原平助とは、彼の事務所で面会した。議員は引退したくせに、秘書も含めて環境は現役のまだ。いかにも高そうな調度品に囲まれ、革張りの椅子に腰掛けている。誰が選んだのか派手なラメ入りの黒いセーターを着込んでいた。

「いやあ、山本先生。いよいよ飛鳥山の道路の拡幅工事が決まりましたか」

こちらが何も言わないうちから、藤原が喜色満面でまくしたてた。

「さすがは山本嘉一先生の跡継ぎだ。任せておけば必ずやってくれると信じてた。そうか、そうか。で、指名入札でわしの娘婿の会社に任せてもらえるのかいな」

「ええと、何の話でしょうか」

順一は呆気にとられ、聞き返した。

「ありゃりゃ。拡幅工事の話ではなかったか。わしはてっきり山本先生がいい知らせを持って訪ねて来てくれたものだとばかり……」

藤原が目を見開き、亀のように首を伸ばして言う。この狸が——。順一は激しく脱力した。

「いえ、先生。拡幅工事は決まっていません。前にも申しましたとおり、あそこは県道でありまして……」

「そこを何とかするのが政治家の腕の見せ所とちがうのか。なんだ、山本先生も案外おとなしい御仁だな」

「そうではなくてですね、まずおうかがいしたいのは、飛鳥山の建設予定地の前の土地を、佐山不動産なる会社に売られたのは、いかなる考えによるものかと」

「そりゃあ、ただの商いだ。何も他意はねえ」

「しかし、その会社は佐竹組という暴力団の関係企業であるそうで」

「いや、そんなことはねえ。わしもそこんとこは確認した」

「どのようなご確認でしょうか」

「先方の社長と面談して問いただしたさ。おまえさんの会社、佐竹組とは関係なかろうな、と。社長はわしの目を見て『関係ありません』と明言したよ」

藤原が胸をそらし、長年の喫煙で汚れた歯をむき出しにして笑った。

「そりゃあ口では言うでしょう」順一が反論する。

「なんだ。すると山本先生は信用できねえというのか」

「いや、そうは申しませんが。調査というのは通常第三者が行うもので……」

「大丈夫。わしを信じなさい。そもそも、センセ。あの土地の売却に何の不都合があるというのか」

「もしも佐竹組が飛鳥山に姿を現し、プレハブ小屋等を建てるとなったら、地元のやくざは体を張って追い出しにかかると思います」

「それは穏やかでねえな。センセ、あんたが止めてくれ」

「無理です。彼らにとっては、他人に米櫃に手を突っ込まれるようなものです。面子にかけて立ちはだかるでしょう」

「なんだ。地回りぐらい言うことを聞かせられねえで……」藤原はわざとらしく吐息をつくと、椅子に深くもたれて言った。「もしも心配というなら、山本土地開発で買い取ってはどうか。わしが口利きしてやる」

順一は耳を疑い、絶句した。最初からそのつもりだったのか。

もはや反論する気を失った。あまりの意地汚さに感服めいた気持ちすら湧いた。

「どうしますかな。山本先生」

「……考えさせてください」

そう答えるのがやっとだった。動揺した気持ちのまま、次の事案に移る。

「それではもうひとつ、三男の泰三さんの立候補についてですが、党の県連に問い合わせたところ……」

「ああ、あれな。実はわしも困っておる。山本先生が次の県議選に打って出るものと早とちりして、ならば三区をなんとかせねばならんと、泰三を説得してしまった。最初は渋っておった泰三だが、周囲も焚きつけるものだから、今ではすっかりやる気になってな」

「そういうのを党と相談もなく……」

「山本先生。すまんがこれも土産話をくれねえか」

「土産話と言いますと」

「泰三の顔が立つ土産だ。たとえば、産廃建設の指名入札に泰三が役員をやっておる建設会社を混ぜてもらうとかな。たとえばの話じゃよ」

「泰三さんは銀行員のはずでは……」

「そうだが、社外取締役に名を貸すぐらいは出来る」

順一はつくづくこの町がいやになった。妻の言い草ではないが、知識層がいないのだ。年寄りたちには公正という概念すらない。

どう返事をしたものかと、窓の外に視線を移した。相も変わらず天候は悪く、人々の元気をそぐように厚い雲が垂れ込めていた。今年の冬はまったくどうなっているのか。この先春は来ないのではないかと不安な気持ちになる。

そのとき、急に藤原が咳き込んだ。跳ねるように体を起こすと、苦しげにソファから身を乗り出し、床に向かって激しく咳《しわぶ》いている。気管支がむせたとか、何か喉に詰まったとか、そういう感じではない。

「先生。どうしたんですか」

順一の問いかけに答える余裕もなく、右手で心臓の辺りを叩いた。咳はすぐに止まったが、顔色は真っ青だった。餌をせがむ鯉のように、口をぱくぱくさせている。順一は立ち上がり、テーブルを回って藤原の隣に行き、体を支えた。

「薬……」藤原が懸命に声を振り絞る。

心臓に持病でも抱えているのだろうか。この男のことなど詳しくは知らないが、年齢からして、どんな不調があっても不思議ではない。緊急事態に順一も右往左往した。あちこちを見回し、薬のようなものはないかと目で探すが、来客に見つかるわけがない。秘書を呼ばなければ。ドアを隔てた事務室に誰かいるはずだ。

歩きかけて足が止まった。自分の意志とは関係なく、前に進めなくなった。

振り返る。藤原は苦しそうに胸をかきむしっていた。自力では立ち上がれないようだ。

順一は藤原の横に戻り、耳元で「先生、先生」とささやきながら、背中をさすった。一方でドアの向こうの様子をうかがった。秘書は異常に気づいていないようだ。

心筋梗塞だろうか。医学知識はないが、その公算が高い。ともあれ、放っておいたら死んでくれそうな気がする。このまま時間が過ぎればいい。藤原が突然苦しみだした、慌てふためいているうちに、息を引き取ってしまった、そんなシナリオが順一の頭に浮かぶ。八十歳だ。誰も疑わない。心臓が早鐘を打った。指先が震えた。

藤原はパニック状態でソファからずり落ちた。床を這いずり回る。順一はそれを抱き起こし、力ずくでソファに戻した。「先生、先生」介抱するふりをしてのしかかった。肘を首に当て、体重をかけた。藤原は声を出せない。

死相が出てきた。死に向かう人間の顔を初めて見た。瞳孔が開きかけている。顔色はもはやない。

そろそろ充分か。いちばんの理想は、病院に担ぎ込まれたところで絶命することだ。

体を離し、立ち上がった。藤原はもう意識がない。ぐったりと肘掛けにもたれかかっている。

今が頃合だ。

順一はその場を駆け出し、ドアを開けて「救急車だ、救急車！」と大声をあげた。

「どうしたんですか」男の秘書が青ざめた顔で立ち上がった。

「藤原先生が――。急に咳き込んだかと思ったら、胸をかきむしって気絶した」

「大変だ。先生は去年から心臓が悪いんです」

秘書が応接室に駆け込む。藤原を見ると「ひい」と悲鳴を上げ、「先生、先生」と連呼して体を揺すった。

「薬、薬。薬を飲ませないと」

「もう自分では飲めない。あなたは救急車を呼んで。わたしが心臓マッサージをします」

順一が指示した。秘書がバタバタと駆け出す。テーブルに膝をぶつけ、床に転んだ。

「早く！」

「はい」秘書はパニック状態のまま机に戻り、電話を取り上げた。

順一は藤原をソファから下ろし、床に仰向けに寝かせた。胸に両手をあて、心臓マッサージをするふりをする。時折首を伸ばし、秘書が来ないか確認した。

念のため、藤原の鼻と口をふさいだ。これは天の配剤だ。この男の寿命だ。今わの際《きわ》に、たまたま自分が居合わせたに過ぎない。

死ね、死んでくれ。心の中で念じた。藤原が死ねば、胸を撫で下ろす人間がたくさんいる。

電話を終えた秘書が駆けてきた。あわてて心臓マッサージの体勢に戻る。

「救急車を呼びました」

「そう」

「水とか、ぶっかけたほうがいいですかね」

「おれに聞いても知らないけど」

「どうしましょう。救急車、待ちますか？　自分が車を運転して運び込んだほうが――」

秘書が右往左往している。

「それより家に電話して。どうせ市民病院へ運ばれるだろうから、そっちに駆けつけてくれって。それから党の県連も――」

「わかりました」

秘書の背中を見送り、今度は胸に耳を当てた。心臓の鼓動がなかった。

死んだか。口の中でつぶやく。動揺はなかった。罪悪感もない。

遠くでサイレンの音がした。順一は床に座り込み、藤原の顔を見ていた。充分だろう。文句のない人生だったじゃないか。そう語りかけた。


藤原が救急車で搬送されるのを見送り、順一は会社に戻った。机の上には溜まった書類が山積みされていて、社員たちが押印を待っていた。さりとて仕事は手に付かない。頭の中は先程の出来事に占拠されていて、気持ちが鎮まらなかった。

まさか蘇生することはあるまいな。そんな考えが浮かび、背筋がひんやりした。早く死亡確定の知らせは来ないものかと、社長室で焦れるような時間を過ごした。

お茶を運んできた秘書の今日子を抱き寄せ、膝に乗せて、鼻息荒く体をまさぐった。

「社長、人が来るってば」体をよじって抵抗する。

「いいんだ、来たって。おれは我慢できん」

右手を股間に押し込んだ。

「社長、ブルガリの腕時計が欲しいんですけど」

「ああ、買ってやる」

「きゃあ、うれしい」

今日子が向き直り、順一に抱きついた。

携帯電話が鳴る。今日子を乗せたまま出ると、秘書の中村だった。

「県連から今連絡がありました。藤原先生が呼吸不全で亡くなりました」

「そうか」張っていた肩が落ちる。「呼吸不全?」思わず聞き返した。

「そうです。過呼吸の発作を抱えていたとか、そういうことを聞きました」

「わかった。ご苦労さん」

電話を切り、眉をひそめた。心筋梗塞ではないのか。もういい。死因が何であろうと誰も疑わない。

「なんかあったんですか」

「何もない」

今日子の胸に顔を埋める。また電話が鳴った。今度は机の上の固定電話だ。今日子がナンバーディスプレイをのぞき込む。

「藪田兄のほうですね」

「うるせえな。今度は何だ」順一は受話器を取り上げ、用件を聞いた。

「先生。ちょっとまずいことになった」聞こえてきたのは、敬太の切羽詰まった声だった。「幸次の奴が、早まったことをしてしまった」

「幸次さんが？　何をしたんですか」

「電話では言えねえ。大至急、飛鳥山のプレハブ事務所まで来てはもらえねえか」

「どうしたんですか。教えてくださいよ」

「だから電話で言えるようなことではねえ。先生の指示を仰ぎたい」

「もしかして、佐竹組と抗争を始めちゃったとか……」

「そうではねえ。とにかく来てくれ」

電話が切れた。胸がざわざわと騒ぐ。あの粗暴で単純な藪田弟は、いったい何をしでかしてくれたのか。

今日子を降ろし、立ち上がる。「先生、どうしたんですか」その気になっていた今日子が甘えた声を出し、順一の股間を撫でた。

「あとだ。出かける。上着」つっけんどんに言う。

今日子は口をとがらせると、クローゼットから上着を取り出し、順一に着せた。

車のキーをつかんで会社を出る。またしても外は小雪が舞っていた。


二十分で飛鳥山のプレハブ小屋に駆けつけると、藪田敬太が一人でストーブにあたっていた。

「すまねえ。先生。忙しいときに」ただごとではない表情をしていた。

「それより何があったんですか」

「幸次の奴がやっちまった」

「だから何を」

「目撃されてついかっとなっちまったんだろうな。さらってきてしまった」

「誰を」

「なんとか連絡会の女リーダー」

順一は戦慄した。「さらった？　坂上郁子を？」

「そう。その坂上って女」

眩暈がした。バランスを失い、折りたたみ椅子に腰を下ろした。

「あの馬鹿。懲りずにまた女の自宅まで行ったんだ。で、留守であることを確認して、今度は段ボールに入れた豚の頭を玄関先に置こうとしたら、折悪しく女が帰ってきてな。それで鉢合わせして、きゃーって悲鳴を上げられそうになったから、あわてて口をふさいで、ふと見たら車のトランクが開けてあったから、そこに突っ込んで、扉を閉めて、車でその場を去ったわけだ」

順一は言葉が出てこない。気持ちが悪くて吐き気をもよおした。

「まったくあの乱暴者は……」敬太がため息をつく。

「それで、女はどうしたんですか」顔を上げた。いやな予感がした。「まさか、まさか……」早口になった。

「殺してはいねえ。怪我もしてねえ」

どっと力が抜ける。最悪の事態は免れたと、順一は深くうなだれた。

「今、この山の奥の倉庫に閉じ込めている。おまえがやったことだから、おまえが見張ってろって命令したんだが、幸次はちょっと興奮してな、話をするにしろ、ちょっと時間を置いたほうがええ。なあ、先生。何かいい解決法はねえだろうか」

「何かいい解決法？　あるわけがないでしょう」

順一は目を吊り上げて言った。つばきが飛ぶ。

「そう言わねえで」

「ただし次善策ならあります。速やかに自首することです。わたしは聞かなかったことにします。わたしは何も知らない。何も見ていないし、何も聞いていない」

「やっぱりそうか」

「それ以外、何があるというのですか」

「先生、前に話した通り、幸次には前科がたくさんある。今度捕まると長期刑を食らってしまうんだ」

「自業自得でしょう」

「冷てえなあ、先生。大旦那ならそうは言わねえと思うよ」

「とにかく、一刻も早く坂上郁子を解放して自首すること。いいですね。夜になったら家族が捜索願を出しますよ。それでもっと騒ぎが大きくなります」

「なあ先生。先生の力で、あの女をなんとか懐柔できねえか」

「どうやってさらってきた人間を懐柔するんですか！」思わず怒鳴りつけていた。

「金で済むなら都合つける」

「済みません。わたしは関知しません」

「おれは弟をもう刑務所に入れたくねえんだ」

「何を言ってるんですか。選択の余地はありません。今すぐ解放すること。いいですね」

順一は強い口調で言いつけると、席を立った。何か言いたそうな敬太を置いて外に出る。周囲に人目がないか見回した。この時間、ここにいたことが知れただけで大スキャンダルだ。

車に飛び乗り、急いで発進した。冗談ではない。なんでこういう事態になるのか。

背中に大量に冷や汗をかいていた。アクセルを踏み込む。頭が大混乱して、景色もろくに目に入らない。
喉がからからに渇いた。なんてひどい一日だ——。

35

家庭訪問をして謝罪めいた行いをしたせいか、西田肇の仕業と思われるダンプカーでの襲撃はやんだ。相原友則はモグラが土中から顔を出すように、そろりそろりと緊張を解き、ゆうべやっといつもの安眠を得ることが出来た。やんだといってもまだ三日目だが、それまで二日続けて死にそうな目に遭ったことを思えば、平穏な日々がいかにありがたいものであるかがわかる。西田は怒りの矛を収めたのだろうか。考えてもわかるわけはないが、ともあれ今は眠れることだけでもありがたい。

この日は午前中から、仕事をさぼっていつものパチンコ店の駐車場に行くことにした。せっかく見つけた楽しみをやめる手はない。仮に買春行為をしなくても、麗人サークルとやらに集う男女を盗み見るだけでも興奮する。

携帯電話を使って民生委員といくつかの連絡業務を行いながら、駐車場の隅に車を停め、オペラグラスをのぞいた。山田を名乗るマネージャーのワゴン車はすでに駐車場内にある。まだ動きはないが、やがて人の出入りが始まるのだろう。時計は午前十一時を指している。掃除洗濯を済ませた主婦たちがそろそろ自由になる時間だ。しばらくして、軽自動車でやってきた三十がらみの女が、馴染みの蕎麦屋にでも入るような軽い足取りで、ワゴンの中に吸い込まれていった。待機だろうか、予約があるのだろうか。友則はそんなことまで考えてしまう。

二人目の女が現れた。こっちは一転して若い。二十代前半ではなかろうか。十人並みの容姿だが、きっと肌はつきたての餅のように弾力があることだろう。オペラグラスを持つ手につい力が入る。自分が客になろうかと思った。今すぐ電話をして、「若い子はいますか？」と問い合わせれば、あの女を抱くことが出来るかもしれない。想像するだけで股間が切なくなった。いったいどんな暮らしをしていることやら。また尾行して、氏素性を探りたくなる。

しばらくして、若い女のほうがワゴンから出てきた。駐車場を見回し、目当ての車を見つけると、背中を丸めて小走りに駆けていった。やはり馴染み客の予約があったようだ。客を見ると、四十ぐらいの自営業風だった。車がＢＭＷということは、それなりに羽振りもいいのだろう。友則はデジタルカメラで二人が車の座席に並ぶ姿を撮った。コレクションがまたひとつ増える。もう一人は三十分ほどして客がついた。マネージャーが車でやってきた客と携帯のカメラ機能を使った商談を行い、女をあてがったのだ。成り行きの生々しさに、友則の中でどす黒い興奮が膨張し続けた。

昼食はほか弁を買って車の中で食べた。混んでいる店に入りたくないのと、売春の瞬間を見逃したくないからだ。友則の中にはある期待があった。また和田真希が現れてくれないかという期待だ。最初にここで密会を目撃し、自宅まで尾行した主婦である。岡惚れしていると言ってもよかった。もしも今日現れ、予約客がいないとしたら、自分が客になるつもりだった。それを考えただけで体が熱くなる。

麗人サークルは盛況だった。二時間ほどの間に、七組の商談が成立し、車で駐車場から出て行った。買い物をするように売春をする主婦と、仕事をさぼって女を買う男たち。まったくどういう世の中かと、自分を棚に上げて呆れ果てた。見たところ、全員普通の市民なのだ。援助交際とはなんと便利な言葉であることか。呼び方ひとつで罪悪感が薄れるほど、人間はあやふやな価値観で生きている。

友則は自分の元妻のことを思い出した。あの女も浮気に罪悪感などなかっただろう。不貞が不倫と言い換えられ、マスコミからは、ときに「貴女は美しい」とおだてられ、ときに「このままでいいの？」と脅迫され、自分というものを持たないままいい歳になり、自己の欲望を正当化する術だけを身につけた。ここに現れる女たちも同類だ。ネジが一本飛んでいるのだ。もっとも、客になる男たちは何様かと問われると、返す言葉もない。

午後になり、いつぞや友則が買った女が軽自動車で現れた。ミホと名乗った自称二十八歳の主婦だ。ミニスカートに黒いストッキングという姿で、体を丸めてワゴン車に入っていった。あの日のことを思い出した。豊かなバスト。子供を産んだ跡のある下腹部。愛嬌のある笑顔。甘えた声――。買おうかと思った。急にあの女を抱きたくなった。二度目だからもっと余裕を持ってセックスできる気がする。今思い返すと前回は少しがっついていた。自分だけが満足していた。

ネクタイを外し、携帯を手にした。ケースワーカーの仕事などもうどうだっていい。春まで基本的にさぼる気でいる。メモリーした電話番号を呼び出し、通話ボタンを押そうとしたところで、駐車場に一台のセダンが入ってきた。何気なく見ていると、ワゴンのすぐ前に停車した。出てきたマネージャーに金を渡す。そののち、ミホが降りてきて、客の車に移った。笑顔で軽くキスを交わす。相手は三十ぐらいの、平凡な容貌の男だった。背広姿だから仕事中だろう。そしてミホの予約客だ。友則はそれを見て、なにやら猛烈な嫉妬心が湧いてきた。愛想がいいのは商売だったのか。友則は馬鹿馬鹿しいと思いつつ真剣に腹を立てた。胸まで痛くなった。

そして午後一時を過ぎた頃、赤い軽自動車が甲高いエンジン音を響かせて、駐車場に入ってきた。思わず目が吸い寄せられる。オペラグラスを握り締め、運転席の女を確認する。和田真希だった。心臓が高鳴り、肘が震えた。友則の興奮は最高潮に達した。現れてくれた。自分はついている。

ショートヘアの清楚な主婦・真希は、ぎこちないハンドル捌きで駐車を済ませると、車から降り、いつものピンクのマフラーを首に巻き、駐車場を走った。一直線にワゴンに向かう。乗り込むとき、中のマネージャーと挨拶を交わし、表情をくずした。横顔だけだが激しく心が揺さぶられた。

彼女はきっと予約だろう。馴染み客がたくさんいそうな気がする。可愛い女だから、放っておかれるはずがない。

それでも待機の可能性はある。友則は電話をかけてみることにした。携帯で呼び出す。マネージャーはすぐに出た。

「麗人サークルさんですか。わたしは以前お世話になった者ですが」

「はいはい。声でわかります。憶えております。山田でございます」

マネージャーが柔らかな口調で言った。メモリー登録したらしく、待ち受け画面を見ただけで友則だとわかった様子だ。

「近くにいるんですが、今から行って誰か紹介していただけますか」

「ええ、すぐにご紹介できます」

「どんな人でしょうか」

「お客さんのお好みの子を手配しますが」

「時間があまりないので、今、そこにいる子でも結構ですが」

「はい。おります。可愛い女性が待機しております」

マネージャーの返事に、友則は思わず息を止めた。真希は待機だった。ワゴンの中で客がつくのを待っているのだ。一瞬にして顔が火照った。

「じゃあ五分ほどで行きます」

「わかりました。当方の車は憶えていらっしゃいますでしょうか」

「ええ。たぶん」

「それでは近くにお停めください。こちらから声をかけます」

「こっちの車、わかるの？」

「勝手をしてすいません。携帯は車のナンバーで登録させていただいてます」

なるほどよく考えてある。

電話を切り、車のエンジンをかけた。目立たないようにそっと発進する。裏口から一度出て、敷地を一周し、国道からあらためて入りなおすことにした。たまたま近くに来たから、というふうを装う小さな見栄だ。

再び駐車場に入り、探すふりをして、ワゴンに近づいた。斜め前の空きスペースに駐車すると、待ってましたとばかりにマネージャーが降りてきた。愛想よく腰を折り、内股で駆けてくる。助手席に潜り込むと、携帯を取り出し、また写真を撮らせて欲しいと言った。もちろん承諾する。マネージャーは写真を撮ると、「ほんの一分ほどお待ちください」と言い、自分のワゴンではなく、パチンコ店の中へと消えていった。あの男、どこへ行くのか。

友則は数秒眉をひそめ、事態を察し、落胆した。待機する女は何もワゴンの中だけにいるわけではない。客がつくまでパチンコをしているほうが、時間つぶしになる。そっちのほうが自然だ。そうか、和田真希ではないのか。

またマネージャーが駆けてきた。「大丈夫です」と恵比須顔で言い、「女の子も撮ってきました。この子なんですけどね。二十三歳。若いでしょ」と、携帯で相手の顔写真を見せた。

髪を茶色に染めた水商売風の女がそこに写っていた。派手なメイクで美人か不美人かもわからないが、そもそも濃い化粧が自分の好みではない。急速に気持ちが冷えていった。

「まだ新婚さん。子供も産んでないからピチピチ」マネージャーが畳み掛ける。友則は「どうしようかな」と返事を濁した。自分は、あのワゴンの中にいる和田真希を抱きたいのだ。

「うちではいちばん若い子です。性格もいいんですよ。それに甘え上手。床上手かどうかは、わたしは知りません。あはは。お客さん、いろいろ仕込んでやってくださいよ」

マネージャーの口上につい苦笑した。

「旦那が非正規の派遣社員だから生活苦しいらしいんです。ゆめのなんてそんな家ばかりですけどね。去年始まった世界的な金融危機にしたって、最初のうちは欲をかいた証券マンや投資家が大損して、わたしら一般人は、ざまあ見ろ、いい気味だなんて笑ってたじゃないですか。ところが一年も経たないうちに下まで降りてきて、今じゃ末端の労働者がいちばん苦しんでいる。これはどういうことなんですかねえ。悪いこと何にもしてないのに。結局、何でも皺寄せは下に来るものなんですよ。この子本人にしたって、旦那にしたって、二十代の若さで正社員になれないんです。日本っていつからこういう国になったんですかねえ。ちゃんと学校を出て、働く意思があって、それでも格差社会に放り込まれてしまう。生活はらくじゃありませんよ。大人が時給千円未満の世界です。どうか夫婦揃って助けてやってください。人生、持ちつ持たれつです」

「はは。ずいぶん話が飛躍するんですね」友則は肩を揺すって笑った。

「何をおっしゃいますか。全然飛躍してません」マネージャーが真顔で目を剥いた。「援助交際というのは、その名の通り援助なんです。質素な生活をしている人妻たちが、あと少しだけ潤いのある暮らしをしたいから、自分の肉体的奉仕でお金を得る。売春婦や風俗嬢とちがうのは、ちゃんと生活基盤を持った上での行為だということです。わたしだって、失職して、仕方なく始めた商売なんですよ。お客さん、わたしのことやくざな人間だと思ってませんか。そんなことはないんですよ。普通の社会人です。そりゃあ違法とわかってはいますが、心はずっと堅気です。サービス業なんです」

「さすがはマネージャー。口がお上手」

「お客さん。そんな醒めたことを言わないでください。真心です。真心に決まってるじゃないですか。この子は特典もありますよ。若いから、メイド・プレーもオーケーです。衣装、車の中にありますから、オプションでどうですか」

マネージャーの勢いに押され、友則はもう断れなくなってしまった。

「わかりました。この子でいいです。オプションは抜きで」

「ありがとうございます」

深々と頭を下げられた。財布を取り出し、前金を払う。女が来るのを待ちながら、もう後悔の念が首をもたげていた。見栄を張らず、正直に言えばよかった。さっきワゴンに入った女を指名したいと。そうすれば、都合のつく時間を予約して、和田真希と肌を合わせられる。

やって来た女は、冬なのに日焼けした水商売風の小娘だった。つい数年前までは地元で暴走族をやっていた口だ。ただし愛嬌はあった。「よかった。かっこいいお兄さんで」と大袈裟にお世辞を言う。反射的に噴いてしまい、肩の力が抜けた。

金を払ったのだから、せいぜい楽しもうと思った。二十三歳の女の肌なんて、久しく触れたことがない。

発進しようとしたら、外車が行く手をふさいでいた。マネージャーが運転手から金を受け取っている。それが終わると、ワゴンから和田真希が出てきて、外車の助手席に滑り込んだ。こいつが真希を指名した客かと、体温が一気に上がった。斜めうしろからのぞき見る。四十ぐらいの小太りな男だった。友則は胸が締め付けられた。

「あの女の人も君たちの仲間？」何食わぬ顔で今隣にいる女に聞いた。

「うん。そうだと思う。でも横のつながりなんてないから、誰かは知らない」

外車はモーテルとは逆方向に走り去っていった。市外のもっといいホテルを使うのだろうか。いつまでも残像が瞼に残った。

三十分後、モーテルで女と抱き合った。嫉妬の気持ちが渦巻き、却って激しいセックスとなった。まったくどうかしていると、友則は自分を憐れんだ。なんという日々だ。とてもまともな社会人とは思えない。


午後三時過ぎにモーテルを出た。携帯の留守録に課長から連絡を請う旨の伝言が入っていて、少しあわてたが、電池切れだったとうそをつけばいいと開き直り、無視することにした。どうせくだらない用件なのだ。

女が助手席で鼻歌交じりにマニキュアを塗っている。

「旦那にばれたことはないの」友則が軽い調子で聞いた。

「ううん。家を留守にしてもどうせパチンコだと思ってる」

「援助交際はいつまでやるの」

「あと一年ぐらいかなあ。子供ができたら、さすがにできないでしょう」

「でも、麗人サークルって子持ちがいっぱいいるんじゃないの」

「そっか。だったら続けようかな」

気のない受け答えをし、ふうふうと爪に息を吹きかける。何も考えていなさそうな女だった。

灰色の空の下、農道を走る。擦れ違った乗用車に三十代らしき男女が乗っていた。この先はモーテルしかないので、彼らもこれから浮気をするのだろう。たった今事を済ませたばかりの友則が、この国はどうなっているのかと嗤《わら》いたくなった。

「ねえねえ。たくさん、お金持ってるおじさんいない？」

すっかり馴れ馴れしくなった女が聞いた。

「さあ、こっちは普通の宮仕えだから」

「わたし、政治家の愛人とかになりたいのよね」

「でも、君は結婚してるんだろう」

「そんなの平気。だって昼間はヒマだもん」

何か言い返そうと横を向いたとき、黒い影が左目の視界に映った。同時にゴンという衝撃を受ける。「きゃあー」と女が叫んだ。ダンプカーの鼻先がすぐうしろにあった。友則は戦慄した。いつの間に現れたのか。咄嗟にアクセルを踏み込んだ。

「何これ。なんなの」女が顔を真っ青にしてわめく。ダンプカーが猛然と追いかけてきた。二度目の追突。背中に衝撃を受け、首が前後に激しく振れた。これではっきりした。脅しではない。西田は自分を殺そうとしているのだ。頭の中が真っ白になった。

「いやーっ」「きゃあー」女の叫び声が車内に響き渡った。ハンドルを取られる。サイドボディに衝撃を受けた。電柱か何かにぶつかったらしいが、どうなっているのかまるでわからない。

三度目の追突で車が真横になった。ハンドルはもう用をなさない。フロントガラスにたんぼの地面が映り、横転したとわかったときは、全身が打ちつけられ、ただ歯を食いしばることしかできなかった。車体が宙に浮き、叩きつけられる。鉄のひしゃげる音が鼓膜を震わせ、気がついたらフロントガラスが割れて、自分が逆さまになっていることだけ判断できた。

エンジンルームから吹き出た白煙が車内に入ってくる。「いやーっ」女が叫んだ。

「大丈夫か」

「わかんない。信じられない」女はパニック状態で、手足をばたつかせていた。

手を伸ばし、なんとかシートベルトを外す。逆さになった車内の天井に落ちた。ドアを開けようとしたが、変形してびくともしない。仕方なく割れたフロントガラスを足で蹴り、体が通れる穴を開け、這って外に出た。

「今助けてやるからな」女に声をかける。立ち上がると眩暈がして、たんぼに尻餅をついた。周囲を見回すとダンプカーは消えていた。そのことにまず安堵する。

再び立ち上がり、助手席に手をかける。半分だけ開いたので、女を引っ張り出した。

「怪我はないか」

「ないと思う。それよりお客さん、血が出てるよ」

女が唇を震わせて言い、顎で友則の顔をしゃくった。手の甲で額を擦ると、鮮血がべっとりとついた。腰を折り、車の窓ガラスに自分の顔を映す。額がぱっくりと割れていた。友則はダッシュボードに粗品でもらったタオルがあったことを思い出し、それを頭に巻いた。感じとしては、傷は深くはなさそうだ。

「どうする？　救急車、呼ぶ？」と女。

「いや。それはまずいかな。おれ、仕事中だし」

「わたしもまずい。旦那にばれたら殺される」

逆さになった乗用車を眺め、公用車でなくてよかったと、不幸中のさいわいに感謝した。就業時間中、モーテルの近くで、若い人妻を助手席に乗せてたんぼに転落した。役所に対してどんな言い訳も通用しそうにない。

「わたし、やっぱりだめみたい」女が顔をゆがめて言った。

「どうした？」

「背中と首がジンジンと痺れてきた。これってきっとむち打ち症だと思う」

女がよろよろと歩き、道路の端にしゃがみ込んだ。

「じゃあ、やっぱり救急車を呼ばないと」

「なんかいい言い訳ある？」

「すぐには思いつかないけど」

「じゃあ呼ばない。わたし、携帯で友だち呼んで迎えに来てもらう」女が携帯を操作し、誰かと話し始めた。「信じらんねえよ。ダンプがうしろからぶつかってきて、殺されそうになったんだぜ。あの運転手狂ってるよ」

いきなり地が出て、ズベ公のような口を利いた。それにしても、西田はどこからあとをつけてきたのか。偶然見つけられるわけがない。朝から見張られていたのだろうか。

友則は身震いした。周囲に北風を遮るものは何もなく、体がどんどん冷えていく。じっとしていられず、足踏みをした。とりあえず、この場をなんとかしなければならない。修理工場に電話してクレーン車を呼んで、たんぼの持ち主を探して謝罪して……。

「わたし、きっとばちが当たったんだと思う」電話を終えた女が道端に横になり、ぽつりと言った。「働かないで、援助交際とパチンコで遊んで暮らそうなんて、神様が許さなかったんだと思う」

「なんだよ。こんなところで」

「わたし一瞬、援助交際を知った旦那が怒り狂って、わたしを殺そうとしたんだと思った。でもちがってほっとした」

ミニスカートから白い生足が露出している。見ている友則が寒くなった。

「ほっとすることはないだろう。実際、殺されかけたんだぞ」

「でも、うまくいかないなあ、人生って。頭悪いと、なかなか這い上がれないよね」

「そんなこと言うな。おれがダンプの運転手を探し出して、治療費取ってやる」

「ほんと？　じゃあお客さん名刺頂戴」

「名刺はちょっと……。こっちからマネージャーを通して知らせてやる」

「お客さん、やさしいね。自分がいちばんひどい目に遭ったのに。その車、へたすりゃ廃車だよ」

女が空を見上げ、ため息をついた。ダンプカーが友則を狙って追いかけてきたと知ったら、態度が一転することだろう。

「おーい。どうしたあ」男の声がした。耕転機に乗った農夫が、五十メートルほど離れた場所から声を張り上げていた。「大丈夫かあ」こちらに近づいてくる。友則は手を振った。いろいろ助けてもらえそうだった。ゆめのの人間は、人のよさだけなら昔のままだ。

36

拉致監禁されていったい何日経ったのだろう。久保史恵は指折り数えようとして、脳の一部がまるで反応しないことに慄然とした。思考がそこから先に進まないのだ。もちろん初めての経験で、大いにあわてているのだが、一方ではどこか乾いた自分もいて、ああ人はこうやって諦めていくのだろうかと、浮き輪が張りを失うように、全身からゆっくりと力が抜けていった。そういえば涙も止まった。強くなったのではなく、環境に慣れたのだ。四六時中鳴り響くゲームの電子音、ノブヒコのひとりごと、饐えたような臭いの部屋、どれもあるものとして受け入れている。いやでたまらなかった押入れの汗臭い布団も、だんだん自分の臭いが染み付いたのか、大きな苦痛ではなくなった。さらには、時間のうっちゃり方も覚えた。目を閉じて、空想の世界に身を委ねるのだ。三日ほど前から始めた空想は、女子大生になって上京して、イケメンの男の子と出会うラブストーリーだ。去年、和美と行った東京の街並みを必死に思い出し、場面場面に当てはめては、頭の中に光景を描き出している。人間は自分で自分を慰められることを知った。これも防衛本能なのか。

ただひとつ、光明めいた発見もあった。ルークと呼ぶと、ノブヒコは催眠術にでもかかったように、すっとゲーム世界に入ってくれるのである。昨日、昼に豚骨ラーメンを食べているとき、あまりのスープの濃さに辟易し、さてどうやって自分の希望を伝えようかと思案し、思い切って言ってみた。

「ねえルーク。わたし、もっとあっさりしたスープのラーメンがいいんだけど」

言葉を投げかけながら、心臓がどきどきした。

ノブヒコはぴくりと反応し、一瞬の間を置いて、「うん、わかった、メイリン。次から君の分は醤油か塩ラーメンにするよう指令を出しておくよ」と答え、何事もなく食事に戻った。史恵は倒れ込みたいほど安堵した。そして今日は醤油ラーメンが出てきた。しかもホウレン草付きだ。海苔と蒲鉾《かまぼこ》も載っていたので、ノブヒコが細かく指示したのかと思うと、そんな場合ではないのに少しおかしかった。

今日のノブヒコは朝からゲームに夢中だ。わけのわからない台詞を、芝居がかった口調でパソコン画面に向かって発している。門前の小僧ではないが、なんとなく史恵にもゲームの状況がわかり始めた。登場人物も、半分は理解できるほどだ。

午後、母屋に来訪者があった。母親から離れに電話がかかってきて、ノブヒコに顔を見せるよう求めている。会話の断片から推察できた。やって来たのは親戚の叔父さんらしい。

「おい、こら。てめえが呼んだのか！」

ノブヒコはいきなり激高した。顔を真っ赤にして電話に向かって怒鳴り散らしている。史恵は緊張に身を縮め、急いで押入れに逃げ込んだ。

「じゃあどうして来たんだよ。関係ねえだろう。おれが職に就こうと就くまいと、そんなの親戚の知ったことか」

戸も閉めた。こういうときは目を合わせるのも危険だ。

「行かねえよ。なんで行かなきゃなんねえんだよ。てめえが相手しろ！　すぐに追い返せ！」

ノブヒコは電話を叩き切ってからも喚き続けた。

「ふざけんな。どうして親戚がしゃしゃり出てくるんだよ。おせっかいなんだよ。ふざけるな。ふざけるな」

荒い息を吐き、そわそわと部屋の中を歩き回る。史恵は息を殺し、押入れで丸くなった。敷地の玉砂利が鳴る。誰かの足音だ。

「おーい、ノブヒコ君。向田の叔父さんだけど、ちょっと顔を見せてくれんかな」

呼びかけがあった。親戚の叔父さんが離れの外にいるのだ。

「別に説教をするとか、そういうのじゃないから。叔父さんの知り合いが運送会社をやってるんだけど、人手が足りないっていうから、ノブヒコ君、どうかなと思ってな」

史恵は全身を硬直させた。ここで大声を上げれば監禁されていることが露呈する。すなわち自分は救出される。親戚の叔父さんはまともそうだ。少なくともノブヒコの親のように、見て見ぬふりはしなさそうに思える。口を開きかけて、無意識に顎が止まった。どうしたことか呼吸までが苦しい。

「ちょっと待って。そっちに行くから」ノブヒコが一転して静かな口調で言った。

押入れの鍵をかけられた。手錠はかけられていない。ノブヒコがバタバタと部屋を出て行く。玄関の引き戸が開く。

「やあ、久し振り。三年振りだなあ。正月にばあちゃんの家にも顔を出さないから、みんなでノブヒコ君はどうしたのって心配してたんだぞ」

「あの、母屋で話を聞きます」

まるで借りてきた猫のように、おとなしく従った。

それより史恵自身だ。自分は今、大声を出すことをためらっている。押入れの中から叫べば親戚の叔父さんが気づいてくれる。あ、あ。腹の底から声を吐き出そうとするのだが、肝心の喉でそれが止まってしまう。

叔父さんとノブヒコが母屋へと移動した。足音がなくなる。なんということか。どうして助けを求めなかったのか。史恵は激しく動揺した。それよりうまく頭が回らない。正座をして足が痺れたように、脳の一部が働くことをやめている。

押入れの暗闇の中で、なにやら得体の知れない強迫観念に襲われた。もしかして自分は、自由を諦めようとしているのか。

仮にここで助けを求め、発見されたとする。そのときは大きなニュースになるだろう。各局のニュース番組で、大事件として繰り返し報じられることは間違いない。十七歳の女子高生が頭のおかしいゲームマニアに拉致され、一週間も監禁されていたのである。マスコミが放っておくわけがない。週刊誌だって派手に書き立てる。被害者である上に未成年だから、実名は伏せられる。しかし被害者が誰であるか、地元ではとっくに知れ渡っている。おまけにインターネットがあるので、プライバシー保護など用をなさない。実名と顔写真はすでに全国にばら撒かれたと思ったほうがいい。身内以外は全員が興味本位だ。当然、人々の好奇心は、監禁中どんな目に遭っていたかに向かうことになる。とくに下世話な人間でなくても、乱暴されたのではと想像するのが普通だろう。被害者の女子高生は監禁中ずっと犯され続けた、と。

　史恵は深い穴に落ちていくような眩暈を覚えた。自分は仮に助かったとしても、大きな苦しみを背負って生きていかなければならない。

　まず地元には住めない。どこを歩いてもうしろ指をさされる。ほらあの子、行方不明になってた——。ひそひそ話が始まる。小さな町だから、それは生涯続くことだろう。ゆめのを出て東京の大学に進学したとしても、きっと噂は追いかけてくる。同じキャンパスにゆめの出身者が一人でもいれば、たちまち広がるのだ。恋人ができたら、このことを告白しなければならない。何もなかったと言って、信じてもらえるだろうか。

　そんな先の話より、もっと深刻なのは残りの高校生活だ。どう考えても今までどおりに送れるとは思えない。廊下を歩けば、みなが会話を中断し、史恵を盗み見る。通り過ぎてからは史恵の話が始まる。本当はどうだったんだろうね、と。

　史恵は全身が震えた。無事戻れたとしても地獄の日々が待っている。自分の人生はすでに半分死んだも同然なのだ。

　そもそも本気で逃げたければ、押入れの板戸ぐらい蹴破れる。そのチャンスはいくらでもあった。現に今がそうだ。死に物狂いで蹴り続ければ、いかに施錠されているとはいえ、壊すことは可能なのだ。それなのに、自分は行動を起こさない。心のどこかで、助かったあとのことを恐れている。世間の好奇の目にさらされ続けるなんて、自分にはいちばん耐え難いことだ。

　いったいどうすればいいのか。いっそ死んでしまったほうがらくなのではないか。

　史恵の眩暈はますます激しくなり、平衡感覚を失った。これが絶望の淵というものかと、狂気めいたものを感じた。いちばん可能性が高い先行きは、自分がここで狂うことである。狂ってノブヒコと一緒に空想の世界に生きることだ。

悲しくて仕方がないのに、涙が出てこない。心の中で大きな何かが、ダムのように感情を堰き止め、史恵の行動までも押しとどめている。自分を何ひとつコントロールできない。

二十分ほどしてノブヒコは戻ってきた。最初にしたことは、押入れを開け、史恵の所在を確認したことだ。

「いるよね。よかった。裏切らなかったんだね」

「はい」

声が沈み込んでいた。ルークなのか、素なのか、よくわからなかった。

ノブヒコはしばらく無言のまま部屋で息をひそめ、叔父さんが帰っていく車の音を確認すると、「ううう、ううう」と動物のようなうめき声を上げた。

「何が引きこもりだ。勝手なことを言いやがって。おれはいくらだって外に出られるんだ。人をノイローゼ扱いしやがって。おまえが知らないだけだ。おれは女子高生をさらって部屋の中で飼ってんだよ。家の中ばかりにいてそういうことができるか。おれは、やるときはやるんだよ」

ノブヒコのひとりごとを聞きながら、史恵は背筋が凍りついた。やはり確信犯だったか。自分が何をしているか、ちゃんとわかっている。

「クソババア、ぶっ殺してやる。なんで親戚を家に上げるんだよ。ばれたら家族ごと刑務所だろうが。共犯なんだよ。少し考えればわかるだろうに」

何かを畳に叩きつける音がした。破片が部屋に飛び散る。目覚まし時計だったらしく、チンとベルが鳴った。

再びノブヒコが部屋を出た。「おらーっ」雄叫びを上げながら、母屋へと歩いていく。ザッ、ザッ。大股で玉砂利を踏みしめる音。これから母親に暴力を振るうにちがいない。この剣幕だと母親は殺されるのではないだろうか。

史恵は押入れの中で懸命に丸まった。五感が鈍くなり、暑いのか寒いのかもわからなくなった。このまま動物になって冬眠でもしてしまいたい気分だった。

37

頭の怪我は裂傷で全治二週間と診断された。一晩だけ検査入院したが、以後は通院すればいいということで、加藤裕也は事件の翌日の夕方には出社した。

頭に包帯を巻いてネットを被り、さてどういう出迎えを受けるのかと不安な気持ちで会社に行くと、社員たちは尊敬の目を向け、「おう。大変だったな」「先輩。大丈夫ですか」と口々に見舞いの言葉をかけてきた。暴走族上がりだけあって、喧嘩から帰還した仲間は英雄なのだ。社長の亀山も鷹揚だった。社員を集め、「会社のことを考えると、喧嘩はまずいんだけどな」と前置きした上で、「みんな。スネークの後輩を助けた加藤と酒井に拍手」と褒め称えたのだ。裕也は顔が熱くなり、本当は後頭部一撃でノックアウトされただけのくせに、駆けつけた自分の判断を褒めたくなった。亀山は「今週は休め。その頭じゃ営業はできねえだろう」と三日間の有給休暇をくれた。これで完全に顔と名前を憶えてもらえたと、胸がふくらむ思いだった。

あの夜は結局、乱闘が始まって数分後には警備員が駆けつけ、警察に通報され、第一ラウンド終了といった感じで両軍とも一目散にその場を逃げ出すこととなった。怪我を負った何人かは逃げ遅れ、警察に身柄を捕捉された。裕也もその一人だったが、仲裁役だったことと、うしろから殴打され気絶したので乱闘には加わっていないことが認められ、その夜のうちに解放された。ブラジル人たちの取調べに当たった少年係の刑事が苛立った様子で、「誰かブラジル語を話せる奴はいねえのか」と怒鳴っていた。ブラジル語というものがあるのかどうか、裕也は知らないのだが。

落ち着いてみると、あらためて喧嘩の仕方が変わったことを痛感させられた。暴走族同士の抗争なら、口では「ぶっ殺してやる」などと言いながらも、暗黙の了解めいたものの下、とことんやることはなかった。適当な時点で仲裁役が現れ、手打ちをした。その呼吸がブラジル人たちには通じない。自分の頭に鉄パイプを振り下ろした少年は、明確な殺意はなかったとしても、行為には躊躇がなかった。殺人者になるかもしれない恐怖とは別の次元にいた。もう一度あの場に立たされたら、果たして自分は落ち着いていられるだろうか。裕也は今、ブラジル人グループとは関わりたくないと思っている。意地でも怖いとは言わないが、避けたい気持ちが大きい。

アパートにいても不自由なだけなので、休みの間は実家で養生することにした。二階の昔の子供部屋で、布団に転がってブックオフで仕入れた漫画本を読みふけっていた。こんなにのんびり出来るのは久し振りだった。知らず知らずのうちに自分は仕事人間になっていた。不良だった頃を思えば、たいした変わりようである。

「おーい、裕也。ちょっとでかけるから、翔太を頼む」

階段の下から父の声が飛んできた。時計を見ると午後三時だった。

「おかあちゃんは?」寝たままで声を張り上げる。

「地域センターで婦人会の寄り合い。いつもの井戸端会議」

仕方なく裕也は布団から出て、ドタドタと一階に下りた。父はよそいきのジャケットを着ていた。髪も整髪料で撫で付けている。

「何よ。おとうちゃん、どこへいくのよ」

「ちょっとな」

「競輪か。パチンコか」

「ちがう、ちがう。そんなこと、かあちゃんに言うなよ。また目ェ剝いて怒る」

「じゃあどこよ」

「うん？　まあ、こっちも寄り合いだ。そのまま仕事に行くから晩飯はいらねえ」父が目をそらした。なにやら行き先を言いたくなさそうだ。

「あのなあ、ギャンブルだったらおれも怒るぞ。息子に借金返済の工面をさせて――」

「だからちがうって言ってるだろう」父がむきになった。「ちょっとお寺の勉強会があって、それに参加するだけだ」

「お寺？　勉強会？　おとうちゃんがか」裕也は思わず眉をひそめた。

「何だ、その顔は。おれがお寺に行ったらおかしいか」

「そんなことはねえけど。でも、おとうちゃんがお寺ってのは……」

「おめえはそうやって親を馬鹿にする。稼ぎが悪くても親は親だぞ」

「僻んだこと言うなって。何も馬鹿になんかしてねえよ。ただ、おとうちゃん、昔から寺は嫌いだったんじゃねえの。あいつら他人の葬式で稼いでるって」

「今回は別の寺だ。沙修会っていう仏教の宗派が、教えを説いてくれるっていうから、とうちゃんもいっぺん聞いてみようかってな」

父が踵を返し、玄関へと歩く。裕也もあとをついていった。

「なあ、おとうちゃん。それ、もしかして新興宗教とちがうか」

「さあ、詳しいことは知らねえが」

「あーあ。おとうちゃんもそういうのに引っかかるようになったか。ここ最近、ゆめのは新興宗教がはびこって、あちこちで揉め事を起こしてるって。そういう話、聞いたことねえか」

「おれなら大丈夫だ。だいいちお布施を要求されても金がねえ」

父が自らを嗤って言う。玄関の上がり框に腰を下ろして靴を履いた。

「おとうちゃん。怪しげな壺とか仏像とか、そういうの、勧められても買わねえでくれよ」

「だから金がねえって言ってるだろう」

父は、最後は少し不機嫌になり、家を出て行った。その背中を見ながら、裕也が吐息をつく。人生がうまくいかないと、人は神や仏にすがろうとするのだろうか。母も何かというと、占い師に見てもらおうとする。裕也には理解できない行動だ。ゆめのに新興宗教団体や占い師が多いのは、もしかして不幸な人間が多いせいなのか。

居間のコタツでは翔太が寝ていた。裕也も潜り込み、添い寝する。窓にパラパラと何かが当たる音がするので、何事かと思って見ると、いつの間にか横殴りの雪が降っていた。いいときに休みが取れたと、肩の力が抜けた。ストーブに載せた薬缶のお湯が沸騰している。噴き出す湯気が部屋をいい具合に湿らせた。


夜になると、一度帰ってきた母が夕食を済ませてスナックの仕事に出かけ、また裕也は息子と二人きりになった。母は外の天気を見ながら、「金曜の夜なのに、もう。お客さん、来ないじゃない」と、表情を曇らせていた。

親子で風呂に入り、翔太にパジャマを着せてやっていると、コタツの上の携帯電話が鳴った。画面を見ると柴田からだった。なんだろうと思って出る。

「裕也か。悪いな。休みのときに」柴田は低い声で言った。

「いや、いいですよ。何もしてないし」

「頭の怪我はいいのか」

「平気ッスよ。有給が終われば普段どおり出社します」

「そうか。で、今どこにいる」

「おれッスか？　実家ですけど」

「出てこれるか」

「これからですか？」

裕也は思わず窓の外に目をやった。闇の中に白い雪が舞っている。壁の時計も見た。午後九時だった。

「ちょっと頼みてえことがあるんだ」

「何ですか」

「電話では言えねえ」

「はあ……」

「頼む。一生のお願いだ」柴田の口調に、裕也はただならぬものを感じた。

「先輩。どうかしたんですか」

「だから会ったら話す」

「でも、おれ、翔太がいるし。親父とおふくろは仕事で留守なんですよ」

「頼むよ。子供は誰かに預けられねえか」

「ところで今、どこにいるんですか」

「美園の駐車場だ。二つあるうちの奥のほうだ」

「美園？　酒飲んでるんですか？」

「だからいるのは駐車場だって。頼むから来てくれ」

柴田が執拗に懇願する。こんなことは初めてなので裕也は困惑した。ただ、柴田に頼みごとをされて断るわけにはいかない。

「わかりました。じゃあ翔太を寝かしつけて行くから。少しだけ待っててください」

「わかった。すまん。待ってる」

電話が切れた。吐く息の白さが見えてきそうなささやき声だった。

ともあれ出かける支度をした。翔太をコタツに寝かせ、自分は厚手のセーターに袖を通した。頭にはニット帽を被った。ストーブは危険なので消して、戸締りを点検した。小さな子供を置いて出かけるのは、さすがに気が咎めたので、急遽父にメールを打った。「急用ができたので出かける。タクシー暇だったら早く帰ってきて」という文面だ。十分後、返事が来た。「雪で客なんかいやしない。これから帰る」とあった。翔太も寝ついたので、裕也は出かけることにした。

外に出ると、雪が十センチ以上積もっていた。どうりで静かだと納得した。風がやんだのでしんしんと積もり始めたのだ。物置からタイヤチェーンを取り出し、四輪に装着した。軍手をしても手がかじかんだ。車の排気ガスが、生き物のように白く立ち上った。こんな夜に出歩く人間などいないことだろうと、父と母の困り顔を想った。

運転席に乗り込み、ゆっくりと発進した。ワイパー速度をハイにし、身を乗り出して運転した。一キロ走っても、対向車は一台もなかった。


美園の駐車場は降り積もった雪でケーキのように白く染まっていた。車の出入りを示すタイヤの跡もほとんどない。数台停まってはいるが、雪で乗って帰ることをあきらめた車だろう。商店街が所有する無料駐車場なので係員もいない。柴田の白いクラウンはすぐにみつかった。スモールランプを灯して、敷地の端で雪を被っている。柴田も裕也に気づき、運転席から降りてきた。会社の作業着を着ているので仕事帰りのようだ。薄暗い外灯のせいかもしれないが、顔色がないのに驚いた。裕也はすぐ前に車を停めた。

「先輩。どうしたんですか」ウインドウを開けて聞く。

「悪い。降りてきてくれ」柴田が背中を丸め、駆け寄ってきて言った。

裕也は車のエンジンをかけたまま外に出た。「何かあったんですか。顔色悪いですよ」両腕をさすり、足踏みをしながら聞く。

「あのな。おれ、まずいことをしちまったんだ」柴田が頬をひきつらせて言った。

「まずいことって？」

「ちょっと見てくれ」

顎をしゃくり、自分の車のトランクの前まで歩いていった。裕也があとをついていく。柴田がキーを差し込んで捻る。トランクがポンと跳ね上がった。

暗いので中はよく見えなかった。何か大きな荷物がある。何気なくのぞき込み、それが人間であることに気づき、思わず腰が抜けた。尻餅をつき、うしろの金網に後頭部をぶつける。柵に積もった雪が顔に落ちた。

「あ、あ、あ……」声が出ない。全身が震えた。

「裕也。おれ、やっちまった。人を殺しちまった」

「こ、こ、殺した？」

「ああ、そうだ」

「だ、だ、誰を」

「社長だ」

「社長？」顎が外れそうになった。

金網に手をかけて立ち上がる。空唾を呑み込み、もう一度トランクの物体に目を凝らした。確かに社長の亀山だった。巨体の亀山が、目を閉じて、横たわっている。どす黒い顔を見たら、また腰が抜けた。なんとか金網にしがみつく。

「せ、先輩。本当に死んでるんですか。ま、間違いってことはないですか。気絶してるだけとか」

「いいや。呼吸をしてねえ。ネクタイで首を絞めたんだ」

「く、首を絞めたって。ど、どうして……」

つばが引っ込み、喉が痛いほど渇いた。膝の震えが止まらない。

「わからねえ」

柴田がかぶりを振った。茫然自失の体で突っ立っている。

「わからねえってことはないでしょう」

「おれ、自分にバッジがもらえなかったことが納得できなくて、今夜、社長の行きつけの、ほら、浮気相手がやってるこの近くのスナックだ、その店まで押しかけて、思い切って社長に直訴したのよ。そしたら社長、おまえに何が足りないか自分で考えろって言うから、そんなものわかるわけねえから、正直にわかりませんって返事をしたら、おめえはだから出世しねえんだなんてこと言いだすわけ。それはねえだろうよ。一生懸命働いてる社員にその言い草はねえと思うよ。だから、おれは納得できませんって食い下がったら、いかにも馬鹿にしたみたいに鼻で笑って帰ろうとするから、おれ、なんかカーッときて、あとを追って、駐車場に入ったところで、うしろから社長の背中を手で突いちまったんだ。おめえ、おれをナメるなよって」

「そんなことを……」

「こっちも酒が入ってて、ちょっと興奮してたっていうか……。で、社長が目を剝いて、てめえぶっ殺すぞって、殴りかかってきたから、無我夢中で顎に頭突きを食らわしたら、うまい具合にカウンターっていうか、こう、バーンって命中して、それで真後ろに倒れたんだ」

柴田が身振りを交えて訴えた。「それで？」裕也が先を促す。

「それで、地面に後頭部を打ちつけて半分気絶しかかってたから、咄嗟に社長のネクタイを引き抜いて、首に巻きつけて絞めて……」

「どうしてそんなことをしたんですか」裕也が顔をゆがめた。「頭突きだけなら喧嘩で済んだじゃないですか」

「こっちも興奮してたっていうか、気づいたら力いっぱい首を絞めてて……。それで、ああこれは引き返せねえなって、そこんとこだけやけに冷静で……」

「どうするんですか」

「どうしよう。それをおまえに相談しようと思って……」

「相談って――。そんな呑気なこと言ってる場合じゃないでしょう」

裕也は思わず声のトーンを上げた。その音量に焦り、ふと周囲を見回す。人影はない。誰かに見られたら一巻の終わりだ。

「おれな、許せなかったんだ。一生懸命仕事してんのに、安藤だけにバッジを与えて、おれは無視だろう。そういうの、ひど過ぎやしねえか」

「だから、今はそんな話をしないで」

裕也はとりあえずトランクを閉めた。これ以上、死体を見ていたくない。

「ところで、先輩が一人で社長をトランクに担ぎ上げたんですか」

「ああ、そうだよ」

「よく百キロ近い大男を……」

「ああ、そうだな。自分でも不思議だ」

柴田がひきつった顔で言った。足元を見ると、人を引きずった跡があるので、本当に一人でやったのだろう。

「先輩。警察に行きますか」

「おれがか？」

「先輩じゃなくて誰が行くんですか。自首したほうが罪は軽くなると思いますよ」

「でも、おれ、女房も子供もいるし」

「いたってしょうがないでしょう。こういうことになってしまったんだから」

「ごまかせねえかな」

「どうやって——」裕也は火を吐くようにささやいた。

「失踪したってことにするとか」

「無理でしょう。失踪する理由は何ですか。社長だって女房子供はいるんですよ」

「でも、昔から敵が多かった人だから、消えたとしても、女子高生ほど大騒ぎにはならねえんじゃねえのか」

「何を言ってるんですか。無理です。自首してください」

「おれ、刑務所はいやだ」

「誰だっていやですよ」

「じゃあ一晩、考えさせてくれ。明日は土曜だから会社は休みだ。月曜日まではばれねえ」

「社長の家族はどうするんですか」

「社長はあちこちに浮気相手がいて、奥さんも半分あきらめてるって話を聞いたことがある。だからすぐには探さないと思う」

「おれはどうすればいいですか」

「おまえのアパートに泊めてくれ」

「いや、それは……」裕也は激しく顔をゆがめた。

「だめか」

「いや、だめってことは……」返答に詰まり、視線を泳がせた。

「じゃあ泊めてくれ。頼む。一生のお願いだ」

「奥さんはどうするんですか。心配しますよ」

「さっき、裕也のアパートに遊びに行くって、うそのメールを打った」

「そういうところだけ落ち着いてるっていうのは……」

「頼むよォ」柴田が、犬がクーンと鳴くように言った。雪で頭が真っ白だった。

「……わかりました。とりあえず、おれのアパートで暖を取りましょう。そこでゆっくり考えて」

「先に行ってくれ。あとについて走る」

「チェーンなしで大丈夫ですか」

「スタッドレス、履いてる。どうってことねえ、こんな雪」

柴田がクラウンに乗り込む。仕方なく裕也も自分の車に戻った。ワイパーを動かす。フロントガラスに積もった雪が掻き払われる。目の前には主を失った亀山のベンツが停まっていた。家族から捜索願が出されれば、ここで足取りが途切れたことなど、すぐにわかってしまうだろう。どうしたらいいか、裕也にはまるでわからない。とにかく今は、自分の動揺を鎮めるのに必死だ。

雪の町をそろりそろりと走った。人通りはまったくない。

38

お愛想のつもりで誘っただけなのに、加藤という五十がらみのタクシー運転手は、本当に説教会にやってきた。雪が降る中、よそいきと思われるジャケットを着込み、髪を油でてからせている。大広間に入るなり、参加者が女ばかりであることに頰を緩め、「いやあ、こういう雰囲気だとちょっと照れるね」と、まるで自分がもてているかのような台詞を吐いた。堀部妙子は、その図々しさに半分呆れながらも、とりあえず勧誘実績が上がったことに気持ちが浮いた。

「沙羅様というお方がわたしたちの先生です。現世にご利益を求めないという教えを提唱なさっていて、多くの人を勇気付けています。加藤さんもぜひ沙羅様の御高話を聞いて、わたしたちのお仲間になっていただければと思っています」

いつもの口上を澱みなく言うと、加藤は顔を上気させ、「いい匂いだわあ。こっちは男ばかりの職場だから、女っ気なんかちっともねえ。これだけでも来た甲斐があった」といっそうやに下がった。

「ここにいるオナゴたちは、みんな独身なわけ?」

「いいえ。そういうことはありません。普通に生活を送っている主婦が大半です」

「でも不満なんだ。夫婦生活に」

「ちがいます」妙子はむっとして言い返した。

「いいや。欲求不満だ。亭主が可愛がってやらねえから宗教に走るのよ。いひひ」

加藤がいやらしく笑い、妙子の腰に手を回した。驚いて振り払うと、「いや、冗談。冗談」と大袈裟に表情をくずした。いい歳をしてとんだ好色だ。さっきから加藤の視線の向かう先は、若い女の胸や尻ばかりである。ただ、加藤があっけらかんと明るいせいで、さほど警戒心は湧かなかった。

空いている場所に二人並んで腰を下ろした。斜め前に三木由香里がいて、会釈を交わしたら、加藤がすかさず「あれは誰」と聞いてきた。

「わたしが勧誘した会員。美人でしょ」ささやき声で答える。

「亭主は何をしてるの」

「あの人は離婚して一人。五歳の娘さんと、沙修会の施設内に暮らしているの」

「もったいねえ。なんであんな別嬪さんが」本気で嘆息していた。

そこへ地区リーダーの安田芳江が着膨れしてやってきた。「寒い、寒い。今日は積もるね」手を擦り合わせている。「堀部さん、聞いた？　万心教の連中、インターネットを使って被害者の会を作ったんだって」

言っている意味がわからず、妙子は首をかしげた。「どういうこと？」

「その会っていうのは、《沙修会被害者の会》なんだって。理事の人たち、かんかんに怒ってる」

「ごめん、まだわからない」

「実はわたしもよくわからないの。パソコン使えないからね」空いている座布団に大きなお尻を下ろして、盛大にくしゃみをした。「とにかく、戦争が始まったみたい。今日は真っ先にその説明があると思う」

芳江の言葉に、周囲の参加者たちがざわめいた。「そういえば、出家会員の家を万心教が回ってるって話を聞いた」そんなことを言い出す会員もいる。

「何があった？」と加藤。

「ちょっとほかの会との諍い。万心教っていう、水子供養で人を脅すインチキ宗教団体があって、うちはそこに攻撃を仕掛けられてるんです」

「ふうん。宗教戦争か。オウムみたいなものかね」

「ちがいます。そんな、オウムと一緒にするなんて――」

「怒らないで。冗談だって」目じりを下げて、妙子の太ももに手を置いた。

「やめてください」小声で言い、振り払う。なにやら酔客を扱うホステスの心境だ。

開会の時間が来て、まずは一人の理事が現れた。硬い表情で参加者の前に立つ。マイクに向かって「あー、あー」とテストをしたあと、厳しい顔で声を響かせた。

「みなさん、沙羅様の高話の前に、ちょっと聞いてください。すでに知っている人もいるかもしれませんが、昨日、ゆめの市の一部地区にビラが投函されました。それは、わたしたち沙修会を誹謗中傷するものでした」理事が一枚の紙切れを広げた。「汚らわしくて見るのもいやですが、さわりだけ読みますね。――このゆめのには、家族を奪われて苦しんでいる人たちがいます。その元凶は沙修会という宗教団体で、仏教を隠れ蓑とした金儲け集団です。彼らは悩みを抱える人をたぶらかし、私財を巻き上げて、施設内に閉じ込めているのです――」

参加者たちがざわめいた。全員が顔を強張らせ、口々に「ひどい」とつぶやく。

「――みなさんで力を合わせて、この団体をゆめのから追放しましょう。もしも近所に沙修会に通う人がいたら、その団体は金目当てだからやめなさいと説得してください。ゆめのに邪教はいりません。情報提供をお待ちしてます。詳しくはホームページで。ゆめの沙修会被害者の会――」

「もう、むちゃくちゃ」芳江が腰を浮かせて言った。「何よそれ。全部うそでしょう」

「静粛に。怒るのは当然。でも静粛に。いいですか。この被害者の会が置かれている住所に、今朝わたしは行ってみました。そこは普通のマンションの一室でした。でも表札の名前をメモして各種名簿を調べてみたら、その部屋の主は万心教の幹部だということがわかりました。つまり誹謗中傷の犯人は万心教だったのです」

大広間は大きくどよめいた。もはや全員が、黙ってはいられないといった様子で、怒りの言葉を発している。

「なんか、おれ、面白い日に来たね」加藤が横で呑気に言った。

「何を言ってるんですか。わたしたちは攻撃されてるんですよ」妙子がとがった声で言い返す。腸《はらわた》が煮えくり返るとはこのことかと思った。保安員を解雇されたのも、万心教が仕組んだ罠だった。なんて汚い連中なのか。

騒然とした空気の中、純白の法衣を身にまとった教祖・沙羅様が登場した。能のようにドンドンと床を踏み鳴らして歩き、畳に上がると一転して摺り足になった。一瞬にして静まり返る。広間の空気がピンと張り詰めた。

「世の中、騒がしいね。窓の外の真っ白な雪のようには行かないね」

挨拶もなく、穏やかな口調で話し始めた。妙子は思わず正座し直した。あちこちで会員たちが居住まいを正す。

「世間なんてそんなもの。理解者はいないと最初から諦めたほうがいいね。肉親だって同じだよ。親は、自分が産んだ子供だから、我が子のことは自分がいちばんわかってるなんて思い込んでいる。ところが子供にしてみれば、いちばん無理解なのが親だったりするわけだ。田舎はとくにそう。肉親にも別の人格があるなんてこと、思いもしないからね。想像力なんてまったくない。いい？　わたしは親子の仲を引き裂こうとして言ってるわけじゃないよ。ゆめのみたいな小さな町では、親族の束縛がいちばん人を苦しめるってことを言いたいわけ」

まったくその通りだと、妙子は心の中で膝を打った。今の自分にとっては、実の兄が誰よりも厄介な存在だ。そもそもここにいる会員の大半は、家族や親戚に苦しめられ、逃れたくて集まった人間だった。だから沙修会だけが身内なのだ。

「どこかの宗教団体が、うちを妬んでなにやら攻撃をしているらしいね。降りかかる火の粉は払わなければならないけど、あなたたち一般会員は相手にならないこと。犬に吠えられたからって吠え返す？　しないでしょ？　そういうこと」

教祖がここで初めて白い歯を見せた。みなの表情もやわらぐ。妙子は思わず肩の力を抜いた。

「さあ、いやな話はここまで。今日は輪廻転生の話をしようか。みんな、膝をくずしていいよ。少し長くなるからね。どうせ外は雪で出かけられないから、たまにはゆっくりしようじゃないの。三界六道って言葉は聞いたことある？　三界は衆生の生死輪廻する三種の世界のことで、欲界、色界、無色界に分けられる。つまり衆生が活動する全世界を指すわけ。一方の六道は、衆生が善意の業によって赴き住む六つの迷界のことで、地獄、餓鬼、畜生、修羅、人間、天の六つに分けられる。ああ、メモなんかしなくていいよ。あとでわたしの本を読み返しなさい。全部書いてあるから。今大事なのは、耳から言葉を入れること。読んで、聞いて、初めて教養となる」

「何の話よ」加藤が顔をしかめてささやいた。

「しっ」妙子がにらむと、五十男が子供みたいに首をすくめた。

教祖は、ひとこともつかえることなく、言葉を連ねていった。まるでピアニストの演奏を聴いているかのようだ。これが天賦の才というものだろう。人を惹きつけてやまない。

話の内容は少し難しくて、半分も理解できなかったが、妙子は満足だった。声を聞けるだけで耳の福というものだ。高話のあとは、いつもの捌きに移った。この日は離婚したばかりという三十代の女が指名され、自分の生活の窮状を打ち明けた。小さな子供が二人いるのでフルタイムの仕事が出来ない、そもそも働き口がない、生活保護を申請しようとしたが窓口で追い返された、親族は誰も助けてくれない、ときどき無理心中を考える、といった訴えだ。話しながらすすり泣いていた。多くの会員がもらい泣きしている。

「そうかあ、大変だなあ。現代の不景気は、個人が頑張ってどうにかできるものじゃないからね。

社会の仕組みがそうなっちゃった。一度沈むともう浮かび上がれない。わたしね、あなたの場合は、現世ではもう頑張らないほうがいいと思う。無駄骨だもん。社会に抵抗するなんて。ただし人生を諦めるってことじゃないよ。別のステージに上がればいい。世間のピラミッドから抜けちゃえばいい。うちへおいで、うちへ」

教祖が語気を強めた。言い切ってくれるから、みんな勇気づけられるのだ。

相談者も声が大きくなった。顔を上げ、泣くことをやめた。決意を述べるごとに、会員たちが「頑張れ」「泣いちゃだめ」と声援を送る。そして教祖が「ほら捌いた」と声を張り上げた。

「なんか、凄い所に来てしまったなあ」加藤が眉をひそめて言った。

「うるさい。静かに」思わず肘で突いた。

妙子は肌という肌に鳥肌が立った。不幸なのは自分だけじゃない。そもそも現世のご利益など求めなければ、怖いものなど何もないのだ。最後は大きな拍手に包まれた。人いきれで窓ガラスが曇っている。


説教会が終わると、加藤からお茶に誘われた。

「国道沿いの『サフラン』に行かねえか。あそこはお汁粉もあるから体が温まる。そのあと家まで送ってやるよ。この雪だと自転車には乗れねえだろう」

また腰に手を回された。妙子は反射的に体を捻り、加藤から離れた。

「あれま、嫌われた」

「そんなことないけど、加藤さん、すぐに触るから」

「癖、癖」図々しく笑っている。

そのとき指導員の植村から名前を呼ばれた。「堀部さん、ちょっといい？」手招きされ、部屋の隅に連れて行かれた。

「さっきの万心教の件、沙羅様は鷹揚に構えてらっしゃるけど、理事会としてはやっぱり放置は出来ないの。そこでお願いなんだけど、被害者の会の活動をやめさせるのを手伝ってくれないかしら」

一瞬、返事に詰まる。「何をすればいいんですか」妙子が聞くと、それには答えないで、「その会の主宰者が住んでるの、わたしの担当地区なの。もうメンツ丸つぶれ。監督不行き届きだって非難する理事までいるし。そんなこと言ったって、どうやって防げばいいのよ。ねえ」と、不満そうに訴えかけてきた。

「はあ」曖昧にうなずく。

「わたし、脅すしかないと思うんだけど」

「脅すんですか？」物騒なことを言い出すので、つい聞き返した。

「だってほかにどうするのよ。知恵を貸して」

「そんな、急に言われても……」

「調査によると、主宰者は丸山典子っていう弁当工場勤務のパート主婦なの。旦那さんはドリタンの駐車場係で、こっちも臨時雇い。中学生の子供が二人いて、中一の息子は不登校で、中三の娘は金髪の不良。やっぱり不幸な家庭なのよ」

それは沙修会の会員たちだって事情は同じだろう。喉に出かかったが堪えた。

「とりあえず、二十四時間の無言電話はどう？」

「それはどうかと……」妙子は眉を寄せた。卑近な手段に嫌悪を覚える。「そもそも、どうしてわたしなんですか」

「いや？」

「いやじゃありませんけど、ほかに会員がたくさんいる中で……」

「手が空いていて、頼りになりそうな人、ほかにいないのよ。堀部さん、保安員の仕事をやってたから、気持ちも強いんじゃないかと思って」植村が妙子の腕を取り、小さく揺すった。「もし被害者の会をつぶしてくれたら、指導員に推薦してあげる」

「ほんとですか？」妙子は思わず声のトーンを上げた。

「欠員が一名出ていて、そろそろ補充しようって話があるのよ。こういう実績を積めば、誰も文句は言えないだろうし、わたしが推薦人になるから、ね」

指導員になれば手当てが出た。月に七万円だが、無収入の自分には貴重なお金だ。

「無言電話というのは、効果が薄いと思いますが」

「じゃあどうすればいい？　わたし、そういうの知らないから」

「勤務先に揺さぶりをかけるのが手っ取り早いんじゃないでしょうか。夫婦揃って非正規社員だから、雇い主はトラブルを嫌って、簡単に解雇すると思います。現にわたしもそうやって契約を切られたわけですから」

「うん、うん」植村が真面目な顔でうなずく。

「まずは弁当工場にビラを持っていって、あんたのところの従業員がこういうものを配って人を傷つけている。おたくにも雇用責任がある。見解を聞かせろ。場合によっては不買運動をするぞって。食品工場って悪い噂をもっとも恐れるっていうし……」

「それ、いいわあ」植村が感嘆の声を発した。「やって。すぐにやって」

「わたし一人でですか？　それはちょっと……。抗議団は多いほうがいいし」

「わかった。そういうことなら、人を集めよう。わたしも行く。みんなで乗り込んで万心教の幹部をぎゃふんと言わせましょう。これ、まだほかの人に言っちゃだめよ。わたしがほかの指導員と相談して、それから始めるから」

植村が乗り気になった。手柄になる可能性が出てきたので、自分も加わらなければ損だと計算が働いたようだ。まったく現金な女だと妙子は呆れた。もっともどうだっていい。自分にとって大事なのは、指導員になれるかもしれないということだ。芳江には嫉妬されそうだが、今は我が身が可愛い。妙子は世間から解放されたかった。

話が済むと、加藤と二人で本部を出た。無理を言って自転車をトランクに積み込んでもらった。扉は半分開いたままだ。

車に乗り込み、喫茶店を目指す。すっかり日が暮れ、ライトが舞い散る雪を照らした。

「どっかで休んで行こうか。今日はもう仕事にならんからねえ」加藤がハンドルを握りながら軽口をたたいた。

「何を言ってるんですか」妙子が冷たく言い返す。

「じゃあ誰か彼女を紹介して」

「加藤さん、奥さんがいるんでしょう」

「いても欲しいもんは欲しい。おれ、斜め前にいた若い子がいい」

「三木さんのこと？　冗談じゃない」

分をわきまえろと腹が立った。さえない中年男が何を言っているのか。

「さっき挨拶したら、いい感じで笑ってくれたけどね」

「声をかけたんですか」

「そう。会員になったら、あんた、おれとドライブにでも行きませんかって」

妙子は深くため息をついた。とんだ馬鹿を勧誘してしまった。

そのとき携帯電話が鳴った。妹の治子からだ。いい話ではないと直感した。果たして話の内容は、母の入院に付き添ったが、あまりにみすぼらしい相部屋で可哀想になった。兄がだめなら自分たちだけでお金を出し合って、もっといい部屋に移してあげられないかというものだった。

「どんな部屋なのよ」妙子が詰問した。

「六人部屋に八人分のベッドを詰め込んだような感じ。壁や天井にはシミが浮いてるし、おかあさん、部屋に入った途端、顔色がさっと変わってね。それでもわたしたちの手前、健気に『ここでいい、ここでいい』って言うのよ。なんか、わたし、気が滅入っちゃって」

「ハルちゃん、今どこからかけてるの」

「病院。おにいちゃんは手続きを済ませて帰ったけど、わたしはおかあさんをあの病室に置いて帰れなくて」

「わかった。すぐに行く」携帯を切る。

「何かあった？」加藤が聞いた。

「お願い。湯田町の愛徳病院へ連れて行って。そこに母と妹がいて、ちょっと問題が起きてるの」

「問題って何よ」

身内の恥などさらしたくないが、頼んでいる立場なので、かいつまんで家の事情を説明した。話し始めたら、言葉が溢れ出て、結局一部始終を打ち明けてしまった。

「そういうの、しょうがないよね。うちも母親が八十歳で生きてるけど、面倒を見てる兄貴の嫁さん、ときどき厭味を言うのよ。うちは暖房代が月に二万円もかかるって」加藤はやさしく慰めてくれた。「兄弟仲はこじれるといちばん性質が悪いからなあ。絶交するわけにはいかねえし。どこも一緒。みんな苦労してるって」

少しだけ加藤を見直した。下心があったとしても、肯定されるとうれしい。

雪道なので徐行運転で進んだ。カーラジオから流れる天気予報が、夜半まで雪は降り続け、降雪量は三十センチを超える見込みだと言っていた。フロントガラスに映る景色は、殺伐とした雪の荒野だった。自然がいいだなんて、誰が言ったのか。

病院に着くと加藤に礼を言い、帰ってもらった。「今度、パチンコでも付き合って」と甘えた声を出すので、微苦笑してうなずいた。玄関ロビーでは治子が待っていて、暗い顔で「ごめんね。仕事中じゃなかったの」と言った。

「平気。それよりおかあさんは？」

「病室にいるけど」

「案内して」

姉妹で薄暗い病棟を歩いた。廊下の電気が半分消されている。節電なのかもしれないが、寒々しさがいっそう募った。

部屋に入ると叫びだしたくなった。ベッドとベッドの隙間が一メートルもない。仕切りは安手のカーテンだけだ。患者は全員老婆で、年寄りの臭いが充満している。会話はない。母は真ん中のベッドで横になっていた。

「おかあさん」妙子は駆け寄った。

「ああ、タエちゃん。来てくれてありがとう」母がか細い声で返事をする。半月会っていないだけなのに、別人のように衰えていた。

「ねえ、ここ、出ようか」耳元で言った。勝手に口をついて出た。「うちにおいでよ。狭いアパートだけど、わたし一人だから、誰にも気兼ねしなくていいし。ね、うちに来て」

「おねえちゃん」治子が背中を引っ張る。硬い表情で目配せするので廊下に出た。「そんなこと言っていいの？　もう一人では歩くのも難しいんだよ。自宅で世話できるの？」

「なんとかする」

「なんとかって――」治子が顔をゆがめた。「保安員の仕事はどうするの」

「実は辞めたのよ、ちょっと前に」

「うそ。どうして」

「いいじゃない。そんなこと」

「よくない。仕事を辞めたのなら、おかあさんを引き取ってどうやって生活するの」

「なんとかなる」

「ならないよ。蓄えはあるの？　一晩考えよ」

「ハルちゃん、車で家まで送って。おかあさんを連れて帰る」

話を打ち切り、母のところに戻った。上半身を起こし、ベッドに腰掛けさせる。杖を持たせ、横から支え、なんとか立たせた。

「さあ、行こうね」

ほかの患者たちが遠慮のない視線を向けてきた。ぶつぶつとひとりごとを言う老婆もいる。妙子は母を抱きかかえるようにして病室を出ると、廊下に折りたたみ式の車椅子があったので拝借することにした。

「ハルちゃん、おかあさんを乗せるから、手を貸して」

「もう、おねえちゃん」治子が途方に暮れた様子で従った。

妙子は、怒りと悲しみで体が熱かった。先のことは何も考えられない。今自分がしたいことは、母をここから連れ出すことだけだ。

39

雪の降りしきる中、藤原平助の通夜が執り行われた。二千坪はあろうかという敷地には待合用の大型テントが設営され、石油ストーブがいくつも焚かれている。暖気を逃がさないよう、透明のビニールが周囲に張られたが、地面から伝わる冷気は容赦がなく、弔問客はみな足踏みを余儀なくされた。

地元で古くからの有力者だけあって、多くの市会議員が駆けつけ、並んだ花輪には現職閣僚からのものまでいくつかあった。駆り出された後援会の女たちが、喪服に割烹着という姿で接客に当たっている。隅では、どこから寿司をとるかで年寄り連中がもめていた。「なんで福寿司からとらねえ。わしの顔が立たんだろう」と、一人が顔を真っ赤にしてわめいている。会場全体に悲しみの色はなかった。八十歳まで権勢をふるい、地元の名士として君臨したのだ。不服はなかろうと誰もが思っている。

山本順一は妻の友代を伴い、パイプ椅子で寒さを堪えていた。コートの襟を立て、首を縮めている。出されたお茶はとっくに冷めていて、誰も湯呑みを回収に来ないので、ただそれを手に持ち、体を震わせていた。

「どうしてわたしたちがこんなところに待たされるのよ」友代が苛立った様子で言った。「仮にも現職の議員でしょう。もしかしていやがらせ?」

「そう怒るな。町の大物だ。いろいろ順番もあるんだ」

「それにしたってテントってことはないでしょう。あと五分待たされたら、わたし帰るからね」

「馬鹿言え。喪主に挨拶もしないで。そんなことしたら周りは何と言う」順一はささやき声で言い返した。

「具合が悪くなって途中で失礼したって言えばいいじゃない。そもそも応対がひどいんだから、非難は向こうに行くわよ」

「もう少し我慢してくれ。夫婦揃ってないと、いろいろ勘ぐられる」

「何を勘ぐられるのよ」

「それは……」返事に詰まった。「いろいろだ」

そこへ藤原の後援会の幹部がやってきた。「すんませんねえ。寒い中、お待たせして」手にはお盆を持っていて、新しい湯呑みと取り替えた。手に持ち、中をのぞくと熱燗だった。

「いや、お酒は……。お茶をもらえませんか」と順一。

「いいじゃない。わたしはいただきます」友代は湯呑みに口につけると、一息で飲んだ。

「奥さん、お代わりはいりますか？」

「いただこうかしら。もう寒くって」友代が慇懃に微笑む。

「いえ、結構です」順一が断った。

「あと五分ぐらいで中に移ってもらうから。県連の幹事長やら理事やらが、子分の議員まで連れてやってきたから、予定外の賑わいでな。すまねえことで」

後援会の幹部が丁寧に腰を折って去っていく。入れ替わりに元町議の老人がやってきた。

「あんたが山本嘉一先生の息子さんかな」なにやら含むところがありそうな口ぶりで、隣の椅子に腰を下ろす。「藤原先生の最期はあんたが看取ったそうで」

「いえ、看取っただなんて。丁度、事務所でお目にかかっている最中に心臓の発作に襲われまして、慌てて心臓マッサージをしましたが、力及ばず……」

「救急車は何分後に到着したんだね」

「なにぶんわたしも慌てていたので、その間のことはよく憶えてませんが、秘書がすぐに一一九番したのは間違いありません」

「薬は飲まんかったのか。藤原先生はいつも身近に用意しておったはずじゃがな」

「そういうことはわたしには……。何しろ心臓の持病をお持ちだとは知りませんでした」

順一は言葉を選び、慎重に返事した。もしかして、この老人は自分を疑っているのだろうか。今わの場にいたのが利害を異にする議員となれば、勘ぐりたくなる気持ちもわからないではない。

「そのとき秘書はどこにおった」

「隣の事務室です」

「じゃあ、あんたと二人きりだったわけじゃな」

「はい。そうですが……」

「ふうん、わかった。それは大変なことじゃった」

「それが何か……」

「いいや。先生の最期の様子ぐらいは知りたくてな」

老人はゆっくりと立ち上がり、射るような目で順一をねめつけると、何かぶつぶつとひとりごとを言いながら、テントの外へと歩いていった。

「何よ、あの人。失礼にもほどがあるんじゃないの」友代が椅子から腰を浮かせて言った。「まるであなたが見殺しにしたとでも言わんばかりの態度じゃない」

「気にするな。おれがその場にいたのが気に食わないだけのことだ」

今にも追いかけて抗議しそうなので、順一は手で制した。

「それにしたって名誉毀損ものでしょう。妙な噂を立てられたらどうするの」

「そんなことにはならん。藤原先生は高齢だ。みんな寿命だとわかってる」

そのとき、不意にあのときの光景が脳裏に甦った。自分は苦しむ藤原をソファに押さえつけ、肘を首に当てて軽く体重を乗せた。本当に軽く、だ。絞めたという認識はない。暴れないよう、押さえたのだ。ただ、目の前にあったのは、老人の死相だった。死に行く人間を初めて間近に見た。

背筋に悪寒が走り、エレベーターが降下するように血の気が引いた。

「あなた、どうしたの?」友代が顔をのぞき込んで言った。

「いや、なんでもない。ちょっと、藤原先生が発作を起こしたときのことを思い出した」

「そりゃあ多少はトラウマになるわよ。気にしないで」

「ああ」

順一は背筋を伸ばし、ゆっくり深呼吸した。うまく息が吸えない。また記憶が甦る。

自分は藤原の鼻と口を手でふさいだ。あれは一連の流れなどというものではない。故意に呼吸を妨げたのだ。

どうしてあんなことをしてしまったのか。自分のやったことが信じられない。殺意という言葉が頭に浮かび、あわてて打ち消した。そんなわけはない。半ばパニック状態の中でとった行動に過ぎない。自分は人殺しなどできる人間ではない。それに藤原は、あのときすでに絶命していた。きっとそうだ。心臓マッサージを施したところで蘇生はなかった。

「ねえ、ほんとに大丈夫?」友代が繰り返し聞く。

「平気だ。なんでもない」

今度はうつむいて呼吸を整えた。冷たい汗が全身から噴き出てきた。

「山本先生。大変お待たせしました。中へどうぞ」

名前を呼ばれたのは十五分もテントで待たされてからだった。後援会の人間に促され、夫婦で母屋に入る。ベテラン議員が近寄ってきて、「十分ぐらいいればいいよ。あとがつかえてるから」と耳打ちした。座敷では、襖を取り払った奥の間に豪華な祭壇がしつらえられ、僧侶が五人も並んで経を唱えていた。中央には白い布団が敷かれ、仏になった藤原が寝かされている。土間から畳に上がり、一番に奥に座る長男に挨拶をした。列をなしていたので、型どおりの言葉を交わしただけだ。藤原のほうは見ないようにした。顔に布がかぶせてあっても、避けたい気持ちが強い。順一は議員たちが居並ぶ場所の最後列に腰を下ろし、読経の流れる中に身を置いた。妻はその場を嫌ったのか、女たちが溜まっている土間に移動した。

「よお、順一君。飛鳥山の産廃処理施設、どうなるのかいな」隣に座る先輩市議がいきなり耳元でささやいた。「よその町の暴力団が入って、当分工事にはかかれねえだろうって、もっぱらの噂だ」

「そんなことにはなりません。申請が通り次第、測量に入ります」

「聞いたぞ。相手は佐竹組だろう。地元も黙ってはいられねえ。やっかいなことにならなきゃいいんだが」

「それは藤原先生が土地を売ったからであって、誰かが買い戻せば……」

「誰が買い戻す」

「いざとなれば、わたしが買います」勢いで言った。

「そうか。さすがは山本嘉一先生の息子だ。いいことを聞いた。これで地元建設業界も一安心じゃ」

「いや、待ってください。人には言わないでください」あわてて付け加えた。

「なんじゃや。未定か」先輩市議が残念そうにため息をついた。「しかし、これで三男の泰三の出馬はなくなったな」

「そうなんですか」

「そりゃそうだろう。こんな横紙破り、親父が死んだあとで誰が認める」

その言葉に順一は一安心した。先輩市議が話を続ける。

「党の県連だって、いいときに死んでくれたと思ってるさ。みんな心の中じゃ拍手だ。泣いてるのは梯子《はしご》を外された泰三だけ」

そう言われ、参列者の中に泰三の顔を探した。祭壇の横に座っていた。いい歳をして眉毛を細く整え、今どきの髪を立たせたヘアスタイルをしていた。礼服もいかにもモード風の細身タイプだ。これで銀行員というのだから、よほど暇な部署にいるのだろう。順一は、こんな馬鹿に市議の椅子を与えてはならないと義憤を覚えた。

「これは噂だから気にするな」先輩市議がいっそう声を低くして言った。「あの三男坊、親父は殺されたって触れ回ってるらしい」

「なんですって――」順一は絶句した。同時に唇が震えた。テントで声をかけてきた元町議はそれを聞いて探りを入れに来たのか。

「世迷いごとじゃ。誰も相手にはせん」

「人に心臓マッサージまでさせておいて、その言い草はないでしょう」

「だから誰も本気にしてはいねえ」

「それにしたって――」

憮然としながら、腋の下には冷たい汗をかいていた。あの場にいたのは自分と藤原の秘書だけだ。秘書は救急車を呼ぶのに気を取られ、順一の行動を見ていない。だから目撃者はおらず、証拠などあろうはずもない。三男は八つ当たり的に言っているだけなのだ。

ただ、そうは思っても動揺は収まらなかった。

「ちょっと、泰三氏に抗議してきます」順一が立ち上がりかける。

「おい、待て。何を考えてる」先輩市議が焦って止めた。

「しかし、放置しておくと、みなが面白がって広めます」

「馬鹿なことをするな。通夜の席だろうが」

「だから、みなのいる前ではっきりさせたほうが――」

「とにかく落ち着け」

何事かと周囲の参列者が振り返った。「おい、静かにしねえか」長老格の市議が叱責する。順一は鼻から息を吐き、喉の奥底から突き上げてくる衝動と戦った。

「わかった。順一君、あとで藤原さんの後援会の人間をつかまえて、わしが注意しておく。めったなことを言うなって。それでいいだろう」

「まあ、そういうことなら、この場は収めてもいいですが……」

「順一君が怒るのはもっともだ。あのせがれは、甘やかされて育ったから常識知らずなんじゃ」

順一は言葉を呑み込み、泰三をにらみすえた。細面の三男坊は、後援会の取り巻きを相手になにやら話し込んでいる。自分のことを言っているのではと顔が熱くなった。

そのとき、ポケットの中の携帯電話が震えた。マナーモードにしてあったので音は出ない。取り出して待ち受け画面を見ると、藪田敬太からだった。胸がきりりと締め付けられた。

忘れていたわけではないが、考えたくないので頭から追い払っていた。弟の幸次が市民運動家の坂上郁子をさらって監禁したと知らされたのは昨日のことだ。ただちに解放しろと言いつけたが、その後どうなったかは知らない。悪いニュースなら聞きたくもない。どうするか。電話に出るか。

逡巡しているうちに振動が止まった。留守録音のメッセージはない。着信マークだけが点いている。急ぎの用ではないということか。しかし、あの件はいったいどうなったのか。鉛でも飲み込んだかのように胃が重くなった。どうしてあんな野蛮な連中のしでかしたことに、自分は振り回されなくてはならないのか。

三分ほどしてまた携帯電話が振動した。今度も発信元は藪田敬太だ。出るべきか。しかし坂上郁子の一件だったら対応のしようがない。相談を受けた時点で自分は最悪の立場に置かれるのだ。頭がグルグルと回った。思考がうまく働かない。

順一は震える指先で携帯電話の電源を切った。

「具合でも悪いか」先輩議員に言われた。

「ちょっと風邪気味で」

「じゃあ帰れ。お疲れ様だったな。選挙は無風だからしばらくは飛鳥山の件に集中してくれ。どの議員も後援会は土建屋だ。産廃処理施設にはみんな期待してるってことだ」

「わかりました。お先に失礼します」

立ち上がり、周囲に頭を下げた。妻のところへ行き、帰ることを告げる。妻は地元の奥さん連中とおしゃべりをしていた。

「わたしたち、これからおいしいものでも食べに行こうって話になってるんだけど」

友代が言う。酒の臭いがするのにぎょっとした。

「この雪の夜に?」

「いけない?」

「いや、いいけど。行ってらっしゃい」

「山本さんの旦那さん、理解あるう」女の一人がシナを作ってお世辞を言う。順一は、ここは通夜の席だぞと叱りつけたかった。

一人で屋敷の外に出ると、弔問客を当て込んだ町中のタクシーが列をなしていた。先頭の一台に乗り込む。家に帰っても落ち着かないだけなので、今日子のマンションに向かうことにした。若い肌に触れて現実から逃避したい。

しかし、藪田兄弟はあの女をどうしたのだろうか。シートに深くもたれ、目を閉じた。解放したのだとしたら、坂上郁子は当然警察に駆け込むはずだ。となると警察が直ちに動き出し、自分にも問い合わせが来る。山本土地開発と藪田兄弟の関係は町の者なら誰でも知っている。その問い合わせがないということは、まだ解放していないのだろうか。

さらに胃が重くなった。順一は携帯電話を取り出した。電源を入れようとして指が止まる。いいや、今藪田と関わってはならない。関わったが最後、累が自分に及ぶ。

じゃあどうすればいいのか。放っておけば藪田の弟は坂上郁子を殺すかもしれない。そうなったら町を揺るがす大事件だ。自分が黒幕だと疑われかねない。

暖房の効いた車内で震えた。いっそ警察に通報しようか。知り合いの産廃業者が人をさらって監禁しているようだ、大至急捜し出して救って欲しい、と。藪田兄弟を裏切ることになるが、そんなことを言っている場合ではない。彼らは自ら墓穴を掘ったのだ。同情の余地はない。

携帯電話を開き、電源スイッチに親指を乗せた。

いいや、通報するのなら昨日の時点でするべきだった。すでに一日経ってしまった。そのことについては警察にどんな言い訳をすればいいのか。いかに副署長が元同級生だからといって、揉み消してはもらえまい。

まさか殺すことはないだろう。無理にでもそう思うことにした。弟は野犬と変わりないが、兄貴のほうはまだ話が通じる。

まったくとんでもないことをしてくれた。自分は何度も止めたし、そもそも強引な押さえ込みなど好まない人間なのだ。いつだって話し合いで解決してきた。

焦燥感が込み上げ、息苦しくなった。

とにかく、昨日の連絡を聞かなかったことにしよう。それしか道はない。この先、どのような形で事件が発覚しようが、すべては藪田の弟が単独でしでかしたことで、自分は一切知らない、それで押し通すしかないのだ。

携帯電話を捨てたくなった。こんなものがあるから、事態がややこしくなるのだ。

まずいな——。順一はその言葉を胸の中で何度も繰り返した。死んだ父親にでもすがりたい気分だった。

40

幸いなことに、ダンプカーに襲われた翌日が週末だったので、相原友則は自宅アパートの寝室で、布団にくるまっていた。もしも平日だったら、自分は仕事を休んでいただろう。何も手につくわけがない。食欲はなく、朝から何も食べていなかった。無意識に体が緊張しているせいか、断続的におくびが込み上げ、それを鎮めたくて水ばかり飲んでいた。

一市民にとって、命を狙われるという事態がどれほど恐ろしいことか、友則は身をもって味わわされていた。あのときの恐怖は、思い出すだけで体が震えてくる。今はどこかに隠れていたい、ただそれだけである。

襲撃された日は、車を買ったディーラーに電話をかけ、レッカー車で事故車を引き上げてもらった。そのまま一緒について行き、代車を借り受け、ついでに切った額の手当てもしてもらった。

派手な出血はあったが、縫合の必要はなさそうで、絆創膏を貼るだけで済ませた。泥だらけの服もそこで脱がせてもらい、予備の作業着を借りた。

その後、役場に戻り、宇佐美や稲葉に三度目の襲撃を受けたことを告げ、助けを求めるつもりだったが、二人とも外出中でもう戻らないというので、仕方なく自分も帰ることにした。事務の愛美が友則の額の絆創膏と作業着姿を見て、「何かあったんですか」と心配そうに聞いてきたが、疲れていて説明する気になれなかった。

家に帰ると少しは冷静になり、上司に打ち明けるにはいろいろと不都合なことが多過ぎることに気づいた。第一に、どうしてその場で一一〇番通報をしなかったのか。それは助手席に女がいたからだ。おまけに場所はラブホテルしかない農道で、就業時間中だった。そして第二に、その女が何者かといえば、その日初対面の人妻で援助交際相手だった。つまりは買春だ。これだけで公務員としては致命的である。女についてはとぼけることも考えたが、当日は近所の農夫の助けも得ており、隠し通すことは不可能である。仮に西田肇が捕まれば、女連れだったことなど、いとも簡単にばれるのだ。女側の事情について、今の自分に気遣う余裕はないが、露呈したら向こうもただでは済まないだろうし、麗人サークルも含めて、かなり面倒なことになるのは確実だろう。要するに、このまま警察に駆け込めば、自分だけが被害者というわけにはいかなくなるのである。

友則はひどい災難だと思った。主婦売春に関わったことはともかく、西田肇に関してはまったくの逆恨みであり、自分の落ち度はゼロである。

目を閉じたまま、何度もため息をついた。そして浅い睡眠を繰り返した。夜は少しの物音にも体が緊張してしまうため、ほとんど眠れず、だから昼間のうちに取り返すしかない。西田肇が友則の自宅を突き止めている可能性はかなり高いと思われた。夜中に襲われたらと想像するだけで、肝っ玉が縮み上がる。

いったいどうすればいいのか。生活保護を西田はもう求めていない。となると要求もないということだ。ただ母を凍死させた怨嗟《えんさ》を、友則にぶつけているだけだ。

あの男は刑務所に入ることも厭わない。ひょっとすると塀の向こうに入りたがっているのかもしれない。人と満足に会話も交わせない男にとって、世間は辛いばかりだ。友則は、理屈の通らない人間の怖さを改めて知った。


午後、友則は西田肇の家へ様子を見に行くことにした。部屋でじっとしていても事態が変わるわけはなく、このまま夜を迎えることのほうが怖かった。相手を確認できれば、まだ気が休まる。幸いなことに外は雪で、カーチェイスが出来そうなコンディションではない。

厚手のセーターをダウンの下に着込み、変装用に野球帽を被り、マスクをして部屋を出た。駐車場で代車のカローラにタイヤチェーンを装着し、暖機運転をした後、そろりそろりと発進する。雪は小降りになったものの、空は厚い雲に覆われ、町全体が薄暗かった。子供が雪合戦をしている以外、出歩いている人間はいない。この寒々とした光景が、余計に友則の気分を滅入らせた。早くこの町を出たい。県庁に復帰できれば、憂鬱なことすべてから逃れられ、再出発できそうな気がする。まだ三十二歳。人生はこれからだ。

徐行運転で三十分ほど車を走らせ、西田肇が住む栄団地に到着した。まずは駐車場で中古のセルシオを探すと、雪を十センチ以上被った状態で停まっていた。家にいるのだろうか。そうだとしたら豪胆な話だ。すでに三回も友則を襲撃し、警察の手が伸びるかもしれない中で、堂々と居座っている。

車を降り、野球帽を目深に被り直した。まずは中庭の側から二階の突き当たりに位置する西田の部屋の窓を見る。カーテンが閉じられていた。電気はついていない。電力会社に止められたままだから、つけようがないのだろうが。

続いて廊下側から建物に入り、人目がないことを確認して郵便受けをのぞいた。各種督促状が山のように届いていた。放置してあるということは、払う気がないのであろう。

老女が一人、買い物から戻ってきた。全身に雪を被っている。友則はマスクを外し、「すいません。社会福祉事務所の者です」と声をかけた。

「突き当たりの部屋の西田さん、いつもいらっしゃいますか」

「さあねえ。元々付き合いがないから。あそこ、おかあさんが亡くなったんでしょう？　息子さん一人になってからは、滅多に見かけないけど」

「仕事をなさっている様子はありますか」

「知らない。あ、わかった。あんた、生活保護課の人でしょう。この団地、受給者がいっぱいいるからね。しょっちゅう調査が来るよ。あんたもそれなんだ。知りたければ自分で聞いておいで。わたしは関係ないね」老女は途端に敵意を見せると、友則に向かってまくし立てた。「言っておくけど、わたしはそんなものもらってないよ。死んだ夫が残してくれたお金があるからね。わたしだって六十五まで工場で働いていたし。たいした金額じゃないけど蓄えがあるの。そういうの、一人一人がちゃんとしないとね。貯金もしないで、生活に困ったら国に泣きつくなんて甘えた人間がすること。わたしはしないよ、そんなの」

耳が遠いのか声が大きかった。「あの、声を小さく」と友則が焦って制した。それでも老女は、人との会話に飢えていたかのようにしゃべり続ける。

「でもね。ぽっくり死ねたらいいけど、病気になったらお仕舞いだわね。子供に頼れる人はいいけど、わたしはだめ。うちの息子は四十五でアルバイトだもの。会社が倒産したから。女房子供を抱えて、時給何百円かの仕事してるの。そういう息子にお金の負担はかけられないねえ」

「すいません。少し静かに」

「だから、国だってもう少しちゃんとしてくれないとこっちは困るのよ。一生懸命働いてきた人間を、見捨てるような真似だけはしないで。あんた、病気になったときだけは助けてね」

「わかりました」

「本当か」

「ええ、本当です」

「よかったら、うちでお茶でも飲んでいくか」

「いいえ、仕事中ですから」

友則は老女の背中を押し、なんとか自分の部屋に向かわせた。そのうしろ姿を見送り、ため息をつく。あの老女は、要するに人恋しいのだろう。

さてどうするかと思案した。せっかくここまで来たのだから、姿ぐらいは確認しておきたかった。今の自分には、行方がつかめないというのがいちばん怖いのだ。

人目がないことを再度確認し、忍び足で廊下を進んだ。玄関扉の前で身をかがめ、耳を澄ませた。中からは何の物音も聞こえない。電気が止められているのだから、テレビも観られず、コタツにもあたれないはずだ。この寒さの中、西田はどうやって暖を取っているのか。布団にくるまっているのだろうか。考えてもわかるわけがない。

ノックしてみようかと思った。もう一度生活保護申請を勧め、逆恨みを解いてもらうのだ。いいや、前回同様追い返されるのがオチだ。そしてまたつけ狙われる。

寒さで膝が震えた。じっとしているのもつらい。

「家にはおるのか、おらんのか」突然背中に声をかけられた。驚いて体を起こし、振り返る。さっきの老女がすぐうしろに立っていた。

「しーっ」と人差し指を口に当てた。顔をゆがめて訴えるのだが、老女はお構いなく、大声を発した。

「留守なら戻るまでうちで待っていればいい。お茶をいれるから。遠慮するな。おーい、西田さん。中におるなら返事しろ」

ドンドンと鉄のドアを叩く。友則はうしろから老女を引き離した。

「何をする。手伝っているだけでねえか」

「やめてください。お願いです」ささやき声で懇願する。

ドアの向こうで足音がした。はっとして立ち尽くす。カタンと鍵がはずれ、ドアが開いた。無精髭を生やした西田が顔を出す。ジャージの上にどてらをまとっている。

「な、な、何か用か」いつもの吃音だが、寝ていたのか、声がかすれていた。

「ああ、この人は役場の人でな。生活保護のことで西田さんに用事があるんだとよ」老女が横から言った。

「あの、社会保険事務所の相原です。またおせっかいな話かもしれませんが、生活保護申請をしてはいかがですか。お見受けしたところ、電気やガスも止められたままのようだし、こう寒いと健康にも差し支えるでしょうし」

「あれま。役所にもこんなにやさしい人間がいたのか。だったらうちも頼もうか」

「おばあさん、ちょっと黙っていてください」手で老女を押した。

「あんた、何をする」

「邪魔です。話が出来ないでしょう」

「そんな言い方をせんでも。もうちょっと年寄りを大事にしたら――」

「いいから、あっちへ行ってください」真顔で言い、廊下の向こうを指さした。ぶつぶつと何事かつぶやきながら、老女が去っていく。

「すいません。失礼しました」

向き直り、あらためて西田を見る。険しい表情でにらみつけてきた。

「あの、生活保護申請――」

「よ、用はそれだけか」

「ええ。そうですが」

「い、いらねえって言ってるだろう」

西田がドアを閉めようとする。友則は咄嗟にノブを握り、阻止した。

「あの、もうやめませんか。こういうの、逆恨みだと思うんですよ。お母様が亡くなられたのは同情しますが、こっちには何の落ち度もないわけで、そもそも申請なされたのは亡くなる数日前でしょう。それで対応するのは無理だと思うんですよ」

ドアの隙間に顔を突っ込み、五十センチとない距離で訴えた。

「いい加減にしないと、こっちも警察に訴えるし、そうなると刑務所行きですよ。いいんですか?」

しゃべりながら声が震えた。西田は無言のまま全身に力を込めている。

「今ならなかったことにします。どうですか。いい取引でしょう」

西田が軽く蹴飛ばしてきた。太ももに足が当たる。

「ダンプカーで追いかけるの、やめてください。こっちは何度も死にかけてるんだ。もう充分でしょう」

不意に体が浮いた。西田がドアノブから手を離したからだ。友則は廊下にうしろから倒れた。

壁に頭をぶつける。痛みに歯を食いしばっていると、黒っぽい物体が自分に向かってきた。考える間もなく反射的に避ける。ガッと何かがぶつかる音がした。振り返るとスコップだった。西田がスコップを振り回しているのだ。

殺される――。友則は廊下を転がり、かろうじて先端をかわした。立ち上がりたいのだが、腰が抜けて這うことしか出来ない。「誰か助けてくれーっ」なんとか声だけは発した。帰りかけた老女が戻ってきて、目の前の光景に「あれー」と悲鳴を上げた。

「警察！　警察を呼んでください！」

「ちょっと。ミヤタさん、ミヤタさん」駆けながら近所の誰かを呼んでいる。

友則は廊下を這いながら進み、階段を転がり落ちた。西田は唸りながら追いかけてくる。外に出たところでやっと立ち上がることができた。雪の中を走って逃げるが、焦りから足がもつれ、何度も転んだ。駐車場に入ったところで、今度は段差につまずいた。すぐうしろで西田がスコップを振りかぶる。友則は咄嗟の判断で体を起こし、西田の足にタックルした。西田が倒れる。スコップが手から離れた。

「この野郎。いい加減にしろよ」友則は西田に馬乗りになった。「こっちは車も大破してんだ。修理するのにいくらかかると思ってる」

一発殴ったら、たちどころに興奮した。喧嘩などしたことがないから、やり方がわからない。もう一発と思って拳を振り下ろすと、いとも簡単に避けられ、雪の下のアスファルトを叩くことになった。苦痛に顔をゆがめる。次の瞬間、大きな手が伸びてきて、首を絞められた。気がついたら体が入れ替わり、自分は下に組み敷かれていた。呼吸ができない。足をばたつかせ、全身で抵抗した。しかし大柄な西田には通じない。

遠くでサイレンが鳴っていた。住民の誰かが警察を呼んでくれたようだ。これだけ大騒ぎしたのだから当然だろう。

もう少し耐えれば助けが来る。そして西田は逮捕される。

顔が熱くなった。必死に歯を食いしばった。涙が出た。

もう少し、もう少しで終わる。パトカーが到着するまで耐えるのだ。

友則は雪上に組み敷かれた姿勢で、懸命に自分を励ましていた。

41

監禁されてから二度目の入浴機会を得ることになった。汗で髪がべたつき、耐えられなくなって、久保史恵はノブヒコに訴えた。

「ねえ、ルーク。またお風呂に入りたい」

ゲーム上の名前を呼び、平静を装って、恐る恐る言った。

ノブヒコはゲームの手を休め、母屋の方角を向いて一瞬考えたのち、「ああいいよ」とあっさり許可してくれた。そして、押入れに入るよう顎で指示し、史恵が自分で手錠をかけるのを見届けてから、「じゃあお湯を溜めてくるから」と部屋を出て行った。

どうやら母親は留守のようだ。いるのなら、まず外出させるはずだ。そう思い、史恵が推理したのは、ノブヒコの暴力で母親が入院したのではないかということだった。昨日、親戚の叔父さんとやらが帰ったあと、ノブヒコは母屋で荒れ狂った。激しい怒声と物音からして、相当ひどい暴れ方だと想像できた。少なくとも無傷で済むはずはない。そういえば今日の朝食はヨーグルトと冷凍の肉まんだった。昼食はカップ麺だ。だから母親がいない公算が高い。

果たしてどの程度の怪我なのだろう。史恵が心配する義理はまったくなく、むしろ異変を知りつつ離れに近寄らない母親は共犯者と言ってよかったが、監禁されて一週間も経つと、そういった理屈は意味をなさず、望むことは、なるべく変化が起きませんようにということだった。現実から逃避する術は身につけつつある。これ以上悪くなることが怖いのだ。母親が入院すると食事はどうなるのか。考えるだけで憂鬱になる。

二十分ほどでノブヒコは戻ってきた。

「さあ、入れるよ」

史恵は押入れから出され、前回同様、タオルで目隠しをされた。ジャージの袖を引っ張られ、すり足で前に進む。玄関でサンダルを履き、久し振りに部屋の外へと出た。

雪が降っているとすぐにわかった。粉雪が頬を撫でていく。どうりで静かだと思った。鳥一羽鳴いていない。ザクザクと雪を踏みしめる。感触からすると十センチは積もっていそうだ。唇が見る見る乾き、頬が突き刺されるように痛かった。

勝手口から母屋に入り、風呂場に向かった。板の間を歩く。そのとき、どこかの部屋で物音がした。ノブヒコ以外に誰かいるのか。

「ちょっと、ここで待ってて」ノブヒコがジャージを持つ手を離し、その場を離れた。

急に先導役を失い、史恵は平衡感覚を失った。軽くよろけながら、なんとかバランスを保つ。無意識に目隠しのタオルを少し上にずらし、足元を確認した。一連の動作の流れの中で、ふと視線が横に向く。和室の襖が五センチほど開いていて、中がのぞけた。薄暗い部屋の中に布団が敷いてあり、そこに女が横たわっていた。覆いかぶさるようにノブヒコが女の顔をのぞきこみ、なにやらささやいている。「おとなしく寝てろよ」そんな声がかすかに聞こえた。

史恵は戦慄した。母親がすぐ横の部屋で寝ている。留守なんかではない。怪我がひどくて起き上がれないだけなのだ。

いきなり心臓が高鳴った。同時に背筋が凍りついた。この状況をどう判断すればいいのか。ここで助けを求めるべきか。いいや、ノブヒコの母親は役に立たない。今はっきりとわかった。自分の息子が離れに誰か監禁していることを完全に知っている。知っていて何もしないのだ。息子の暴力に怯え、小さくなって生存しているだけの人間だ。

だいいち史恵は、何かが麻痺したかのように声が出なかった。ただ息を呑んでいるだけだ。足も動かない。

目隠しを元の位置に戻し、気持ちを鎮めようとした。「行くよ」ノブヒコに背中を押され、びくりとする。

「この前と同じように下着は洗濯機に放り込んでおけばいいよ。だから少しの間だけ、男物の下着で我慢して」

ノブヒコが耳元で言った。その穏やかさに、今まで以上の狂気を感じた。

湯船に浸かりながら、史恵は深い絶望を味わっていた。もはやノブヒコの親はあてにならない。きっと父親も似たようなものだ。離れの異変に気づいていないわけがない。彼らは、息子の行動を見ないようにして、現実から目を逸らし、自分を騙し騙し生きているのだ。

いったい人間は、どこまで心に支配されるものなのか。昨日、ノブヒコの叔父が離れに近づいたとき、自分は声を上げられなかった。そんな勇気は体の中のどこを探してもなかった。いちばん避けたいのはこれ以上危険な目に遭うことで、それが確約されない限り、いかなる行動も起こせないのだ。史恵の望みは救出されることだが、今になるとそれすら怪しげで、少し考えようとするだけで脳の一部が麻痺し、意識の全体が曖昧模糊としたベールにくるまれてしまうのだった。

風呂の窓をそっと開けた。前回、窓は開けないようにとノブヒコにきつく言われたが、今回は言わなかったので、何気なく手を伸ばした。

半分開け、外をのぞいた。裏は山だった。樹木の葉が白い雪を載せ、巨大なカキ氷のように聳えている。視線を落とすと平屋の小さな建物が見えた。ああ、あれが離れか。ノブヒコにとっては「スカイヤー3号」とやらだ。自分が監禁されている場所を眺め、吐息をついた。意外と新しかった。アルミサッシにはまだ光沢がある。屋根全体が雪で覆われているので、お菓子の家のように可愛く見えた。外観が幽霊屋敷のようでないことに、少しだけ救われた。中で起きていることは、異常極まりない出来事なのだけれど。

夕食はちゃんとした御飯だった。ハンバーグとキャベツの千切りがおかずだ。床に臥せっていた母親を無理矢理起こして作らせたようだ。ノブヒコはいつものように黙々と食べている。その手は華奢で、男同士の喧嘩などしたことがなさそうに見える。ただ、胸からはスタンガンを下げていて、片時も外すことはない。

食事中、史恵はいつも空想した。「ねえルーク、目にゴミが入っちゃった」と訴える。ノブヒコが近づき、のぞき込んだところで、スタンガンを握る。そしてサイコ野郎の胸に押し付けてスイッチを入れる。意識を朦朧とさせ、その間に逃走する――。

もちろん思い描くだけだ。だいいちスイッチの位置も知らない。失敗したらどうなるのか、そっちのほうがはるかに怖い。そして思考は現状を肯定する方向へと進む。

そもそも、生きていることがラッキーなのだ。強姦殺人事件は世に掃いて捨てるほどある。ノブヒコが妄想狂のサイコパスでよかった。相手が強姦魔だったら、自分は今頃舌を噛み切って死んでいる。

史恵も無言のまま夕食をとった。ドミグラスソースのかかったレトルト食品と思われるハンバーグを頬張る。味がまあまあなので、なんとなくほっとする。

ノブヒコも親たちも、こうやって自分を慰めているのだろうか。人間は悲惨な状況に置かれ続けると、少しでも現状を肯定しようと試みる。最悪の事態を想定し、今はまだそれよりましだと自分を慰める。史恵は犯罪心理学者にでもなった心境だ。

「メイリン、何か必要なものはあるかい」不意にノブヒコが聞いた。ゲーム世界に入っているときの口調だ。史恵は少し考え、「ルーク」と名前を呼んでから「着替えが欲しいわ」と答えた。実際欲しいのだ。

「着替えかあ。それは難しいなあ。ぼくは買いにいけないし」

「大丈夫。わたしここでちゃんと待ってるから」

ノブヒコが一瞬言葉に詰まった。「メイリン、本当に？」

「本当よ。だって外は敵だらけだもの」何食わぬ顔で言ったが、内心はやけだ。

ノブヒコは混乱している様子だった。じっと下を向き、考え込んでいる。さて、ルークでいるのか、素に戻るのか。なかなか言葉が返ってこない。

そのとき内線電話が鳴った。

「なんだよ、クソババア。飯食ってる最中に」

ノブヒコがいきなり乱暴な言葉になり、受話器を手に取った。

「何だ。何か用か。……あ？　叔父さんがどうかしたのかよ」

今度は声のトーンが下がった。叔父さんというのは、きっと昨日来た親戚の人のことだ。

「断れよ。会う気はねえよ。……いやだって言ってんだろう。仕事なんかしねえよ。……だから来なくていいって。なんで叔父さんが出てくるんだよ」

どうやら叔父さんが、再度、仕事に就くよう説得に来るらしい。

「明日？　冗談じゃねえぞ。絶対に断れよ」

受話器を通して、母親の声がかすかに聞こえた。「二十五までなら間に合うんだって。それを過ぎると一生引きこもりだって」

史恵は母親のか細い声に胸が締め付けられた。

「うるせえ！　誰がそんなこと言った。おれのことなら放っとけ。関係ねえだろう！」

ノブヒコが激高した。顔を真っ赤にしている。いつものパターンだ。

「おいババア、すぐに断りの電話をかけろ」

「じゃあノブヒコちゃん、あなたがかけて。向田の叔父さん、今度は引き下がらなくてねえ」また母親の声が聞こえた。

「おめえがかけるんだよ！　飯食ったらそっちに行くから、そんときかけろ。うしろで見張ってるからよ。断らねえと刺すぞ。わかったな」

電話を切り、食事に戻った。荒い息を吐きながら御飯をかき込んでいる。史恵はとばっちりを恐れ、「ごちそうさま」と小声で言って、のそのそと押入れに入った。

今日も母親は暴力を振るわれるのだろうか。せめて殺さないで、と心の中で祈っていた。今はノブヒコが追い詰められることのほうが怖いのだ。


ノブヒコが母屋から戻ってきたのは三十分後だった。その間、部屋ではずっとステレオが鳴っていたので、暴れたのかどうかはわからない。押入れを開け、手錠を外されたので、出て来いという意味なのかと思い、史恵は押入れから出た。

ノブヒコは首をうなだれていて、顔は青白かった。「やべえな」そうつぶやき、舌打ちする。床に腰を下ろし、深々とため息をついた。

「ルーク、どうしたの？」顔色をうかがいながら史恵が聞いた。「ルークじゃねえよ」尖った声が返ってきたので、あわてて口をつぐんだ。

「勘弁してくれよ。どうしておれの部屋に上がってくるんだよ。おせっかいもいいところじゃねえか。何が〝人生はこれから〟だ。何が〝まだ二十三だからいくらでも可能性がある〟だ。そんなことわかってるよ。わかっててもおれはこっちがいいんだよ。外で働く気なんかねえんだよ。何が〝ノブヒコ君のことを思って〟だ。まったく親戚だからって、人の家のことにまで口出しするんじゃねえ」

口ぶりからして、ノブヒコは叔父さんとやらと直接電話で話したらしい。母親にかけさせているとき、そばにいる気配を察知され、電話口に出るよう求められたとか、きっとそんな成り行きだ。両親以外には借りてきた猫のようにおとなしいノブヒコのことだから、叔父さんから懇々と諭されたにちがいない。向こうも真剣なのだ。部屋に引きこもって親に暴力を振るう甥を、放っておくわけにはいかないのだ。

「あーあ。どうしてこうなるのかねえ。おれはついてねえ男だ。そもそも地球に生まれてきたくなかったんだよ。さっさと銀河系に帰してくれよ。この分だとウィル星に到着する前に、人間に行く手を阻まれちまうぜ。おれを見捨てていいのか。平和の剣はダイナソー側に渡っちゃうんだぜ」

また意味不明のことを言い出した。真剣に嘆いている様子だ。

「しょうがねえ、明日は逃げるしかねえから、今のうちにスタッドレスタイヤに履き替えておくか」

ノブヒコがぼそりとつぶやき、立ち上がる。史恵にもう一度押入れに入るよう促した。

黙って従い、膝を抱えて中で聞き耳を立てる。ノブヒコは玄関から外に出て、なにやら作業を始めた。車のタイヤを替えているようだ。明日は逃げるしかねえ、とさっき言っていた。叔父さんの来訪を避けるため、雪の中、車で出かけるのか。

となると自分はどうなるのか。ここの押入れに置いておかれるのか、それとも車のトランクに押し込められてどこかに移動するのか。後者の可能性が高い。

真っ黒い不安の塊が、胸の中でぐんぐんと大きくなる。史恵は考えまいとして、懸命にそれを押し返した。いよいよ殺されるのか。そんなことあるはずがない。ルークはメイリンを護るために戦っている。自分はゲーム世界ではお姫様なのだ。いざとなったら自分も狂ってやる。どうせ自分の人生はすでにめちゃくちゃになっている。

史恵は押入れで自問自答しながら、胸を抱え、冬眠でもするかのように丸くなった。

42

目が覚めたのは昼近くだった。加藤裕也は布団の中から天井を見て、ここが実家ではなく自分のアパートであることを知り、現実に引き戻された。

喉がひりひりする。ゆうべ遅くまで部屋で酒を飲んだからだ。とても素面ではいられず、コンビニで買った焼酎をお湯割りであおった。ゆっくりと寝返りを打つ。その酒の相手がコタツで寝ていた。柴田だ。毛布を被っているので頭の一部しか見えないが、寝癖のついた髪を逆立て、静かに横たわっている。その姿を見たらゴリラに踏まれたように胸が圧迫された。

裕也はそっとベッドから降り、トイレに行った。中はまるで冷蔵庫並みで、小便が派手に湯気を立てた。続いて台所で石油ストーブに火を灯し、しばらく腰をかがめて手を擦り合わせた。お湯を沸かそうと流しに立つ。磨りガラスの向こうは真っ白だった。雪はまだ降っているのだろうか。少しだけ開けて外を見た。小雪が舞っている。向かいの家の屋根に積もった雪からして、降雪は十五センチといったところだ。土曜日ということもあってどこにも人影はない。町全体がしんと静まり返り、遠くから除雪車の音だけが聞こえてきた。

どうすりゃいいんだよ——。白い息と一緒にため息をついた。この先は自分も無関係ではいられない。法律の知識はないが、車のトランクに死体があることを知っていて、それを警察に届けないことが罪に問われることぐらいはわかる。柴田をアパートに泊めたことも、先行き次第ではただで済まないだろう。柴田は人を殺したのだ。

殺人という言葉が脳裏に浮かび、膝が震えた。まったくなんてことをしでかしたのか。中学時代から一緒にやんちゃをしてきた仲だが、道を踏み外すことはない男だった。喧嘩をしても武器は使わなかった。カツアゲはしても盗みはしなかった。友だちが多い明るい不良だった。子犬を可愛がるようなやさしさを持った男だった。それがどうして人を殺すなどというだいそれたことを……。しかもその動機が、会社の社長に認めてもらえなかったというものだ。いったい人間はどんな理由で追い詰められることやら。

ゆうべは、柴田自身も人を殺した実感がなかったのか、言動がうわの空だった。しきりに社長を非難し、自分が怒るのは当然だと言い訳を並べ立てた。そうこうするうちに酔いが回り、なぜか子供の将来の話になった。肝心の問題を迂回するように、自分たちの子供は大変だろうなと、テレビが盛んに言う「格差社会」について話し始めた。トランクの中に亀山社長の死体があることに、二人とも触れたくなかったのかもしれない。会話が途切れるのが怖くて、焼酎を何杯も飲み、言葉を発し続けた。つけっ放しのテレビでも、若手お笑い芸人がやかましくしゃべり続けていた。窓の外は無音だった。午前三時を過ぎて、柴田がコタツで横になった。「寝るわ」と一言だけ言い、毛布を頭から被った。裕也もベッドに横たわると、一分と経たず、落ちるように眠りについた。睡眠という営みがあることがありがたかった。意識に休む暇がなかったら、人間はいとも簡単に狂うだろう。もっとも昨夜はいやな夢をいっぱい見た。亀山のバックの暴力団に追われるという、具体的な夢まで見た。

「裕也。まだ降ってるか」

突然、柴田が言った。振り向くと、うつ伏せで座布団に顔を埋めていた。

「小雪が舞う程度ですけど」

「どれくらい積もってる」

「十五センチぐらいですかね」

「タイヤチェーン、いるかなあ」

「スタッドレス履いてるんでしょ。だったら大丈夫ですよ」

「まあ、そうだな」

「先輩、どこへ行くんですか」

「どこへ行くってこともねえけど、ずっとこの部屋にいるわけにはいかねえだろう」

「まあ、そうですけど……」

一瞬、裕也は自首を期待したが、柴田ははっきりしたことは言わなかった。

「とりあえず何か食いませんか」

「食欲ねえ」

「じゃあインスタントのポタージュスープだけでも」

「ああ、それならもらうわ」

裕也は買い置きのスープを取り出し、マグカップに二人分を作った。そして自分は冷蔵庫にあった肉まんを電子レンジで温め、コタツで食べた。

柴田が音を立ててスープをすする。沈黙が怖いのでテレビをつけると、時事番組の中でどこかの大学教授が、この不況で年度末には数十万人の失業者が出るだろうと脅していた。

「なあ、裕也」柴田がポツリと言う。

「何ですか」

「やっぱりおれも肉まん食いてえ」

「わかりました」

裕也は立ち上がり、レンジでもうひとつ温めた。

柴田がかぶりつく。持つ手が熱いので、一口食べては皿に置いていた。

「パチンコにでも行くか」と柴田。

耳を疑ったが、何食わぬ顔で「いいッスけど」と返事をした。

「今日は空いてるだろうな。台は選り取り見取りだぞ」

「そうッスね」

「じゃあ、食ったら行くか」

「はい」

もちろん気乗りするはずもないのだが、断りの言葉が出てこなかった。それに、今柴田を一人にするのは可哀想過ぎる。こういうときのための先輩後輩だ。自分だって一人では生きていけない。

途方に暮れるとはこういうことかと裕也は思った。考えがひとつも浮かんでこない。

腹ごしらえを済ませると、柴田のクラウンに二人で乗り込んだ。トランクには亀山の死体が入っているが、そのことには互いに触れなかった。ただ、さすがに気味が悪く、助手席の裕也はどうしても背中が緊張し、ゆったりとシートにもたれかかれなかった。死体というのは、どれくらい腐らないでいるのだろう。知識はないが、冬という季節が幸いしていることはわかった。しかも雪が降る寒さだ。いくらかは時間が稼げそうだ。

新雪を踏みしめ、車は発進した。通行量はほとんどない。

「なんか昔みてえだな。休みの日に裕也とつるむなんて」柴田がしみじみと言った。

「そうですね。昔は、土日は必ず一緒にいましたね」

「平日も一緒だったな。おめえ、ガソリンスタンドの仕事が終わると、家に帰らねえで、おれのアパートに来てたじゃねえか」

「そうそう。朝日町の芙蓉荘。二階の角部屋で、隣に三十くらいの太ったホステスが住んでて――」

「そうそう。南高にいたカツに『おめえ、頼んだらやらせてもらえるぞ』って言ったら、あの馬鹿本気にして、夜中に訪ねていって追い返されたな」

「なんだ、追い返されたんですか。あいつ、一回目はビールをご馳走になっただけだけど、二回目はやらせてもらったって、おれらには言ってましたよ」

「吹かし、吹かし。警察呼ばれそうになって慌てて逃げただけの話。ははは」

「しかしあのアパート時代、無茶ばっかしてましたね。ジョーカーの親衛隊長を監禁して、そのうち仲がよくなって時間つぶしに麻雀したじゃないですか」

「した、した。とぼけた野郎だったな。人質のくせして『腹減った、腹減った』って。あはは。あの隊長、今は湯田のホームセンターの店長だもんな」

「うそ。あいつが店長ですか」

「口がうまいから主婦に人気らしいぞ」

「へえー。店長かあ。人間、変われば変わるもんですね」

裕也が軽く笑う。昔話をしたら時間が止まったような感じがして、肩の力が抜けた。助手席で丸まり、靴を脱いで足をダッシュボードに乗せた。たばこを取り出し、火をつける。柴田が「おれにもくれ」というので分けてやった。

「裕也。あのアパート、行ってみるか」煙と一緒に言葉を吐き出す。

「いいッスけど」

「オンボロだったから取り壊されてたりしてな」

「そんなことはないでしょう」

「もう四年経ってるぞ」

「そんなに経ちました？」

「経った、経った。だっておれ、上の子が生まれたときに今の家に引っ越したんだもん」

「そうか。あれからもう四年も経つんだ」

「早えよなあ。子供が大きくなるわけだ」

国道に出たところで柴田がハンドルを昔のアパートの方向に切った。することもない裕也に異存はなかった。

除雪車が雪をさらってくれたので、国道はスムーズに車が流れていた。交差点にパトカーが停まっていて、事故防止の監視をしている。柴田はまるで焦ることなく、その前を普通に通り過ぎた。裕也も冷静でいられた、というより頭が働かなかった。

十五分ほどで、柴田が昔住んでいたアパート前に着いた。

「まだあったよ」洟をすすり、車の中から見上げる。「ちょっとだけ見てくるか」

「え、外へ出るんスか」

「おまえはいいよ。おれだけ見てくる」

柴田が車から降りた。背中を丸めて雪の中を歩いていく。外階段を上がるのかと思って見ていると、そこまではせず、入り口にある郵便受けをのぞき込んでいた。三分ほどで車に戻ってくる。

「おい。あのホステス、まだいたぞ」ヒーターの温風に手をあてて言った。

「マジですか」

「だって郵便受けの名札が昔のままだもん」

「なんか、それ、いやじゃないですか」

「そうだな。あんまりしあわせには見えねえな」

「ゆめので年増のホステスって、先行き暗そうですよ」

「こんな田舎で水商売やって、いいことなんかねえだろうなあ」

再び車を走らせた。たんぼでは子供たちが雪合戦をして遊んでいる。何年に一度というような積雪で、子供たちにはまたとない雪遊びのチャンスだ。

「じゃあ、パチンコに行くか」と柴田。

「そうですね」

「モナコでいいか。あそこ新台が入荷したみてえだから」

「いいッスよ」

空一面が、ペンキを塗りたくったような白だった。山の稜線はおぼろで、どこにも天気が回復しそうな兆しは見えない。ラジオからは演歌が流れてきた。柴田が運転席で鼻歌を奏でている。

客もまばらなパチンコ屋で、裕也は玉を弾いていた。玉の行方もろくに追わず、けたたましい電子音を浴びながら、ただぼんやりと盤を眺めている。柴田は、しばらく並んで打っていたが、数千円すった段階で「ほかに行く」と離れていった。

裕也の選んだ台は、ときおり当たりが出て、最初の三千円だけの投資で玉が切れることはなかった。大箱ひとつの範囲で、増えたり減ったりを繰り返している。時間つぶしには丁度よかった。

「よお、裕也君」父親のタクシー仲間に声をかけられた。「今日は、おとうさん、仕事なの？」

「知りません。家でごろごろしてるんじゃないですか」

「裕也君、景気いいそうじゃない」

「誰が言ったんですか」

「裕也君のおとうさんさあ。いざとなれば下のせがれに食わせてもらうって言ってたぞ」

「冗談じゃないッスよ」裕也は思わず顔をしかめた。

「息子の自慢してるんだって」隣に座り、うれしそうに肩をたたく。「ゆめのはみんな不景気だ。ブラジル人の期間工なんか、全員が解雇されて、平日の昼間っからドリタンをうろうろしてやがる。ギャング団でも結成されたら、日本人は怖くて街も歩けねえ。女子高生をさらったのもブラジル人だ」

「はあ」裕也は適当に相槌を打った。

「怖い世の中になったもんだ」

「そうですね」

「出歩いてくれねえから、こっちの仕事もあがったりだ。おとうさんから聞いてるか？　おじさんたち、売り上げが一日一万、行かねえときがあるんだぞ。家のローンもあるのにお先真っ暗だ」

「そうですか」

「なんでこんなことになったのかねえ。この歳になって生活の苦労をするとは思わなかった。まさか自分が負け組とはなあ」

父の同僚はぶつぶつ言いながら、場所を移動していった。そのうしろ姿を見送りつつ、裕也はなんだかうらやましかった。生活の苦労なんて、悩みのうちに入らない。こっちは先輩が人を殺し、その死体が車のトランクに積んであるのだ。柴田の行く末を思うと、胸が張り裂けそうだ。そして自分だって無事では済まない。

会社はどうなるのだろうか。玉を弾きながら考えた。社長の亀山が死んだのだから、まず解散は免れない。あとを継ぐ人材はいそうにない。となると失業か。吐息が漏れた。

心からタイムマシンが欲しかった。仲良しの先輩を救ってあげられるのなら、全財産を差し出してもいい。

ふと柴田はどうしているのかと思い、打つ手を止めて店内を探した。一番端の通路で、缶コーヒーを飲みながら一人台に向かっていた。目はうつろで、顔色は青白い。盤の点滅ライトを浴びて、肌が赤や黄色に染まった。きっと携帯電話の電源は切ってある。奥さんと連絡を取るという選択肢はまずなさそうだ。柴田はただ時間をうっちゃりたい一心で、パチンコに興じているのだ。

声をかけても話すことがないので、また自分の台に戻った。腕時計を見るとまだ午後一時だった。いったい今日はどうなるのか。ため息しか出てこない。

午後二時になって、パチンコを終えた。柴田が三万円以上負け、自分からギブアップしたのだ。

「おい、味噌ラーメンでも食うか」というので、隣接するラーメンチェーン店に入った。

「おめえ、結局いくら勝った」柴田が聞く。

「一万円とちょっとです」

「普段パチンコやってねえわりには勝つじゃねえか」

「まぐれッスよ。だいたい台の名前も知らないんですから」

「ここのラーメン、奢ってくれ」

「もちろんですよ。水臭いこと言わないでください」

柴田はギョーザも注文し、むしゃむしゃと食べた。裕也は食欲がなく、ラーメンだけでも胃袋に押し込むのに一苦労した。手持ち無沙汰のアルバイト店員が、隅でたばこを吹かしている。レジでは、「今日の仕入れ、失敗。本部にまた文句言われるぞ」と店長が部下に向かってぼやいていた。

ラーメン店を出ると、再び車に乗った。どこへ行くのかは聞かなかった。行くところなどないのだ。

「高校ンとき、南高の連中と駅で乱闘になった事件、憶えてるか」柴田がぽつりと言った。

「そりゃあ憶えてますよ。あれでこっちは前歯が折れたんだし」

「あのとき、おまえ、警棒振り回してる奴に向かっていったな」

「無我夢中だったから、警棒が見えなかったんですよ」

「でも、あれでおまえ、名前が売れたんだもんな。商業の二年に加藤裕也ありって」

「そんな、大袈裟な」裕也は助手席で苦笑した。

「学校でも二年の番格になってよ。女にもてもてで」

「そんなことはないけど」

「三年の女まで、加藤クン紹介してって、うるさかったぞ」

「あはは。そんな話、初めて聞きました」

「楽しかったな、あの頃は」

「そうですね」

「結局、おれらの華はあの頃までってことなのかな」

「そんな……」裕也は返答に詰まり、口ごもった。

風が出て、粉雪が舞い始めた。部活帰りの中学生が、アルマジロのように丸くなり、自転車を漕いでいる。

「先輩、警察に自首しませんか」裕也が思い切って言った。それ以外に道はない。「自首すれば、罪が軽くなると思うけど」

「考えてるさ、ゆうべからずっと」柴田が前を見たまま答える。淡々とした口調だった。

「じゃあ行きましょうよ、ゆめの署へ。すぐそこだし」

「ちょっと待ってろ」

急かせるな、という感じで柴田が言った。急に落ち着きをなくし、身を乗り出してハンドルを握っている。

「なあ、裕也。自首したら、どれくらい罪が軽くなる」

「それは知らないッスけど」

「二十年が十年くらいにはなるか」

「どうなんですかね。自分にはちょっとわからないけど……」

「まさか無期懲役ってことはねえだろうな」

「それはないッスよ。だって、殺人罪じゃなくて傷害致死罪だから」

「どうちがうんだ」

柴田に聞かれ、裕也はテレビの刑事ドラマで得た知識を披露した。ただ、話しながら自分でも自信がなくなった。柴田は亀山の首をネクタイで絞めている。これで殺す気はなかったと言うのは無理がある。

「じゃあ十年ぐらいかな」

「そうなんじゃないですか」

「もっと軽くなるって話はねえか」

「真面目にしてれば刑期の半分ぐらいで出てこれるって話は聞いたことあるけど」

「そうなのか」

「ほら。スネークの先輩で、強盗傷害で刑務所に入った人いたじゃないですか」

「ああ。黒のグロリアに乗ってた人な。名前忘れたけど」

「その人、懲役三年だったけど、一年半で出てますよ、確か」

「そういやあそうだったな。じゃあ、おれは五年か」

「うん。そうかも」

確信などなかったが、裕也が慰めの気持ちで言った。刑期がどうなるか見当もつかないが、狭い日本で逃げ切れるわけはなく、自首を勧めるしかない。

「離婚されるな」柴田が言った。

「いや、そんなことは……」

「そのほうがいい。子供たちの将来のためにも、おれのことは忘れてもらったほうがいいんだよ。だいたい父親が人殺しだなんて、学校でいじめられるに決まってるじゃねえか。就職するときだって、結婚するときだって、条件が悪くなるだろう」

「うーん」

返す言葉がなく、裕也は唸るしかなかった。

「親兄弟も泣くなあ。まったく、どうしておれはあんなことをしちまったんだ」

柴田が深々とため息をついた。車はいつの間にか警察署の方角に進んでいる。あと五分も走れば、ゆめの署に着く。

「社長もなあ、あんなひどいこと言わなきゃよかったんだよ。どうして一生懸命やってるおれに、何かが足りないなんて言える？　もうちっと温かい言葉をかけてくれるとか、人を介してでもいいから、あと少し我慢しろって言ってくれるとか、そういうことをしてくれれば、おれも追い詰められなかったんだよ」柴田が悔しそうに唇を嚙んだ。「どうかしてたよなあ、おれも。普通の心理状態じゃなかったから。なあ裕也。心神喪失とかで刑が軽くなるっていう話があるだろう。おれの場合も、それに当てはまらねえか？」

「そうですよ。裁判で主張すれば認められますよ」

裕也は無理にでも励ました。

「裁判かあ。あれって一般に公開されるんだよな。ほら、傍聴席とかがあって、近頃は傍聴マニアがいるっていうじゃねえか。おれの裁判もいろんな人間が見に来るわけか」

「関係者だけですよ。大事件ってわけじゃないし」

「でも親兄弟は来るだろう」

「それはわからないけど」

「おめえも見に来るか」

「先輩が来いって言うなら」

「いや、来ねえでくれ。死んでも見られたくねえ」

「じゃあ行きません」

ドリームタウン下交差点を左折し、坂を上ると、行く手にゆめの署の看板が見えた。きっと自分が事情説明をしなければならないだろう。柴田は動揺しきっている。会社の内部事情から、事の発端まで、自分がすべて順序立てて話すのだ。トランクには亀山の死体が入っている。それを見せたとき、警官はどんな顔をするのか。裕也の膝が小刻みに震えた。しっかりしろ。全身に力を入れ、己を励ました。

車が徐行したまま警察署の前を通過する。

「せ、先輩。自首しないんですか」思わず舌がもつれた。

「もう一晩考える。また泊めてくれ」

「何を考えるんですか」

「いろいろだ。踏ん切りがつかねえ」

柴田が前方をじっと見たまま、青い顔で訴える。裕也は止めることができなかった。

間欠的に吹雪く粉雪がフロントガラスを叩く。カーラジオの天気予報が、降雪は今夜までで明日は晴れるだろうと言っていた。

43

母を自宅アパートに連れて帰り、寝室に布団を敷いて寝かせたら、自分の寝る場所がなくなり、仕方がないのでゆうべはコタツで寝た。しばらくはこういう生活を余儀なくされそうだ。堀部妙子は後悔していなかった。

昨日、あのまま母を病院に置き去りにしたら、自分は一睡もできなかっただろう。人間の尊厳という言葉を持ち出したくなるような薄暗い病室には、死に向かう者の苦い腐臭が漂っていた。経費節減のためか、蛍光灯まで半分消してあった。あの光景は思い出すだけで気が滅入る。死ぬことは誰も避けられない宿命だが、真面目に生きてきた人間には、せめて花の香りがする部屋で永眠させてあげたかった。あの病室で死んだら、孤独死と変わりがない。

朝は御飯を一合炊き、豆腐入りの味噌汁を作った。ここ最近は沙修会の食堂でばかり食べていたので、久し振りの炊事だった。

　コタツで母が背を丸めて食事をとる。「ああ、おいしい」と何度も言った。「悪いねえ」嘆息も漏らした。娘がどういう暮らし向きか、母はわかっている。自分の面倒を見るのがかなり困難であることも薄々気づいている。それでも頼らざるを得ないのだ。この先がどうなるか、妙子にはまるでわからない。自信もない。しかし今は、何があろうと母親の面倒を見ようと決めている。兄との対決も辞さない構えだ。

「おかあさん、膝が痛いって、前に言ってたよね。座るの、辛くない？」妙子が聞いた。

「低い椅子があるといいけど」

「わかった。じゃあ買ってくる。それから出かけるのに車椅子もあったほうがいいよね。杖をついてだと遠くにいけないし」

「そんなの買わなくていい。車椅子っていったら高いでしょう」

「平気。わたし、沙修会っていう団体に入っていて、誰かが助けてくれるの。車椅子だって一声かければなんとかなる」

　虚勢を張って言ったが、今の妙子には、頼れる先といえば沙修会しかなかった。このあと指導員の植村に電話をして、あれこれ相談するつもりだ。いちばんいいのは、沙修会の施設に母ともども住み込ませてもらうことである。現に年寄りが何人か暮らしているので、無理な話ではない。

　食事のあとは再び母を床につかせた。母は、一人では立ち上がって歩くことが難しく、兄夫婦が自宅介護を拒んだのも仕方がないと思った。もっとも病院の大部屋に入れたのは別問題だ。愛がなさ過ぎる。

　植村の自宅に電話をした。土曜日なので家にいて、妙子とわかると急に早口になり、万心教の件について聞いてきた。

「どうなった？　丸山典子。被害者の会とやらの主宰者。弁当工場に勤めてるのよね。乗り込んでいって文句言ってくれた？」

「そんな急には……。昨日聞かされたばかりだし」妙子が答える。

「だめよ。こういうのは早く行動を起こさないと」

「でも、抗議に行くのは植村さんも一緒なんじゃないですか」

「わたしが？　どうして？」

「昨日言ったじゃないですか。人を集めてわたしも行くって」

「そうだっけ」

「そうですよ」

妙子はため息をついた。どうしてこんな女が指導員でいられるのか不思議でならない。

「それよりちょっと相談があって電話したんですが……」

妙子は自分の置かれた状況をかいつまんで説明した。介護が必要な母をかかえるはめになり、沙修会の仕事ができなくて困っている。ついては自分共々、沙修会に住み込ませてもらえないか。同情をひきたくて、苦しげに訴えた。

「それはちょっと……」植村は言葉を濁した。「むずかしいんじゃないかしら。元気ならともかく、介護がいるんでしょ」

「別に寝たきりってわけじゃないんです。食事ぐらいなら自分でとれるし」

「でもねえ、そういうのは……」

植村の口調が迷惑そうなので妙子はショックを受けた。助けの手を差し伸べてもらえるのではと、甘い期待を抱いていた。

「道場の宿舎にはお年寄りもいるじゃないですか。うちも交ぜていただけると、うれしいんですけど」妙子は食い下がった。

「あれは出家会員だもの。全財産をお布施として入れてるし」

「うちの母はだめですか」

「だめってことはないけど、そういうのを認めたら、沙修会は体のいい老人ホームにされちゃうでしょう」

「じゃあ一週間とか、少しの間だけでも。わたし、もう一度職を探して母を養えるようにしますから」

「職に就くの？　やめなさいよ。堀部さんは沙修会の重要な戦力なんだから」植村が、部下がいなくなると自分たちが困るせいか、調子のいいことを言った。「それより早く指導員になりなさいよ。そうなれば、おかあさんも住まわせられると思う。要するに会に対して功績が必要なのよ。お布施とか、会員獲得とか」

「でも、そんな急には……。第一お金ないし」

「だから、万心教がやってる被害者の会とかいうのをつぶせば、誰も文句はないと思う。堀部さん、一躍幹部になれるんじゃないかしら」

「そうでしょうか」

「そうよ。今の理事なんて役立たずばかりじゃない」

妙子はしばし考え込んだ。どの道このままでは、蓄えが尽きるのを待つだけだ。ほかに頼れる人間はいない。

「わかりました。やってみます」

「丸山典子っていう主宰者が働いてる弁当工場、とりあえず攻めてみてよ。人手が必要なら言って。わたし、力になれるかもしれない。それから法律に触れない範囲でね。沙修会に火の粉が降りかかることだけは避けて欲しいの」

「はい……」

植村の身勝手さに腹が立った。無理なことを人にやらせて、手柄だけは相乗りしようという腹なのだ。

電話を切り、コタツに頬杖をついた。さてどうするか。アイデアなどひとつもない。地区リーダーの芳江に頼ろうか。いいや、仕事を持っているから時間は割けないだろう。それに彼女にとっては迷惑な話でしかない。

妙子は孤独を感じた。家族がいるのに、その家族が悩みの種だ。兄弟は他人と大差がない。子供たちはそれ以上に怖くて、甘える勇気がない。少しでも冷たくされたら、自分は奈落の底に突き落とされるだろう。

首を伸ばして窓の外を見た。小降りながら雪はまだ舞っている。とりあえず買い物に行こう。介護用の紙オムツとか、缶詰とか。早く済めば、丸山とかいう女が働く弁当工場を偵察に行くのもいい。市営バスは運行しているだろうか。時刻表をあてにして待っても、雪道だから時間通りにはこないだろう。なんて自分は社会的弱者なのか。こんな田舎で自家用車もないなんて。

「おかあさん」隣の部屋に声をかけた。「トイレは一人で行けるよね」

「うん、行けるよ。心配しないで」か細い声が返ってきた。

いったい母はどの辺りまで状況を把握しているのだろうか。ふと疑問が湧き、「病院とわたしのところとどっちがいい？」と聞いてみた。

「そりゃあ、タエちゃんのところがいいわよ」

母が即答するので少しだけ救われた。コタツから出て、厚手のセーターに袖を通した。その上にダウンジャケットを着込み、万全の防寒態勢を整えた。

「おかあさん、二時間ぐらい留守にする。もしものときは携帯に電話して」番号を書いたメモと電話の子機を枕元に置いた。「ストーブはつけたままにしておくから、火には気をつけてね」

母が「うんうん」とうなずく。一人にしておくのは不安だが、心配ばかりもしていられない。

ブーツを履いて外に出た。傘を差し、新雪を踏みしめ通りまで歩く。車の轍《わだち》があるだけで、除雪はまったくなされていない。団地の前のバス停には、誰一人として待ち客はいなかった。土日は一時間に一本しか便はないが、停留所で待つしかないので、首をすぼめて立っていた。ときおり車が通り過ぎる。中から可哀想にという視線を向けられた。同情なら無用だよ。妙子は胸の中でつぶやいた。こっちは現世ご利益など求めていない。この程度の不幸ならいくらだって捌ける。

ポケットの中で携帯が鳴った。母かと思ってどきりとし、画面を見ると、この前番号を交換したばかりのタクシー運転手、加藤だった。吐息とともに脱力する。さっそく誘いの電話だろうか。まったくあの中年男は何を考えているのか。

「妙子ちゃん、今何してるの」いきなりちゃん付けで呼ばれた。呆れたが腹は立たなかった。明るい声を聞いて救われた部分もある。

「バスを待ってるの。買い物しないと食料もないからね」

「お出かけならタクシー呼んでよ。こっちは商売あがったりなんだから」

「そんなお金はありません」

「じゃあデートしてくれたらただでいい」

「どういうデートよ」

「そりゃあお互いに大人なんだから、映画観て、ドリタンの観覧車に乗ってっていうデートではないわな」

「だったらお断りします」妙子は他人行儀に言った。

「わかった、わかった。じゃあ喫茶店に付き合うだけでいい。で、行き先は？」

「ドリタンだけど」

「どこへ迎えに行けばいい？」

「団地の前のバス停にいるんだけど……本当にただなの？」

「ああ、いいよ。どうせ暇だもん。営業所で待機してても電話一本鳴らねえ。駅前で並んでも降りる客がいねえ」

「でも、ただっていうのは……」

「遠慮することはねえって。どうせガス代は会社持ちだ」

「ふうん」

「十分で行ける」

「あのさあ、その前にバスが来たら乗っちゃうからね」

「わかった。そんときは諦める。そういう運命だと思って」

電話が切れる、そんときは諦める、か。さえない中年男がしゃれた台詞を。なにやら懐かしい思いがした。若い頃は、ただ若いというだけで男からいくつもの誘いがあった。そんな昔日を、喉奥で感じている。

バスは来る気配がなかった。まさか運休ではあるまいが、雪道では倍以上の時間がかかるのだろう。

ほどなくしてタクシーが姿を現した。プップッと軽くクラクションを鳴らされたときは、おかしくて噴き出してしまった。

「本当におかあさんを引き取るの。それは無理なんでねえのか」

ハンドルを握りながら運転席で加藤が言った。タクシーの助手席に乗るのは傍目に不自然なので、妙子は後部座席に座っている。

「だって病院の大部屋に放り込むなんて、わたしにはできないもの」

「タエちゃん、親孝行だなあ」

「ううん。経済力がないから気持ちだけ」

「それでも立派なことだって」

加藤が大袈裟に褒める。下心があったとしても、肯定されるのはうれしかった。植村に冷たくされたあとだけになおさらだ。妙子は自分から家の事情を話した。そして今自分が置かれている立場、万心教という団体ともめていて、被害者の会をつぶすよう幹部から求められていることも打ち明けた。

「なんか大変そうね」

「ほんと、いやになっちゃう」

「宗教もなあ、争わなきゃいいんだけど」

「そうよねえ。みんな仲良くやればいいのにって思っちゃう」

「でも、ほら、やくざと同じで縄張りが命だから。要するに金。金が絡むと本性が出るわけ」

加藤が見透かしたようなことを言った。

「ひどい。沙修会はそういう会じゃないの。一部の理事が欲張りなのは確かだけど」

「ああ、ごめん。で、その被害者の会はどうするわけ?」

「どうしよう。なんか気が重い」

「これから行ってみる？　その弁当工場へ」

「いい、いい。そんなことしなくて」妙子はかぶりを振った。

「見るだけならいいじゃない。どうせドリタンへ行く途中だし」

「でも……」

「ドライブ、ドライブ」

「土曜だから休みかも」

「弁当工場だったら土日関係なし。同僚の奥さんが前に働いてたから知ってるよ。夜勤もあるんだって。そりゃあコンビニの弁当なんか、早朝から店に並んでるものねえ。高級弁当ってわけじゃないし、景気に関係ないんだね」

加藤が「こっちだよね」と言い、勝手に交差点を曲がった。妙子はなりゆき任せを少しだけ楽しんでいた。男の人に引っ張られるなんて、思い出せないくらい昔のことだ。


くだんの弁当工場へは十分ほどで着いた。たんぼの真ん中に建つ公民館ほどの規模の工場で、煙突から蒸気が立ち上っている。パート従業員たちが乗ってきたであろう色とりどりの軽自動車が、駐車場にパズルのように並んでいた。門扉は開けっ放しだ。守衛もいなければ人影もない。通りに向かってパート募集中の大きな看板が掲げられている。

せっかくここまで来たのだから、妙子は加藤を運転席に残し、タクシーから降りて敷地に入った。窓から中をのぞく。白装束の女たちが二十人はいる。忙しそうに弁当を作っていた。学校の給食センターのようなものかと思っていたら、ベルトコンベアが面積の多くを占める立派な工場だった。衛生にうるさいのだろう、全員がヘアキャップにマスクを装着している。ふうん、こういうところがあるのか、と妙子が独りごとを言う。家族がばらばらになったから、弁当の需要は増える一方だ。ここで働く女たちは、きっと三度の食事を作らない。自分も客なのだ。妙子は、世の中はうまくできているなと感心した。

「何か用ですか？」うしろから声をかけられた。作業着を着た若い男が立っている。

「すいません。パート募集の看板を見て、どんなところかと……」妙子は咄嗟にうそをついた。

「そうですか。それはどうも。どうですか、中で話でも」途端に愛想がよくなった。白い歯を見せ、「うちは勤務シフトが自由に選べるから、主婦のアルバイトには最適なんですよ。ぜひいらしてください」と快活に言う。

「あ、でも……」

「じゃあチラシだけでも持っていってください。家に帰ってゆっくり検討すればいいし」

「はい……」

男に促され、あとをついていった。建物に入り、応接室のようなところでチラシを受け取る。目を落とすと、そこには給与体系が詳しく記されていて、夜勤だと最高で一時間千五百円ももらえた。

「うちはいい時給だと思います。パートさんの間でもよろこばれてます。あ、そうだ。パートさんの班長がいるので質問があったら聞いてみてください」

男がそう言い残し、奥へと駆けていく。しばらくして自分と同年代と思える女を連れてきた。

「こちら、班長の丸山さん。うちで働いてもう四年になります。わたしは席を外しますから、何でも聞いてみてください」

丸山という名を聞いてどきりとした。万心教の、例の被害者の会の主宰者だ。なんという巡り合わせか。これで早くも顔がばれてしまった。

「丸山と言います。奥さん、お名前だけでも教えていただけますか」

笑顔を向けられ、つい名乗ってしまう。

「そう。堀部さんですね。お住まいは？」

「市営団地です」

「ご家族は？」

いきなりプライバシーに触れられたが、聞き方が自然で不愉快な感じはなかった。妙子は夫とは離婚したこと、二人の子供は独立して家を出たこと、今は母と二人暮らしだということを告げた。

「あら。じゃあ生活大変だ」丸山が親しげに言う。笑顔の感じがいい。「おかあ様はお元気なんですか」

「それがちょっと高齢なので……もう自由には出歩けないんです」

「まあ、そうなの」丸山が一転して表情を曇らせ、同情の態度を見せた。「じゃあ、ここで働くの、いいと思う。いるんですよ、小さなお子さんを二人抱えて、子供を寝かせてから夜勤に来る人。その人、手取りで月に十八万円ぐらいは稼いでるはず」

「そんなに？」

「だって昼夜逆転だもの。それくらいはもらわなきゃ」

その言葉に妙子の気持ちがはやった。夜勤なら母が寝てから働くことができる。

「みんな、いい人たちよ。女ばかりだから気兼ねしなくていいし」

「女の人ばかりなんですか？」

「そう。経営方針ってわけじゃないだろうけど、女性向きの仕事だから、自然とこうなったみたい。よかったら工場も見ていってよ」

丸山が先に部屋を出て行く。すっかり相手のペースにはまった妙子はついていくことにした。敵情偵察のつもりだったのにとんだ展開だ。

廊下の掲示板に、業務連絡と並んで菩薩の絵のポスターが貼ってあった。その下には《説法会開催》の文字もある。妙子は驚いた。そうか、ここの弁当工場は万心教の信者がたくさん働いているのか。丸山が班長に指名されているということは、経営者も承知の上なのだ。

立ち止まってポスターを眺める妙子に、丸山が振り返って言った。

「あ、それ？　もし興味があるのなら参加してみない？　とってもためになる話が聞けるのよ」

「はあ、そうですか……」

なぜか敵愾心も警戒心も湧いてこなかった。今は、親切にしてくれるなら火星人にだってすがってしまいそうなのだ。

「変な宗教じゃないから安心して」

丸山が微笑む。妙子は肩から力が抜けていくのを感じていた。

44

土曜日なので昼近くまで寝ていた。なるべく長く現実から逃避したいという気持ちがあり、山本順一はぐずぐずと布団の中に居続けた。

昨夜は今日子のマンションで、何時間も情交を重ねた。いつまでも若い女の肉体に溺れていたかったが、さすがに外泊は妻に言い訳が立たないので、午前二時を過ぎて自宅に帰った。友代は酒の臭いをぷんぷんさせ寝入っていた。まったくなんて夫婦かと我が身を嗤った。おそらくこの先も、夫婦愛などというものは甦らない。自分たちは完全に冷めてしまったのだ。順一が市会議員をしていることで、友代は政治家の妻という役を演じていられるものの、それがなくなれば関係は完全に切れるだろう。順一が議員の職を失えば、山本家は簡単に崩壊するのだ。どこからこうなったのかと、夫婦の年月をさかのぼって想ってみたのだが、考えてみれば父の持ち込んだ縁談に、家柄と容姿がいいからと首を縦に振り、結婚しただけのことだった。恋女房というほどではない。

幼い頃から跡継ぎとして育てられたせいか、順一にはレール上をうまく進むことが自分の使命と思い込んでいる節があった。そもそもほかの生き方など考えたこともなかった。

順一は布団の中で丸まっていた。入れるのが怖かった。枕元には自分の携帯電話が転がっている。昨日の通夜から電源は切ったままだ。きっと藪田敬太からの留守電が入っていることだろう。至急連絡を欲しいと逼迫した声で訴えているのだ。

いったい坂上郁子は今どこでどうしているのか。まだ監禁を解いていないとするなら、もう丸二日間行方不明ということになる。さすがに家族は捜索願を出しているだろう。主婦が行方不明となれば警察が動き出す。

いちばんいいのは、藪田兄弟がすでに坂上郁子を解放していて、すべてが解決していることだ。藪田の兄が坂上郁子に謝罪し、それなりの慰謝料を払って、なかったことにしてもらう。

まさか。ありえない。順一は大きくため息をついた。あの女がそんなことで懐柔されるわけがない。警察にしゃべったら家族を殺すと脅すシナリオのほうが現実的だ。冷静に考えるなら、よくて監禁中。悪ければ……。

順一は布団に埋もれていきそうなほどの眩暈を覚えた。どうして最初に知らされた段階で警察に通報しなかったのか。あんな粗暴な兄弟に情けをかけたばかりに、自分は事件に巻き込まれてしまった。

もしも藪田の弟が女を殺したとしたら、自分はどういう罪に問われるのだろう。幇助罪まではいかないまでも、相談を受けてすぐに警察に届けなかったことは、何らかの追及を受けるだろう。マスコミも黙っているわけがない。そうなれば政治家としては一巻の終わりだ。家族にも累が及び、妻はさらに壊れてしまう。ことによると、離婚を求められるかもしれない。

このままどこかに隠れたくなった。今日が週末だというのがせめてもの救いだ。平日なら会社か事務所で否応なく藪田につかまり、さらなる窮地に立たされるだろう。

小便が我慢できなくなり、順一は布団から出た。ガウンをまとってトイレに行き、用を足す。喉が渇いたので台所をのぞくと、家政婦が煮物を作っていた。

「先生、おはようございます」

「ああ、おはよう」冷蔵庫から牛乳を取り出すと、家政婦がすかさずコップを用意した。自分で注ぎ、一息で飲む。「友代は？」

「奥様は建築家の先生と打ち合わせを兼ねたお食事に出かけられました」

「この雪の中をか」

「はい」

妻は浮気でもしてるのか。自分に非難する資格はないのだが。

「子供たちは？」

「お部屋でお勉強です」

「わかった」

「ああ、先生。一時間ほど前、藪田さんという方からお電話がありました」

「藪田？」背筋に悪寒が走った。

「先生はまだお休み中ですと言うと、至急電話が欲しいとおっしゃってました」

「どんな様子だった？」

「さあ、とくに変わった感じは受けませんでしたけど」

急に胃が重くなった。今飲んだ牛乳を吐いてしまいそうだ。そのとき電話が鳴った。家政婦が子機に手を伸ばす。「おい、おれなら出かけたと言え」順一はあわてて命じた。

「はい、山本でございます。……あのう、先生はお出かけになられました。……さあ、行き先は聞いてません」

受話器からかすかに漏れ聞こえる男の声は、藪田敬太のものだった。

「いえ、あのう……」家政婦がしどろもどろになっている。助けてくれと目で訴えてきた。受話器からは敬太の大声が聞こえる。

順一は、一度電話を保留にしろと身振り手振りで伝えた。家政婦が「少しお待ちください」と断り、保留のボタンを押す。

「あのう、藪田さんという方は、朝からずっと家の前にいるそうです。だから先生が出かけたのはうそだ、居留守を使うなって――」

順一はその場で膝に手をついた。飲んだ牛乳が喉元まで込み上げる。

「どうしましょうか」家政婦が困っている。

「わかった。おれが出る」子機を受け取り廊下に出た。「もしもし、山本です」冷静を装ったつもりだったが、声がかすかに震えた。

「先生、ひどいんでないのか。居留守を使うなんて。ゆうべからずっと携帯にかけているのに、どうして出てくれねえんだ」

「いや、すいません。昨日から風邪気味で体調が悪いんです」

「それにしたって、こっちはあの女を監禁しっ放しなんだ。そういう非常事態に電話にも出ないというのはねえだろう」

「まだ監禁してたんですか」

順一は素っ頓狂な声を上げ、大袈裟に驚いてみせた。同時に半分だけ安堵した。よかった、殺していない。最悪の事態だけは免れた。話しながら急いで書斎へと走った。家政婦や子供たちに聞かれるわけにはいかない。

「この前、一刻も早く解放してくださいと飛鳥山で言ったでしょう」

「そんなことを言っても、一度さらったからにはこっちも無事では済まん。自分は弟を救いたい」

「社長、無理ですよ。幸次さんを警察に出頭させてください」

「そんな冷たいことを言うのか。大旦那ならそういうことは言わねえぞ」

「もう一度言います。警察に出頭させてください。そのあとのことなら、わたしも全力でサポートします。裁判費用も援助します。それからゆめの署の副署長が知り合いなので、便宜も図ります」

「いやあ、幸次は納得しねえ。やつはもう刑務所に入りたくねえんだ。頼むから手を貸してくれ」

「何をしようというんですか」

「いっぺん外へ出てきてくれねえか。先生と直に話したい」

敬太が強い口調で言った。朝から家の前で張り込み、気が立っている様子だ。

「わかりました。今出て行きます」

順一は急いで着替え、毛糸の帽子を被って家を出た。急な寒さに、全身が震えあがった。庭の新雪を踏みしめ、足元に気をつけながら進み、門を開ける。そこには青白い顔をした敬太が足踏みしながら立っていた。うしろにはエンジンをかけたままの車が停まっている。

「ああ先生、面倒をかけて本当にすまねえ。こっちも必死なんだ」

敬太が白い息を吐きながら言う。

「わかりました。車の中で聞きましょう」

二人で車に乗り込んだ。すると敬太がギアを入れ、車を発進させた。

「ちょっと、どこへ行くんですか」

「飛鳥山。幸次を説得してくれ。あいつはおれが何を言っても聞かん。ついでにあの女も説得してくれ。おれらが言っても怖がるだけで会話にならん。先生なら学があるから何とかなる」

「何を言ってるんですか。待ってください。わたしは行きません。降ろしてください」

順一は色をなして抗議した。自分が監禁場所に行くなんてとんでもないことだ。

「そんなこと言わないでくれ。先生、頼むから」

敬太が顔をゆがめて懇願する。いつものふてぶてしさはどこにもなかった。

「だめです。わたしが行くと余計に話がややこしくなります。あの女が警察に駆け込んだら、わたしも共犯者扱いされて議員の座を失います。そうなったら、社長の会社もおしまいです」

「だからそうならねえように、先生がうまく話をつけて欲しいんだ」

「無理です。無理に決まってるでしょう」

「そんな冷たいこと言わないでくれ」

敬太は必死の形相をしていた。鼻息は荒く、目は血走っている。

「いや、しかし――」

「このままだと幸次がやけを起こす。今度人を殺したら二度目だ。裁判もただでは済まん」

「二度目って――」初耳だった。驚きで声が裏返った。

「若い頃関東にいて、そこで傷害致死事件を起こしている。だから五年前に恐喝と傷害で逮捕されたときも執行猶予がつかなかった」

「今更そんなことを言われても……」

「あいつは三度の刑務所暮らしですっかり閉所恐怖症だ。塀の中に落ちるくらいなら死んだほうがましだとわめくんだ」

「だったら最初から拉致監禁などしなきゃいいでしょう」

「やってしまったものは仕方がねえ」

「降ろしてください」敬太の腕にすがるも振り払われた。「お願いです」順一は泣きそうな声で言った
「頼む。おれらを助けてくれ。あいつは先生のためにやったんだ」

「勘弁してくださいよ」

順一は助手席で身もだえした。頭の中は恐慌をきたし、どうしていいのかわからない。さっきまで寒さで震えていたのに、体全体は風邪でもひいたように熱っぽく、喉がからからに渇いていた。


雪の降る中を車は結構なスピードで突き進んだ。


道中何度も帰してくれと頼んだのに、聞き入れられず、車は飛鳥山に入った。ただでさえ人気《ひとけ》がない場所に、雪の天候が重なり、北海道の山奥にでも迷い込んだ錯覚を覚えた。大声で叫んでも、誰一人駆けつけてはくれないだろう。野生動物だって冬眠している。

いつものプレハブ小屋に弟の幸次がいた。ストーブにあたり、土気色の顔で日本酒をあおっている。順一は一目見て危険を感じた。この男は基本的にアウトローなのだ。社会規範が通じない場所で生きている。

「おい幸次、女はどうした。やってはいねえだろうな。おれとの約束は守ってくれただろうな」

敬太が聞く。

「やってねえ。林の奥のコンテナに転がしてある」幸次は少し呂律の回らない声で言い、湯呑みに酒を注ぎ足した。

「おい、酒はもうやめておけ」と敬太。

幸次はそれには答えず、無言で湯呑みを傾ける。

「幸次さん、坂上さんは無傷ですか」順一が恐る恐る聞いた。

「ああ。何もしていねえ」幸次がぼそっと答える。

「縛ってるんですか」

「いいや。コンテナに閉じ込めてるだけだ」

「そこ、暖房はあるんですか」

「あるわけねえだろう。毛布を渡したから、それに丸まってる」

「食事はどうしているんですか」

「ゆうベコンビニの焼肉弁当をやった。でも食ってねえみてえだ」

「今ならまだ間に合います。坂上さんを解放しましょう。それで警察に出頭してください。あとのことはなんとかします」

「なんとかって、どうするんだ」

「それはこれから考えます。とにかく、今は一刻も早く解放することです」

「先生。なんとかするなら、女のほうをなんとかしてくれ」

「そうだ。女と取引してくれ。金なら出す」敬太も横から言った。

「それは……」

順一が返事に詰まる。二人の顔を見た。その人相はあまりに動物的で、深い溝を感じずにはいられなかった。この兄弟に理屈を言い立てても無駄なのだ。

「わかりました。それじゃあ一旦家に帰って、弁護士と相談して、どうするのが得策か協議します。それですぐに戻ります。表にトラックがありますよね。それを貸してください。自分で運転して、ちょっと行ってきます」

答えながら、警察に通報しようと決意した。こんな凶暴な連中をかばう義理はない。自分だけでも助かりたい。

「そうはいかねえ。先生、警察に知らせるだろう」

敬太がすかさず言い、パイプ椅子を入り口に移動し、そこに腰を下ろした。

「そうなのか、先生」幸次が目を吊り上げて言う。今にもつかみかかってきそうだった。

「疑ってるんですか。ひどいなあ。そんなことするわけがないでしょう」順一は大袈裟に芝居を打った。いかにも心外そうに両腕を挙げる。顔が熱くなった。「法律が絡む以上、専門家の知恵を借りたほうがいいに決まってます」

「先生、そんなことじゃねえんだ。弁護士なんかお呼びじゃねえ。幸次が警察に捕まらないで済むようにして欲しいんだ」

敬太が苛立った様子で言葉をぶつけてきた。無理に決まっている。しかし迂闊に返事はできない。順一の脈が速くなった。

「わかりました。説得してみます。坂上さんに会いましょう」

言ったものの、策はなかった。ただこのままでは埒が明かないし、自分も解放してはもらえない。

「そうか。先生、すまない。幸次を助けてくれたら一生恩に着る。ほら、幸次。おめえも礼を言え」

敬太が立ち上がり、弟の頭を手で張った。

「いや、礼はいいです。まだ話がついたわけじゃないんです」

「女に慰謝料なら払う。二百万ぐらいまでなら払う」

「わかりました」

三人でプレハブの事務所を出て、林の中のコンテナに向かった。気持ちが上ずっているのと、雪に足をとられるのとでうまく歩けなかった。何度もよろけながら、息を切らして前に進む。さあどうする。順一は自問した。坂上郁子の家族から捜索願は間違いなく出ているだろう。二晩行方不明なのだから、警察も当然受け付けている。となれば、解放して家に帰したとしても警察の事情聴取が待っている。口止めは不可能だろう。仮にこの場は、殺されたくない一心で金銭での示談に応じたとしても、山を下りれば警察に駆け込むに決まっている。藪田の弟は捕まるしかないのだ。

赤茶色に錆びた鉄のコンテナが視界に入った。だんだん大きく映る。背筋が震えた。唇が乾く。脳の一部がしびれるような感覚があった。雪を踏みしめる音だけが鼓膜を鳴らしている。

幸次が南京錠を外し、扉を開いた。コンテナの内部に目を凝らすと、女が一番奥に背中をつけ、毛布を胸に抱きかかえ、怯えきった目で小動物のように震えていた。威勢のいい女活動家の姿はここにはない。

順一自身も動揺した。死の恐怖にさらされた人間を見るのは初めてだ。一目見て確信した。この女は、助かったとして、誰かに打ち明けずにはいられない。一人では抱えきれない。

「坂上さんですね。市会議員の山本です。もう大丈夫です。助けに来ました」

順一は咄嗟にそう言った。取引を持ちかけただけで自分は議員として終わる。会社の信用も地に堕ちる。

虚を衝かれた藪田兄弟は言葉を失い、呆然と立ち尽くしていた。

「さあ、ここを出ましょう」

コンテナに足を踏み入れ、腰をかがめ、手を差し出した。坂上は事態がつかめないのか、怯えて壁に張り付いている。

「怖がらなくていいんです。わたしが助けにきました。家に帰りましょう」

「おい、先生。あんた何を言ってんだ」

敬太が口を開いた。信じられないといった面持ちで眉を寄せている。

「ここへ案内させたのは坂上さんを救出するためだったんです。わたしが犯罪に加担するわけがないでしょう。社長、幸次さん、もうこんなことはお仕舞いにしてください」

振り返り、腹に力を込めて言った。

「あんた、裏切る気か」

「二人とも目を覚ましてください。こんな真似をしてただでは済みませんよ」

「この女を説得してくれるんじゃねえのか」

「不法監禁して何が説得ですか。車を借ります。坂上さんを連れて帰ります」

「おれの弟を売る気か。先生、自分だけ助かろうとするのか」

「とにかく車を貸しなさい」

順一はそう言うと、もう一度坂上に手を差し出した。

「おーっ」そのとき幸次が叫んだ。獣のような表情で突進してくる。「おれは刑務所には入らねえぞ」作業用防寒着のポケットから拳銃を取り出した。安っぽい銀色の、トカレフらしき代物だ。

順一は戦慄した。幸次は拳銃を持っているのか。咄嗟にコンテナの壁に張り付いた。

「おい、幸次。待て！」

敬太があわてて止めようとするが、雪に足を滑らせて転んだ。幸次が坂上郁子に向けて拳銃を構えた。順一はその場で腰を抜かした。這ってコンテナの外へ出た。

背中で銃声がした。パン、パン、パン。三回だった。雪山にこだました。

「なんてことをする！」敬太が大声を上げる。「ピストルを寄こせ！」駆け寄ると拳銃を取り上げ、幸次の頭を殴った。「この馬鹿が」何度も殴った。

幸次は放心状態で立ち尽くし、されるがままになっている。

順一は雪の上で四つん這いになったまま振り返った。一番奥で坂上郁子が倒れている。思わず目をそむけ、それ以上は確認しなかった。

目の前で起きたことが信じられなかった。自分に近しい産廃業者が市民を殺してしまった。その殺害現場に自分は居合わせた。もはやどんな言い訳も通用しそうにない。不意に吐き気を催し、その場で吐いた。薄茶色の吐瀉物が白い雪を汚す。さらには全身が激しく震えだした。立ち上がることができず、前にもうしろにも進めない。

「なんてことをしてくれる。幸次、これは取り返しがつかねえぞ」

敬太が撃たれた坂本郁子をのぞき込んで言った。幸次は荒い息を吐き、肩を上下させている。

「先生、あんたにも責任があるぞ。幸次を追い込んだのはあんただ」

順一は声が出なかった。

「幸次、どうする。おまえが決めろ。警察に自首するか、死体を始末してしらばっくれるか」

「しらばっくれる」幸次が即答した。「刑務所に入るくらいならおれは自殺する」

「わかった。じゃあおれも腹をくくる。先生もそれでいいな。今度裏切ったら、いくら大旦那の息子でもただではおかん」

順一は激しく後悔した。こんな兄弟に関わらなければよかった。だがもう手遅れだ。自分はどの道を進めばいいのか。

もはや寒さの感覚がないのに震えが止まらない。気が遠のきそうになった。

45

首の周囲には紫色の痣が残った。相原友則は、洗面台の鏡の前に立ち、変色した部分をそっと手で撫でた。すると昨日の記憶がまざまざと甦り、恥骨から背中にかけてなめるように悪寒が走った。続いて胸が痛くなる。全身が恐怖に縮こまり、歯ブラシを持つ手が動かなくなった。

首を絞められた――。それは友則のようなごく普通の人間にはあまりに特別な経験で、気持ちの落ち着かせようがなかった。ダンプカーで追いかけられたときも充分過ぎる恐怖を味わったが、直接の暴力はその比ではなく、自分がいかに弱い人間であるかを思い知らされた。戦う勇気など、どこをさがしてもなかった。もっとも、暴力に立ち向かえる者などそういるはずはなく、法治国家とはなんとありがたい人智だろうと、まるで雪山から帰還した遭難者のように弱々しく思うのだった。

昨日はパトカーが到着する前に、宅配便の青年がその場を通りかかり、勇敢にも西田肇に飛びかかり、凶行を防いでくれた。命の恩人だった。「やめろ!」「何してんだ!」そんな怒鳴り声が聞こえたほかは、救出場面の記憶は蜃気楼《しんきろう》のようにおぼろげなものでしかない。気づいたときは雪の中でうずくまり、激しく咳をしていた。涙が頬を伝い、汗や涎《よだれ》と混ざり合い、友則の顔はぐしゃぐしゃになっていた。

青年に抱きかかえられ、軒下に運ばれた。「西田は?」友則が聞くと、「あの男ッスか? あの男なら部屋に入っていきました」と答え、格闘で自身も興奮したのか赤い顔で「あいつ、信じらんねえ。頭おかしいんじゃねえのか」とまくしたてていた。団地の住人も表に出てきて、たちまち囲まれた。

「西田さんの息子さんがやったんだって」

「あの子、ノイローゼだったからねえ」

「可哀想に」

そんな会話を交わしていた。いったい「可哀想」とはどっちを指して言っているのか、猛然と腹が立ち、老人たちに抗議しようとしたところに警官が現れた。警官たちにさして緊迫感はなく、のろい動作には、こんな雪の日になんだという迷惑そうな態度が見て取れた。

まずは友則の状態を確かめ、念のために救急車の手配をした。そして四名の警官が手分けして目撃者の聞き取り調査を始めた。友則には年配の警官がついた。「おにいさん、何があったの」笑顔で聞く。どうやら近所同士の喧嘩とでも思ったらしい。住人はどんな通報をしたのか。

友則が身分証を提示して事情を説明すると、徐々に事態を理解し、表情を強張らせた。そして警官全員で西田の住む二〇一号室へ行き、外廊下に面した玄関側に二名、バルコニーから飛び降りて逃げ出すことを想定してか、裏庭側に二名という布陣で包囲し、やっと警察らしいところを見せた。チャイムを押すと、外の様子をすでに知っていたのか西田がおとなしく出てきて、いくつかのやりとりののち、警察署に連行されていった。なんだ暴れないのかと友則は物足りなさを覚えた。警察にも凶暴なところを見せてくれないと、自分の置かれた立場の深刻さが伝わらない。西田は暗い顔でうつむいているだけだった。

友則は病院で簡単な診察を受けたのち、警察で刑事から事情を聞かれた。ラブホテルからの道で襲われたことだけを省き、あとはありのまま話した。これは殺人未遂事件であると机に身を乗り出して主張した。

「ダンプの運転手は西田だという証拠はあるのか」

取調べの刑事はその点に固執した。返答に詰まると、「証拠がないと事件にはし難いですなあ。それも追いかけられただけではねえ」と渋い顔で腕を組んでいた。

友則は、ラブホテル帰りの件を隠したかったせいで、追突されて自分の車が大破したことを言えないもどかしさの中で、懸命に説明を試みるのだが、刑事の取調べは型どおりのものだった。

警察での西田はひたすらおとなしく、黙秘しているらしい。吃音がひどいことから、警察は障害者と思っているようだ。友則は、そうじゃない、早く逮捕してくれと、泣いて懇願したかった。事情聴取は全体に緊張感がなく、警察がむきになるのは大きな事件だけという通説も、なんとなく納得がいった。ゆめの署は女子高生の行方不明事件で手一杯なのだ。

夕方まで警察署にいて、やっと解放されたときは、くずおれそうなほどの疲労感で、歩くのも一苦労だった。ただ、あとしばらくは物音を気にせず眠れるし、バックミラーの恐怖からも解放される。それだけが救いだった。西田は当分留置場だ。その点は担当刑事にしつこく確認した。役場の窓口にでもいそうな初老の刑事は、お茶をすすりながら「うん？　まあ黙秘してるうちはね」と面倒臭そうに言った。

居間に戻り、窓の前に立つ。昨日から降り続いた雪はやっとやんだが、相変わらず太陽は姿を消したままだ。日曜日なのに人影はまったくない。誰かの声も聞こえない。雪のせいとはいえ、死んだような町だ。友則は、どうして自分がこんな場所にいるのかとため息を漏らした。我ながら冴えない人生を送っている。こんなはずではなかった。

子供の頃は学校の成績もよく、自分の将来を疑っていなかった。特別な野心はなかったが、いい大学を出て、いい仕事に就くものと思っていた。実際、県庁に就職した。地方で県庁職員といえば一番のステイタスだ。それなのに社会福祉事務所で問題ケースの相手などさせられ、挙句の果てに異常者からつけ狙われている。きっと本当のエリートコースとは、中央以外にあるはずもないのだろう。

おまけに離婚した。たぶん最大の痛手はこれだ。今の世の中、離婚など珍しくもなんともないが、妻側の浮気というのは男として恰好がつかない。小さな町なのでみんなが知っている。ずっとさらし者の気分だ。妻の裏切りが、こんなにもダメージを残すとは思ってもみなかった。いったいいつになったら心の傷は癒えるのか。それとも一生引きずっていくものなのか。

携帯電話が鳴った。見ると麗人サークルからだった。向こうからかかってくるのは初めてだ。何の用かと思って出ると、いつものマネージャーが愛想のいい声で「お休みのところすいませんと」とささやいた。

「今日はご自宅で静養ですか」馬鹿丁寧な言い方をする。

「ええ、まあ、そうですが」

「どこへ行くにも雪道ですもんね。そりゃあみなさん、家にいたほうがいい」

「何か用ですか?」

「いえ、とくに用があるってわけじゃないんですが……、その、暇をもてあましている若い人妻も、世の中にはいるわけでして……」

マネージャーの言葉を聞きながら、これは営業の電話なのだろうかと、友則は訝った。

「でも今日は日曜日でしょう。主婦が家を空けていいんですか」

「それは人それぞれです。亭主がサービス業だったり、ゆうべから麻雀に行ったきりで、一人で退屈してるとか……」

「で、わたしに客になれと。そういうことですか?」

「まあ、言っちゃえばそうなんですが。だめですか?」

「今日はちょっと……」

とてもそんな気にはなれなかった。出かけるのすら億劫なのだ。

「お客さん、お願いしますよ。実を言うと、今月はちょっとアガリが少なくて困ってるんです。ミカジメ料って言うんですか、そういうのを、週明け、地元のやくざに払わなきゃならないんです」

すっかり顔なじみになったせいか、マネージャーが打ち明け話をした。

「なんだ、やっぱり暴力団がうしろについてるんじゃないですか」

「そりゃあ妙な客もいますからね。用心棒は必要です。でも普段はまるで関与してませんからご安心ください。それにわたしは正真正銘の堅気です。お客様に迷惑をかけることは断じてありません」

「そうじゃないと困るけど」

「今日は選り取り見取りですよ。若くて可愛い人妻が揃ってます」

そう言われて和田真希のことを思い出した。「どういう子がいるんですか」つい聞いてしまった。

「すぐに都合がつく子が四人います。お客さんの好みを言ってください」

「そうねえ……」少し勿体をつけた。「前にも言った気がするけど、歳は三十ちょい手前、小柄で清楚で、ショートヘアの子がいたら考えてもいいかな」

「います、います。ぴったりの子がいます」

「その子、名前はなんていうの」

「レイちゃんです」

源氏名らしき名前を言われ、馬鹿馬鹿しくも落胆した。和田真希かどうか知りたいのだ。

「写メール送ってよ」

「それはできません。わたしの携帯で撮って、お客さんに見せることはできますが」

「気に入らなきゃ、その場でキャンセルしますよ。それでもいいなら」

「え、だったら来ていただけるんですか」

「行くだけならね。客になるかどうかは別の話」

「それでも結構です。いつもの駐車場でお待ちしてます。あのう、どれくらいで……」

「二十分かそこらで行けると思うけど。ああ、そうだ。車を修理に出していて今日は代車だから。シルバーのカローラ」

「わかりました。どうぞよろしくお願いします」

友則は電話を切り、自分自身を笑った。まったく殺されかけた翌日に何をしているのか。

財布を手にし、広げて中を見た。幸いなことに持ち合わせはあった。車の修理代で出費がかさむが、なにやらやけくそな気分が胸の中に湧き起こり、いっそ今ある貯金を全部使い尽くすのはどうかと思いついた。どうせ四月になれば県庁に戻る。ゆめので起きたことを忘れるためにも、馬鹿な金の使い方をするのは悪くない。

いいや、とっくにしているのだ。自分はこの十日ほどで、いったい何回女を買ったのか。そして今日も行為に及ぼうとしている。まったくの大馬鹿者だ。

パジャマからセーターとジーンズに着替えた。女が和田真希だったときのことを考え、少しは好感をもたれようとヘアスタイルも整えた。車のキーを拾い上げ、アパートを出る。冷気が肌を刺す。顔がきりきりと痛くなるほどの寒さだった。いっそこの町のすべてが凍結すればいいと思った。好きになれるものが何ひとつない。

いつものパチンコ店の駐車場に到着すると、予想に反して七割ほどが車で埋まっていた。道が凍結しているので誰も出歩かないだろうと思っていたが、パチンコは別のようだ。そういえば隣のドリームタウンも、いつもの日曜日ほどではないものの、それなりに人出はある様子だった。一度入ってしまえばいくらでも時間をつぶせるので、こんな日こそ重宝がられているのかもしれない。

車を駐車すると、早速ワゴン車からマネージャーが姿を現し、コートの襟に亀のように首を沈めて駆けてきた。一秒でも外にいたくないといった様子で助手席に乗り込んでくる。

「こんなお足元の悪い日にすいません。わたし、女の子たちに待機を指示した手前、客がつかないんじゃ顔が立たないんですよ」

マネージャーがポケットから缶コーヒーを取り出して言った。「どうぞ」友則に手渡す。

「ああ、どうも」

「すいませんねえ。景気が悪いもんだから、亭主の給料が下がって、それで援助交際を始める主婦も増えてるんです。それだから、こんな田舎町でも過当競争が起きちゃって。今年になってから、隣町から別の交際グループが進出してきたりして、もう大変なんです。わたしも何とか女の子たちを繋ぎ止めるために、こうやってお客さんを紹介しては、機嫌をとっている有様でして……」

「そうなんですか」

友則は缶コーヒーに口をつけながら、意外な事情に驚いた。

「お客さん、今はどこも厳しいんです。女の子なんかも、横の連絡を取り合ってるから、あっちのほうが条件がいいとか。今はあっけらかんとしたものですよ。わたし、まだ四十五なんですが、年寄りにでもなった気分です」

そう言われ、まじまじと見つめる。髪に白いものが目立つせいで老けた印象だが、よく見れば肌には張りがある。

「ちなみに、マネージャーさん、前は何をされてたんですか」

「わたしですか？　わたしは元クリーニング屋です。野方の商店街で父の代からやってきました。ところが、土日でも夜中でも集配してくれるチェーン店がゆめのにやってきて、あっさりつぶれました」

マネージャーが隠し立てすることなく打ち明け話をする。クリーニング屋とは、どうりで腰が低いはずだと思った。しかも主婦相手で、女の扱いは慣れている。

「大変ですね」

「大変どころじゃないです。女房子供には友人と運転代行業を始めたってうそをついてます。家ではわたしがバリヤーを張るものだから、女房も詳しくは聞いてこないんです。夫婦で気を遣うってのは疲れるものです。父は死にましたが、母は七十五でぴんぴんしてます。この母親っていうのが、息子には遠慮がないものだから、仕事はうまくいってるのか、何人でやってるのか、会社はどこにあるんだとか、根掘り葉掘り聞いてきて、ごまかすのに疲れるんですよ」

マネージャーのおしゃべりは止まらなかった。普段同性の話し相手がいないのか、ここぞとばかりに語りかけてくる。

「おまけにここ最近は地元のやくざがうるさいんです。やくざたちも、最初に事情を洗いざらい話したら、結構同情してくれて、ミカジメ料を安くしてくれたりして、関係はうまくいってたんですけどね。でも年が明けたら、本家の上納金が値上がりしたからって、わたしのところにも値上げ要求が来て……。ゆめののやくざは気のいい連中ですよ。田舎だから、取り立てる相手もそうはいない。だから持ちつ持たれつだってわかってるんです。ところが本家とやらは都会にあるから、そういう田舎の事情がわからないんですね。この前も、幹部がやってきてぼやいてました。大型スーパーが出店して個人商店がつぶれるのと一緒で、地方のやくざもそろそろ終わりだって。それはそうです。ドリタンに入ってるテナントに地回りが鉢植えやおしぼりを売りつけるっていうのは骨ですからねえ」

「あのう、女の子の件は……」

「ああ、そうでした。ごめんなさい。今四人います。みなさんパチンコ打って時間つぶしてるんです」マネージャーが携帯を取り出し、レンズを友則に向けた。「毎度すいません。その都度撮ったり消したりするのは面倒なんですが、お客様の顔写真をデータで残しておくわけにはいかないので……」友則の顔を撮ると、助手席のドアを開けた。「女の子たちに見せて、代わりに彼女たちの顔を撮って、すぐに戻ります。少しだけ待ってください」

マネージャーが背中を丸めて駆けていく。なにやら男に同情してしまった。クリーニング屋から売春斡旋への転業というのはあまりに突飛《とっぴ》だが、家族を抱えて金が必要となれば、人間は何だってやるのだろう。売春は犯罪かもしれないが、被害者はどこにもいない。

五分ほどしてマネージャーが戻ってきた。手にした携帯を見たら、急に期待が高まり、気持ちが上ずった。和田真希は今日ここにいるのだろうか。もしいたら、自分はその女を抱くことになる。

「じゃあ、まずはお客さんの写真を消します。いいですか、見ていてください」いつもの手順で友則の顔写真を消去した。「じゃあ次に女の子の写真を見せます」

マネージャーが携帯の画面を友則に向け、ボタンを操作した。まず金髪に派手な化粧をした今時の若い女が映し出される。

「これはちょっと……」

「そうだと思いました。素直ないい子なんですが、まだ入ったばかりで歳も二十歳なんですよ。大人のデートをするには……。じゃあこの子はどうですか。新人なんですけどね」

次に見せられたのは、こちらも新人と言いつつ、どう見ても自分より年上の地味な女だった。

「うーん。この人、いくつ?」

「じゃあ次に行きましょう」質問に答えず、マネージャーが画面操作をする。明るく笑った女の顔が映った。

「ああ、この人は知ってる」

友則が答える。前に買ったことがある、確かミホと名乗った人妻だった。愛嬌がある女で、すぐに打ち解けてセックスも楽しかった。

「お客さんの写真を見て向こうも憶えてました。よかったらデートしてねと言ってました」

「あ、そう」

友則は苦笑した。なんならこの女でもいいかと思った。一度肌を合わせているので気持ちにも余裕が持てる。

「では最後の子です」

映し出されたのは和田真希だった。一目見てわかった。顔がかっと熱くなる。

「この人、いいね」友則は気持ちの昂ぶりを抑え、冷静を装って言った。

「そうでしょう。お客さんの間でも人気が高いんですよ」

「どういう人なの?」

「普通の主婦ですよ。歳は二十六」

それはうそだろうと、心の中で茶々を入れた。こっちは住民登録をのぞき、二十九だと知っているのだ。

「この人にしてみようかな」

「ありがとうございます」

「じゃあ、前金」

財布から一万円を取り出し、手渡した。その間も心臓が大きく波打っている。友則の興奮など露ほども知らぬマネージャーは、それをポケットに入れると再び車から降りて駆け出した。

とうとう和田真希を抱ける。そう思ったら、昨日殺されかけたことなどすっかり忘れ、武者震いまでした。実際、膝から下は浮いた感じがある。

パチンコ店からマネージャーに付き添われて和田真希が出てきた。間違いない。この半月ほど瞼に焼き付いていた、愛しの女だ。

和田真希はマネージャーに指を差された方角を、背伸びして見た。車の中の友則を確認し、うんうんとうなずく。そんな仕草まで可愛かった。内股で駆けてくる。車の手前まで来てぺこりと頭を下げ、助手席のドアを開けた。

「こんにちは。レイと言います」

頭のてっぺんから抜けるようなキンキン声だった。イメージとちがった。一瞬の空白ののち、興奮のボルテージが坂を滑り降りるように下がっていった。

「あ、どうも。おきれいですね」友則が笑みを浮かべて言う。

「えー、そんなことないですよー」

女が幼く語尾を伸ばし、かぶりを振った。人は声ひとつで、どうしてこんなに印象が一変してしまうのか。

「こっちこそカッコいい人でよかった」

「そう。それはうれしいな」調子を合わせて答えた。心の中では気持ちがどんどん冷えていく。

「やっぱ脂ぎった中年なんかだといやじゃないですか」

「うん。そうだね」

「ときどき、髭も剃ってない人がいて、なんか勘弁してって感じ」

話す内容にも落胆した。もっと甘い空想をしていた。誰にでもやさしい看護師のような。あるいは男を立ててくれる世話女房のような。

友則はなんとか笑顔を保ったが、ぎこちないものだった。勝手に岡惚れして想像をふくらませていた分が、丸々差し引かれた形となった。ひとり相撲とはこのことだ。そもそも援助交際に手を染める女など、自分の好みであるわけがない。いい歳をして、本当に馬鹿だ。自己嫌悪の気持ちが胸の中で渦巻く。

「いつもはどこへ行くんですか。わたしは権現山の麓の『パリジェンヌ』ですけど」

「ぼくもそうだから、そこにしましょう」

友則は車を発進させた。いつもの日曜日にくらべて、国道の交通量は五分の一といったところか。スタッドレスタイヤを履いているが、徐行運転を心がけた。

道中、女は屈託なくしゃべり続けていた。今年の冬はどうしてこんなに天気が悪いのかとか、ドリタンの観覧車は客がなくて平日はずっと止まっているとか、そんな当たり障りのない話題だ。助手席に目をやると、コートとブーツの間に黒いストッキングに包まれた太ももが見えた。スタイルはよさそうだ。バストもちゃんとある。トランジスタグラマーというやつだろうか。友則は気を取り直し、これから行うセックスのことだけを考えることにした。つまらぬ夢想がやんでよかったのかもしれない。現実とはこんなものだ。

道路が凍結しているというのに、ラブホテルはほぼ満室だった。ゆめのは寂れているのか、活気があるのか、わけがわからなくなってくる。メルヘンチックなペンション風の部屋しか空いておらず、仕方なくそこに入った。そしてシャワーを浴び、いざことに及ぼうとしたら、性器がいうことを聞かなかった。

愛撫をすると、女が演技をするのである。それが見え透いていて、いよいよ気持ちが萎えてしまった。勃たない経験は以前にもあったことだから、ショックというほどではなかったが、よりによって今日かよと、友則はタイミングの悪さを呪った。「よくあることだから、気にすることないよ」と女は慰めてくれた。それはすでに料金をもらっているからで、内心はらくでいいのかもしれない。女は部屋のテレビをつけ、ヴァラエティ番組に見入っていた。友則はいろんなことが腹立たしくなり、時間を待たず、ホテルを出た。


「まあ、そういうこともありますから」

女を送り届けるためにパチンコ店の駐車場に戻ると、マネージャーが助手席に乗り込んできて、女と同じようなことを言った。むしゃくしゃしたので、「本番してないけど、料金は丸々取るわけ？」と、難癖と言っていいようなクレームをつけたのだ。マネージャーは憂いを含んだ目で微笑み、慰めの句を告げた。そして女の子が合わなかったのなら、ゲン直しにもう一人選んではどうかと言ってきた。

「前金は半分でいいです。どうです？　このまま帰るのっていやでしょう」

「そりゃそうだけど……」

友則が口ごもる。本当に気のいい男のようだ。

「わたしもお誘いした手前、多少は責任を感じます。あれから新しい子も来ています。どうです？　写真を見て、気に入ったら遊んでいってください」

「じゃあ、見るだけでも……」

仏頂面のまま承諾すると、マネージャーはまた友則の顔を写真に収め、車から出ていった。向かうのは自分のワゴン車だ。今度の女は車の中で待機しているらしい。なぜか三分ほどかかり、マネージャーがワゴン車から降りてきた。遠目にもわかる硬い顔をしている。初めて見る表情だ。

今度は助手席には乗らず、運転席側に回り窓をノックした。友則がウインドウを下げる。

「すいません。急に体の調子が悪いとか言い出して……」そう言う口元がひきつっていた。

「あ、そう。だったらしょうがないけど……。何よ、いったい」

「今日はお開きということで。また別の日にお願いします」

ちゃんと目を合わせない。早くこの場を立ち去りたがっているように見えた。

「ちょっと待った」友則が言った。ある考えが頭に閃《ひらめ》いたのだ。女は、自分の顔写真を見て拒んだのではないか。それはつまり知り合いということではないのか。

友則は車を降りた。「ああ、ちょっと」立ちふさがろうとするマネージャーを押しのけ、ワゴン車へと走った。スクリーンを貼ってあるので中は見えない。スライド式ドアに手をかけ、力任せに引いた。後部座席に一人の女がいて、硬い表情で横を向いていた。髪形が変わっていたが、すぐにわかった。顔を隠すように、左手を髪に置いている。その薬指には結婚指輪があった。

「紀子……」思わず名前を呼んでいた。

別れた妻だった。顔を見るのは離婚して以来だ。

「優菜はどうした」

真っ先に二歳の娘の名前を言っていた。親権は元妻に預けたまま、娘とは離婚成立以来一度も会っていない。元妻と連絡を取るのもいやだからだ。

「ねえ、寒いから閉めて」紀子が不貞腐れた様子で言った。

「優菜はどこにいる」

「関係ないでしょ。ねえ閉めて。寒いの」

「優菜はどこだ」友則はうわごとのように娘の名を連呼した。

「大きな声、出さないでよ。優菜は実家。両親に見てもらってる」

「再婚したのか」

「してません。指輪はダミー。人妻限定のサークルってことになってるからしょうがないの」

「子供は実家任せなのか」

「ちがいます。子供は出かけるときに預けてるだけ。ねえ、閉めてよ、寒いんだから」

「あのう、お客さん。ひとつ穏便に」うしろからマネージャーが抱きかかえるようにして言った。

「あんまり大声を出すと、パチンコ店の店員が外に出てきますので」

「あんたは黙ってろ。夫婦の話だ。関係ないだろう」友則が手を振りほどく。

「関係ないのはそっち。元夫婦。今は他人」すかさず紀子が言った。「ねえ、本当に寒いから閉めて。ここで言い合いをしたってしょうがないでしょう」

「ふん。とうとう正体を見せたな。この淫売が」

「何なの、それ。今日び、二時間ドラマだってそんな台詞出てこないわよ」

「うるさい。優菜を返せ」なぜかそんなことを口走っていた。

「信じられない。これまで一度も面会を求めなかったくせに」

「返せ。娘はおれが育てる。おまえみたいな淫売に子供を育てられるか」

「よく言うわね。さっきマネージャーから聞いたわよ。盛りのついた犬みたいに、サークルで主婦を買いまくってるそうじゃない。そっちこそ子供を育てる資格なんかないわよ」

「優菜に会わせろ」

「じゃあ弁護士を通してください。一年も放りっぱなしで、急にそんなことを言い出されても困ります」

「今すぐ会わせろ！」

激情が込み上げた。こんなことは初めてだった。妻の浮気を知ったときも、怒鳴りはしなかった。

「何よ、いったい。落ち着いてよ」

「優菜はおまえの実家にいるんだな。よし、これから連れ戻しに行く」

自分がいかなる感情を抱いているのか、よくわからなかった。本当に娘と会うことを欲しているかもわからない。ただ、惨め過ぎる今の自分は、怒鳴りつけでもしないと、立っていることすらおぼつかなかった。

「ちょっと、やめてちょうだい。警察に電話するわよ」

「してみろ。おまえのやってる売春行為もばらしてやる」

「そっちはどう言い訳するの。買春は犯罪だから懲戒免職だよ」

「うるさい！」声が震えた。こんな興奮は記憶にない。

「お客さん、少し落ち着いてですね……」マネージャーが割って入ろうとする。

「あんたは黙ってろ」強く押したら、足を滑らせ、その場に尻餅をついた。

「……洒落にならないなあ。こうなったら怖いお兄さん方を呼びますけど、それでもいいんですね」

マネージャーがゆっくりと立ち上がり、ズボンを払いながら硬い表情で言った。

もうこの場にいても埒が明かない。友則は踵を返すと自分の車に向けて大股で歩き出した。

「ちょっと、どこへ行くの。まさかわたしの実家じゃないでしょうね」背中に紀子の声が降りかかる。

車に乗り込み、発進した。娘に会いに行くのだ。血を分けた、自分の娘に。

娘の泣き声が耳の奥で鳴り始めた。腕から胸にかけて、抱いたときの感触がまざまざと甦った。まるで目の前にいるように、娘の存在を感じている。

アクセルを踏み込んだ。タイヤがバリバリと凍結した路面を嚙む。


友則が運転する車は国道を西に向かった。行き交う車はまばらで、歩道の人通りはまったくと言っていいほどなかった。景色の中で色といえるものは信号機のランプだけだ。いつもは毒々しい店の看板も、霜で凍てつき、すべて灰色に見える。

さっき会った元妻のことを考えた。親戚の会社で事務をしていると風の便りに聞いていた。金に困っているはずはない。自分は充分な養育費を払っているし、実家からの援助だってあることも知っている。要するに、元々売春をするような女だったのだ。そんな女と自分は結婚していた――。

友則はハンドルをバンバンと叩き、一人声を上げて笑った。自分の中に狂気めいたものを感じた。これまで理性を溜めていた器が割れ、ポロポロと感情がこぼれていく。

「ははははは」笑いが止まらなかった。自分でない誰かが笑っているようで、まるで制御できなかった。

突然、轟音が鼓膜を揺らした。同時に黒い影にうしろから覆われた。友則はバックミラーを見て凍りついた。ダンプカーのフロントグリルがはみ出さんばかりに映っていた。

そんな馬鹿な。西田は留置場にいるはずだろう。次の瞬間、ドカンという音がし、車全体に衝撃が走り、友則は前方に振られた。シートベルトが右鎖骨に食い込んだ。

追突された――。友則は歯を食いしばり、懸命にハンドルを保とうとした。

また衝撃に見舞われる。今度は車体のうしろ半分が左に振られ、車がスピンしかかった。咄嗟にカウンターステアをあて、体勢を立て直す。夢中でアクセルを踏んだ。この先はドリームタウン下交差点だ。下り坂だからダンプカーのほうが重い分、加速がついて有利である。なんとかこの場を切り抜けてその先の上り坂で逃げ切りたい。信号が青でありますように。友則は震えながら祈った。もっとも赤でも停止は不可能だ。路面は凍結している。ブレーキを踏んだ途端に、車はコントロールを失う。

前方に車がいた。真新しいスカイラインだ。当然のように徐行運転をしている。このままだとぶつかってしまう。対向車線に出ようとしたとき、ダンプカーが怪獣のようなエンジン音を上げ、三度目の追突をしてきた。車が時計回りに真横を向いた。ダンプカーの運転席が真横上方に見える。そこにいたのは確かに西田肇だった。首を絞めたときと同じ形相で見下ろしている。

警察はやる気があるのか――。ゆめの署は証拠集めが面倒だから、処分保留のまま西田肇を釈放してしまったのだ。

次の瞬間、側面にも衝撃を受けた。上半身が左右に揺さぶられる。横滑りのまま、スカイラインに追突した。助手席のウインドウが割れ、冷気と排気ガスが車内に一気に入ってきた。

スカイラインも制御を失い、滑り出した。そのまま二台が連なって坂を滑っていく。スカイラインがガードレールにぶつかり、反動で対向車線にはみ出た。前が空いた。そこに白いクラウンがいた。それにも衝突する。うしろのダンプカーがスピンしたと思ったら、そのまま横転した。激しい衝撃音が響き、逆さになった。四本のタイヤが空を向いている。友則は何の判断もできなかった。目に飛び込んでくるものを、ただ見ているだけだった。

友則の車を含む合計四台が、二車線にまたがって坂を滑った。すぐ前で赤い軽自動車が信号待ちしていた。また衝突した。一台増えて交差点に突入する。ほかの車も次々と交差点に入ってきてはぶつかった。いったい何台の玉突き事故になるのか。白煙がもうもうと上がる。谷底になった四つ辻で、やっと車が停まった。

視界が幾重にも揺れた。激しい眩暈に意識が行きつ戻りつしている。自分が今どんな状態にあるのかもわからない。ふと右を見たら、天地が逆になり、高さが半分ほどにひしゃげたダンプカーの運転席があった。西田肇が額から血を流して逆さ吊りになっている。気絶している様子だ。それとも死んだのか。正視し続ける勇気はなかった。

友則は震える手でシートベルトを外した。運転席側にはダンプカーがのしかかっているので、助手席の割れた窓から脱出を試みる。夢中で這い出て、そのまま路上に転がり落ちた。若い女の声が聞こえた。「誰か助けてください」と言っている。体を起こすと、スカイラインのトランクが開いていて、そこからジャージ姿の女が落ちてきた。この女は誰なのか？

立ち上がり、腰を伸ばすと、右肩に痛みを感じた。骨が折れているのか。これだけの事故に遭って、無傷で済むはずがない。

「すいません。助けてください」また女が言った。蒼白の面持ちで訴えかけてくる。よく見るとまだ十代だ。どうしてこの女は車のトランクに入っていたのか。

「救急車を呼ぶから、少し待ってて」友則が答えた。

ガソリンの臭いがした。どの車から漏れているのか。とにかくこの場を離れなくては。女の腕を取った。「さあ、こっちへ」

そのときボンという爆発音とともに赤い炎が上がった。ダンプカーからだ。「おーい、人が閉じ込められているぞ」作業着姿の男が叫んだ。通りがかりの運転手のようだ。

黒煙がもうもうと立ち上る。友則に西田を助ける余裕はない。いや、助けるつもりはなかった。ここで死んで欲しい。死んでくれれば平穏な日々が戻ってくる。

「誰か手を貸してくれ！」運転手の怒声を無視して、歩道へと避難した。

もう一度爆発した。今度はもっと大きかった。運転席が炎に包まれる。

友則はそれを眺め、心から安堵した。これで西田が死ぬ。自分は助かる。

全身の力が抜け、その場に尻餅をついた。ガードレールにもたれかかった。周りを見回すと、事故に巻き込まれた男女が右往左往していた。

荒い息を吐いた。喉がからからだった。額に熱いものを感じ、手の甲で拭うと血がべっとりとついていた。ああ切ったのか。他人事のように感じていた。痛みはない。

隣では若い女が棒切れを振り回していた。頭の中は大混乱をきたし、何が起きているのかまるでわからない。

早く春になれ。友則は心の中で叫んだ。

春になれば、この町を出られる。

46

一夜明けると、ノブヒコは朝からそわそわし始めた。何も手に付かないといった様子で、朝食のパンも半分残していた。親戚の叔父さんがやってくるからだ。向こうは引きこもりの甥を外に連れ出す覚悟でいるらしい。ノブヒコはいつものゲームには向かわず、インターネットで航空写真を見ては避難する場所を探していた。久保史恵は部屋のコタツに入りながら、うしろからその様子をうかがっている。

「メイリン、どこがいいかな」

ノブヒコがパソコン画面を見たままで言った。表情は暗く、心細そうだ。

どう答えていいかわからない。ただ、黙っていると怒り出しそうな気配がある。

「ドリタンがいい。人ごみに紛れられるし」

史恵は、ついそんなことを言った。

「そう言って逃げる気だろう」

振り向いて子供のようなことを言った。当たり前だ。逃げるに決まっている。

「ううん。わたし、そんな元気ない」

疲れきった演技をしてかぶりを振った。

「だめだね。騙されないよ。それに今日はダイナソーが絨毯爆撃を仕掛けてくる日なんだ。ショッピングモールなんかにいたらいいターゲットだよ」

史恵はため息をついた。まったく、このサイコパスは現実とゲーム世界のどっち側にいるというのか。

「ねえ、メイリン。どこか避難場所を考えてよ」まるで子供が親にせがむように、なおもしつこく聞いてくる。

「図書館は？　暖かいところがいい」

「だめだって。人目がある場所は」

「映画館は？　暗いから誰にも見られない」

「そこに入るまでが大変だろう。あ、そうだ。学校がいい。日曜日だからだれもいない」ノブヒコが、てのひらをポンと叩いて言った。「小学校だと体育館が近所の人に開放されていたりするから、中学校がいいかな。雪が積もってるし、部活だって休みだろう。ねえ、メイリン。中学校がいいよね」

「寒くないですか」史恵が力なく返事する。気乗りするわけがなかった。

「暖房を入れればいいじゃん」

「鍵がかかってると思うけど」

「そんなのガラスを割って入るさ。よし、ハンマーと軍手を用意しよう」

出かける用意をするよう促された。のそのそとコタツを出る。スポーツバッグを渡されたので、そこに通学用リュックと制服を詰めた。制服の校章を見たとき、悲しみで胸が締めつけられた。自分は果たして高校生活に戻れるのだろうか。

そのとき電話が鳴った。ノブヒコが驚いて飛び上がる。ナンバーディスプレイを見て内線とわかり、忌々しそうに受話器を取った。

「なんだよ、何か用か。あ？　知るかよ、叔父さんなんか。勝手に来ればいいだろう。……うるせえんだよ。部屋にいようがいまいが、おれの自由だろう。……泣くんじゃねえよ。泣きたいのはこっちだよ。おれを産んだのはおまえの責任だろう。だったら責任とって死ね！　死ね！　死ね！」

ノブヒコが額に青筋を立てて連呼した。目は充血し、唇は震え、見るのが辛いほどの狼狽ぶりだった。この男には余裕というものがまったくない。ひたすら社会に怯え、人間関係から逃げ回り、時間を浪費するだけの日々を送っている。空想の世界のみが救いで、正気すら失ってしまった。

死ぬのはおまえだろう。史恵は心の中で叫んだ。生きている価値がないのなら、どうか死んでくれ。人権なんて、こういう目に遭っている以上もう信じない。この家の中で、生きる権利があるのは自分だけだ。ノブヒコの親だって、死んで償って欲しい。

「メイリン、行くよ」

手を差し出された。死んでも触りたくないので、目を合わせず自分で立ち上がると、そうではなく、ノブヒコはタオルを手にしていた。

史恵は黙ってそれを受け取り、自分で目隠しをした。

袖を引っ張られ、部屋を出る。監禁されて以来のローファーを玄関で履き、外に出た。雪はやんだ様子だ。しかし突き刺す冷気は昨日以上で、一歩踏み出すごとにザクッと凍結した雪の音がした。

「メイリン、悪いけどしばらくここに入って」

手探りで車のトランクだとわかった。見当をつけてまたがり、中に入る。トランクの底には布団が敷いてあった。毛布もある。そこで丸くなると、バタンと蓋を閉められた。

その瞬間、拉致されたときの恐怖が甦り、パニックに陥りかけた。全身が震え、脳が無重力状態のように前後に揺れた。でもすぐにやんだ。多少は環境に慣れたのだ。

エンジンがかかる。車が発進した。親は最後まで出てこず仕舞いだった。


ノブヒコは本当に中学校に不法侵入した。校門を開け、裏庭に車を乗り入れ、人がいないことを確認して、玄関の窓を割った。行った先は保健室だった。一直線に進んだことから、ノブヒコが通った中学と推察できた。

「ほら、ガスストーブがあった」

ノブヒコはそれに点火すると、机の引き出しを次々と開け、何か物色し始めた。

史恵はベッドに上がり、膝を抱えて座った。消毒薬の臭いが鼻につく。カーテンを持ち上げて校庭を見ると、誰の足跡もない雪のグラウンドが一面に広がっていた。周辺に人家はない。田畑に囲まれた中学だ。

「あった、あった」ノブヒコがそう声に出し、菓子袋を取り上げた。「おれがいた頃と変わってねえでやがんの。ふん。保健室のババア。ポテトチップスだのクッキーだのを引き出しに隠して、いつも食ってたんだよなあ。進歩のねえ女だ。メイリン、食べなよ」

チョコクッキーを放られた。とくに食べたくもないが、怒らせたくないので、封を切ってひとつ口に入れた。

「馬鹿野郎が。何が『ヒノ君は体育と理科の時間になるとおなかが痛くなるのねえ』だ。人を疑うようなことを言いやがって。本当に痛くなるんだから仕方がねえだろう」

ノブヒコがなにやらぶつぶつとひとりごとを言い始めた。顔を上気させ、身振り手振りを交え、部屋の中をうろつき回っている。目つきが今まで以上におかしかった。まるでそこに誰かがいて、それに向かって毒づいているようだ。

「おめえが余計なことを担任に告げ口するから、教師どもは全員、おれが腹を壊しても仮病だと思って相手にしなくなったんだよ。体育の落合なんか、人を見下したような顔で、『正露丸飲んで授業に出ろ』のひとことじゃねえか。周りは笑ってやがるし。そうなりゃあおれだって言い出しにくいだろう」

ノブヒコが、首から下げたスタンガンを宙に向けて放電した。パンパンという鋭利な音が響き、青白い火花が散った。「あはは、あはは」と声を上げて笑う。狂気が全開している。

「学校なんてところはな、所詮は優等生と不良の遊び場なんだよ。それ以外の生徒には刑務所と変わりねえんだよ。毎日学校に閉じ込められて、受けたくもねえ授業を受けさせられて、何が義務教育だ。こっちはたまったもんじゃねえよ。だいたい修学旅行のときはなんだ。不良どもと一緒の班にしやがって。おかげでおれは三日間ずっと荷物持ちだったじゃねえか。おれは修学旅行なんて行きたくなかったんだよ。一週間前からずっと腹を壊してたんだよ。どうして信じてくれねえんだよ」

薬品ケースを蹴飛ばした。ガラスが割れた。史恵は怖くて身を縮めた。

「よーし。いい機会だ。復讐してやる。おれ様が実は戦士だったってことを、みんな知らないだろう。ダイナソー機動隊と日々決死の戦いを繰り広げていることを知らないだろう」

ノブヒコがポケットから手錠を取り出した。歩み寄ると、一方を史恵の手に、もう一方はベッドのパイプにつないだ。

「メイリン、ここでちょっと待ってて。いいことを思いついた。この学校はアテナの森とつながっている。だからそこへのルートを特定させないために、すべての窓を破壊してやるんだ」

今度は何の話かと、史恵は目を伏せた。ノブヒコの言葉を聞くのも苦痛だった。

「よし。早速実行に移すぞ。何か武器はないか」

ノブヒコが保健室の隅のロッカーからモップを持ち出してきた。鼻息荒く廊下に出た。数秒ののち、ガラスが割られる音がした。いったい何の目的でやっているのか。行動のすべてが理解できない。

ふと机の上を見ると電話機があった。あれで一一〇番通報すれば――。そう思ったら、史恵の背中に鳥肌が立った。手錠を揺すってみる。プラスチック製だが本格的なもので、簡単には外せそうもなかった。何か方法はないか。ベッドから降り、ベッドごと動かしてみる。動いた。保健室のベッドは安もののパイプ製だ。

廊下のほうに聞き耳を立てると、ノブヒコは窓ガラスを割って回っていた。意味不明の怒声も聞こえる。当分戻ってきませんように。史恵は神に祈り、ベッドを動かした。思い立ち、布団とマットレスを床に落とす。これでベッドはパイプ本体だけになった。もはや子供でも動かせる重量になった。電話機はすぐそこだ。

ベッドの脚が床に落ちたマットに引っかかり、重くなった。力任せにベッドを引っ張る。手錠のはまった左手首がぎりぎりと締まり、刺すような痛みに襲われた。歯を食いしばり、懸命に耐える。拉致されてから初めての脱出行動だ。これまで恐怖で縮こまっていただけの自分が、初めて必死に動いている。

ベッドが隣のベッドにぶつかり、またつかえてしまった。「もう！　いや！」金切り声を上げていた。白布を張った衝立が倒れた。けたたましい音がする。右手でベッドの下をつかんだ。腰を落とし、体重をかけて引っ張った。床のマットレスもろとも移動させた。

机まで手の届く距離に来た。もう少しだ。あと五十センチ。手を伸ばした。

斜め後方に黒い影が現れた。ノブヒコだった。真っ赤な顔でスタンガンを握り、前に突き出した。史恵の背中に押し当てる。

「メイリン。ぼくを裏切ったな」

電流が全身に流れ、一瞬にして腰が砕けた。床に崩れ落ちる。間に合わなかった。助かるチャンスを逃してしまった。視界に霞がかかる。調光スイッチをひねったようにすうっと暗くなり、コトンと意識が途切れた。

気づいたときは車のトランクの中だった。真っ暗なのと、寒いのと、小刻みな揺れでわかった。いったいどれくらい気を失っていたのか。時計がないのでわからない。暗闇の中で、無意識に自分の体を触っていた。ちゃんと服は着ていた。悪戯されたとか、暴力を振るわれたとか、そういった跡はない。おなかのすき具合から推察して、もう昼は過ぎているような気がした。もっとも食欲なんかない。あくまでも胃の中の話だ。

これから自分はどうなるのか。またあの離れに帰るのだろうか。ほかの場所に監禁されるくらいなら、まだあの「スカイヤー3号」のほうがましだ。コタツもあるし、三度の食事も出てくる。

ノブヒコがこのまま家を出たら、この先は食事にも不自由する。

次に生まれ変わるなら男がいい。唐突にそんなことを思った。女の子だからこんなサイコパスに拉致監禁され、人生を台無しにされるのだ。変質者に狙われるのはいつも弱い女だ。それに、仮に助かったとしてもマスコミの恰好の餌食だ。ネットのサイトでは実名と住所が当然のように公開され、レイプされたに決まっているとか、堕胎したらしいとか、好き勝手なことを言われるのだ。

いっそのこと富士山でも噴火して欲しい。空前の大災害となり、こんなちっぽけな監禁事件など吹き飛ばして欲しい。自分が死んだとしても、助かったとしても――。

そのとき、ドカンと激しい衝撃を受けた。史恵はトランクの中で前後の壁に叩きつけられた。痛みに顔をゆがめる。いったい何が起きたのか。

間髪をいれず二度目の衝撃。体がポップコーンのように躍った。頭や肘をどこかに強打した。真っ暗な中に星がちらつく。別の車のエンジン音がすぐ近くで唸っていた。交通事故か。追突されたのか。クラクションが鳴った。大型トラックのホーンのようなけたたましさだ。

また衝撃を受けた。車体がへこんだ。バンという音がして光が目に飛び込んだ。真っ白な何か。空だ。トランクが開いたのだ。何が起きたのかは、まるでわからない。

体が宙に浮き、また叩きつけられる。「きゃーっ」悲鳴を上げた。うしろを走っている車が見えた。そのまたうしろでは大きなダンプカーが横転して、白い煙を上げながら道を滑っている。交通事故だ。それ以外に考えられない。

ノブヒコの車が車線をそれ、何かに衝突した。首が折れるかと思うほど、トランクの壁にぶつけられた。車が停まった。史恵は無我夢中でトランクから這い出た。足が震えていて、立てなかった。アスファルトに転げ落ちる。道路は凍っていた。人が見えた。ノブヒコ以外の、一般人だ。

何人もいる。「誰か助けてください」声に出して言っていた。「助けてください」何度も同じ言葉を繰り返した。

周りを見る余裕はないが、これが大事故であることはすぐにわかった。大きなダンプカーが亀のようにひっくり返り、それ以外にも数台の自動車が車体をへこませている。

一人の男が車の割れた窓から這い出てきた。額から血を流している。「すいません。助けてください」史恵が訴えたら、「救急車を呼ぶから、少し待ってて」と、自分の怪我には構わず、手を差し伸べて立たせてくれた。男の肩を借りて、おぼつかない足取りでその場を離れる。史恵は体が浮くような解放感を覚えた。ああ、自分は救われる。ノブヒコの手から逃れられる――。

道路の端に移動した。中古車店ののぼりがあり、それにつかまって体を支えた。助けてくれた男は、車道に尻餅をつき、茫然自失の体で荒い息を吐いている。

ボンという大きな音に振り返ると、十メートルほど離れた場所でダンプカーから炎が上がり、続いて黒煙がロケットのように天に向けて昇った。ダンプカーの運転席には人がいるようだ。「おーい、人が閉じ込められているぞ」誰かが叫んでいる。史恵はそこまで思考が回らない。ただ目の前で起きていることを、赤ん坊のように眺めているだけだ。

通りがかった車から、人が次々と降りてきた。沿道の店舗からも従業員が出てきた。全員がレスキュー隊に思えた。この中の誰に助けを求めても、自分を救ってくれる。

ふと横を見ると、ガードレールに激突した車からノブヒコが出てきた。雪に溶け込んでしまいそうな青白い顔をしていた。声も出せず、ただおろおろとうろたえている。史恵とは目も合わせない。「やべえ」「マジかよ……」と、「く」の字になった自分の車を見て、スタンガンを首からぶら下げたまま、小声でつぶやいていた。

こんな弱々しい男に自分は何日も自由を奪われてきたのか。史恵の瞳に涙がじわっと湧き出た。

一気に激情が込み上げてきた。わたしの大事な人生に、なんてことをしてくれたのか。

史恵は中古車店ののぼりをガードレールから引き抜いた。そのパイプをなぎなたのように振りかぶり、ノブヒコめがけて振り下ろした。

「このサイコ野郎！　とっとと死ね！」

頭に命中した。ノブヒコが頭を手で押さえ、腰を折る。

「バッキャロー！」

続けて背中に一太刀浴びせた。弾かれたように体を起こし、顔をゆがめる。ノブヒコは抵抗せず、逃げもせず、プログラムが壊れたロボットみたいに、その場に立っているだけだった。

「なにがメイリンだ。おまえの勝手な妄想に人を付き合わせるんじゃねえ！」

大声で叫び、今度は胸を突いた。妄想の世界では宇宙戦士ルークであるノブヒコが、外の世界では丸裸にされた捕虜同然で、されるがままになっている。

「わたしはねえ、大学は東京に行くんだよ。もうおまえなんか絶対に手の届かない都会に行くんだよ。ざまあみろ。おまえは一生あの部屋だろう。出られないだろう」

いくらでも言葉が出た。それと連動するかのように、嗚咽が込み上げてきた。

「変態。異常者。刑務所で首吊って死ね。おかあさん――」途中からは母を呼んでいた。「おかあさん、おかあさん」泣き声になった。雪の上にへたり込む。

「おい、こっちも人が閉じ込められているぞ」別の場所で誰かが叫んでいた。

「おかあさん、おかあさん」

史恵は大声を上げて泣いた。もう何も考えられない。

遠くでサイレンが鳴っていた。だんだんと近づいてくる。

立ち上る黒煙の向こうでドリタンの観覧車が、人間のことなど関知せず、冷たくゆっくりと回っていた。

47

車のトランクには亀山の死体が入ったままだった。加藤裕也は、自宅アパートの二階窓から、駐車場に停めてある柴田のクラウンを見下ろし、深くため息をついた。今日こそは柴田に自首させなければならない。このままだと死体が腐乱するし、警察の心証も悪くなる。おまけに週が明ければ、家族や会社の幹部たちが亀山を探し始める。今日中になんとしてもけりをつけるしかない。

「おい、裕也。おめえもカップスープ飲むか。ジャガイモのポタージュだけど」

台所で柴田がお湯を沸かしながら言った。いったいどういうつもりなのか、裕也のパジャマとドテラを着てすっかりくつろいでいる。

「じゃあ飲みます」

「食パンがあるぞ。消費期限が今日までだから焼いて食っちまおうぜ」

「わかりました」

柴田が自らオーブントースターにセットした。その間に冷蔵庫からマーガリンを取り出し、皿も並べている。

「ああ、おれがやります」

「いいよ。コタツに入ってろ」

甲斐甲斐しく働くので、裕也はどうにも落ち着かなかった。

コタツで二人向き合い、朝昼兼ねた食事をとった。

「やっと雪もやんだな」柴田がトーストにかじりついて言った。「ほんと、今年の冬はどうかしてるよな」

「そうですね。こんなに寒いの、初めてですよ」

食欲はないが裕也もトーストに手を伸ばした。

「道も凍ってるな」

「先輩のクラウンなら大丈夫ですよ。スタッドレスタイヤ、履いてるし」

「うん、まあそうだけど……」

会話が途切れ、テレビを眺める。ゆめのの女子高生失踪事件をワイドショーで取り上げていた。この一週間を振り返る内容で、コメンテーターが「早く見つかって欲しいですね」と誰でも言えるコメントをしていた。

「いくらなんでも殺されてんだろう」

「おれもそう思います」

「可哀想にな。向田高校なら頭もいいんだろうな」

「そうでしょうね」

「きっと処女だ。やられて殺されたんだ」

「うん」

「ひでえ世の中だ」

「まったく」

また沈黙が流れた。柴田が何を思ったか携帯電話を取り出し、電源を入れる。「ああ、やっぱり」とつぶやき、コタツから出た。

「女房からのメールと留守電が入ってる。そりゃそうだ。二日も続けて外泊したら、普通は心配するわな」

どうするかと見ていると、立ち上がって窓際まで行き、さして躊躇することなく自宅に電話をかけた。

「ああ、おれだ。悪かった。携帯が電池切れだったんだよ」妻相手に話し始めた。「だからメールしただろう。裕也のアパートだって。仕事のことで問題が発生して、いろいろ相談を持ちかけられているうちに二日もたってしまったんだって。……あ？　誰がうそをつくか。ちょっと待ってろ」柴田が携帯を裕也に向けて差し出した。「悪い。出てくれ」

裕也は困惑しつつ受け取り、電話に出た。

「もしもし。裕也です。この前は子供のことでどうも」

「ねえ、何してるわけ？」不機嫌そうな妻の声だ。

「すいません。おれ、仕事で大きなへまをして、それで先輩に尻拭いをしてもらってるんです。関係先に謝りに行ったり、そういうのです」

うそが自然に出た。今はこの場をしのぐことしか考えていない。

「マージャンじゃなかったの？」

「それは先輩の照れ隠しだと思います。旦那のメールにはそうあったけど」

「わかった。じゃあ旦那と代わって」

携帯電話を返す。柴田はまるでうろたえることもなく、妻といつもどおりの会話をしていた。子供の様子とか、家のこととか。

「ああ、今日はちゃんと帰る」

最後にはそう言うので、裕也は耳を疑った。

「晩飯は鍋にする？　ああ、わかった。……どっちでもいいよ。味噌でも醬油でも」

いったいどういうつもりなのか。当分家に帰れるわけがない。それとも柴田は自首するのをやめたのか。だとすると死体は……。

「先輩、自首しないんですか」恐る恐る聞いた。

「するよ」少し顔を強張らせて答える。

「じゃあ、今の電話は……」

「しょうがねえだろう。本当のことを言ったって、女房がパニックになるだけだろう。夜になればわかるにしたって、それまでの何時間だけは普通に暮らさせてやりてえじゃねえか。それが今のおれにできる精一杯の思いやりなんだよ」

「そうですね……」なんとなく納得した。確かに今真実を話しても仕方がない。「じゃあ、そろそろ警察に行きますか？　それとも通報して、どこかに来てもらうっていう手もありますが」

「焦るなよ。急いだからってどうなるものでもないだろう」

「でも……」

「社長はもう死んでんだよ。早く自首したら生き返るのかよ」

急に機嫌が悪くなった。苛立った様子で頬を小さく痙攣させている。

「二晩経ったし、そろそろ死体が腐るんじゃないかと思って……」

「大丈夫だよ。こんだけ寒けりゃあ、冷凍庫に入れてるのと一緒だって。それより裕也、ステーキでも食いに行かねえか。最後にちょっと旨いもん食って――」

「今食べたばかりでしょう」

「トースト一枚ぐらいどってことねえよ。行くのか、行かねえのか」

「わかりました。行きます」

裕也は息苦しさを覚えながら、うなずいた。こうなったらとことん柴田に付き合うしかない。

この男に逃げる気はない。踏ん切りがつかないだけなのだ。

国道沿いのステーキチェーン店で、窓際の四人がけテーブルに座った。丁度昼どきだが、道が凍結しているせいか、店内はすいていた。女子従業員がフロアの隅で、あくびを嚙み殺している。二人ともサーロインステーキの二百グラムを注文した。熱々の鉄板に載ったステーキが、ソースの跳ねる音とともに運ばれてくる。

「これ、これ」柴田が相好をくずし、ナイフとフォークを手にした。「やっぱり肉はうめえなあ。刑務所って、まさかステーキは出てこねえだろう」

「出ないとは思うけど、肉料理はあるでしょう」

裕也も肉を口に入れた。ナーヴァスになっているせいか、味が濃く感じられた。添えられたバターを脇にどけ、ソースを少なめにして食べた。

「裕也。おれ、生ビール飲んでいいか」柴田が聞く。

しばし返事に詰まったが、「いいッスよ」と答えた。そのほうがいい。柴田がアルコールを飲めば車を運転するのは自分だ。そうなれば警察の前を素通りすることもない。

「おめえも飲め」

「二人とも飲んでどうするんですか。飲酒運転で捕まったら罰金三十万ですよ」

「まあ、そうだな」

引き下がってくれたのでほっとした。

柴田は出されたものすべてを平らげ、デザートにチョコレートケーキまで食べた。いったいどうして食欲があるのか、裕也には信じられなかった。開き直りなのか、諦めなのか、あるいはやけくそなのか。爪楊枝をくわえ、「食った、食った」と中年男のようにつぶやき、窓の外を眺めている。

「なあ、刑務所の面会って、回数制限はあるのか」いきなりそんなことを言った。

「知りませんよ」

「女房が毎日面会に来たら、ちゃんと会えるのかな」

「どうなんですかねえ」

「子供は連れて来れるのか」

「それも知りません」

「ちょっと誰かに聞いてくれ」

「誰に聞くんスか」

柴田が黙る。たばこを取り出すと、テーブルでトントンと葉を詰め、椅子に深くもたれ、ライターで火をつけ、すべての動作を愛しむようにこなし、紫煙をくゆらせた。

「ああ、いやだ。禁煙はできねえ」また別の泣き言を言い出す。

「子供が生まれたとき、禁煙したじゃないですか」

「あんなもん二ヶ月で挫折した」

「それは周りに喫煙者がいたからでしょう。今度は誰も吸ってないから大丈夫ですよ」

慰めのつもりが、慰めにもなっていなかった。

ウェイトレスがテーブルを片付け、コーヒーと水だけになった。柴田は三本続けてたばこを吸っている。天井のスピーカーからサザンの曲がBGMで流れていた。いつも柴田がカラオケで歌う曲だった。低い声で口ずさむ。兄弟らしき子供が二人、店内を走り回っていた。いかにも頭の悪そうな若い夫婦は注意もせず、自分の携帯をいじっている。子供が通路で転び、大声で泣き出した。柴田が表情を変え、「うるせえな。親はどいつだ」と低く唸り、その方角をにらむ。

「先輩。行きましょう」裕也が身を乗り出して言った。「きりがないッスよ。それに遅くなると、自首の効果が薄れると思います」

「わかってる」

「おれが運転しますから」

「ああ、わかった」

「じゃあ、行きましょう」

裕也がレシートを手にして立ち上がった。「おれが払う」そう言う柴田に、「そんな金があるなら奥さんに残しておいてください」と諭し、レジに向かった。

通路を歩くとき、柴田がくだんの夫婦に向かって、「てめえら、ガキの躾ぐらいちゃんとやれ」と凄んだ。亭主のほうは一瞬気色ばんだが、柴田を見て相手が悪いと思ったのか、視線をそらして口ごもるだけだった。

駐車場に出て、二人でクラウンに乗り込んだ。ハンドルは裕也が握り、国道を警察署方面に走らせた。いよいよかと気持ちが上ずった。

柴田が言うより、第三者の自分が説明したほうが警察は耳を傾けてくれるだろうと裕也は思った。だから巧く事情説明できるかどうか心配だった。こういうときこそセールスの仕事で鍛えた話術を用いなければならない。

精神的に追い詰められての犯行だった。社長の亀山はカリスマ的な人間だが、部下を競わせ、人の気持ちを弄ぶようなところがあった。柴田は決して乱暴な人間ではない。むしろ後輩想いのやさしい男である。それに真面目である。真面目だからこそ、こういう悲劇を招いてしまった。これは悲劇なのだ――。

裕也は、ゆうべから考えていた台詞を頭の中で組み立てた。まるで発表会を前にした小学生のようにナーヴァスになった。

しかし、警察は元暴走族である自分の言うことを聞いてくれるのだろうか。二晩も泊めたことから、共犯者扱いされる可能性もある。まさか。自分は自首を勧め、現に付き添ってきたのだ。感謝されこそすれ、非難されるいわれはまったくない。

「なあ、ドリタンで映画でも観ていくか」助手席で柴田が言った。

「だめです。観念してください」即答で拒んだ。

「おめえ、それはちょっと冷たくねえか」

「何を言ってるんですか。社長をやっちゃったときも駆けつけたし、二晩もうちに泊めたし、充分先輩のためにやってるでしょう」

「まあ、そういうことを言われると、返す言葉もねえけど」

「奥さんと子供のことは、おれがちゃんと助けます」

「ああ、頼んだ」

「困ったときはまず相談に乗るし、お金が必要なときはスネークのOBを回ってカンパを募るし、子供の遊び相手にだってなります」

裕也は本心で言った。この大好きな先輩のために、自分はどんなことだってしたい。

「ありがとう。おれ、なんか泣けてきた」

柴田が突然、涙声になった。洟をすすり、嗚咽を漏らしている。

「おれ、ほんとに馬鹿なことをした。タイムマシンがあるなら、どんだけ金を払ってでも買いてえ。金曜の夜に戻って、家に帰って、女房子供とすき焼きが食いてえ」

裕也の目にも涙が溢れてきた。滴が頬を伝う。

「人生が二度あればなあ。一度きりだとやり直しがきかねえじゃねえか」

「ききますよ」裕也が泣きながら言った。

「そうか?」

「そうですよ。何年か刑務所入って、出てくれば、まだ三十かそこらだし、男の人生なんてそこからが本番ですよ」

「三十までに出てこれるかなあ」

「出てこれますって」

二人で声を上げて泣いた。

車は坂を下っている。この先のドリームタウン下交差点を左に曲がると、五百メートルほどでゆめの署に着く。そのとき、後方で大きな音がした。バックミラーを見る。瞬時に追突事故だと判断できた。

後方の乗用車の姿がミラーすべてを占拠する。咄嗟にハンドルを強く握り、体をシートに押しつけた。ドカンという音とともに背中に大きな衝撃を受けた。

「うわっ」柴田が驚きの声を上げた。身構える準備が出来なかったらしく、体が激しく前に振れ、シートベルトだけに支えられている。

車が制御を失い、坂を滑った。ブレーキを力一杯踏んだら、タイヤをロックしてしまい、余計に事態を悪化させるはめになった。

そのまま赤信号の交差点に突っ込む。すぐ前に赤い軽自動車がいて、避けきれずに追突した。その軽自動車は易々と路面を滑り、別の車にぶつかってチョロQのように転がった。今度は自分たちの番だ。左方向からは市バスが突っ込んできた。裕也が駆るクラウンはビリヤードの球みたいに弾き飛ばされた。ガラスが割れた。破片が車内に飛び散る。裕也はシェイカーの中の氷のように頭や肩をぶつけた。

やっとのことで停止する。二人で呻き声をあげることしかできない。眩暈がして視界が定まらなかった。うまく力が入らない手でシートベルトを外し、体を自由にした。運転席のドアを開けようとするが、車体がへこんでいるのでびくともしない。

「裕也、出られるか」柴田が言った。

「窓から出ます。先輩、大丈夫ですか」

「ああ。わかんねえけど、骨とかは折れてねえみたいだ」

柴田は木から落ちた蛙のようにぐったりしていた。助手席側にはほかの車が食い込んでいて、とうてい開きそうにない。

柴田を置いて、まず裕也が運転席側の窓から這い出た。周囲を見て啞然とする。ダンプカーがひっくり返り、黒煙を上げていた。直接追突してきたスカイラインはガードレールに突っ込んでいる。赤い軽自動車は横転していた。ほかにも数台が巻き込まれていて、車線すべてがふさがっていた。見たこともない規模の玉突き事故だ。

トランクが大きくへこんでいた。焦って近寄ると、蓋が変形して、フックでかろうじて開くのだけは免れていた。中の死体はどうなったのか。

とりあえず柴田を救出するため、運転席側窓から手を伸ばし、柴田の上着をつかんだ。

「先輩、引っ張りますから、シートベルトを外してください」

「ちょっと待て。このままだと警察が来て、トランクの中身がばれるぞ」柴田が痛みに顔をゆがめながら言った。「裕也、もう一回乗り込め。車が動くかどうかやってみろ」

「動かしてどうするんですか」

「警察に行くんだよ。ここで死体が見つかるのと、こっちから自首するのとでは大違いだ」

「そうッスね」

裕也はなるほどその通りだと思い、窓から再び運転席に潜り込んだ。ギアをニュートラルに戻し、エンジンをかけてみる。かかった。前方に障害物はない。そっとアクセルを踏んだ。動いた。「助かった」柴田が言葉を漏らした。

ところが交差点を警察署方向に上っていくと、ボンネットから煙が噴き出し、しばらく走ったところで車はエンストした。

「なんだ。どうした」

「わかりません」

「わかりませんって、なんとかしてくれ」

キーを回すと、今度はうんともすんともいわなかった。

「まずいッスね。どうしましょう」

「おれがやってみる。裕也は降りてうしろから押してくれ」

「でもここは上り坂ですよ」

「そうか。無理だな」

サイレンの音が聞こえた。警察署はすぐそこだ。背中を冷たい汗が伝った。

「一巻の終わりってやつか」柴田が前を向いたまま、諦めた様子で言った。裕也は言葉が出なかった。

パトカーの赤色灯がいくつも見えてきた。二列でこちらに向かってくる。

「自首しようとしてたこと、信じてくれるかな」と柴田。

「言い張りましょう。だって事実だもん」と裕也。

「ああ、そうだな」

裕也はハンドルに頭を載せ、喉の奥から込み上げてくる切なさに耐えていた。その感情は冷えていて、乾いていて、悲しかった。

這い上がれねえよな――。心の中でつぶやいた。

割れた窓から寒気が吹き込み、裕也たちを嘲笑うかのように渦巻き、体温を奪って出て行った。

48

堀部妙子は弁当工場で働くことに決めた。今の自分に一番必要なものは、何はさて置きお金だと気づいたからだ。

昨日、様子を見に行って、感じのいい職場だったので、ついその場で面接を受けてしまった。本当はそこで働く丸山にいやがらせをするのが目的だったのだから、とんだ成り行きだ。

丸山はいかにもオープンな人物に思えた。宗教に引き込むための見せかけと勘ぐれなくもないが、少なくともパート従業員の班長を任されているのだから、会社側に信頼されてはいるのだろう。肌のきれいな美人というのも、見ていてなんとなく心が安らいだ。考えてみれば、沙修会の女たちは、みんな身なりに構う余裕がない。

信仰のことは考えないようにした。沙修会を裏切る気はないし、沙羅様を慕う気持ちはゆるぎないが、助けてもらえない中で、奉仕作業までする義理はないと思った。それに今は母を養うことで手一杯なのだ。

昨日はあのあと加藤とラブホテルに行った。しつこくくどかれ、根負けするような形で、何年振りかで男と肌を合わせた。承諾したのは、誰かに構われることに飢えていたのかもしれない。ふと気づいてみれば、自分はずっと孤独だったのだ。

セックスは呆気ないものだったが、さび付いていたいろいろなものに油が差されたような感覚があり、悪い心地ではなかった。加藤のような冴えない中年からでも、女として見られ、プライドも満たされた。この先、ときどき会ってやってもいい気がする。

今日は、母の車椅子を買いに行くつもりでいた。市営団地の内部はバリアフリーでもなんでもないが、ずっと部屋に閉じ込めておくわけにはいかない。一日に一回は、外へ連れ出すことも必要だ。玄関まで歩かせれば、あとは車椅子で外まで難なく運べる。

「おかあさん。わたし、明日から働くことにしたからね」食事をしながら妙子が母に言った。

「そう。どこで働くの」母がゆっくりと御飯を嚙みながら聞く。

「弁当工場。夜勤だと時給がいいの。毎晩十時から朝の五時まで働かせてもらおうと思って。おかあさん、寝ている時間だから、別に不安はないでしょ？」

「悪いねえ」

「水臭いこと言わないで。親子なんだから」

「土地を売ってお金にしたらええ。それをあんたにあげる」

「あのね。その土地にはおにいちゃんが新しい家を建てちゃったじゃないの」

「ううん。ちゃんとある。おとうさんの土地だもの。おかあさんが相続したから、なくなるわけがない」

「おかあさん、しっかりして。おかあさんの面倒を見るってことで、おにいちゃんが相続したの。もう何年も前のこと」

「ううん。そんなことはない。権利書がおにいちゃんの家にあるはず」

母は自分を疑うことなく抗弁した。ボケるとはこういうことかと妙子は悲しくなった。まったく人生は残酷だ。望む死に方もできないなんて。

「おかあさん、昼から二時間だけ買い物に行くから。留守番しててね」

「うん。わかった」

「トイレを済ませて布団で寝てて」

「ねえ、タエちゃん。本当はベッドがいいけど、それは無理かね」

「わかった。ついでに見てくる」

そうか。年寄りはベッドのほうが足腰に負担が少ないのか。母が遠慮なく言ってくれたので、少しうれしかった。こっちも頑張ろうという気になる。


午後になって市バスでドリームタウンに出かけた。電話で問い合わせたら、ちゃんと折りたたみ式の車椅子を売っていた。さすがは大型スーパーだ。いちばん安いもので六千八百円という値段にも驚いた。自転車がそれくらいで売られていることを思えば、不思議はないのかもしれないが。


金曜から降り続いていた雪は、今朝になって上がったが、積雪は三十センチを超えていて、道路は凍結していた。そのせいでいつも日曜日は真っ直ぐ歩けないショッピングモールも、今日は六割程度の客足だ。

目指すは一階のドラッグストアだった。隅の目立たない場所に介護用品のコーナーがあり、数台の折りたたみ式車椅子が並べられてあった。

手に取って開いてみる。さすがに安物感はあったが、用を足してくれればそれでいいと、気を取り直した。両手で持ち上げてみると意外に軽かった。配送してもらうつもりだったが、無理をすれば持ち帰れなくもない。そもそも押して帰ってもいいのだ。

色は汚れの目立たないこげ茶色にした。首を伸ばして店員を探すが、近くには見つからなかった。仕方がないのでレジまで行こうと、車椅子を抱えて歩いた。するとと中央通路を使ってキズ物市をやっていて、家具もいくつかあった。ついでだと思って足を踏み入れる。板に傷跡のあるシングルベッドのフレームがあった。値段は五千円だからほとんど投げ売りだ。マットレスを単品で買うといくらぐらいだろう。母は寝たきりになる可能性が高いので、床ずれしない硬いものがいい。

そんなことを考えながら、車椅子を持ったままモール内を歩いた。寝具売り場は別の階にあるのだろうか。探しながら視線を泳がせていると、知った顔にぶつかった。高校時代の同級生だ。一家四人で買い物をしている。

顔を合わせたくなかったので、咄嗟にコースを変えた。しあわせそうな人間に「どうしてるの」と聞かれるのがいやだった。早足でその場を離れ、無意識のうちに開いている扉からも出た。ふと気づくとそこはエントランスだった。自動扉一枚の向こうは外だ。おっといけない——。引き返さなければいけないのに、足が止まった。車椅子を一旦床に置き、何食わぬ顔で周囲を見回す。誰もいなかった。少なくとも自分に向けられる視線はない。ここを出て三十メートルも歩けば、市バスの乗り場だ。

六千八百円か。マグロの刺身とか、霜降り和牛とか、そういうものが何度か食べられる金額だ。母のものもいろいろ買い揃えなければならない。下着とか、靴とか。

もう一度車椅子を持ち上げた。心臓の高鳴りも気負いもなかった。ごく自然に外に出ていた。ここのバス停は十五分に一本だ。行き先がちがってもそれに乗ろう。どこかで乗り換えればいいだけのことだ。

「お客さん」女の声が背中に振りかかった。振り返ると同時に腕をつかまれた。そこにはいかにも保安員という同年代の女が立っている。知らない顔だった。ドリームタウンは巨大施設なので、警備保安会社もエリアによってちがう。

「何か忘れてらっしゃることがあると思うんですけど」

「あら、ごめんなさい。これ、レジの場所がわからなくて」

妙子が明るく言い、車椅子を地面に下ろした。

「とりあえず事務室まで来ていただけますか」

「払います。ちゃんと払います。財布見せましょうか。お金はあるんです」

「そういう問題じゃないんです。お客さんは、レジを通さず、商品を持ち出したんです」

この段になって血の気が引いた。連れて行かれたら最後だ。家族を呼ばれる。

「ですからレジの場所がわからなかったんです」

「じゃあその話は事務室で聞きます」

女が目配せすると、制服の警備員が駆けてきた。同行に応じない場合に備えて待機させておいたようだ。

妙子はおとなしく従った。観念したわけではない。心のどこかでまだ言い逃れられると思っている。

一階の倉庫兼事務室に連れて行かれた。段ボール箱が積み上げられた部屋の、古びたテーブルに着席させられる。用紙が出てきて、名前と住所、電話番号を書かされた。保安員が詰問する。

「お客さん、まずはっきりさせておこう。あんたのやったことは万引きだからね。それは認めるね」

さっきまでとは口調がちがっていた。射るような目で妙子を見据えている。

「そんな気はなかったんです」

「じゃあどういう気。バス停まで行って、払うつもりだったは通じないよ」

「わたし、ぼうっとしてたんです」

「何を言ってるの。それで通ったら世界中の万引き犯は無罪だよ。いい加減にしなさい。警察呼ぶからね」

「すいません。待ってください」

「いいや、だめだ。あんた、どうせあちこちで万引きやってるんでしょう」

「やってません。神に誓ってやってません」

「どういうつもり。車椅子なんか盗んで」

「母が寝たきりなんです」

「うそをつけ！　いい加減にしないと怒るよ！」

女がテーブルを叩いた。いつの間にかジャンパーを着た管理職らしい男がそばにいて、侮蔑の表情で妙子を見下ろしている。

「こっちはねえ、いつまでもあんたの言い訳に付き合ってる暇はないんだよ。どうせストレス発散とか、生理中でむしゃくしゃしたとか、質屋への転売目的とか、そういう理由だろう。正直に言いなさい！」

そうか。赦してはもらえないのだ。この女は、少し前の自分だ。

「家に電話するよ！」

「待ってください。母が一人、寝たきりなんです」いきなり涙が出てきた。

「出た。うそ泣き。ここでは通用しないからね」

「うそじゃないです。母が寝たきりなのは本当なんです」

「ご主人は？」

「離婚しました」

「子供は？」

「もう成人して家を出ています」

どうしてこんなプライバシーをこの場で明かさなければならないのか。猛烈な悲しみに襲われ、涙が止まらなくなった。

「うそだったら承知しないからね。じゃあ元に戻って、万引きは認めるのか」

「はい、認めます。すいません。赦してください」

妙子は椅子から床に下り、膝をついて土下座した。なぜそこまでするのか、自分でもわからない。

「だめ、だめ。そんなことしてもだめだ」

「本当にすいません」額を床にこすりつけた。

「だめだって言ってるだろう。親が寝たきりなら兄妹だ。お兄さんか妹さんに自分から連絡しなさい」

「どうか赦してください」妙子は泣きながら頭を下げ続けた。

「あのね、わたしはそうやって土下座する万引き犯を毎日見てるの。だから無駄」女がテーブルの電話を手にした。「警察、呼ぶからね」

「それは困ります。家には母が一人で、ストーブを点けっ放しで出てきたんです」

「じゃあどうするの」

「……妹を呼びます」

「最初からそうすればよかったのよ。手間を取らせて」

女がふんと鼻を鳴らし、パイプ椅子に乱暴にもたれた。書類になにやら書き込んでいる。管理職の男は冷ややかな態度でペットボトルのお茶をすすり、終始口を利かなかった。その眼差しは、妙子だけでなく、保安員も含めた社会の下層に生きる人間全体にうんざりしている色合いだった。

携帯で妹の治子に電話をすると、化粧もしていない顔のまま、二十分で駆けつけてきてくれた。保安員からは人の道というものを懇々《こんこん》と説かれた。

「おねえちゃん、勤めるのなら車いるね。深夜に自転車通勤は無理だよ。中古の軽、買えば？　探せば二十万円ぐらいからあるんじゃないかなあ」治子が運転席で明るく言った。「わたし、おにいちゃんに渡した十万円、返してもらうから、それをカンパする。残りはローンを組めばいいじゃない。わたしが保証人になる」

妙子はうつむいたまま助手席に乗っていた。妹には、解放されたとき、目を合わせず「ごめん」とひとこと言ったきりだ。

迎えに来た治子は、道中思うことがあったのか、姉に対して一切非難がましいことを言わなかった。迷惑そうな顔もしなかった。ひたすら店側に頭を下げ、代金を払うことで放免されると、帰り際、「人間、魔が差すことってあると思う」とだけ言い、話題を変えたのだ。そのやさしさがうれしかった。

軽自動車が国道を進んだ。雪道なので駆け足と大差ない徐行運転だ。

「おにいちゃんね、おねえちゃんがおかあさんを病院から連れて帰ったこと知ってるのに、それに関して一切知らんぷりなんだよ。ずるいよね」治子が鼻の穴を広げ、憤慨した様子で言葉を続けた。「おにいちゃん、この件についてはやっぱりおかしいと思う。お義姉さんの大変さもわかるけど、病院に入れるのならおかあさんの預金通帳を返すべきだし、こういう事態になったのなら、今度はおねえちゃんにそれを託すべきだし……」

「いいよ。もうどうでも……」妙子が言った。争うことが面倒なのだ。

「よくない。わたし知ってるけど、まだ百万円ぐらいはあるはずなんだよ」

「そう」

「それより何より、わたしたちに土地の相続放棄させておいて、こういうやり方はないでしょう」

車が坂道を下りた。いつもは混んでいるドリタン前の国道も、今日はずいぶん閑散としている。

「介護保険の手当だって、おねえちゃんがもらえるように切り替えないと。こっちから言い出さないと、おにいちゃん、自分からはやらないよ。わたし、四十六年生きてきて、兄妹でも仲良くはやれないってことがやっとわかった」

交差点の信号は赤だった。ゆっくりとブレーキを踏む。停車したところで、うしろからドーンと大きな音が響いた。何事かと思って振り返りかけたとき、衝撃が起きた。大型の白い乗用車がサイのように突っ込んできた。追突だ。

そのまま交差点に押し出され、横方向から来たワゴン車と衝突した。激しい衝撃が全身に走り、車体ごと吹っ飛ばされた。窓ガラスが割れ、破片が顔に当たった。ガシャン、ガシャン。大きな音がするたび、天地が逆さになった。この車は今、サイコロのように転がっている。

何回転したのか見当もつかないが、別の車に当たって、横倒しの姿勢で止まった。

「おねえちゃん……」治子がうめき声を上げた。自分の上にのしかかっている。

「ハルちゃん、大丈夫？」妙子が聞いた。声がかすれた。頭がくらくらする。視界が幾重にもぼやけている。

「わかんない。おねえちゃんは？」

「わたしもわからない。でも無事ではなさそう」

体を動かそうとしても、両足ともびくともしなかった。車体がつぶれ、どこかにはさまれているのだ。痛みはない。感じる余裕がないのだ。

「おーい。大丈夫か」男たちの声がした。通りがかりの車から、何人かが降りてきたらしい。

上に乗っていた治子の体重が消えた。窓から引っ張り上げられたのだ。「姉です。中にいるのは姉です、助けてください」治子が懸命に救出を訴えている。

誰かに腕をつかまれた。振り向くと知らない男の顔がそこにあった。通りすがりの人らしい。

「シートベルト、外して」

「動けません」

本当に指一本動かなかった。全身に痺れが走り、力が入らないのだ。「足がはさまってるぞ」「レスキュー隊を呼べ」そんな声が聞こえた。いつの間にか車の周りにはたくさんの人がいるらしい。

これは入院だな。少なくとも足の骨は折っている。これで全部の計算が狂う。自分の人生は誰からも祝福されていないな、と、妙子は高所から見下ろしているような感覚で思った。明日からは、弁当工場で働くことも、母の面倒を見ることも、沙修会で指導員を目指すことも、全部出来ない。はかないものだ。生活基盤があまりにも頼りなくて、ひとつのアクシデントですべてだめになってしまう。

「おねえちゃん！　おねえちゃん！」治子が何度も呼んだ。自分はどういう状態にいるのか。

視界が真っ暗なのに気づいた。ということは目を閉じているのか。開けようと思っても開かなかった。

「がんばれ、がんばれ」見知らぬ人たちが励ましてくれる。「すぐに助けが来るぞ」「それまでがんばれ」必死の声援が耳に届いた。ほとんど忘れかけていた、人のやさしさだった。

なんてありがたいのかと思った。できることなら、この気持ちをもう少し前から味わいたかった。

光が差し込む。妙子は目を開け、周りに向かってうんうんとうなずいた。

49

いよいよ窮地に立たされたと、山本順一は自宅の書斎で頭を抱えた。藪田幸次が人を殺してしまった。自分はその場に居合わせ、死体遺棄の手伝いをさせられた。一人の主婦が失跡して、このまま済むわけがない。向田の女子高生同様、警察による大掛かりな捜索がなされ、やがて自分にも捜査の手は伸びるのだ。

昨日、兄の敬太に、「弟を売ったらただではおかねえ」と脅された。これまで若旦那と持ち上げてきた忠誠心はそこになく、やくざ者の本性を見た思いがした。彼らには良心の呵責というものがない。徹頭徹尾自己中心的で、罪を罪とも思っていない。

この先、自分はどうすればいいのか。藪田兄弟は今日にも焼却炉を山に持ち込み、死体を灰にすると言っていた。死体が発見されなければ警察は絶対に逮捕できないと、まるで弁護士のように豪語していた。彼らは知らぬ存ぜぬで通すつもりなのだろうが、自分に累が及んだとき、順一はしらを切りとおす自信がまったくなかった。こっちは会社を経営していて、市会議員の地位にあり、妻と二人の子供がいるのだ。社会的な立場がちがいすぎる。

昨日はとりあえず死体を麻袋に入れて、倉庫の隅に転がしておいた。順一は敬太に指示され、麻袋を広げて中に入れる手伝いをした。女の真っ白な顔と、衣服に染みた大量の赤い血を直視できず、ずっと目を背けていた。まさか自分の人生にこんな場面が訪れるとは夢にも思わなかった。父が生きていたらなんと言って嘆くだろう。

ゆうべも葛藤はあった。警察に駆け込み、藪田兄弟が市民運動家を殺害したことを知らせようと、何度も考えた。脅されて死体遺棄に手を貸してしまったが、自分と家族を守るために仕方がなかったことだった。飛鳥山に行ったのは坂上郁子を救うためであり、それを実行に移そうとしたら藪田の弟が激高し、拳銃で撃ち殺してしまった――。言い訳ならいくらでも出来そうな気がした。しかしその都度、敬太の「逮捕されたらこれまでのいきさつもすべて警察に話す」という言葉が頭の中で渦巻き、手も足も動かなくなった。そうなったら、自分が刑務所に入ることはないだろうが、すべてを失うことは確実だった。大スキャンダルとして世間の注目を浴び、マスコミの恰好の餌食となる。

可能性に賭けてみるか――。そんな気持ちが今、自分の中で芽生えつつあった。坂上郁子がいなくなり、ゆめの市民連絡会が騒ぎ出し、警察が動いても、自分は一切知らないで押し通す。疑う連中には名誉毀損で訴えると強硬姿勢を見せる。藪田兄弟が自白するということはない。キーを握るのは自分だけだ。

もっとも自信はなかった。別件で逮捕され、海千山千の検事に怒鳴りつけられたら、案外あっさりと自我が崩れ、子供のように泣いて赦しを請うような気がしてならない。

窓の外を見ると、庭の樹木に雪が積もり、大きく枝がしなっていた。妻は家の建て替えで、この日本庭園もつぶすつもりでいる。フランス式庭園とやらにし、石像やアンティークの装飾品を並べる気でいるらしい。呑気な妻がうらやましかった。生まれ変われるなら、女に生まれたい。

「ねえパパ。ちょっといい」その妻が書斎にやってきた。「家の見積りを出してもらったの。見て」

大仰な冊子を渡され、最初のページをめくったら、「お見積り金額」として九桁の数字が並んでいた。

「一億八千万って、どういう金額だ」

順一は見るなり絶句した。土地はある。上物だけの値段なのだ。

「あら、それくらいかかるわよ。延べ床面積が四百五十平米だもの。坪に直すと百三十六坪。割れば坪単価百三十万円ちょっと。妥当でしょ」

「妥当なわけがあるか」

しかもよく見ると、それは建設費だけだった。設計料はそれプラス十五パーセント、合計で二億を超える。

「建築家を呼んで来い」

一瞬にして頭に血が昇った。酒に溺れる資産家の有閑マダムと踏んで、大金を吹っかけてきた。なんというあさましい連中だ。

「今日は日曜日。何よ、怒って」

「怒らずにいられるか。こんな見積り、絶対に許さんぞ」

順一が語気強く言うと、友代はさっと顔色を変え、見積書を奪い取った。

「あ、そう。そういうことを言うわけ。だったら次の選挙、あなた一人でやってください。わたしは一切関わりません。後援会が来ても絶対に顔を出しません」

「どうしてそういう話になるんだ」

「何よ、自分ばっかり好き勝手して」目を吊り上げてわめいた。これまでにない感情の表し方だ。

「おれがいつ好き勝手した。会社の仕事で追われて、議連でこきつかわれて、後援会のご機嫌取りをして、休みらしい休みもないんだぞ」

順一が抗弁すると、友代が頬を痙攣させた。今にも噴火しそうな何かを胸に抑え、真っ赤な顔で立ち尽くしている。これはまずいと直感した。

「とにかく、おれも建築家と話をさせてくれ」

順一が言い終わらないうちに、友代が踵を返し、書斎から出て行った。ドアを激しく閉めたせいで、壁の掛け時計が傾く。罵り合いにならなかったことだけは安堵した。これ以上問題を抱えきれない。

しばらくして娘の理加がやってきた。表情を曇らせ「パパ」とささやく。

「何だ。どうかしたのか」

「ママがお酒飲んでる」

放っておけ、と言いかけて口をつぐんだ。

「わかった」

「ここんとこ、毎日だよ」

「そうか……」順一は椅子を回して向きを変え、やさしく微笑んだ。「ママは今、心の病気なんだよ。今度お医者さんに診てもらうから、理加は心配しなくていい」

「でもさあ、この前、おにいちゃんの友達が来たとき、酔っ払って出て行って、おにいちゃん、すっごく怒って、口利かなくなった」

「そうなの?」

「うん。もう一週間、口利いてないと思う」

順一は一家の主でありながらそんなことも知らなかった。家族全員で食卓を囲んだのはいったいいつのことか。

「わかった。春樹にも話しておく。二人とも、ママにやさしくしてあげて」

「ママね、インターネットで買い物しまくってるよ。いちばんいい空気清浄機がうちに四台もある」

「そう。家の中の空気がきれいになっていいさ」

理加は大人びた仕草で肩をすくめると、「何だ、パパ怒らないんだ」と意外そうな顔をした。

「怒ったほうがいい？」

「ううん。怒らないで。ママにも、おにいちゃんにも」

髪をふわりと浮かせ、踵を返す。書斎を出ると、階段を駆け上がり、自分の部屋へと入った。

順一は椅子に深くもたれ、目を閉じた。ばらばらの家族だが、自分はこれを守らなくてはならない。とくに子供たちには、なんとしても素晴らしい人生を歩んで欲しい。そのためにはどんなことだってしたい。

携帯電話が鳴った。藪田敬太からだった。半分開き直りの気持ちがあり、臆せず電話に出た。

「何でしょうか」

「これから飛鳥山に焼却炉を運ぶ。先生にも付き合ってもらう。お願いだから断らねえでくれ。こっちはもう覚悟ができた。問題は先生だけだ」

「それよりどうして死体のほうを運ばないんですか」

「動物炉を使う。知り合いの食肉加工場にあるやつだが、まさかそこで燃やすわけにはいかねえだろう。適当な理由をつけて借りた」

「そうですか。わかりました。行きます」

「おお。見届けてくれますか」敬太の声が弾んだ。

「それしか方法はないんでしょう」

「先生、ありがとう。一生恩に着る。さすがは大旦那の息子だ。わしら、先生のためならどんなことだってやる」

何もしなくていい。そう吐き捨てそうになった。

迎えに行くという敬太の申し出を断り、ドリームタウン近くの空き地で待ち合わせることにした。いよいよ犯罪に手を染めるのか。どこか他人事のように感じていた。脅迫されてやるのだ。自分もまた被害者だ。自分にそう言い訳している。

初めて見た動物用の焼却炉は、無機質で大きな鉄の機械だった。一辺が一・五メートルほどの箱型で、クレーン車の荷台に載せられている。順一はしばし見とれた。あの市民活動家はこれで燃やされ、灰になってしまうのか。人の命とはいかにはかないものか。

「これで終わらせる。女は行方不明になって三日目だ。現時点で警察から何もないということは、幸次がさらったとき、目撃者がいなかったということだ。だからこのまま死体がなくなれば失踪者扱いで警察は動かねえ」

敬太が血走った目で言った。住む世界がちがうと実感させられる落ち着きぶりだった。被害者にも夫と子供がいて、産んでくれた親もいる。そういう背景には一切想像力が向かわない。

「それから先生。これだけは確認しておく。仮に女の周囲が騒ぎ、産廃処理施設反対運動と絡め、こっちに矛先が向かったとしても、一切無視してくれ。マスコミが動いても突っぱねること。証拠がなければ警察は何もできん。多少の噂が立っても動揺しないでくれ。なあに、人の噂も七十五日。それでみんな忘れる」

順一は黙ってうなずいた。納得も同意もしていないが、これ以外に取る手立てがないのだから仕方がない。今は誰にも見られず坂上郁子の死体を燃やし、元の日常に戻ることだけが願いだ。

運転席には幸次が乗り込んだ。自分がすべての元凶のくせに、申し訳なさそうな顔ひとつせず、ただ仏頂面でキーを回した。ゴロゴロと雷のような音を立て、ディーゼルエンジンが動き出す。古いトラックらしく、うしろで派手に黒煙が上がった。

順一は兄弟に挟まれる形で一列シートの真ん中に座った。せめて知り合いに見られませんようにと、野球帽を目深に被り、サングラスを着用している。

「幸次、ゆっくり走れよ。道が凍ってっから」

「ああ、わかった」

そう答えながらも、操作のひとつひとつが乱暴だった。シートベルトすらしていない。結局この男は知性のかけらもない野蛮人なのだ。

駐車場を出て国道に入った。この先は下り坂だ。

「先生。週が明けたら、佐竹組と事を構える気でいる。わしらはもうあとには引かん。飛鳥山の道路の拡幅工事の件、なんとしてもよそには取られねえでくれ。それと佐竹組にも付け入られねえように」

「はい。わかりました」

「先生がせっかく藤原を消してくれた。それを無にしてはいけねえ」

「消してくれたって……それはどういうことですか」

順一は、藪田兄弟にまでその噂が届いていることに呆然とした。

「ああ、いい。詳しくは聞かん」

「何か誤解をしてませんか。わたしは最期の場にはいましたが――」

「だからもういい。噂は噂だ」

敬太が狭い車内でたばこを吹かして言う。順一は胸が苦しくなった。ここ数日で、自分は二人の臨終に直面し、手を貸した。なんという日々か。

ドリームタウン下交差点に差しかかろうというとき、「事故だ」と幸次が短く声を発した。交差点に横方向から赤い軽自動車が突っ込み、直進車とぶつかった。赤い軽自動車が軽々と弾き飛ばされるのが見えた。続いて白いクラウンが突入する。市バスと派手にぶつかった。

幸次が急ブレーキをかけた。凍結した道路では止まるはずもなく、斜めになって滑っていく。順一は咄嗟に両足をダッシュボードに乗せて踏ん張り、背中をシートに押し付けた。

「あああ」敬太が大声を上げた。クラクションが鳴った。雪の粉が舞い上がる。トラックは前方を行く乗用車にいとも簡単に追突すると、くるりと車体後部が横に振られ始めた。直後、荷台から衝撃が伝わった。並走する車を巻き込んだらしい。そして順一の体がふわりと浮くと、激しい音とともにトラックが横転した。

懸命に歯を食いしばる。それでも頭が前後左右に振られ、歯の根が合わない。フロントガラスが割れ、破片が顔に当たった。サングラスのおかげで、目だけは守られている。ハンドルが胸に当たった。息が出来なくなる。運転席に幸次がいない。敬太は隣で逆さになっている。

一瞬、意識が途切れた。目の前が真っ暗になった。そして気づいたとき、トラックが停止していて、順一は激しく咳き込んでいた。

排ガスだった。どこかの車のマフラーが、横転したトラックのすぐ前にある。

順一は必死にシートベルトを外し、割れたフロントガラスから外に這い出た。体に痛みはない。手足を確認するが出血もない。そして立ち上がる。

信じられない光景だった。どこかのダンプカーが逆さになり、炎を上げている。ひしゃげた車から血だらけの運転手が転げ出てくる。路肩では若い女が泣き叫んでいる。

いったい何が起きたのか。振り返ると、焼却炉が国道の真ん中に落ちていた。

一瞬だけ顔をゆがめ、深く息をついた。終わったなと無色透明の感情で思った。これから警察の実況見分を受け、焼却炉を運ぼうとしていた男たちがいたという動かぬ証拠が残るのだ。

頭に手をやった。野球帽は脱げていない。深く被り直した。

路肩に男が横たわっていた。幸次だった。運転席から外に弾き飛ばされ、あそこまで転がったのだ。死んだのだろうか。そうあってほしいと願っている。

敬太はまだトラックの中だった。首を伸ばしてのぞくと、目を閉じ、ぐったりと横になっていた。こっちは生きていそうだなと、傍観者のように思う。

「おーい。中に人がいるぞ」

車から降りてきた男たちが叫び、敬太を救出しようとした。それ以外の場所でも、市民による救出作業が繰り広げられている。

さて、自分はどうするべきか。無傷の順一には誰も注意を払っていない。

順一は走り出していた。とにかくこの場を離れたかったのだ。空き地に停めた自分の車に戻ろうと思った。そこから携帯で警察に電話をするのだ。藪田という兄弟がいて、市民運動家の女を一人殺し、これから焼却炉で灰にしようとしている。目撃者である自分は家族を殺すと脅迫され、その恐怖から通報をためらっていたが、今話す決心がついた——。

積雪を踏みしめ、懸命に走った。普段運動をしてないので、たちまち息が切れた。ハアハアという自分の荒い呼吸が鼓膜を震わせている。耳鳴りのような感覚もあり、それ以外の音はこもって聞こえた。

パトカーのサイレンが鳴っている。警察署が近いので、すぐに出動指令が下ったのだろう。爆発音も聞こえた。振り返ると、ダンプカーが本格的に炎上していた。

順一は坂道をなおも走った。自分の言い分はいろいろとぼろが出そうだ。敬太が生きていたら、その証言ともぶつかる。しらを切り通せるだろうか——。

ここ半月、自分の判断はすべて間違っていたような気がする。今だって、あの場に残ってすべてを正直に話したほうが得策なのかもしれない。

もう遅い。走り始めてしまったのだ。

国道の歩道に通行人はなかった。いつもは満艦飾の看板群も、寒さと曇天のせいか、すべて灰色に見えた。

それはこの町の色であるかのようだった。

奥田英朗

1959年、岐阜県生まれ。
プランナー、コピーライターなどを経て作家活動に入る。
2002年『邪魔』で大藪春彦賞、04年『空中ブランコ』
で直木賞、07年『家日和』で柴田錬三郎賞、
09年『オリンピックの身代金』で吉川英治文学賞を受賞。
著書に『最悪』『イン・ザ・プール』『マドンナ』
『サウスバウンド』『町長選挙』など多数。
またスポーツや旅をテーマにしたエッセイとして『野球の国』
『泳いで帰れ』『用もないのに』などの作品がある。

無理《むり》

2009年9月30日　第一刷発行

著　者　奥田英朗《おくだひでお》
発行者　庄野音比古
発行所　株式会社　文藝春秋
〒102-8008　東京都千代田区紀尾井町3-23
電話　03-3265-1211
印刷所　凸版印刷
製本所　加藤製本

万一、落丁・乱丁の場合は送料当方負担でお取替えいたします。
小社製作部宛、お送り下さい。定価はカバーに表示してあります。

ISBN978-4-16-328580-1